Le Grand Batre

DU MÊME AUTEUR

Chez FLAMMARION

Un mari c'est un mari, *roman.*
La vie reprendra au printemps, *roman.*
La Chambre de Goethe (Prix Roland Dorgelès, 1981).
Un visage, *roman.*
Le Mois de septembre, *roman.*
La Citoyenne.
Le Harem, *roman* (Grand Prix du Roman de l'Académie française, 1987).
Le Mari de l'ambassadeur, *roman.*
Félix, fils de Pauline, *roman.*
Le Château des Oliviers, *roman.*

Chez JULLIARD

L'Ile sans serpent, *récit.*
Je vous aime.
Babouillet ou la Terre promise.

Chez J'AI LU

La Petite Fille modèle, *récit.*
La Demoiselle d'Avignon, *roman* (en collaboration avec Louis Velle).

Frédérique Hébrard

Le Grand Batre

Roman

Cette édition de *Le Grand Batre*
est publiée par les Éditions de la Seine
avec l'aimable autorisation des Éditions Plon

En memòri
de moun paire Andriéu Chamson, écrivain français, pouèto prouvençau e cavalié de la Nacioun Gardiano.

Souviens-toi des jours antiques,
Considère les années de chaque génération
Interroge ton père et il te parlera
Tes ancêtres, et ils te répondront.

(Deut. XXXII, 7)

Le cheval frémit.

Les ténèbres sont trop profondes pour que l'on distingue sa robe blanche, mais le cheval sent le jour proche car l'Esprit se meut sur les eaux.

Une fois de plus Dieu créait le monde tel qu'il l'avait créé au commencement des temps.

Et le cheval attend, tranquille, vierge de nom. Nu. Libre...

Quand la lumière fut, le cheval la salua de son hennissement, puis il partit au galop rejoindre les siens.

Splendeur de l'immensité plate, franges d'écume ourlant la mer originelle, terres éclatées sous l'ardeur du soleil, touffes de fleurs jaillissant du sable ou de l'eau, dunes, montilles, roseaux, roselières... Pays de mirages qui semble inerte, mais que le bond d'une imperceptible grenouille réveille comme les lèvres du Prince sur le front de la Belle.

Fille du vent, du limon et de l'onde, la Camargue semble toujours hésiter entre les éléments qui la composent.

Terre sacrée, sanctuaire naturel, reposoir où les migrateurs reprennent souffle au milieu du voyage, elle garde une odeur de Genèse entre les bras du Rhône qui la tient serrée, tendrement, pour la protéger d'aujourd'hui.

Sur la sansouire déserte les oiseaux règnent depuis le ciel. Un vol de flamants roses s'élève d'un étang. Un circaète fond sur le petit peuple invisible qui s'agite sous les branches piquantes des mourvens et des daladers. Un castor plonge dans l'eau glauque de la roubine et disparaît sous une chape de silence...

L'air a un goût de sel et de romarin. De paix.

Et, brusquement, l'horizon vacille. La terre vibre sous un galop d'enfer.

Une marée noire déferle sur la plaine plate et dure qui tremble sous les sabots. Poussière qui vole, odeur fauve, brames * profonds. Tout s'écarte devant les taureaux auxquels se mêlent, amis, ennemis, frères, les chevaux aux crinières blanches.

* Du provençal : *brama*, mugir.

Quelle divinité furieuse fuient-ils ?
Un cavalier.
Une jeune fille à la longue natte, à la taille fine, au sourire d'enfant.
Mais, dans sa main droite, elle porte le fer.
Le trident dont les trois pointes font couler le sang.
Elle est le Maître.

Cette cavalière m'est envoyée au grand galop de charge du plus profond de ma mémoire et de celle des miens. C'est à elle que j'obéis en écrivant cette histoire. Histoire qui n'est pas seulement la sienne, mais l'histoire de générations de femmes sans qui ce pays d'hommes n'aurait pu exister.

Femmes du Midi, vous qui êtes de l'Empire ou du Royaume selon que vous êtes nées sur la rive gauche ou droite du Rhône, je veux saluer en vous l'immense armée de païennes, barbares, chrétiennes, juives, sarrasines, esclaves, affranchies, cathares, hérétiques, camisardes, nobles ou vilaines, bergères, ouvrières, troubadouresses et savantes, bourgeoises et chambrières, sorcières ou religieuses, serves ou rebelles, dames ou damoiselles, et, désormais citoyennes, ô mes souveraines, je veux saluer en vous l'immense armée qui défile depuis que nos terres sont habitées et que des enfants sont nés de votre commerce avec les hommes.

Pour vous, dames mes ancêtres, je veux dire, à travers une famille de Camargue, tout l'amour que je vous porte, à vous sans qui nous ne connaîtrions pas la couleur du Temps, et tout l'amour que je porte à cette terre, ce delta défini par le rivage de l'antique Mare Nostrum et les bras ouverts du Fleuve-Roi.

Cette cavalière au trident qui galope vers moi, obéit encore à la devise de Flamenca la Flamboyante qui fonda sa race.

Flamenca, cousine du roi d'Aragon, épouse du Bancal, Flamenca qui fut connue, en Occident comme en Terre sainte, sous le nom de Dame-Chevalier.

Flamenca, dont la devise fut : *Eternidad*.

Il y a huit siècles de cela.
Seulement.
Car ici – Mistral nous l'a dit –, le Temps qui détruit cède à la durée et, au pays de l'éternel retour, *ce qui s'est vu peut se revoir.*

Les Cabreyrolle d'Azérac avaient toujours mené Grand Batre.
Quand on avait dit ça, le Grand Batre, on avait tout dit.
Ne mène pas Grand Batre qui veut ! Encore faut-il pouvoir regarder le monde du haut de son cheval, savoir le faire piaffer et hennir en seigneur.
De quand, d'où venait cette expression « le Grand Batre » ? Nul ne le savait. Peut-être avait-elle été inventée pour eux ?
Au fil des siècles, la légende s'était emparée du blason de ces hauts barons du Midi pour faire de leur histoire une féerie.
Ils étaient là depuis toujours. Personne n'en doutait. Ils étaient là au temps des géants, des fées, des génies et des minotaures. Ils étaient là bien avant que la Sainte Barque portant la Parole n'aborde au rivage de la Ville de la Mer.
On racontait qu'ils descendaient d'un empereur de Rome.
Antonin le Pieux. L'époux de Plotine, la Nîmoise. Celui qu'Hadrien adopta pour qu'il accède à la pourpre suprême.
Par courtoisie pour l'ancêtre présumé, et pour la chère Colonia Augusta Nemausensium, de génération en génération, l'arbre généalogique s'était couvert de Plotine (bien sûr !), de Flavien, d'Auguste, Faustine, Romain, Sévère, et autres Jules.
Mais l'orgueil de leur race ne leur venait pas de l'aigle impériale. La poésie courtoise, née dans les califats d'Espagne, s'était répandue de cour d'amour en cour d'amour, des Pyrénées jusqu'aux Alpes, le long du rivage latin, et la couronne des troubadours avait pris le pas sur la couronne des César.

Peyre Cabreyrolle, premier baron d'Azérac, dit le Bancal, était poète. Et boiteux.

Bancal suis
Dame Souveraine.
vais dans la vie
Pauvre hère boitant...

Dieu, voulant réparer cette misère, lui envoya du ciel bénédiction sur bénédiction.

Son premier cheval, qui fit de lui le plus beau cavalier de la chrétienté. Son premier poème qui fit de lui un troubadour. Et, enfin, son premier et unique amour, Flamenca. Elle qui se révéla tout de suite aussi vaillante en poésie qu'elle devait l'être, plus tard, le glaive à la main.

Peu de vers du Bancal et de son épouse sont venus jusqu'à nous, et ceux que l'on peut lire encore ont vraisemblablement rencontré un Viollet-le-Duc du Gai Savoir qui leur a gaillardement rafraîchi le museau. Mais l'amour qui fut celui des époux éclaire toujours leurs descendants comme les feux d'une étoile morte illuminent encore la nuit.

À Azérac, on se tient en selle avant de savoir marcher, et l'on peut réciter la geste des ancêtres avant de savoir lire.

Dans le mausolée de la famille, deux chevaliers de pierre se font face. En armes tous les deux. L'un est croisé, l'autre est femme. Lui est parti reprendre le tombeau du Christ aux Infidèles. Elle, est restée pour garder le fief par la lance et l'épée, défendant la terre contre les brigands et les seigneurs sans scrupules. Seule. Et cette solitude dura sept ans. Sept ans pendant lesquels elle éleva des bessons, leur apprenant les règles de l'amour courtois et du luth, beaux doux fils... mais aussi les règles de la guerre, preux chevaliers, et les prépara à l'honneur sans faiblesse. La tendre mère avait tissé de fer la maille de leurs langes, et, au retour du Bancal, les garçons imberbes étaient dignes de pousser avec lui le cri de guerre des Azérac :

Dau per Diéu !

qui pourrait se traduire par « À cheval pour Dieu ! », si la précision n'enlevait pas de la magie à l'incantation.

Fidèles à l'exemple de leurs ancêtres, les Cabreyrolle d'Azérac ne reconnurent jamais d'autres maîtres que le cheval, la poésie, l'amour, et Dieu... et cet autre seigneur qui était là avant la mémoire, avant les hommes, avant l'Histoire :

Le Taureau.

Car s'ils étaient alliés aux Maisons d'Aragon, de Sicile, de Toulouse, Barcelone, Provence et Anjou, ils étaient avant tout de Camargue. De cette terre prise à la mer que le vent semble redessiner chaque jour. De cette Camargue où paganisme et christianisme se mêlent dans une union mystique, nouant, serrés comme les crins tressés d'une crinière, les fils du Réel et de l'Invisible.

... la cavalière galope toujours...
Nous sommes en 1913.
Et l'histoire commence.

Faustine

Quand elle est à cheval elle n'a peur de rien.

Elle n'a d'ailleurs jamais peur de rien. Et c'est bien ce qui affole le vieux baile et les trois cavaliers qui tentent de la rattraper. Et soudain ils la voient ralentir et retenir son cheval. De son trident elle leur désigne un étalon qui vient de quitter la troupe pour s'égarer vers les montilles.

Le baile sourit. Il a compris. On va prendre la bête à revers et déjà un gardian détache de sa selle le seden de crin. Il s'apprête à le lancer sous les yeux éblouis de Juste, le nouveau. Il vient des Cévennes, de la Vallée Borgne où il était berger. C'est la première fois qu'il voit ça. Il découvre la plaine avec étonnement. Mais ce qui le laisse sans voix, c'est cette demoiselle qui troque ses robes de soie et ses dentelles pour des jupes de peau de taupe, monte comme un homme, marque les anoubles, trie les *biòu* * mieux qu'un garde-bêtes, porte le fer interdit aux femmes, et fait obéir chevaux et gens. À commencer par son père. Et même son grand-père, Monsieur le baron, qui va sur ses nonante, et devant qui on ne parle pas le premier.

Parce que, ces gens-là, ils mènent le Grand Batre.

Un cri de victoire !... Le seden vient de bloquer la bête dans sa course et le cheval se dresse, furieux, battant l'air de ses antérieurs, prêt à mordre, à frapper, à tuer...

– *Achtung Mamsell Faustine !*

Chaque fois qu'il est ému, le baile s'exprime en dialecte.

* En Provence, on appelle les taureaux : *biòu*, *brau*, *tau*.

Il y a plus de quarante ans qu'il a quitté l'Alsace pour ne pas être prussien; tous les jours il parle français, et même provençal; mais il n'y peut rien: la langue originelle revient à chaque émotion.

Comme en ce moment où la jeune fille se jette dans la mêlée, au coude à coude avec les hommes qui se laissent traîner par l'étalon avant de le plaquer au sol, haletant, chaud de colère et de révolte.

Juste n'a jamais été aussi proche de Mademoiselle qu'en ce moment où ils luttent ensemble contre la bête. Il perçoit le battement de son sang, la moiteur de sa peau. Et ce qui le trouble ce n'est pas l'odeur forte de la jeune fille – cheval et sueur – parce que, cette odeur, c'est celle des gardians, la sienne, et il ne la sent plus. Non, ce qui le trouble, c'est ce parfum de soie, cette pointe de jasmin qui annonce un jardin clos et défendu.

Le cheval bandait ses muscles, appelait ses forces perdues pour tenter de se relever, toute sa haine roulant dans son œil affolé.

– Tu seras mien, dit doucement Faustine.

La bête se débattit comme si elle avait compris.

Cette rage plut à la jeune fille qui se pencha un peu plus près encore pour prédire :

– Et tu m'aimeras!

Le bonheur.

Faustine a posé son trident contre le mur où reposent les fers de la manade.

Le bonheur.

Ses bottes résonnent sur les dalles de pierre tandis qu'elle traverse l'entrée en envoyant le baiser rituel au buste d'Antonin.

Elle monte, légère, le grand escalier de la demeure où elle règne sans le savoir. Car si elle ne fait que ce qu'elle veut, ce qu'elle veut est exactement ce que les siens veulent qu'elle fasse, ce qu'ils attendent d'elle.

Le bonheur...

Un éclat de rire lui fait lever la tête. Sa mère la regarde du haut du palier, la rejoint, joyeuse, devant le grand miroir où Faustine découvre leurs images, côte à côte.

Thérèse. Une femme très belle, blonde comme les filles d'Alsace. Cette Alsace en deuil dont elle est partie adolescente, avec les siens, suivis de Joseph et de quelques abeilles dont les descendantes butinent maintenant les lavandes d'Azérac. Thérèse rit toujours, magnifique dans sa robe de guipure grège, en serrant dans ses bras sa fille échevelée et moite.

– Tu sens le cheval ! Regarde-toi ! Mais, regarde-toi, petite folle !... Tu fais peur ! Si tu continues à servir comme gardian dans la manade, tu ne trouveras jamais de mari !

– Tant mieux ! Je resterai avec vous, Maman !

Thérèse sourit et caresse la joue pure où sèche la boue du combat.

– Attends d'être amoureuse...

Puis elle s'en va dans un bruissement soyeux, emmenant avec elle un parfum délicat d'œillet fané, ce parfum que Faustine savoure, les yeux fermés, depuis la petite enfance, parce qu'il dit que maman est là.

Attends d'être amoureuse...

C'est la mode à Azérac, depuis qu'on a fêté ses dix-huit ans : ils ont tous envie de la voir amoureuse. L'ennui c'est qu'elle n'a jamais rencontré un homme qui arrive à la cheville des hommes de sa famille.

– J'épouserais bien grand-père, qui est si beau, si drôle... et veuf depuis près d'un demi-siècle ! Ou Romain... mais c'est mon frère...

Elle a parlé tout haut devant les servantes qui vident des pots d'eau chaude dans la baignoire de son cabinet de toilette, et elle rit de leur air scandalisé. Ce qui déclenche le rire des petites ; ici personne ne résiste à la bonne humeur de Mademoiselle.

– Vous êtes amoureuses, vous ?

Stéphanette fait des mines hypocrites ; Anaïs, elle, se détourne, écarlate sous le nœud de sa coiffe.

– Elles sont amoureuses ! constate Faustine.

Elle s'installe, songeuse, dans la baignoire, attendant que les petites soient sorties pour enlever la chemise de linon qui cache sa blanche nudité. Blanche sauf les mains, qui semblent porter des gants de hâle. Elle regarde ses mains de cavalier et pense au cheval écumant de rage que les gardians ont laissé dans l'enclos où, jour après jour, bottant, ruant, mordant, il va oublier la sauvagerie pour apprendre à servir.

– Je l'appellerai Cathare ! Parce qu'il est révolté !

Elle a parlé très fort pour que les Saintes puissent l'entendre de sa chambre. Sa chambre qu'elle partage avec elles comme avec des amies de pension.

Les Saintes Maries de la Mer, dans leur barque de plâtre – leur petite barque amarrée sur toutes les cheminées de Camargue, de la plus humble des cabanes à la plus riche des demeures –, les grandes Saintes savent tout de Faustine. Et les Maries se réjouissent de la joie de la jeune fille, elles qui se sont désolées avec elle au moment de la mort de Tonnerre. C'était un bon cheval qu'elle montait depuis le jour de sa communion. Il aimait trier, menait l'abrivado fier comme Artaban, et semblait s'envoler quand elle lui disait : « Va ! » Il pâturait seul quand une vache, rendue folle par la mort de son veau, le perça d'un coup de corne. Pauvre Tonnerre ! Pauvre Faustine ! Elle l'avait fait enterrer debout, la tête tournée vers le levant. Près de la tombe de Tonnerre on en creusa une plus petite pour le veau.

– Quand les *biòu* viendront faire leur ramadan * pour le veau, ils pleureront aussi Tonnerre, avait-elle dit au baile après le recueillement.

Depuis ce jour elle montait Blé de Lune, le cheval de son frère Romain. Une bête superbe, digne de porter un officier de l'armée d'Afrique aussi beau cavalier que Romain. Elle aimait monter Blé de Lune, mais ce n'était pas la même chose que d'avoir une bête à soi. Et maintenant elle savait qu'elle avait trouvé son compagnon.

– Bonjour, mademoiselle ! dit-elle à son image, soudain si différente de celle du gardianou dont l'odeur importunait sa mère.

Une très jolie jeune fille...

– ... avouons-le ! dit-elle aux Saintes qui firent semblant de n'avoir pas entendu.

... digne et malicieuse.

C'est ainsi que Romain l'avait définie à sa dernière permission, huit mois plus tôt. Comme c'était long ces absences... Comme elle était loin cette Afrique...

Elle choisit dans sa petite cassette les trembleuses ** de grenat que ses parents lui avaient offertes à Noël, glissa à

* Les taureaux font leur ramadan sur la tombe ou les restes des leurs en bramant désespérément.

** Trembleuses : boucles d'oreilles.

son petit doigt la bague d'aïe * qui venait de son arrière-grand-tante Maguelonne. La belle Maguelonne qui avait fini ses jours au Carmel d'Uzès. Un chagrin d'amour...

Puis elle prit au creux de sa main la cigale d'or que le Maître lui avait donnée. C'était à la dernière Sainte-Estelle. Frédéric Mistral était superbe sous son grand chapeau.

– Tiens... encore un que j'aurais aimé épouser ! dit-elle. Je n'ai vraiment pas de chance avec les messieurs !

Il la connaissait depuis l'enfance, mais ce jour-là il lui avait dit :

– *As lou mourre de Mirèio...*

Tu as le visage de Mireille...

Et il lui avait donné la cigale

Elle ne la quittait que pour aller trier.

– Je la garderai toute ma vie, dit-elle en l'agrafant. Et quand je serai très vieille, je la donnerai à ma fille !

Elle répéta « ma fille » avec étonnement.

Puis la cloche du dîner sonna. Elle se leva, fit une révérence aux Saintes, quitta sa chambre, et ne pensa plus aux chemins mystérieux qui menaient à cette lointaine maternité.

– Il n'est pas là ?

Le vieux baron avait l'air contrarié. Il répéta :

– Il n'est pas là ?

– Non, mon père, expliqua Thérèse. Auguste a été retenu à Marseille. Il vient de me le faire savoir au moyen du téléphone.

L'allusion de sa belle-fille à l'invention de Graham Bell ne dérida pas Eugène d'Azérac. Les absences de son fils, son goût de la ville et du paraître – goût qu'il tenait de sa mère –, son peu d'intérêt pour la manade et pour tout ce qui touchait à la terre le désolaient. Une angoisse qu'il avait du mal à maîtriser le privait parfois la nuit de son

* C'est sur la Foire de Beaucaire qu'on vendait autrefois ces bagues de verre, dites « bagues d'aïe » car, si on les brisait, elles blessaient le doigt et faisaient crier les filles. Elles étaient souvent rouges, ornées d'un petit rat.

fragile sommeil de vieillard... Nonante ans pour la Fête-Dieu... s'il plaît à Lui de me garder en vie aussi longtemps ! pensa-t-il mélancoliquement, avant de sourire en voyant entrer la femme de son petit-fils Antonin.

Aidée de Miss Vertue, Aline poussait devant elle ses trois enfants. Léopoldine (« Ah ! s'ils savaient le mal que ce nom me fait !... Pauvre petite chérie, ce n'est pas ta faute... »), Guilhem (« Ah ! celui-là, je voudrais vivre pour voir ce qu'il donnera... Mais il n'a pas dix ans... »), et Virgile (« Petit trésor... On dirait que les fées t'ont confié un secret... que tu attends quelque chose... »).

– Dites bonsoir à votre Grand-Bon-Papa, dit Aline.

Et Miss Vertue répéta en écho :

– *Say good night to your Grand-Grand-Pa.*

Les enfants étaient prêts pour la nuit, luisants de propreté britannique, ou plutôt irlandaise puisque Miss Vertue venait du château de Waterford, où son père avait été régisseur du prince William Bonaparte Wyse, arrière-neveu de l'empereur Napoléon Ier. Le Prince Blond, ainsi que l'appelait Mistral, reposait depuis des années dans la terre provençale qu'il avait aimée et chantée, et sur le tombeau du félibre irlandais on pouvait lire son dernier poème :

Qui le sait ? Du Rhône au rivage,
je trouverai, ceinte de fleurs,
ma tombe. J'en ai le présage..

– Bonne nuit Grand-Bon-Papa ! *Good night, Grand-Father ! Adieú sias, moun segne-grand !...* Voilà ! dit Virgile. J'ai donné le bonsoir dans les trois langues !

– C'est bien ! dit Eugène, charmé.

Il serrait contre lui les petits corps fermes des garçons qui sentaient bon l'eau de Cologne et le savon. Il devinait la jeune fille qui couvait sous les quatorze ans de Léopoldine.

Mais déjà Miss Vertue, implacable, entraînait sa troupe pour la coucher.

– Et Antonin, où est-il ? demanda le baron à Aline.

– Antonin vous prie de l'excuser, Grand-Père. Il a été retenu...

– Je suppose qu'il t'a prévenue au moyen du téléphone ? dit le vieillard avec malice.

– Non, Grand-Père. Il m'a fait passer un mot depuis

Nîmes pour me dire qu'il partait avec M. Félix Mazauric sur un site, près du pont du Gard... Le tombeau d'une dame romaine... Il pense ne revenir que dans deux ou trois jours.

Eugène décida d'être de mauvaise humeur toute la soirée. Mais, à ce moment précis, Faustine entra. Ce fut comme si le printemps venait à lui avec toutes ses fleurs. Et le vieux monsieur oublia qu'il avait décidé d'être désagréable.

– Ah ! dit Thérèse à sa fille, je te reconnais ! Tu es Faustine !... Si vous l'aviez vue quand elle est rentrée du pâturage, mon père ! Vous lui auriez donné deux sous !

– Approche, gardianou.

– Grand-Père, je l'ai, mon cheval !

– Je sais. Joseph m'a dit que vous l'aviez levé dans les montilles, pas loin de la mer... Que tu avais fait la folle !

– Il est beau, Grand-Père ! Il est sauvage, il est fier ! Ça va être l'enfer pour le débourrer...

– Je vous aiderai !

La petite voix fait se retourner les têtes. Guilhem est debout, en chemise de nuit, sur le seuil du salon. Minuscule. Formidable.

– Je vous aiderai, tante Faustine ! répète-t-il.

Et Faustine trouve que ses yeux sont aussi brillants que les yeux du cheval.

Aline se précipite vers son fils, mais Eugène l'arrête d'un geste.

– Laisse, Aline. Nous n'allons pas renvoyer le seul homme de la famille qui s'intéresse encore à la manade !... C'est bien, Guilhem. Tu aideras ta tante à débourrer son cheval... Au fait, a-t-il un nom ?

– Cathare ! dit Faustine.

Et ce nom fait rire le vieillard tandis que la porte s'ouvre à deux battants devant Gabin, le majordome, qui annonce, de sa voix de ténor toulousain :

– Madame la baronne est servie !

Eugène offre son bras à sa belle-fille et se penche vers Guilhem.

– Avant d'aller au lit, conduis ta maman jusqu'à sa chaise, petit. Je dirai à Joseph qu'à partir de maintenant tu fais partie de nos gardians. Tu commences demain !

– Merci, Grand-Père !

Le regard de Thérèse s'attendrit en allant de l'enfant à l'ancêtre.

La petite silhouette en chemise de nuit s'incline devant sa mère, arrondit le bras. Déjà galant cavalier...

– Et c'est lui qui me dit merci ! murmure Eugène, heureux. Allons, Thérèse, venez ma fille ! Nous avons de bons enfants !

Thérèse ne dort pas. Dans le grand lit de la Chambre des Reines (au fait, pourquoi « la Chambre des Reines » ? Personne n'a jamais pu lui dire de quelles reines il était question), elle pense à Auguste. Elle n'aime pas être seule. Elle a besoin de ce grand corps qui la rassure, ce grand corps qui finit le sien et pèse de tout son poids pour l'unir à cette terre qui est devenue sienne...

Tant de bonheur, tant de bonheurs partagés, depuis le goûter chez Félicité, qui n'était pas encore cousine Félicité, ce beau cavalier qui entre, botté, vif, gai, qui vient vers elle... Elle a seize ans, des cheveux blonds; elle est en grand deuil. Il la regarde, s'incline, puis il s'assied en disant :

– Je suis Auguste d'Azérac, mademoiselle.

S'il n'était pas venu ce jour-là, si elle avait gardé la chambre à cause d'un rhume, d'une migraine ? Mon Dieu, elle n'ose pas y penser !... Mais il était venu, et elle était là... Il l'avait regardée comme s'ils étaient seuls...

– Notre petite Thérèse vient de perdre sa maman, avait murmuré la maîtresse de maison.

Alors Auguste avait fait une chose incroyable pour l'époque. Aujourd'hui, en 1913, on est moins à cheval sur l'étiquette, mais en ce temps-là les mœurs étaient plus sévères, eh bien il avait osé prendre les mains de Thérèse dans les siennes et avait dit :

– Moi aussi, mademoiselle, j'ai perdu ma mère. Mon cœur est tout près du vôtre.

Ce silence ! Ce silence scandalisé dans le vieux salon nîmois, sous l'œil réprobateur des ancêtres réunis en tribunal sur les murs ! Il venait de compromettre une jeune fille, orpheline, sans dot et, comble de misère, alsacienne, la pauvre ! Quand on faisait allusion à cette scène, Auguste éclatait de rire.

– Je savais ce que je faisais ! disait-il. J'avais trop peur de la perdre !

Après la réprobation des ancêtres peints, venait l'émerveillement des dames de la société derrière leurs éventails.

L'honneur était sauf : le scandale devenait belle histoire, l'orpheline devenait la fiancée, à la fin du deuil, elle troquerait ses vêtements noirs pour une robe blanche. Un vrai conte de fées !

Il faut dire qu'Auguste, aidé de son père ému par l'aventure, avait mené l'affaire rondement.

Thérèse se souvient de la première visite qu'elle fit à Azérac, escortée de cousine Félicité. Le baron l'avait accueillie sur le seuil, tête nue, attendant la calèche qui la menait vers son destin comme il aurait attendu la visite d'une reine :

– *Sian de la Grande France et ni court, ni coustié !* avait-il dit en lui présentant la main pour l'aider à descendre.

Elle n'avait encore jamais entendu parler provençal, Auguste avait traduit pour elle le vers de Mistral :

– « Nous sommes de la Grande France, simplement et loyalement ! »

Et elle sut que l'Alsace entrait avec elle dans la maison.

Brusquement, les larmes montent aux yeux de Thérèse, ces larmes que, seul, Auguste sait chasser. Mais ce soir il n'est pas là, et les larmes s'en donnent à cœur joie.

« Pourquoi ?... Pourquoi ? se demande-t-elle. Pourquoi pleurer, puisque nous sommes heureux ? Heureux, riches, puissants... Il a raison, Grand-Père, quand il dit : “ Nous avons de bons enfants... ” »

Thérèse tourne la tête vers la table de chevet qu'Antonin a baptisé : le laraire de Maman.

Ils sont tous là, les bien-aimés. Les photographies des défunts mêlées à celles des vivants, comme si la mort n'existait plus. La mère d'Auguste, Léopoldine, exquise avec ses bandeaux et sa crinoline, « *rappelée à Dieu dans sa vingt-sixième année. Priez pour elle* » ; Auguste avait sept ans. Près d'elle, les parents de Thérèse : jeunes, beaux, souriant devant Walheim, la chère maison perdue dominant la forêt alsacienne...

Une biche traverse la mémoire de Thérèse, suivie d'un verre de vin bourru aux reflets d'opale, d'un grand sapin

– *Oh Tannenbaum* –, tandis que les vignes s'alourdissent sur les pentes de Bergheim...

« Arrête de pleurer parce qu'Auguste n'est pas là ! Tu te conduis comme une sotte ! » se commande Thérèse avec sévérité.

Mais il n'empêche, Auguste n'est pas là.

Il est de moins en moins là. Ce n'est pas l'épouse qui s'inquiète en elle, mais la mère, la gardienne de cette maison sur laquelle elle règne. Que fait-il à Marseille ? Que trame-t-il avec ces Bourriech cousus d'or et de vanité ?

– Je vous prépare d'énormes surprises, mon amie, lui a-t-il dit en partant, hier matin.

Quand ils se sont mariés, Auguste avait la passion de la manade. Quel cavalier il était ! La fierté de son père... Puis, peu à peu, il s'est désintéressé de sa terre, de ses bêtes, pour les affaires. Les affaires ! Si encore ses fils avaient repris le trident, mais Romain est en Afrique. Romain qui ne se marie pas. On en plaisante à Nîmes, en Arles et en Avignon. On dit : « Romain veut rendre l'Alsace à sa mère... »

Dire qu'aucun de leurs enfants ne connaît Walheim...

Une nouvelle bouffée de joies perdues et de chagrins présents vient à Thérèse.

Décidément ce soir !... Elle rit toute seule. Elle aime se moquer d'elle quand elle s'attendrit. Mais, quand même, ce soir, Grand-Père a eu de la peine. Son fils à Marseille. un petit-fils le nez dans le tombeau de la dame romaine, un autre chez les hommes bleus du désert...

La petite veilleuse de porcelaine fait danser les ombres de la chambre. Un oiseau de nuit pousse un long cri désespéré.

Mais Thérèse ne l'entend pas ; elle dort au milieu de ses cheveux toujours blonds, la tête sur l'oreiller qui garde l'odeur élégante d'Auguste, *Cuir de Russie*, de chez Creed à Londres.

Le vieil Eugène écoute les douze coups de minuit qui tombent de la tour sur le château endormi. Il ne cherche pas le sommeil, il sait qu'il ne le trouvera que vers trois ou quatre heures du matin. Il ne s'en plaint pas ; il met à profit le silence de l'ombre pour faire de l'ordre dans sa tête.

Il devine le cadre d'argent où Léopoldine, « *rappelée à Dieu dans sa vingt-sixième année. Priez pour elle* », sourit depuis qu'elle a disparu. Léopoldine, pour qui son cœur saigne toujours.

Mais il faut penser aux vivants.

Auguste leur prépare quelque chose, c'est sûr. Et Thérèse n'est au courant de rien, c'est sûr également. Et ce qui est encore plus sûr, c'est qu'elle a peur. Au lendemain de ses soixante-dix ans, Eugène a donné tout pouvoir sur Azérac à son fils. Maintenant il se demande s'il a bien fait.

Ah ! si Faustine était un garçon, il serait tranquille pour l'avenir de la race ! Parce que c'est bien joli ces voyages à Marseille en automobile, ces téléphones, ces ampoules électriques et ces calorifères, mais ça ne l'épate pas ! Ni ces domestiques habillés en chiens savants qui s'agitent de partout, comme à la cour du Grand Mogol.

Les affaires !... Au diable les affaires ! *Sian cavalié* avant tout !

Et ce qui compte, c'est la terre !

Il se revoit, jeune homme, galopant sur le pâturage, au milieu des taureaux... Comme la vie était belle du haut de son cheval !... Sans Peur, il s'appelait... Sans Peur...

Tout ça est loin. Et lui n'est plus qu'un vieillard fragile qui assiste, impuissant, à la fin d'une antique tradition.

Que va devenir Azérac ?

« Je vous aiderai ! »...

La petite silhouette de Guilhem en chemise de nuit vient chasser les idées noires de l'ancêtre qui rit dans le noir.

Guilhem regarde vers le lit de son frère à la clarté de la lune.

Virgile dort paisiblement.

« Comme une fille ! » pense Guilhem avec mépris.

Virgile bredouille dans son sommeil :

– Les *biòu*, c'est gentil...

Guilhem hausse les épaules.

Lui, demain, il ira avec les gardians. Lui, il est un homme et, plus tard, il sera le maître de la manade.

La manade Guilhem d'Azérac.

Léopoldine, depuis son lit, regarde le parc sous la lune.

Le cèdre a l'air japonais dans la lumière d'argent.

Elle quitte son lit et, pieds nus, va vers l'image irréelle, comme une somnambule.

Au passage elle cueille une feuille de papier sur son petit bureau d'écolière, une plume... et dessine la nuit.

Heureuse.

Faustine dort sous la garde des Saintes.

Les Saintes qui ont l'air soucieuses, dans leur petite barque.

Le bonheur...

Les Saintes savent qu'Auguste aime sa fille.

Oui, il l'aime ! Très fort !...

Au point d'être capable de faire son malheur.

Auguste d'Azérac verse quelques gouttes de *Cuir de Russie* dans le creux de ses mains. Il a envoyé Jaume se coucher.

Depuis que son valet de chambre s'est mis à la conduite de la De Dion-Bouton, Azérac n'est plus qu'à trois heures de Marseille. Quelle chance d'être nés à l'époque du Progrès ! Mais trois heures c'est encore trop long pour Auguste qui a hâte de retrouver Thérèse, de lui parler, et, qui sait ?..., peut-être de parler à Faustine. Auguste ne peut s'empêcher de sourire en pensant à la petite cavalière.

« Si tu savais ce que je prépare pour toi, murmure-t-il. Un royaume !... »

Auguste se met au lit. Demain, à six heures, Jaume le réveillera avec le thé, puis il s'occupera de la voiture.

Auguste regarde autour de lui le mobilier cossu et impersonnel de la chambre du *Grand Hôtel de Noailles*, où il a ses habitudes quand il descend à Marseille, et hausse les épaules.

Les Azérac ont une maison splendide, dans un parc, sur la Corniche. Mais elle est fermée depuis la mort de Léopoldine. Père n'a jamais voulu y remettre les pieds. Seul un garde veille sur Château-Candi comme sur un mausolée. Auguste n'a jamais eu le cœur d'insister auprès de son père pour qu'il rouvre la demeure. Le chagrin qu'ils partagent l'en a toujours empêché. Mais, maintenant, il va falloir convaincre le baron que les choses ont changé... « Père le fera certainement, pour Faustine, quand il saura... » Quand il comprendra ce que représente tout ce qu'Auguste a entrepris avec les Bourriech ! Il fera un peu la tête en apprenant que son fils traite avec des « affairistes » comme il dit, mais il est trop fin pour ne pas saisir les avantages d'une telle alliance. D'un côté, une famille noble qui amène des relations, une position sociale, un blason, et, de l'autre, une dynastie de marchands, certes, huiles, savons, épices, mais aussi d'armateurs et de banquiers qui lui ouvrent la porte de la grande finance...

« Vous risquez d'être plus riche que nous, mon ami », lui a dit Bourriech, l'air sérieux, hier soir, pendant le dîner en tête à tête à la Réserve. Entre hommes. Par délicatesse, Mme Bourriech a voulu les laisser seuls.

Il trouve Thérèse sévère avec elle. D'accord ! Mme Bourriech n'a pas la distinction des dames d'Azérac ou de cousine Félicité, mais c'est une femme de tête, et une mère admirable. Et elle semble beaucoup aimer Faustine. Bien qu'elle ait du mal – elle l'avoue spontanément – à comprendre qu'une jeune fille se passionne pour les chevaux, et encore plus, dit-elle, pour les taureaux.

Il l'a assurée que ça lui passerait. Ça lui a bien passé à lui ! Et Dieu sait qu'il était fervent cavalier pendant les premières années de son mariage ! C'est quand ses fils furent des hommes, que Romain partit en Afrique, quand il vit qu'Antonin ne s'intéressait qu'aux vieilles pierres et aux incunables, qu'il a peu à peu passé les rênes de la manade à Joseph.

Joseph, le baile alsacien. En Camargue ! Au début on

en riait dans les mas, et puis on s'est incliné devant le savoir-faire de l'ancien palefrenier de Walheim.

Walheim... Quand l'affaire du Maroc aura porté ses fruits, quand il croulera sous l'or, il fera tout pour racheter Walheim et l'offrir à sa femme. Il voudrait être assez riche pour racheter l'Alsace toute entière et la lui poser dans les bras, nouée d'un ruban tricolore... effacer Sedan, la défaite, les deuils... Sa Thérèse ! Si gaie, si joyeuse, dont les yeux s'embuent quand une cigogne se pose sur le pâturage. Il s'en voudrait de cette nuit encore passée loin d'elle si, derrière tout ça, il n'y avait pas la grande entreprise de sa vie : le Maroc.

Demain, il lui parlera de Charles Bourriech. Il ne peut pas lui cacher plus longtemps les projets qu'il a pour Faustine. Le Maroc, ça peut attendre, mais, pour Faustine, il faut qu'elle sache...

Les bruits de la rue, étouffés par les persiennes et les doubles rideaux de brocart du riche appartement lui disent que la ville est là : la grande métropole du Midi, ouverte sur l'Afrique, l'Orient, les Affaires...

« Nous donnerons une fête magnifique à l'automne pour les nonante ans de Papa. Nous inviterons tout ce qui compte dans le pays ! Tout le monde dira : Ces Azérac, ils mènent le Grand Batre !... »

Et ça n'aura jamais été plus vrai !

La Fête

Si rèire-felen, Vergèli, Guilhen, Leoupouldino,
Si felen, Rouman, Antounino e dono Alino, Faustino
Sis enfant, lou baroun Aguste e dono Terèso
Soun baile, si gardian, li chivau e li bioù
de la manado Cabreyrolle d'Azérac
Vous counvidon à festeja em éli li 90 an de soun
segne-grand, Baroun Eugèni Cabreyrolle d'Azérac
lou 27 d'avoust dóu bèl an de Diéu de 1913

Castèu d'Azérac
proche Sant-Gile

Se dansara *

De sa main gantée de peau claire, Mme Bourriech repose sur la banquette le carton qu'elle a relu trois fois depuis Marseille.

– Quelle idée d'envoyer un bristol en patois !

– En provençal, Maman.

– C'est quand même du chinois, dit M. Bourriech.

* *Ses arrière-petits-enfants, Virgile, Guilhem, Léopoldine*
Ses petits-enfants, Romain, Antonin et dono Aline, Faustine
Ses enfants, le baron Auguste et dono Thérèse
Son baile, ses gardians, les chevaux et les taureaux
de la Manade Cabreyrolle d'Azérac
Vous convient à fêter avec eux les quatre-vingt-dix ans
de leur seigneur, le baron Eugène Cabreyrolle d'Azérac
le 27 août du bel an de Dieu 1913

On dansera — Château d'Azérac, près Saint-Gilles

– Au moins, ils auraient pu mettre leur couronne ! regrette Mme Bourriech.

– C'est si gentil, Maman, ces petits-enfants qui nous invitent à venir fêter leur arrière-grand-père !

– C'est toi qui es gentil, mon Charles ! Avec toi, tout le monde a raison.

– Pas tout le monde, Maman, mais j'aime beaucoup M. et Mme d'Azérac.

– M. et Mme d'Azérac... ou bien Mlle d'Azérac ?

Charles rougit comme une demoiselle et regarde les cailloux de la Crau que la Panhard-Levassor aborde à toute vitesse. Son père se penche vers lui, important.

– En ce qui concerne Mlle d'Azérac, tu peux considérer que c'est fait. N'est-ce pas, mon amie ?

Mme Bourriech fait signe que oui. Mais Charles, de plus en plus rouge, ne manifeste pas la joie qu'ils attendent de lui. Malgré l'ample vêtement qui protège sa tenue de la poussière de la route, il semble fragile, sur le strapontin, face à ses parents étalés sur les coussins capitonnés de la puissante voiture. On s'étonne que ces deux forces de la nature aient pu mettre au monde un si frêle jeune homme.

– Je me demande...

Charles se tait et lève les yeux sur ses parents.

– Tu te demandes ?...

– ... si elle voudra de moi.

Deux éclats de rire répondent à son angoisse, et ces rires lui font mal.

– Tu n'as pas à t'inquiéter, mon petit. Je te dis que c'est fait ! Elle n'aura qu'un seul mot à dire : oui !...

– Fais confiance à ton père, mon petit. Tout est arrangé avec M. d'Azérac.

– Mais nous n'avons parlé de rien avec Faustine... Elle ne semble pas me trouver...

– Te trouver ?...

Ce mot déclenche à nouveau l'hilarité de ses parents.

– Te trouver ?... Elle sera bien contente de te trouver ! Je ne peux pas t'en dire plus.

Charles baisse la tête. Elle est gentille, Faustine, très gentille même, avec lui, mais quand elle le regarde il sait bien qu'elle ne le voit pas. Elle semble espérer, au-delà de lui, l'arrivée de... de quoi ?... de qui ?...

– Quelle horreur ! Quelle poussière ! Mais où sommes-nous ?

– Nous traversons la Crau, mon amie.
– Quelle épreuve ! Un vrai pays de sauvages !... Un désert. Pas une âme !... Heureusement que nous sommes protégés par nos capotes de voyage, sinon ma toilette était perdue. Une robe de chez Doucet ! Une petite fortune !
– Que je ne regrette pas quand je la vois sur vous, dit galamment son mari.
Mme Bourriech sourit sous son voile verdâtre, de moins en moins transparent.
– Vous avez raison. C'est de l'argent bien placé !
Elle prend la main de Charles dans la sienne.
– Tout ça, c'est pour toi que nous le faisons, mon trésor. C'est ton bonheur que nous voulons. Tu le sais, hein ?... Tu le sais ?
– Oui, Maman, répond Charles, accablé.
– Bien ! dit Mme Bourriech, rassurée. Je suis contente que tu le comprennes parce que, si ce n'était pas pour toi, crois bien que nous n'aurions jamais accepté de nous rendre à l'invitation d'un troupeau de vaches !

Une petite tête bouclée se glisse dans l'entrebâillement de la porte.
– C'est toi, Virgile ?
– Oui, Bon-Papa. Je viens voir si vous ne trichez pas.
Eugène rit : il a fait le serment de ne pas regarder les préparatifs de la fête.
– C'est pour vous faire une belle surprise, explique Virgile en entrant dans la chambre. Il ne faut pas se tourner vers la fenêtre...
– Croix de bois, croix de fer !...
– ... parce qu'il ne faut pas voir les musiciens qui sont arrivés ! C'est pour la surprise !
– Promis !
Eugène est magnifique. Et l'enfant le regarde, ébloui par le frac, la chemise empesée, la cravate de soie où brille la marque de la manade. Mais ce qui le fascine le plus c'est la blancheur marmoréenne de la peau du vieillard.
– C'est comme le buste..., dit-il.
Mais Eugène ne saura jamais qu'il pense au buste

d'Antonin le Pieux car Aline entre en coup de vent pour récupérer son fils.

– Pardon, Grand-Père ! Virgile vous ennuie ! Viens, mon petit, Miss Vertue te cherche partout... Mon Dieu, tu es pieds nus, petit polisson ! Et tu sais que tu ne dois pas déranger Grand-Père !

– C'était pour voir s'il était sage.

– Grand-Père est toujours sage ! Allez, viens...

– Une minute, Aline.

La jeune femme s'arrête sur le seuil, sous l'œil scrutateur de l'ancêtre.

– Je n'ai pas le droit de regarder les préparatifs de la fête, d'accord ! Mais toi, fais-nous voir comme tu es belle, la Sarrasine !

Aline, l'enfant à la main, revient en souriant vers Eugène. Il l'a baptisée « la Sarrasine » à cause de sa chevelure presque bleue, de ses immenses yeux noirs, de sa démarche silencieuse.

– Les Maures sont passés par là, dit-il souvent en la désignant, et il ajoute : Ne rougis, pas, Sarrasine ! C'était au xe siècle... il y a prescription !

Il aime regarder les femmes de sa famille, et chercher, derrière un profil, un port de tête, une allure, la lointaine trace d'une ancêtre qui revit dans une nouvelle Azérac.

– Ton mari est prêt ?

Aline s'illumine, comme toujours quand il est question d'Antonin. Oui, il est prêt. Et heureux ! car il a une pierre gravée à montrer à ces messieurs de l'Académie. Avec des caractères grecs !... Magnifique !... Elle ne peut pas en dire plus !

– Que de surprises en perspective ! plaisante le vieillard.

– On va bien s'amuser ! assure Virgile.

– Dis à Faustine de venir me voir dès qu'elle sera prête.

– Elle n'est pas prête, Grand-Père. Elle n'est même pas rentrée du triage ! explique Aline. Guilhem non plus, d'ailleurs. Ils sont partis il y a plus de trois heures, avec Romain et Joseph.

– Bien, bien !...

Trois Azérac sur le pâturage, voilà qui lui fait plaisir. Depuis que Romain est arrivé d'Afrique en permission, ils sont toujours à cheval.

Ça le console du regret que la Sarrasine ne se soit pas mise en costume. Elle porte une robe de Worth. Un Parisien anglais... mort, mais toujours en vogue. Quant à Faustine, il sait que son père lui a offert une robe signée Poiret. « Le dernier cri ! » assure Auguste. C'est bien ce qui l'inquiète ! Le dernier cri... Eugène eût aimé voir ses filles porter le ruban, pour son anniversaire ; mais il n'y aura pas d'Arlésienne aujourd'hui chez les dames d'Azérac. À part les servantes, bien sûr... enfin, celles qui ne sont pas habillées comme des archiduchesses !...

Eugène hausse les épaules.

« On va bien s'amuser... » Il voudrait en être sûr. Des accords contradictoires montent de la terrasse et lui font froncer le sourcil. Les musiciens s'installent. On dansera. Mais certainement pas la farandole, comme dans son jeune temps ! Des danses modernes... américaines... dernier cri !... Il faut vivre avec son temps, et même avec le temps des autres quand on arrive à un âge aussi avancé que le sien. Mais on peut être moderne et respecter les traditions !... Elles auraient quand même pu se coiffer * !

Il ne sait pas qui vient : Auguste lui a caché les noms. Toujours pour « la surprise »... alors, il s'est fait une liste tout seul, dans sa vieille tête. Il était sûr qu'il y aurait les messieurs de l'Académie, et Aline vient de le lui confirmer. Les Azérac ont toujours entretenu de bons rapports avec la vénérable maison. Antonin a dû inviter les trois collèges : les Catholiques, les Protestants et les autres, les Sauvages comme on les appelle. Ils sont tous érudits, puits de science, amateurs d'art, savants, gens de bonne compagnie et de civilisation... mais leurs esprits sont également ouverts au Progrès. Il espère qu'Auguste n'aura oublié personne dans la bouvine et la rossatine... Ni les félibres !... Hélas Frédéric Mistral est souffrant. Il se dépense tant pour la Provence !... Il a beau avoir sept ans de moins qu'Eugène, les années pèsent lourd sur ses épaules. Il ne viendra certainement pas... Par contre, on peut compter sur les parvenus, les... là !... les ... comment se nomment-ils, déjà ?... Les Bourriech !... Mais qu'est-ce qu'il leur trouve, Auguste, à ces Marseillais ? Eugène ne les a rencontrés qu'une fois : quand ils sont venus à Nîmes, voir *Guillaume Tell* aux arènes, et qu'il les a reçus à l'hôtel d'Azérac, rue Dorée. Mais cette unique fois lui a suffi. Des affairistes ! Le fils est gentil, lui. Délicat, fragile... peut-être

* « Se coiffer », en Provence et en Languedoc, cela veut dire « porter le costume arlésien ».

même poitrinaire... S'il a échappé à la vulgarité des parents il ne semble pas avoir hérité de leur santé, le pauvre ! Puis il y a eu deux voyages au moins, cet hiver, à Marseille, où Auguste a emmené sa femme et sa fille sous prétexte de commander des toilettes... Dernier cri, bien sûr ! Mais c'était pour que Faustine et le petit se rencontrent à nouveau ! Alors Eugène ne s'est plus gêné : il a lâché le morceau à Auguste.

– J'espère que tu ne projettes pas une alliance avec tes millionnaires du Vieux-Port ? Il faudrait être fou pour marier Faustine à ce pauvre Charles ! Tu ne t'es pas engagé, au moins ?

Auguste n'a rien répondu, mais, depuis, il a l'air soucieux. Et, chose plus grave, Thérèse aussi. Eugène a essayé de remettre la conversation là-dessus. En vain.

Ils lui cachent quelque chose... Ça l'a tellement contrarié qu'il n'a pas pu s'empêcher de demander à Faustine :

– Que penses-tu du jeune Charles ?

– Mais rien, Bon-Papa ! Rien du tout ! a-t-elle répondu.

Et ils ont éclaté de rire ensemble. Elle lui a pris la main.

– Vous aussi, Bon-Papa, vous voulez que je sois amoureuse ?

– Pas de lui ! Dieu garde !...

– Soyez tranquille, Grand-Père ! a-t-elle dit. Le jour où j'aimerai, tout sera simple...

Simple ?... L'amour ?... Il faut être une jeune fille sans tache pour penser cela. Mais Faustine avait ajouté :

– Quand je dis « simple », je veux dire indiscutable. Parce que l'amour ce doit être une grande force qui vous arrache du sol comme le galop d'un cheval !

Des cris joyeux, des bruits de sabots sur les pavés de la cour, des hennissements... Au diable la promesse... Eugène va à la fenêtre pour ne pas manquer le retour du triage.

Ce Romain, quelle assiette ! Et Faustine, sur Cathare !... En quelques mois elle a fait du cheval sauvage le plus rapide crocheteur de la manade. On se demande qui, de la bête ou de la fille, est la plus attachée à l'autre.

– Elle ne pourra épouser qu'un cavalier ! murmure-t-il pour lui-même.

Il se sent bien, tout à coup. Jeune. Il regarde le petit Guilhem, couvert de boue, mettre pied à terre... Il a dû traquer les fauves jusque dans un marécage...

Guilhem, dont on va fêter les dix ans aujourd'hui. Ils sont – presque – du même jour. À eux deux, ils valent un centenaire !

La jeune fille, l'officier et l'enfant ont disparu dans la maison. On les entend rire. Le bruit des fers qu'ils posent dans l'entrée monte jusqu'à l'ancêtre. Il croit sentir l'odeur de cade de l'écurie...

Il est heureux.

Virgile a peut-être raison quand il dit :

– On va bien s'amuser !

Il en vient de partout.

D'Arles, de Nîmes, des Saintes, d'Aigues-Mortes, d'Aigues-Vives, du Cailar, de Vauvert, de Marsillargues... Il en vient des grandes villes, il en vient des mas cachés derrière les cyprès, de ceux des bords du Vaccarès, de ceux des bords du Rhône... De partout !

On entend vibrer la plaine dure sous le brouillard mauve des saladelles, tandis que tintent les grelots d'une calèche tirée par des mules.

Une calèche pleine de filles joyeuses et soyeuses comme des fées. Leurs robes de satin et de brocart, la dentelle de leurs chapelles blanches et de leurs coiffes « à l'oiseau » disent au paysage qu'elles vont à la Fête.

Un cavalier galope à leur côté, le trident fleuri de rubans à la main, bientôt rejoint par un autre, puis un autre... Et c'est bientôt une armée qui escorte les filles joyeuses, les fées soyeuses, tandis que d'autres attelages arrivent de tous les coins de l'horizon et que de nouveaux cavaliers, portant chacun son Arlésienne en croupe, se joignent au cortège.

Certains connaissent le chemin depuis l'enfance, certains ne l'ont jamais pris. Certains se rendent à Azérac comme ils se rendraient ailleurs, certains ne feront que passer. Certains savent déjà que le destin les attend dans le gros château de pierre blanche.

D'autres ignorent que leur vie va changer en mettant le pied dans la baronnie.

Mais tous mènent grand train sur la plaine salée pour

aller fêter ensemble le *segne-grand,* ses nonante, et les dix ans d'un petit cavalier.

Les châteaux sont comme les maisons. Ils aiment les fêtes.

Et, de mémoire de pierre, Azérac ne se souvient pas d'avoir vu tant de monde, d'allégresse et d'estrambord, depuis qu'il abrite les descendants du Bancal.

Tous ses salons, toutes ses galeries, tous ses escaliers, ses boudoirs, ses recoins secrets, ses splendeurs cachées sont à l'honneur. Les traînes des élégantes caressent les tapis brodés de la croix du Languedoc, les éventails battent un air lourd de tubéreuses, les grands chapeaux des dames de Nîmes saluent les rubans de velours des Arlésiennes.

La foule des invités passe et repasse des jardins aux salons par les portes-fenêtres grandes ouvertes, et circule sans relâche comme un sang vif réveillant un corps endormi.

Azérac n'est encore qu'un jeune château construit sur les ruines de celui qui a brûlé en 1809 et qui, en son temps, avait été élevé sur d'autres ruines... C'est pour ça qu'on retrouve souvent, en interrogeant le sol, des vestiges très anciens comme la stèle qu'Antonin se propose de dévoiler pour ses amis. On dit même que, sous la chapelle, si l'on creusait à l'aplomb de la barque sainte, on trouverait un autel dédié à Mithra.

Eternidad...

Mais, pour l'instant, ici et maintenant, on valse sur le parquet posé ce matin sur la pelouse et on lève son verre rempli de vin d'Alsace en l'honneur de Thérèse.

Elle est superbe dans sa robe de bengaline azurée. Elle porte les bijoux des baronnes, la rivière de diamants, la Broche d'Amour; à ses oreilles scintillent les pampilles d'or et de brillants. Mais, près du sautoir en chaîne d'Arles qui retient sa montre, une cigogne d'or rappelle d'où elle vient.

Quand elle est descendue, avant l'arrivée des invités, ses enfants l'ont applaudie. Romain l'a regardée longuement, puis il s'est approché d'elle et a posé ses lèvres sur la main fine.

– Un jour, Maman, nous retournerons à Walheim !

Elle a eu froid, tout à coup, au milieu de son bonheur. Mais le bruit d'une voiture qui approchait a dissipé son angoisse.

La Fête commençait !

Une fête comme on en voit rarement.

D'abord méfiant devant un tel faste – un huissier à chaîne, un orchestre, des extras –, le vieil Eugène a pris place, l'air sévère, sur le fauteuil que son fils a fait poser pour lui au bord de la terrasse afin qu'il puisse profiter du passage de la manade, prévu dans l'après-midi.

Une gentille idée...

Et puis, les uns après les autres, il a vu arriver tout les manadiers de Camargue. Les jeunes, les vieux. Ceux avec qui il a galopé autrefois, étrier à étrier, le foulard noué autour du cou, la taillole bien serrée sur les reins, le regard clair. Il n'en reste guère, peuchère !... Mais leurs fils, leurs petits-fils sont là. Et leur filles ! Qui portent le ruban, elles !... Comme cousine Félicité et Magali qui lui ont fait la surprise et l'honneur de se coiffer.

Tout à l'heure, avant la grande cohue qui se presse maintenant autour du fauteuil de l'ancêtre, Faustine est venue lui offrir un verre de châteauneuf-du-pape, le vin des félibres, et lui a glissé à l'oreille :

– Je déteste ma robe ! Mais, regardez, Grand-Père, il y a une astuce... elle a des petits pantalons de gaze ! Je ne l'ai prise que parce qu'on peut monter à cheval avec elle !

Petite folle ! Monter à cheval avec des pantalons de gaze !... Elle en serait bien capable !

Elle était déjà repartie, aussitôt entourée d'une cour. Il faut dire que, même avec sa robe dernier cri, elle est infernalement jolie !... Qui sont ces charmants jeunes gens qui l'escortent ? Il doit les connaître, mais quant à mettre des noms sur le jeune aspirant de Marine et les deux autres garçons...

– Mathieu Boucoiran, Jules Claparède et Félix de Combaroux, dit une petite voix près de lui.

Léopoldine. Il a dû parler tout haut.

– Merci, ma chérie... mais... qu'est-ce qui t'est arrivé, grands dieux ?...

– Je suis tombée d'un arbre, Bon-Papa, explique Léo.

Sa robe de broderie anglaise blanche est verte de mousse, déchirée de haut en bas, et ses cheveux, piqués d'aiguilles de pin, sont défaits. Miss Vertue a raison quand elle dit : *« She is a real tomboy * ! »*

– Mais qu'est-ce que tu faisais dans un arbre ?

– J'observais le monde, Grand-Père !

– *Good Lord !...*

Miss Vertue a vu le désastre. Elle se précipite, s'empare de Léopoldine et l'entraîne vers la maison pour la soustraire aux regards et lui mettre une autre robe.

– « J'observais le monde... » Elle est étrange, cette petite... Elle parle peu, mais elle dessine joliment... comme si elle avait un compte rendu à faire de tout ce qu'elle voit.

Eugène aperçoit Virgile qui va saluer Charles. Il l'embrasse... Tout petit qu'il est, Virgile a senti le désarroi du garçon. Il lui prend la main et l'entraîne comme s'il voulait le soustraire à un danger... Ils ont dépassé les lauriers-roses et se dirigent, loin de l'agitation de la Fête, sur le sentier qui mène aux ruches. L'autre jour, Thérèse l'a trouvé là, couvert d'abeilles, riant dans le soleil. Elle n'osait pas bouger de peur d'effrayer les ouvrières... À partir de combien de piqûres un enfant de sept ans peut-il mourir ?... Mais Virgile avait secoué ses mains, et le danger s'était envolé dans un bourdonnement doré.

« Elles me parlaient en alsacien », avait-il expliqué à sa grand-mère sans remarquer qu'elle était au bord de l'évanouissement.

– Eugène mon ami !

Antonin de Gavalda est devant lui, les bras ouverts. Et les vieux souvenirs de la grande époque déferlent sur le héros de la Fête. Barcelone ! Les Jeux floraux de 1866, Balaguer, l'arrivée de la Coupo, et le banquet en Avignon, quand Mistral se leva et entonna pour la première fois ce qui allait devenir l'hymne du Midi...

Eugène est ému. Il cherche les vers que Balaguer fit graver sur la Coupo, et sa mémoire le trahit.

– *« Morta dinhen qu'es, Mès, jo la crech viva ! »*

Qui a parlé ? Guilhem ! Le petit cavalier vêtu de velours qui vient de le rejoindre et s'appuie d'un bras à son fauteuil, comme un dauphin de France, comme un infant d'Espagne, à la droite du souverain.

On traduit, pour les dames, pour tous ceux qui ne sont pas d'ici et se pressent autour du trône – car il s'agit bien

* « C'est un garçon manqué ! »

d'un trône ! – : « On dit qu'Elle est morte, mais, moi, je La crois vivante ! »

– Et qui est vivante ?

– *Nosto lengo !* dit l'enfant.

Et tout le monde applaudit.

Auguste est contrarié. Où est sa fille ? La Fête est un triomphe, d'accord... mais les choses ne se passent pas comme il l'espérait, Charles est introuvable, et les Bourriech sont furieux.

– Il est sans doute avec Faustine... Tenez, les voilà !

À peine a-t-il dit ça qu'il le regrette.

Faustine est en train de rire aux éclats avec un groupe de jeunes gens, mais Charles n'est pas parmi eux.

– Avec qui parle-t-elle ? demande Mme Bourriech, le face-à-main soupçonneux braqué sur eux.

– Des petits-cousins, des amis d'enfance... Elle les connaît à peine ! s'empêtre Auguste avant d'apercevoir Charles qui sort du bois avec Virgile, et de se jeter sur lui avec enthousiasme.

– Mais d'où viens-tu ? questionnent ses parents, d'une même voix.

– J'étais allé voir les abeilles.

– Et tu t'es fait piquer ?

– Mais non, Maman !

Auguste le prend par le bras.

– Cher Charles, justement Faustine vous cherchait à l'instant. Faites-la danser, mon ami ! Faustine !

Mais Faustine a de nouveau disparu et, tandis que la mère rectifie le nœud de cravate de son fils, le père prend Auguste à part.

– Il faut que nous parlions sérieusement, mon cher.

– Est-ce vraiment le moment, mon ami ? essaie de plaisanter le maître de maison, qui se voit brusquement sauvé par l'annonce fracassante de l'huissier :

– Monsieur Émile Guimet, président de la Compagnie de produits chimiques d'Alès et de Camargue !

– Présentez-moi, mon ami !

Armand Bourriech aime son fils de tout son cœur sec,

mais pas au point de manquer l'occasion de faire la connaissance du célèbre orientaliste qui n'est pas seulement le fondateur du musée qui porte son nom, mais un homme dont les fonctions peuvent ouvrir de nouvelles perspectives aux Établissements Bourriech-Bourriech et Fils...

Émile Guimet assure qu'il est enchanté de lui serrer la main. Bien sûr il connaît la réputation des Bourriech !... Le savon, les huiles, les bateaux...

– Et la banque ! ajoute Auguste, momentanément soulagé et profitant de la conversation des deux hommes pour partir à la recherche de sa fille, bien décidé à lui coller Charles dans les bras à la première polka qui se présentera.

Antonin a attendu que tous les messieurs de l'Académie se soient réunis puis il a levé le voile et la stèle est apparue.

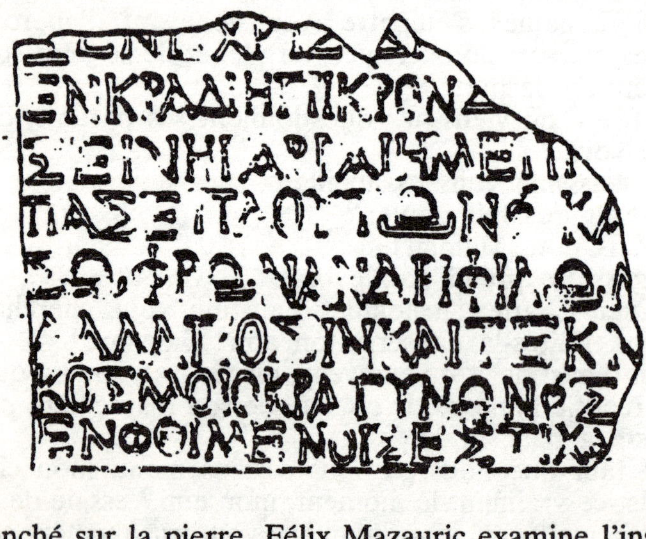

Penché sur la pierre, Félix Mazauric examine l'inscription dans un silence respectueux.

Il se relève, range ses lorgnons, et se retourne vers les confrères en redingote qui l'interrogent du regard. Il est le conservateur de la Maison carrée, des Arènes, de la Tour Magne, et même du Pont du Gard ! Le Lord Protector de

Rome, comme l'appelle Thérèse... et le complice d'Antonin avec qui il descend dans les gouffres et les spélunques, quand ils ne mettent pas à jour le tombeau d'une mortelle du IIIe siècle ou l'autel d'une petite divinité oubliée.

– Je pense, dit-il lentement, qu'il s'agit d'une étrangère... une jeune Grecque... fauchée dans la fleur de l'âge... tout près d'ici.... Les caractères sont très abîmés, vous le voyez, et je ne puis avancer qu'un sens conjectural.

Les échos assourdis d'une valse tendre, les rires de la jeunesse et les cris joyeux des enfants parviennent de très loin dans la galerie des ancêtres.

Le Lord Protector remet ses lorgnons.

– *Passant... éprouve pour Chrysis... dans le fond de ton cœur, une douleur amère...* Je déchiffre plus difficilement la suite... *Sois compatissant : chez les morts aussi existe la reconnaissance...*

S'ils n'avaient pas laissé leurs hauts-de-forme au vestiaire, ils se découvriraient devant l'ombre immatérielle de Chrysis, comme devant la sépulture d'une ancêtre. Catholiques, Protestants et Sauvages se sentent réunis par les mânes de la jeune Grecque. Réunis et unis. Comme au temps de la guerre des Cévennes, quand l'Académie décida de couvrir de son manteau ceux qui, entre ses rangs, avaient pris le parti de la Réforme. Et de les protéger.

Ne quid nimis, dit sa devise.

Rien de trop...

Ô Civilisation !

– Eh bien, Antonin, je t'y prends !

L'arrivée de la maîtresse de maison les ramène à la gaieté d'aujourd'hui.

– Tu séquestres toute l'Académie, maintenant ?... Nous ne sommes pas en séance, nous faisons la fête ! L'as-tu bien expliqué à nos amis ?

Elle rit, glisse son bras sous celui du Lord Protector, prend la main du chanoine Menu, et les entraîne tous en annonçant une « énorme surprise » !

Et tous la suivent. Car peut-on résister à une aussi étonnante nouvelle : l'arrivée d'un poète japonais !

On fait cercle autour de lui. Les dames sont un peu déçues de ne pas lui voir porter le chignon, l'obi et l'éventail. C'est un monsieur comme tous les messieurs qui sont ici. À un détail près.

Il est japonais.

Dans son pays, il est le roi de la Soie. Mais, ici, il ne veut être que troubadour. Hier, Antoni de Gavalda et Pierre Aldebert du Valgaron l'ont présenté à Frédéric Mistral qui lui a dédicacé *Mirèio.* Il tient le livre contre lui. Comme un trésor. Comme un talisman. Comme une arme.

À sa droite, Gavalda représente la Poésie ; à sa gauche, Aldebert représente la Soie. Eugène tend la main avec courtoisie au voyageur.

– Soyez le bienvenu, monsieur.

Ikosaï Kasaba s'incline profondément. Il ferme les yeux, se concentre, et commence d'une voix douce et mélodieuse :

– *Bancal suis*
Dame souveraine
Vais dans la vie
Pauvre hère boitant
Rêvant de vous
En des terres lointaines
Mon cœur blessé
Et par amour saignant...

Thérèse a fait signe aux musiciens de jouer en sourdine. Le silence s'est fait. Même ceux qui sont trop loin pour entendre se sont tus.

Les applaudissements éclatent. Le Japonais serre toujours *Mirèio* contre lui. Il s'incline et promet que, rentré chez lui, il apprendra la langue provençale grâce aux vers de Mistral.

Guilhem lui tend la main.

– *Grameci, Moussu lou pouete* ! Vous nous faites grand honneur !

Le Japonais joint les mains et salue l'enfant en lui demandant ce qu'il voudrait être plus tard.

– Chevalier !

– Tu l'es déjà, chevalier ! dit Romain en souriant, à son neveu. Tu l'es déjà, poursuit-il, aussi, pour tes dix ans, ai-je voulu te faire un cadeau digne de toi. Regarde...

Et Guilhem, ébloui, voit Juste le Gardian approcher, menant au seden un beau camargue inconnu. Un grand cheval blanc et vif qui encense avec colère.

Il n'ose croire que la bête est pour lui. Il interroge l'ancêtre du regard. Et l'ancêtre fait oui de la tête... de ce secret-là, il était au courant.

– Oh!... Merci!

Guilhem serre la main de son oncle – entre hommes on ne s'embrasse pas! Puis il dit gravement:

– Je vais l'appeler Capitaine puisque vous êtes capitaine, oncle Romain!

Il se précipite vers le cheval, saute en selle, on s'écarte, et il part au galop en criant *Dau per Diéu!* sous les acclamations.

– *Dau per Diéu?* demande M. Kasaba.

– C'est le cri d'armes d'Azérac, explique M. Aldebert. On peut le traduire, mais...

– ... mais cela blesserait le mystère, dit le Japonais en souriant.

La Soie les tisse l'un à l'autre par un fil aussi transparent, aussi fort, que celui de la Poésie.

Pierre Aldebert du Valgaron est allé deux fois au Japon accompagné d'ingénieurs français et même de fileuses cévenoles, pour nouer le savoir-faire français à la magie japonaise.

– Quand nous reviendrez-vous? demande Ikosaï Kasaba.

– Cette année, je ne pense pas, mais l'année prochaine, en septembre 1914, certainement! Si Dieu le veut!... ajoute-t-il prestement en s'inclinant sur la main que lui tend Thérèse.

– « Si Dieu le veut!... » répète-t-elle. Cher monsieur Aldebert, je ne vois pas pourquoi Dieu s'opposerait aux projets d'un homme chez qui l'on fabrique les gants du Saint-Père!

– Avec de la soie huguenote, oui, madame. Et avec un soin tout particulier, cela va sans dire!

Les Aldebert du Valgaron sont protestants. Très protestants. Et furieusement riches. Surtout depuis que Pierre Aldebert a épousé la nièce du banquier genevois, Élie Hébrard, qui est l'homme le plus influent et le plus respecté du Consistoire.

– Vous m'avez profondément émue, monsieur Kasaba, dit Thérèse en se tournant vers le Japonais. Réciter le poème du Bancal! L'avoir appris par cœur! Comment vous remercier?

– En venant nous rendre visite au Japon, avec M. et Mme Aldebert!

– N'oubliez pas non plus votre promesse, chère madame!

Alix Aldebert, longue, racée, élégante, vient de les rejoindre. Elle tend à la maîtresse de maison une main gantée d'une soie à rendre le pape jaloux, et sourit.

– ...nous vous attendons toujours à Beau-Désert !

– Beau-Désert ! Un nom de conte de fées !

– À vrai dire, madame, Beau-Désert est une maison de camisards, corrige Pierre Aldebert. Avec la cachette du pasteur, la place de la Bible derrière les miroirs, et le souterrain qui débouche au milieu des châtaigniers... Nous y partons demain avec notre ami Kasaba. Venez donc nous y rejoindre, avec votre mari et Antonin le Pieux !

– Antonin le Pieux ? demande le Japonais, un peu perdu.

– C'est le nom que les académiciens ont donné à mon érudit de fils, explique Thérèse.

– Dites que vous viendrez à Beau-Désert ! insiste Alix.

– Si Dieu le veut ! répond gaiement Thérèse qui s'éloigne pour aller accueillir le sous-préfet d'Arles.

Virgile a vu la petite fille.

Il va vers elle parce que Miss Vertue lui a dit qu'il fallait être très gentil avec les invités.

Et puis parce que la petite fille est belle.

Elle regarde autour d'elle, intimidée, et cherche sa maman des yeux. Mais elle ne voit ni sa maman, ni Tante Dadine, ni Tante Chaton. Alors elle reste contre le vase d'Anduze où fleurit un laurier-rose, et attend.

Puis elle rougit parce qu'un petit garçon s'approche d'elle et lui sourit.

– Bonjour, fillette ! Tu es très jolie !

– Bonjour, monsieur...

– Comment tu t'appelles ?

– Amélie Aldebert du Valgaron.

– Moi, je suis Virgile. Virgile Cabreyrolle d'Azérac. J'habite ici. Tu as vu mon frère s'il est beau sur Capitaine ?

La petite fille fait signe que oui, et lui demande s'il a, lui aussi, un cheval.

– Non, dit Virgile. Mais je sais tout !...

– Tout ?

– Pour les chevaux !

En chuchotant, il lui glisse à l'oreille :

– ... Il faut jamais monter à droite !

Et comme elle n'a pas l'air de comprendre, il explique que c'est à cause de l'épée.

– L'épée ?...
– L'épée des chevaliers ! D'accord ?
– D'accord ! dit Amélie, enchantée.

– Alors, Charles, vous vous amusez ?
Il ne sait que répondre à Faustine. Il voudrait lui dire : « Donnez-moi la main, ma beauté. Allons nous asseoir sous le magnolia dont les fleurs vous ressemblent. Je vous aime. Je vous adore !... Je veux passer ma vie à vos pieds et faire votre bonheur... »
Il dit seulement :
– Oui.
– Alors, faites-moi plaisir : courez me chercher un sirop d'orgeat !
Il se précipite comme si la vie de Faustine en dépendait.
Magali a observé la scène et s'approche de sa cousine.
– Il est fou de toi !
– Oui, dit distraitement Faustine.
– Et toi ?
– Quoi « moi » ?
– Tu l'aimes ?
– Ne dis pas de bêtises !... Oh, merci, Charles ! Vous êtes un amour !
– Demandez-moi ce que vous voulez !
– D'accord ! Je vous ferai une liste... Oh, regardez ! Guilhem est de retour sur son cheval-cadeau ! Vous ne montez toujours pas, Charles ?
– J'ai fait une mauvaise chute, et, depuis, Maman...
Mais Faustine l'abandonne pour sauter au cou d'Apolline de la Craye qui vient d'arriver de Châteauneuf-du-Pape et qu'elle entraîne, avec Magali, vers un groupe de dames rieuses.
Charles les suit timidement, perdu au milieu des élégantes dont les battements d'éventail brassent les parfums entêtants de l'iris, du jasmin et de la rose thé. Il se sent de trop. Il n'existe pas.
– Comment, Thérèse, vous n'avez jamais entendu parler de José Luis Monteja !... s'étonne une beauté.
– Mais non !
– Vous ne savez pas qui c'est ?
– Mais il n'est question que de lui, en ce moment !
Les dames n'en reviennent pas.
– Jose Luis Monteja... Voyons, Thérèse !... Le torero !

Charles a horreur de la corrida, Charles a horreur du sang, mais il écouterait sans broncher un dialogue technique entre Gilles de Rais et la fameuse Locuste pour ne pas s'éloigner de Faustine.

– Et il vient à Nîmes la semaine prochaine, pour la corrida d'automne.

– Après avoir reçu l'alternative à Séville !

– Et la confirmation à la plaza de Toros de Madrid, devant le roi et la reine d'Espagne !

– Il va certainement devenir une Figure !

– Ça veut dire qu'il est le meilleur, traduit gentiment Faustine pour associer Charles à l'enthousiasme général, Charles qui la remercie avec gratitude.

– ... et enfin, conclut la reine du Félibrige, et enfin – ce qui ne gâte rien – il est beau comme un dieu !

Cette révélation rend les dames aussi joyeuses que si on leur avait promis un cadeau. Elles iront, toutes ensemble, assister à la corrida !

– Viens l'applaudir avec moi, dit cousine Félicité à Thérèse.

Mais Thérèse ne peut pas les accompagner elle doit justement partir le mercredi qui vient, avec Aline et les enfants, pour faire une cure à Lamalou-les-Bains.

– Dommage ! se désolent les dames, qui oublient bien vite le torero pour profiter d'une attraction. Les quatre générations d'Azérac vont être photographiées devant le château par le chanoine Menu.

Il a déjà planté son appareil et préparé ses plaques. Il manque Léo. On la cherche, on l'appelle...

– J'arrive ! J'arrive !... et la voilà qui dégouline d'un arbre, déchire la robe de pongé rose que Miss Vertue lui a fait passer en hâte, et perd une bottine.

Thérèse éclate de rire.

– Gardons-la comme elle est ! Au moins, en regardant la photographie, on saura que c'est bien elle !

Les invités se sont approchés pour observer le chanoine qui officie avec minutie et précision. C'est lui qui prend tous les clichés des découvertes qui viennent enrichir le Musée archéologique. Un véritable artiste. Nadar lui-même faisait grand cas de son travail.

– Attention... On ne bouge plus !

On a beau être habitués, c'est toujours impressionnant. Une seconde pose, pour ne pas risquer une déception...

et la séance finit sous les applaudissements de l'assistance. Qui est de plus en plus joyeuse, de plus en plus épanouie. Le vin d'Alsace et le châteauneuf-du-pape n'y sont pas pour rien... Des mèches folles s'échappent des chignons les plus stricts, et la piste de danse résonne de plus en plus sous les bottines vernies des messieurs et les petits souliers des belles.

Dadine et Chaton, diminutifs imprévisibles d'Augustine et de Madeleine, regardent la fête avec saisissement.

Les demoiselles Aldebert du Valgaron, les jeunes sœurs du filateur, ne vont jamais dans le monde. Dadine est horrifiée par ce qu'elle voit ; Chaton, elle, brûle d'aller danser.

Mais personne ne les invite, personne ne les connaît, personne ne les regarde... Malgré la gentillesse d'Alix et ses efforts pour égayer leur toilette, leur allure reste sévère et leurs robes de drap gris, bien coupées mais austères, découragent les danseurs.

– Mlle d'Azérac est vraiment jolie ! dit Chaton, en extase.

– Jolie, oui... mais pas modeste ! répond sa sœur. Je n'aimerais pas être comme elle !

– Eh bien, moi, si !

Chaton est toujours sincère ; elle ajoute, même :

– Et son frère l'officier ! Quel bel homme ! Quel dommage qu'il soit catholique !

Dadine hausse les épaules.

– Ne rêve pas, pauvre sotte ! Tu sais bien que tu épouseras un pasteur !

– Venez un peu par là !...

M. Bourriech a la voix blanche. Mme Bourriech suffoque dans le carcan de ses baleines.

Auguste voulait leur dire en les accueillant qu'il n'avait pas encore parlé à Faustine, mais les invités ont débarqué tous ensemble et il n'en a pas eu le temps. Et maintenant ils le regardent comme s'il leur devait de l'argent !... Il a brusquement envie de les envoyer au diable. Il connaît sa fille mieux que personne ; il sait qu'il est inutile de la brusquer. C'est encore une enfant...

– Comment se fait-il que vous n'ayez pas demandé à Charles de figurer sur la photo de famille ?

– Vous n'y pensez pas ! dit-il avec une certaine hauteur.

– Nous avions espéré que les fiançailles seraient annoncées aujourd'hui.

Il ne peut s'empêcher de sourire.

– Nous devons respecter les convenances !

– Azérac !... Vous ne reprenez pas votre parole ?

– Moi !... Quelle idée !

– Ce mariage fait partie de nos accords... c'est clair ? Quel jeu jouez-vous ?

Au moment où Auguste ouvre la bouche, il est sauvé une nouvelle fois par l'huissier.

– Madame la duchesse de Cazouls !

Bianca de Cazouls fait son entrée.

Fille d'un Grand d'Espagne, épouse du duc Melchior, la jeune femme est considérée comme la muse de la tauromachie. On dit même qu'il lui arrive de descendre dans l'arène. Sa beauté lui ouvrirait les portes les plus fermées, si son rang et sa fortune ne s'en étaient déjà chargés.

– Je suis en retard ! Pardon, Thérèse !... dit-elle avec cette grâce à elle, ce sourire, cette incertitude dans l'accent qui la font unique. Elle est en retard, dit-elle, parce qu'elle chauffe un vrai bolide que viennent de sortir Audibert et Lavirotte, alors elle n'a pas pu résister au plaisir de tenter quelques pointes le long du Rhône ! Qui lui a paru très haut... soit dit en passant... Les pointes ? Oh, 98 dans la ligne droite... pour ne pas dire 100 !

– Duchesse ! quelle imprudence !

– Que voulez-vous, j'aime le danger. Oh, j'oubliais !... Je ne suis pas en retard seulement à cause de ma petite folie automobile, mais parce que je voulais vous faire une surprise... Je suis allée chercher quelqu'un...

Elle se retourne vers les trois hommes en costume andalou qui se tiennent respectueusement en retrait.

– Je ne vous présente pas El Duro et Bautista Capsir..., dit-elle en désignant deux hommes âgés dont l'un boite bas, vieille blessure reçue sur le sable de l'arène. On ne présente plus nos *empresa* !... Mais, avec eux, devinez qui je vous amène... José Luis Monteja !...

Un frémissement fait battre les éventails, les cils et les cœurs des dames.

Monteja est là.

Monteja est magnifique.

À la fois modeste et fier. Plein de cette retenue, de

cette hauteur espagnole, que donne l'intimité avec la mort.

José Luis... José Luis...

Son nom court de l'une à l'autre sous les grands chapeaux, les rubans de velours et les coiffes à l'oiseau.

La duchesse est ravie et sourit, délicieuse, au bourgeois un peu lourd que lui présente Auguste.

– Armand Bourriech, de la Compagnie...

– ...Bourriech et Bourriech ! coupe-t-elle. L'homme le plus riche de Marseille ! Si riche, monsieur, que vous pourriez, si l'envie vous en prenait, nous acheter tous, comme des melons !

Tout le monde rit. Quel mot charmant ! On reconnaît bien là le style de la duchesse. Quel esprit ! Quelle drôlerie !

Tout le monde rit et les Bourriech plus fort que les autres. Allons, les choses ne vont pas si mal... Tout le monde sait maintenant qui ils sont, et à quel point la duchesse a été gracieuse... Il faut s'habituer aux manières de ces grands seigneurs, se glisser adroitement dans le cercle fermé de leurs devises et de leurs armoiries, apprendre les règles obscures de leur jeu, se faire adopter... bref, devenir indispensable... après, quand nous serons dans la place...

– Vous avez raison, dit Armand Bourriech à Auguste avec majesté, n'allons pas trop vite. Avant tout respectons les convenances et faisons les choses comme il faut. Nous les fiancerons comme des princes, et les marierons comme des rois !

Quelle fête ! On valse, on rit, on s'amuse, la vie est belle et le Grand Batre mène le bal.

Mais Faustine ne danse pas.

Mais José Luis ne danse pas.

Ils se sont vus.

Leurs regards se sont croisés pour toujours.

Ils semblent pétrifiés.

Personne n'a remarqué que la foudre vient de les frapper... sauf Magali, qui regarde Faustine avec inquiétude...

... et Charles. Qui la regarde, lui, avec désespoir.

Faustine a vu José Luis.

Et il l'a vue.

Dans la cour intérieure d'Azérac les chevaux des invités hennissent et se cabrent en frappant les dalles de pierre de leurs sabots.

Ils savent que la manade noire est en marche. Les naseaux élargis, ils anticipent le passage fulgurant des fauves cornus. Ils sentent l'odeur sauvage de la bouvine et tentent de briser leurs liens.

Leur agitation a alerté les domestiques qui sortent de l'office et des cuisines et courent s'accrocher à la grille pour ne rien manquer du spectacle.

Les bonnets de plumetis blanc côtoient les gilets rayés ; les blouses bleues des filles de cuisine voisinent avec la redingote du cocher et les tailloles rouges des garçons d'écurie.

Le galop, encore lointain, fait trembler la terre. On l'entend d'autant plus nettement que l'orchestre s'est arrêté. Les invités se précipitent au bord de la terrasse pour mieux voir. Joseph, des gardians et des manadiers, conscients du danger, les font reculer.

Le vieil Eugène est toujours dans son fauteuil, attendant le cadeau de son fils : *li biòu* !

– *Li biòu ! Li biòu !...* crient les domestiques en agitant la grille.

– *Li biòu ! Li biòu !...* crie la foule.

Faustine et José Luis n'ont pas bougé. Ils se regardent toujours. Ils n'entendent pas le roulement formidable qui se rapproche.

Ils viennent de se sourire pour la première fois.

– *Li biòu !...*

Les *biòu* arrivent ! Ils sont là !

C'est magnifique !

Alors Virgile, radieux, se précipite vers les taureaux, les bras tendus, et disparaît sous le flot.

Dans les hurlements d'horreur, les cris et l'affolement, Guilhem s'est jeté en avant pour tenter de rattraper son frère, mais Romain l'a arraché du sol et retenu contre lui.

La manade est passée, et disparaît à l'horizon qui poudroie.

Il se fait un grand silence. Le grand silence qui accompagne les grands malheurs.

Il ne reste plus qu'une petite silhouette couchée sur l'herbe foulée par les sabots. Des femmes se détournent et personne n'ose s'approcher de la tache claire et immobile.

Sauf la mère, qui se précipite et tombe à genoux, les yeux pleins de larmes, muette de douleur.

– Faut pas pleurer, Maman chérie !

Aline a comme un mouvement de recul quand l'enfant qu'elle croyait mort noue ses bras autour de son cou et l'embrasse.

Tout le monde en a le souffle coupé, tandis que le médecin de famille, l'excellent docteur Rache, prend la situation en mains, écartant la foule qui s'approche trop près, cherchant à tâtons les traces du piétinement sur le petit corps.

– Tu peux bouger les bras ?... Les jambes ?... Tu peux te lever ?... Tu n'as pas mal ?

Non, Virgile n'a pas mal et obéit docilement avant d'éclater de rire, chatouillé par la barbe du praticien.

– Tu m'embarbouchines, monsieur le docteur !

– Tu sais qui je suis ?

– Oui ! C'est toi qui viens quand on tousse.

Le docteur sourit.

Dans le silence on entend sangloter Miss Vertue, bientôt suivie par d'autres femmes.

Le docteur poursuit son auscultation. Il n'en croit pas ses yeux ; il n'en croit pas ses mains ; pour un peu, il se pincerait. Un vrai miracle ! Virgile n'a rien ! Alors, comme s'il délivrait un communiqué de cour, le docteur Rache se relève et annonce solennellement : « L'enfant est indemne ! », avant d'aller gifler quelques beautés à qui le soulagement a fait perdre connaissance.

Faustine et José Luis n'ont pas bougé. Ils ont seulement fermé les yeux, et fait la même prière. Et la prière a été exaucée puisque l'enfant est intact.

L'enfant que son père soulève dans ses bras et amène à l'ancêtre, bouleversé, qui le tient serré contre lui.

– Tu sens le taureau...

Virgile n'a rien. On pourrait croire qu'il ne s'est rien passé !... Il n'a rien !... Ah, si !... Sur la main de l'enfant on distingue une légère marque... Mais, cette marque... Oh, mon Dieu !...

– Venez, Thérèse.

Ils se penchent tous deux sur la petite main. On y lit le signe que les taureaux de la manade portent sur le flanc. La marque d'Azérac, imprimée par le feu.

– Un petit coup de rouge ? Ça vous rendra vos couleurs, dit Romain en offrant un verre à Thérèse qui ne peut quitter la marque des yeux. Allez ! Cul sec, Maman !

– Je crois que je n'ai jamais eu, de ma vie, une telle peur...

– C'est fini, Maman ! Tout va bien.

– Tout va bien, répète Thérèse qui frissonne.

Elle trempe ses lèvres dans le vin mais ne boit pas. Son regard semble trembler devant l'avenir, comme tout à l'heure... Romain avait dit quelque chose... Mais quoi ?

Auguste la débarrasse de son verre et lui prend la main. Elle voudrait se jeter dans ses bras, mais à leur âge, en public, ce ne serait pas convenable. Au fait. à quel âge est-ce convenable ? On est toujours « encore trop jeune » ou « déjà trop vieux » pour ces choses-là !... Alors elle serre la main de son mari et soupire.

– Vous voyez..., dit Mme Bourriech.

Et ces deux petits mots, ce simple commencement d'une phrase inachevée, exaspèrent Thérèse.

La fête est disloquée. Sous la musique qui a repris mollement on n'entend plus les rires de la jeunesse. L'émotion a été trop forte. Il faudrait...

... et, brusquement, la vie reprend !

La farandole !

Faustine a fait un signe aux musiciens et s'est élancée, seule d'abord mais bientôt suivie et rejointe par une jeune fille, puis par une autre, et une autre encore, et enfin par toutes. Et le long ruban de grâce et de beauté s'organise, grandit, s'allonge, enroulant et déroulant ses anneaux autour du trône de l'ancêtre, obéissant au rythme qu'on lisait déjà sur le flanc des vases grecs, chassant la peur, disant la joie, saluant le soleil ! C'est la vieille danse de la liberté. La danse qui permet, en prenant la main de l'autre, de s'évader du Labyrinthe et d'échapper au Minotaure.

Faustine danse.

Faustine danse pour le grand-père bien-aimé. Faustine danse pour l'enfant sauvé. Faustine danse pour les Saintes Amies...

... mais elle danse aussi pour l'amour.

L'amour qu'elle vient de rencontrer. L'amour qui la regarde, les yeux brillants, le cœur battant à l'unisson du sien...

Faustine danse ! Et les filles chantent avec elle, et l'orchestre joue, et l'allégresse est telle qu'il faut l'arrivée de ce cavalier haletant qui crie que le Rhône vient, que les digues ont crevé à la Costière une fois de plus, pour que le silence se fasse et qu'on entende le tocsin.

La farandole s'est défaite, comme un collier qui perd ses perles, tandis que, sans hésiter, sans se concerter, d'un seul élan, tous les cavaliers ont couru vers les grilles où sont attachés les chevaux. Ils ont repris les tridents, ils ont sauté en selle, ils sont partis au galop vers le Rhône, tandis que sonnent toujours les cloches du malheur.

Le vieil Eugène s'est levé et s'appuie au dossier de son fauteuil pour les saluer. Romain est en tête, avec Guilhem fier d'étrenner Capitaine dans le danger. Derrière eux, véritable escadron, les meilleurs cavaliers de Camargue.

À peine passés, ils ont disparu au loin aussitôt suivis par une cavalière qui porte le fer aux trois pointes des gardians. Une cavalière insolite et merveilleuse dans la robe de gaze et les petits pantalons de M. Poiret. Faustine, montée sur Cathare qui file comme le vent.

– Mais elle monte comme un homme ! s'indigne Mme Bourriech. Je trouve ça...

– Nos filles naissent cavaliers, la coupe sèchement Eugène.

– Mais c'est très dangereux ! s'affole Charles que personne n'écoute.

Auguste est désespéré. Dix fois son père et Joseph lui ont demandé de faire des travaux sur la digue. Ça lui est sorti de la tête. Il s'en veut. Mais il faut le comprendre... Il a des excuses, des responsabilités...

– Si j'avais un poignard, je fendrais ma jupe pour sauter à cheval ! dit la duchesse qui trépigne de rage.

– Oh oui !... Ce serait joli ! approuve Virgile avec galanterie.

– Tu es là, toi, petit miracle ? Tu n'as pas eu trop peur, tout à l'heure ?

– Oh non, madame !

– Aimerais-tu avoir un beau cheval, comme Capitaine ?... Mais, qu'est-ce que tu as ?...

L'enfant semble avoir soudain une grande frayeur. Il répète : « Non ! Non ! Non !... » comme s'il voyait quelque chose de terrible. La duchesse lui prend la main et répète :

– Virgile !... Qu'est-ce que tu as ?...

– La guerre, dit-il avec un sourire délicieux.

Et Bianca de Cazouls caresse la joue de l'enfant de sa main gantée.

– Petit miracle...

Et personne ne remarque un dernier cavalier qui passe à un train d'enfer.

Et personne ne devine que, bientôt, tout un monde va basculer dans la boue, le sang et les larmes. Qu'il y aura la guerre, que Capitaine n'en reviendra pas... ni tant de jeunes hommes qui galopent sans savoir ce qui les attend.

Mais Virgile, lui, sait !

Virgile sait que la malédiction est en marche. Les dieux ont ouvert pour lui le livre de l'avenir. Il voit venir le malheur vers les siens, et le malheur a les traits d'un beau jeune homme souriant.

Faustine va droit sur les taureaux invisibles.

Quand on les déplace comme aujourd'hui, ils se regroupent toujours auprès du tombeau de Tonnerre et du veau.

Les autres sont loin, elle va être seule pour déloger les bêtes... ce sera dur !... *Dau per Diéu !...*

Un cavalier se rapproche et, avant de l'avoir vu, elle sait qui il est. Et la joie décuple ses forces. Elle n'a pas besoin de se retourner. Elle crie des ordres en espagnol, heureuse de le sentir aussi *caballero* qu'elle et de galoper le long de lui, flanc à flanc, jusqu'à ce que les bêtes soient chassées vers le sec.

Il était temps ! Le Rhône s'étale, déborde, coule, tourbillonne, noie, recouvre, engloutit ; glauque, limoneux, stagnant parfois, torrentueux par endroits, et charriant déjà, comme des brins de paille, des troncs déracinés.

– Ho ! Ho !

Encore une bête égarée, mais José Luis l'a vue et la prend à revers au milieu de gerbes d'eau boueuse, et Faustine l'assiste comme s'ils étaient complices et compagnons depuis toujours.

Le taureau rejoint les siens qui galopent maintenant loin du danger et se mêlent à ceux que les autres cavaliers viennent de regrouper derrière les montilles protectrices.

Alors seulement Faustine et José Luis s'arrêtent pour reposer leurs montures épuisées. Alors seulement ils se regardent.

Faustine, haletante, essaie de reprendre son souffle. Elle

respire profondément, s'appuie sur la hampe de châtaignier qu'elle a fichée en terre, flatte Cathare à l'encolure et le présente au toréador :

– *Se llama Cathare. El vuestro se llama El Rayo... Son buenos caballos que nos quieran y nos protegen* *.

Elle devine qu'il s'étonne de l'entendre parler espagnol, alors elle lui explique que les Azérac descendent de la Maison d'Aragon. Puis elle sourit, et elle lui confie :

– Mais je crois qu'au commencement du monde, nous étions tous des chevaux !

José Luis la regarde fixement. Puis il dit lentement :

– Pourquoi existez-vous ?

Les cheveux épars et humides, comme la robe trempée de sueur qui dit son corps mieux qu'une nudité, Faustine est illuminée par l'évidence. Elle murmure des mots qu'il lit sur ses lèvres plus qu'il ne les entend... « Pour vous, peut-être... » et s'enfuit au galop.

* – Il s'appelle Cathare. Le vôtre s'appelle L'Éclair... Ce sont de bons chevaux qui nous aiment et nous protègent.

Prière du Torero

Madre de Dios, ten piedad. Me importa poco la muerte en la plaza de Toros si he de vivir sin la compañera que has puesto en mi camino.
¡ Tienes que dārmela, Madre de Dios!
Sino ¿ por qué me has conducido hasta ella?
Mándame al duende para olvidarme de la hermosa cuando me una a la bestia a la hora de la verdad – Que el amor no manche mi honor... Quiero darselo intacto.

* « Mère de Dieu, ayez pitié de moi ! Peu m'importe la mort dans l'arène si je dois vivre sans la cavalière que vous avez placée sur mon chemin.
« Il faut me la donner, Mère de Dieu ! Sinon pourquoi m'avoir mené à elle ?
« Envoyez-moi le duende pour que j'oublie la belle quand je m'unirai à la bête au moment de l'heure de la vérité. Que l'amour ne fasse pas de tache sur mon honneur... Je veux le lui donner intact ! »

Les gradins de pierre ont disparu sous les rangs serrés de la foule assise au coude à coude.

Nîmes de l'*aficiòn* respire du même souffle ardent depuis les places nobles jusqu'au faîte des arènes où commence le bleu du ciel. Et la voix formidable du peuple n'a rien perdu de sa force depuis le temps où Antonin le Pieux couvrait de sa pourpre le cirque de la Colonia Augusta.

Parfois des fusées de notes brutales jaillissent de *bandas* noyées dans le public. Le public qui ne quitte pas des yeux le sable encore vierge et qui attend. Le public que ces accords sans suite font frémir comme ceux d'un orchestre font frémir les mélomanes avant l'ouverture d'un opéra.

Ici c'est l'Opéra de la Mort.

La mort promise de la bête. La mort possible de l'homme.

Qui peut expliquer la corrida ?

On ne vient pas à elle par les voies du raisonnement, mais par des chemins mystérieux, plus vieux que la mémoire. Des chemins joyeux comme la couleur du sang. Joyeux comme le marchand d'éventails en papier plissé : « Qui n'a pas son petit vent du Nord ? »

Joyeux comme les pauvres de la Placette *, comme les riches de l'Enclos Reï *.

Joyeux comme les vieux qui ont connu Frascuello, comme les jeunes qui sont venus pour découvrir El Monteja,

* Quartiers de Nîmes.

a las cinco de la tarde en ce jour éclatant d'octobre 1913.

Et comme les belles qui sont toutes là, fidèles à l'engagement pris à Azérac. Les belles qui entourent Bianca de Cazouls. Les belles qui s'agitent sous les grands chapeaux chargés de fleurs et d'oiseaux, relevant leur voilette, serrant des jumelles incrustées de nacre dans leurs petites mains gantées. Et qui attendent, le cœur battant, la sonnerie qui annoncera l'entrée des alguazils venant chercher la clef du toril.

Un grand silence se fait, soudain...

Les trompettes sonnent...

Alors un cri monte de toutes les poitrines.

La fête est commencée !...

Il s'est signé avant de quitter l'ombre pour la lumière.

Pour la première fois de sa vie de matador, il a peur en entrant dans l'arène.

Non pas des monstres de Villagodio qu'il va devoir affronter, mais de l'instant de vérité où il saura si la cavalière est venue au rendez-vous.

Un rendez-vous qu'ils n'ont pas pris, mais qui est pour eux la seule chance de se revoir.

Il n'ose lever les yeux vers les places d'honneur, à droite de la Présidence, là où il sait que se trouve la duchesse. Si la cavalière est venue, elle doit être à ses côtés.

La musique de *Carmen* accompagne la marche de la *cuadrilla*... Un bouquet tombe aux pieds de José Luis ; il le ramasse et reconnaît les couleurs des Cazouls. Il marque le pas, et ses *peones* avec lui.

Il salue respectueusement sa protectrice, la tête baissée.

Puis il n'en peut plus et regarde.

La cavalière est venue !...

Les capes se sont envolées vers les belles, et l'appui de pierre a disparu sous le satin enrichi de broderies. José Luis a lancé la sienne en regardant la duchesse, mais c'est Faustine qui l'a reçue dans ses mains, encore tiède d'avoir été serrée contre lui. C'est elle qui l'a déployée, tout en buvant, l'air candide, les louanges qui pleuvaient sur le jeune homme.

Elle avait craint qu'il n'ait tout oublié : la course folle, le sauvetage des *biòu*, les paroles échangées au bord du fleuve furieux... Allait-il seulement la reconnaître sous le costume arlésien qu'elle avait voulu mettre en son honneur ?

Un seul regard avait suffi pour qu'elle sache qu'il l'aurait reconnue même voilée... qu'il n'avait cessé de penser à elle, comme elle n'avait cessé de penser à lui...

« Le jour où j'aimerai, tout sera simple ! »

Et rien n'avait été plus simple que de tromper les siens avec naturel.

Pourquoi se seraient-ils méfiés de la petite héroïne qui avait arraché une partie de la manade à la noyade ? Qui aurait eu le cœur de lui refuser la permission d'aller passer quelques jours à Nîmes ?

Romain venait de regagner son régiment et, comme le reste de la famille, Faustine était très affectée par ce départ.

Auguste aurait bien voulu avoir une conversation avec Thérèse au sujet de l'avenir de leur fille, mais il avait trouvé sa femme plongée dans ses malles, absorbée par ses préparatifs de voyage aux eaux, et, comme il devait lui-même se rendre à Marseille, il avait décidé de ne lui parler que plus tard, quand ils seraient tous de retour. Il tenait d'ailleurs, pendant ce séjour, à mettre au point quelques détails avec les Bourriech ; leur faire comprendre ce que représentait une alliance avec Azérac, même quand on est riche comme Crésus.

Eugène resta donc seul au château, chacun étant parti à ses affaires : Romain en Algérie, Thérèse, Aline et les enfants à Lamalou, Antonin sur un site à l'oppidum de Nages, Auguste à Marseille. Et Faustine, escortée de Miss Vertue, à Nîmes, où cousine Félicité avait l'intention de la mener avec Magali à l'Opéra, au concert, au musée...

– ... et certainement à la corrida, gardianou !

– À la corrida ?... Je n'y pensais pas... Mais c'est une bonne idée, Grand-Père !...

Et maintenant, le train d'arastre emportait le premier taureau superbement tué par José Luis. La foule l'acclamait, jetant des fleurs sur le sable rougi.

– Une Figure ! dit Bianca de Cazouls.

Elle se pencha vers le *callejon* et échangea quelques mots en espagnol avec les *empresa* avant de s'inquiéter de sa voisine, immobile.

– Tu ne regrettes pas d'être venue, petite Faustine ?

– Oh non, madame la Duchesse ! dit poliment la jeune fille qui se demandait comment rencontrer celui pour qui elle était venue, sans éveiller les soupçons des dames de la société.

Elle ne trouva la solution à ce problème – qui lui gâcha en partie la suite de la course – qu'au moment du triomphe final.

Porté à *hombres,* c'est-à-dire sur le dos d'une foule en délire, José Luis recevait pour la troisième fois les oreilles et la queue.

Ils échangèrent, de loin, un regard de feu... Mais comment aller jusqu'à lui ? Et seule !...

C'est alors que, se retournant vers les escaliers que l'on commençait à gravir, elle découvrit la pauvre Miss Vertue en bien triste état.

– C'était horrible ! J'ai cru mourir ! disait la malheureuse. *All that blood * !*

Faustine vit tout le parti qu'elle pouvait tirer de la situation. Elle se précipita sur la gouvernante pour l'éventer et lui faire respirer des sels.

– Chère Miss Vertue !... Vous avez besoin d'air...

– Oh oui !...

Cousine Félicité, revenant sur ses pas, descendait deux marches pour dire aux jeunes filles :

– La voiture de la duchesse nous attend.

– Miss Vertue m'a dit qu'elle préférait rentrer à pied, dit vivement Faustine.

– À pied ?... répéta Magali interdite, avant de comprendre et de s'écrier : Oh oui, Maman, elle préfère rentrer à pied ! Elle a besoin de respirer... N'est-ce pas, Miss Vertue ?... Nous irons avec vous !

Cousine Félicité pensa qu'une promenade dissiperait le malaise physique et culturel de l'Irlandaise et, s'étant assurée qu'elle avait la force de marcher, la laissa sous la garde des deux jeunes filles en les remerciant d'être si sérieuses et attentionnées. Puis elle se hâta d'aller rejoindre la duchesse.

Faustine attendit qu'elle ait disparu et tendit la main à Miss Vertue pour l'aider à gagner la sortie. Sans précipitation. Plus la distance serait grande entre elle et les dames, moins elle risquerait de les rencontrer et d'être observée.

* « Tant de sang ! »

La foule avait déserté les hautes galeries, encerclant les arènes. Mais la rumeur formidable qui résonnait sous les voûtes disait qu'elle était encore proche, et toujours sous le coup de l'émotion.

Que faire ?... D'abord laisser Miss Vertue sous la garde de Magali... après... eh bien, nous verrons !...

– Reposez-vous, pauvre chérie. Tenez, sur cette borne vous serez très confortable... Moi je vais aller vous chercher un verre d'eau...

Sans attendre de réponse elle les planta là, et s'éloigna d'un pas assuré, n'ayant aucune idée de ce qu'elle allait pouvoir faire... quand une main se posa sur son bras et la tira dans un renfoncement.

Jamais elle n'avait vu une gitane aussi belle que celle qui se tenait devant elle. Superbe. Couverte de bijoux sonores, un œillet derrière l'oreille.

– Un jeune homme vêtu de lumière t'attendra ce soir, à l'ombre d'une tour plus vieille que le Temps... On ferme les grilles à la mi-nuit... Ne manque pas le rendez-vous !

Faustine, saisie de stupeur mais aussi de gratitude, ouvrit son réticule pour en sortir une pièce d'or. La gitane sourit, prit la pièce, se pencha sur la main qu'elle dénuda jusqu'au poignet, et observa en silence le fin réseau de lignes racontant ce qui n'était pas encore arrivé. Soudain elle changea de visage, regarda longuement la jeune fille, posa la pièce dans la main ouverte qu'elle referma doucement en disant :

– Garde ton or, ma fille... Tu en auras besoin...

Puis elle disparut comme si le mur et l'ombre l'avaient avalée.

Dès que la voiture qui les ramenait vers Azérac eut franchi les portes de Nîmes, Faustine s'endormit profondément.

En réalité elle n'avait jamais été aussi réveillée, mais elle voulait échapper au bavardage de Miss Vertue qui revenait sans cesse sur l'horreur que lui avait inspirée la corrida.

– Je préfère nos gentilles courses camarguaises ! disait-elle avec ferveur.

Et ce possessif : « nos » gentilles courses camarguaises, avait quelque chose de touchant dit par une bouche irlandaise.

Faustine aussi avait toujours préféré les gentilles courses camarguaises à la *corrida de muerte*. Mais tout venait de changer.

José Luis... Elle était allée le rejoindre, dans la nuit. Elle avait traversé seule, sans frémir, les jardins de la Fontaine. La lune rendait les arbres bleus, les statues plus blanches, et sur son passage des créatures invisibles s'agitaient dans les fourrés. Elle était arrivée, haletante, sous l'ombre formidable de la Tour Magne. Il était là !

Il l'avait prise dans ses bras. Il tremblait. Il avait peur...

– Peur !... Toi ?... Je t'ai vu devant la mort, tu n'avais pas peur.

Il avait caressé la joue de Faustine. La mort, il avait l'habitude de la regarder en face, mais la réalité de leur rencontre lui paraissait plus cruelle à envisager qu'un combat à mains nues avec un taureau *miuera* *. Comment avait-elle pu venir jusqu'à lui ?

Faustine avait souri devant tant d'innocence. Magali l'avait aidée en vertu de cette solidarité des jeunes filles qui vole toujours au secours des amours contrariées.

Il restait pétrifié devant elle. Irradié de bonheur et de douleur à la fois.

– Je ne pourrai plus vivre sans toi ! avait-elle dit.

Mais il avait détourné les yeux de son visage et baissé la tête.

– Jamais ton père ne dira oui.

Elle l'avait rassuré. Il ne savait pas à quel point son père l'aimait !

– Il dira oui !

Il ne l'avait pas crue. Son père à lui était un *vaquero*, comment pouvait-elle croire qu'Auguste d'Azérac, dont les ancêtres restaient couverts devant le roi d'Espagne, accepterait de donner sa fille à un enfant de la misère ?

– Parce que tu es un prince !... avait-elle dit.

À son tour, elle lui avait donné rendez-vous, dans deux jours, à la nuit tombée, à Azérac, auprès du mausolée du Bancal et de Dame-Chevalier.

– N'aie pas peur... Aie confiance. C'est mon père qui me mènera à toi !

* Les plus féroces taureaux de combat d'Espagne.

Et maintenant elle se demandait si elle n'était pas allée un peu vite...

N'aurait-il pas été préférable d'attendre le retour de sa mère, de tout lui raconter, pour qu'elle l'aide à convaincre son père ?... Mais Maman était souvent plus stricte que Papa... Plus « raisonnable », plus respectueuse des convenances... Bref, Faustine, depuis son premier hochet, savait qu'elle obtenait de son père des choses que sa mère lui aurait refusées.

Mais là, il n'était plus question de hochet. Il n'était plus question de *choses,* mais du bonheur de sa vie !...

– Tu sens le jasmin... avait murmuré José Luis en la serrant une dernière fois contre lui avant qu'elle ne disparaisse derrière la Tour.

Elle frissonna à l'idée de ne plus jamais le revoir... et Miss Vertue fut persuadée que la chère petite faisait un cauchemar tauromachique.

Et son grand-père ?... Lui aussi l'aimait tendrement... Il était comme elle : du côté de la terre, des chevaux, des taureaux... Il comprendrait...

Comprendrait-il vraiment ?... Il était si vieux ! Est-ce qu'on peut encore comprendre l'amour à nonante ans ?... Grand-Mère Léopoldine – Priez pour elle ! – était morte depuis si longtemps !...

Non ! Décidément c'est à son père, à lui seul, qu'elle parlerait...

Elle s'endormit pour de bon et rêva...

... Son père lui donnait la main et la conduisait en pleine nuit vers le mausolée illuminé par une infinité de cierges. À la droite du monument se tenaient les chevaux blancs et nus, à sa gauche les taureaux noirs et brillants. Les bêtes, attentives, regardaient la porte fermée du tombeau qui s'ouvrit soudain et dévoila...

– Nous arrivons à la maison, *dear* ! dit la voix joyeuse de Miss Vertue.

Et Faustine, furieuse, ne sut pas qui se tenait derrière la porte ouverte de son rêve.

Comme prévu, Auguste arriva de Marseille dans la soirée. Il était d'une humeur merveilleuse et le dîner fut très gai.

Faustine avait raconté son séjour... enfin, ce qu'elle pensait pouvoir dire de son séjour, sans en dévoiler l'essentiel. Elle les avait fait rire. Elle les avait charmés. Ils la trouvaient adorable, elle les trouvait délicieux.

Puis Auguste les accompagna au salon mais s'excusa de ne pouvoir rester avec eux : il avait rapporté du travail de Marseille.

– Va, mon fils, dit Eugène. Je vais rester un moment avec le héros !

– Qui est le héros ? demanda Faustine.

– Mais toi, ma chérie ! On parle de toi dans toute la Camargue ! Tu sais qu'on n'a pas perdu une bête !... Et Joseph est le premier à dire que c'est grâce à toi.

Elle faillit dire qu'elle n'avait pas accompli cet exploit toute seule, mais préféra garder cet argument pour plus tard.

– Il n'y a pas qu'en Camargue qu'on parle de toi, dit son père en se dirigeant vers la porte. On parle aussi de toi à Marseille...

Auguste était déjà sorti.

Faustine éclata de rire.

– À part le portier et les femmes de chambre de l'hôtel de Noailles, je ne vois personne à Marseille qui puisse parler de moi !

Elle vint s'asseoir aux pieds de son grand-père, sur le tabouret de tapisserie, comme elle le faisait depuis sa petite enfance.

– Alors ?... demanda-t-il.

– Alors ?... Devinez !... En arrivant, cet après-midi, j'ai sellé Cathare, et nous avons galopé droit sur le Rhône !

– Tu es folle !

– Non. Ça m'a permis de voir que la décrue a commencé. Il faudra refaire la digue, sinon elle cédera encore à la prochaine inondation. C'est notre point le plus faible.

Le vieillard écoutait. Émerveillé.

– ... Après, nous avons fait le grand tour pour saluer les *biòu* et les juments.

– Tu l'as, toi, la Foi !...

– Aucun mérite, je suis votre petite-fille...

– Viens m'embrasser...

Il avait parlé avec une telle émotion qu'elle se précipita et l'entoura de ses bras.

– Tu sens le jasmin...

Brusquement Faustine a les yeux pleins de larmes. Elle regarde ce vieux monsieur fragile comme si elle le regardait pour la dernière fois...

– Grand-Père...

Elle va parler... Mais elle n'ose pas... Elle se tait et reste muette, désemparée.

– Ça va bien, mon petitou?

Elle se reprend, sourit, lui souhaite la bonne nuit, l'embrasse encore, le confie au vieux valet de chambre qui vient d'entrer, une lampe à la main et regarde sortir le *segne-grand* de la pièce, sans savoir qu'il sort aussi de sa vie.

Auguste pense à sa fille, et son cœur fond.

Dès le retour de Thérèse il va annoncer les bonnes nouvelles. Il le faut puisque la date des fiançailles a été fixée... À la Sainte-Agnès... On les mariera au début de l'été.

Les Bourriech, discrètement, lui ont montré la bague. Le diamant est peut-être un peu gros, mais sans défaut et digne de l'anneau d'une reine.

Très vite il faudra obtenir de Père les clefs de Château-Candi, car c'est là qu'on installera le jeune couple.

Les Bourriech lui ont parlé de la Maison Hallory & Jansen qui remettra la demeure au goût du jour. Les tourtereaux partageront leur temps entre Marseille et Azérac. Ainsi il ne perdra pas complètement sa fille!... Et cela le fait rire tandis qu'il parcourt les derniers papiers arrivés du Maroc. Les plans de l'orangeraie sont maintenant définitifs... Grisants! Il y a des choses qu'il ne comprend pas bien, sur le trajet du chemin de fer... Peu importe, il n'aura qu'à faire le voyage pour juger sur place de l'évolution des travaux... Il pourrait même, peut-être, y aller avec Thérèse et Faustine avant les fiançailles... et emmener Charles pour que les enfants fassent vraiment connaissance...

On frappe à la porte. Deux petits coups légers... Il sourit.

– C'est toi, Faustine?

– Oui, Papa.

Elle est entrée timidement, ce qui ne lui ressemble guère. Et maintenant elle reste sur le pas de la porte.

– Tu vois, dit-il en désignant les papiers sur son bureau, je travaille pour toi !

– Je vous dérange...

– Jamais, tu le sais... Mais entre donc !...

Elle vient vers lui et, avant même qu'elle ne parle, il sait qu'elle a quelque chose à lui demander. Et il attend, heureux à l'idée d'avoir à lui dire oui une fois de plus... Mais pourquoi lui semble-t-elle si fragile, soudain ?

– Papa... vous m'aimez ?

– C'est une sotte question.

Elle s'approche de lui, délicieuse, irrésistible.

– Un peu ?... Beaucoup ?... À la folie ?... Passionnément ?... Pas du tout ?...

Auguste rit et regarde sa fille. Il est tout amour pour elle. Tout indulgence.

– Toi, tu veux un cadeau.

– Un grand cadeau, Papa...

– Je t'écoute.

– Je voudrais...

Elle s'arrête de nouveau, sans force. En quittant son grand-père elle a pris la décision de se jeter à l'eau ce soir et, maintenant, elle se demande si elle n'aurait pas dû attendre que sa mère soit là pour la soutenir ?

– Vous m'aimez ?... répète-t-elle d'une toute petite voix.

– Trop ! répond-il avec une telle tendresse qu'elle n'hésite plus.

– Je voulais vous demander... Le torero qui est venu avec Mme la duchesse de Cazouls... José Luis Monteja...

Auguste n'a pas encore compris ; il attend la suite, tranquille, et la suite vient comme la foudre :

– Je veux l'épouser !

C'est d'abord la stupeur. Tout de suite suivie d'un éclat de rire.

– Je veux l'épouser ! répète Faustine, un ton au-dessus.

– Tu n'es pas drôle !

Auguste n'a plus envie de rire. Faustine ne lui connaissait pas ce regard glacé, impitoyable ; elle a froid tout à coup.

– Dois-je te rappeler qui tu es ?... Un torero !... Ces gens-là, ma pauvre petite, on les applaudit, on les estime, on les paye, on peut même aller jusqu'à les recevoir !... Mais de là à leur donner nos filles !...

Elle se défend.

– Une Azérac n'a jamais déchu en épousant un cavalier !

– C'est ça !... Raconte-moi le passé de notre famille !... Moi, je vais te raconter ton avenir... Je vais te dire pourquoi je suis allé à Marseille... Je t'ai fiancée !

– Fiancée !... Sans me le dire ?

– Apparemment, j'ai bien fait. Un torero !... Ma parole, tu es folle ! Je t'ai fiancée à Charles Bourriech.

– Charles Bourriech !

Elle n'en croit pas ses oreilles. Elle répète :

– Charles Bourriech ? Qui ne monte pas à cheval ? Qui ne...

– Il a d'autres qualités ! Nous vous fiancerons à la Sainte-Agnès !

– Non !

– C'est ce que nous verrons.

– Jamais ! Je ne veux pas de Charles ! Je ne veux pas m'appeler Mme Bourriech ! Je les hais ! Je les déteste, ces gens ! Ils sont horribles ! Je vous en prie, Papa, si vous m'aimez...

– Mais c'est parce que je t'aime que je veux te voir épouser Charles ! Ce mariage, c'est le chef-d'œuvre de ma vie ! Regarde ! regarde ces plans, ces papiers, ces contrats !

Il saisit à pleines mains les documents épars sur son bureau.

– C'est pour toi que j'ai fait tout ça ! Tu seras riche comme la mer !

– Je ne veux pas être riche... je veux être heureuse.

– ... Et puis, je suis en affaires avec les Bourriech ! Je ne peux pas t'en dire plus ! Je me suis engagé... Il faut que tu épouses Charles !

– Il faut ?... Elle a crié plus fort que lui : Mais alors, vous m'avez vendue ?

Auguste lui envoie une gifle très sèche qui lui fait plus mal que s'il l'avait reçue, lui.

Faustine pleure sans bruit, et sans bouger, en regardant son père droit dans les yeux.

Il est bouleversé d'avoir levé la main sur sa fille, il suffoque, il voudrait faire la paix...

– Je te demande pardon... Sois raisonnable, Faustine... Je t'en prie ! Oublie ce torero !

– Jamais, dit-elle toujours sans bouger, sans le quitter des yeux.

– Alors va dans ta chambre! hurle-t-il, rendu à sa colère. Va dans ta chambre! Et prépare-toi à épouser Charles! Que tu le veuilles ou non!

Elle est allée vers la porte, au moment de sortir elle s'est arrêtée sur le seuil, implorante, déchirée, elle a dit: « Papa... » d'une toute petite voix.

Mais il s'est détourné, ne voulant plus la voir, et quand il regarda à nouveau vers elle, Faustine avait disparu.

En entrant dans sa chambre elle est allée vers la barque des Saintes.

– Vous m'avez trahie, comme vous avez trahi Mirèio, belles dames... Vous n'aimez pas les jeunes filles. Vous êtes du parti des pères et jamais de celui de l'amour.

Puis elle se signa, l'air fâché, pour une prière pleine de chagrin et de désarroi.

Elle venait à peine de joindre les mains quand elle entendit le bruit de la clef tournant dans la serrure et comprit qu'elle était prisonnière de la volonté paternelle. Elle en eut comme un haut-le-cœur et, oubliant la prière, décida de partir.

Elle ouvrit le coffret à bijoux sur sa commode, ôta ses arlésiennes de corail, sa chaîne et sa croix, sa bague d'aïe, son bracelet de perles fines, tous ses modestes bijoux de jeune fille. Mais elle garda à son corsage la cigale d'or de Frédéric Mistral.

Ne pas penser à Maman... Si je pense à Maman, je ne pourrai pas partir! Je dois partir maintenant, ou je regretterai toute ma vie d'avoir manqué de courage...

Elle chasse de sa tête la vision de Virgile, essaie d'oublier ce mot qu'il lui a dit au moment de monter dans la voiture qui partait pour Lamalou... Il a quitté la main de sa mère, il a couru vers sa tante et l'a embrassée en disant :

– Adieu!

Elle a ri.

– À bientôt, Virgile.

Mais il a secoué la tête et répété: « Adieu! »

Faustine se regarde dans la glace. Elle est froide. Déterminée. Elle se dirige vers la fenêtre ouverte et regarde le parc sous la lune. Quelle paix ! Puis elle enjambe sans difficulté la balustrade de son balcon, s'accroche aux aspérités d'une gouttière, et commence à descendre sans bruit.

Le plus dur reste à faire ! Traverser le champ qui mène à la forêt et au mausolée. C'est là que les chevaux errent, dorment et veillent la nuit, pendant la belle saison.

Les ombres blanches, immobiles, bougent en entendant des pas légers sur l'herbe bleue... Un cheval se détache des autres et vient vers la jeune fille. Cathare. Il frémit de plaisir, pensant qu'elle va le seller pour une course folle... Mais Faustine pose sa tête contre la longue tête blanche, caresse le chanfrein, embrasse le velours si doux entre les naseaux...

– Adieu, mon cheval... Adieu !

Elle le revoit le jour de sa capture, farouche, entier, furieux, se débattant contre les hommes, elle le revoit pendant le dressage, apprenant à l'aimer, devenant son cheval frère.

Et maintenant voilà qu'elle l'abandonne.

– Ne me suis pas, Cathare... Je ne peux pas t'emmener... Dieu te bénisse, cheval ! Veille sur tous les miens !

Un dernier baiser, et elle a couru vers la forêt en tremblant qu'il ne la suive. Mais Cathare ne l'a pas suivie. Il est resté, tête basse, comme s'il avait compris.

Quand elle a été à l'abri des arbres, elle a repris son souffle et entendu un bref hennissement, ultime viatique de son compagnon de chevauchées.

Elle sentait les larmes couler sur ses joues, mais le vent chassa un nuage qui masquait la lune, et le mausolée apparut sous la lumière froide et nette.

Sur le seuil, enveloppé dans un long manteau sombre, se tenait José Luis.

Elle essuya ses larmes d'un geste brusque, et courut vers lui.

Thérèse est assise au chevet de son mari.

Elle tient la main inerte entre les siennes et ne quitte pas des yeux le visage bien-aimé où seul le regard dit la souffrance et le chagrin.

Auguste a fermé les paupières. Sans doute veut-il dormir, échapper à la douleur en se réfugiant dans le sommeil...

Mais pour Thérèse il n'y a pas de fuite possible devant la réalité. Son esprit passe en revue les différents malheurs qui viennent de tomber sur eux comme une grêle qui s'abat d'un ciel pur, et elle ne sait lequel de ces malheurs la déchire le plus. Est-ce la disparition de sa fille avec un torero ?... L'attaque brutale qui vient de foudroyer son mari ?... Ou bien la certitude qu'il y a encore autre chose ?... Autre chose qu'il essaie de lui faire comprendre, lui qui ne peut plus que gémir, comme en cet instant... Même dans le sommeil il continue de souffrir. Ne pas pouvoir parler avec lui ! Ne plus entendre le son de sa voix ! Ne plus pouvoir – signe du bonheur conjugal – lui faire de ces reproches qui vous jettent vite dans les bras l'un de l'autre.

Elle a tant de choses à lui dire !... Elle voudrait tellement comprendre ce qui l'a poussé à vouloir marier Faustine à ce garçon insignifiant et fragile... Le dernier parti auquel il aurait dû penser pour son gardianou !... A-t-il oublié la force qui les a poussés l'un vers l'autre le jour lointain où ils se sont rencontrés, dans le salon nîmois, sous l'œil sévère des ancêtres peints ?

« Je vous prépare une énorme surprise, mon amie ! »

Pauvre Auguste ! Elle est là, la surprise... Mais quel était l'enjeu de ses relations avec les Bourriech ? Il devait être formidable pour qu'il ait pu imaginer que sa fille accepterait d'épouser un jeune homme qu'elle n'aimait pas !...

Thérèse essaie de revoir les traits du torero qui lui a volé son enfant. Elle a un petit rire : Faustine n'est pas quelqu'un qu'on peut vous voler... Faustine a toujours décidé elle-même ce qu'elle devait faire...

José Luis Monteja... Elle a du mal à se souvenir de lui, elle l'a à peine regardé. Pourquoi lui aurait-elle accordé attention ? Elle n'aime pas la corrida, elle comprend qu'on l'aime, mais de là à regarder les toreros !... Eh bien elle aurait dû !... Si elle avait été moins indifférente... Indifférente ? Méprisante, osons le mot. Si elle l'avait regardé vraiment, elle aurait peut-être lu sur son visage ce qui pouvait attirer, séduire, ensorceler sa fille.

Un coup léger à la porte, et Jaume entre sans faire de bruit, portant une enveloppe sur le plateau du courrier.

Comme tous les habitants du château, le valet de chambre a le visage navré. Il jette un coup d'œil sur son maître immobile, et voit qu'il n'y a pas de mieux. Il regarde Thérèse et dit à voix basse :

– Une lettre, Madame la baronne... et ajoute, plein d'un espoir timide : Elle vient de Nîmes...

Thérèse a pris la lettre et la garde entre ses mains, n'osant l'ouvrir. Quand Jaume se retire, silencieusement, l'enveloppe est toujours intacte.

Une lettre qui vient de Nîmes... ça veut dire des nouvelles de Faustine !... Bonnes ? Mauvaises ? D'un geste brusque elle déchire l'enveloppe. Et découvre la photographie que le chanoine Menu a prise le jour de la Fête. Autour de l'ancêtre, les Azérac lui sourient en sépia. L'image du bonheur perdu semble venir de très loin : d'une autre planète, d'un autre temps. C'était seulement quelques minutes avant l'arrivée du torero, avant l'accident de Virgile, c'était au temps où Auguste...

Thérèse se mord les lèvres et pleure sans bruit devant le sourire des siens. La petite Léo en loques, Guilhem si fier, Romain le bel officier, Aline qui tient la main d'Antonin et, aux pieds de Grand-Père, Virgile, le seul qui ne regarde pas l'objectif mais Faustine, comme s'il savait déjà ce qui se préparait.

Derrière les larmes qui tremblent comme un rideau

entre ses cils, danse une guirlande de petites Faustine : un bébé dans ses dentelles, puis une fillette qui rampe dans l'herbe pour aller vers les chevaux. Quelle frayeur ! Quand ils ont découvert qu'elle avait échappé à sa nourrice, elle tendait déjà les bras à Courageuse, la jument farouche. Et, penchée sur elle, la jument avait soufflé tout doucement, comme elle le faisait sur son poulain. Faustine tenant gravement le voile de mariée d'Aline, Faustine marraine de Virgile, le portant dans ses bras vêtu de la robe qui fut la sienne et celle de tous les Azérac..., Faustine prenant le ruban, Faustine chérie qui sourit sur le cliché du chanoine, la tête posée contre la main du *segne-grand...*

Une bouffée de tendresse pour son beau-père gonfle la poitrine de Thérèse. Pauvre Papa qui a traversé la vie en cachant une si grande douleur derrière tant d'élégance ! Dire qu'elle a vécu plus de trente ans à Azérac sans se douter de la vérité. Léopoldine... *rappelée à Dieu dans sa vingt-sixième année. Priez pour elle !*

Affolée par la dépêche qui l'avait fait rentrer en catastrophe de Lamalou, à peine arrivée, son chapeau encore sur la tête, Thérèse avait gravi les escaliers comme une folle pour trouver Auguste gisant sur son lit, le regard fixe, hagard. Il répétait :

– Maman ! Maman ! Maman !

Il pleurait et elle crut qu'il avait perdu la tête.

– Non, avait dit Eugène, il se souvient.

De quoi se souvenait-il ?

C'est là qu'elle avait su.

C'était un triste secret que le père et le fils avaient décidé de ne jamais lui révéler. Mais aujourd'hui le silence n'était plus possible.

Léopoldine était bien morte dans sa vingt-sixième année, mais, avant de mourir elle était partie. Comme Faustine. Pour suivre un homme. Un homme qu'elle aimait plus que son mari.

Plus que son petit garçon qui sut tout de suite que sa maman l'avait abandonné.

On put éviter les médisances et les questions indiscrètes. Tout le monde fut abusé et vint aux obsèques dans le château en deuil, pour suivre un cercueil vide jusqu'au mausolée.

Eugène se souvient encore de la petite main gantée de noir qui serrait la sienne, derrière le corbillard.

– Nous n'avons jamais parlé d'elle, Auguste et moi. Peu de temps après, j'appris que la malheureuse et son amant s'étaient noyés à quelques milles d'Alger où ils comptaient commencer une nouvelle vie. Le bâtiment sur lequel ils avaient embarqué coula à pic en quelques minutes, perdu corps et biens !

– Pourquoi Auguste ne m'a-t-il jamais rien dit ?

– Mais parce qu'il pensait que sa rencontre avec toi avait effacé la malédiction ! s'était écrié le vieillard. Et ce fut vrai ! Je me crus pardonné !...

– Pardonné ?... Mais de quoi, Père ?

– De ma trahison. Quand j'ai connu Léopoldine, j'étais le premier manadier du delta. Mais ma femme n'aimait pas Azérac. Elle n'aimait pas les bêtes, la boue, l'odeur des chevaux. Sa vie était en ville, avec les bals, l'Opéra, les colifichets, les salons, les embarras..., et moi j'étais fou d'elle, prêt à tout pour lui plaire. C'est là que j'ai trahi Azérac, abandonné la terre sacrée où j'étais né. Et la terre s'est vengée en détachant de moi celle que je lui avais préférée. Pour plaire à Léopoldine je m'étais mis aux affaires... Je gagnais plus en une semaine qu'un baile-gardian ne peut espérer gagner en une vie ! Je faisais ça pour elle, mais, en même temps, je la délaissais ! Le malheur m'a ouvert les yeux. Je suis revenu à Azérac d'où je n'aurais jamais dû partir. Je suis redevenu manadier... et fier de l'être ! J'ai demandé pardon à la terre. J'ai cru qu'elle m'avait entendu.

Ils avaient parlé longtemps au chevet d'Auguste. Eugène regrettait cette avalanche d'argent qui était tombée sur l'enfant de sept ans, à la mort de sa mère. Léopoldine était très riche. Et Auguste avait hérité d'elle ce goût de l'argent qui lui fit rencontrer les Bourriech et perdre de vue la réalité des choses.

Prise par ses pensées, Thérèse n'a pas remarqué que son mari a ouvert les yeux et qu'il essaie douloureusement de parler. Il semble souffrir, et elle se penche vers lui, essayant de lire sur ses lèvres ce qu'il ne peut lui crier. Elle caresse son front, l'embrasse doucement et, doucement, l'encourage :

– Mon amour...

Alors il fait un effort terrible et un mot, un seul, jaillit de lui :

– Bourriech !

– Une nouvelle attaque... Malheureusement plus sérieuse que la première, madame, a dit le docteur Rache.

Il sait tout de leurs misères, le docteur Rache. C'est le triste privilège d'un médecin de famille. Il sait tout de la pauvre Léopoldine, il sait tout de Faustine. Enfin, pas plus que Thérèse et Eugène dont les recherches n'ont encore rien donné. Aucune trace de la jeune fille, ni du torero. Dieu sait où ils sont, et sous quel nom ils se cachent ?

Auguste reste toujours prostré.

Thérèse a demandé la vérité, et le docteur ne la lui a pas cachée. La situation est irréversible. Jamais Auguste ne retrouvera l'usage de la parole.

Il faut s'habituer à cette idée, continuer à vivre, demander à Aline de rouvrir son piano, s'intéresser aux exploits de Guilhem sur le pâturage, aux dessins obscurs de Léo, il faut renvoyer Antonin à l'étude du passé et suivre Virgile au faîte de la maison pour « compter les étoiles, Grand-Mère ». Il faut relever les ruches pour ne pas troubler les abeilles...

La vie continue.

Même celle d'Auguste qu'on a porté au soleil, sur la terrasse, et installé près de la table à thé.

Le soleil lui fait du bien. Comme à une plante. Le docteur va venir tout à l'heure ; il vient tous les jours. Il observe de « petits progrès »...

– Ma mère...

Aline est venue s'asseoir sans bruit auprès de Thérèse. Elle lui sourit. Elle est belle, la Sarrasine, et si douce !

– Vous êtes fatiguée, Maman, dit-elle. Allez vous reposer, je reste auprès de Papa avec Virgile. Soyez sans crainte. Allez, je vous en prie...

Si douce, la Sarrasine, que Thérèse a besoin de se confier et de lui dire ce qui est arrivé ce matin. Une lettre. Une lettre de Faustine !

Maman chérie, pardon ! Je vous aime. Nous embarquons pour l'Amérique. Je suis heureuse pour toujours.

Faustine.

– Mon Dieu ! dit Aline.

Elle ne peut quitter des yeux ces mots qui disent adieu sur la feuille qu'elle garde dans ses mains. Faut-il que Faustine soit amoureuse pour être aussi cruelle !

Un bruit de voiture. Le docteur est en avance. Tant mieux, pense Thérèse qui se lève pour aller au-devant de lui.

– C'est pas monsieur le docteur, dit Virgile sans tourner la tête.

Il a raison. Stéphanette apparaît au coin de la maison et court, précédant de peu toute la famille Bourriech.

– Ils demandent à voir Monsieur ! dit-elle à mi-voix.

Thérèse échange un regard avec Aline avant de se diriger vers la maison et le moment de vérité.

Aline, désemparée, s'aperçoit qu'elle a toujours la lettre de Faustine dans sa main, et la glisse sous une assiette de biscuits. Puis elle suit sa belle-mère pour aller saluer les visiteurs.

Ils ont compris en voyant Auguste allongé, sans mouvements, sur une chaise longue, que quelque chose de grave lui était arrivé. Cet homme qu'ils ont chargé de faire une enquête discrète, à Nîmes, ne se serait donc pas trompé ? Ce qu'il a prétendu est si énorme ! Il faut en avoir le cœur net !

Virgile a pris Charles par la main et l'entraîne vers Auguste.

– Bon-Papa, il a mal à la tête ! Il faut l'embrasser !

« C'est bien que Charles se soit éloigné, pensent les Bourriech, nous allons pouvoir aborder carrément le sujet. »

– Parce que, dit Armand Bourriech, je ne vous cacherai pas, madame, que nous étions sérieusement inquiets. Ce silence de votre mari, malgré mes nombreux appels téléphoniques... Pouvons-nous parler ?

– Bien sûr, dit Thérèse en leur faisant signe de la suivre dans la maison.

– C'est au sujet de Faustine...

Thérèse s'est retournée et les a regardés en silence. M. Bourriech a repris :

– ... Il court sur elle des bruits désobligeants. Elle se serait enfuie avec un... toréador ! Je précise que Charles n'est au courant de rien !

– Nous lui avons dit qu'elle était en voyage, dit Mme Bourriech. Il est si délicat, si sensible !

– Suivez-moi, je vous prie, dit Thérèse qui a hâte de les voir partir.

– Je suis Charles Bourriech, monsieur...

Auguste ouvre péniblement les yeux. Il regarde le jeune homme. Il voudrait parler, mais il ne le peut pas. Et Charles, impressionné par les larmes de cet homme qui était si beau, si vivant, si gai, si triomphant, la dernière fois qu'il l'avait vu, Charles reste pétrifié devant lui.

– Tu veux du biscuit ?

Virgile lui tend l'assiette de biscuits.

Un petit coup de vent fait s'envoler un papier plié posé sous l'assiette, et Charles veut le rattraper, le manque, le suit, le bloque, et va le reposer sur la table, heureux d'avoir rendu service... quand il voit la signature :

Alors il déplie le papier.

Et il lit.

Thérèse est soulagée.

Elle a bien fait de tout leur dire. D'ailleurs ils savaient déjà tout. Ils n'avaient besoin que d'une confirmation. Voilà qui est fait.

Maintenant elle voudrait qu'ils s'en aillent. Elle a besoin de rester seule avec Aline dont la présence l'a aidée à parler, d'aller rejoindre Auguste, de se retrouver avec les siens.

Malgré son invitation, les Bourriech ne se sont pas assis. Ils restent silencieux et la regardent.

– Vous savez tout maintenant de cette affreuse histoire, dit Thérèse.

Et il lui semble que c'est une façon courtoise de congédier.

Mais ils ne bougent pas. Ils se taisent toujours. Mme Bourriech jette un coup d'œil sur le plafond peint, comme si elle allait en demander le prix. M. Bourriech se racle la gorge.

– Étiez-vous au courant, madame, des affaires que nous menions avec votre mari ?

– Non, dit Thérèse. Enfin, oui... mais très vaguement...

– De très grosses affaires. Le mariage de nos enfants faisait partie intégrante de nos accords. Votre mari s'était engagé... Bref, cette dérobade peut avoir les conséquences les plus lourdes pour votre famille, madame. Il faut que vous le sachiez.

Thérèse, très droite, soutient son regard et demande :

– Quelles conséquences ?

Les Bourriech ont souri ensemble, de nouveau elle a regardé le plafond peint, mais, cette fois, comme s'il était à elle, et son mari a dit :

– Eh bien...

C'est à ce moment-là que le coup de feu a claqué.

Sur les dalles de l'entrée Charles gît dans une mare de sang.

Le fusil qu'il a pris au râtelier est tombé près de lui en travers de la lettre, déjà rouge, de Faustine.

Couchée sur lui, penchée sur son visage éclaté, sa mère hurle.

Que de monde, soudain, dans l'entrée d'Azérac ! Des domestiques affolés, des servantes qui se signent, le docteur qui venait, espérant se réjouir d'un petit mieux d'Auguste, et qui doit constater la mort de Charles, les enfants qu'on a oublié d'écarter, le *segne-grand*, livide, qui s'appuie au mur pour ne pas tomber.

Et soudain, formidable, s'élève la voix d'Armand Bourriech qui tend le poing vers les Azérac et les maudit :

– Assassins ! Vous l'avez tué ! Vous paierez ! Tous !

Le coup de feu avait fait tressaillir Auguste.

Du fond de sa prison immobile il avait tout de suite su la vérité.

Le cri de la mère, l'agitation qui suivit et l'abandon dans lequel on le laissa avant de s'aviser qu'il était seul sur la terrasse ne firent que lui confirmer que Charles avait mis fin à ses jours.

Il se sentit meurtrier, et appela la mort avec tout ce qui lui restait de force.

Thérèse l'avait fait monter dans leur chambre pendant que le docteur Rache réglait les désolants problèmes de médecine légale nécessaires au transport du corps de Charles.

Plus tard, quand elle vint s'asseoir au chevet d'Auguste, elle comprit qu'elle ne rencontrerait plus jamais le regard de son mari.

Elle passa la nuit penchée sur lui, mêlant les prières aux questions sans réponses, refusant qu'on la remplace, frissonnant de fièvre, de honte et de chagrin, revoyant sans cesse le corps de Charles et la tache de sang.

Quand Jaume la trouva, au petit matin, elle semblait n'avoir pas bougé depuis des heures.

Elle refusa la tasse de thé qu'il lui tendait, et le pria d'appeler Annette. Annette était la femme du baile. C'était elle qui portait le clavier *, et avait en charge toute la domesticité d'Azérac et la marche de la maison.

Annette entra. Chère Annette, elle avait les yeux rouges. Sans dire un mot, elle vint prendre la place de sa maîtresse auprès du lit.

Thérèse sortit de la chambre et se dirigea vers le bureau de son mari. Elle avait besoin de savoir quelles étaient les « conséquences » dont avait parlé Armand Bourriech, avant que le coup de feu ne vienne bouleverser leurs vies.

Elle vit d'abord un grand désordre sur la table, des papiers jetés les uns sur les autres, des plans... Tous ces documents venaient du Maroc. Elle lut qu'il était question

* Toutes les clefs d'une maison sont réunies sur le clavier. La maîtresse, ou la gouvernante, les porte à la ceinture.

d'un chemin de fer, d'une plantation d'orangers... Une réclame, sans doute, Auguste était si souvent sollicité. Mais rien où il soit question des Bourriech. Thérèse glissa tout ce qui avait trait au Maroc dans un tiroir et poursuivit ses recherches.

En vain. Soudain elle s'arrêta... que manquait-il dans le décor familier?... Elle leva les yeux et découvrit une tache claire sur la tapisserie, là où on avait accroché le portrait de Faustine le jour de ses seize ans. Un joli pastel signé Laverton.

Qu'était devenu le portrait?

Auguste l'avait-il fait enlever, dans un accès de colère contre sa fille?

Thérèse revit le pastel dans sa mémoire, et le sourire de Faustine voleta joyeusement à travers la pièce, comme celui du chat de Chester à travers le *Pays des Merveilles*, que Miss Vertue ne se lassait pas de raconter aux enfants.

Quelque chose brillait sur le tapis, au pied du mur qui portait la tache claire. Un éclat de verre brisé. Elle le ramassa en pensant machinalement que c'était du verre blanc, un porte-bonheur..., haussa les épaules et retourna auprès de son mari.

Il mourut trois jours après.

Son cercueil descendit dans la crypte du mausolée et rejoignit le cercueil vide de sa mère.

Ils étaient tous là, autour de lui, à l'exception de Romain que la nouvelle atteindrait plus tard, dans le désert... et de Faustine, bien sûr. Faustine *heureuse pour toujours*...

Derrière son lourd voile de crêpe, Thérèse regardait les siens. Hébétée.

Auguste était mort.

« Moi aussi, mademoiselle, j'ai perdu ma mère. Mon cœur est tout près du vôtre! »

Être parti si vite! Sans prendre congé... Elle avait tant de choses à lui dire. Tant de baisers, tant de caresses à lui donner encore... et c'était fini.

Veuve. Quel mot noir!

Elle n'eut pas la force d'assister au repas de funérailles, et accepta le sédatif prescrit par le docteur Rache.

Elle se réveilla le lendemain après un sommeil lourd, un goût de métal dans la bouche, et retrouva sa douleur intacte.

Elle alla s'asseoir au bureau de son mari et écrivit à Romain. Elle savait que beaucoup de temps s'écoulerait avant que la lettre ne lui parvienne, qu'il demande une permission, qu'on la lui accorde et qu'il puisse les rejoindre pour l'ouverture du testament.

« D'ici là, pensa-t-elle, Faustine sera peut-être revenue... »

Mais des troubles éclatèrent dans le Sud algérien, l'année s'acheva, le froid tomba, et le gel recouvrit la Camargue sans que Thérèse puisse serrer son fils dans ses bras, et sans qu'elle sache ce qu'était devenu son gardianou de fille et si, seulement, elle était encore vivante.

Premier janvier 1914.

Eugène regarde Virgile, debout contre son fauteuil. Virgile qui lui tient la main, comme pour le protéger d'une menace.

L'enfant en deuil rappelle au *segne-grand* un autre enfant vêtu de noir qui lui tenait la main, il y a près d'un demi-siècle... Mon Dieu !...

Ce jour-là, on ouvrait le testament de Léopoldine, et Auguste allait hériter de tout ce que laissait sa mère. Et, maintenant, c'est le testament d'Auguste que maître Crèveloup va leur lire. Quelle incohérence dans les voies de la divine Providence !

Le notaire n'en finit pas de disposer devant lui des cartons et des enveloppes. Il occupe, derrière le bureau, la place qui était celle du défunt, il y a si peu de temps encore.

L'ouverture du testament a lieu au château. C'est une tradition, chez les Azérac. Autre tradition – toujours respectée – la présence des enfants de plus de sept ans. Depuis que Flamenca adouba ses bessons et les fit chevaliers, on a toujours considéré qu'à sept ans un Azérac était un homme.

– Même les filles ! a dit Virgile en regardant sa sœur,

tandis que Miss Vertue passait en revue les tenues funèbres avant de conduire les enfants dans le bureau.

Depuis trois générations, les Crèveloup veillent sur les intérêts des Azérac et, de même que les Rache veillent sur leur santé, ils n'ignorent aucun des secrets de la famille.

« Ils en savent sur nous plus que notre confesseur », pense Thérèse qui n'arrivc pas à se souvenir de la date de sa dernière confession. Qu'aurait-elle pu avouer au Seigneur avant tous ces drames ? Et maintenant ?... Quelle faute est la sienne ? Est-ce un péché d'avoir cru au bonheur ?

Elle regarde la tache claire sur le mur. Qu'est devenu le tableau ? Jaume, interrogé, a dit ne rien savoir. C'est étrange, mais elle est sûre que le portrait de Faustine est quelque part, caché dans la maison.

Faustine... La tache claire semble présider la réunion. Faustine...

Ah, si seulement Romain était là !... Dire qu'elle n'a pas revu son fils depuis tous ces drames. Il y a ses lettres, heureusement. Merveilleuses ses lettres !... Surtout celle où il a demandé qu'on parle aux enfants. Aline a tout de suite été d'accord. Après la disparition de Faustine, le suicide de Charles et la mort de leur grand-père, il devenait difficile – voire indécent – de se comporter comme si rien ne s'était passé.

– Pauvres petits !

Léo et Virgile s'étaient mis à pleurer. Guilhem, lui, n'avait pas eu une larme. Il avait simplement dit, d'une voix étranglée :

– Faustine reviendra !

Virgile avait secoué la tête :

– Oui... mais tout le monde sera mort, sauf...

Guilhem s'était jeté sur lui. Il avait fallu les séparer. Puis il était parti, avait sellé Capitaine, et on ne l'avait revu qu'à la nuit tombée.

Et, chaque fois qu'il revient du collège, il disparaît sur le pâturage...

Virgile ne lâche pas la main de son arrière-grand-père. Léo s'est assise sur le canapé entre sa mère et son père.

Guilhem s'est mis à l'écart, sur une chaise, les bras croisés, le regard sévère.

– Eh bien, nous y sommes, mon petit Crèveloup ! dit Eugène au notaire à cheveux blancs. Lis-nous le testament de mon pauvre Auguste. Il me semble que tu as eu tout le temps de te préparer, nous avons assez traîné, alors finissons-en avec ces tristes choses, s'il te plaît.

Crèveloup hoche la tête. Lui si bavard d'habitude semble avoir du mal à trouver ses mots.

– Va donc ! s'impatiente Eugène.

Et le notaire se lance.

– Le testament de M. d'Azérac est conforme à ce que nous savions tous de la volonté du défunt. C'est dire qu'il est équitable avec chacun des siens, et respecte la tradition familiale de votre maison. Malheureusement...

– Malheureusement ?... Que veux-tu dire, Crèveloup ?

– Malheureusement, il n'y a pas que le testament... Je dois aujourd'hui vous faire part d'éléments nouveaux qui m'ont été communiqués récemment, et surtout vous entretenir des projets marocains de...

– Des projets marocains ?... Qu'est-ce que c'est que ça ? Tu étais au courant, Thérèse ?

– Non, mon père. J'ai seulement trouvé des papiers sur le bureau d'Auguste, avec des plans, mais...

– Des plans ? Des plans de quoi ?

– Feu M. d'Azérac, explique Crèveloup, avait contracté des emprunts très considérables en vue de l'acquisition de centaines d'hectares dans la partie du royaume marocain que contrôle aujourd'hui la France. Autour de Safi, précisément. Il s'agissait de planter des milliers d'orangers...

– Des orangers !...

– ... et, également, de construire un chemin de fer pour apporter à la mer les phosphates de Youssoufia...

– Un chemin de fer !... Des phosphates !... Mais il était fou ! explose Eugène.

– ... construction qui nécessita de nouveaux emprunts, et...

Le vieux baron l'interrompt.

– Auprès de qui, tous ces emprunts ?

– Auprès de la banque Bourriech, répond le notaire.

« Nous y voilà ! pense Eugène. C'était ça son inquiétude. Il a dû s'engager au-delà du possible. »

– Un accord entre les parties, poursuit Crèveloup, prévoyait qu'un mariage entre Mlle Faustine d'Azérac et M. Charles Bourriech atténuerait la portée des prises de garanties. Mais les circonstances, comme nous le savons, en ont décidé autrement... En sorte que la famille Bourriech vient de me faire savoir qu'elle entend exercer, dans toute leur rigueur, les droits qu'elle détient sur...

– Attends, attends, Crèveloup !... Mon fils était à la tête d'une fortune considérable, que je sache. Il a joué, il a perdu... Tout est simple ! Rien ne rendra la vie à ce pauvre Charles Bourriech, mais, ces emprunts, nous allons les rembourser. L'honneur avant tout, même avec de vilaines gens !

Crèveloup baisse la tête : le pire reste à dire.

– Le train de vie de ces dernières années et un placement malheureux dans les mines du Santaragua font que la fortune de M. Auguste est loin, maintenant, d'être ce qu'elle était, d'où la nécessité où il se trouva d'avoir recours à ces emprunts.

Il se tait de nouveau. Personne ne bouge autour du bureau.

– Lâche-nous le principal, dit doucement Eugène. Toutes les personnes qui sont là ont le droit de savoir ce qui les attend.

– Vous devez vous souvenir, monsieur le baron, d'avoir donné la signature à votre fils, il y a maintenant...

– Près de vingt ans. Et alors ?...

– Eh bien, cette disposition légale lui a permis de gager les biens...

– Quels biens ?

– Les vôtres, monsieur le baron.

Eugène n'a pas bronché. Il est resté très droit. Très digne. Il a dit :

– Lis.

Et Crèveloup a lu :

– L'hôtel particulier de la famille, 16, rue Dorée à Nîmes;

Sur la commune des Saintes-Maries-de-la-Mer, le bois du Petit-Sauvage, en bordure du Rhône;

Les vignes de la Costière, sises près de Nîmes, assorties du mas d'exploitation;

Le pâturage et les étangs de Brasinvers;

Le mas des Roseaux, près de l'étang du Vaccarès, avec ses pâturages et sa manade...

– Pas les bêtes ! Non ! a hurlé Guilhem en se jetant contre l'aïeul.

– Non, pas les bêtes, a répété le vieillard en serrant le garçon contre lui.

– ... les bêtes, chevaux et taureaux, font partie de la garantie, a dit le notaire. De même que...

Ça, il n'osait pas dire.

– Allez au bout, maître Crèveloup, a demandé Thérèse, très pâle soudain.

– ... ce qu'escomptait votre mari le jour où Azérac lui reviendrait.

Tout !... Tout ce qui faisait la baronnie depuis des siècles. Tout ce que les ancêtres avaient construit et défendu contre les assauts de l'adversité. Tout ce patrimoine allait se changer en orangers et en voies ferrées !...

– Mais j'y pense ! dit Eugène en se frappant le front. Les terrains du Maroc, avec les orangers, les chemins de fer... ça vaut cher, ça ! Ça couvrira une partie de la dette !

– Les orangers n'ont jamais existé. Ni le chemin de fer. M. Auguste a acheté du vent...

– Les Bourriech le savaient ?

– Depuis le début.

Silence.

Aline se penche vers son mari et dit quelques mots à son oreille. Antonin embrasse sa main et sourit.

– Aline nous propose de vendre sa propriété de Saint-Hippolyte-du-Fort.

– Nous n'y allons jamais, explique-t-elle. Entre les vignes et les oliviers, on devrait en tirer un bon prix ! La maison est belle.

Très belle. Tous se souviennent de la grande demeure, au pied des Cévennes. La longue terrasse avec sa treille et ses mûriers de Chine... La maison où la Sarrasine a vu le jour... À l'idée de s'en séparer, chacun a le cœur serré.

– Je crois qu'il serait raisonnable d'accepter la proposition de Mme Antonin, dit Crèveloup. Si nous voulons garder Azérac... pardon... : si vous désirez garder Azérac et la manade, il faudra faire des sacrifices. Vendre les vignes, l'hôtel de la rue Dorée, le Mas des Roseaux, les Hautes-Herbes également... en espérant que tout cela couvrira la créance !...

– Tu vendras aussi Château-Candi, dit Eugène l'air indifférent.

Thérèse se mord les lèvres et regarde son beau-père.

– On gardera les bêtes? demande Guilhem, la voix dure.

– S'il le faut nous irons tous vivre dans la cabane des pastor-nourriguiers, entre la mer et le Vaccarès, mais nous garderons les bêtes. Promis!

Il essaie de plaisanter pour ne pas céder à l'émotion.

– Nous étions trop riches! Trop loin de la terre! Je le dis et redis depuis longtemps! Eh bien, c'est arrangé!...

– Il neige, dit Léo qui regarde vers la fenêtre. C'est beau!...

Dehors la nuit est tombée, battue par des rafales blanches et glacées.

Tous se tournent vers les vitres.

On sent le froid qui se glisse dans le château. Il va falloir veiller sur les bêtes. Les aider à franchir l'hiver, à vivre.

Thérèse se penche vers le notaire et lui demande doucement :

– Alors, c'est la ruine, maître?

– C'est la ruine, madame, répond-il sur le même ton.

La neige redouble, enveloppant Azérac d'un silence ouaté, inhabituel.

– L'année commence mal..., dit le notaire.

Et Virgile lui sourit, adorable :

– Bien sûr! C'est l'année du malheur.

Thérèse avait refusé que l'on congédie les domestiques pendant l'hiver.

Ils partirent aux premières fleurs, l'air incrédule dans leurs vêtements du dimanche. Jusqu'au dernier moment ils avaient espéré qu'on leur dirait de rester. Mais le temps du Grand Batre était bien fini en ce jour de printemps 1914 où Basin réglait les comptes dans l'office, avant de devoir prendre congé à son tour.

De la fenêtre de sa chambre, blanche de peine, Thérèse les regardait partir. Elle s'étonnait de les voir si nombreux... Une véritable armée qu'elle avait du mal à reconnaître sans sa livrée habituelle.

Quand le char à bancs qui les emmenait eut franchi la grille, le silence tomba sur le château.

À vrai dire ce n'était pas le silence, mais une autre respiration qu'on entendait dans la maison vide. Le souffle de forces endormies et invisibles, très anciennes, très puissantes, qui reprenaient possession du territoire d'où la brillante vie domestique et mondaine les avait chassées.

Dès le matin les enfants avaient disparu.

Léo s'était enfermée à clef avec ses crayons.

Guilhem était parti sur le pâturage au milieu des bêtes et des cavaliers. On avait conservé tous les gardians, car se priver d'eux eût été la condamnation de la manade.

Virgile, lui, on l'appela jusqu'au soir... En vain. Son père le trouva, à la nuit tombée, dans les combles de la tour qui dominait les toits.

– Je suis là, Papa ! avait dit une petite voix qui sortait de l'ombre. Je suis là. Avec tante Faustine...

Antonin, le cœur chaviré, éleva sa lampe et découvrit le royaume de l'enfant.

Virgile était assis parmi de vieilles choses répudiées, de pauvres merveilles ébréchées par le temps : un reste de bas-relief où l'on devinait le Bancal, un buste d'Antonin qui avait perdu son nez pendant la Révolution, des tapis où les mites avaient mangé armes et devises, des oiseaux déplumés figés dans un vol éternel. Et, au milieu de cette noble misère, une image souriait derrière sa vitre étoilée... l'image de Faustine.

– Où as-tu trouvé ce portrait ? demanda Antonin.

Il parlait à voix basse, comme s'il craignait que le bruit ne fasse disparaître sa sœur.

Mais l'image de Faustine souriait toujours, intacte sous la blessure du verre, et Antonin, encore à voix basse, répéta sa question.

– Où as-tu trouvé ce portrait ?

– C'est un secret, Papa. Je vous le dirai quand nous serons très vieux.

Puis l'enfant se leva, prit la main que son père lui tendait, et le suivit dans le cœur de la maison.

Antonin n'osa pas parler du portrait à sa mère.

Annette lui avait confié qu'une nuit elle avait entendu Thérèse quitter sa chambre pour aller dans celle de Faustine.

Faire quoi ? Attendre. S'asseoir, face à la fenêtre, devant le petit bureau de la jeune fille, ouvrir le coffret à bijoux où ne manquait que la cigale d'or...

Attendre... Espérer...

Mais, jusqu'ici, toutes les recherches avaient été vaines. À Madrid, à Barcelone, et même à Mexico, nulle part on ne trouva trace des amoureux en fuite. José Luis avait dû changer de nom... Comment vivaient-ils ? *Heureuse pour toujours...* Thérèse aurait aimé en être sûre.

Elle n'en voulait pas à sa fille. Elle n'en voulait pas non plus à Auguste. Elle aurait seulement voulu effacer la tache de sang laissée par Charles sur sa mémoire. Laver Azérac. Le purifier.

Elle revint souvent s'installer sous le regard ennuyé des Grandes Saintes. Elle s'endormait dans le profond silence de la nuit, se réveillait avant l'aube, transie, et regagnait sa chambre pour affronter une nouvelle journée avec le sourire.

Un matin, en ouvrant les yeux, elle découvrit qu'Eugène l'observait en silence.

Il ne lui demanda pas ce qu'elle faisait là. Elle ne le lui dit pas.

À quoi bon ? Ils savaient tout de leurs communs malheurs.

Il dit seulement :

– Ma fille...

et elle eut les yeux pleins de larmes.

– ... te souviens-tu...

Il s'arrêta, et elle attendit la suite.

– ... depuis quand ai-je cessé de te vouvoyer ?

– Depuis le jour où vous m'avez dit...

Elle se mordit les lèvres, gênée de parler de la fuite de Léopoldine et de son amant à l'époux délaissé.

C'est un chagrin vieux de près d'un demi-siècle, mais y a-t-il prescription dans les affaires de cœur ?

C'est Eugène qui poursuit :

– Je sais. Le jour où je t'ai dit la vérité sur Léopoldine.

Il tire une chaise à lui et vient s'asseoir auprès de sa belle-fille.

– Parce que, ce jour-là, j'ai su qu'il allait falloir se battre. Et que, pour ce combat, tu serais seule.

– Seule ?

– Seule ! Moi, je suis au bout du chemin... Ne dis pas non ! Tu connais mon âge... Je savais qu'Auguste ne se remettrait pas du départ de Faustine. Qui s'en remettra, d'ailleurs ?... Ce n'est pas par hasard que nous nous retrouvons dans cette chambre...

Il eut un petit rire.

– Et encore, je n'avais pas prévu que nous allions être ruinés ! Mais ça, vois-tu, Thérèse, ce n'est rien... enfin, ce ne serait rien si une main pouvait reprendre les rênes de la manade.

Le jour venait de se lever, comme pour leur permettre de voir la situation en pleine lumière.

– Joseph se fait vieux... Romain est au loin, il appartient à l'armée. Antonin, lui, appartient au passé... J'ai tout de suite compris que le poids d'Azérac allait retomber sur toi. Et c'est normal !

– Mais, Père, je ne suis ni cavalière, ni...

– Tu es une femme !

Elle l'interrogea du regard, un peu perdue par cette logique.

– Nous sommes fiers d'être des hommes, Thérèse, mais il nous faut bien reconnaître que tout nous est venu par les femmes. Le bien comme le mal... Les femmes n'ont pas seulement porté nos fils, mais notre destin. *Eternidad !...* Sans Flamenca, qui se souviendrait du Bancal ? Et maintenant c'est toi qui es la gardienne du sang et de l'honneur, et qui dois nous permettre de tenir jusqu'à ce que...

Il s'arrêta brusquement, et elle eut pitié de sa vieillesse désolée. Mais déjà il se reprenait. « Il se remet en selle », pensa-t-elle avec admiration.

– Guilhem, dit-il, il a la foi qui manquait à...

Il n'acheva pas sa phrase, craignant de la blesser en portant ce jugement sur Auguste, alors il enchaîna joyeusement :

– Joseph dit qu'il vaut un homme sur le pâturage !

– Il n'a que dix ans, Père !

– C'est bien pour ça que j'ai confiance ! Si, à dix ans, il est capable de trier sans peur, de soigner un cheval, de débourrer un poulain, cela prouve que tout n'est pas perdu... C'est lui, l'avenir ! Et l'avenir commence tout de suite !

– Vous n'envisagez pas de le retirer du collège ? demanda Thérèse, inquiète.

– Le retirer du collège ! Tu plaisantes... Depuis que l'Institut d'Alzon existe, tous les Azérac y ont fait leurs humanités. Nous sommes rudes, mais nous ne sommes pas rustres ! D'ailleurs il s'y plaît, et je crois même qu'il y fait la loi ! Que veux-tu, notre Guilhem est fait pour régner !...

« Pouilleux, Monsieur le Baron ! », « Péteux, le cavalier ! », « Qu'as-tu fait de ton valet de chambre, marquemal ? », « Tu viens à pied, maintenant, Monseigneur du crottin ?... »

Les nouvelles vont vite, et Guilhem découvre la cruauté de ses camarades avec stupeur. La ruine des siens lui apparaît plus flagrante encore au collège que dans les couloirs désertés d'Azérac.

Il serre les poings, furieux. Il ne comprend pas. Depuis le jour où il est entré à l'Institut d'Alzon – il avait sept ans –, il a toujours été respecté. Il ne s'en est jamais étonné, sa royauté lui semblait de droit divin, comme le Grand Batre... il ne s'est jamais demandé pourquoi. Seul comptait le fait de régner. Du haut de son trône enfantin il croyait avoir des amis. Il sait aujourd'hui qu'il n'en a pas. Si !... un seul : Fernand, le fils du docteur Rache. Mais Fernand n'a jamais franchi le seuil de l'Institut. Fernand est protestant. Il va au lycée. Il a quatorze ans, mais il ne lui a jamais fait sentir qu'il était « un grand » ; malgré son âge, c'est son ami. Bien sûr, c'est un garçon de la ville, il a peur à cheval au milieu des *biòu*. « Je l'aiderai, pense Guilhem. Je dois l'aider parce que Fernand, c'est comme un frère. »

Un frère... Blessure secrète, Guilhem a honte de la fragilité de Virgile. Virgile qui ne montera jamais à cheval, Virgile qui n'ira jamais au collège, Virgile qui joue du piano avec Maman, comme une fille. Virgile qui est « drôle » comme on dit dans leur dos.

Heureusement il y a Fernand et le docteur Rache. Grâce à eux, dès qu'il y a un congé, il peut retrouver Azérac. Et, surtout, il peut retrouver son cheval, Capitaine. Et il peut courir aider Joseph sur le pâturage...

– Azérac ! dit la voix sévère du maître. Azérac ! Je vous parle... Et vous n'écoutez pas !

– Non, mon père, répond honnêtement l'enfant qui galopait dans sa tête au milieu des lys de mer et des asphodèles.

– Et de quoi parlions-nous, monsieur d'Azérac ?

Guilhem n'en a aucune idée.

Des rires fusent, çà et là.

– Eh bien vous aurez le temps d'y penser. Vous êtes consigné pour la sortie de Pentecôte.

Guilhem se lève, bouleversé.

– Pas ça, mon père ! Je vous en prie !

– Ah tiens !... Vous voilà revenu parmi nous... Ça vous ennuie tellement de devoir passer vos vacances au collège ?

– Oui, mon père.
– Et pourquoi ça, s'il vous plaît ?
– On a besoin de moi à la manade, mon père.
– C'est pour garder les vaches ! crie un gamin.
Un coup de règle du maître interrompt les ricanements.
Dans le silence qui règne soudain sur la classe, Guilhem s'est rassis sur son banc. Ne pas aller à Azérac pour la Pentecôte, c'est terrible !
Il se sent seul. Abandonné.
Par Faustine qui a trahi les siens... par son grand-père qui les a ruinés... par son père qu'on ne voit jamais sur le pâturage... par Virgile qui est « drôle »... et même par Romain qui est si loin !
La cloche sonne. La classe se vide.
« Je ferai le mur », décide-t-il en rangeant ses affaires dans son pupitre. Tout pour revoir Capitaine ! Pour aller aider Joseph et les gardians ! Il se cachera dans les bois, il vivra avec les bêtes...
– Azérac !
Le maître lui fait signe de venir près de lui.
Il le regarde d'un air terrible, comme s'il lisait dans ses pensées.
– *Es per li biòu que te fau tourna à l'oustau* * ?
Jamais le maître ne l'a tutoyé. Jamais il ne lui a parlé en provençal. Pour Guilhem, pour les autres, il est une robe noire, un visage sévère, un œil glacé.
Le père Téodor ne plaisante pas. Il a même toujours eu la férule violente.
Mais ce que les enfants ignorent, c'est qu'il est né au Cailar, en pays de bouvine. La même année que Mirèio. Et que ni ses vœux, ni ses cheveux blancs ne lui ont fait oublier le temps des *abrivado*.
– Tu me copieras cent fois : « *O fortunatos nimium, sua si bona norint, agricolas* ** ! » Ce sera ta punition.
Guilhem n'en revient pas. Il ose demander :
– Et... pour Pentecôte ?
– Tu iras trier, gardian !
– Oh, merci, mon père !
– Allez, monsieur d'Azérac.

* – C'est pour les taureaux que tu dois rentrer à ta maison ?
** « Ô trop heureux les paysans, s'ils connaissaient leurs biens ! » (*Géorgiques*, livre second, Virgile.)

D'un geste sec l'oratorien congédie l'enfant étourdi de bonheur.

L'enfant à qui il ne dira plus jamais « tu »... L'enfant à qui il ne s'adressera plus jamais dans la langue des pâtres et des gens des mas. L'enfant à qui il a permis d'aller au secours de sa terre.

Qui est le plus heureux de retrouver l'autre ? Le cheval ?... L'enfant ?...

Guilhem galope comme il n'a jamais galopé. Et l'odeur païenne de la sansouire, l'odeur salée du pâturage, l'odeur glauque du Rhône, l'odeur fauve de la bête lancée sous lui dans une course folle l'enivrent.

Chevauchées de la Pentecôte !... Bénédiction ! Langues de feu retrouvées grâce à la pitié de ce fils du Cailar qui lui a rendu la liberté.

De retour au collège, Guilhem le remercie par une assiduité, une conduite, qui surprennent tous ses maîtres. Il est premier. Encore premier. Le premier... Il décide qu'il en sera toujours ainsi, et travaille jusqu'aux vacances avec la fureur qu'il met à trier les taureaux, à marquer les anoubles, à débusquer un étalon sauvage.

Il ne veut pas s'attarder à observer la misère des siens. Il sait qu'elle est là. Il s'efforce de ne pas entendre le récit de leur chemin de croix : la perte du Mas des Roseaux, celle de Château-Candi à Marseille, du Petit-Sauvage aux Saintes, de la maison de Saint-Hippolyte. Il sait tout cela. Mais il sait aussi qu'on a gardé les bêtes et que la marque des Azérac peut encore s'imprimer sur le flanc des *biòu*.

Il se lève avant le jour et revient à la nuit. La première fois que l'on a dîné dans la cuisine, il a été étonné. Mais pas choqué : la cuisine est faite pour recevoir les gardians. Partout où l'on va botté, il est chez lui.

C'est le soir où sa mère a déposé une assiette de soupe devant lui, le soir où il n'a pas reconnu ses mains, ses mains si fines de musicienne maintenant crevassées, qu'il s'est juré de ramener le Grand Batre. Ces mains, il aurait voulu les embrasser à genoux. Mais, au moment où il allait le faire, Aline a caressé les cheveux de Virgile...

– Mon petit seigneur !... a-t-elle dit doucement.

Elle le préfère. Tout le monde préfère Virgile. Parce qu'il est faible. Parce qu'il est « drôle ». Peut-être aussi pour d'autres raisons plus mystérieuses, comme si les dieux l'avaient choisi. À cause de cette marque sur sa main...

Il leur prouvera que l'élu, c'est lui !

Alors il se jette dans une course folle qui ne cessera que le jour où Azérac sera redevenu Azérac. Le jour où les femmes de son sang retrouveront leurs mains de reines.

Un soir comme les autres il est rentré dans la cuisine, et s'est étonné du silence.

La guerre venait d'être déclarée.

La Grande Guerre

Guilhem garde sous la pluie. Une pluie d'été si violente qu'elle annonce que l'automne est proche.

Joseph lui a passé le manteau de son fils. La limousine rousse est trop grande pour le garçon. Il a l'air d'un santon dans une guérite. Il regarde le pâturage à travers les cataractes qui voilent et dévoilent le paysage selon la volonté du vent grec.

Les taureaux se sont groupés devant un bouquet de tamaris, luisants, ruisselants, immobiles sous l'averse. Résignés.

C'est la pluie. C'est la guerre.

Giulhem frissonne.

La guerre.

Quand on dit : le Rhône vient, la grange est en feu, la manade a pris la fièvre, la sécheresse tue les poulains, la récolte est perdue, il sait ce que cela veut dire. Il sait la douleur de la terre, des bêtes et des gens. Mais la guerre ?

Il ne l'a jamais vue. On ne se bat pas ici comme chez Grand-Mère quand elle avait son âge. Heureusement ! Si les Prussiens débarquaient, mon Dieu !, ce serait la fin du monde...

La guerre il ne l'a pas vue, mais à cause d'elle il n'y a plus de gardians en Camargue. Tous les cavaliers qui avaient sauvé les taureaux de la noyade le jour du Grand Batre sont partis sous les drapeaux.

La plaine salée a vu s'en aller ceux qui sont à la fois ses maîtres et ses serviteurs. Un jour, ils étaient là, le trident à la main, le lendemain il n'y avait plus personne.

La guerre...

Guilhem revoit les cavaliers dans leurs beaux costumes, galopant au son du tocsin le long du fleuve en fureur comme si ce galop devait les mener tout droit de la fête au combat, les arrachant aux jardins en fleurs d'Azérac pour les conduire vers des terres labourées de mitraille et de feu.

Les *biòu* regardent le garçon. Leurs yeux aux reflets verts semblent chercher les hommes. Mais il n'y a plus que des chevaux non sellés qui paissent, désœuvrés. Eux non plus ne comprennent pas.

Joseph est seul. Deux vieux viennent parfois lui donner la main. Leurs fils sont partis, bien sûr. Les deux vieux ne montent plus depuis longtemps mais ils aiment les bêtes. Ils leur parlent. « Un cheval à qui tu ne parles plus retourne à la sauvagerie, parce qu'il croit que le monde des hommes ne veut plus de lui », disent-ils.

Joseph est seul mais Guilhem est là. De l'aube au soir il est en selle. Quand Capitaine prend son élan comme s'il allait s'envoler, il n'y a plus de guerre, il n'y a plus de malheur. Parfois Guilhem monte Cathare ou une autre bête, pour être juste et pour sentir leur joie.

C'est bien, mais que se passera-t-il quand il devra retourner au collège ? Il refuse d'y penser. D'ici là, peut-être que la guerre sera finie !

Fin septembre, Romain s'arrêta à Azérac. Un quart d'heure. Le temps de prendre une tasse de thé. Il n'avait pas revu sa mère depuis le départ de sa sœur, la mort de son père, le suicide de Charles...

Thérèse essayait de sourire et son fils, qui la serrait dans ses bras, faisait semblant de ne pas voir ses larmes.

– Je serai le premier à entrer à Walheim, Maman ! murmura-t-il dans ses cheveux.

Il les regarda, réunis dans le salon, les Azérac, afin d'emporter cette image avec lui. Aline assise au piano devant la partition ouverte des *Amours du Poète* ; Antonin, un livre à la main ; le grand-père qui tentait de se lever de son fauteuil et que ses jambes trahissaient ; les deux enfants et la jeune fille vêtus de noir ; sa mère, souriante et en pleurs. Tous réunis autour de la carte de France.

– Elles sont en deuil, avait dit Virgile en désignant l'Alsace et la Lorraine. Comme nous !

Romain posa sa tasse de thé sur le plateau. Délicieux, le thé... au fait, où était Miss Vertue ?

Miss Vertue les avait quittés pour s'engager dans la British Red Cross...

Bien sûr !

Romain avait pris Guilhem à part.

– Je sais ce que tu fais sur le pâturage, Joseph m'a tout dit ! Je compte sur toi et, après la guerre, à nous deux nous rendrons le Grand Batre à Azérac !

Et puis il était parti rejoindre son régiment.

Où ?

Ça, on ne doit pas le dire. L'ennemi serait trop content de le savoir !

La réquisition des chevaux eut lieu la veille de la rentrée des classes.

Joseph et Guilhem durent rassembler les bêtes dans la cour et attendre le choix des militaires.

Le choix fut aisé, simple. À part les bêtes trop vieilles, trop jeunes ou malades, ils les prirent toutes.

Cathare, Blé de Lune, L'Éclair, Troubadour, Perdrigal, Bel-Jouven, Fleur de Lys, Le Drac, Foudroyant, Paraman, Montségur... Tous !

Quand l'officier s'approcha de son cheval, Guilhem poussa un hurlement et se jeta en avant.

– Non ! pas Capitaine ! Je vous en prie, monsieur l'officier ! Pas Capitaine !

L'officier avait mal devant la peine de l'enfant, mais il avait reçu l'ordre de ramener toutes les bêtes valides et ce cheval était le plus beau. Il le prit.

Ils partirent au petit trot les bons compagnons, les fidèles. Ils partirent, derrière les chevaux bais de l'armée. Ils étaient nus comme au temps de la liberté mais le licol qu'on leur avait passé ne les conduisait pas vers une abrivado dans le rire des filles et la joie des villages. Il les conduisait à l'enfer.

Capitaine...

– Ne pleurez pas, Monsieur Guilhem!

De toute sa force le vieux Joseph serrait l'enfant contre lui.

Guilhem se débattit puis s'arracha au baile et courut dans l'allée. Mais les chevaux étaient déjà loin.

Guilhem savait qu'il ne pourrait pas les rattraper; il s'arrêta, les poings serrés, le cœur déchiré.

Il entendit un soupir derrière lui, quelqu'un l'avait rejoint, quelqu'un qui avait de la peine.

Il se retourna brusquement et découvrit la vieille Courageuse.

La jument avait vu partir les chevaux. Elle tendait sa longue tête vers la troupe qui disparaissait au bout de l'allée.

Elle eut un hennissement douloureux. Elle ne cherchait pas à les suivre. Elle vivait leur départ et semblait partager la douleur de Guilhem.

Il la regarda, évalua son âge, sa fatigue, son échine creuse... elle savait aussi bien que lui qu'on ne monte pas les juments en Camargue mais, à la guerre comme à la guerre, n'est-ce pas! Aussi elle ne se déroba pas, la farouche, quand il posa la main sur elle; sa robe frémit et la chaleur de son grand corps passa dans le corps du garçon.

Jour après jour la guerre ajoutait les malheurs de tous aux malheurs de chacun.

Très vite elle mit au monde un être sombre destiné à célébrer sa gloire et ses méfaits.

L'Homme Noir.

Elle le condamna à parcourir les rues des villes et les chemins des campagnes pour aller annoncer aux mères qu'elles n'avaient plus de fils, aux femmes qu'elles n'avaient plus d'époux.

Dès le premier coup de feu, elle tua. Mais elle attendit que l'amour se glisse dans le cœur de la petite Léopoldine pour tuer l'aspirant de marine Mathieu Boucoiran.

Elle était en train de lui écrire une lettre quand Annette, en larmes, apporta la nouvelle à Azérac. On entendait Aline qui était au piano, il faisait beau, pas un nuage... Mathieu était mort.

Mathieu, on l'avait vu naître, son grand-père avait fait ses humanités avec Auguste. Les Boucoiran avaient une jolie vigne dans les Costières et, chaque année, les jeunes s'y réunissaient pour vendanger gaiement...

Mais tout ça c'était avant.

Le piano s'était tu. Léo sanglotait dans les bras de mère.

Ce jour-là elle décida de partir pour l'école des infirmières de Nîmes, et Antonin, lui, annonça qu'il allait s'engager. Il ne risquait rien, il avait trois enfants, on ne le mettrait pas aux avant-postes ! Mais il avait besoin de servir.

– Moi aussi, Maman, je veux vous rendre Walheim !

Thérèse tenta de le retenir mais le *segne-grand* s'était fâché.

– La Patrie ! dit-il. Ce n'est pas à toi, Alsacienne, que je vais apprendre ce que c'est ! C'est bien, Antonin ! Tu as raison !

Antonin était arrivé à l'état-major de Joffre. Il envoyait des nouvelles rassurantes.

Léo n'était pas restée longtemps à son école. On avait besoin d'infirmières et, très vite, elle avait fait connaissance avec la douleur et les corps meurtris.

Sa jeunesse innocente se penchait sur d'atroces agonies. Elle souriait aux mourants, leur fermait les yeux et s'enfermait ensuite pour dessiner des fleurs et des oiseaux.

Guilhem était retourné au collège. Mais il n'arrivait plus à travailler. Il pensait sans cesse à ses bêtes, à Azérac que son oncle lui avait confié, aux chevaux qu'il ne reverrait plus.

Il pensait aussi à la gêne de sa famille. Il traita avec le père-économe de l'Institut d'Alzon et lui vendit toute la récolte de miel de sa grand-mère. Le docteur Rache, par ailleurs, le recommanda à la maison de retraite protestante où il vendit trois taureaux pour un bon prix.

« C'est ce qu'on appelle une double bénédiction ! » avait plaisanté le vieil Eugène. Il avait de l'admiration pour son arrière-petit-fils. Dès son premier cheval, Guilhem s'était révélé cavalier. Mais d'où tenait-il ce don pour les affaires ?

« Certainement pas de mon pauvre Auguste qui aurait mangé des royaumes ! »

– Bravo, petit ! dit-il à voix haute.

– Bravo, petit ! répéta Virgile.

– Toi, tu te tais ! cria Guilhem à son frère. Chez Granon,

le papé est tout seul avec un drôlet de huit ans pour tenir la manade ! Alors, tant que tu ne seras pas monté sur un cheval, tu auras intérêt à te faire oublier ! Compris ?

– Guilhem ! crièrent Thérèse et Aline d'une seule voix.

« C'est ça, ragea Guilhem, elles prennent son parti, comme d'habitude ! »

Il sortit sans un mot et alla garder.

– Il est fâché, dit Virgile dans un silence consterné.

Sa mère l'embrassa.

– Ne fais pas attention, mon chéri ! Guilhem ne pense pas ce qu'il dit.

– Il t'aime beaucoup, tu sais ! ajouta Thérèse.

– Il m'aime, approuva calmement Virgile. Il m'aime, mais il ne le sait pas.

Une lettre d'Antonin les avisa qu'il allait faire partie de la mission envoyée en Russie par l'armée française. La mission devait être reçue par le tsar.

– Le tsar ! Le tsar ! bougonna l'ancêtre. Nous remontons plus loin que lui !

Il ne quitte guère son fauteuil maintenant. Il reste contre la grosse cuisinière de fonte, source de chaleur et de vie, une couverture sur les genoux. Il semble avoir rétréci. Il demeure de longs moments silencieux. Il regarde les femmes aller et venir autour de lui dans la cuisine et parfois s'endort.

Depuis quelques semaines la population du château compte deux personnes de plus.

La Musaude et son fils lou Janet.

Annette avait parlé de ces deux malheureux à Thérèse qui avait hoché la tête, désolée :

– Ma pauvre Annette, avec quel argent pourrais-je payer quelqu'un ? Tu le sais mieux que personne !

– Ils demandent pas de sous, Madame, mais ils ont besoin de pain.

Thérèse l'avait regardée sans rien dire.

– Oh, la Musaude ce sera pas comme les femmes de chambre de reine qu'avait Madame ! Mais elle est brave, et l'ouvrage lui a jamais fait peur !

– Et son fils ?
– Lou Janet... il a vingt ans...
– Vingt ans ? Il n'est pas parti ?
– La guerre n'a pas voulu de lui, Madame. Il est simple. Mais il est bon. Il s'entend avec les bêtes. Pas pour faire le gardian, bien sûr ! Seulement pour les soigner... Joseph dit que ça l'aiderait bien de l'avoir...
– Dis-leur de venir, Annette.
– Ils sont là, Madame.
Thérèse avait souri.
– Tu savais que je dirais oui ?
– Je connais Madame.
Depuis ce jour ils étaient là.
La Musaude et l'innocent étaient entrés à Azérac comme si leur place y avait été préparée depuis toujours. La mère, à qui son large visage tranquille avait valu son surnom, le fils qui parlait à peine avaient tous deux une sorte de noblesse archaïque qui s'accordait avec la misère des seigneurs.
Quand Romain reçut la Croix de Guerre et annonça qu'il allait venir en permission, la fièvre s'empara du château.
On astiqua, on briqua, on pétrit, on enfourna, on torchonna et godronna, comme dans les contes de fées quand on attend la visite du Prince.
Les cuivres brillaient à nouveau.
Tout le monde s'y était mis !
La veille du grand jour une nouvelle lettre de Romain arriva au moment où l'odeur exquise des kougelhofs se répandait dans la cuisine.
– Ils sont toujours meilleurs un peu rassis, disait Annette, l'air gourmand, en les sortant du four.
– Il est fou ! Mon fils est fou !
Thérèse lisait avec ravissement la lettre de son fils.
– Écoutez-moi ça : *L'autre nuit, Maman, je n'ai pas pu résister. Nous étions si près de Walheim ! Tout était calme. J'ai avancé dans la forêt, à couvert des arbres, à la clarté de la lune, et j'ai vu les tours de votre maison !...* Il est fou, répéta-t-elle en regardant autour d'elle la cuisine en habits de fête. Il est fou, et, demain, il sera là !

Pour l'occasion on avait fait revenir de Nîmes Guilhem et Léo. Léo prétendait cacher le tableau qu'elle avait peint pour son oncle, mais elle ne put résister à l'envie de le voir de la famille pas plus qu'à sa propre envie de le montrer.

Il était d'un bleu céleste avec quelques touches de rose.
– C'est la Paix, dit Virgile.
Et tout le monde se tut.
– Et le vin ?... Qui a pensé au vin ? demanda soudain Eugène en tapant le sol de sa canne.
– Moi, Grand-Père ! répondit Guilhem. Tenez : châteauneuf-du-pape 1913, muscat de Lunel, carthagène, et le clou : une des dernières bouteilles de Clos-Walheim !
– Encore une que les Prussiens ne boiront pas ! dit l'ancêtre, et tout le monde éclata de rire.
– Une voiture ! Voilà une voiture !
– Mon Dieu ! dit Thérèse en serrant la main d'Aline.
Elle n'eut pas la force de courir au-devant de son fils et personne n'osa bouger autour d'elle.
Le premier baiser de Romain devait être pour sa mère, ils le comprenaient tous... La porte s'ouvrit...
Et l'Homme Noir entra.

Le cercueil de Romain arriva quelques jours plus tard à Azérac.
– Vous avez de la chance ! dit le chauffeur.
Puis il rougit, expliqua qu'il avait voulu dire que peu de corps étaient rendus aux familles si rapidement, et se sauva honteux comme si c'était lui qui avait tué.

Guilhem veilla son oncle toute la nuit.
Debout devant la longue caisse recouverte d'un drapeau tricolore, il savait qu'il ne disait pas seulement adieu au capitaine Romain Cabreyrolle d'Azérac, mais à son enfance et à sa liberté.
« Je compte sur toi et, après la guerre, à nous deux, nous rendrons le Grand Batre à Azérac ! »
Maintenant il était seul pour veiller sur la terre...
« Je compte sur toi... »
– Vous pouvez, mon oncle !
Guilhem se mit au garde-à-vous et, les larmes aux yeux, les poings serrés, fit le serment de ne plus jamais retourner au collège.

Il venait d'avoir quatorze ans.

Le long de la roubine, Guilhem s'écorche les mains en se battant avec les fils de fer rouillés de la clôture. Une fois de plus il tentait de redresser les piquets arrachés par la dernière tempête. Des piquets qui n'en pouvaient plus ; ils auraient dû être remplacés depuis longtemps...

Il haussa les épaules. Il n'aimait pas ces travaux de misère, mais il fallait bien que quelqu'un s'en charge ! Joseph n'y voyait plus assez clair pour ce genre de ravaudage, et il gardait à l'autre bout du pâturage. Seul. Seul comme Guilhem au bord de l'eau, avec ses pinces et sa masse de bois.

Le faux silence de la nature accompagnait les efforts du garçon, comme pour l'aider avec les accents de sa mélodie. Guilhem reconnaissait au passage le cri d'une aigrette, le froissement d'ailes d'un héron prenant son vol, la respiration d'un poisson crevant la surface verte de l'eau, le brame lointain d'un taureau isolé, comme un musicien reconnaît les notes d'une symphonie.

Non loin de là, les cils baissés, une jambe appuyée gracieusement sur la pointe du sabot, la tête inclinée vers un bouquet de tamaris, la vieille Courageuse dormait debout.

Et pourtant ce fut elle qui eut la première conscience d'un danger. Elle lança un bref hennissement, puis retomba dans sa léthargie.

Guilhem, aussitôt en alerte, aperçut au loin un attelage qui venait vers lui à toute allure sur l'immensité plate.

Il lâcha son travail, courut le long de la roubine, prit son élan, franchit une clôture d'un bond, et se précipita au-devant du cheval emballé.

Une femme criait :

– Au secours !... À l'aide !

De longs voiles noirs flottaient tragiquement autour de la voiture, comme portant déjà le deuil de la passagère.

Guilhem bondit en avant et, saisissant les rênes, il se laissa traîner sur l'herbe et les cailloux de la draille jusqu'à ce que le cheval faiblisse et s'arrête dans sa course. Épuisé.

Alors il lui parla doucement, dans une langue mystérieuse et sensuelle qui sembla l'apaiser. Guilhem chercha la raison de cette course folle sur la robe en sueur, et, avant même d'avoir trouvé le dard qui faisait frémir l'encolure trempée et de l'arracher, il savait que c'était une piqûre de taon. Il posa ses lèvres sur la blessure, aspira le venin, et le cracha au loin. Le cheval se laissait faire, confiant.

Alors seulement il se tourna vers la silhouette funèbre de la femme qu'il venait de sauver. Elle écarta ses voiles de crêpe, et il resta muet devant sa beauté.

Mathilde Langoiran avait trente-quatre ans. Elle avait perdu son mari au début de la guerre. D'une indigestion de melon. Achille Langoiran approchait de soixante-dix ans, et le melon n'était pas seul responsable de sa mort... Il suffisait de voir sa femme pour le comprendre. Elle tentait de reprendre son souffle, des gouttes de sueur perlaient autour de sa bouche gonflée avivée de rouge raisin, sa poitrine soulevait le crêpe, et elle posa un gant noir sur ses seins, comme pour les empêcher de jaillir.

– Je te dois la vie, gardianou..., murmura-t-elle d'une voix profonde.

Guilhem haussa les épaules, bourru, et lui demanda si elle allait loin. Elle rentrait chez elle, au Mas Langoiran.

– Je vais vous y conduire, dit-il en prenant place à son côté.

Il se pencha vers elle pour reprendre les rênes et reçut en pleine figure son parfum mêlé à son odeur. Poudre d'iris et moiteur féminine. Il se détourna aussitôt.

– Il s'appelle comment ?

– Qui ça ? demanda-t-elle.

– Le cheval !

Il s'appelait Riquet, et il eut l'air heureux d'entendre le garçon l'appeler par son nom.

– Riquet... Riquetoun... Ho ! Va... Va !... *Va, moun beù Riquet !...*

Le cheval obéit et partit d'un pas sage. Mathilde observait le garçon. Elle poussa un cri en voyant du sang couler de sa manche déchirée. Il avait dû se blesser pendant sa lutte avec le cheval.

– C'est rien, dit-il en haussant les épaules.

Elle se demanda quel âge il avait. Quinze ans... seize ans ?...

– Tu connais le chemin ? demanda-t-elle en le voyant prendre une traverse.

– Je connais tout, dit-il brièvement.

Et elle tourna la tête pour qu'il ne la voie pas sourire. Quand ils furent arrivés à Langoiran, il sauta à terre sans s'occuper d'elle et, de nouveau, flatta l'encolure de Riquet, et lui parla dans sa langue mystérieuse.

– Et les dames, tu ne les aides pas à descendre ?

Il lui tendit la main. Mais elle voulait plus. Elle voulait qu'il la prenne dans ses bras, et se laissa glisser le long de lui.

Guilhem la posa brutalement à terre comme si elle avait été une femme de feu et lui tourna le dos.

– Viens ! dit-elle.

Mais il s'occupait du cheval et déjà le dételait.

– Il faut le faire boire, expliqua-t-il en cherchant l'abreuvoir des yeux.

Elle le regarda conduire Riquet à la fontaine et attendit patiemment que le cheval ait fini de boire. Guilhem ne le quittait pas des yeux.

– Quelqu'un s'occupe de lui ?

– J'ai un vieux baile, dit-elle. Mais, aujourd'hui, il est dans mes vignes de Saint-Césaire. Tu sais, c'est la guerre...

– Je sais. Bon... je vais rentrer, madame.

– Rentrer !... Tu plaisantes ! Regarde ton bras, ça saigne toujours. Allez, viens, je vais te soigner.

Elle se dirigea vers la maison, prit une clef sous une pierre plate, près du seuil. Une grosse clef qui entra dans la serrure avec un bruit énorme.

Elle ne se retourna pas pour voir ce que faisait le garçon ; elle savait qu'il allait la suivre. Quand elle fut dans l'entrée, elle s'approcha d'un miroir pour enlever son chapeau et ses voiles de deuil, et sourit à l'image de Guilhem qu'elle voyait derrière elle dans la glace.

Le mas Langoiran n'était ni un château, ni une maison de paysans.

C'était une vieille demeure languedocienne, avec de beaux meubles centenaires, un peu étonnés de cohabiter avec les nouveautés *modern'style* chères à Mathilde. Une profusion de plantes vertes dans le goût oriental décorait l'entrée et le palier de l'escalier aux marches usées par des générations de pieds campagnards.

– Je dois avoir du désinfectant là-haut, dans mon cabinet de toilette. Suis-moi, avait-elle dit.

Il monta derrière elle. Mathilde ouvrit une porte et il resta saisi sur le seuil. Elle sourit pensant que la découverte du luxe impressionnait le garçon. En réalité, il était scandalisé par le côté frivole de la chambre. Il prenait pour une chambre de cocotte ce qui n'était que la chambre d'une coquette de village.

– C'est joli, hein... Ça te plaît ?...

Il hocha la tête tandis qu'elle lui demandait :

– Tu as déjà pris un bain ? Je veux dire : dans une baignoire, pas dans la roubine !

Elle riait.

– Attends, je vais voir si j'ai du *Coaltar saponiné* à mettre sur ta plaie... C'est souverain !

Elle était déjà passée dans son cabinet de toilette, le laissant seul au milieu de ses fanfreluches, devant un grand lit Louis XV, hideux produit de l'Exposition Universelle de 1900. Il n'osait pas bouger ; à peine osait-il respirer dans cet univers féminin si différent de celui dans lequel évoluaient sa mère et sa grand-mère.

Sur la coiffeuse juponnée de dentelle rebrodée, il découvrait des pots, des flacons, des coffrets, à faire rêver une sultane.

L'*Eau tinctoriale Charbonnier*, « pour la chevelure idéale », la poudre de riz *Tsarine*, le *Triple Extrait concentré Orkilia...*

Il entendait un bruit d'eau venant de la pièce voisine.

– Déshabille-toi ! dit Mathilde.

Lentement, en silence, il commença à ouvrir sa chemise,

enleva ses bottes... Comme il quittait son pantalon, son regard accrocha la photo d'un vieil homme massif qui semblait le considérer avec sévérité. Un bout de crêpe sur le coin du cadre disait que sa mort était récente. Le mari... Guilhem pensa qu'il était, lui, bien vivant, et acheva de se déshabiller.

Il n'entendit pas Mathilde revenir et sursauta en la découvrant qui l'observait depuis la porte. Il lui tourna vite le dos. Trop tard... elle avait vu.

– Quel âge as-tu ? demanda-t-elle d'une voix douce.

– Seize ans ! cria Guilhem.

Et elle sut qu'il mentait quand il ajouta :

– ... au moins !

Mais elle se moquait pas mal de l'âge du garçon. Elle avait vu. Elle posa le *Coaltar saponiné Le Beuf* sur sa coiffeuse et alla vers Guilhem sans le quitter des yeux. Elle avait besoin de toucher cette chair blanche et musclée, de poser ses lèvres sur la blessure de son bras où, déjà, le sang séchait.

– Alors, comme ça, tu connais tout ?... dit-elle en le retournant contre elle.

Il se réveilla dans des draps blancs et des dentelles froissées, et s'affola à l'idée d'avoir dormi. Mathilde le rassura : il avait seulement perdu conscience du temps écoulé. Il voulut se lever, mais elle le retint contre elle et, de cet instant, il sut qu'il avait le pouvoir de la faire souffrir. Elle... et d'autres femmes qui viendraient, chercheraient ses lèvres, sa chaleur, sa force, et voudraient à leur tour le retenir.

Il promena sa main sur les seins de soie, le ventre blanc, les cuisses qui s'ouvraient déjà, remonta jusqu'à la taille un peu grasse, saisit brutalement les cheveux dénoués... Mathilde gémit de bonheur, prenant pour une caresse ce qui n'était qu'un tour de propriétaire. Guilhem lui mordit les lèvres, et elle cria. Pas pour qu'il arrête, mais pour qu'il continue.

Depuis son cadre sinistre, M. Langoiran les regardait avec consternation. Une nouvelle fois, Guilhem en fut tout émoustillé.

Il reprit Mathilde avec enthousiasme et, cette fois, ne s'endormit pas, mais la regarda s'évader d'elle, devenir une autre, être toute à sa merci.

– Je ne sais même pas ton nom... murmura-t-elle sans ouvrir les yeux.

Il ne répondit pas.

Elle s'étira, noua les bras autour de son cou et, enfin, le regarda.

– Tu sers chez qui ?

– Azérac, répondit-il avec un petit sourire.

– Et tu t'appelles ?...

– Azérac.

– Je te demande ton nom ! répéta-t-elle.

– Azérac.

Cette fois elle avait compris. Elle se redressa dans le lit, sidérée. À la fois impressionnée et amusée.

– Azérac...

Elle éclata de rire.

Elle était perdue.

Le lendemain, au dîner, Guilhem trouva un kougelhof posé devant son assiette, dans la cuisine d'Azérac. Le premier kougelhof depuis la mort de Romain...

Les femmes avaient mis une nappe blanche sur la table de bois rugueux, décorée de touffes de saladelle *.

Tout le monde le regardait avec un petit air renseigné qui le mit mal à l'aise.

– Tu croyais peut-être qu'on allait laisser passer l'événement sans le fêter ?...

– C'est que ça compte, dans la vie d'un garçon !

– Ça m'est arrivé il y a bien longtemps, mais je m'en souviens encore, dit le *segne-grand*.

Guilhem était écarlate.

– Bravo, mon chéri ! dit sa mère en l'embrassant.

« Il est plus sensible qu'on ne pourrait le supposer en voyant ses manières rudes », pensa la Sarrasine, attendrie.

* Saladelle : fleur des gardians, légère comme un brouillard. Bleu-mauve au moment de sa floraison.

– Bon anniversaire, Guilhem ! dit Thérèse en lui ouvrant les bras.

Il s'y jeta en éclatant d'un rire nerveux. Soulagé.

Thérèse le garda contre elle. Elle avait les yeux brillants et murmura pour lui seul :

– C'est moi qui ai fait le kougelhof, *meine kleine Prinz*, parce que la vie doit continuer... Comme avant !

– Merci, Grand-Mère !

– Ne me dis pas que tu avais oublié que tu prenais tes quinze ans aujourd'hui ?

– Mais si !

« Quinze ans..., pensait Léo en regardant son frère. Il est beaucoup plus vieux que son âge ! Comme moi... Mais pourquoi sent-il la poudre d'iris ?... »

– Il travaille trop, ce petit ! dit Annette.

– C'est qu'il s'y donne, à ce qu'il fait ! dit l'aïeul.

– Nous vivons une fête de famille !

La petite voix sérieuse de Virgile les ramena tous à la réalité.

Cinq ans plus tôt, on avait aussi vécu une très jolie fête de famille pour célébrer un magnifique vieillard et un petit garçon. Depuis, on n'avait salué aucun anniversaire, pour ne pas tenter l'Homme Noir. On avait toujours peur, comme le jour où l'on attendait Romain, de l'entendre frapper à la porte pour annoncer une mort. Un gardian de la manade... un voisin... un ami... un des garçons pleins de vie et de joie qu'on avait vus naître, comme Mathieu Boucoiran... comme ce pauvre M. Aldebert de Nîmes dont la jeune veuve était inconsolable.

On guettait, avec Annette et Joseph, les cartes de Frantz qui était parti avec le Ier Hussards de Tarascon. Hélas, on était toujours sans nouvelles d'Antonin. Depuis son départ avec la mission française pour la sainte Russie, on ne savait ce qu'il était devenu.

Et, malgré tout – Thérèse avait raison –, il fallait continuer à avancer sur le chemin de la vie.

Elle prit un couteau à manche d'argent sur la table et, comme un défi, elle commença à découper le kougelhof.

Toute la journée Mathilde s'était demandé si elle reverrait le garçon.

Elle l'espérait sans y croire.

Cependant, elle avait pris un bain à l'*Eau de Carrare* qui adoucit la peau, dénoué ses cheveux, et passé une robe de nuit en batiste ajourée. C'était le dernier cadeau de son mari et elle eut une pensée émue pour le défunt.

Puis elle attendit, guettant tous les bruits de la nuit. Parfois elle poudrait ses seins, écrasait une goutte de parfum à la saignée du bras, là où s'écartaient les dentelles de ses manches. Elle soupirait. Fermait les yeux. Les rouvrait en croyant avoir entendu un pas dans la cour... non, c'était le chat... Elle soupirait encore, regardait autour d'elle, désemparée.

Un minuscule caillou envoyé contre sa fenêtre la fit bondir et dévaler jusqu'à l'entrée comme une folle. Elle ouvrit la porte sans penser que ce pouvait être quelqu'un d'autre et qu'elle était dans une tenue surprenante, pour une veuve. Elle était sûre que c'était lui.

Et c'était lui.

Elle s'accrocha à Guilhem sans dire un mot et se laissa porter dans l'escalier, laissant la porte ouverte derrière eux.

Il n'attendit pas la chambre et la déposa sur le palier, sous les palmes du massif de plantes vertes et exotiques qu'elle appelait son « coin Sarah Bernhardt ». À l'idée d'être prise dans l'endroit le plus poétique de sa maison, elle poussa une longue plainte qui fit tressaillir Guilhem.

– Le baile ! dit-il. Le baile et sa femme... ils vont vous entendre.

– Ils sont sourds ! cria-t-elle plus fort.

Mais Guilhem était un garçon d'ordre. Il monta, la déposa sur son lit, redescendit en courant pour fermer la porte d'entrée, et revint de même dans la chambre.

Le déshabillé n'était plus qu'un chiffon blanc sur la descente de lit. C'était la première fois que Guilhem voyait Mathilde entièrement nue. Le spectacle l'enchanta.

– Viens ! dit-elle en tendant les bras.

Mais il restait sur le seuil, la contemplant, souriant, heureux.

– Aujourd'hui... c'est mon anniversaire !

– Seize ans, au moins ! plaisanta-t-elle.

– Non. Juste quinze.

– Mon Dieu ! Quinze ans !... Qu'est-ce que j'ai fait !... J'ai honte ! mentit-elle joyeusement.

– Vous regrettez ?... demanda-t-il en faisant un pas vers la porte.

– Tu vas voir si je regrette !

De nouveau elle lui tendait les bras.

– Mais viens ! Viens, sauvage !... Que je te souhaite un bon anniversaire ! Et, dis-moi, quel cadeau te ferait plaisir ? Demande-moi ce que tu voudras.

– Votre mari... dit-il.

Elle resta muette, attendant la suite.

– Enlevez-le du mur. Il me gêne...

– Pauvre Achille ! C'était un brave homme, tu sais.

– Il me gêne, répéta Guilhem sans bouger.

Et elle fut frappée par la froideur de son ton.

– Décroche-le, dit-elle. Tu dois être suffisamment grand pour le faire sans monter sur un escabeau...

Elle le regarda lever les bras, soulever la photographie pour la dégager du crochet. Le portrait à la main, il l'interrogea du regard.

– Pose-le par terre, dit-elle.

Ce qu'il fit. En tournant la tête du pauvre Achille contre le mur. Alors seulement il retrouva son sourire et s'approcha d'elle.

Elle le regarda se défaire de ses vêtements, et comprit qu'il ne sortirait jamais de son cœur. Elle devinait que le désir que le garçon avait d'elle ne durerait que le temps de la découverte. Bientôt, il se jetterait sur des corps plus neufs que le sien. Mais elle savait aussi qu'elle l'aimerait au-delà de la douleur. Il ne lui avait pas seulement sauvé la vie : il avait rendu sa saveur à la vie.

Alors, serrant entre ses bras, entre ses jambes, le jeune seigneur d'Azérac, elle se jura qu'un jour il remercierait le ciel de l'avoir placée sur sa route.

La guerre semblait installée sur l'Europe, comme une maladie incurable. L'Homme Noir continuait sa sinistre besogne et, parfois, revenait frapper à la même porte pour annoncer qu'un fils de plus était tombé.

Fin septembre, la Camargue frissonna.

L'hiver était encore loin mais promettait déjà d'être rude.

– Ça se voit aux oignons, disait Annette. Regardez comme ils sont couverts ! Toutes ces robes ! Ils savent qu'il va faire froid.

Les taureaux aussi le savaient. Ils se cachaient, frileux, derrière les maigres lentisques des montilles. Ils semblaient guetter une arrivée... une marée galopante aux crinières blanches, une marée piaffante et hennissante déferlant sur eux dans les cris et la poussière, une marée brutale, hérissée de fers aux pointes acérées, comme autrefois...

Mais rien ne venait, et les *biòu* se serraient, flanc à flanc, corne à corne, regardant vers les hommes d'un air étonné, plein de reproches. Des vieillards et des enfants avaient remplacé les fiers cavaliers. Parfois une veuve, une sœur, une fille, reprenait le trident et les gestes réservés aux hommes pour assurer la survie de la manade.

N'était-ce pas le balancement de l'Histoire à travers le temps ? Ces femmes retrouvaient, sans le savoir, le comportement héroïque de Flamenca, de Guibourc, la convertie sarrasine, adoubant son beau neveu, d'Esclarmonde de Foix tenant tête aux barons du Nord, d'Angélique de Simiane, guerrière du Saint Christ portant haut la croix de Palestine.

Comme les *biòu*, les femmes attendaient. Comme les *biòu*, elles avaient encore dans la tête le fracas joyeux des combats et des jeux. Elles se souvenaient des clameurs quand, les jours de fête, les garçons s'élançaient, au-dessus des taureaux, dans le rond des charrettes formées en arène au cœur des villages, la cocarde à la main. Les beaux garçons triomphants, acclamés. Vivants !

Hélas, hélas... combien d'entre eux reviendraient ?

Fernand Rache allait bientôt partir. Et, si la guerre durait encore, un jour ce serait le tour de Guilhem. Il n'avait pas peur à l'idée de se battre. Il avait peur à l'idée de devoir quitter Azérac parce que, ce jour-là, les taureaux resteraient seuls. Il n'y aurait même plus cet échange de regards entre le garçon et les bêtes : fil fragile et magique qui les empêchait de retourner à une sauvagerie préhistorique.

Une simple feuille de route pouvait abolir des siècles de communion entre l'homme, le cheval et le taureau, et la barbarie du moment risquait de ramener le delta à la barbarie originelle.

Les caresses de Mathilde, loin de rendre Guilhem indifférent, lui faisaient prendre une conscience aiguë du danger. Malgré la folie des nuits à Langoiran, il n'avait jamais été aussi présent sur le pâturage. Il veillait sur les trois poulains que l'on pourrait débourrer dans quelques mois; Joseph les avait cachés dans un îlet, derrière des saules, loin des regards, espérant qu'ils échapperaient à la réquisition. Joseph qui déclinait... Guilhem n'osait plus regarder le vieil homme quand il se mettait en selle. Il avait peur de le voir s'affaisser pour ne plus se relever.

Ce fut Courageuse qui, un soir, rentrant au pas après avoir porté du fourrage pour les *biòu*, s'abattit brusquement sous Guilhem.

– Elle veut périr..., dit Joseph.

Courageuse, la jument fière qui portait si bien son nom... Courageuse qui avait regardé à ses côtés les chevaux partir pour la guerre... Courageuse qui, de ce jour, comme si elle avait compris qu'Azérac avait besoin d'elle, ne l'avait plus quitté... Courageuse allait mourir.

Elle eut un gémissement, tenta de se relever, retomba et resta inerte sur le flanc. Guilhem s'agenouilla près d'elle, cherchant son regard. Mais ces yeux vitreux, fixes, ce n'était plus le regard de Courageuse. C'était celui d'un cheval qui, dans la souffrance, cherchait le chemin qui menait de la vie à la mort.

– Allez-vous-en, Monsieur Guilhem, dit Joseph.

Il tenait à la main le pistolet qu'il emportait toujours dans ses fontes.

– Allez-vous-en, répéta-t-il. Vous l'aimez trop pour voir ce que je vais faire... Ça me fait mal, mais on ne doit pas la laisser souffrir.

Guilhem lui prit doucement le pistolet des mains.

– Laisse. C'est à moi de le faire.

Il n'avait pas quitté la jument des yeux.

– Monsieur!... dit Joseph.

– Je t'en voudrais si tu le faisais.

Joseph s'écarta.

Guilhem caressa la longue tête blanche. Il pensa avec rage que la jument avait trois fils à la guerre et murmura leurs noms. Pour elle. Perdrigal, L'Éclair, Montségur...

Puis il lui dit merci et tira.

Cette nuit-là, Mathilde crut qu'elle ne reverrait jamais le garçon.

Nerveuse, agitée, elle fumait de longues cigarettes à bout doré, guettant le moindre bruit, sursautant quand une chouette hululait dans les arbres proches, regardant l'heure sans cesse.

Minuit avait sonné à sa pendulette, au cartel du salon, à toutes les horloges du mas – cinq fois en tout, et jamais en même temps –, et elle n'espérait plus sa visite quand il arriva.

– Mon Dieu ! dit-elle en le voyant s'asseoir lourdement sur son lit et baisser la tête. Qu'est-il arrivé ?

– Ma jument... Courageuse... elle est morte.

Il la regarda. Il était redevenu un petit garçon aux yeux pleins de larmes.

– Il a fallu que je la tue... Moi !

Il éclata en sanglots et se jeta contre elle.

Mathilde le serra dans ses bras. Bouleversée. Par la mort de la pauvre bête, bien sûr, par le chagrin de Guilhem aussi, mais surtout par la confirmation épouvantée de la passion sans limites qu'elle éprouvait pour lui.

Il s'endormit brusquement au milieu de ses larmes, et elle le garda dans ses bras, n'osant bouger. Elle avait l'épaule meurtrie par le poids de ce grand corps écrasé contre elle, mais cette douleur la ravissait.

Son esprit travaillait vite et bien. Les Azérac n'avaient pas d'argent. Leur misère était connue de tous. Ils ne pourraient pas acheter un cheval ; en ces temps de guerre ils étaient tous réquisitionnés par l'armée... sauf quand on pouvait y mettre le prix. Elle, Mathilde, le pouvait. En aucun cas elle ne supporterait que Guilhem garde à bâton planté *, comme le faisaient autrefois les pastor-nourriguiers pour épargner leur cheval. C'était trop dangereux. Les taureaux respectaient les cavaliers, mais ils chargeaient les hommes à pied.

Elle paierait le prix qu'il faudrait pour un cheval... Elle savait où s'adresser : ce brigand de Coulon avec qui son mari avait été en affaires. La guerre l'avait fait million-

* Garder à bâton planté : rester debout au milieu du troupeau, appuyé à un long bâton fiché dans le sol.

naire. Il ne lui ferait pas de cadeau, mais il ne lui refuserait rien...

Elle pensa à la robe qu'elle mettrait... Noire, bien sûr... Le noir lui allait bien et lui donnait cet air convenable que la nature lui avait refusé. Aux yeux du monde il fallait se faire pardonner d'être la jeune et attirante veuve d'un vieillard sans charme... Toute en noir... éplorée, derrière son voile, il serait difficile de lui dire non... Un peu plus court, le voile : il allait y avoir quatre ans en décembre qu'Achille était mort. Il ne fallait quand même pas exagérer !...

On enterra Courageuse là où elle était tombée. Le plus vite possible pour qu'elle ne soit pas la proie des rongeurs et des rapaces. On vint du voisinage pour donner la main, comme c'était l'usage.

O fortunatos nimium, sua si bona norint, agricolas !

Creusant la tombe du cheval il n'y avait que des vieillards et des enfants autour de Guilhem. Pierret Girard dont le fils était mort sur la Somme, Évariste Bon qui, lui, avait eu plus de chance : son aîné avait perdu un bras et allait revenir...

L'ensevelissement se passa dans le silence, et, quand tout fut fini, Guilhem serra la main de chacun et partit. À pied, seul, droit devant lui, sur le pâturage.

Plus petit, au temps du Grand Batre, il aurait su trouver les mots pour remercier. Aujourd'hui il ne pouvait que se taire et remuer dans sa tête un chaos de pensées. La mort de Courageuse marquait la fin de ses espérances. Tout était noir devant lui. Joseph lui avait bien proposé son cheval, mais Bouzigue était encore plus vieux que Courageuse. Il avait été magnifique dix ans plus tôt, avant d'être éborgné par un taureau. Il avait continué à travailler, compensant son infirmité comme l'aurait fait un être humain. Il pouvait encore, à l'entrepas, porter un cavalier d'un bout à l'autre de la baronnie, mais il n'était plus question de le lancer sur les taureaux, ni même de le mettre au galop. Il restait les poulains, dans l'îlet... mais on ne pourrait pas dresser le plus grand avant plusieurs mois.

D'ici là...

Guilhem marchait toujours, droit devant lui, sans s'arrêter, les yeux baissés sur l'herbe rase et les touffes de salicorne qui craquaient sous ses pas. Un vent froid faillit emporter son chapeau et il leva la tête pour le retenir à deux mains.

Les taureaux étaient à deux mètres de lui. Masse noire et attentive. Guilhem s'arrêta, étonné de les voir si proches.

Un geste maladroit, un mouvement trop brusque, et il risquait d'être encorné, renversé, piétiné. Mais il ne pouvait pas avoir peur de ses *biòu*. Il sentait toutes ces paires d'yeux posées sur lui. Il voyait l'haleine des fauves monter de leurs mufles humides. Il les entendait souffler et gratter le sol de leurs sabots, fouetter l'air de leurs queues noires et rousses.

Il ne bougeait pas.

Offert. À pied. Sans arme.

Les bêtes ne le quittaient pas des yeux. Un grand mâle de six ans brama soudain vers le ciel. « Un dernier salut à Courageuse », pensa Guilhem, toujours immobile. Puis Tabernacle, le vieux Simbeu, partit de son pas lent et raisonnable vers un bosquet de mourvens. Une à une les bêtes le suivirent, laissant la voie libre à Guilhem.

Il les regarda disparaître, et le paysage fut nu, vide d'animaux. Comme avant le Cinquième Jour.

Guilhem respira profondément le vent glacé qui venait de la mer par rafales, et reprit le chemin d'Azérac.

– Comment, il ne vous a rien dit ? Eh bien on ne peut pas l'accuser de vantardise ! Il m'a sauvé la vie, madame ! Votre fils m'a sauvé la vie !

Cette voix... Guilhem resta figé devant la porte. Cette voix c'était celle de Mathilde. Que venait-elle faire à Azérac ? Il se sentit rougir, serra les poings et, furieux, entra dans la cuisine.

Mathilde prenait le thé avec le *segne-grand* et les dames d'Azérac.

– Oh, monsieur Guilhem, dit-elle sur un ton de doux

reproche, vous êtes trop modeste ! J'ai tout raconté à votre famille.

– C'est bien, mon petit, approuva Eugène. Mais tu aurais pu nous le dire !

– Je suis fière de toi, mon chéri ! ajouta Aline.

Thérèse ne disait rien. Elle regardait la jeune femme en deuil qui buvait son thé à petites gorgées. Son maintien plein de réserve et de dignité ne l'abusait pas. Dès le premier coup d'œil elle l'avait détestée.

Aline, de son côté, la trouvait charmante. Eugène aussi. Pour d'autres raisons. Les raisons mêmes pour lesquelles Thérèse la détestait.

– Si j'ai pris la liberté de vous faire cette visite, c'est que...

Mathilde posa sa tasse et sourit.

– ... c'est que tout se sait en Camargue, alors j'ai appris que votre cheval était mort. Monsieur Guilhem, j'en ai été désolée... et je suis venue dire à M. d'Azérac et à ces dames que, fort heureusement, je pouvais vous en offrir un !

Dans le grand silence qui s'était fait, Guilhem la regardait, bouleversé. Il aurait voulu la serrer dans ses bras...

– C'est infiniment généreux de votre part, madame, mais Guilhem ne peut accepter !

Jamais Thérèse n'avait eu la voix aussi sèche.

Aline, étonnée, la regardait sans comprendre. Eugène, tête penchée, ne disait rien. Guilhem serrait les poings.

– Oh, madame !... Je dois la vie à votre petit-fils... Refuser ce cheval tendrait à vouloir dire que ma vie ne vaut pas celle... d'une bête...

Tant de douceur dans le ton pour affronter la baronne confinait à l'héroïsme. Mathilde attendit, un sourire angélique sur les lèvres, les yeux levés vers Thérèse toujours glacée.

Eugène se racla la gorge et prit la parole.

– Ce cheval...

Tout le monde le regarda et il en profita pour ne pas se hâter.

– ... ce cheval... que Guilhem ne peut pas accepter... eh bien, moi, madame, je l'accepte !

– Oh, merci monsieur le baron ! Merci du fond du cœur !

Mathilde prit la main que lui tendait le vieillard et la serra avec reconnaissance, ne s'occupant plus de l'attitude de Thérèse.

– Et où est-il, ce *chivau* ? Où peut-on le voir ?
– Il est tout près d'ici, avec mon baile.
– Eh bien, allons le voir ! Aide-moi à me lever, Thérèse ! Partez devant avec Guilhem, madame, je devine son impatience !
Il attendit d'être seul avec sa belle-fille pour lui dire gravement :
– Ce cheval, il nous le faut !
– Mais comment l'a-t-il gagné, Père ?
Thérèse était indignée. Lui, il avait envie de rire.
– Vaillamment ! Comme le doit un Azérac !
– Oh !...
– Allez, ne fais pas la tête, viens !
– Mais, cette femme... Vous avez vu sa bouche ?
– Oui, fit-il, ravi, en clignant de l'œil. Ce cheval, ajouta-t-il en se levant, c'est le Bon Dieu qui nous l'envoie.
Et Thérèse ne put s'empêcher de sourire en lui offrant le bras pour aller faire connaissance avec ce cadeau du ciel.

Espeyran.
Le beau Camargue se nommait Espeyran.
Il était magnifique.
Coulon l'avait vendu deux fois son prix, mais la somme importait peu à Mathilde. Ce qu'elle voulait, c'était donner à Guilhem la possibilité d'être lui-même, de franchir la période douloureuse où Azérac risquait de sombrer faute d'un cheval.
– *My kingdom for a horse *!* avait dit Virgile en le voyant, et sa grand-mère l'avait félicité pour son anglais.
– Ce n'est pas mon anglais, avait-il dit, c'est l'anglais de Shakespeare. Je l'aime vraiment beaucoup, Shakespeare !
Guilhem avait donné un coup d'éperon dans le ventre d'Espeyran.
Toutes les allusions aux choses qui se trouvaient dans les livres, à ce savoir auquel il avait renoncé en abandonnant ses études le rendaient furieux. Il en voulait à Virgile de passer ses journées dans la bibliothèque, de s'avancer, seul, à peine guidé par sa mère, dans l'univers de l'esprit. Il lui semblait que son frère, en se plongeant dans les vieux volumes que des générations d'Azérac avaient lus et relus et que lui n'aurait jamais le temps d'ouvrir, lui volait une part de son héritage.

* – Mon royaume pour un cheval !

Au milieu de la façade du château où l'on avait condamné les pièces inhabitées, au milieu de la façade attristée par tant de volets fermés, clos comme les paupières des morts, il avait vu avec colère se rouvrir les trois fenêtres de la bibliothèque.

Pour un enfant de douze ans !...

– J'apprends beaucoup de poèmes pour les dire à Papa, quand il reviendra, disait Virgile, et on l'embrassait comme on ne l'avait jamais embrassé, lui.

Qu'importe ! Maintenant, il avait Mathilde, il avait Espeyran ! Ce cheval le mènerait loin.

On le cacha comme un prince dont la tête est mise à prix. À Azérac ainsi qu'à Langoiran on se comporta comme s'il n'avait jamais existé. Une réquisition était toujours à redouter. Personne ne devait savoir que Guilhem montait de nouveau une bête superbe.

Mais les taureaux, eux, le savaient.

Dès le premier jour, Guilhem leur avait présenté Espeyran. Et, dès qu'ils avaient vu le cheval, ils avaient retrouvé force et vigueur pour partir dans une course folle.

Comme autrefois.

C'est en plein galop que Guilhem entendit, un jour gris de novembre, sonner les cloches de la victoire. Il rentra au château à bride abattue. Mais il prit le temps d'installer Espeyran dans la stalle de Capitaine qui était devenue la sienne, de lui donner à manger et à boire, avant de courir à la cuisine.

Perdus d'émotion, ils ne le virent pas entrer. Il resta sur le seuil et il les regarda.

Thérèse et Aline pleuraient sans bruit dans les bras l'une de l'autre. Virgile embrassait le *segne-grand* dont la mâchoire et les mains blanches, si blanches !, n'arrêtaient pas de trembler.

Le pauvre Joseph paraissait presque aussi vieux que l'aïeul. Annette lui répétait : « La guerre est finie, Joseph !... La guerre est finie ! », mais il ne semblait pas comprendre.

Guilhem les regardait. Les siens. Cette pauvre famille vêtue de noir. Il pensa à Romain et à son père qui ne reviendraient pas et se mordit les lèvres. Il n'allait pas pleurer avec les autres ! Il était le maître. Il l'était depuis longtemps. Il l'était depuis toujours. Il l'était par la volonté des bêtes et, un jour, il rendrait son éclat à Azérac. Il regarda la batterie de cuivres ternis par la guerre, la misère, l'absence de mains, et sourit. Un jour tout ça brillerait à nouveau !

Lou Janet s'agitait, essayait de parler, tremblant, maladroit, il tapait du pied, lui si doux, irrité pour la première fois. Et ce fut Virgile qui comprit ce qu'il voulait dire et cria :

– Les drapeaux !

– ... apeaux !... répéta le simple, l'air ravi.

– Il a raison, dit Thérèse. Pavoisons ! Réjouissons-nous !

– Madame !... cria Annette, scandalisée.

– Nous le devons à nos morts.

Thérèse n'avait jamais été aussi royale. Sa vieille robe de deuil luisait de fatigue, son tablier était déchiré, elle avait perdu ses enfants, mais elle ne serait mesquine ni avec la victoire, ni avec la vie. Elle eut l'air si jeune, soudain, que Guilhem crut voir l'adolescente aux cheveux blonds qui s'en alla d'Alsace, dans les années 70, emportant des abeilles et une cigogne d'or.

– Mon pauvre Joseph, pleurait Annette. J'arrive pas à lui faire entendre que la guerre est finie ! Il me regarde, mais il ne comprend plus !

– Attends !

Thérèse alla s'agenouiller devant le baile.

– *Joseph, de Krej esch gewunne. Walheim wurd weder Franzesch.*

– *Walheim ? Franzesch ?*

Le visage de Joseph s'éclaira.

– Les Prussiens sont battus ?

– Oui, Joseph. Et ton fils va revenir bientôt !

– Alors nous irons trier les *biòu*... avec Monsieur Guilhem !

– Bien sûr, Joseph ! Nous irons trier !

Guilhem s'est approché et a posé une main sur l'épaule de celui qui lui a appris ce qu'était un cheval.

– Nous irons tous ! dit Joseph. Mlle Faustine, mon capitaine, M. Guilhem, et tous ces jeunes gens qui étaient à la Fête ! Tous !

– Ne pleure pas, murmure Thérèse à l'oreille d'Annette. C'est mieux comme ça...

– Grand-mère... dit Guilhem en allant vers elle et, brusquement, il éclate en sanglots.

Elle le serre contre elle. Comme quand il était tout petit, et qu'elle voulait le consoler.

Mais ils savent tous deux qu'il y a des chagrins dont aucun amour ne peut vous consoler, et elle murmure doucement :

– Maintenant, c'est toi...

Sur les Lices * de la Victoire regardez le fier cavalier !

Espeyran, plus blanc qu'une licorne, avance comme un cheval de légende parmi les bêtes fatiguées.

Sous le fer aux trois pointes du trident, les trois couleurs.

La guerre est finie, la guerre est gagnée. L'Homme Noir va rentrer dans le rang. On n'aura plus peur de l'entendre frapper à la porte. La guerre est finie. La guerre est gagnée. Un million et demi d'hommes sont morts et ne reviendront pas. Et ceux qui reviennent ont souvent laissé là-bas un œil, un bras, une jambe. Avec leurs illusions.

– Qui c'est, le garçon qui a un si beau cheval ?

– C'est Guilhem d'Azérac. Il a tenu sa terre tout seul pendant la guerre.

– Il était pas mobilisé ?

Le vieux berger renseigne les petites Mireille qui regardent passer les cavaliers. Il éclate de rire.

– Le Guilhem, il a pas encore pris ses seize ans !... Il aurait plus manqué, dans cette *trasso* ** de guerre, qu'on fasse partir les enfants !

– On lui donnerait au moins vingt ans ! s'extasie la plus jeune.

– On lui donnerait bien autre chose ! pouffe une effrontée.

– Heureusement que la guerre ne nous l'a pas pris, peuchère ! fait une vieille en se signant.

– Elle a pris son oncle et son père, dit le berger. Sa sœur a servi dans la Croix-Rouge, son frère est resté drôle depuis que la manade lui est passée dessus dans l'enfance. C'est des nobles, mais c'est quand même du monde bien ! D'abord, ils ont pas de sous !

– Peuchère, répète la vieille.

– Il est beau ! dit la plus jeune.

* Les Lices : promenade qui entoure Arles et où ont lieu tous les défilés.
** *Trasso* : saleté.

– Et pas qu'un peu ! dit l'effrontée.

Et puis elles se taisent, gênées par la présence d'une femme qui regarde, derrière ses voiles de deuil... Une pauvre veuve de guerre, sans doute, que l'allégresse de la foule doit blesser dans sa peine. Et les gens s'écartent pour laisser passer la malheureuse qui laisse derrière elle un parfum d'iris et de larmes.

– Tu es beau, dit Mathilde en lui caressant le visage. On te l'a déjà dit ?

– Toi ! plaisante-t-il, et elle en est agacée, comme par un mensonge.

– Et qui d'autre ?

– Personne !

– Qui d'autre ? s'impatiente-t-elle.

Il la regarde, étonné.

– Je t'ai posé une question ! Qui d'autre, Guilhem ?

– Ma mère, ma grand-mère... et Annette !

– Qui est Annette ?

– La femme de mon baile ! Et, si tu veux tout savoir, j'ai dormi dans sa chambre jusqu'à l'âge de six jours ! Ça te va ?

– Tu es méchant ! dit-elle en se serrant contre lui.

Elle le sent fâché. Elle se sent bête. Elle a besoin d'être rassurée et les seuls moments où elle n'a pas peur de le perdre, c'est quand elle le tient en elle.

– J'ai tellement peur ! dit-elle en se renversant, la bouche entrouverte.

– Peur ?

Il se penche vers elle et pose de tout petits baisers sur la bouche offerte. Mathilde se rassure sous cette caresse, un sein sort miraculeusement de son déshabillé. Guilhem se jette dessus comme un affamé, puis la regarde, troublé par ses cris qui ressemblent à des plaintes.

– Qu'est-ce que tu as ?

– Toutes ces filles !...

– Quelles filles ?

– Je les ai vues ! Je les ai entendues !

– Quelles filles ? répète-t-il, durement.

Elle ne répond pas, absorbée par le plaisir. Un plaisir qu'il la regarde prendre, seule, humide de larmes, baignée d'angoisse, avant de retomber, inerte, sur le lit qu'ils n'ont pas ouvert.

Il la regarde encore ; il la regarde toujours quand elle revient à elle, molle et souriante, comme une accouchée qu'on vient de délivrer.

– Quelles filles ? demande-t-il encore.

Elle rit doucement et soupire, apaisée mais prête à recommencer dès qu'elle en aura la force.

– Il n'y a pas de filles, dit-elle sur un ton raisonnable.

On dirait Miss Vertue faisant la classe et comptant les fautes.

« Elle me parle comme si j'étais un gamin ! pense-t-il avec rage. Elle croit qu'elle me domine parce qu'elle a le double de mon âge, et parce qu'elle m'a donné un cheval ! Tu vas voir, s'il n'y en a pas de filles ! »

Les filles, il les a vues sur les Lices, les filles, il sait qu'elles l'attendent et que, maintenant que la guerre est finie et qu'il peut aller où il veut avec Espeyran, il n'aura aucun mal à les trouver. Alors il la prend avec violence, avec passion, et Mathilde, heureuse, ne devine pas qu'il est en train de la tromper pour la première fois.

Le jeune seigneur était plus timide qu'il ne croyait l'être.

Malgré sa virile décision et les services du bel Espeyran, il attendit plusieurs semaines avant d'aborder une fille.

D'ailleurs il n'en aborda aucune. Ce fut une fille qui l'aborda.

Trois des gardians d'Azérac étaient revenus, démobilisés. L'un d'eux avait perdu une jambe, et n'irait plus sur le pâturage ; les deux autres – Frantz, le fils de Joseph, et Juste, le Cévenol – n'avaient plus de monture. On commençait à retrouver des chevaux, mais avec quel argent les paierait-on ?

Juvin, un voisin, dont le fils avait été gazé, proposa un arrangement. Si Guilhem acceptait de veiller sur ses *biòu*, il lui fournirait des chevaux.

L'accord fut conclu au mas de Juvin, entre le père et Guilhem.

Le mas était beau, et la grande salle où on s'entendait luisait de propreté et sentait bon la cire. Mais tout y était triste. Le fils venait de repartir. Le docteur Rache l'avait fait admettre dans un aérium, en Suisse. Au sommet d'une haute montagne, il essayait de retrouver son souffle.

– Il est vivant, disait la mère, accablée.

Juvin demanda qu'on serve la carthagène pour trinquer avec Guilhem.

– Tu vois, Azérac, dit-il (et Guilhem aima qu'il lui parle comme à un homme fait), tu vois, Azérac, nous avons tous eu notre part de misère dans cette guerre... Vous, peut-être plus que d'autres... Chacun voit son intérêt à sa porte, mais ce qu'il faut voir, c'est l'intérêt de la terre, et si je t'ai choisi pour veiller sur mes *biòu*, c'est que tu as la Foi.

Là-dessus, une jeune fille était entrée, avec la carthagène. Elle portait la coiffe, la jupe à carreaux noirs et blancs, le fichu et la chapelle de Mireille. Elle était très jolie, et, l'espace d'un instant, Guilhem pensa qu'il l'avait vue quelque part. Mais où ?

Elle versa la carthagène, les yeux baissés, et se retira avec un petit salut modeste.

– C'est ma nièce Gilou, dit le manadier. Elle nous égaie un peu de ses visites... Il leva son verre : À l'amitié !

– À l'amitié ! répondit Guilhem, pressé de partir pour annoncer à ses gardians que l'accord était conclu.

À l'orée du bois qui séparait les propriétés, il s'arrêta et descendit de cheval pour reprendre son trident * que, par courtoisie, il avait laissé sur sa terre. Il ouvrit la barrière, qui avait bien besoin d'être consolidée et, au moment où il allait la refermer, son cheval fit un écart. Quelque chose l'avait effrayé. Guilhem se retourna brusquement, et resta muet devant la petite Gilou qui le regardait d'un air engageant.

Voilà ! Il la reconnaissait ! Il l'avait vue le regarder le jour du défilé sur les Lices !

– J'ai fait peur à votre cheval ! dit-elle avec satisfaction.

Il resta muet, ne sachant que lui dire.

– Et à vous, je fais peur, aussi ?

Il ne répondit pas, et elle se demanda avec inquiétude s'il se doutait de ce qu'elle attendait de lui.

* Quand un manadier doit passer sur le pâturage d'un autre, il laisse son trident sur sa terre.

« Sainte Vierge ! pensa-t-elle. Il n'aime peut-être que les garçons ! Ça arrive souvent quand ils sont si beaux... »

Mais elle fut très vite rassurée. Au-delà de ses espérances ! Et elle qui aimait se faire désirer, voir les garçons rêver d'elle, se morfondre pour un baiser, elle lui demanda humblement quand il pensait la revoir.

Il ne répondit pas, se remit en selle en riant, lui envoya un baiser, et lança Espeyran au galop. Il était ravi de sa journée. Des chevaux ! Des filles ! Car Gilou n'était que la première d'une armée de coquines et de polissonnes qu'il savait prêtes à le suivre. Ces pommes vertes, ces fruits acides ne le feraient pas renoncer aux succulentes amours avec Mathilde ! La vie est belle pour celui que les femmes veulent serrer dans leurs bras ! Avec les petites, il récoltait des brins de paille, des festons de lichen dans les cheveux, avec Mathilde, il s'enfonçait dans des dentelles moelleuses et parfumées ! La guerre était finie et, comme le disait Thérèse, maintenant on allait enfin pouvoir mourir d'autre chose !

Elle ne croyait pas si bien dire, à peine avait-on rangé dans le grenier les drapeaux de la victoire, qu'un autre malheur s'abattait sur l'Europe convalescente.

La grippe espagnole réunit dans la même douleur les anciens ennemis. Elle semblait vouloir battre les records de la guerre. Plus d'Homme Noir pour annoncer ses victoires, mais la désolation dans les familles.

Elle entra dans Azérac et, en quelques jours, tua Eugène et Joseph que l'âge et la fatigue empêchaient de lui résister. Puis elle s'en prit à Aline. La tâche était moins aisée : la Sarrasine était encore jeune et voulait vivre. Léopoldine, rentrée à la maison au début de l'épidémie, la soigna comme elle avait soigné ses blessés pendant quatre ans. Mais, à aucun, à aucune, de ceux qu'elle avait accompagnés au-delà de la douleur, elle n'avait dit « Maman »...

Une nuit où elle était seule à son chevet, elle l'entendit remuer. Aline se redressa avec peine sur ses oreilles, regarda sa fille, et lui sourit en disant :

– Un jour...

Puis elle retomba. C'était fini.

Léo lui ferma les yeux, prit une feuille blanche, et dessina le beau visage de la Sarrasine qui semblait sourire à la mort.

Puis la jeune fille décida de ne plus jamais dessiner un visage, enferma soigneusement le portrait dans un tiroir qu'elle ferma à clef, et alla réveiller sa grand-mère.

1923
Antonin le Pieux

Thérèse fait cuire du riz. Un riz sec et pauvre en farine, un riz réputé immangeable. Mais le cochon en raffole, Dieu merci !

Elle versa quelques restes dans le faitout, ainsi que les épluchures soigneusement lavées des pommes de terre de la soupe.

– Il va se régaler, avec ça ! dit Virgile. Mais moi, Grand-Mère, je ne le mangerai pas !

Thérèse eut un petit rire.

– Nous n'en sommes quand même pas à manger la soupe du cochon !...

– Je ne parle pas de la soupe, je parle du cochon. Je le connais, je ne le mangerai pas.

Thérèse soupira. Elle était lasse. Elle non plus ne se sentait pas le courage de manger le pauvre cochon. Mais il fallait bien nourrir la maison...

– Pardon, Grand-Mère, dit Virgile en lui baisant la main.

Il devine toujours la peine des autres. Il sait à quoi Thérèse pense en ce moment... elle songe à vendre la rivière et les dormeuses de diamants que les baronnes d'Azérac portent depuis plus d'un siècle... Elle s'y est toujours refusée. Elle disait en plaisantant : « A-t-on jamais vu une reine d'Angleterre vendre les joyaux de la Couronne pour faire bouillir la marmite ? »

Mais, maintenant...

Quand on avait fait les comptes, en mai 1914, après avoir réglé les domestiques, il restait quelques rouleaux de louis. Cet or, au début de la guerre, elle en avait donné la plus grande partie à l'Emprunt national.

Elle avait d'ailleurs reçu un beau diplôme :

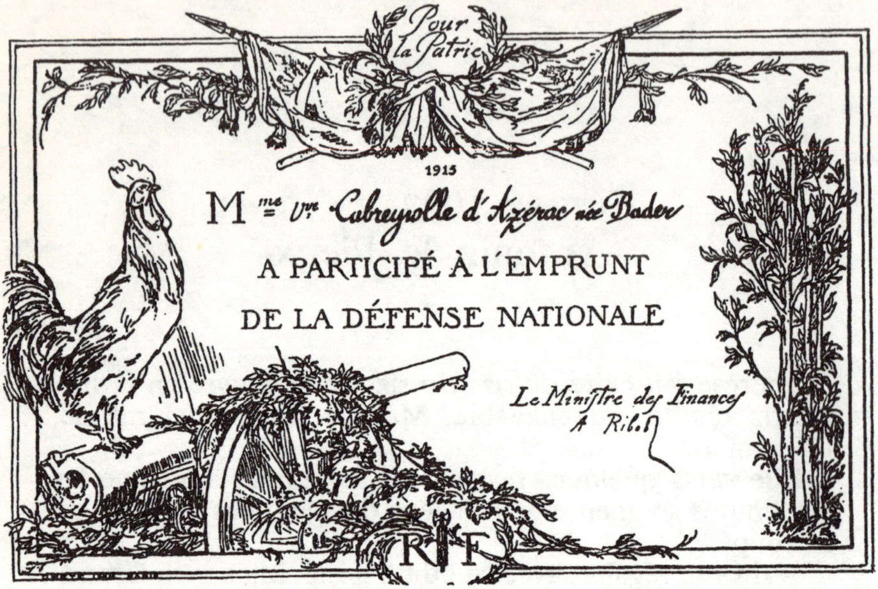

Elle ne regrettait pas d'avoir agi ainsi. Donner son or n'est rien quand on vous prend vos fils... Mais vendre les bijoux qui sont l'histoire d'une dynastie, c'est autre chose. C'est une trahison. Ces bijoux ne sont pas à elle ; ils sont à toutes les femmes qui les ont portés, à celles qui les porteront... qui auraient dû les porter, et la voilà contrainte de trahir le passé pour acheter du fourrage, des piquets de clôture, du fil de fer. Et de la farine pour faire le pain.

Ils vivent en autarcie dans le château où l'on ne compte plus les fuites de la toiture. Le parc est à l'abandon. Mais la manade est aussi fière qu'autrefois. Grâce à Guilhem qui la tient d'une main de fer. Le fils Juvin n'est pas près de revenir de sa montagne – pauvres gens ! –, aussi Guilhem a-t-il toujours leurs taureaux en charge. Et pas seulement les leurs. Il veille sur une autre manade, aux confins de leurs terres. Ça permet de payer Frantz et Juste. Et Silvère, qui n'a plus qu'une jambe. C'est lui qui s'occupe du cochon, des poules, des lapins, et de Vache-Douce, une Normande aux grands yeux, qui donne du lait et espère encore un veau.

Ils sont dix, chaque soir, autour de la table. Les femmes

restent debout, l'assiette à la main, n'osant pas s'asseoir avec les hommes, et surtout pas avec le maître. Elles savent que Guilhem ne l'accepterait pas.

Depuis que le jeune Rache était démobilisé, Guilhem dînait souvent dehors. Il voyait toujours cette femme qui lui avait donné un cheval, mais Thérèse avait su par Annette qu'il avait une nouvelle liaison. Une Espagnole, qui venait d'ouvrir une auberge, près du pont de Sylveréal. La jeunesse aimait s'y retouver. L'Espagnole servait la paëlla et, paraît-il, s'asseyait sur une table et chantait en s'accompagnant à la guitare... Guilhem n'avait que vingt ans, un jour, il se rangerait... il se marierait... Enfin, on n'en était pas encore là !

Thérèse soupire, laisse le riz qui cuit sur la cuisinière, et s'assied à la table qui n'a pas vu de nappe depuis des mois. Elle sort de son tablier la lettre de Léo qu'elle a reçue ce matin, et déjà lue trois fois.

C'est loin l'Amérique ! New York, l'école de peinture, les noms de tous ces gens, familiers de sa petite-fille, ces gens qu'elle n'a jamais vus, qu'elle ne verra jamais...

La Musaude, sans un mot, sans une expression sur son large visage, pose une tasse devant Thérèse. Thym et romarin, un peu de miel des abeilles alsaciennes...

Lou Janet répare une bride en chantonnant. Annette et la jeune femme de Frantz – bonne nouvelle, elle attend un bébé pour les vendanges ! –, Annette et sa bru sont dans les étages. Elles aèrent la literie.

Silvère est au potager.

Guilhem et les gardians sont sur le pâturage.

Je n'ai pas vraiment mauvais caractère, mais, en ce qui concerne ma conception de la peinture, je suis intraitable, Grand-Mère ! Savez-vous qu'à New York il y a autant de pompiers qu'à Paris ? (Pas pour éteindre le feu, non : pour éteindre les peintres.) Je sais que je suis en avance, et je sais aussi que c'est moi qui ai raison. Heureusement Salomon Didisheim voit les choses comme moi. Souvent je pense à Virgile qui m'a dit – il était encore petit ! – : « Tu peins des pensées. » Il ne parlait pas des fleurs, mais de ces nuages qui nous passent par la tête, la laissant bleue ou noire comme un ciel...

Sa petite-fille... Après la mort de sa mère, elle avait reçu une lettre d'une dame américaine, Martha Didisheim, qu'elle avait connue au Val-de-Grâce. Le mari de la dame avait une importante galerie à New York, et ils lui proposaient de venir faire ses études à la *Picture and Design School.* Ils se chargeraient de tous les frais contre un arrangement la liant à eux pour l'avenir. Il va y avoir quatre ans de cela, et Léo n'a encore rien vendu. C'est Salomon Didisheim qui s'y oppose. Il dit qu'elle n'est pas prête. Et, curieusement, Léo est de son avis.

Parler ! Parler avec Léo, parler avec Faustine, parler avec Aline ! Léo est loin, Faustine... Dieu seul sait où elle est, Aline est morte. Quel désert ! Cousine Félicité a quitté Nîmes, ruinée par l'emprunt russe. Elle vit maintenant à Libourne, chez son gendre qui est négociant en vins de Bordeaux. Elle s'ennuie de la Tour Magne...

« Et moi, je m'ennuie de toi, Félicité ! Ça fait trop longtemps que je lutte ! »

– Juste dix ans la semaine prochaine, dit Virgile, comme si elle avait parlé à voix haute.

De nouveau elle le regarde avec inquiétude. Pourtant il n'a rien d'anormal. Il n'est pas comme les autres, c'est tout. Différent. C'est un joli garçon de dix-sept ans, gentil, serviable, affectueux, mais... différent. Le docteur Rache, qui l'a mis au monde, qui l'a relevé le jour où la manade est passée sur lui, le docteur Rache est formel : il n'y a aucune débilité chez Virgile. Il souffrirait plutôt d'un excès d'intelligence et de sensibilité. Il suffit de le voir réagir aux orages, les prévoir, se mettre à trembler comme si la foudre allait le frapper, pour comprendre à quel point il est proche des éléments, des vents, des bêtes...

– Des dieux, a dit le docteur.

Thérèse a froncé le sourcil, et il a ri.

– Je n'ai jamais vu personne en telle harmonie avec la nature. Il *sait* !

Oui. Il a accès à des domaines mystérieux qui semblent interdits aux mortels. Et il lui suffit de lire un texte une fois pour le retenir à jamais. Mais il est incapable de monter à cheval, ou d'aller en classe. Et, chaque matin, Annette doit vérifier qu'il a bien mis ses chaussettes et fermé sa chemise.

Lou Janet lâcha soudain sa bride et, avec un grognement, désigna la fenêtre.

Un pauvre homme traversait la cour. Un pauvre homme comme on en avait vu beaucoup depuis la fin de la guerre.

Sans doute un malheureux qui cherchait du travail... Thérèse le voyait mal, mais sa silhouette voûtée, sa barbe et ses cheveux trop longs, son costume démodé, son bagage léger, tout disait déjà la misère. Ce soir on ajouterait un couvert...

– Voilà Papa, dit Virgile en se levant.

Elle cria :

– Tais-toi ! mais elle courut jusqu'à l'entrée.

La porte s'ouvrit devant l'homme, qui n'avait pas frappé.

– Maman !... dit-il.

Et Thérèse le serra dans ses bras.

Antonin ne pleura pas quand on lui avoua qu'Aline était morte. La stupeur le privait des larmes qui lui auraient lavé le cœur. Il était hébété, et se promenait dans les couloirs d'Azérac comme dans les allées d'un cimetière.

Il poussait des portes sur des chambres noires qui sentaient le champignon et la poussière. Il se heurtait parfois à des serrures closes. Il redescendait alors à l'office chercher la bonne clef pendue au tableau. Il ouvrait toutes les portes, comme s'il espérait, dans l'ombre d'une pièce aux meubles recouverts de linceuls, arriver enfin à l'endroit où se cachait la Sarrasine.

Dans les premiers jours qui suivirent son arrivée, Thérèse et le docteur eurent du mal à tirer de lui les récits capables de reconstituer son odyssée. Il avait égaré des pans entiers de son existence. Sa vie en Russie, son internement pendant la révolution, son évasion manquée avaient occulté des événements qui ne reviendraient jamais à la surface de sa mémoire.

Quand on lui parlait de la guerre, il répondait invariablement : « C'était terrible pour les chevaux ! » et tombait dans le silence pour des heures.

On cessa de lui poser des questions, et il se montra plus loquace. D'ailleurs ses papiers étaient en ordre. Il ramenait même de l'argent. Une partie de l'arriéré de sa solde. Dès le premier soir il avait déposé de grands billets entre les mains de Thérèse.

– Il en viendra d'autres, avait-il dit. Et tout cet argent est pour vous, Maman.

Au creux de ses mains, Thérèse avait serré le prix de la misère de son garçon. La somme était la bienvenue, quoique dérisoire.

On rajouta un couvert. Et, ce soir-là, par chance, Guilhem rentra pour le dîner.

– Romain ! lui dit Antonin. Vieux frère ! Tu n'as pas pris une ride avec cette guerre !

Personne ne le détrompa. Tous avaient compris qu'il ne fallait pas briser les fragiles défenses qui protégeaient son esprit blessé. Peu à peu, de lui-même, il finirait par admettre que Guilhem était bien Guilhem.

Au cœur de la première nuit qu'il passa à Azérac, ils furent tous réveillés par le piano d'Aline.

Il n'avait pas retenti depuis qu'elle s'était couchée pour mourir. Et voilà que, de nouveau, on entendait la mélodie des *Amours du Poète*.

Thérèse se leva, enfila un peignoir, et descendit en pantoufles pour se rendre au salon. Dans l'escalier elle fut rejointe par Annette et par les gardians. Tous portaient des bougeoirs et cette troupe silencieuse, en chemise, avait l'air de se rendre à un sabbat.

Antonin était au piano et, assis près de lui, Virgile tournait les pages.

Thérèse s'arrêta sur le seuil, un doigt sur les lèvres. Antonin chantonnait doucement :

– Mes larmes font éclore
Des fleurs comme au doux renouveau...

Il avait l'air heureux et souriait à Virgile rayonnant.

Sans faire de bruit, Thérèse referma la porte, et chacun remonta se coucher.

– Guilhem est sorti ? demanda-t-elle à Annette avant d'entrer dans sa chambre.

Annette ne dit rien, l'air honteux comme si c'était elle qui faisait des frasques. Et Thérèse comprit que son petit-fils était allé rejoindre l'Espagnole ou la veuve.

Ça la fit sourire et elle remercia le Ciel d'avoir inventé les jeux de l'amour pour permettre aux humains de supporter l'insupportable.

Antonin et Virgile ne se quittaient pas. Ils restaient des heures dans la bibliothèque. Ils disparaissaient dans le mausolée dès le matin, et en sortaient à la nuit tombée. On avait l'impression qu'ils avaient une œuvre à accomplir ensemble, et que le temps qui leur était accordé pour le faire était mesuré.

Un jour, Virgile entraîna son père tout en haut de la maison, là où Antonin l'avait trouvé, au printemps de 1914, après le départ des domestiques.

– Vous allez connaître tous mes secrets, Papa, dit-il, la voix solennelle.

Antonin s'assit sur un vieux tapis roulé sur le parquet, énorme cigare qui sentait la poussière, et attendit la suite.

– Nous sommes dans la Tour des Grands Orages, et j'ai entrepris une œuvre colossale qui ne pouvait pas trouver d'autre place qu'ici, tout près du ciel. Mais, avant de vous en parler, je voudrais vous expliquer la présence de ma tante Faustine dans la Tour, et vous raconter comment j'ai pu sauver son portrait après son départ.

– Faustine est partie ? demanda Antonin. Première nouvelle !

Virgile ne s'arrêta pas pour expliquer ce qu'Antonin savait dans les profondeurs de sa conscience. Chaque chose en son temps ! Il prit le sien pour allumer un flambeau et mettre le portrait en lumière.

– C'est Bon-Papa Auguste qui en a brisé la vitre d'un coup de canne. La colère ! Une histoire d'amour... Puis il a demandé qu'on jette le portrait dans le Rhône... Mais vous savez bien, Papa, que personne n'obéit à ce genre d'ordre !

– La mythologie en est pleine ! acquiesça Antonin, d'un air entendu.

– Pleine d'enfants à sacrifier qu'une servante, un berger, sauvent contre la volonté du Roi ! poursuit Virgile. Bien sûr, j'étais trop petit pour empêcher seul ce crime. J'ai été aidé.

– Servante ou berger ?

– Gardian ! Juste.

– Juste, le bien-nommé !

Ils éclatèrent de rire, heureux, et s'installèrent plus confortablement sur le cigare poussiéreux.

– Venons-en, maintenant, à ce à quoi j'ai décidé de consacrer mon temps, dit Virgile. Il s'agit d'un registre.

Le Registre des Grands Orages depuis François Ier... Il est temps de rendre justice au feu du ciel, d'essayer de comprendre les desseins de Jupiter tonnant, desseins non pas obscurs mais fulgurants ! Pourquoi l'orage ? Ça demande des recherches considérables, mais ça ne me fait pas peur. J'aurais aimé aller à l'*Escolo dis Incartamen* *, mais je ne peux pas quitter Azérac. Alors j'étudie nos propres chartes et les plus vieux ouvrages de la bibliothèque... Ici, je suis sur le seuil de la connaissance, regardez, Papa !

Il désignait un texte en latin dans un cadre de palissandre accroché au mur.

« Sylvas nubes ventos inter fulgura impavide student **. »

– C'est mon credo, dit-il. Il paraît qu'il est inscrit sur le fronton de l'observatoire du Mont-Aigoual. *Inter fulgura !* Je l'ai lu dans un ouvrage de M. Mazauric.

– Mazauric ! Tu fais bien de m'en parler ! Nous irons le voir au Musée un de ces jours. Et nous en profiterons pour saluer ces messieurs de l'Académie. J'ai hâte de savoir ce qu'ils sont devenus !

– Papa, dit Virgile, vous ne trouverez que des ombres....

– Morts ? demanda Antonin.

– Oui, papa. Je suis désolé...

– Félix Mazauric... Je me souviens de cette pierre que j'avais trouvée... Il l'avait lue... Il s'agissait d'une jeune Grecque...

– Elle est là ! dit Virgile en désignant la pierre à son père.

– ... *Passant... éprouve pour Chrysis... dans le fond de ton cœur, une douleur amère...*

La mémoire revenait. Vieille de deux mille ans, et intacte, au milieu des ruines.

– ... *Chez les morts aussi existe la reconnaissance.*

Antonin avait fermé les yeux et joint les mains.

– Virgile, dit-il doucement, mon fils, faisons l'appel de tous les disparus.

Virgile se mit à genoux devant le débris d'épitaphe, et joignit les mains à son tour.

– Charles Bourriech...

Antonin tressaillit comme s'il avait reçu une commotion.

* L'École des Chartes.

** « Sous la foudre ils étudient sans peur forêts, nuages et vents. »

– Mon Dieu ! Le sang de Charles ! Faustine... sa fuite ! La mort de Papa ! Continue !

– Mathieu, Frédéric, Jaume, les fils Couderc, le grand Victor, son frère... non ! ses deux frères ! Et puis...

Il s'arrêta brusquement, au bord des larmes.

– ... et puis mon frère ! Mon frère à moi, Romain d'Azérac ! acheva Antonin. Courage, Virgile ! Va !

– Je ne sais pas tous les noms, il y en a trop. Mais je sais les noms des académiciens que nous ne reverrons plus : M. Mazauric, le chanoine Menu, M. Guimet de Paris, M. Aldebert du Valgaron...

– Mon ami protestant qui faisait les gants du Saint-Père ?

– Oui, Papa. Tombé à l'ennemi, avec son régisseur.

– Ernest Boisset, je le connaissais bien...

– Ils s'aimaient beaucoup. M. Aldebert a été blessé, M. Boisset a voulu le ramener. Tués tous les deux. Par le même obus. Après la guerre, il y a eu l'épidémie, et elle a emporté le *segne-grand*, le baile, et... Maman.

Antonin baissa la tête. Une angoisse nouvelle montait en lui avec le retour de la conscience. Il demanda d'une voix sourde.

– Et ma fille ? Ma Léo ? Vous ne m'en avez pas parlé ?

Virgile eut un rire heureux.

– Léo fait des tableaux chez les Américains, Papa ! Nous avons un grand peintre dans la famille : regardez ! C'est le tableau qu'elle avait fait pour Romain ! C'est un portrait !

– Un portrait ?

Un rectangle d'un bleu céleste avec quelques touches de rose...

– Le portrait de la Paix, expliqua Virgile.

Antonin regardait le tableau, posé à même le sol, et sentait devant cette peinture dépouillée, si éloignée de ce qu'on appelait un « ouvrage de demoiselle », que cette toile qui semblait plate au premier regard témoignait déjà de l'avenir.

– Je crois que c'est beau... dit-il prudemment. Mais...

Virgile l'interrogea du regard.

– ... mais c'est une autre époque que la mienne. *Lou moundo viro* *, disait déjà Mistral en 97, et maintenant je serais enclin à dire : notre monde est mort...

* « Le monde change » (*Le Poème du Rhône*, chant CVII, Frédéric Mistral).

Il se tut et regarda autour de lui le réduit poussiéreux et encombré. Le portrait blessé, la pierre gravée, le tableau futuriste, tout un fatras de documents, de papiers, de cahiers, de carnets... Et il prit une décision.

– Je vais t'aider, Virgile. Nous allons travailler ensemble. Et, d'abord, nous allons installer la Tour des Grands Orages ! J'ai beaucoup de choses à te dire... je te raconterai la Russie... mais je te raconterai surtout d'où nous venons ! Ça nous aidera peut-être à comprendre ce qui nous attend ?

Un courant d'air qui venait d'une haute tabatière ouverte dans le toit de la Tour faisait trembler la flamme des bougies, et les objets immobiles semblaient s'agiter comme s'ils étaient doués de vie.

– Nous n'avons oublié aucun mort ? demanda Antonin.

– Si, dit Virgile. Miss Vertue. À la guerre.

Miss Vertue. L'Irlandaise aux cheveux roux qui aimait tant les gentilles courses camarguaises était morte au milieu de ses blessés, dans l'ambulance, sous un bombardement. *Dear* Miss Vertue !

– J'ai un souvenir d'elle, dit Virgile. Regardez, Papa ! Regardez cette boîte de thé : *Le goût des gentlemen*, elle nous en faisait venir de chez Fortnum and Mason. Il en reste très peu. Je le garde pour une grande occasion.

– Une très grande occasion, tu as raison, mon fils ! Garde-le bien parce que, vois-tu, *lou moundo viro* !

Pendant plus d'une année ils travaillèrent ensemble.

La Tour fut débarrassée de ses guenilles et accueillit jour après jour les fragments de la mémoire d'Azérac.

Le Registre des Grands Orages depuis François Ier fut commencé. Le premier orage cité fut celui qui s'abattit en 1519 sur le Clos-Lucé au moment de la mort de Léonard de Vinci.

Antonin et Virgile firent plusieurs voyages à Nîmes, où ils se rendirent à l'Académie. Il y eut des communications importantes sur la voie Hérakléenne et la voie Domitienne, et une conférence très suivie : *J'ai connu la Russie des Tsars* *.

Il y avait toujours les trois catégories de recrutement des académiciens : les Catholiques, les Protestants, et la troisième – qui faisait rire – les Sauvages.

La salle des séances, avec sa longue table recouverte d'un tapis vert, était lieu de paix et de bonheur pour le père et le fils Azérac. Et, heureux d'avoir retrouvé celui qu'ils avaient cru disparu à jamais, ses confrères décidèrent de lui rendre hommage dans une séance solennelle.

Ce serait un vendredi soir. Les dames seraient admises. Et le carton spécifiait : *Habit et décorations...*

Le docteur Rache proposa de venir chercher Antonin et Virgile pour les conduire à Nîmes.

Virgile était prêt depuis longtemps quand le docteur entra dans la cuisine. On sonna la cloche pour avertir Antonin.

On s'étonna de ne pas le voir descendre, et Thérèse dépêcha Annette dans sa chambre, pensant qu'il avait peut-être un problème avec son plastron ou ses boutons de manchettes. Il y avait si longtemps qu'il ne s'était pas mis en grande tenue !

Il n'avait eu aucun problème pour s'habiller. Il était superbe dans son habit.

Mais mort.

Sur le bureau devant lequel il était assis, le sourire aux lèvres, on découvrit, sous une paire de gants immaculés, la partition des *Amours du Poète.*

– Le cœur... dit le docteur.

Catholiques, Protestants et Sauvages prirent le deuil de celui qu'ils avaient baptisé Antonin le Pieux, et se rendirent à Azérac pour les obsèques.

Onze ans plus tôt – une éternité ! –, ils avaient pris le même chemin dans la joie et l'allégresse, aujourd'hui sentant la misère et la douleur de celle qui s'appuyait sur ses deux petits-fils, derniers survivants du Grand Batre, ils n'osèrent pas entrer dans la maison après la cérémonie au mausolée et s'en retournèrent à Nîmes, le chagrin au cœur et l'âme navrée.

* « La Russie des Tsars » captiva MM. Bauquier et Boucoiran, ainsi que Linnéus Mingaud et le commandant Espérandieu, derniers témoins de l'avant-guerre.

Tant de lettres de condoléances s'abattirent sur Azérac que Thérèse demanda à Virgile de l'aider à en venir à bout.

Elle ne remarqua pas une enveloppe couverte d'une écriture élégante, qui venait du Mexique.

Cette lettre était adressée à Antonin, et Virgile la mit dans sa poche, craignant que sa vue ne ravive le chagrin de sa grand-mère...

Et puis le timbre était si beau !.... et l'écriture à l'encre mauve, si distinguée...

– Cette lettre était pour vous, Papa, dit-il en la rangeant entre deux pages du *Registre des Grands Orages*.

Il n'était pas remonté dans sa tour depuis la mort de son père, et se sentait bien seul devant la tâche à accomplir.

– Je garde la lettre comme souvenir, mais je ne la lirai pas ! Rassurez-vous ! ajouta-t-il.

Il se sentit plus léger, pensa que *chez les morts aussi existe la reconnaissance*, et souriant au portrait de Faustine qui le regardait derrière sa vitre éclatée, il se remit au travail.

La Protestante

– *Li bioù! Li bioù!*

Ces cris, cette allégresse, cet estrambord!

– *Li bioù! Li bioù!*

C'est ainsi que Nîmes salue la Camargue quand elle vient à elle avec ses taureaux.

Hennissements, brames, bave qu'emporte le vent de la course entre platanes et micocouliers, la Ville a une odeur de centaure!

Fernand Rache est accroché aux grilles de la porte d'Auguste. Il a vu passer Guilhem, terrible, formidable, en tête des cavaliers.

C'est la première fois que la manade d'Azérac fait le tour de ville depuis que la guerre est finie.

Magnifique!

Mais Fernand ne partage pas la joie générale; hier soir son père lui a dit que la baronne était aux abois. Deux fois déjà elle a refusé le prêt amical que lui proposait le docteur. Elle a demandé à Crèveloup de venir la voir. Sans doute envisage-t-elle de prendre une hypothèque? Peut-être même de vendre?...

L'abrivado est passée. La foule quitte son refuge et se répand sur la chaussée chaude de bouses et de crottin. Les gens sont joyeux, familiers, bavards. Fernand, lui, est inquiet. Avec son père ils ont échafaudé un plan. Si ce plan réussit, Azérac sera sauvé. Mais pour cela il faut d'abord que Guilhem soit d'accord. Et Guilhem n'est pas quelqu'un qu'on manipule facilement.

Fernand joue des coudes, remonte à contre-courant vers

le boulevard de l'Esplanade, et retrouve son ami aux arènes, devant le char * où les gardians embarquent les taureaux.

– Bravo ! lui crie-t-il de loin.

Guilhem, debout sur le char, détourne la tête sans répondre.

Ça ne sera pas facile...

– Je t'emmène manger une brandade chez *Lisita* !

– Et comment je rentrerai ? demande Guilhem, bourru. À pied, peut-être ?

– Je te ramènerai en voiture. Allez, viens !

– Je reste avec mes bêtes !

Fernand dévisage Frantz et Juste.

– Alors, comme ça, tu ne fais pas confiance à tes gardians ?

Il leur cligne de l'œil pour montrer qu'il plaisante. Guilhem, qui n'a rien vu, saute sur le sol, furieux.

– Je ne fais pas confiance à mes gardians ?... D'où tu sors ça ?

– Si tu leur faisais confiance, tu les laisserais rentrer seuls...

Guilhem se retourne brusquement vers ses hommes qui cadenassent les portes arrière du char, l'air sérieux.

Il leur demande :

– Vous vous sentez de rentrer sans moi ?

Frantz fait signe que oui. Juste dit : « Pardi ! »

On n'est pas bavard sur le pâturage !

Guilhem hésite encore. Il grimpe sur le char, se penche vers les bêtes, vérifie qu'elles sont bien arrimées par les cornes, qu'elles ne se blesseront pas. Rassuré, il descend, fait signe que ça va, et se plante devant Fernand.

– Alors, on y va à cette brandade ?

Lisita, face à l'arche monumentale par laquelle le divin César entrait dans le Cirque, *Lisita* a récemment pris la place du restaurant de l'*Hôtel de Nice*. On s'y presse.

Un maître d'hôtel souriant conduit aussitôt les jeunes gens vers une table de deux couverts.

* On appelle « char » le camion dans lequel on transporte les taureaux.

– La table de monsieur le Docteur... dit-il en leur offrant à chacun une énorme carte, couverte de monuments romains.

– Monsieur le Docteur, pour le moment, c'est Papa, explique Fernand à mi-voix. Mais dans quelques mois, monsieur le Docteur ce sera également moi ! Je t'invite !

– Hélas ! dit Guilhem qui a lu les prix, ça me paraît être la seule solution envisageable.

– Je sais, dit Fernand.

Un poêlon d'olives si noires qu'elles ont l'air laquées atterrit sur la table. D'autorité, le maître d'hôtel a fait ouvrir une bouteille de Costières : « Le vin de monsieur le Docteur ! » Guilhem pioche dans les olives, trinque avec Fernand, et ouvre son cœur. Ça va mal. Il lui faudrait trois chevaux de plus, deux gardians, des kilomètres de clôture, un nouveau char...

– ... et je ne te parle que de la manade, ajoute-t-il. Si je te parlais du château, ça te couperait l'appétit ! Grand-Mère a convoqué Crèveloup... et j'ai appris par Annette qu'elle cherche à vendre ses bijoux au fils de la Maison Pinus *. Tu sais... les bijoutiers de Frédéric Mistral, à Arles !... Tu salues qui ? demande-t-il en voyant que Fernand se soulève à demi de sa chaise.

– Fanette Fortuni, la nouvelle diva du Grand Théâtre. Elle est arrivée de Milan la semaine dernière.

– Et tu la connais déjà ?

– Pas encore...

– Et elle te salue ?

– C'est comme ça, mon vieux ! dit Fernand en prenant un air modeste.

– Eh bien, bravo !

– Bravo toi-même ! À propos, où en es-tu entre la veuve et l'Espagnole ?

– J'en suis à la Russe ! Une touriste. Complètement folle, un peu peintresse, un peu poétesse, mais tout à fait folle !

– Où l'as-tu rencontrée ?

– Dans les montilles, derrière la vieille cabane. Elle disait des vers aux taureaux... Qu'est-ce qui te fait rire ?

– Toi !... Alors, ta Russe ?

– Ça n'a pas traîné...

* Fondée en 1840, la Maison Pinus existe toujours et reste fidèle à la tradition du bijou arlésien.

– Alors pourquoi as-tu l'air consterné ? Elle est laide ?
– Superbe !
La brandade arrive sur la table, nourriture sacrée qu'ils saluent par un silence subit.
– Pourquoi ? reprit Fernand.
– Pourquoi ? répondit Guilhem. Parce qu'elle me tue ! C'est un mélange de lyrisme et de voracité ! Au début, parfait ! Mais ça va faire trois semaines ! Heureusement qu'elle repart à la fin du mois !
– Oui, heureusement, dit Fernand en prenant son courage à deux mains. Heureusement, répéta-t-il. Quant aux bijoux de ta grand-mère, il va falloir lui dire que ce n'est pas le moment de s'en séparer ! Au contraire !
– Au contraire ? Tu peux expliquer pourquoi ?
– Parce que j'ai décidé de te marier !
– Toi ! Moi ?
Guilhem éclata de rire avant de repousser son assiette de brandade.
– Mange, dit Fernand.
– Plus faim...
– Alors, écoute ! Ce que j'ai à te dire est très sérieux. Après, nous irons faire une promenade à la Fontaine...
– Une promenade ? À la Fontaine ? Tu plaisantes ? Tu avais promis de me ramener chez moi !
– Tu es chez toi ici, à Nîmes, descendant des César !
– Ramène-moi à Azérac !
– Je te ramènerai après.
– Après quoi ?
– Après la promenade ! Elle est pas bonne, la brandade ?
– Si, dit Guilhem. Et tu sais, ajouta-t-il avec amertume en se remettant à manger, les pauvres, même quand ça descend des César, ça ne gâche pas la nourriture.
« Mon Dieu ! pensa Fernand, le cœur serré. Je T'en prie ! Fais que Guilhem plaise à Amélie ! »

Un jour, il y a bien longtemps, les cigales décidèrent de devenir invisibles aux hommes. Aussi les promeneurs qui montent vers la Tour Magne pendant la belle saison avancent-ils à travers une forêt qui a l'air de chanter. Et chaque feuille, luisante, piquante ou drue, exhale en même temps une senteur violente, celle du laurier se mêlant à celle du kermès, celle du genévrier à celle de l'olivier, et les grands massifs de romarin, piqués çà et là de touffes de thym, jettent eux aussi leur odeur à l'assaut des arbres de Judée.

C'est l'un des plus beaux jardins de France, que dessina Jacques-Philippe Mareschal, Ingénieur du Roy, au milieu du XVIIIe siècle. Mais c'est aussi un jardin où la nature s'exprime toujours. Et si, aux limites du parc de Versailles on respire une odeur verte, à Nîmes, dans le jardin de la Fontaine, l'odeur que l'on respire est encore celle de l'Antiquité.

Amélie s'arrête brusquement, comme quelqu'un qui se sent observé.

Isabé l'interroge du regard.

– Les nymphes..., dit Amélie. Je suis sûre qu'il y a des nymphes cachées derrière les arbres !

– Des nymphes ?... demande Isabé. Derrière les arbres... ce ne serait pas plutôt...

– ... des dryades ! Tu as raison !

Amélie éclata de rire et les deux jeunes filles continuèrent leur ascension joyeuse vers la Tour.

Guilhem s'arrête brusquement au milieu du grand escalier de pierre qui domine la Fontaine.

– Ça suffit, Fernand ! Il est plus de trois heures ! Cette fois, il me faut aller retrouver mes bêtes !

– Tu ne peux pas prendre cinq minutes de bon temps ?

Guilhem hausse les épaules.

Du bon temps ?... Il déteste tout ce qui le détourne de la manade. Et puis, en ville, il a honte. De ses bottes éculées, de sa veste de velours dont les coudes ont blanchi de fatigue. Sur le pâturage, il est chez lui, dans sa vérité ! Ici il ne supporte pas le regard indifférent des élégantes qu'il croise dans ce jardin orné de bassins, de statues et de balustrades. Ah ! si elles le voyaient à cheval, elles ne le regarderaient pas comme ça ! Il cache ses rudes mains de paysan dans ses poches et suit Fernand.

– On dirait que tu montes à l'échafaud !

– Si seulement je savais où on va ! Et pourquoi ?

– Je te le dirai là-haut ! Allez, suis-moi !

Élie Hébrard, banquier genevois, membre éminent du Consistoire, et oncle de Mme Aldebert du Valgaron, s'arrête sur la grande terrasse pour embrasser le paysage du regard.

– Magnifique ! dit-il d'un ton lugubre.

De sa canne à pommeau d'argent orné d'une croix huguenote et de la colombe du Saint-Esprit, il désigne à sa nièce les jardins à la française qui s'étalent à leurs pieds, puis le moutonnement gris-vert des arbres montant à l'assaut de la Tour encore invisible, et répète :

– Magnifique !

Puis il frappe le sol de sa canne, furieux.

– Quand je pense que les catholiques appellent le Mont-Cavalier le Mont-d'Haussez, je me demande si les guerres de religion sont terminées !

Alix Aldebert sourit.

– Ça te fait rire ?

– Non, mon oncle, dit Alix qui ne sourit plus.

Elle pense à son mari qui lui disait : « Ton oncle est un protestant forcené ! Encore plus atteint que mes sœurs ! Et ce n'est pas peu dire ! »

Que la vie était douce avec lui, entre Beau-Désert et l'hôtel particulier du Quai de la Fontaine...

– Je ne vois plus Amélie... Où est-elle passée ? demande l'oncle Élie.

– Ne vous inquiétez pas, mon oncle. Elle ne risque rien, elle est avec Isabé.

– Justement ! Elles sont trop souvent ensemble. Et cela m'inquiète.

Alix s'arrête, interloquée.

– ... Pas pour Amélie, pour Isabé ! Ne fais pas cette tête-là ! C'est pour Isabé que je m'inquiète ! Cette amitié risque de la perturber. C'est une bonne petite, mais, dans son propre intérêt, je ne voudrais pas qu'elle s'imagine appartenir au même monde qu'Amélie.

Alix a porté une main à son cœur, et l'oncle Élie, inquiet, la fait asseoir sur un banc de pierre. Il n'aime pas cette fragilité qu'elle a depuis son veuvage. Il faudra qu'il la fasse examiner par le professeur Augsbourg quand elle viendra à Genève...

– Je n'oublierai jamais que son père est mort en essayant de sauver Pierre.

– Je ne l'oublie pas non plus, certes ! Mais Isabé n'en demeure pas moins la fille du régisseur de Beau-Désert.

– Elle ne le sait que trop ! Elle est si discrète ! Tenez, j'aurais voulu qu'elle danse, le soir de l'anniversaire d'Amélie... eh bien, c'est elle-même qui a refusé que je lui commande une robe chez les demoiselles Osmine...

– Elle a bien fait ! Je finirai par croire qu'elle est plus raisonnable que toi !

Quand il est sérieux, c'est-à-dire tout le temps, l'oncle Élie est impressionnant. Mais quand il sourit comme il vient de le faire, il est effrayant.

– Te sens-tu mieux, ma petite enfant ?

– Oui, mon oncle.

Alix se lève, pose la main sur le bras qu'il lui offre. L'oncle Élie... Elle n'a plus que lui pour veiller sur elle et sur Amélie. S'il venait à disparaître, elles seraient seules au monde.

Très riches. Mais seules.

La Tour Magne les attend.

Par trois chemins ils montent vers elle.

Les jeunes filles par le bois des nymphes et des dryades.

L'oncle et Alix par la voie royale, au milieu des fleurs.

Les jeunes gens par le sentier qui suit le mur derrière lequel se cachent les masets.

Fernand Rache, traînant à sa suite le descendant maussade d'un imperator, Fernand Rache se hâte pour aller jouer le rôle du hasard dans la pièce qu'il a imaginée. La Tour est dans la confidence et s'apprête, elle, à jouer le rôle du décor. Comme elle le fait depuis qu'elle est sortie du sol, au temps où elle servait de phare en se couronnant de grands feux.

Témoin des baisers, des serments, des trahisons, des combats, des victoires, des larmes et des farandoles, elle est toujours debout et, quand on pose la main sur elle, les soirs d'été, on la sent tiède encore.

Parce qu'elle est vivante !

Sont morts les beaux diseurs,
Mais les voix ont sonné...
Sont morts les bâtisseurs,
Mais le temple est bâti...
Au front de la Tour Magne
Le Saint Signal est fait !...

– C'est de Mistral, explique Fernand à Guilhem qui réplique furieux :

– Mais tu me prends pour qui ?... D'abord tu pourrais le dire en provençal ! Et puis tu as oublié : *Vuei poù boufa l'aurouso malamagno * !*

Mais Fernand ne lui répond pas et se précipite vers une dame en demi-deuil qu'accompagne un homme d'un certain âge à l'air revêche.

– Oh, par exemple ! Madame Aldebert ! Quelle surprise ! Si je m'attendais ! Ça, alors ! Mes hommages, madame.

Guilhem, méfiant, reste en retrait et les observe.

– Bonjour, Fernand, dit la dame qui a l'air contente de le voir. Mon oncle, poursuit-elle, permettez-moi de vous présenter un bon camarade d'Amélie : Fernand Rache, le fils du médecin... mon oncle, monsieur Hébrard.

– Rache ?... Rache... J'ai connu un pasteur Rache, à Genève...

– Le frère de mon grand-père, Abraham Rache, monsieur, dit Fernand qui fait signe à Guilhem d'approcher.

M. Hébrard est en pleine jubilation d'avoir rencontré le petit-neveu d'Abraham Rache, qu'il a si bien connu, une grande figure, une conscience !

– Son sermon sur les *Propos de table* de Luther... un régal ! Vous destinez-vous également au saint Ministère, monsieur ?

– Fernand se prépare à être médecin, comme son père, mon oncle.

– Bien... Très bien... dit l'oncle Élie visiblement déçu.

– Viens, Guilhem !

D'un seul coup d'œil le banquier a évalué la misère des vêtements du grand garçon à l'air farouche qui s'approche lentement d'eux.

Amélie et Isabé émergent de leur allée en riant. Délicieuses.

Amélie se précipite pour saluer Fernand. Isabé s'écarte discrètement et prend une photo de la Tour.

La Tour qui observe et attend.

Tout est prêt. Le rideau peut se lever.

* « Aujourd'hui peut souffler la bourrasque du Nord ! » (*Les Olivades*, 1904, Frédéric Mistral).

– Azérac, mon meilleur ami, dit Fernand.
– Azérac !
Le nom d'Azérac a fait réagir les trois personnes. Alix qui se souvient avec mélancolie de la fête où elle était accompagnée de son cher mari, l'oncle Élie qui se souvient à un sou près de la ruine fracassante de cette famille hautaine, et Amélie qui se souvient avec enthousiasme d'un petit garçon délicieux qui avait miraculeusement survécu au piétinement de la manade.
– Virgile ! Vous êtes Virgile ! s'écrie-t-elle en saisissant la main de Guilhem. Oh ! cher Virgile...
– Non, mademoiselle, moi, je suis Guilhem... l'aîné.
Il a d'abord eu un mouvement de recul puis il a vu les yeux bleus de la jeune fille levés vers lui et n'a pu s'empêcher de lui sourire.
– Je me souviens de vous ! dit-elle. On fêtait vos dix ans.
– C'était une journée merveilleuse ! ajoute sa mère.
« Ça marche ! » pense Fernand avec soulagement.
L'oncle Élie suivait d'un œil sévère les propos de sa petite-nièce et de l'héritier de la baronnie en écoutant distraitement Alix évoquer la fête du Grand Batre en 1913, et le courage avec lequel les Azérac avaient supporté la succession de deuils et de misères que la guerre leur avait infligés. Il frémit quand il l'entendit inviter le jeune homme pour le bal qu'elle allait donner à la fin du mois Quai de la Fontaine.
Heureusement le garçon avait l'air embarrassé... il ne viendrait pas. Très bien !
– J'insiste ! disait Alix.
– Moi aussi, Guilhem, je vous en prie ! renchérissait la petite. Vous nous ferez plaisir !
« Amélie ne va quand même pas s'enticher d'un catholique ! » pensa-t-il avec effroi.
– Il est toujours très difficile d'arracher Guilhem à sa manade, expliquait Fernand, mais je vous promets, madame, qu'il viendra, dussé-je employer la force !
Guilhem était redevenu sombre, il n'avait qu'une idée : partir.
L'oncle Élie fut si heureux de le voir prendre congé qu'il en devint presque aimable.
Amélie courut rejoindre Isabé pour lui raconter la rencontre et Alix, les yeux fixés sur les deux jeunes gens qui redescendaient à larges foulées vers la Fontaine, reprit son

éloge de la famille d'Azérac. Éloge interrompu par son oncle.

– Cette famille, au demeurant honnête je dois en convenir, s'est quand même signalée par les folles imprudences d'Auguste Azérac, et le scandale causé par une effrontée qui se sauva avec un toréador !

Alix n'osa pas l'interrompre pour lui conseiller de dire « torero » plutôt que « toréador ». D'ailleurs l'oncle était lancé.

– Je me souviens du suicide du fils Bourriech ! De vilaines gens, ces Bourriech... Des boutiquiers ! Des affairistes ! Mais il n'empêche qu'ils ont perdu leur fils et, pour se venger, ils ont ruiné les Azérac ! Ils ne leur ont rien laissé ! As-tu remarqué la tenue de l'héritier ?

– Une tenue de gardian..., plaida-t-elle tandis que son oncle cherchait Amélie des yeux et la découvrait à quelques pas, penchée, avec Isabé, sur un affleurement du vieux mur d'enceinte. De nouveau il fut agacé de les voir ensemble et s'en prit à sa nièce.

– Tu es trop généreuse, Alix... Tu en deviens parfois imprudente !

– Imprudente ?

De nouveau elle porta une main à son cœur.

– Amélie pourrait avoir d'autres amies qu'Isabé, il me semble ! Et quelle idée t'est venue d'inviter ce jeune homme au bal ? Est-ce bien raisonnable ?

Alix reste muette devant la violence du ton. D'ailleurs M. Hébrard n'attend pas de réponse. Il sourit, de nouveau il fait peur, et dit :

– Mais je suis bien tranquille... il ne viendra pas.

– Je ne viendrai pas ! dit Guilhem que Fernand peut à peine suivre tant il va vite.

– Et pourquoi, s'il te plaît ?

– Je n'ai pas d'argent pour figurer dans le monde !

– Et moi je te dis que tu viendras !

Guilhem s'arrête, furieux.

– C'est avec elle que tu veux me marier ?

– Oui !

– Alors toute cette comédie, le déjeuner, la promenade, tout ce temps perdu...

– Merci quand même !

– ... c'était pour que je me trouve nez à nez avec elle... comment tu l'appelles, déjà ?

– Amélie.

– Et tu savais qu'on allait la rencontrer ?

– Oui !

– Tu savais que sa mère m'inviterait à ce bal ?

– Oui !

– Et tu te figures que je vais t'obéir au doigt et à l'œil ?

– Oui ! Avoue qu'Amélie est délicieuse !

– Mais si tu la trouves si délicieuse, pourquoi ne l'épouses-tu pas, toi ? Toi qui es protestant ! Parce que, ça t'a peut-être échappé, mais dans ma famille on est catholiques depuis toujours ! Et on le restera ! Alors que toi, toi qui as des pasteurs plein tes ancêtres et même un grand-oncle Abraham, toi tu as tout pour plaire au banquier de Genève ! Et même un habit de soirée !

– Peut-être, mais ce n'est pas le banquier qui est à marier, c'est la fille !

Guilhem reprit sa course furieuse et, criant comme s'il défiait une divinité invisible, répéta avec rage :

– Je ne viendrai pas !

Là-haut, sur le Mont-Cavalier d'Amélie, sur le Mont-d'Haussez de Guilhem, la Tour Magne se permit de sourire.

Elle était bien tranquille, la Tour.

Guilhem viendrait, Quai de la Fontaine, au bal donné pour les dix-huit ans d'Amélie.

Tant de garçons, tant de filles s'étaient rencontrés à son ombre... Elle se souvenait d'une nuit de 1913 où une jeune fille et un torero avaient échangé un baiser. Tout les séparait. Tout rendait leur union impossible.

Mais l'air sentait le jasmin...

Elle était bien tranquille, la Tour.

Le garçon viendrait.

Bien sûr, Guilhem avait eu honte quand Mathilde Langoiran l'avait traîné chez MM. Volpellière et Volpellière, tailleurs depuis 1887, rue de l'Horloge.

Les meilleurs tailleurs de Nîmes. Les plus chers. La maison de confiance qui ne décevait jamais sa clientèle.

Pour supporter les regards déférents mais chafouins du commis qui lui passait une toile à ses mesures, Guilhem avait dû faire appel aux dernières visions d'Azérac qui l'avaient déchiré à son retour de Nîmes.

Le parc à l'abandon, la grille de la cour intérieure qui perdait ses pommes de pin de métal, l'herbe qui poussait entre les pavés qu'il avait connus plus brillants qu'un parquet à la française, le cheval de Juste qui s'était affaissé, atteint du vertigo... et surtout cette pauvre femme dans la cuisine qui plongeait ses mains dans une lessiveuse.

Sa grand-mère. La belle Thérèse, qui, en le voyant, se redressait, souriait, relevait ses cheveux sur son front en sueur, retrouvait son allure et demandait d'une voix gaie :

– Alors, Nîmes, c'était comment ?

Aussi, quand Mathilde lui avait proposé de commander un habit pour lui, il n'avait pas eu le courage de dire non.

Et maintenant il avait honte.

Mathilde était toujours aussi belle. Elle s'était un peu alourdie ; elle devenait majestueuse. Elle portait toujours le deuil élégant de son pauvre Achille. Il y avait longtemps que Guilhem ne venait plus, la nuit, jeter des graviers dans sa fenêtre et la renverser sous les plantes vertes dans le coin Sarah Bernhardt, mais elle n'avait jamais cessé de l'aimer.

Comment avait-elle su que Guilhem était invité à un bal auquel il ne pouvait se rendre faute d'argent, et qu'Amélie Aldebert du Valgaron était l'enjeu de ce bal ? Elle avait refusé de le dire. Il devait y avoir du Fernand là-dessous.

Elle ne l'avait pas laissé réfléchir à sa proposition.

– Tu n'as pas le choix, c'est oui ! avait-elle dit avec sévérité.

Et là, dans ce salon d'essayage lambrissé d'acajou et de palissandre, dans l'odeur riche des cheviottes, des tweeds, des grains de poudre et des soieries, il avait eu soudain envie de fuir.

M. Volpellière père et M. Volpellière fils s'étaient déplacés tous les deux pour l'essayage.

– Reprenez dans le dos, Gontran ! disait le père.

– Donnez toute son ampleur élégante au revers, nous sommes en 1925, Gontran, pas sous le président Fallières ! disait le fils.

Sous son coquet voile de veuve, Mme Langoiran, très digne, approuvait. Il fallait que l'habit soit moderne. Pas étriqué. Jeune.

Guilhem souffrait. Quand il retourna dans la cabine pour remettre ses vêtements de gardian, Mathilde prit M. Volpellière père à part.

– Il est bien entendu, monsieur Volpellière, que si j'apprenais que, dans Nîmes, on jase sur les circonstances... l'origine... enfin, la commande de cet habit...

– Madame ! se défendit le tailleur aussi pathétique qu'une vierge outragée.

– Je vois que nous nous comprenons à demi-mot ! Vous êtes un homme du monde, dit-elle avec hauteur avant de lui tourner le dos.

Elle revint, se frappant le front :

– Ah ! j'oubliais... Plastron, chemise, cravate, chaussettes, gants, écharpe...

– ... et escarpins vernis ! J'en ai reçu de Londres la semaine dernière. Des bijoux !

– Je vous fais confiance. Pour ça, et... pour le reste !

M. Volpellière s'inclina et sourit à Guilhem qui revenait à nouveau vêtu en paysan.

– Monsieur sera content, dit-il. Et c'est un plaisir de l'habiller !

Il les raccompagna à la porte.

Sur le seuil, Guilhem, maussade, se tourna vers Mathilde.

– À quoi bon tout ça... je ne sais pas danser !

– Tant mieux ! dit-elle. Je t'apprendrai !

Elle lui apprit la valse. Et même le tango qui faisait fureur parmi la jeunesse.

Pendant les leçons il sentait la chaleur de son corps moulé au sien. Un soir il avait tenté de la retenir contre lui et s'était penché sur ses lèvres.

– Non, avait-elle dit doucement. J'ai d'autres projets pour toi !

Elle plaisantait mais son rire était triste.

– Pourquoi me jetez-vous dans les bras de la fille Aldebert ?

– Ne dis plus jamais « la fille Aldebert » !

Elle était en colère.

– Mlle Aldebert, si vous préférez ! Pourquoi ?

– Parce qu'elle te rendra ce que la vie t'a volé, et que, moi, je suis incapable de te donner : le Grand Batre.

– Monsieur le baron Guilhem Cabreyrolle d'Azérac !

Toutes les têtes se tournèrent vers l'entrée du grand salon quand l'huissier annonça le jeune homme et Amélie crut voir entrer le Prince Charmant.

Elle alla vers lui, souriante. Elle était délicieuse dans sa robe de mousseline ciel perlée de cristal. Elle lui tendit la main. Il prit cette main, et ne la lâcha pas.

« Seigneur, ne nous abandonne pas ! » pria l'oncle Élie consterné, tandis que le petit orchestre attaquait un tango.

Mais le Seigneur devait être occupé ailleurs car Il ne fit apparemment rien pour séparer les jeunes gens et les laissa danser, ravissants, au milieu de l'attendrissement général.

Alix les regardait en souriant et ce sourire avait l'air d'un consentement.

– C'est la quatrième danse ! dit l'oncle Élie en la rejoignant dans l'encoignure d'une fenêtre.

– Il est charmant ! répondit-elle.

– Mais, Alix, tu deviens folle ! Tu sais qu'il est pauvre !

– Nous sommes riches !

– Tu sais qu'il est catholique !

– Je sais...

– Il est là, chez toi, sous tes yeux, en train de séduire ta fille, et tu le laisses faire ?

– C'est que la mère aussi est séduite, mon oncle !

L'orchestre s'arrêtait, reprenait son souffle et attaquait une valse.

Guilhem traversa la piste et vint s'incliner devant la maîtresse de maison.

– Madame, demanda-t-il respectueusement, me ferez-vous l'honneur de m'accorder cette danse ?

D'abord troublée elle n'avait pas dansé depuis la mort de son mari, Alix hésita... puis elle sourit :

– Avec plaisir, dit-elle.

– Tu lui as plu ! Et tu plais à sa mère ! C'était une très bonne idée de l'inviter à danser !

– Pardi, c'était la tienne ! bougonna Guilhem.

– Bonne idée quand même ! poursuivit Fernand. Allez ! Profite de la situation : fais ta demande !

Guilhem hésitait à se déclarer. Tout allait trop vite. Il trouvait Amélie mignonne mais craignait qu'elle ne soit un peu sotte, sans caractère. Ennuyeuse, pour tout dire. Elle le sidéra en lui faisant porter un billet où elle lui donnait rendez-vous à la Fontaine, à l'abri du Temple de Diane.

Elle était vraiment jolie. Ça n'avait pas dû être facile pour elle d'échapper à la vigilance de sa mère et de son grand-oncle pour se sauver en plein jour de l'hôtel Aldebert, plus férocement gardé qu'une banque suisse.

Elle semblait avoir peur, et le regardait, bouleversée.

Elle murmura enfin :

– Je... Je ne sais pas quoi dire...

Il l'attira contre lui et l'embrassa sur les lèvres, délicatement.

Pour la première fois elle respira l'odeur, le souffle, la chaleur de Guilhem. Elle se sentait fondre.

– Je voulais savoir si..., reprit-elle.

Puis elle se tut, au bord des larmes.

Il la regardait en souriant, étonné, presque charmé.

– Je voulais savoir si vous m'aimiez, dit-elle héroïquement.

Elle se tut, écarlate.

Il l'attira de nouveau contre lui, mais cette fois pour un vrai baiser.

Le premier baiser qu'Amélie recevait dans sa chair.

Un baiser qui dura plus longtemps qu'ils ne s'y attendaient, l'un comme l'autre.

Quand leurs lèvres se séparèrent, elle était bouleversée.

Il était perplexe.

Il avait connu plus de coquines que de vierges, et cet abandon, cette franchise le surprenaient. Cette sensualité innocente, qu'il n'avait jamais rencontrée, le troublait.

Il se mit à avoir envie d'elle.

– Je crois bien qu'elle m'a demandé en mariage, confia-t-il le lendemain à Fernand, ravi. Mais ce sera dur... à cause de l'oncle.

Fernand éclata de rire.

– Aie confiance ! La mère et la fille n'en feront qu'une bouchée !

Guilhem était sceptique. Il n'avait vu le banquier genevois que deux fois et, les deux fois, il avait senti l'antipathie qu'il lui inspirait. Il était pauvre, il était catholique : deux raisons dont chacune était suffisante pour qu'on ne veuille pas de lui.

– Il est terrifiant, dit-il.

– Tu es baron ! lui répond Fernand qui ajouta, joyeux : Allez, souris ! Amélie t'aime, les Aldebert sont du Valgaron comme je suis des bords du Vaccarès, alors n'oublie pas : Azérac vaut bien une messe !

– Jamais ! rugit l'oncle Élie.

Il regardait sa nièce avec consternation, avec fureur.

– Aurais-tu perdu la raison, ma pauvre Alix ? Aurais-tu oublié qui nous sommes ? Donner ta fille à un catholique ! Que sais-tu de ce garçon ? Qu'il pleut dans son salon ? Qu'il est condamné à payer toute sa vie la folie de son père et la légèreté de sa tante ? Un catholique ! Et je ne suis même pas sûr qu'il soit un bon catholique ! On lui prête des aventures, des maîtresses...

– C'est normal, dit tranquillement Alix. Il est si charmant !

– Mais tu es vraiment folle, mon enfant ! Il vous a ensorcelées toutes les deux !

– Il voudrait tellement vous parler, mon oncle... mais il n'ose pas !

– Il a raison !

– Mme d'Azérac, sa grand-mère, a été admirable pendant la guerre. Elle a donné son or pour la Patrie... perdu ses deux fils... C'est une demoiselle Bader, une vieille famille alsacienne... Ils ont choisi la France après la défaite de 70... Et Guilhem, à lui tout seul, tient sa manade depuis...

– Ah ! ne me parle plus de lui ! J'ai dit non, et c'est non ! Tu peux le dire à Amélie, et tu peux lui dire aussi que rien ne me fera changer d'avis !

– Mais elle l'aime, mon oncle !

– Ça lui passera !

Le véritable génie de la finance qu'était M. Hébrard n'avait jamais eu à se mesurer à une jeune fille amoureuse.

L'innocente Amélie était le plus formidable adversaire qu'il allait devoir affronter. Pour obtenir Guilhem, elle eût mis un maréchal de France en échec. Elle pleura. Puis elle maigrit, ne dormit plus, toussa un peu, et Alix se sentit mal à son tour.

On fit venir le docteur Rache pour ausculter la mère et la fille, et, après les avoir vues, il se tut, l'air préoccupé.

Sous sa cuirasse de coffre-fort le banquier avait le cœur bon. Il s'affola. Aussi, quand le médecin proposa une promenade pour distraire ces dames, il accepta sans se méfier, se retrouva en Camargue, debout sur une charrette, à regarder des jeunes gens qui couraient autour d'un monstre cornu dans des arènes rustiques, et comprit qu'il avait été joué en rencontrant, « par hasard », celui qu'il souhaitait ne plus jamais revoir.

– Guilhem fait courir ! Quelle surprise ! disait Fernand qui avait proposé de les accompagner.

Le propre petit-neveu d'Abraham Rache ! Quelle honte !

« Ils m'ont bien eu, pensait l'oncle, le visage fermé. Mais ils ne perdent rien pour attendre ! Ils vont voir à qui ils ont à faire ! »

Il se laissa traîner à Azérac, tout proche, pour un thé « improvisé », sûr de reprendre la situation en main dès qu'ils seraient de retour Quai de la Fontaine.

Il avait compté sans la personnalité de Thérèse. Cette femme qui gardait, à soixante ans passés, la blondeur des filles d'Alsace, l'impressionna par sa dignité. Sur sa sévère robe noire il remarqua une cigogne d'or, seul bijou qu'elle portât, avec son alliance.

– Monsieur Hébrard, lui demanda-t-elle en lui servant du thé dans une tasse immatérielle à force de finesse, seriez-vous parent de M. Samuel Hébrard, de Mulhouse ?

– C'était le cousin germain de mon père, dit-il en s'inclinant.

– ... et un grand ami du mien !

Tout le monde s'était tu autour de la table quand elle ajouta :

– Il est mort de chagrin après Sedan, n'est-ce pas ? C'était un grand Français...

À cet instant précis, l'oncle Élie, ému, sut qu'il était perdu.

Thérèse poursuivait :

– Mon père m'avait raconté que votre famille était partie des Cévennes après la Révocation de l'Édit de Nantes...

– La Révocation ! s'écria Virgile. Quelle pierre noire !

– Virgile !

Guilhem semblait agacé par la réflexion de son frère et tentait de le faire taire.

Mais le garçon était lancé, il levait vers le ciel une main marquée d'un signe étrange – la trace des taureaux, disait-on – et semblait inspiré par l'Esprit.

– Le sang des dragonnades n'a pas fini de sécher sur la Montagne Sainte ! Mais un jour, le loup habitera avec l'agneau, leurs petits iront ensemble, un enfant les conduira et le lion mangera du fourrage ! On ne fera point de mal, on ne détruira point !

– Esaïe XI, 6, 7 ! dit machinalement le banquier.

– ... et 9 ! précisa Virgile.

Les dames souriaient.

« Je suis fait », pensa Élie Hébrard.

Il ne céda pas tout de suite, essaya d'entraîner ses nièces à Genève où allaient se tenir les journées Calvin.

– Tu y rencontreras de jeunes théologiens tout à fait séduisants, disait-il à Amélie. Ils t'amuseront beaucoup par leur savoir prodigieux, et te raconteront des anecdotes désopilantes sur l'Ancien Testament...

– Je ne veux rencontrer personne ! Je veux épouser Guilhem Cabreyrolle d'Azérac ! répondait Amélie, l'air buté.

Sa mère et elle lisaient avec délices tout ce qui avait trait au passé d'Azérac.

Pas un détail de la vie de Dame-Chevalier qu'elles ne connaissent par cœur ! Et les poèmes apocryphes du Bancal ! Et le nom des bessons ! Jaufre et Arnaut ! Jaufre était un nom difficile à porter, certes, mais Arnaut ! Arnaut avec « t », comme Arnaut Daniel le troubadour qui émerveilla Dante :

Arnaut qui s'en va chantant...
Arnaut qui amasse le vent...

Si elle devenait la femme de Guilhem, ils appelleraient leur premier fils Arnaut.

Avec un « t », bien sûr.

Quelle famille édifiante ! On comptait même un Bienheureux parmi les ancêtres. Presque un saint ! Il était resté trente-deux ans sans dire un seul mot à la suite d'un vœu !

De son côté, l'oncle s'était renseigné de façon plus prosaïque. Par le notaire des Aldebert, cousin de l'épouse de maître Crèveloup, il savait que l'hypothèque sur Azérac n'était pas encore prise. Sans doute la baronnie manquait d'argent, mais en tout cas elle ne devait rien à personne. Seulement, si l'on n'y mettait pas bon ordre, elle allait bientôt disparaître. Les pierres de la façade commençaient à se disjoindre, les toits fissurés laissaient la pluie s'infiltrer dans les pièces autrefois habitées, ornant les plafonds moulurés de taches hideuses ; une odeur de crypte envahissait les longs couloirs obscurs.

... mais la demeure était encore majestueuse, le parc ne demandait qu'à être redessiné, la manade était respectée dans toute la Camargue, et parmi les vastes espaces vierges qui s'étendaient jusqu'au Rhône on pouvait envisager la culture du riz. Pas pour nourrir les bêtes, mais les gens. À étudier. Une idée d'avenir.

Thérèse, elle, avait tout de suite aimé Amélie.

– Elle est folle de toi, avait-elle dit à Guilhem quand il lui avait raconté toute l'histoire. Mais je serais étonnée que son oncle, qui est son tuteur depuis la mort de ce pauvre M. Aldebert, que son oncle dise oui !

– Parce que nous sommes catholiques ?

– Pas seulement ! c'est déjà une raison suffisante, je te l'accorde ! L'autre raison, également suffisante, c'est que nous sommes pauvres ! Mme Aldebert et sa fille sont riches, très riches même, mais leur fortune n'est rien à côté de celle de M. Hébrard. Et il n'a pas d'autres héritiers, alors... Cet homme te regarde dans les yeux et il voit ce que tu as dans ta poche ! Il a vu tout de suite que la mienne était vide ! ajouta-t-elle en éclatant de rire. Je ne le lui ai d'ailleurs pas caché !

Puis elle redevint sérieuse et prit la main de Guilhem.

– Si tu épouses Amélie...

Elle se tut. Il la regardait, se demandant pourquoi, soudain, elle était si grave.

– Si tu épouses Amélie, reprit-elle, il faudra l'aimer !

L'aimer... Guilhem se demandait ce que c'était que d'aimer. Il n'avait connu que le désir. L'aimer ? Être fidèle ? À cette petite fille qui ne connaissait rien de la vie ? Serait-ce possible ?

Il y pensait avec angoisse sur le pâturage en continuant son travail de tous les jours.

L'aimer ? Pour sauver Azérac.

Que payait-il, lui qui n'avait fait que son devoir depuis qu'il avait pu monter sur un cheval ?

Le soir, quand il rentrait et qu'il posait son fer contre le mur, il regardait les dalles de l'entrée où le sang de Charles avait coulé à cause de Faustine. Saurait-il, lui, Guilhem, aimer Amélie ? Et serait-elle capable, elle, d'effacer la malédiction ?

C'était peut-être pour ça que l'amour avait été inventé ? Pour que soient pardonnés les crimes des autres.

L'oncle résistait toujours, et ce jour-là Amélie pleurait encore et refusait de sortir de sa chambre.

Au bout de la table, la petite Isabé avait les yeux rouges et Alix ne pouvait rien avaler.

– Encore des pleurs ! dit-il, agacé.

– Si vous saviez, mon oncle...

Alix repoussait l'assiette à laquelle elle n'avait pas touché.

– Je t'écoute, mon enfant.

Ses nièces étaient les seules femmes qui aient compté dans sa vie, et plus il les connaissait plus il s'apercevait que l'Éternel les avait confiées à sa garde en oubliant de lui communiquer le mode d'emploi et la notice d'entretien.

– Je t'écoute, reprit-il en demandant au Seigneur de lui accorder la patience dont il commençait à cruellement sentir le manque.

– C'est à cause de Dadine et Chaton...

L'oncle Élie dressa l'oreille. Les deux sœurs de son défunt neveu avaient le don de l'exaspérer. Elles étaient wesleyennes *.

– Elles ont déclaré que si Amélie épousait Guilhem d'Azérac, elles lui fermeraient la porte de Beau-Désert et ne la verraient plus jamais !

* John Wesley, 1703-1791, théologien protestant anglais, fondateur du méthodisme.

– Elles ont dit ça !

Il était devenu blanc de rage.

Alix fit oui de la tête.

– Mais de quoi se mêle-t-on ? Pécores !... Fermer à Amélie la porte de Beau-Désert ? Voilà bien une idée qui ne viendrait jamais à des calvinistes ! D'abord, si je ne me trompe – et je suis sûr de ne pas me tromper ! –, Beau-Désert est indivis entre la petite et ses tantes !

Il jeta sa serviette sur la table.

– Nous n'allons pas nous laisser gouverner par les sauterelles de Beau-Désert ! martela-t-il en se levant.

Sur le pas de la porte il se retourna :

– Alix, mon petit, veux-tu dire à ce jeune homme de venir me voir après-demain, à trois heures de l'après-midi. Il est temps de prendre langue entre personnes raisonnables !

Alix attendit qu'il fût sorti pour joindre ses mains et pousser un soupir de soulagement.

– Isabé, dit-elle en se retournant vers la jeune fille, viens avec moi, ma chérie ! Je crois que nous pouvons aller embrasser Amélie !

En entrant dans le bureau de feu Pierre Aldebert du Valgaron, Guilhem, mal à l'aise avec les gants clairs et neufs qu'il tenait dans ses mains brunes, Guilhem rencontra le regard du banquier et faillit partir sans demander son reste.

Mais, sur les boiseries sombres, au milieu des portraits de pasteurs, de filateurs et de leurs austères épouses, il vit une petite fille blonde qui lui souriait. Cette petite fille blonde c'était Amélie en 1913, entre son papa et sa maman, et cette photo, il en était sûr, avait été prise devant Azérac le jour du Grand Batre.

« Ne t'en va pas ! disait la petite fille. Regarde comme nous allons bien ensemble, Azérac et moi ! »

– Monsieur, je ne fais rien à la légère...

Élie Hébrard faisait signe à Guilhem de s'asseoir en face de lui.

– ... et encore moins quand il s'agit de mes nièces dont

je suis responsable depuis la mort glorieuse du père d'Amélie. Je serai franc – c'est une façon d'agir qui m'a toujours été profitable –, je serai franc, monsieur, et je ne vous cacherai pas que j'ai tout fait pour vous écarter. Cependant, comme je suis un homme honnête, voyant l'obstination de ma petite-nièce, j'ai pris mes renseignements.

Il s'arrêta. Sinistre. Et, à nouveau, Guilhem eut envie de partir.

L'enquête avait dû être approfondie puisque le banquier sortait des documents et s'apprêtait à les lire. Guilhem baissa la tête, guettant le premier prénom qui allait être prononcé. Mathilde, Gilou, Carmen, Féodora ?...

– Émergonde de la Cour, dit l'oncle Élie qui avait mis ses lorgnons.

Guilhem sursauta.

– En 1219, monsieur, votre ancêtre, Guilhem d'Azérac dit le Fier, votre ancêtre, donc, sauve du bûcher, en l'enlevant à cheval sous les yeux du bourreau, Émergonde de la Cour, accusée d'avoir répandu la doctrine cathare. En 1572, date funeste de la Saint-Barthélemy, c'est Fédaille d'Azérac qui ouvre son château aux huguenots. En 1705, c'est Gente d'Azérac qui cache dans vos souterrains un groupe de camisards, au nez et à la barbe du maréchal de Villars.

Il s'arrêta et regarda longuement dans les yeux le jeune homme frappé de stupeur.

– Quel dommage, dit-il enfin, quel dommage que tant de courage et de loyauté au cours des siècles ne vous aient pas poussés à embrasser la vraie religion !

Puis il eut un geste fataliste et reposa le dossier.

– Monsieur, poursuivit-il solennellement, je n'assisterai pas à votre mariage... mais je ne m'y opposerai point.

Guilhem se leva.

– Faites en sorte qu'il soit célébré sans tapage et dans l'intimité la plus stricte, par égard pour la famille de celle que je considère, dès cet instant, comme votre fiancée.

Il se leva à son tour et précisa :

– En ce qui concerne les enfants à venir, je pense que vous aurez l'élégance d'en confier l'éducation religieuse à leur mère... D'ailleurs, j'y veillerai ! Quant au contrat de mariage...

– Peu importe, monsieur, je ne suis pas intéressé !

s'empressa de dire Guilhem qui reçut en échange une tape sèche et joyeuse dans le dos :

– Tant mieux ! Vous eussiez risqué d'être déçu !

L'oncle éclata de rire, alla ouvrir la porte et cria :

– Alix, Amélie, venez ! Nous sommes d'accord !

Guilhem voulut annoncer lui-même la nouvelle de son mariage à Mathilde. Mais, quand il arriva à Langoiran, il trouva la maison fermée. Mathilde avait vendu. À qui ? On ne savait pas. Elle était partie. Où ? Personne ne put le lui dire. Il regarda la carriole abandonnée dans la cour et songea au galop emballé du cheval le jour de leur rencontre. Riquet, Riquetoun... il était mort de vieillesse, depuis longtemps, le Riquet !

Guilhem sentit qu'une partie de sa vie s'achevait là et s'en alla, emportant avec lui tous les mots qu'il ne dirait jamais et qui pesaient soudain sur son cœur.

Mais ce mariage, Mathilde ne l'avait-elle pas souhaité ? N'avait-elle pas dit : « Elle te rendra le Grand Batre ! » quand il se débattait encore ?

Il remit son chapeau, sauta en selle et partit vers son destin.

Il n'y eut pas de faire-part.

La cérémonie fut célébrée dans la chapelle du château, dans la plus rigoureuse intimité ainsi que l'oncle en avait exprimé le désir.

Il n'assista pas au mariage mais témoigna son affection au jeune couple par quelques mots tracés sur une carte :

Que la bénédiction de l'Éternel soit sur vous, mes enfants !

La carte était glissée sous un essuie-glace. Le cadeau de mariage de l'oncle était une Hispano-Suiza de 120 CV.

La bénédiction de l'Éternel démarrait sur les chapeaux de roues.

La cérémonie fut émouvante.

Le docteur Rache était un vieil ami du curé de Saint-Gilles qui le laissa conduire la mariée à l'autel, et accepta son fils comme témoin du marié.

– Ils sont protestants ? Et alors ?... Nous sommes entre nous et Dieu nous voit, avait-il expliqué à Thérèse en étudiant avec elle le programme de la cérémonie.

Habituée dans son enfance au simultaneum * des églises alsaciennes, Thérèse avait approuvé cette idée, ainsi que le choix de Virgile comme témoin d'Amélie. La jeune fille n'en avait point voulu d'autre et Virgile en était si heureux qu'on aurait pu croire que c'était lui qui se mariait.

Depuis quelques jours l'odeur des myrtes en fleurs avait envahi le château et se mêlait, dans la chapelle, aux vapeurs qui montaient de l'encensoir. Les vitraux où le Bancal et Flamenca se donnaient la main pour s'épouser à jamais dominaient la cérémonie à travers un brouillard qui abolissait le temps.

– *Eternidad*, dit le prêtre, et Alix Aldebert du Valgaron ne put retenir ses larmes.

Elle était heureuse pour sa fille, ce jeune homme était charmant, Mme d'Azérac une grande dame délicieuse, mais, en ce jour de bonheur, Alix se sentait plus veuve que jamais. Isabé prit sa main et lui sourit, l'air inquiet. Chère petite, elle aussi allait lui manquer ; Amélie avait demandé à la garder près d'elle et Alix n'avait pas eu le cœur de dire non.

Guilhem venait de passer l'anneau nuptial au doigt de celle qui devenait sa femme, il mettait maintenant sa propre alliance... Mariés !...

Alix pria. Bien sûr elle avait rêvé pour sa fille d'un mariage au Grand Temple, devant toute la haute société protestante de Nîmes, ces messieurs de l'Académie, ces messieurs du Consistoire, les orgues... *À toi, mon Dieu, mon cœur monte...*, mais ce qui comptait, c'était la victoire de l'amour.

Guilhem relevait le voile de dentelle, embrassait la mariée et les voix invisibles de trois petits enfants descendus du ciel chantaient soudain :

* Simultaneum : Convention accordée à l'Alsace par Louis XIV, en vertu de laquelle les cultes catholique et protestant pouvaient être célébrés dans un même lieu.

Bello rèino d'amoundaut
*Benesis li prouvençau *!*

– Nous voici de la même famille !

Thérèse serrait Alix dans ses bras. Elle aussi avait pleuré. Les deux femmes n'avaient pas besoin de se dire pourquoi. Elles savaient quelles douleurs elles avaient connues jusqu'à ce jour, il leur restait à découvrir ensemble un avenir de bonheur.

La chapelle avait brusquement l'allure qu'elle devait avoir au temps des croisades. Quelque chose de libre, de fier, d'ardent, de jeune, de frondeur.

– Cérémonie au demeurant assez protestante ! plaisanta Fernand à l'oreille d'Amélie.

Ils étaient entre eux, comme avait dit le curé. Ils s'embrassaient. Alix fut serrée dans les bras d'une femme à large visage et dans ceux d'un garçon étrange. Elle pensa qu'ils étaient de la famille et personne ne la détrompa. La Musaude et lou Janet étaient devenus des Azérac, comme Annette l'était devenue lors de son mariage avec le palefrenier de Walheim.

– C'est fini, toutes ces larmes dans ma chapelle ? bougonna le curé. Allez pleurer au soleil, au lieu de m'inonder la maison du Bon Dieu !

Guilhem prit la main de sa femme, l'entraîna en riant jusqu'à la grande porte-fenêtre qui donnait sur le parc et resta pétrifié sur le seuil.

Devant le jeune couple une vingtaine de cavaliers formait une haie d'honneur.

Veste de velours noir, chemise de fête, chapeau de feutre, trident à la main, ils étaient venus sur leurs chevaux blancs, les manadiers.

Le vieux Juvin se pencha vers les mariés et, se découvrant, prit la parole :

– Tu as été discret sur tes noces, Guilhem d'Azérac... mais tes taureaux l'ont dit à nos chevaux, ce qui fait qu'on a quand même reçu le faire-part ! On te connaît bien, fleur de ta race, et on te respecte, gardian ! Longue vie et abondance sur toi, ta jeune femme, votre descendance... et sur Azérac !

Guilhem et Amélie, main dans la main, s'avancèrent

* « Belle reine de là-haut / Bénissez les Provençaux ! »

lentement au milieu de la haie cavalière, puis Guilhem s'arrêta, attira Amélie contre lui et ils échangèrent un long baiser sous la voûte de hampes de châtaignier et de fers croisés.

L'Éternel continuait à répandre sa bénédiction sur eux.

Amélie n'avait pas encore quitté son voile que Guilhem avait disparu pour revenir, à cheval, et l'enlever comme une Sabine, comme une captive, comme une proie, sous les yeux de tous, avant de partir au galop en la serrant contre lui.

– Mon Dieu ! avait dit Alix.

Thérèse souriait en les regardant disparaître à l'horizon.

– N'ayez crainte, il l'emmène à la vieille cabane. C'est là où j'ai passé ma nuit de noces... et je puis vous affirmer que c'était bien ! ajouta-t-elle en éclatant de rire.

Amélie buvait le vent qui fouettait son visage et sentait la main de son mari qui la tenait collée à son corps. Son mari !... La dentelle claquait comme la voile d'un bateau. Elle n'était jamais montée à cheval et la houle du galop la grisait. Elle n'avait pas peur. Pourquoi aurait-elle eu peur ? Guilhem était là ! La vitesse de la course les empêchait de parler ; mais elle n'avait pas besoin de paroles pour savoir qu'elle était heureuse, que Guilhem était heureux. Et que le cheval l'était aussi.

Ils foulèrent des herbes à l'odeur poivrée ; ils gravirent des montilles, dépassèrent des chevaux nus qui les saluèrent de leurs hennissements ; ils firent s'enfuir des taureaux farouches et des bouvillons bondissants. Peu à peu l'air prit un goût salé et, soudain, derrière un bouquet de tamaris, ils la découvrirent.

La mer.

Le cheval s'arrêta et souffla.

« Voyez comme c'est beau ! » semblait-il dire en grattant le sable d'un sabot nerveux.

Amélie posa sa tête contre la poitrine de Guilhem et il la serra un peu plus fort de son bras.

– Regarde ! dit-il.

Il désignait, basse, collée à la dune dont elle avait la couleur, coiffée de sagnes * et bardée de bois flotté, la vieille cabane des pastor-nourriguiers.

– C'est là que je voulais t'emmener, pour que ta première nuit soit celle de la femme d'un gardian...

Se méprenant sur le silence d'Amélie, il la crut déçue. Pourquoi l'avait-il traînée, elle, la jeune fille du Quai de la Fontaine, l'héritière de la Soie et des coffres-forts, dans ce lieu où des générations de gardes-bêtes avaient traversé la solitude dans la seule compagnie de la mer, des étoiles et de la sauvagine ? Il sauta à terre, furieux contre lui, et la regarda.

– Comment te remercier ? dit-elle en lui tendant les bras.

Alors il la reçut contre lui et ne la posa sur le sol que quand ils furent entrés dans la cabane.

Elle était fleurie de saladelles, de lys de mer et de rameaux de laurier et d'olivier.

Le sévère lit de bois était bordé de dentelles et recouvert d'un bouti ** de soie. Le couvert était mis pour deux et, si la nuit risquait d'être fraîche comme cela arrivait souvent en bord de mer, il n'y aurait qu'à gratter une allumette, le feu était préparé.

– Attends ! dit Guilhem qui retourna à son cheval, le dessella, le flatta, et le laissa libre de paître à sa guise, sachant qu'il ne s'éloignerait pas et qu'il accourrait vers lui au premier appel.

Quand il revint à la cabane, Amélie avait quitté son voile et ses chaussures. On aurait dit qu'elle habitait là depuis toujours.

– J'ai quelque chose pour toi.

Guilhem posa sur la table un coffret de malachite aux ferrures d'or qu'il avait pris dans ses fontes. Un tortil de baron surmontait le coffret.

– Ouvre, dit-il. C'est pour toi.

Amélie souleva délicatement le couvercle de pierre verte et poussa un cri. Les rivières, les pampilles, les poissardes, les dormeuses, les fileuses, les esclavages, les dévotes, les marquises, les pompadours, les capucines et les maintenons, tout était là. Et, au milieu du scintillement des

* Sagnes : roseaux.
** Bouti : tissu provençal de soie ou de coton piqué.

pierres, une flèche de brillants traversait un cœur : la Broche d'Amour.

– Grand-mère n'a jamais voulu se séparer de nos bijoux, dit-il.

Amélie savait à quel point sa belle-famille manquait d'argent, elle devinait que la tentation de vendre ces trésors avait dû être forte. Pour refaire la toiture, pour acheter du fourrage... mais Thérèse, qui ne portait plus qu'un oiseau d'or pour seul bijou, Thérèse avait tenu bon.

– À quoi penses-tu ? demanda-t-il en voyant Amélie penchée, muette, sur le coffret ouvert.

– À la jeune fille qu'aimera notre fils. Un jour... dans une vingtaine d'années, elle ouvrira ce coffret comme je viens de le faire...

Ils s'embrassèrent au-dessus des pierreries. Elles avaient brillé sur la gorge ou aux oreilles de dames mortes et enterrées depuis longtemps. Thérèse et Aline les avaient portées. Ce soir Amélie les recevait et les voyait déjà briller sur une jeune femme encore à naître.

Éternidad...

Le baiser durait. Délicieux. Guilhem dénuda une épaule, sa main glissa vers un sein rond... il s'arrêta, c'était une jeune fille, elle ne savait rien, il ne fallait pas la brusquer.

– Tu as peur ? demanda-t-il doucement.

– Oh non ! dit-elle, et, écartant le coffret, elle se rapprocha de lui.

Il s'aperçut que c'était lui qui avait peur, se trouva ridicule, et déchira la robe d'un coup sec.

– Je t'aime, dit Amélie.

Coassement des grenouilles, murmure confus des oiseaux de nuit. Le vent souffle aimablement et écarte les moustiques.

On y voit comme en plein jour autour de la cabane, mais si la lumière du jour est à base d'or, celle de la nuit est à base d'argent. Une bête s'approche, faisant frémir les herbes bleues... une bête s'arrête, son petit cœur bat avec violence... la peur... et la bête s'enfuit. La nuit craque. La mer froisse la nuit.

Guilhem sort de la cabane portant sa femme entre ses bras. Ils sont nus comme au temps du premier jardin, ils sont nus comme avant le serpent. Guilhem porte sa femme entre ses bras et va vers la mer où il la dépose, face à lui, pour mieux sentir son corps contre le sien. La vague écumante se brise sur le couple enlacé. Au creux des cuisses d'Amélie court une fine arabesque pourpre. La vague lèche la trace du sang virginal, l'efface, l'emporte, et la perd au sein de la mer originelle.

Guilhem fait griller des côtelettes d'agneau. Il a posé ses étriers sur les braises et n'a qu'à tendre la main pour cueillir des fleurs de romarin qu'il fait tomber sur la viande.

Amélie regarde. Elle est vêtue d'une chemise de Guilhem tellement grande pour elle qu'elle lui fait un manteau.

– Tu as l'air bien sérieuse...

– C'est parce que j'ai faim !

Elle éclate de rire et remonte les longues manches pour pouvoir fouiller dans les provisions.

– J'y vais ! dit-elle et elle se trouve nez à nez avec le cheval que les préparatifs du repas semblent intéresser.

– Oh !

Elle s'arrête, et le regarde, intimidée.

– Tu peux lui donner du pain... bien à plat dans ta main, dit Guilhem depuis ses côtelettes.

– Je ne sais même pas son nom. Présente-nous !

Guilhem se lève et pose une main sur l'encolure du cheval.

– *Aragoun, te presento a mi mujer ; Se educado con ella ! No está muy vestida, pero tenemos la intención de quedarnos con ella* *.

– Tu parles espagnol !

– Tous les Azérac parlent espagnol. Il va falloir t'y mettre !

* – Aragon, je te présente ma femme, sois bien poli avec elle ! Elle n'est pas très vêtue, mais nous avons l'intention de la garder !

– *Sí* ! dit-elle, et elle ajoute, honnêtement : C'est tout ce que je sais en espagnol ! avant de se précipiter sur les côtelettes qui commencent à flamber.

– Ça ne fait rien, elles sont délicieuses ! assure-t-elle. Et ce doit être le cas puisqu'elle dévore, ignorant les couverts, léchant ses doigts, essuyant ses mains luisantes de graisse sur la longue chemise de Guilhem qui la regarde, atterré soudain ; il est amoureux de sa femme.

Ils restèrent près d'une semaine à la cabane.

Guilhem n'avait jamais partagé aussi longtemps l'intimité d'une femme. Il la regardait dormir, la caressait, la prenait dans son sommeil, s'émerveillait de la voir s'éveiller au plaisir et dans le plaisir. Il la reprenait encore et encore, comme s'il voulait s'assurer qu'elle avait envie de lui, qu'il avait envie d'elle, et que rien ne pouvait étancher la soif qu'ils avaient l'un de l'autre.

Tous les jours il sellait Aragon et partait au galop inspecter la manade blanche et la manade noire.

Il rentrait avant la nuit. Plus ou moins tard, mais elle n'avait jamais peur de rester seule. Elle se baignait, balayait la cabane, préparait le repas, ramenait des herbes et des feuillages qu'elle étalait sur le sable pour qu'à son retour il lui en dise les noms. Dalader, lentisque, genévrier de Phénicie, olivier de Bohême, avoine verte, salicorne, arroche-pourpier, tranco-ped... Elle voulait en connaître les noms en français et en provençal.

– Tu as un bon accent, disait-il, étonné.

– C'est Belton, expliqua-t-elle.

– Belton ?

– Le berger de Beau-Désert, il ne parle que patois.

– Patois, répéta Guilhem avec hauteur. Eh bien tu as de la chance d'avoir quand même un si bon accent !

Un soir il ramena Dagobert, une bête très douce, le sella pour Amélie qu'il installa sur le cheval.

Il comprit tout de suite qu'elle ne serait jamais cavalière, et n'en fut pas affecté. Il n'avait jamais beaucoup apprécié les femmes sur le pâturage. À part Faustine, bien sûr. Mais Faustine, c'était différent. Le sang de Flamenca coulait dans ses veines. N'avait-elle pas prouvé qu'elle était capable de tout pour défendre sa liberté ?

Il lui avait proposé du vin d'Alsace ou du châteauneuf-du-pape.

– Le vin d'Alsace, c'est le vin de Grand-Mère, le châteauneuf, c'est celui des félibres...

– Alors je boirai des deux.

Elle avait parlé si gravement qu'il avait éclaté de rire et sa main en tremblait encore tandis qu'il lui servait un verre du gewurtz des grandes occasions.

– Nous avons de belles vignes, dit-elle. À Congénies, à Anduze, et à Saint-Césaire.

– Nous en avons eu aussi...

Il ne riait plus.

– Je me souviens, poursuivit-il avec mélancolie, du vin des Costières qui était sur notre table tous les jours, autrefois... Grand-Père disait : « Mes enfants, saluez le jus de nos vignes, le travail des hommes et le don de Dieu ! » Et puis tout ça est parti chez les Bourriech !

– Oui, mais maintenant nous allons tout racheter.

Elle avait dit ça comme elle aurait dit : « Je vais secouer la salade. » Mais si Mlle Aldebert n'avait jamais secoué la moindre scarole, elle était habituée, depuis sa plus tendre enfance, à voir se nouer, se dénouer, se renouer, ce que son père et son grand-oncle appelaient abstraitement « des opérations ».

– Fais confiance à l'oncle Élie, dit-elle en vidant son verre. Il est si bon !

– Le gewurtz ?

– Excellent ! Mais je parlais de l'oncle Élie, et elle répéta : Il est si bon !

Voyant l'air étonné de Guilhem, elle vint s'asseoir sur ses genoux.

– Si je suis là, dans tes bras, mon amour, si peu vêtue, n'est-ce pas grâce à lui ? Je voudrais tant qu'il s'aime !

Guilhem avait de plus en plus de mal à la suivre.

– Comment te dire ?...

Elle regarda la mer scintillante sous le ciel d'un bleu

mythologique où le vol des oiseaux écrivait des choses essentielles dans une langue inconnue des humains. Ses yeux s'étaient remplis de larmes.

– Quand mon Papa est mort...

Elle avait dit : « mon Papa » comme une petite enfant.

– ... je crois que tu sais que le père de mon amie Isabé est mort avec lui en essayant de le sauver ? M. Boisset était catholique. Eh bien, jamais l'oncle Élie n'essaya d'amener Isabé au protestantisme. Il aurait pu... elle avait dix ans ! Sa mère était morte en la mettant au monde, elle n'avait plus que nous. Mais, au lieu de profiter de la situation, c'était l'oncle Élie qui demandait toujours à Maman si Isabé se rendait à l'église le dimanche pendant que nous étions au Temple. « A-t-elle rempli toutes ses obligations afin d'être admise à faire sa communion solennelle ? » Tu as vu, elle a communié à notre mariage !

Non, il n'avait pas vu. Il n'avait vu qu'Amélie.

– À propos, demanda-t-elle, ça ne t'ennuie pas qu'elle vienne vivre à Azérac ?

– La maison est grande.

– Justement ! Il va falloir s'en occuper, et Isabé m'aidera !

Il fronça le sourcil et Amélie éclata de rire.

– N'aie pas peur ! Nous avons été élevées dans la vénération du passé !

– « Nous » ?

– Isabé et moi. À la fin de la guerre, Maman et oncle Élie ont décidé de ne pas nous séparer. Miss Birtch, from Colchester, mit Fräulein Schlapffer auf Luzern nous ont mené la vie dure ! Et Maman ne nous a pas fait de cadeau non plus ! Elle sait tout ! Tu verras !

Guilhem baissa la tête.

– Il faut que je te dise... D'ailleurs tu t'en apercevras bien toute seule : je ne sais rien.

Il n'en revenait pas de lui dévoiler la blessure qu'il s'était infligée à lui-même, la blessure qui ne guérirait jamais car le temps perdu n'est pas un cavalier que la vie rattrape.

– J'ai abandonné mes études quand Romain est mort. Le choix était simple : le collège ou Azérac ! J'ai choisi Azérac.

– *Dau per Diéu !* dit-elle. Tu as bien fait !

La nuit était douce. Ils s'endormirent dans les bras l'un

de l'autre sous le chemin de Saint-Jacques et ne se réveillèrent pas quand les taureaux s'approchèrent, à sabot de velours, de la vieille cabane sur laquelle veillait, héraldique, un grand cheval blanc.

Le dernier soir, Amélie remit sa robe de mariée. La robe était en lambeaux, elle en réunit les morceaux épars, les attacha avec les broches et les agrafes de diamants, posa sur sa tête une couronne de saladelle et de romarin, et mit sur elle tous les bijoux de la cassette.

En l'apercevant dans les lueurs du soleil couchant, Guilhem crut voir venir à lui la fée Estérelle.

– J'aurais voulu vivre toujours ici, dit la fée qui semblait triste.

Aragon encensa, et eut un long hennissement d'approbation.

La fée éclata de rire, et sauta au cou de son mari.

Dans toute la Camargue il n'était question que du retour du Grand Batre.

Des architectes, des maçons, des couvreurs, des jardiniers, des ébénistes et des tapissiers avaient envahi la maison et, obéissant aux ordres de la jeune baronne, s'efforçaient de rendre à Azérac son lustre d'autrefois. On avait commandé des selles neuves chez Fourcade, des fers chez Blatière, on passait la grille au minium, on attaquait les travaux sur la digue à la Costière...

– C'est l'oncle qui paye, disaient les malintentionnés.

– Guilhem a épousé un sac !

– Un sac, un sac ! se fâchait le père Juvin. Pour dire ça il faut ne pas avoir vu la mariée ! Le jour de ses noces tu aurais dit un rosier ! Je l'ai vue, moi !

– Quand même, marier une protestante quand on a fait les Croisades, ça fait drôle...

– Imbécile, les Croisades c'était plein de protestants, tout le monde te le dira ! Demande au curé !

– En tout cas, il paraît qu'ils n'arrêtent pas de rire, au château, de s'embrasser et de faire sauter le bouchon ! C'est Juste qui me l'a raconté, disait un jeune gardian. C'est musique et amusement tout le temps, là-bas !

Juste avait raison.

Amélie avait rouvert le piano d'Aline et sorti les vieilles partitions.

Thérèse la regardait déchiffrer les *Amours du Poète* avec Isabé. Puis elles passaient en riant à un tango argentin, jouaient quelques notes du *Chant du Départ*, abordaient la *Mazurka du Mas d'Escanin* en chantonnant, puis se sauvaient en courant pour aller choisir un brocart parmi les rouleaux que le tapissier venait de déballer dans le grand salon. Virgile les suivait, radieux, mettant en alexandrins chacun de leurs gestes, chacune de leurs actions. Il les faisait rire. Il les attendrissait.

Il les avait conduites en haut de la Tour des Grands Orages, il leur avait présenté ses trésoirs et fait part de son souci : il n'arrivait pas à retrouver un poème de Richard Cœur de Lion que son père avait recopié pour lui de sa main, et ça le contrariait énormément. Un roi troubadour, ce n'est pas si courant !

Belle Sœur et Jeune Fille, ainsi qu'il les appelait, promirent de l'aider dans ses recherches.

Guilhem, lui, partait à l'aube, rentrait au soir, mais, parfois, poussait un galop jusqu'à Azérac pour venir déposer un baiser sur les lèvres d'Amélie.

– Regarde-les ! Mais regarde-les ! disait Thérèse à Annette.

– On se régale de voir cette jeunesse ! Et d'entendre rire dans la maison ! Et puis, Madame est comme moi, elle attend le Messie !

– Garçon ou fille ! disait Thérèse, impatiente d'acheter de la laine bleue ou rose et de voir descendre du grenier le berceau où avaient dormi ses enfants et ses petits-enfants.

La manade remportait succès sur succès. Aucun raseteur n'avait réussi à décoiffer Brutus qui était demandé dans les arènes de tous les villages de petite et grande Camargue, et même dans de vraies *plazas de toros* aussi lointaines que celles de Fréjus ou de Dax.

Guilhem ne s'était pas trompé, Amélie n'était pas faite pour galoper à ses côtés, on ne la voyait jamais sur le pâturage, mais il l'emmenait partout où il faisait courir des bêtes. Il l'entraîna même à la corrida qu'elle détestait. Mais on les rencontrait surtout aux courses libres qu'elle s'était mise à adorer. Assise sur les gradins de bois ou sur la banquette d'une charrette, elle sentait les regards des femmes qui se posaient sur son mari et, loin de la rendre jalouse, ces regards la rendaient encore plus amoureuse.

Il n'avait d'yeux que pour elle. Si c'était évident pour Amélie, ça l'était aussi pour Fernand qui découvrait un autre Guilhem, plus grave, moins brutal. Heureux.

Heureux, Fernand l'était aussi mais pour des raisons bien différentes. La nouvelle prima donna du Grand Théâtre, qui l'avait salué d'un œil de velours le jour où ils déjeunaient chez *Lisita*, était devenue sa maîtresse en deux temps trois mouvements. Leurs rapports se déroulaient sur le mode *allegro furioso*, le jeune docteur ne se sentant nullement contraint à la fidélité qu'il admirait tant chez Guilhem. La Fortuni était jalouse. Pas seulement des femmes, mais des joies de Fernand. Elle était jalouse de ses malades. Elle était jalouse de *La Branche des Oiseaux* *, cette revue de la latinité qu'il venait de créer et dont on faisait déjà grand cas. Elle était jalouse de ses amis, ces Azérac chez qui on ne la recevait pas et avec qui il était tout le temps fourré puisqu'il venait d'installer son cabinet à Saint-Gilles.

Et plus était jalouse, plus elle aimait Fernand, et plus il était heureux.

L'oncle Élie annonça sa visite, débarqua un matin dès le potron-jacquet, à l'heure où Guilhem partageait le premier repas de ses gardians, s'attabla avec eux, mangea la soupe, fit chabrot comme tout le monde, embrassa sa nièce, exposa à la baronne le projet qu'il avait de faire planter du riz, de racheter les vignes et les terres extorquées par les Bourriech, et lui demanda ce qu'elle pensait de son idée de faire installer le chauffage central.

Il comptait s'en aller le soir même mais Thérèse le pria de demeurer quelques jours avec eux. Il hésitait... il était un homme discret et fort occupé. Alors elle renouvela sa demande mais, cette fois, en dialecte alsacien. En entendant cette langue dans laquelle, autrefois, ses cousins de Mulhouse l'avaient entretenu, il n'eut pas le cœur de refuser et resta. Il alla même jusqu'à applaudir Brutus à Marsillargues, visita les abeilles venues de Walheim, monta consulter le *Registre des Grands Orages* chez Virgile, et assura ce dernier que, de son côté, lui aussi essayerait de retrouver le poème du roi Richard.

Un soir, avant le dîner, la famille écoutait Amélie et Isabé jouer une fois de plus la *Mazurka du Mas d'Escanin* quand un commissionnaire en fourgonnette automobile livra un paquet solidement ficelé et rembourré qui venait de New York.

* Au chant Ier de *Mirèio*, Mistral salut : « la branche des oiseaux » qui est celle de la poésie.

– Je retiens l'étiquette, dit Virgile. Depuis la visite des Peaux-Rouges au Marquis de Baroncelli *, elle est la première messagère du Nouveau Monde !

Salomon Didisheim avait enfin donné le feu vert à Léopoldine et avait décidé qu'elle était désormais capable d'exposer et de vendre ses toiles. Et l'une des premières était un cadeau pour Guilhem et Amélie.

Annette avait apporté des ciseaux, les jeunes femmes coupaient les ficelles, arrachaient le papier, riaient. Virgile disait : « Attention à mon étiquette, Jeune Fille ! » et, après bien des efforts et des bruits de papier déchiré, le tableau apparut.

Au premier abord, un rectangle de sable. Mais, plus on le regardait plus on voyait surgir de ce sable une vie, un rythme, un mouvement, des couleurs...

L'oncle Élie mit ses lorgnons et s'approcha.

– C'est la Camargue, dit Virgile.

Guilhem, qui venait de rentrer, éclata de rire.

– Je vous en fais un comme ça tous les jours !

– Je ne pense pas, dit le banquier avec courtoisie.

Puis il se tourna vers Thérèse et lui demanda s'il pouvait téléphoner à Genève. Il voulait joindre au plus vite son fondé de pouvoir et le prier de câbler à New York pour retenir quelques-unes des toiles de la jeune femme.

– Avant qu'elle ne soit hors de prix, expliqua-t-il gravement.

– Vraiment ? dit Thérèse, impressionnée.

– Je ne me trompe jamais, répondit-il en quittant la pièce.

Amélie s'était assise par terre et tenait le tableau à bout de bras.

– J'ai hâte de vous connaître, Léopoldine, dit-elle doucement comme si, de l'autre côté de l'Atlantique, la jeune femme avait pu l'entendre.

Mais le retour de Léopoldine n'était pas pour demain. L'oncle avait raison quand il disait qu'il ne se trompait jamais. La première exposition chez Didisheim fut le début

* Marquis Folco de Baroncelli-Javon, 1869-1943. Félibre (*Lou Rousari d'Amour, Blad de luno, Baballi, Sous la tiare d'Avignon*). Aussi grand poète que grand manadier, il sauva la race des chevaux camargues. Toute sa vie il s'employa à faire respecter la tradition, le costume arlésien, et la pensée mistralienne. Aimé des gitans, il fut aussi l'ami des Indiens d'Amérique qui le visitèrent au début du siècle, et l'appelèrent *Zintkala-Waste*, l'Oiseau au Cœur fidèle.

de la gloire de celle dont le nom fut tout de suite célèbre. Le peintre Léo.

Au volant de l'Hispano-Suiza, Amélie fit découvrir à l'oncle Élie le Vaccarès, les bords de mer, le phare de Bauduc, l'église des Saintes. Il aimait ces églises qui dataient d'avant la Réforme. Enfin, il les aimait vues de l'extérieur ! Parce que, à l'intérieur, avec leurs bondieuseries, leurs ex-voto !... Merci ! Ils n'entrèrent pas.

Amélie conduisait bien. Avec calme et sang-froid.

– Tu n'as pas de problèmes avec ce gros monstre ?

– Non, mon oncle, c'est un merveilleux cadeau !

Elle n'osa pas lui dire qu'elle appelait la voiture *Bénédiction.* Elle n'était pas sûre que ça le ferait rire.

Il partit quelques jours plus tard, très satisfait de son séjour. Les enfants s'aimaient, la baronne douairière était charmante, les travaux étaient en bonne voie et, dès qu'Azérac serait restauré, Amélie pourrait recevoir... Enfin, peut-être pas tout de suite ! Un heureux événement risquait de la tenir quelque temps à l'écart des mondanités. À la pensée que sans doute il allait bientôt être arrière-grand-oncle, il éclata de rire.

– Monsieur va bien ? demanda le chauffeur inquiet.

Et le banquier, honteux de s'être laissé aller, reprit son air sévère et glacé, et se tut jusqu'au Quai de la Fontaine.

– Il me faut y aller...

Guilhem essayait de défaire les bras qu'Amélie avait noués autour de son cou. Mais comme il riait et comme il avait peur de lui faire mal en la repoussant, il n'y arrivait pas.

Le jour allait se lever, il devait ramener des juments et leurs poulains depuis les bords du Rhône. Il devait partir...

Mais il n'y arrivait pas.

– Qu'est-ce que tu as ?

– Je ne savais pas qu'on pouvait être aussi heureuse que je le suis... Je ne savais pas que c'était permis.

– Permis ?... Par qui ?

– Par les dieux, dit-elle.

– Les dieux ?

Il éclata de rire, parvint à se détacher de l'étreinte d'Amélie, posa un baiser sur ses lèvres et sortit, amusé.

Lui aussi était plus heureux qu'il n'avait jamais pensé pouvoir l'être, mais il n'avait pas, lui, besoin de la permission de qui que ce soit pour le rester.

Les dieux ! Ces femmes ! Toujours à s'inquiéter pour rien ! Enfin ! Aller chercher les dieux pour savoir si on avait le droit de vivre !

Il haussa les épaules et s'approcha d'Aragon en souriant.

– Allez, cheval, dit-il en se mettant en selle, il est temps de partir travailler ! Allons rejoindre les hommes !

Amélie ne se trompait pas.

Les dieux ne supportent jamais longtemps le bonheur des humains.

Les rires joyeux, les refrains, les poèmes, la musique des baisers et des caresses montant vers eux les avaient d'abord charmés... puis ils avaient trouvé cette symphonie monotone... et maintenant ils en avaient assez de l'entendre.

Alors ils réfléchirent sérieusement à ce qui pourrait changer les accents de la symphonie. Ils préparèrent sans la moindre négligence la faille, l'erreur, l'accident par lequel, comme un serpent, le malheur allait pouvoir se glisser.

Il leur fallut quelque temps... Mais ils étaient patients.

L'occasion se présenta enfin, superbe, quand Dadine et Chaton écrivirent à leur belle-sœur en faisant amende honorable. Elles regrettaient de tout leur cœur d'avoir fait de la peine à leur chère petite Amélie. Accepterait-elle de venir à Beau-Désert avec Mme d'Azérac pour conclure la paix ? Et avec son mari, bien sûr ! N'était-il pas devenu leur neveu ?

La lettre attendrit tout le monde. Sauf Guilhem pour qui c'étaient bavardages de bonnes femmes. Pas question pour lui de quitter la manade. Il ne s'absentait du pâturage que quand il faisait courir et, justement, Brutus était affiché à Marsillargues pendant que les dames seraient dans les Cévennes.

Amélie n'insista pas ; elle connaissait son mari, elle connaissait ses tantes. Un premier contact entre femmes préparerait la visite de Guilhem. Elle n'insista pas non plus quand Isabé, toujours discrète, lui dit qu'elle pensait préférable de rester à Azérac. La rencontre était importante pour l'avenir de la famille. Il ne fut pas question d'emmener Virgile dont les réactions imprévisibles pourraient surprendre les demoiselles.

– Partez tranquille, Belle Sœur, je veillerai sur Jeune Fille ! avait-il dit.

Amélie et Thérèse avaient prévu de partir le matin de bonne heure pour ne pas rouler dans la grosse chaleur qui régnait depuis quelques jours.

Le matin du départ la journée promettait d'être moite. La nuit n'avait laissé aucune fraîcheur. Les bêtes allaient encore souffrir, les taons et les mouches s'en donneraient à cœur joie. Le jour n'était pas encore levé que, déjà, le vent d'Afrique soufflait la fournaise et que la chemise collait à la peau.

Guilhem faisait la tête.

C'était leur première séparation.

– Tu m'abandonnes, disait-il, l'air maussade.

– Trois jours et deux nuits !

– Je devrais t'attacher à ton lit par les cheveux !

Amélie riait. Guilhem l'embrassait.

– Ça suffit ! dit Thérèse que la perspective de la visite à Beau-Désert enchantait.

Les Aldebert l'y avaient invitée en 1913... ce jour-là elle avait dit : « Si Dieu le veut ! » Dieu avait mis douze ans à se décider, maintenant il n'était plus question de traîner !

– Vous vous aimerez encore plus au retour ! prédit-elle en s'installant sur les confortables coussins de cuir de l'Hispano-Suiza.

Les amoureux s'embrassaient encore.

Annette et Isabé ne pouvaient s'empêcher de rire en les regardant.

– Amélie ! dit Thérèse. Partons ! Nous devons prendre ta Maman à Nîmes !

– Je viens ! Je viens ! dit la jeune femme après un dernier baiser.

Isabé se pencha vers elle :

– Je vous prépare une surprise !

– Quelle surprise ?

– Vous verrez ! Embrassez les demoiselles pour moi !

Amélie mit le contact, les 120 chevaux rugirent d'une seule voix, elle passa ses vitesses, leva la main et, joyeuse, s'en alla vers Beau-Désert au volant de *Bénédiction*.

– C'est quoi, cette surprise ? demanda Annette en s'essuyant le front.

– Le linge historique.

– Le linge historique ?

Annette était estomaquée. Isabé lui expliqua qu'elle avait trouvé des draps et des nappes qui n'avaient jamais servi et qui avaient dû être brodés avant la Révolution.

– Vous êtes des savantes, Mme Guilhem et toi ! dit Annette pleine de respect. Et qu'est-ce que tu vas en faire de ce linge historique ?

– Un inventaire, pendant les trois jours où ces dames resteront là-haut. C'est ça la surprise ! Bon, j'y vais !

Annette la regarda partir vers le château, légère malgré le temps lourd, dans sa robe à fleurettes.

– Jolie comme un cœur, et sage comme une image... mais quelle chaleur de four ! Elles vont être bien là-haut dans les montagnes, mais pour nous ça va être l'enfer !

Vers midi les bêtes passèrent de l'accablement à la fureur. Les queues nerveuses fouettaient les flancs en sueur. Les taureaux cherchaient la fraîcheur dans le marécage, y entraient en levant des nuages d'insectes voraces, et regagnaient la terre au galop, cornes menaçantes, bramant de rage, des gerbes d'eau saumâtre giclant autour d'eux.

Les chevaux commencèrent à se battre. Deux étalons, debout, féroces, se mordaient au poitrail et du sang coulait sur les robes blanches.

Au-dessus des Cévennes, le ciel était ténébreux. Mais l'orage tardait à éclater comme si la nature voulait pousser à bout tout ce qui était vivant.

Les juments avaient abrité leurs poulains dans un fourré de lentisques. Avec leurs grosses têtes marquées de l'étoile, chancelant sur leurs pattes grêles, ils faisaient peine à voir.

– Il faudrait une paire de pluie pour les bêtes, dit Juste en les regardant.

– Pas seulement pour les bêtes !

Frantz s'essuyait la nuque avec un grand mouchoir à carreaux. Oh ! à propos de pluie, Monsieur Guilhem, poursuivit-il, je sais pas si ma mère vous a dit qu'il avait plu dans sa chambre ?

– Qu'est-ce que tu me racontes ? On vient de refaire le toit !

– Oui, mais il doit y avoir une gouttière au bord du clocheton.

– J'irai voir ça tout à l'heure, grogna Guilhem. De toute façon, aujourd'hui on ne peut rien faire de bien !

Il avait raison.

Le bien n'était pas inscrit au programme de la journée.

Dans la lingerie où elle avait ouvert portes et fenêtres pour établir un courant d'air, Isabé allait de découverte en découverte, de ravissement en ravissement. Une robe de baptême, un voile de mariée, des bas de soie un peu jaunis mais si jolis avec leur barrette de diminution en forme de flèche ! Des tabliers de femme de chambre, des draps brodés, des taies d'oreiller volantées de dentelles ! Bien sûr, il y avait, çà et là, quelques points de rouille, quelques vilains trous, quelques brûlures de fer... mais c'était normal ! Toutes ces choses avaient vécu. D'autres avaient attendu patiemment, des années et des années, au fond d'un carton, sur le rayon d'une armoire, à l'abri d'un coffre, qu'on vienne les associer aux événements d'une existence. Mariages, baptêmes, communions, fêtes... et deuils. Draps de l'amour ou linceuls de l'éternité, le linge historique racontait l'histoire des Azérac, et ce qui touchait Isabé bien plus que la beauté ou la valeur des pièces, c'était ce qu'elles avaient d'humain.

Elle avait préparé un cahier d'écolière pour établir l'inventaire qu'elle offrirait à Amélie à son retour de Beau-Désert.

Beau-Désert ! Quelle maison merveilleuse où elles avaient passé tous les étés depuis leur petite enfance ! Isabé n'avait jamais douté de la réconciliation avec les tantes et s'en réjouissait pour Amélie. Et pour elle aussi, car la maison camisarde lui manquait depuis la brouille.

Mais c'était fini, on n'était plus fâchées ! Les demoiselles avaient toujours adoré leur nièce et Mme d'Azérac était si charmante que les malheureuses seraient séduites par elle avant d'avoir eu le temps de dire ouf !

Cette idée lui fit plaisir et elle se mit à fredonner la mazurka qu'Amélie aimait chanter avec elle en s'accompagnant au piano.

Galànti chatouno
Amourous jouvènt *...

Elle pensa qu'elle devait avoir, en provençal, l'accent gavot du berger Belton, éclata de rire et chanta de plus belle pour oublier la canicule.

Virgile ne se sentait pas bien.

Il regardait vers le nord où le ciel d'encre promettait quelque chose de terrible.

Mais quoi ?

– Orage, orage, lève-toi ! murmurait-il en tendant les bras vers l'horizon qui était devenu une grande montagne d'ébène.

Mais rien ne répondait à sa voix. Un silence formidable coiffait le château de sa moiteur.

– Un éclair ! Un coup de tonnerre ! supplia-t-il.

Jupiter Fulgur avait d'autres projets.

Il attendait qu'un sacrifice soit accompli avant de déchirer le ciel de sa foudre.

* « Galantes fillettes / Amoureux garçons... »

Et tout se déroulait harmonieusement selon la volonté des dieux.

– J'y vais ! dit Guilhem, et il mit sa bête au galop pour retourner à Azérac.

Tant que l'orage n'aurait pas crevé on ne pourrait rien faire. Pourvu qu'il crève ! Rien n'était plus terrible, pour les bêtes, que ces orages qui, au dernier moment, s'en allaient porter ailleurs la fraîcheur attendue.

Pour les bêtes et aussi pour les gens.

Quand l'électricité du ciel s'empare des hommes, ils sont capables de tout.

Il était en nage quand il mit pied à terre dans la cour. Aragon, de lui-même, alla vers la fontaine en soufflant, sa queue battant nerveusement ses flancs trempés.

– Empêche-le de boire ! cria Guilhem au gardianou qui dormait sous l'auvent de l'écurie. Et réveille-toi, Bon Dieu !

Il entra dans le château, posa son fer et vit Annette qui descendait de l'étage.

– Alors, comme ça, il pleut dans ton lit ?

– Dans mon lit, c'est beaucoup dire ! Mais c'est vrai que j'ai une gouttière dans la chambre.

– On va voir ça, dit Guilhem en allant vers l'escalier.

– Je viens pour vous montrer, Monsieur, dit Annette en s'apprêtant à la suivre.

Les dieux frémirent.

Ils avaient tout prévu, tout préparé, et voilà que cette humble femme en tablier allait tout faire rater !

« Je viens avec vous... »

Mais ça n'était pas possible ! Ça n'était pas comme ça que ça devait se passer ! Il devait monter *seul* ! Et voilà qu'Annette voulait le suivre !

Alors ils envoyèrent la guêpe.

Et la guêpe piqua le doigt de Rosette qui pilait des anchois pour la cuisine. Naturellement la petite se mit à pleurer, la cuisinière s'affola, courut en criant :

– Madame Annette ! Madame Annette ! et, en l'entendant depuis le palier du bel étage, Annette se retourna vers elle.

– Madame Annette ! Ma souillon s'est fait piquer par une guêpe !

– Diable ! dit Annette qui ne croyait pas si bien dire.

« Une guêpe ? s'étonna Guilhem. Par cette chaleur ? D'où vient-elle, celle-là ? »

– Que Monsieur m'excuse, je vais voir la petite !

Déjà Annette descendait les marches et rejoignait la cuisinière. Quand on porte le clavier on se doit de veiller à tout ce qui arrive aux gens de la maisonnée.

Annette mit ses lunettes, enleva le dard, fit tremper le doigt piqué dans du bon vinaigre, embrassa Rosette qui pleurait toujours et, pour la consoler, ouvrant une boîte de croquants Villaret, s'assit avec la petite devant un sirop d'orgeat.

La guêpe était morte.

Aucune importance.

Mission accomplie.

Plus rien ne s'opposait au sacrifice.

Isabé chantait toujours. Mais elle avait de plus en plus chaud. Elle ouvrit un bouton, deux boutons, trois boutons, à son corsage. Sur sa nuque les petits cheveux qu'elle lissait toujours sagement s'étaient mis à friser comme s'ils avaient soudain une volonté indépendante.

– *Venez car l'heure s'avance...*

Du couloir, Guilhem entendit la voix d'Isabé et s'arrêta devant la lingerie.

Par la porte entrouverte il la vit.

Elle rangeait des draps en chantant. Elle dansait sur place. Elle était drôle !

Inattendue. La petite Isabé...

Isabé la sage, la timide, la réservée... Si discrète qu'elle s'arrangeait toujours pour qu'on ne la remarque pas.

Mais, là, elle est seule. Elle ne sait pas que quelqu'un la regarde.

Isabé... en liberté, en toute innocence...

Qu'y a-t-il de plus provocant que l'innocence ?

Guilhem ne bouge pas. Il est figé sur place. Il a du mal à contenir les battements de son cœur. Le désir est tombé sur lui sans crier gare. Il souffre comme s'il avait soudain trop de sang dans les veines...

Et voilà qu'Isabé se penche en avant pour saisir de nouveaux draps dans une corbeille d'osier...

Sans réfléchir, sans même songer à fermer la porte, Guilhem s'est précipité sur elle. Elle a crié. Un cri bref, vite étouffé par une main brutale. Elle se débat tandis qu'une autre main la cherche à travers sa jupe. La trouve...

Elle crie encore, mais il la plaque contre la table couverte de dentelles... le front écrasé sur des broderies centenaires, elle étouffe.

Elle souhaite ne jamais se réveiller de cette épouvante. Son corps déchiré glisse sur le sol au milieu des volants, des jupons, des nappes et des draps de mariage...

« Si tu savais comme c'est beau, l'amour ! »

Amélie lui a dit ça, hier. Amélie...

Isabé pleure. Elle n'entend pas l'orage qui éclate enfin, ni les rafales de pluie et de vent qui font claquer la fenêtre, inondant le linge historique.

Elle n'entend pas la foudre qui tombe sur Azérac. Elle ne voit pas les éclairs qui illuminent le ciel d'acier. Elle est entrée dans les ténèbres... et c'est seulement quand elle ouvre les yeux qu'elle comprend que Guilhem est parti.

Aragon hennit de douleur et de rage.

Il ne reconnaît plus le cavalier qui lui blesse les flancs dans cette course folle à travers une nuit qui n'est pas la nuit. Ruisselant, aveuglé, les sabots lourds de boue sous le ciel grand ouvert, Aragon, à toute bride, crève des murs liquides de ses naseaux fumants tandis que des bêtes éperdues se sauvent sur son passage comme sur le passage d'une créature d'enfer.

Guilhem ne sait pas où il va.

Il fuit.

Il fuit ce qu'il vient de faire et qu'il voudrait effacer, annuler, renvoyer au néant.

Il fuit.

En découvrant la cabane au bord de la mer démontée, il a eu un long gémissement. Il cesse de pousser son cheval et s'arrête. Il a honte quand il l'entend souffler comme une bête qui va s'abattre, une bête qui n'en peut plus.

Il saute à terre, glisse sur le sol gluant, se rattrape aux rênes pour ne pas tomber, et va poser sa tête contre la longue tête trempée de sueur et de pluie. Aragon n'est pas rancunier. Il ne se dérobe pas. Il sent la douleur de son maître. Il sent que Guilhem a besoin de lui pour retrouver sa paix. Il le laisse reprendre des forces le long de son grand corps chaud et humide. Il le laisse se fondre en lui.

La pluie tombe toujours les collant l'un à l'autre. Mais, peu à peu, elle s'apaise. Et Guilhem s'apaise avec elle. Il dit : « Non, non... » à l'oreille du cheval. Il souffre. Il ne sait plus pourquoi. C'est bien. Il sait seulement qu'il aime

Amélie. Il en pleure. Il bloque les issues pour que le souvenir de sa faute ne puisse s'échapper. Il ne veut plus en parler. Pas même à lui. Il oublie.

C'est bien. Il ne s'est rien passé.

Il soupira. Reprit son souffle.

Mais quand il se retourna vers la cabane scintillante des gouttes de pluie qui s'accrochaient encore à elle, il vit venir à lui, plus scintillante encore, l'image de la fée Estérelle, couverte des diamants et des rivières d'Azérac, qui lui tendait les bras :

– Qu'as-tu fait de nous ?

Octobre 1937

Amélie soulève le rideau et regarde son fils depuis la fenêtre de sa chambre. Arnaut vient de sauter en selle sous les yeux admiratifs de Guilhem déjà à cheval.

Arnaut qui s'en va chantant, Arnaut qui amasse le vent...

Le jour se lève à peine et ils partent garder. Ils ne rentreront qu'à la nuit.

Il en est toujours ainsi pendant les vacances. Pendant l'année scolaire, chaque matin, depuis qu'Arnaut a un précepteur, elle a pu l'apercevoir entre deux leçons. Elle a pu lui parler pendant les repas de midi avant qu'il ne se précipite pour aller retrouver son père sur le pâturage. Mais, demain, les enfances d'Arnaut, comme dit Virgile, les enfances seront finies. Demain, les études sérieuses commencent. Demain, il part.

Il est admis à l'Institut d'Alzon, à Nîmes. Elle ne le verra plus ce fils bien-aimé que, depuis qu'elle l'a mis au monde, tente de lui voler son mari.

Son mari ? A-t-elle encore un mari ?

Elle n'a plus rien.

Elle regarde, loin devant elle, le léger brouillard à travers lequel les cavaliers ont disparu.

Il va faire beau.

Elle hausse les épaules. Demain, elle ne verra plus son fils, alors, qu'il fasse soleil, qu'il pleuve, qu'il vente ou qu'il neige, peu lui importe. Les jours passeront monotones, qui seront suivis d'autres jours monotones, jusqu'à celui de la mort...

C'est cet après-midi-là qu'Amélie décida de partir elle aussi.

Pourquoi resterait-elle dans cette maison que son fils allait quitter ? À Nîmes elle sera plus près de lui, prête à se précipiter à l'infirmerie du collège s'il avait un rhume. Prête à le recevoir s'il avait la permission de sortir quelques heures un jeudi, un dimanche... « chez elle » ! N'oublions pas qu'Azérac est beaucoup plus loin d'Alzon que le Quai de la Fontaine !

Sa décision est prise : elle va faire ses valises !

Ses valises ? Elle a un petit rire douloureux. Elle n'emmènera qu'une valise. Et elle la fera seule car elle ne veut pas annoncer son départ. Prudence. Méfiance. Elle n'a plus confiance en personne dans ce château de malheur.

Pour le peu de choses qu'elle désire emporter elle n'a besoin d'aucune aide. Elle voudrait abandonner son désespoir, le jeter sur un fauteuil, comme elle va abandonner les robes qui lui rappellent les instants de bonheur qu'elle a vécus avec Guilhem.

Elle ouvre la grande armoire et frissonne. Ce ne sont pas des robes de soie, de laine, de velours, qu'elle voit, mais des souvenirs.

Ne rien emporter. Rien. Et surtout pas les bijoux ! Demain, au moment de partir, au tout dernier moment, elle ira déposer le coffret à bijoux dans la Chambre des Reines. Le coffret de malachite enfermé à double tour depuis des années dans le secrétaire de la chambre d'où, un soir, elle a chassé Guilhem pour toujours.

Et, soudain, comme une vague venue de la mer, une vague inattendue qui vous frappe, vous roule, vous emporte puis vous laisse sans force sur le rivage, soudain un assaut d'images la submerge et la fait suffoquer.

La cabane des pastor-nourriguiers au bord de la mer, le cheval Aragon qui les emmenait tous les deux, les baisers de Guilhem...

Elle s'assied et porte une main à son cœur. « Comme Maman, pense-t-elle. C'est bien, je ne ferai pas de vieux os ! »

Heureusement Alix n'avait jamais su. Elle avait eu un tel chagrin en apprenant qu'Isabé avait disparu... Elle s'était rendue à Azérac, elle avait fait venir l'oncle Élie, ils avaient entrepris des recherches... En vain. Amélie pleurait, sa mère pleurait avec elle. Grand-Mère Thérèse pleurait... Thérèse qui en savait déjà bien plus qu'elle n'en disait... Amélie criait la nuit, rêvant que le Rhône avait emporté Isabé et roulé son corps jusqu'à la mer... et Guilhem la serrait dans ses bras. Doucement, parce qu'elle attendait un bébé. Mais si tendrement !

« Je suis là ! » disait-il. Et elle le croyait ! Et elle se calmait sous ses caresses, elle s'endormait sous ses baisers. Ses baisers empoisonnés. Ses baisers de traître.

Elle abordait le sixième mois de sa grossesse quand le cœur si fragile d'Alix avait cessé de battre. Et Guilhem avait encore dit : « Je suis là ! » Et le soir, deux mois plus tard, le soir où elle était revenue d'une visite au cimetière protestant de Nîmes en criant qu'elle avait vu Isabé déposer des fleurs sur le tombeau des Aldebert. Isabé ? Oui, Isabé, elle en était sûre ! Isabé enceinte ! « Encore plus enceinte que moi ! C'était pour ça qu'elle avait disparu du château ! Et elle s'est sauvée entre les tombes en me voyant ! Pauvre Isabé... » Amélie avait senti Guilhem si troublé par son récit qu'elle en avait été bouleversée. Il l'aimait donc à ce point ?

Elle en a un haut-le-cœur.

Et dire qu'il a fait semblant de croire, comme tout le monde au début, que c'était Virgile le coupable ! Virgile ! Le seul être qu'Amélie aime encore dans cette maison où tout le monde l'a trahie. Parce que Thérèse l'a trahie ! Quand elle a su la vérité, Thérèse, elle a préféré se taire. Elle savait pourquoi Isabé avait voulu mourir ! Et elle s'était tue ! Azérac avant tout, n'est-ce pas, ma Mère ? *Dau per Diéu ! Éternidad !*

Amélie ricane. Depuis dix ans, par amour pour son petit garçon, elle a fait semblant. Semblant d'être là, semblant d'être heureuse, semblant de former un couple avec Guilhem pour qu'Arnaut puisse croire qu'il avait un papa et une maman comme les autres. De Noël en Noël elle a compté les treize desserts du Gros Souper, elle a levé son verre à la santé de l'An nouveau, son verre qu'elle ne pouvait boire. De 6 janvier en 6 janvier, pour son petit garçon, elle a salué la fève dans la galette des rois, la galette qu'elle ne pouvait avaler. Elle a laissé Guilhem poser des couronnes sur ses cheveux... Ses cheveux ! Elle regarde dans la glace ses cheveux plus courts que ceux de son fils. Les cheveux qu'elle a sacrifiés le lendemain de la naissance d'Arnaut et qu'elle n'a jamais laissé repousser pour bien montrer qu'elle n'est plus la femme d'un manadier et qu'elle refuse de porter le ruban.

On frappe doucement à la porte de sa chambre et elle répond :

– Non, je suis fatiguée...

Comme elle le fait tous les jours quand Annette, envoyée par Thérèse, vient lui proposer de prendre le thé dans la Chambre des Reines.

Mais ce n'est pas Annette qui entre, c'est Virgile.

Lui ne change pas, Virgile ! Si peu même qu'elle croit avoir devant elle le petit garçon qui lui tendait la main, en 1913 : « Bonjour, fillette ! Tu es très jolie ! »

– Dieu soit loué, vous êtes là, Belle Sœur !

Il semble soulagé comme s'il avait eu peur de ne pas la trouver.

– Il faut que nous parlions avant votre départ.

Amélie sursaute.

– Mon départ ?

– Oui. Vous partez bien demain... Et j'ai besoin de vous entretenir de choses importantes. Venez.

Il lui prend la main.

– Je vous emmène dans la Tour des Grands Orages.

Depuis combien de temps n'y est-elle pas montée ?

Si Virgile, lui, n'a pas changé, son repaire, par contre, est de plus en plus envahi d'objets étranges, de parchemins et de cartes qui grimpent à l'assaut des murs, de vieilles pierres posées à même le sol, d'astrolabes, d'empereurs sans bras et de guerriers sans tête ni jambes. Comme la première fois où elle est venue le voir – avec Isabé, bien sûr –, elle est frappée par l'ordonnance des lieux. Tout s'organise autour du portrait blessé de Faustine, comme autour de l'autel d'une divinité.

Quelque chose bout par terre, derrière un paravent peint d'étoiles et de comètes.

Double, double, toil and trouble,
Fire burn, and cauldron bubble * !

Shakespeare n'est jamais loin de Virgile qui sort de derrière son paravent céleste en portant gravement un plateau.

* « Double, double, touille et trouble, / Brûle feu, chaudron fais tes bulles ! »

– *Le Goût des Gentlemen* ! annonce-t-il.

Pendant qu'il lui sert une tasse de thé, elle regarde la marque des *biòu* toujours visible sur sa main.

– Ce thé, explique-t-il, nous fut offert, il y a très longtemps, par notre gouvernante irlandaise, la chère Miss Vertue. Papa, avant de mourir, me conforta dans l'idée de ne le faire infuser que pour une grande occasion. Il en restait fort peu, j'en ai fait deux parts. Celle que nous allons boire aujourd'hui, et une autre... dont je ne puis encore dire à quelle célébration elle sera destinée.

Il but une gorgée de thé et Amélie trempa ses lèvres dans le breuvage, s'attendant à le trouver insipide et éventé puisque c'était du thé d'avant la Grande Guerre. Elle fut étonnée de lui trouver une saveur exquise...

– La seule boisson terrestre qui nous donne un avant-goût de l'immatériel... dit-il. Et savez-vous pourquoi je vous invite à boire ce thé ?

Elle secoua la tête. Il se pencha vers elle et lui confia.

– Cette nuit, au nom du Père, et du Fils, et du Saint-Esprit, notre Arnaut, je l'ai armé chevalier...

– Cette nuit ?

– Cérémonie secrète, dit-il en baissant la voix. Je ne pouvais pas le laisser partir d'Azérac sans l'adouber et m'assurer qu'il s'avancerait dans la vie sous la garde des vertus essentielles.

Il regarda Amélie et se pencha vers elle.

– « Combattre tout mal, défendre tout bien. »

– Guilhem était présent ? demanda-t-elle d'un ton indifférent.

– Non ! Ça s'est passé entre le neveu et moi. Seule la mère du Chevalier doit savoir que son fils est préparé à l'honneur... Mon Dieu, Amélie, ne pleurez pas ! Ai-je dit quelque chose de blessant, Belle Sœur ?

Elle secoua la tête et tenta de sourire en essuyant les larmes qui étaient montées à ses yeux. Cher Virgile ! Surtout ne pas lui faire de mal ! Elle prit sa main, réclama une autre tasse de thé, et lui demanda si de nouveaux orages avaient été inscrits dans le *Registre*.

Il baisa la main d'Amélie, versa le thé et, heureux, alla chercher le *Registre*.

Oui, de nouveaux orages étaient décrits en détail. La belle écriture de Virgile courait sur les pages racontant l'orage de la Saint-Barthélemy, celui de l'assassinat d'Henri IV, de la mort de Charles Quint...

– ... et celui-là qui va particulièrement vous affecter, Belle Sœur, celui du triste jour où le roi de France signa la Révocation...

Il la voyait sourire, un vrai sourire, pour la première fois depuis que Jeune Fille les avait quittés. Une enveloppe s'échappa d'entre les pages et tomba sur le sol.

– Oh ! dit-elle, le beau timbre mexicain !

– Oui, très beau ! Très ancien !

Elle lui tendit la lettre et s'aperçut qu'elle n'était pas ouverte. Elle le lui fit remarquer sans oser lire la suscription élégamment tracée à l'encre mauve. « Cette lettre ne m'est pas adressée, expliqua Virgile qui ajouta : Nous la lirons quand l'heure sera venue... », avant de la remettre là où il l'avait serrée après la mort de son père.

Puis il ferma le *Registre* qu'elle lui avait rendu et resta pensif, son regard allant du sourire de Faustine à l'expression mélancolique qui était de nouveau celle d'Amélie.

– La seule certitude... dit-il enfin.

Elle attendait la suite, sa tasse de thé à la main. Virgile eut un geste d'impuissance. Il semblait désemparé comme s'il venait de perdre le seul fil qui pouvait le mener à la lumière. Amélie attendait toujours, immobile.

– Cet orage aussi fut terrible, dit-il enfin.

Elle baissa les yeux. Elle n'avait pas besoin de lui poser de questions pour savoir de quel orage il voulait parler.

L'orage qui éclata au moment de la naissance d'Arnaut.

Quand, à la suite de la scène du cimetière, elle avait su qu'Isabé était vivante, elle avait senti que des choses lui échappaient, des choses qu'on voulait lui cacher peut-être. Elle avait surpris des bribes de conversations interrompues : Isabé était mariée avec l'homme qui l'avait sauvée, elle allait accoucher, l'enfant n'était pas du mari... De qui, alors ? Elle guettait les miettes d'information qui pourraient lui faire découvrir la vérité dans son ensemble. Une idée terrible lui était venue, si terrible qu'elle la repoussait avec horreur, mais elle avait besoin de connaître la vérité et, en même temps, elle sentait que cette vérité pouvait la tuer.

Et c'est bien ce qui faillit arriver.

Elle allait de plus en plus mal. L'enfant, dans son ventre, semblait se révolter. Comme s'il refusait la réalité. Il la piétinait. Elle s'agitait, lui parlait. On attendait Fernand qui devait venir d'un moment à l'autre, et qui n'arrivait pas.

Lorsqu'elle vit la voiture du docteur dans la cour d'Azérac, elle quitta sa chambre et s'avança, chancelante, jusqu'au palier.

D'en bas montaient des voix confuses. Guilhem était hors de lui. Elle vit Rache, toujours si calme, qui serrait les poings.

– Mais où étais-tu, Bon Dieu ? hurlait Guilhem. On t'attend depuis ce matin ! Amélie ne va pas bien du tout !

– Où est-elle ?

– Comment « où est-elle » ? Mais où veux-tu qu'elle soit ? Dans sa chambre ! Elle ne tient pas debout. Et, pendant ce temps-là, toi, tu disparais. Qu'est-ce que tu foutais, Bon Dieu ?

– Ce que je foutais ?

Rache parlait d'une voix blanche et sèche, d'une voix furieuse.

– Je vais te le dire, ce que je foutais ! Je sors d'accoucher Isabé ! Et, si ça t'intéresse, tu as un fils !

Amélie poussa un long hurlement et se jeta dans l'escalier. Ils se précipitèrent pour la relever. Ses cris dominaient l'orage qui venait d'éclater.

Après...

C'est le voile du temple qui se déchire. Éclairs. Douleurs.

Elle accouche sur un grabat, dans l'entrée d'Azérac, là où Charles Bourriech avait fini sa vie. La lumière saute, les domestiques terrifiés accourent, des flambeaux à la main...

Puis elle sombre dans un gouffre sans fond...

– Amélie ?

C'est la douce voix de Virgile. Il est à genoux devant elle. Il a l'air heureux.

– J'ai trouvé, dit-il.

Elle revient à la réalité, au thé qui tiédit, au *Registre des Grands Orages*, à Virgile.

– La seule certitude que vous devez emporter, c'est que le Chevalier vous aime, Belle Sœur ! Et vous ne savez pas à quel point.

Attendrie, elle pose sa main sur la tête de Virgile.

Le couchant est somptueux.

Une lumière rouge vibre sur les étangs tandis que, peu à peu, le soleil s'enfonce derrière l'horizon.

Immobile sur son cheval, Arnaut regarde le disque rétrécir avant de disparaître pour aller éclairer d'autres lieux.

Et Guilhem regarde son fils s'imprégner de la beauté de l'instant.

Quand le soleil n'exista plus, le cheval du garçon tendit le cou vers le jour évanoui, élargit ses naseaux, et souffla pour saluer le soir.

– « *Veici l'ombrun, chivau, la journado es fenido* *... »

Guilhem sourit, le cœur comblé.

« Je l'ai bien élevé, mon petit cavalier, pense-t-il. Solide, courageux, rapide... À son âge il travaille déjà comme un homme ! Et il sait saluer chaque heure du jour et de la nuit avec un poème en *nosto lengo* ! Je le ferai régner sur la Camargue ! »

– Tu sais, dit-il, tu pars demain, et ce que tu vas apprendre au collège c'est très important. Moi je n'ai pas pu le faire... à cause de la guerre... et de toutes les misères qui ont frappé Azérac quand j'avais ton âge. Heureusement les misères sont finies ! Mais Azérac a toujours besoin de nous. De moi. De toi. Tout ce que tu vas apprendre au collège, tu vas l'apprendre pour servir Azérac. Parce que, plus tard, quand je ne serai plus là, ce sera toi le maître !

L'enfant s'était rembruni. Il vénérait ce père qui l'avait mis à cheval quand il marchait à peine, et refusait l'idée d'un avenir d'où ce père serait exclu.

– Regarde-les se préparer à la nuit...

Guilhem désignait au loin les silhouettes sombres des taureaux auxquelles se mêlaient, blanches licornes, celles des chevaux. La paix du soir semblait se répandre sur les bêtes comme une bénédiction.

– Je les aime, dit l'enfant d'une voix grave, je les aimerai toujours, Papa, je vous le promets !

– Bien, dit Guilhem.

Quel fils il avait ! Rien d'autre ne comptait. Ni les femmes qu'il bousculait, comme au temps de Mathilde et de l'Espagnole, ni... le reste... Il avait quand même tout fait pour se rapprocher d'Amélie ! C'est elle qui s'était montrée intraitable. Il préférait ne pas y penser. Et, d'ailleurs, il n'y pensait pas ! Parce qu'Arnaut, c'était la réponse à tout ce qui avait frappé Azérac depuis que le sang de

* « Voici l'ombre, cheval, la journée est finie... » (*Le Cheval*, Joseph d'Arbaud.)

Charles Bourriech s'était répandu sur ses dalles. Arnaut c'était la vie !

– Pourquoi Maman ne vient-elle jamais avec nous sur le pâturage ?

La question d'Arnaut lui arriva comme une gifle. Il resta d'abord sans voix, puis cria : « C'est une femme ! », en enlevant son cheval d'un coup de talon brutal.

Il avait oublié à quel point son fils était bon cavalier.

– Mais, Papa...

L'enfant galopait près de lui, botte à botte.

– ... mais, Papa, il y en a depuis toujours des femmes sur le pâturage !

Guilhem s'arrêta et regarda son fils qui poursuivait :

– Fanfonne Guillerme ! Et, autrefois, la Damisello * avec son brave Fouquet ! Et puis votre tante Faustine ! Et puis Dame-Chevalier !

Il s'était arrêté aussi.

– ... C'étaient bien des femmes !

– C'est que... ta maman...

Sentant son père embarrassé, ce fut Arnaut qui finit la phrase :

– ... elle est un peu fragile.

– C'est ça !

– Quand même, dit le garçon, quand même, j'aurais aimé que Maman...

C'est à son tour de ne pas aller au bout de sa phrase. Il se tourne vers son père, sourit, et dit :

– Nous porterons ses couleurs dans les tournois et passes d'armes !

Avant de piquer des deux et de partir vers le château en criant *Dau ! Dau ! Dau !*

« Quelle assiette ! pense Guilhem. Bientôt il montera mieux que moi ! »

C'est Fernand Rache qui va emmener Arnaut au collège. La voiture est dans la cour, on a chargé les bagages, le

* Marie Gabrielle Alix de La Borde-Caumont.
Elle chassait le loup à l'épieu et, en 1901, participa, avec son cheval Fouquet, au sauvetage des passagers du paquebot *La Russie*, naufragé devant les Saintes-Maries.

moteur tourne. La famille se presse autour du collégien. C'est le moment de partir...

– Où est Maman ? demande Arnaut.

Et personne ne lui répond. Rache parce qu'il est inquiet de ne pas la voir, Thérèse parce qu'elle pense qu'Amélie a dû oublier que son fils s'en allait, Annette parce qu'elle a vainement frappé à sa porte ce matin.

Guilhem, lui, hausse les épaules. Elle n'est même pas capable de venir embrasser son fils qui part au collège !

Virgile chantonne, l'air ailleurs.

– Où est Maman ? répète Arnaut qui redevient un petit garçon qui a de la peine.

– Me voilà, mon chéri !

Ils ont tous tourné la tête en entendant la voix d'Amélie.

Elle arrive en courant. Mignonne. Jeune. Dans une robe vieille de plus de dix ans. Une robe des temps heureux.

– Je pars ! dit-elle en souriant.

Guilhem se penche vers elle, rogue.

– « Je pars ! » Qu'est-ce que ça veut dire ?

– Je rentre à Nîmes, dit-elle. Vous voudrez bien me déposer chez moi, Quai de la Fontaine, demande-t-elle à Fernand qui lui ouvre la portière, la débarrasse de la petite, si petite valise qu'elle tient à la main.

Arnaut rayonne. Comme sa mère...

Virgile sourit en les regardant. « Vous n'imaginez pas à quel point le Chevalier vous aime... » C'est visible, non ?

– Amélie..., commence Guilhem qui s'approche et tend la main comme pour écarter sa femme de la voiture.

Mais Thérèse l'interrompt et, bloquant cette main, la retient dans la sienne. Comme elle est forte, à soixante-dix ans passés !

– Laisse ! dit-elle en le regardant droit dans les yeux.

Et elle va vers Amélie qui s'apprête à monter ; elle la prend dans ses bras et se mord les lèvres pour ne pas pleurer.

– Reviens-nous le plus vite possible, ma chérie, dit-elle. N'oublie jamais qu'Azérac est ta maison !

– J'ai besoin d'être seule, murmure Amélie.

– Je sais.

Personne n'a pu entendre les paroles des deux femmes. Même pas quand Thérèse a dit :

– Au revoir, Amélie !

Et qu'Amélie a répondu :

– Adieu, ma mère !

Et la voiture a démarré sans que Guilhem et sa femme aient pris congé l'un de l'autre.

Virgile courait maintenant derrière la voiture en agitant la main comme un enfant.

Guilhem serrait les poings, furieux.

– Si elle croit qu'elle va emmasquer les oratoriens pour l'avoir tout le temps chez elle, elle se trompe ! Elle déchantera vite et dès que je pourrai leur...

– Tais-toi !

Thérèse a frappé le pavé de sa canne.

– Tais-toi ! répète-t-elle.

– Qu'est-ce qui vous prend, Grand-Mère ?

– Ce qui aurait dû me prendre il y a longtemps ! Dès que j'ai su ce que tu avais fait !... J'ai cru qu'Azérac méritait qu'on soit injuste pour le protéger ! Je me suis tue, alors que j'aurais dû être la première à crier la vérité !

– Grand-Mère !

Guilhem, furieux, désigne Annette qui assiste, impassible à la scène.

– Ça te gêne qu'Annette entende ? Figure-toi qu'elle n'a plus rien à découvrir depuis longtemps ! Elle est comme moi, Annette : elle se réjouit à l'idée qu'Amélie profitera de tous les moments de liberté de son fils !

Sans en écouter davantage, Guilhem était parti vers les écuries. Thérèse s'appuya, épuisée, sur Annette qui lui offrait son bras.

– J'ai été lâche, dit-elle.

Annette se mit à pleurer, tandis qu'on entendait le galop d'un cheval qui s'éloignait à toute allure.

– Lâche... répéta Thérèse avec désespoir.

– Non, dit Annette. Pas lâche, Madame, mais malheureuse...

Et les deux vieilles dames, à petits pas, regagnèrent la maison.

À Nîmes, Amélie se sentit mieux.

La solitude la rendait à elle-même.

Loin des Azérac, dans le décor qui avait été celui de son

enfance, elle retrouvait peu à peu le fil de sa pensée que le malheur avait tranché au moment de la naissance de son fils.

Elle se demandait si l'autre petit garçon, né le même jour, ressemblait à Arnaut. Il était son frère... son frère jumeau. Mon Dieu ! Parfois elle aurait voulu commander une voiture, rouler jusqu'au mas où vivait Isabé, la serrer dans ses bras, lui dire qu'elle n'avait jamais cessé de l'aimer, qu'elle lui manquait. Pleurer avec elle... prendre le petit Pierre... – « Pierre. Elle l'a appelé Pierre, comme Papa ! » –, le prendre par la main et lui dire : « Ta maman et moi, nous sommes comme deux sœurs, mon chéri ! »

Mais elle n'osait pas.

Elle avait peur de blesser Isabé en revenant dans sa vie. D'offenser son mari en réveillant des souvenirs trop douloureux, trop laids. Si laids que, pour les effacer, Isabé avait voulu mourir. Elle s'était jetée dans le Rhône, la pauvre Isabé...

– Vous avez voulu tout savoir, Amélie, avait dit Rache, alors il faut aussi que vous sachiez qu'Isabé est heureuse. Paul Carles l'a sauvée, épousée, a reconnu l'enfant... tout ça serait déjà très bien, mais il y a le miracle : ils sont heureux !

Il avait répété avec une sorte d'étonnement émerveillé :

– Ils sont heureux ! Et vous savez pourquoi, Amélie ? Ils s'aiment !

– C'est la preuve que Dieu existe ! s'était exclamée Amélie.

Ils s'aiment. Ils sont heureux. Ils avaient droit à la paix, à l'oubli. Il ne fallait tenter aucune démarche qui risquerait d'assombrir ce bonheur.

Amélie prit la décision de rester invisible tout en gardant, dans le secret de son cœur, l'immense tendresse qu'elle avait pour Isabé.

– Plus tard, quand nous aurons des cheveux blancs, confia-t-elle à Rache, je suis sûre que nous nous retrouverons...

Elle ajouta :

– Vous avez de la chance !

Il l'interrogea du regard et elle s'expliqua :

– Vous pouvez la voir !

Il avait ri. La veille, Isabé lui avait dit :

– Vous avez de la chance, Fernand ! Vous pouvez voir Amélie...

Après ce double aveu dont il fut l'unique confident, il ne fut plus question d'Isabé dans leurs conversations.
L'essentiel n'avait-il pas été dit ?

– Comment va Amélie ? Tu pourrais nous donner des nouvelles !

Guilhem enrageait de ne pas savoir ce que sa femme faisait loin de lui.

– Amélie va très bien, répondait invariablement Rache.

Et Guilhem, le sentant réticent, n'insistait pas, furieux. Il se méfiait de l'influence qu'elle pouvait avoir sur Arnaut et avait exigé que le garçon retourne à Azérac à chaque vacances. Mais il ne pouvait s'opposer aux visites qu'il rendait à sa mère les jours de congé isolés. Ce furent ces quelques heures régulièrement passées avec son fils qui donnèrent à Amélie la force de continuer à vivre.

Pourtant les visites avaient très mal commencé. La première fois, Arnaut était venu accompagné du père Anfos. C'était un sévère oratorien à la démarche lourde, au regard froid. Dès l'entrée, la grande croix huguenote taillée dans du bois de châtaignier l'avait fait frémir. Assis avec raideur entre la mère et le fils, il semblait n'être venu que pour empêcher la protestante de récupérer son garçon au bénéfice de la Religion Prétendue Réformée, comme on l'appelait dans l'entourage du roi Soleil.

– Tu travailles bien ? Tu as tout ce qu'il te faut, mon chéri ? Veux-tu emporter du bon chocolat ? des croquants Villaret ? de la confiture de châtaignes ?

Arnaut répondait par monosyllabes, mal à l'aise, et Amélie, le cœur navré, débitait banalité sur banalité, tandis que le père Anfos, muet et glacial, inventoriait d'un œil horrifié les portraits de pasteurs, le fac-similé de

REGISTER *

* Mot gravé par Marie Durand, prisonnière pour la foi, dans la prison de la Tour de Constance où elle fut enfermée pendant trente-huit ans.

la reproduction d'une assemblée au Désert surprise par les dragons de Villars *, et la liste des ancêtres de son jeune élève qui avaient eu l'honneur de servir sur les galères du Roi, parmi les bancs des religionnaires.

Soudain, le père s'était levé, et était allé tout droit, de sa démarche pesante, vers le panneau où Alix avait réuni les décorations de son mari et la lettre du ministre de la Guerre lui annonçant sa mort « à l'ennemi » selon la formule héroïque.

– Bataille de l'Artois, 10e armée, général de Maud'huy ?

– Oui, dit Amélie, troublée, en se levant à son tour et en venant le rejoindre devant le sous-verre bordé de noir.

– J'y étais, dit l'oratorien d'une voix sourde.

Arnaut, lui aussi, s'était rapproché.

Le père Anfos commença gravement :

– *Ceux qui pieusement sont morts pour la Patrie...*

– *Ont droit qu'à leur cercueil la foule vienne et prie*, enchaîna Arnaut.

Virgile n'avait pas négligé l'éducation poétique du beau neveu.

Le père posa une main sur l'épaule du garçon.

– Toute votre vie, Azérac, il vous faudra être digne de votre grand-père Aldebert.

Puis il s'inclina profondément devant Amélie.

Leurs rapports venaient de changer.

Le lendemain, Amélie engagea une femme de chambre et se commanda une robe chez Blanche et Rose qui venaient de reprendre la maison de couture des demoiselles Osmine. Les voies du Seigneur sont impénétrables. Et quand le père Anfos rencontra le docteur Rache et lui avoua qu'il avait été l'un des premiers lecteurs de *La Branche des Oiseaux*, une nouvelle étape fut franchie. Amélie les avait écoutés deviser en provençal, réciter du d'Arbaud, parler d'une toute jeune poétesse : Farfantelle... un nom de fée !

En entendant six heures sonner à la pendule de bronze doré, chef-d'œuvre d'un ancêtre Aldebert, le père Anfos s'était levé et avait entraîné son élève en s'excusant de s'enfuir si vite. Il craignait d'arriver en retard au collège. Depuis la fenêtre, Amélie le regardait courir avec Arnaut le long du quai.

* Pendant la guerre des Cévennes, le Maréchal de Villars envoyait ses dragons surprendre les réunions de prière des protestants.

– Quelle drôle de façon de marcher !

Rache, qui prenait à son tour congé pour se rendre à une séance de l'Académie, hocha la tête et regardant, lui aussi, la course du religieux :

– Il a une jambe articulée, Amélie. Le père Anfos est un mutilé. Un grand mutilé de guerre.

– Mon Dieu, dit-elle, que de liens entre les êtres !

– Nous sommes tous tissés de la même soie, Amélie. Comme les gants du Saint-Père ! ajouta-t-il en lui baisant la main. Un seul fil pour toute la Création !

Sur le pas de la porte il se retourna :

– Vous allez mieux, Amélie, et je m'en réjouis !

Elle allait mieux.

Et Arnaut se mit à espérer la voir revenir à Azérac. Au Noël qui suivit son installation à Nîmes, elle avait pris prétexte d'une bronchite pour ne pas être présente au Gros Souper. À Pâques, Fernand l'avait envoyée en cure à Avène.

– Ta maman est fatiguée, disait-il à Arnaut. Il faut qu'elle se ménage. Elle doit se reposer.

Mais, maintenant, elle allait mieux. Et Arnaut pensa que, bientôt, elle allait pouvoir revenir.

Elle étrenna sa robe pour recevoir l'oncle Élie qui arrivait de Genève et comptait s'arrêter quelques jours auprès d'elle.

Il la passa aux rayons X de son regard glacé, et dit :

– Toi, tu vas mieux !

Oui. Elle avait bien fait de quitter Azérac. Là-bas, elle ne pouvait pas se retrouver. Là-bas, elle n'aurait jamais pu supporter la lecture d'une lettre comme celle qu'elle venait de recevoir le matin même de Beau-Désert.

– Les sauterelles ont encore frappé ? demanda l'oncle avec agacement.

Elle fit oui de la tête et lui tendit la lettre.

Le Seigneur abat son glaive sur celui qui trahit son église, avait écrit l'une des tantes sur un papier à lettres de la bonne presse, embelli d'un coucher de soleil d'une laideur à perdre la foi.

Le banquier haussa les épaules et alla à la fenêtre regarder les eaux de la Fontaine où s'ébattaient de jolis petits canards.

Amélie sentait qu'il était furieux, mais elle ne savait pas s'il était furieux contre elle ou contre les tantes.

– Mon oncle ?...

Il ne bougeait pas.

– Pourquoi n'avez-vous rien dit quand Arnaut a été baptisé catholique ?

Il ne se retourna pas et, au bout d'un long moment, lui dit d'une voix altérée :

– Après ton accouchement si... dramatique, j'ai cru que tu allais mourir... Quand j'ai pu penser à autre chose, il était trop tard. Les choses sont ce qu'elles sont... Et puis – Dieu voulant – je pense que tu retourneras vivre avec ton mari.

– Jamais ! Jamais je ne lui pardonnerai.

– Pardonner ? Qui te parle de pardonner ?

Il était calme. Presque serein.

– Tu pourrais lui pardonner ce qu'il t'a fait, l'amour rend imbécile... mais tu ne pourras jamais lui pardonner ce qu'il a fait à Isabé.

– Vous saviez ? demanda-t-elle.

– Mme d'Azérac m'a tout dit.

– Il y a longtemps ?

– Plusieurs années.

– Et vous ne m'en avez jamais parlé ?

De nouveau il haussa les épaules.

– Je ne suis pas un persécuteur. Tu l'as peut-être oublié, mais les persécuteurs, ce sont les autres.

Elle réprima un sourire.

L'oncle alla s'asseoir au bureau qui avait été celui du filateur, et posa les deux mains sur la table.

– Je suis venu ici, Amélie, pour voir comment tu te portais, comment travaillait notre petit Arnaut, et aussi pour te mettre au courant des dispositions que j'ai prises dernièrement au sujet de ta fortune... et de la mienne.

– Vous savez, mon oncle, commença-t-elle, je n'y...

– Tu n'y connais rien ? C'est ça que tu voulais dire ? Eh bien, justement, je veux qu'Arnaut et toi soyez protégés au cas où il m'arriverait quelque chose. Je n'entrerai pas dans le détail, mais sache que, dès à présent, nous sommes... très riches. Et que tout cela ira à Arnaut. Sans transiter par la poche de son père ! Tout en préservant un fond destiné à entretenir Azérac, puisqu'un jour il en sera le maître... Je t'ennuie ?

– Mais non... dit-elle poliment.

– Et maintenant, montre-moi les résultats du dernier trimestre d'Arnaut, demanda-t-il en mettant ses lunettes, plus grave que s'il allait vérifier les comptes de la banque de Genève.

Il partit au bout d'une semaine, enchanté de sa nièce, enchanté d'Arnaut et de ses résultats.

Amélie avait failli lui parler du père Anfos, puis elle y avait renoncé. La rencontre des églises serait pour plus tard. D'ailleurs, depuis quelque temps, Arnaut était seul quand il venait voir sa mère. La période de probation était terminée.

« Me voici maintenant en odeur de sainteté », pensa-t-elle. Et elle alla se commander une nouvelle robe chez Blanche et Rose.

C'était la fin du déjeuner.

– Je suis fier de mon fils, dit Guilhem en posant sa serviette sur la table.

– Moi aussi, dit Virgile. Il est toujours le premier à Alzon !

– Qui te parle d'Alzon ? Je te parle de choses sérieuses ! Je te parle de mon gardian !

– Apprécie quand même qu'il sache lire et écrire, ton gardian !

Il se tourna vers Thérèse.

– Vous voulez dire qu'Arnaut ne sera pas un butor et un rustre comme son père, Grand-Mère ? C'est encore une pierre dans mon jardin ?

– Tu sais, Guilhem, dit calmement Thérèse, tu as si mauvais caractère que, parfois, je me demande comment j'arrive à survivre ! Enfin, le plus gros est fait !

– Je vous demande pardon, Grand-Mère, mais c'est peut-être ce mauvais caractère qui me permet de maintenir Azérac tel qu'il est !

– Grâce à l'argent d'Amélie. Nous avons encore reçu un chèque de M. Hébrard ce matin, n'est-ce pas ? Il est bien honnête, cet homme ; il aurait pu nous oublier maintenant que sa nièce est partie !

– Ce n'est pas moi qui l'ai chassée !

Thérèse eut un petit rire. Virgile sourit, l'air entendu, et dit :

– Amélie fait ce qu'elle veut !

Et Guilhem préféra quitter la salle à manger. Personne ne l'avait jamais compris ! Mathilde, autrefois, peut-être... Ils pouvaient s'extasier devant l'argent d'Amélie ! Devant les largesses de l'oncle Élie ! C'était quand même la moindre des choses d'envoyer des chèques ! Azérac serait un jour à Arnaut et Guilhem voulait lui laisser la première manade du Delta. C'était pour ça qu'il se crevait ! Qu'il lui apprenait à se servir du seden, à marquer les anoubles, à museler les veaux, à préparer les entraves, à maîtriser un cheval qui se desbrande. C'était pour ça qu'il lui apprenait tout. TOUT. Parfois, en plein galop, il lui lançait le trident, et Arnaut l'attrapait au vol, superbe, faisant corps avec son cheval, une joie pour les yeux. Arnaut qui n'avait pas encore treize ans !

Alors, le collège, les études, d'accord ! Il n'avait rien contre ! Le *De viris*, l'Histoire de France, le carré de l'hypoténuse, d'accord ! Mais l'essentiel c'était que le garçon ait la foi en la bouvine, et qu'il soit capable, plus tard, de reprendre le fer que lui passerait son père après son dernier galop.

Guilhem avait toujours été exigeant avec son fils. Il ne s'était jamais attendri sur lui, même quand Arnaut était tout petit. La fatigue, les rhumes, les refroidissements, ça n'existait pas. Un homme ne doit jamais se plaindre. Un gardian encore moins ! Un gardian fait son devoir et remercie Dieu de l'avoir fait naître au service des bêtes.

C'est comme ça qu'il l'avait élevé, son garçon.

Au printemps, il y aurait ce tournoi des enfants avec les anoubles. Arnaut gagnera. Et, ce jour-là, la Camargue tout entière saura qu'un chef lui est né.

– Comme vous êtes belle, Maman ! Il faut que Papa vous voie, vous êtes trop belle !

Le sourire d'Amélie se crispa.

– Venez avec moi à Azérac, Maman.

Depuis longtemps elle s'attendait à recevoir ce genre d'invitation. Elle s'était préparée à y répondre. Mais c'était dur de résister à Arnaut.

– Tu sais, je ne bouge plus guère...

– Vous allez tellement mieux, Maman !

Elle ne répondit pas.

– Vous ne reviendrez jamais à la maison ? dit-il d'une voix si triste qu'elle fut prête à le suivre au bout du monde.

– C'est l'air de la Camargue, expliqua-t-elle. C'est le grand air qui me fatigue...

– Vous ne reviendrez jamais ? répéta-t-il.

– Mais si, bien sûr ! Au printemps, quand il fera beau !

Au printemps ?

Arnaut sauta au cou de sa mère et l'embrassa. Au printemps, pour le tournoi, elle viendrait, elle le verrait gagner ! Et Papa verrait à quel point elle était belle !

– Je vais vous dire un secret, Maman. Mais il faudra n'en parler à personne : ni à Papa, ni à Bonne-Maman, ni à Fernand ! À personne ! Ce sera un secret entre vous et moi ! Au printemps, en Camargue, il va se passer quelque chose...

Il se passa en effet quelque chose, en Camargue, ce printemps-là, le jour du tournoi.

Mais pas ce qu'attendait le garçon.

Amélie vint, et il eut la joie de voir son père aller vers elle. L'embrasser. Et rester à ses côtés pour assister aux épreuves que les enfants allaient devoir affronter.

Puis Arnaut cessa de les regarder et alla derrière le bouvau pour mieux se concentrer.

– Tu as très bonne mine, Amélie, disait Guilhem à sa femme.

Elle rougissait. Comme autrefois.

Il n'osait pas lui parler de sa beauté mais ne la quittait pas des yeux.

Il pensa que, peut-être, tout à l'heure, elle allait rentrer avec lui à Azérac avec le trophée d'Arnaut sur ses genoux, et sentit sa tête tourner. Quatorze ans avaient passé depuis le jour où elle lui avait donné rendez-vous dans le Temple de Diane. « ... Je... voulais savoir si vous m'aimiez. »

La réponse n'avait pas changé. Oui, Amélie ! Oui, et pour toujours...

« Allo ! Allo ! le tournoi va commencer ! Que les concurrents se tiennent prêts ! »

La grosse voix du haut-parleur les fit sourire. Ensemble.

– Il va gagner ! dit Guilhem en se penchant vers elle.

Et elle répondit :

– Bien sûr !

« Voici la liste de nos jeunes champions, disait le haut-parleur. Arnaut d'Azérac... »

Ils applaudirent à tout rompre et toute l'arène applaudit avec eux.

– Il va gagner ! répéta Guilhem.

« ... Justin Méjanel, Frédéri Plantier, Pierre Carles... »

Guilhem et Amélie reçurent le choc en même temps. Devant eux, sur le sable du rond, preuve vivante et irrécusable, se tenait un jeune garçon souriant qui ressemblait à Arnaut comme une goutte d'eau ressemble à une goutte d'eau.

Les regards des spectateurs allaient des deux frères au couple bouleversé. Des regards étonnés, ironiques, sans pitié. On n'allait pas s'attendrir sur ces Azérac si fiers, si arrogants !

– Il va gagner ! dit encore Guilhem.

Amélie ne l'écoutait pas. Elle cherchait Isabé des yeux parmi les parents des gardianous assis dans l'assistance. Isabé ! Son Isabé... Elle irait vers elle et l'embrasserait devant tout le monde.

Elle dévisageait toutes les femmes, crispait ses mains sur la barrière, indifférente aux épreuves du tournoi, aux cris, aux bravos, aux sifflets. Isabé... Où était-elle ? Il fallait qu'elle voie Isabé...

Elle ne revint à la réalité qu'en entendant le palmarès. Pierre Carles avait gagné le Veau d'Or des enfants. Elle se mit à applaudir et Guilhem lui serra le bras si brutalement qu'elle ne put retenir un cri.

– Tu es folle ? Ça te fait plaisir que ton fils ait perdu ? Tu es fière de lui, peut-être ? Eh bien, pas moi ! Je te le laisse !

Et il lui tourna le dos pour s'en aller, mais elle le retint avec une force dont elle ne se serait pas crue capable.

– Tu te détournes de lui parce qu'il n'a pas gagné !

– Je ne me détourne pas de lui ! Je me détourne de toi... Tu portes malheur !

Elle le regarda aller jusqu'à l'auvent de canisses où les

cavaliers avaient abrité leurs chevaux. Elle le regarda partir au galop. Puis elle alla retrouver Arnaut. Elle marchait tout doucement. Comme une très vieille femme. Une très vieille femme qui aurait bu...

Les garçons avaient quitté leur tenue de parade et finissaient de se rhabiller.

Arnaut, en voyant sa mère, se précipita. Mais il cherchait quelqu'un derrière elle.

– Et Papa ?

– Il est rentré à Azérac..., dit-elle dans un souffle.

– Sans moi !

Les larmes lui vinrent aux yeux.

– Le petit baron qui chiale ! dit un des garçons. Regardez-le !

– Son papa a honte de lui !

– Parce que le petit, il a perdu !

– Fichez-lui la paix ! dit une voix claire.

La voix du gagnant.

– Il s'est battu mieux que vous. Il est très fort !

Il s'avança vers Arnaut, souriant, gentil, la main tendue. Arnaut crut se voir dans un miroir. Qui était ce garçon ? Ce Pierre Carles qui lui ressemblait comme un frère ?... Ce Pierre Carles qui lui avait fait perdre la face devant son père ?

Il se tourna vers Amélie, épouvantée, qui sentait venir l'irréparable.

– Ne sois pas triste, gardian ! reprit Pierre Carles. La prochaine fois, c'est toi qui gagneras ! Et ton père...

Une formidable gifle lui coupa le souffle.

Arnaut venait de frapper de toutes ses forces ce visage qui lui ressemblait tant.

Le silence se fit. Un silence sidéré.

Personne ne bougeait.

Amélie n'avait pas la force de crier, elle pouvait à peine tenir debout. Elle porta la main à son cœur.

Un instant saisi, Pierre attrapa Arnaut au collet et lui asséna un violent coup de tête. Les deux garçons roulèrent sur le sol pour la plus grande joie des gamins qui avaient récupéré toute leur méchanceté.

– C'est pas beau de frapper son frère ! cria Justin Méjanel.

– Oh, baron !... Tu le savais ?

– Et toi, bastardou, tu le savais ?

– En tout cas, le bâtard t'a collé une vraie pâtée !
– C'est bien fait !
On avait entendu les cris. On venait. On les séparait. Les gamins se sauvaient en ricanant. On entraînait Pierre dont la lèvre saignait. Il avait les yeux pleins de larmes, et pas seulement à cause du coup reçu.
Arnaut se releva, s'approcha de sa mère qui n'avait pas bougé, et restait prostrée contre la barrière.
– Maman..., murmura-t-il, c'est vrai ?
Amélie regarda son enfant avec douleur, eut la tentation de mentir. Puis elle pensa qu'Arnaut méritait d'être traité comme un homme.
– C'est vrai, dit-elle.
Et elle perdit connaissance.

Il s'enfuit du collège d'Alzon la nuit même.
Il voyagea sans billet jusqu'à Genève, ne se fit pas prendre, et arriva au petit matin chez l'oncle Élie, les cheveux défaits, les vêtements froissés, harassé, honteux, terrifié à l'idée d'affronter le regard sévère de l'oncle.
Mais, ce jour-là, le regard de l'oncle n'était pas sévère. Il était hagard.
– Arnaut, d'où sors-tu ? Tout le monde te cherche.
– Je sais tout, dit Arnaut.
L'oncle s'était assis lourdement, en silence.
– Je ne veux plus vivre à Azérac ! Je n'y retournerai jamais !
Alors l'oncle, pour la première fois de sa vie, l'avait attiré contre lui et l'avait serré dans ses bras avant de dire :
– Nous allons retourner là-bas tous les deux, mon petit. Ta maman est morte...

1956
Le Chevalier

– Aucune trace, dit le géologue.

Cette phrase cruelle, Sélim l'entend tous les jours depuis le début des forages.

Quand ils ont décidé de planter la sonde au large de l'Émirat ils étaient sûrs d'avoir pris la bonne décision, mais il y a maintenant des mois que le trépan continue, vingt-quatre heures sur vingt-quatre, son mouvement de rotation et s'enfonce de plus en plus profondément sous la mer dans les boues du golfe Persique sans remonter la plus infime lueur d'espérance.

– Aucune trace de pétrole.

Tout cet argent jeté dans l'abîme...

Sous le soleil écrasant, Sélim regarde la surface immobile de l'eau. Immobile, mais le rig *, lui, ne l'est jamais vraiment car la trépidation de la sonde l'anime d'un tremblement perpétuel dans un bruit capable de rendre fou celui qui ne peut parvenir à l'oublier.

Et là, appuyé à une rambarde métallique de la plate-forme, en cet instant même, là, Sélim prend la décision d'arrêter les travaux.

Prince héritier du plus pauvre Émirat d'Arabie, il n'a plus rien. Tout l'argent qui lui venait de sa mère repose au fond de la mer. Le rêve est fini. La décision est prise. Il arrête. Ce soir, il les réunira tous et leur annoncera la nouvelle. Il aurait dû le faire depuis longtemps mais, maintenant, il le doit. Pour éviter qu'Arnaut ne soit ruiné à son

* Rig : ensemble d'une construction de forage qui comprend le derrick, les moteurs, le rotary et, en pleine mer, la plate-forme d'habitation.

tour. Arnaut qui n'a, lui, aucun lien avec cette terre désolée, unique royaume sans pétrole au milieu de ses riches voisins chez qui ruisselle l'or noir.

– Ça y est ! J'ai compris pourquoi ça ne fonctionne pas ! Eurêka ! *Mea culpa !* Alléluia !

La tête casquée d'Arnaut, qui remonte de la *steel turntable*, apparaît en haut de l'échelle d'accès.

– C'était pourtant évident mais, comme tout ce qui est évident, ça m'a échappé !

Il est joyeux, radieux même, et ne semble pas remarquer la mélancolie de Sélim.

– Histoire de moufle ! poursuit-il sur le même ton. La tête d'injection doit être solidaire du moufle mobile, d'accord ! Mais le moufle mobile doit être relié, lui, au moufle fixe par un câble enroulé sur le tambour de treuil, et là...

Il s'interrompt brusquement, regarde sa montre, ôte son casque de protection.

– Ça va ! L'hélicoptère fait sa rotation dans deux heures, je repartirai avec lui et si j'ai la chance d'attraper le vol régulier je serai après-demain à Marseille. Je vois les ingénieurs du Cnexo, je leur indique les modifications, ils devraient me faire ça en trois jours, quatre maximum, j'en profiterai pour aller embrasser mon arrière-grand-mère à Azérac, je serai de retour dans une semaine...

– Ne reviens pas, Arnaut.

Sélim a parlé calmement. Arnaut, qui se dirigeait déjà vers les quartiers d'habitation, s'arrête et se retourne. Il rit.

– Tu me vires !

– Non, dit Sélim, j'arrête tout.

– Plaisanterie ?... Coup de soleil ?

– Ni l'un ni l'autre. Je te ruine, Arnaut !

– Oui, tu me ruines si on arrête ! Enfin, je viens de te le dire, je suis sûr que maintenant on va y arriver !

Arnaut n'a plus envie de rire, il est furieux. De nouveau il regarde sa montre.

– Tu me fais perdre du temps, dit-il avec agacement, puis il retrouve brusquement toute sa gaieté.

– Pour « arrêter » comme tu dis, il faudrait que ton associé soit d'accord ! Et ton associé, c'est moi ! Et je te ferai remarquer, Altesse, que j'ai soixante pour cent des parts !

– Retourne à Azérac, Arnaut, tu as fait tout ce que tu pouvais pour nous. Et bien au-delà ! Ton père sera si heureux de te voir revenir...

– S'il te plaît !

Il a crié, lui toujours si calme, si serein. Il a crié si fort qu'il vient maintenant tout près de Sélim et pose une main sur son épaule.

– Pardon ! Mais ne me parle pas de mon père !

Ils se tournent tous les deux vers la mer et regardent en silence le miroir scintillant sous lequel se cache la fortune ou le néant.

À l'autre bout de la plate-forme un homme pêche. Un manœuvre indien. La pêche est la seule distraction à bord de l'île de métal dont les hautes pattes boulonnées s'enfoncent sous les eaux. L'indien va sans doute ramener un de ces gros poissons brillants comme on en rencontre dans les *Mille et Une Nuits*. On le fera sécher...

– Te souviens-tu, dit Arnaut, des vaches du collège à Morgarten ?

– Oui ?... dit Sélim qui ne voit pas le rapport.

– Ces vaches, belles, heureuses, somptueusement rousses sur une herbe insolemment verte... nous avions quinze ans, rappelle-toi ! Tu m'as parlé des chèvres et des ânes de ton pays et tu m'as dit que, parfois, la misère était si grande qu'on les nourrissait avec du poisson séché. Tu te souviens ?

– Oui.

– Et qu'est-ce que je t'ai répondu ?

– « Un jour le désert fleurira »...

– J'aime à te l'entendre dire ! Alors ta crainte de me ruiner, ton désir de me rendre à ma famille, permets-moi de te dire que ça ne pèse pas lourd en face du serment fait par deux garçons de quinze ans devant des vaches suisses dans un monde en guerre ! Parce que sur l'herbe insolente on a juré ! Juré de faire couler l'eau, le lait, le miel, le pétrole, la vie, quoi ! dans le royaume de ton père !

Il s'arrête brusquement et salue de la main le poisson que l'homme a tiré de l'eau. Puis il se tourne vers Sélim.

– Comment tu me trouves ?

– Convaincant !

Ils se sourient. Puis Arnaut peste en regardant à nouveau sa montre et court préparer son départ.

– Arnaut !

Il s'est arrêté. Sélim lui crie :

– C'est la dernière fois qu'on essaye.

Arnaut éclate de rire.

– Je viens de te le dire !

Et il disparaît dans les structures de fer.

Du haut du ciel, Arnaut Cabreyrolle d'Azérac survole une terre oubliée de Dieu.

Du pétrole il est sûr qu'il y en a dans les profondeurs de la mer qui baigne l'Émirat. Il ira au bout de la prospection. Le désert fleurira... les chèvres mangeront de la luzerne et du trèfle, les ânes se régaleront de fourrage, de vraies maisons remplaceront les masures et les enfants apprendront enfin à lire.

Ce n'est pas par hasard que Sélim et lui se sont rencontrés dans le collège hors de prix dont la réputation de sévérité avait attiré l'attention de M. Hébrard.

Le hasard, Arnaut n'y croit pas.

Ou plutôt il y croit tellement qu'il est prêt à lui élever des temples et des autels comme ses ancêtres de la Colonia Augusta.

Divin hasard qui avait fait savoir à l'oncle Élie qu'il existait un établissement d'où l'on mettait à la porte les élèves qui ne travaillaient pas !

– Je me sens trop vieux pour m'occuper de ton éducation, avait-il confié Arnaut. Je risque de devenir indulgent. Aussi t'ai-je fait admettre à la Morgarten Schulle * où l'on sera sans faiblesse devant toi.

Il ne se trompait pas. Le challenge était terrible dans le superbe établissement. On y était furieusement laïque mais avec une telle ouverture d'esprit, un tel respect de la liberté de conscience, que toutes les religions s'y trouvaient réunies. Le fils d'un maharadjah côtoyait celui d'un millionnaire américain, un jeune baronet partageait la chambre d'un descendant des Hohenzollern.

Et Arnaut rencontra Sélim.

Le père de Sélim était le prince héritier d'un royaume aride et misérable d'Arabie. Sélim n'en parlait jamais. Il travaillait. Avec une fureur qui plut tout de suite à Arnaut.

À la fin du premier trimestre le baronet fut renvoyé

* Morgarten, victoire des Suisses sur l'empereur d'Autriche en 1315. Début de l'indépendance.

chasser la grouse dans ses brouillards. La déclaration de guerre vit partir tous les Américains pour les États-Unis ainsi que le descendant des Hohenzollern.

Malgré ces départs, Morgarten afficha complet pendant toute la guerre.

Sélim et Arnaut étaient restés.

Leur amitié, cimentée par une passion commune et démesurée pour l'étude, s'était toujours arrêtée au bord des confidences.

Aucune photo de famille n'ornait le coin du jeune prince. Du côté d'Arnaut, le visage délicieux d'Amélie semblait veiller sur le travail des deux garçons.

Sélim ne sortait jamais. L'oncle Élie, impressionné par ses notes, proposa d'être son correspondant à Genève. Une lettre partit de Morgarten pour l'Émirat de ··· ق. L'autorisation fut accordée officiellement et, les jours de sortie des garçons, on cessa de boire du vin et de manger du porc chez le banquier.

Sélim s'absenta quelques jours pendant l'hiver de la drôle de guerre. Sans dire où il allait. Arnaut ne lui posa pas de questions. À son retour, Sélim dit seulement :

– Je suis allé voir ma mère.

Arnaut resta sans voix devant l'image de la jeune femme blonde en uniforme de l'armée britannique que Sélim installait en pendant de la photo d'Amélie.

La princesse Saïda, née Rosamund Dryden, avait vu le jour à Barwick upon Tweed. Orpheline très jeune, le fait d'être à la tête d'une fortune considérable ne l'avait pas poussée vers la frivolité. Elle était géologue. L'étude des sols la conduisit à Ras el' Mourat où elle rencontra celui qui devait devenir son mari en dépit de leurs différences fondamentales.

Sans la géologie qui la mena à lui, elle n'aurait eu aucune chance de le rencontrer. Les souverains de ··· ق vivaient frugalement, dans un archaïsme total que l'arrivée de la jeune Anglaise bottée, casquée, savante, dérangea quelque peu. Mais elle parlait l'arabe littéraire mieux qu'un iman, et, quand le prince héritier demanda à son père la permission d'en faire son épouse, le vieux souverain dit oui. Rosamund Dryden abandonna sans états d'âme la religion presbytérienne, et se convertit à l'islam, refusant seulement de remplacer l'Earl Grey par le café à la cardamome.

Rosamund devint la princesse Saïda, ce qui voulait dire

la Princesse Heureuse, et s'engagea dès le début des hostilités dans l'armée de sa Très Gracieuse Majesté.

Elle sauta sur une mine devant El Alamein en octobre 42.

« Mon auguste aïeul vient de l'élever à la dignité de héros. Aucune femme avant ma mère n'a jamais connu cet honneur à ··· ق », dit Sélim, très pâle mais sans larmes en annonçant la nouvelle de sa mort à Arnaut.

Dans la nuit Arnaut l'entendit pleurer, mais ils ne parlèrent jamais de ce chagrin partagé en frères qui venait de les rapprocher encore.

Ils firent le mur ensemble en 44. Sélim pour aller rejoindre les Britanniques, Arnaut pour s'engager dans la brigade Alsace-Lorraine.

Démobilisés, ils se retrouvèrent plus tard au Polyteckinicum de Zurich, et comprirent là que le serment de Morgarten tenait toujours et que le désert comptait sur eux pour fleurir enfin.

La Princesse Heureuse n'avait-elle pas annoncé que l'or noir jaillirait un jour des profondeurs de la terre de ··· ق ?

Arnaut ne s'était pas étendu sur les drames de son enfance. Il avait dit un jour : « Je ne pardonnerai jamais à mon père d'avoir rendu Maman malheureuse. »

Ce fut sa seule confidence, et Sélim s'en était contenté. Sélim, un jour oriental, un jour occidental, ne cessait jamais d'être musulman et savait respecter les serrures des secrets. Comme il respectait le sceau fermant à jamais le petit Coran d'or que sa mère avait pendu à son cou quand il était enfant.

Le petit Coran d'or où repose une sourate du Livre dicté du Ciel.

Laquelle ? Il ne le saura que lorsque le Puissant, le Miséricordieux l'aura rappelé à Lui, mais, quelle que soit la sourate inconnue, Sélim sait déjà que c'est la plus belle.

Le spectacle du désert, le bourdonnement monstrueux des rotors de l'hélicoptère, la fatigue et la fièvre que lui donne la certitude d'approcher du but, tout concourt à transporter Arnaut dans une autre dimension, et, brusquement, du fond de sa mémoire, des arènes rustiques jaillissent sur le sable aride déroulé comme un parchemin jusqu'aux limites du monde.

« C'est ton frère ! »

Il frappe le garçon. Ils roulent par terre.

« C'est ton frère ! »

Il y a près de vingt ans que la scène s'est passée ; il a eu le temps de la revivre. Mais jamais il n'a pu l'accepter.

Et voilà qu'aujourd'hui Sélim lui propose d'abandonner ses recherches et de retourner auprès d'un père qui l'a trompé, trahi ! Sélim qui n'admet pas qu'on puisse se révolter contre son propre géniteur ! Sélim pour qui le père est toujours l'image de Dieu !

Des palmiers au loin... des minarets... On approche de la capitale. Une voiture le conduira depuis le palais de pisé jusqu'à l'aéroport, de l'autre côté de la frontière.

Des enfants dépenaillés, des femmes craintives, empaquetées de noir, lèvent des têtes incrédules vers l'appareil dont le bruit fait fuir quelques chèvres et des ânes étiques. Un dromadaire blatère, scandalisé.

Le Prophète a dit que le règne des machines annoncerait la fin des temps...

Abandonner les recherches ? Jamais !

La voiture est déjà là. Sélim a dû prévenir qu'il arrivait.

La route carrossable passe au milieu des souks, et tous les parfums d'Arabie s'échappent des échoppes abritées de toits de roseaux pour saluer le passage d'Arnaut. Ces parfums d'Arabie qu'il respirait déjà, enfant, en traversant le marché d'Arles, ces odeurs d'Orient qui éveillent le grand désir de l'aventure quand le mistral fait claquer l'imagination comme une voile.

« Tu peux voyager sur une pincée de safran, une perle de coriandre, un nuage de koumoun ! » disait l'oncle Virgile qui, de sa vie, n'avait quitté Azérac. L'oncle Virgile, captif de la Tour des Grands Orages, l'oncle Virgile que les ailes de la poésie avaient rendu plus libre qu'Ariel et qui parlait d'Antifo *, de Grand Tour, de turbans sur lesquels brillaient des diamants inouïs, de jardins bruissants de jets d'eau derrière des murailles infranchissables, de fleurs de grenadiers offertes à des dames voilées... L'oncle Virgile, fils de la belle Sarrasine, avait reçu la soif du Levant à sa naissance comme tous les enfants nés le long des rivages de la Méditerranée.

Arnaut lui rapportait une rose des sables qu'un bédouin avait cueillie pour lui dans le désert. Il décida de se rendre à Azérac dès que possible sans annoncer sa visite. Il espérait ainsi avoir la chance de ne pas rencontrer son père.

* Antifo : le besoin de courir le monde, de faire le Grand Tour.

Dans l'avion qui le ramenait en France, il travailla sur son épure, refit entièrement ses calculs, s'endormit à l'aplomb de Chypre, et fut réveillé par une sensation singulière.

L'appareil effectuait une vaste rotation et, de son hublot, Arnaut ne voyait que la mer. Mais, peu à peu, la mer se transforma en larges étendues d'eau que des bandes de terre plate bordaient et reliaient entre elles.

Ce monde issu des flots, ces étendues balayées par les vents, cette végétation rase, cette vision de Genèse, trop lointaine pour que l'œil puisse y déceler la moindre trace de vie, nul n'avait besoin de lui dire que c'était la Camargue.

Il se colla au hublot. Il voulait voir le Rhône... trop tard, l'avion tournait le dos aux terres du Couchant pour commencer son approche de Marignane. Arnaut rassembla ses papiers et entreprit de les ranger avant l'atterrissage. Mais il ne pouvait chasser une image de son esprit. Celle du tombeau de Tonnerre sur la montille au bord du Fleuve-Roi. Là où se dressait toujours la pierre que Faustine avait fait planter autrefois à la mémoire de son cheval. Là où les *biòu* venaient bramer sous la lune quand une grande douleur frappait la manade.

Descamps, l'ingénieur qui dirigeait les ateliers de recherches depuis le premier jour, l'attendait à la sortie de l'aéroport. Arnaut oublia sa vision et s'enferma avec lui pour travailler.

S'il lui avait été permis, au moment où il devinait la Camargue depuis son hublot, de percer les nuées, de voyager à travers l'éther, et de se rapprocher de la terre jusqu'à distinguer les hommes et leurs misères, il aurait vu son père tel que Guilhem ne s'était jamais laissé voir par personne.

Ce soir, Guilhem est vieux.

La tempête de la nuit lui a tué trois bêtes. Un grand mâle de six ans et deux vaches, dont l'une était pleine, venaient d'être sortis de l'eau. Noyés.

Frédéri était parti chercher des pelles, de son côté le vieux Juste avait poussé jusqu'au bouvau pour demander du renfort.

Guilhem était resté seul, assis sur une souche, près des bêtes mortes, devant la pierre dressée.

TONNERRE
1892-1910

Guilhem avait huit ans quand Faustine avait fait ensevelir le cheval et le veau côte à côte. Il était déjà là, Guilhem. Petit, mais déjà au travail. Déjà plein de foi et d'ardeur. C'était le temps du Grand Batre, de la splendeur... C'était le temps de l'espérance en l'avenir.

Tout était promis. Il suffisait de répondre à l'appel. De mériter. D'avoir la foi. De dompter les chevaux. De veiller sur les *biòu*. Le temps où *Dau per Diéu !* voulait dire quelque chose.

– « *Siéu paure e las; e'n jour la man de l'Infernau a'rrapa moun chivau* *... »

Il a dit à voix haute les vers du Marquis comme s'il voulait le prendre à témoin de sa douleur jumelle. Métier de seigneur, mais vie de chien ! Un jour le Rhône déborde, inondant tout, emportant la vie ; l'an dernier la sécheresse a fait avorter ses juments...

Il veut se relever, et cette douleur au genou qu'il a depuis que Calendau lui a envoyé une ruade le fait gémir. Il a du mal à récupérer sa jambe. Rache dit qu'il faudra peut-être opérer. Qu'il aille se faire foutre !...

* « Je suis pauvre et las, et un jour, la main de l'Infernal a saisi mon cheval. » (Marquis de Baroncelli.)

Guilhem se rassied lourdement sur la souche.

Il n'en peut plus. Il est fourbu. Fatigué, *paure e las*... mais ce n'est rien d'être pauvre et las si on a un fils prêt à reprendre le flambeau.

Et soudain il comprend qu'Arnaut l'a déshérité. Comme un père qui refuse à son fils l'accès à son patrimoine, qui le raye de son testament. Mais, là, c'est son fils, tout-puissant et riche, qui le renie, qui tourne le dos à une terre magnifique, une terre qui lui appartient ! Parce que c'est pour lui tout ça, merde ! Qu'est-ce qu'il va faire chez ses Arabes, dans leur désert sans pétrole ? Qu'est-ce qu'il va jeter l'argent de sa mère et du vieil Hébrard dans ce gouffre alors qu'il est le seigneur du plus beau domaine de Camargue ! Enfin, de ce qui pourrait être le plus beau domaine de Camargue...

L'oncle Élie n'a jamais laissé Guilhem sans argent, même pendant la guerre. Depuis qu'il est mort, Arnaut lui envoie des chèques régulièrement, comme à un régisseur, un serviteur, un domestique ; Arnaut qui ne vient jamais, et refuse d'envisager l'avenir chaque fois que son père lui demande de l'écouter, qui se moque pas mal que la digue de la Costière prenne l'eau une fois de plus.

– Arnaut va vendre !

Guilhem a parlé à son cheval. Son cheval qui lui tourne le dos avec indifférence pour manger des mauves comme si les problèmes de son maître ne le concernaient pas.

Arnaut va vendre. Il attend que son père meure pour tirer un trait sur le passé. Pour abandonner la terre où reposent les siens depuis toujours ! Il n'a jamais pardonné, jamais eu pitié ! Jamais compris... Personne n'a compris que c'est par amour pour Amélie qu'il a tout fait pour oublier ce qui s'était passé dans la lingerie... Le jour de l'enterrement d'Amélie, quand l'oncle Élie avait dit : « Arnaut part avec moi à Genève », il aurait fallu retenir l'enfant, l'enfermer, s'opposer à son départ ! Mais Thérèse avait répondu : « Bien sûr ! », en ouvrant les bras au garçon qui s'y était jeté.

– Embrasse ton papa...

– Jamais ! avait crié Arnaut.

Et il était parti sans un regard pour lui.

Guilhem ne l'avait pas vu de toute la guerre. Quand il était revenu, en 45 à Azérac, si beau dans son uniforme de la Brigade Alsace-Lorraine, il avait cru que la paix était faite.

La paix ! Il a un petit rire. La paix était faite, avec les Allemands, oui... mais pas avec son fils.

Calendau hennit pour saluer les chevaux qui arrivent avec les cavaliers et les pelles.

Guilhem se lève. Il a mal, mais fait comme si tout allait bien. Déjà les hommes creusent. Sur la hauteur, là où le Rhône ne viendra jamais arracher les corps ensevelis du taureau et des vaches. Et Guilhem se demande si on lui rendra, quand il sera mort, les honneurs qu'il a toujours rendus à ses bêtes.

– Je rentre, dit-il à ses gardians.

Il se met en selle et manque crier de douleur. Il faut qu'il montre son genou à Fernand, et s'il faut opérer...

À cheval, il souffre moins...

Et, brusquement, une fois de plus, une émotion profonde l'envahit. À l'orée du petit bois de mourvens, ils se tiennent tous : les grands, les vieux, les forts, le Simbeu avec sa cloche, les vaches, les veaux... Les queues rousses fouettent les flancs, flammes d'enfer sur les robes noires, les mufles suintent, humides. Ils se tiennent bien droits sur leurs sabots gris qui semblent laqués. Ils le regardent. Ils savent. Cette nuit, quand les hommes seront partis, ils viendront clamer leur douleur sur les tombes.

Et Guilhem les envie, et voudrait être l'un des leurs pour les rejoindre et pleurer avec eux.

Collée à la dune, face à la mer inchangée, la vieille cabane des pastor-nourriguiers était toujours coiffée de sagnes et bardée de bois flotté. Mais un immense atelier était venu l'agrandir du côté baigné par la juste lumière du Nord, tandis qu'au sud un abri avait été élevé pour protéger les chevaux du soleil comme de la pluie et des tempêtes.

La cabane était devenue le domaine de Léopoldine. Elle y vivait presque constamment depuis qu'elle était rentrée des États-Unis, quelques années après la fin de la guerre. Elle vivait là, seule, avec deux chevaux qu'elle ne montait plus depuis qu'elle s'était brisé la jambe.

– Dans le Connecticut ! précisait-elle. Jamais un carmargue n'aurait osé me faire ça !

Elle ne montait plus, mais ne pouvait se passer des deux chevaux qu'elle attelait à sa petite jardinière quand elle avait besoin d'aller vers la civilisation. Elle aimait leur odeur, et, la nuit, elle les entendait bouger, souffler, hennir... comme en ce moment où ils annonçaient l'arrivée d'un cavalier.

Léo posa sa palette et son pinceau et sortit de l'atelier. Elle boitait légèrement depuis sa chute, mais cette claudication, loin d'ôter de la grâce et de la majesté à sa silhouette, la rendait unique et plus attachante. Sous le vieux feutre informe qu'elle portait toujours pour peindre, son expression était méfiante. Elle n'aimait pas les surprises et savait, par expérience, que lorsqu'on venait à elle à travers dunes et marais, ce n'était jamais sans une raison grave.

Mais quand elle vit quel cavalier approchait de la cabane, elle retrouva le sourire et ressembla à la petite Léo qui avait fait le portrait de la Paix au temps de l'Homme Noir.

– Fernand ! Par exemple ! Quel bon vent ?

– Pas si bon que ça, dit Rache en mettant pied à terre et en attachant son cheval à un tamaris.

Léo s'assombrit, alarmée.

– Grand-Mère ?

Rache éclata de rire.

– La baronne nous enterrera tous !

– Elle en a déjà enterré quelques-uns, remarqua Léo sans gaieté.

– C'est vrai, dit Rache. Ma réflexion n'était pas du meilleur goût. Dis donc, que c'est beau !...

Il était entré dans l'atelier et restait en arrêt devant la toile inachevée de Léo.

– Tu es complètement folle !

– Folle ?

– Je connais le prix de ta peinture, et tu vis comme une pauvresse dans cette solitude, loin de tout... Tu n'as pas peur ?

– Que veux-tu qu'il m'arrive ? La mort ? Et alors !... Tu en connais qui y échappent ?... Un coup de jaja ?

Le jaja de Léopoldine était du châteauneuf-du-pape et faisait partie du cérémonial qu'elle observait avec ses visiteurs.

Elle remplit deux verres et s'assit face au médecin.

– Alors ? demanda-t-elle. Raconte quel mauvais vent t'amène ?

– Je suis venu te parler de Guilhem. Il ne va pas bien.

Léo posa son verre. Elle n'avait plus envie de boire.

– Sa santé ?

– Sa santé, bien sûr ! La tension est trop élevée, il s'énerve à propos de tout et de rien... Tu le connais, quand il se mêle d'être odieux...

– ... il l'est !

– Calendau a botté dans son genou... mais le genou ce n'est pas grave, je vais m'en occuper... non, tout ça est fâcheux, mais il se porterait comme un charme si...

– Si ?

– Si Arnaut était là ! Et quand je dis *là*, je ne parle pas de sa présence physique, mais de son accord moral. S'il lui disait simplement : « Papa, je suis avec vous ! »

– Il ne lui dira jamais ça, dit Léo. J'ai dîné avec Arnaut, à New York, lors de mon dernier séjour. Il ne veut même pas qu'on parle de ce qui s'est passé...

Elle se tut. Et les voix de la nature se firent entendre. Froissement soyeux des vagues, cris d'oiseaux se répondant, meuglement si lointain qu'il semblait sortir de la mer.

– J'adore Arnaut ! dit-elle, et la tendresse éclaira son beau visage grave.

– Qui n'adore pas Arnaut ? Son père le premier...

Léo haussa les épaules.

– Il l'adore, mais il l'a brisé ! Quel con, mon frère !

– Tu es sévère !

– Tu as un autre mot pour le définir ?

– Je cherche... dit-il.

Et ils éclatèrent de rire.

– Oui, j'adore Arnaut, reprit-elle au bout d'un moment, mais il ne faut pas lui demander l'impossible... Au fait, je le lui ai demandé !

– Et c'est quoi l'impossible pour toi ? C'est tendre la main à son père ?

– Non, à... son frère, de faire alliance avec lui, non pas contre leur père, mais... pour Azérac. Est-ce que tu me comprends ?

Il la regardait, bouleversé, muet, pétrifié.

– Eh, docteur? Ça va?... T'es pas malade, Fernand? Qu'est-ce que tu as?

– Ce que j'ai? C'est pour te parler... du frère d'Arnaut que je suis venu te voir! Il est bien, tu sais! Ils se ressemblent à un point! Pendant qu'Arnaut était à la Brigade, Pierre était au maquis de l'Aigoual! Arnaut est un scientifique, Pierre est un littéraire... mais avec la même frénésie! Arnaut est parti en Arabie, Pierre s'est sauvé en Indochine... pour échapper à la même réalité. Il est revenu pour enterrer son père...

– Son père? dit Léo, perdue.

– Son père légal: Paul Carles. Un homme bon. Un juste. Petite manade mais grande tradition... Si tu voyais Pierre à cheval! Il a la bouvine dans le sang!

Il eut un petit rire triste:

– Il m'arrive de rêver parfois... Nous sommes tous à Azérac, autour de la grande table, les morts comme les vivants. Très gais! C'est l'anniversaire de Guilhem... n'importe quel anniversaire... On amène le gâteau... et tu sais qui porte le gâteau? Ses fils: Arnaut et Pierre... « Pour vous, Papa! Bon anniversaire! »

Léo le regardait en silence.

– Merci de nous aimer à ce point, dit-elle d'une voix sourde.

Rache haussa les épaules.

– Je les ai reçus dans mes mains le même jour, il faudra bien que Guilhem accepte de voir la vérité en face! Je ne lui demande pas de reconnaître Pierre, mais de reconnaître sa valeur... Les Carles sont pauvres, ils ont besoin de travailler... Pas question d'amener Pierre à Azérac, mais si on lui confiait les bêtes qui sont sur les autres terres... Je pourrais servir d'intermédiaire...

Un nuage qui passait sur la mer changea le paysage, le rendant tragique. Vaguelettes de mercure, flots argentés, évoquant une autre planète...

– Le Seigneur peint le monde à sa guise, dit Léo qui ajouta: La malédiction... la fuite de Faustine, le sang de ce pauvre Charles sur nous, tu y crois?

– Cartésiennement, non. Magiquement, oui.

– Il faudrait... Il faudrait un tel amour pour effacer tout ça! Et peut-être...

Elle avait failli dire: « un autre sacrifice », mais une bourrasque de vent chassa le nuage, la mer redevint bleue, et le paysage si beau qu'elle murmura le vers de d'Arbaud * :

– « *Ce sont tes yeux qui regardent...* »

– « *...C'est ton âme qui verra !* », enchaîna Fernand avant de vider son verre et de se lever.

– Fernand, dit-elle comme il se dirigeait vers son cheval, si tu vas voir Guilhem pour lui en parler... vas-y armé !

– Pour ton genou...

Guilhem interrompit le docteur d'un geste rageur :

– Pas question d'opérer ! Je préfère crever !

– D'accord ! dit Rache. On n'opère pas, tu ne crèves pas, et, même, on va te guérir. Devine qui est venu avec moi ? Il attend dans l'entrée... le vieux Rasclo-Vibro !

Guilhem le regarda avec stupeur :

– Le vieux Rasclo-Vibro ? Le sorcier ?

Rache éclata de rire.

– Il n'est pas sorcier ! Il guérit du secret **, c'est tout !

– Et toi, un médecin, tu me livres à un rebouteux à qui je ne confierais pas ma plus vieille vache !

– Si tu préfères qu'on opère...

Guilhem haussa les épaules.

– Je vais le chercher.

Résigné, Guilhem attendit, crispé autour de la douleur de son genou : il sentait un cœur éperdu battre là où le cheval l'avait frappé. Le vieux Rasclo-Vibro entra dans le salon aux tapisseries. La casquette à la main, l'air ahuri, il sentait le fauve, le faune, le poil rèche, et le tabac gris.

– Le bon jour ! dit-il.

Et Guilhem répondit de même :

– Le bon jour !

Le docteur s'éclipsait.

– Eh ! Où vas-tu, toi ?

– Présenter mes hommages à ta grand-mère. Pour que ça marche, il faut que vous restiez seuls !

* Joseph d'Arbaud. 1874-1950. Félibre (*Le Laurier d'Arles, Le Rempart d'Airain, Les Chants palustres, La Bête du Vaccarès*). Un très grand poète à qui l'on doit l'hymne de la Camargue : *La Cansoun Gardiano.*

** Guérir du secret : avoir le secret pour guérir. On dit que c'est le diable qui octroie ce pouvoir, ce qui n'empêche personne d'y avoir recours.

Horrifié, Guilhem vit le faune approcher ses mains calleuses et déformées de la jambe de son pantalon.

Il ferma les yeux.

Il aurait été incapable de dire ce qu'avait fait le vieux Rasclo-Vibro. Ni combien de temps ils étaient restés seuls. Ce qui était sûr, c'est que, maintenant, il pouvait poser sa jambe sans la moindre douleur. Il marchait normalement et l'enflure du genou avait disparu.

Il voulut donner la pièce à son sauveur. Mais le vieux refusa avec un geste de terreur. Il ne pouvait pas recevoir d'argent : s'il se faisait payer, il perdrait son pouvoir.

Guilhem l'installa dans la cuisine, le fit régaler, fit remplir sa musette. L'envoyé du diable avait le droit d'être récompensé par les nourritures du Bon Dieu !

– Qui c'est qui avait raison ? demanda Rache.

– Toi ! dit Guilhem. Je n'ai plus besoin de médecin, à l'avenir le diable suffira !

Depuis longtemps il n'avait été d'aussi bonne humeur, et Fernand pensa qu'il pourrait peut-être en profiter pour lui parler de la conversation qu'ils avaient eue, Léo et lui, au sujet de l'avenir d'Azérac.

Malheureusement, les choses se gâtèrent pendant le dîner. Tout avait bien commencé pourtant, et Thérèse avait fait ouvrir un Clos-Walheim en l'honneur de la guérison de Guilhem.

En la voyant on comprenait la réflexion de Rache à Léo. La beauté que Thérèse avait reçue en cadeau à sa naissance restait en elle, refusant d'abandonner la vieille dame, son port royal, son front noble, son sourire tantôt malicieux, tantôt grave.

Maintenant, quand elle reposait dans son lit et tournait les yeux vers les photos de la famille, cette réunion d'images qu'Antonin avait appelée « le laraire de Maman », c'était une foule de morts qui la saluait depuis le passé.

Elle n'a jamais pardonné à Guilhem ce qu'il a fait à Amélie, à Isabé et, en conséquence, à Arnaut... mais elle l'aime. Elle l'aimerait criminel, couvert de sang, le couteau à la main. Elle l'aime. Et cet amour est une grande souffrance. Mais y a-t-il un amour qui ne soit une grande souffrance ? Celui qu'elle éprouve pour le cher, le délicieux Virgile, s'accompagne de la douleur de le voir hors la vie.

Et la passion que lui inspire Arnaut n'est-elle pas assombrie par le refus de son arrière-petit-fils d'accepter Azérac ?

– À ta santé ! dit Thérèse à Guilhem en levant son verre.

– À ton genou ! dit Rache.

– À ton genou couronné, baron ! dit Virgile qui rit tout seul de sa plaisanterie.

Guilhem boit sans lui répondre. Virgile l'exaspère. Il ne peut supporter ce chérubin quinquagénaire qui parle comme s'il connaissait l'avenir et dit toujours ce qu'il ne faut pas, ce qui fait mal, ce qui réveille les chagrins endormis... et qui en donne la preuve, là, en disant :

– Arnaut va bientôt nous revenir.

– Tu as reçu une lettre ?

– Oh non ! D'ailleurs je ne lis pas les lettres.

– Alors comment le sais-tu ? poursuit Guilhem.

– Je le sais.

– Tu devrais savoir aussi que je ne supporte pas tes prophéties ! Et je te prierai, à l'avenir, pour la millième et dernière fois, de garder tes visions pour toi !

– Shakespeare a dit : *Il y a plus de...*

– C'est compris ? le coupe Guilhem en frappant sur la table, soudain écarlate. Si écarlate que le docteur a envie de prendre sa tension.

– « *...choses au ciel et sur la terre qu'il n'en est rêvé dans votre philosophie* », poursuit tranquillement Virgile.

Et Thérèse, navrée, regarde Fernand pour l'appeler au secours. Et Fernand répond à l'appel :

– C'est bien Balthazar qui court, dimanche, à Saliers ?

Paroles magiques. Guilhem oublie son frère, son fils, sa colère, tout, pour parler de ses bêtes.

– Balthazar ? Je comprends !... Dimanche dernier, à Marsillargues, il a fait un malheur ! Il a de qui tenir ! Quand on est le fils de Farfantelle et de Matador, on n'a pas laissé ses couilles au vestiaire... Pardon, Grand-Mère !...

– Je t'en prie ! dit-elle, gracieuse, trop heureuse du tour que prend la conversation.

– Des bêtes comme ça, dans une manade, ça te fait une race d'enfer ! Ils descendent de Brutus, c'est tout dire ! Parce que, je ne sais pas si tu te souviens de Brutus, Fernand ?

– Si, si, si !
– Tu viens dimanche ?
On dirait que sa vie en dépend.
– Bien sûr !
– Tu vas voir un beau spectacle !
Et Fernand se dit que, ce jour-là, après la victoire de Balthazar, il pourra peut-être, enfin, parler à Guilhem.

Il était dit que les dieux refuseraient que cette conversation ait lieu.
Rache avait bien vu, parmi les noms des raseteurs qui devaient affronter Balthazar, figurer celui de Roland Carles. Roland était le fils qu'Isabé avait eu de son mari, Paul Carles. Il avait douze ans de moins que Pierre et, pour ramener un peu d'argent au mas, se produisait souvent dans les courses de village. C'était un joli garçon fragile, plein d'admiration pour son frère. Mais ce jour-là il ne pouvait pas courir. Il s'était foulé le pouce la veille en rentrant ses bêtes et avait demandé à Pierre de le remplacer.
Ce changement de prénom sur la liste mit Guilhem hors de lui. Puis il haussa les épaules. Il était bien tranquille, personne n'avait encore décoiffé Balthazar, ce n'était pas aujourd'hui qu'il allait perdre sa cocarde. Il décida de profiter pleinement de la course, heureux comme toujours d'entendre les trompettes et le joyeux bourdonnement de la foule. Il regarda le défilé des raseteurs, de blanc vêtus, en s'efforçant d'éviter celui dont la vue lui était insupportable. On ne pouvait plus le confondre avec Arnaut comme le jour du tournoi des enfants, mais, avec les années, Pierre s'était mis à ressembler à Antonin, ce qui faisait qu'en voyant son fils Guilhem croyait voir son père. Heureusement, il y avait de moins en moins de gens en Camargue qui avaient connu Antonin d'Azérac.
Guilhem alla s'asseoir sur les gradins auprès de Rache qui faisait de grands signes pour attirer l'attention de quelqu'un.
– Qui salues-tu ?
– Ma cousine, Élodie... Tu sais, la décoratrice. Elle a un magasin d'antiquités à Fontvieille...

– Le décolleté généreux? demanda Guilhem tout de suite en appétit.

– Non, la queue-de-cheval! Le décolleté généreux, c'est... Oh! tu vas rire! C'est la petite-nièce de Charles Bourriech! Celui qui s'est tué pour Faustine!

– Ah oui!... Drôle d'idée de se tuer pour une histoire d'amour!

– C'est elle qui est maintenant à la tête de Bourriech-Bourriech et Fils. Zanie Bourriech... Un sacré numéro, paraît-il! Comme Élodie, du reste! Un sacré caractère aussi... ambulancière... elle a fait... Ça y est! Elles nous ont vus!

D'un même geste ils se découvrirent pour saluer les deux jeunes femmes.

– C'est mon cousin Fernand, expliquait la queue-de-cheval au décolleté généreux.

– Le beau manadier?

– Non. L'autre, le docteur. Le beau manadier, c'est... Oh, tu vas rire! C'est le baron d'Azérac!

– Azérac... Azérac... ça me dit quelque chose...

– Évidemment! C'est pour une fille Azérac que le pauvre Charles s'est tiré une balle dans la tête!

– Marrant! dit Zanie Bourriech.

– Tu trouves?

– Se tuer pour une histoire d'amour, c'est pas une idée qui me viendrait! dit Zanie qui avait sorti ses jumelles.

– Arrête de le regarder comme ça! dit Élodie, gênée. Je te préviens: le baron, c'est comme mon cousin, un sacré cavaleur!

– Ah bon? fit Zanie avec sympathie.

Le baron l'intéressait plus que la course à laquelle elle ne comprenait rien. La foule hurlait chaque fois qu'un raseteur décrochait une ficelle. Le haut-parleur annonçait une prime de 1 500 francs * de la part de la Compagnie départementale d'Autocars... 1 000 francs * de la part de la Boucherie de la Reine Jeanne...

Il lui semblait que le même taureau revenait depuis le début...

– Mais non! Il y en a six en tout, lui expliquait Élodie en faisant un signe de la main à une jeune femme assise de l'autre côté du rond.

– Tu salues qui, là?

* Il s'agit d'anciens francs.

– Ma lingère, Cosette. Tu ne la connais pas, toi la Marseillaise ?

– Non, mais on m'a parlé de sa boutique... « Cosette », rue Paradis, hein ?

– Elle est géniale ! Je t'y amènerai. Tu verras, c'est un amour de femme. Courageuse ! Elle élève toute seule sa petite Marylène, pas de papa, tu comprends...

– Dis-moi, chérie, tu sais tout sur tout le monde, toi ?

– Parce que la vie c'est un grand navire, avec des ponts, des passerelles, des coursives...

– Olé ! cria la foule.

– ... alors, il est fatal, poursuit gravement Élodie, qu'un jour tout le monde rencontre tout le monde...

– Et la petite qui embrasse le baron et le cousin, c'est qui ?

– Ah ! ça, c'est Suzel, la secrétaire de Fernand. Elle tient le cabinet médical, et elle s'occupe de *La Branche des Oiseaux*.

– La... quoi ?

– *La Branche des Oiseaux*. Une revue de poésie que mon cousin a fondée en 1926.

– Et c'est pour ça qu'elle les embrasse ?

– C'est la petite-fille du baile d'Azérac, et la filleule de Fernand.

– Et maintenant, hurle le haut-parleur, voici Balthazar, de la manade du baron d'Azérac !

Aux hurlements de la foule on comprenait quelle vedette était Balthazar.

Dès son entrée il montra qui il était, regarda la foule avec l'air de dire : « Vous allez voir ce que vous allez voir ! », gratta le sable de son sabot de fer, fonça sur les raseteurs jusqu'à la barrière rouge qu'il ébranla de ses cornes, sauta dans le *callejon*, ressauta dans l'arène, et resta au milieu du rond, terrible, attendant les assaillants.

Zanie était sidérée. Ce taureau-là, on ne pouvait pas le confondre avec un autre. Très vite les raseteurs s'essoufflèrent. Guilhem exultait. Chaque cri de la foule lui allait droit au cœur. Pierre fit quelques essais téméraires, mais infructueux. Une fois de plus, Balthazar allait sortir invaincu. Une fois de plus on allait lui jouer *Carmen* comme à la corrida... Et, soudain, ce fut bref, inattendu, inouï ! Pierre fonça et, comme s'il l'avait caressé, décoiffa le taureau et montra la cocarde à la foule en délire.

Guilhem était blême.
– Va lui serrer la main, dit Rache à son oreille.
– Jamais !
– Mais qu'est-ce qu'il t'a fait, à part naître ?
– C'est suffisant ! dit Guilhem en lui tournant le dos.
Il voulait s'enfuir, ne pas entendre la foule qui se pressait autour du vainqueur, ramener Balthazar sur le pâturage.
– On peut vous dire bravo pour votre taureau ?
Zanie Bourriech se tenait devant lui.
Superbe fille. Mais si superbe qu'elle soit avec sa gorge bronzée, ses longues jambes, son sourire éclatant, et cet air aimablement agressif avec lequel elle le regardait, il ne pouvait pas oublier que Balthazar avait perdu, ni qui avait gagné.
– Zanie Bourriech, dit-elle en lui tendant la main.
Voyant qu'il hésitait à prendre cette main, elle ajouta gracieusement :
– Pardonnez ma franchise, monsieur, mais j'ai l'impression que ma présence vous déplaît, et que le nom de Bourriech sonne désagréablement à vos oreilles.
– Mais pas du tout ! s'écria Guilhem avec empressement.
– Aussi, pour vous mettre tout à fait à l'aise, je dois vous dire que je me fous complètement de l'oncle Charles, et que j'imagine mal qu'on se tue pour une histoire d'amour !
– C'est drôle, dit Rache, Guilhem m'a dit la même chose !
– C'est vrai ? demanda Zanie, amusée.
– Nous sommes faits pour nous entendre !
Guilhem avait totalement récupéré. Il n'était plus ni vieux, ni las, mais fringant. Il serrait la main d'Élodie, rieuse :
– Attention, Zanie ! Je t'ai prévenue ! Monsieur d'Azérac est un homme dangereux !
– Dangereux ? Moi ? Un pauvre paysan !...
– Si on t'écoutait, Élodie, disait Rache, on se méfierait de tout le monde. Tu m'as bien dit que mademoiselle Bourriech était dangereuse en affaires...
– Moi ?... Un pauvre P.-D.G. qui vient se ressourcer en Camargue !
– Vous allez revenir en Camargue ? demanda Guilhem, intéressé.

– Je ne sais pas encore. La Carmargue était un peu bannie de la famille... Je ne parle pas de l'oncle Charles, mais mon grand-père y est mort d'une chute de cheval.

Guilhem ne put réprimer un sourire.

– Vous voyez où est le Mas des Roseaux ?

– Très bien, dit-il. Nous y allions souvent quand j'étais enfant... du temps où ces terres nous appartenaient.

– Ça, c'est la gaffe !

– Non, c'est le passé... Écoutez, Zanie... Vous permettez que je vous appelle Zanie ?

– Bien sûr que non, Guilhem ! dit-elle joyeusement.

Ils s'aperçurent soudain qu'ils étaient seuls. La foule se dispersait. Fernand avait dû conduire Élodie jusqu'au bouvau pour lui montrer Balthazar.

– J'ai une idée, Zanie. Après-demain, j'ai une ferrade sur un pâturage que les Bourriech n'ont pas réussi à nous prendre.

– Ça m'étonne d'eux !

– Après la ferrade, on ira pique-niquer au milieu des taureaux. On montera...

– Non ! dit-elle vivement.

– Vous avez peur des taureaux ?

– Non, des chevaux. Je vous ai dit pourquoi... Mais je viendrai avec Modestine... ma vieille Jeep de la guerre.

– Vous avez fait la guerre ? s'étonna-t-il.

– Pas vous ? s'étonna-t-elle.

Puis Élodie apparut, les yeux brillants d'admiration pour Balthazar. On confirma le rendez-vous pour le surlendemain.

Et chacun s'en alla avec des idées plein la tête.

Roland était encore plus heureux que Pierre. Décoiffer Balthazar ! Le rêve de tous les raseteurs !

– Tu sais qu'il est fort, mon frère ! disait-il à leur mère en lui versant un petit verre de carthagène pour fêter la victoire.

Isabé était restée fine et jolie et, malgré ses cheveux qui commençaient à grisonner, elle ressemblait toujours à Jeune Fille.

Le mas des Carles lui allait bien. Rien n'y était faux. La grande table de bois, la pannetière, les fauteuils paillés, la barque des Saintes sur la cheminée avaient tous connu des générations de gardians. Dans la famille on avait toujours servi la bouvine et la rossatine avec honneur et plaisir. Des têtes de taureaux l'attestaient sur les murs, au milieu de vieilles affiches de courses provençales où l'on pouvait lire le nom de Paul Carles et, sur de plus récentes, celui de ses fils.

Ses fils ! Roland ignorait tout du drame qui avait failli coûter la vie à leur mère. Isabé et Pierre savaient bien qu'il faudrait le lui dire, un jour...

– Si tu avais vu l'assistance, debout, crier le nom de Pierre ! Ils l'ont porté en triomphe ! C'est Papa qui aurait été fier !

Isabé, émue, leva les yeux vers la photo de son mari ornée d'un crêpe noir. Deux mois bientôt... Que serait-elle devenue sans ses garçons ?

– En tout cas, un que je ne peux pas voir, c'est le baron ! Tu aurais vu ses yeux quand Pierre a tiré la cocarde ! Et puis grossier !... Il est même pas venu lui serrer la main. Tout le monde le fait, ça !

Il éclata de rire.

– Il paraît que son fils, à l'Azérac, son fils, il s'est tiré aux pètes noires, rien que pour plus le voir ! Je ne le connais pas, cet Arnaut, mais, rien que ça, ça me le rend sympathique !

L'horloge de parquet qui mesurait le temps des Carles depuis plus de cent ans s'ébranla pour sonner la demie de huit heures. Roland se leva.

– Déjà ? J'y vais !

– Ça sent le rendez-vous ! plaisanta Pierre.

– Je t'emmène ?

Pierre refusa gentiment. Il avait du travail. Les comptes.

– J'insiste pas.

Roland embrassa sa mère et s'en alla.

L'horloge s'ébranla une nouvelle fois pour sonner le repic. Pierre tira une liasse de billets de sa poche et la posa sur la table.

– L'argent de la course.

– Ça fait beaucoup, dit Isabé sans y toucher.

– Ça fait pas assez... Pas assez pour agrandir la manade, pour louer des terres... Pour s'en sortir, quoi...

La porte s'ouvrit brusquement. C'était Roland qui revenait.

– Pierre, tu es sûr que tu n'as pas besoin de moi ?

– Non ! dit Pierre en riant. Va vite !

Isabé attendit qu'il ait refermé la porte pour prendre la main de Pierre.

– Il va falloir se décider à lui parler...

Pierre ne répondit pas.

– Tu as peur qu'il t'aime moins ? demanda Isabé.

– J'ai peur qu'il ait mal.

– Comme le jour où tu as su qui était ton père...

Il la coupa avec violence.

– Maman, je t'en prie ! Je n'ai eu qu'un seul père, et je porte son nom ! Pardon ! dit-il en voyant que les yeux de sa mère se remplissaient de larmes. Je crie comme un sauvage... pardonne-moi ! ajouta-t-il en baisant la main d'Isabé. Un vrai rustre ! Ne t'inquiète pas pour Roland, quand ça sera le moment je lui parlerai... Ne t'inquiète pas, Maman, rien de mal ne peut arriver chez les Carles !

Les larmes avaient disparu. Isabé regardait son fils et remerciait le Ciel de le lui avoir envoyé.

– J'ai eu beaucoup de chance, dit-elle. Et maintenant, je vais te laisser à tes comptes.

Elle se leva et sortit faire le tour du mas, comme chaque soir, pour voir si le petit peuple de poil et de plume était bien installé pour la nuit, et souhaiter la bonne nuit aux chevaux qui s'endormaient déjà sous leur abri.

– Beaucoup de chance..., leur dit-elle.

Et il lui sembla qu'ils l'approuvaient tous, dans l'ombre et la bonne odeur de paille et de foin.

Pierre s'était mis au travail. Mais ce qu'il comptait ce n'était pas des chiffres, mais des mots.

Il écrivait.

De la poésie.

Parfois il s'arrêtait, regardait l'invisible, tapotait sur la table pour s'assurer de l'exactitude du nombre de pieds... puis sa plume repartait.

Et il souriait, heureux.

Depuis quatre jours ils travaillaient sur la modification imaginée par Arnaut, mangeant sur place, dormant à peine, la barbe piquante, les yeux rouges.

– L'idée est aussi géniale que simple, disait Descamps. On aurait dû y penser depuis longtemps ! Mais comme tout ce qui est simple, comme tout ce qui crève les yeux, il aura fallu des années pour le comprendre ! Seulement...

– Seulement ? demanda Arnaut.

– Ça va coûter beaucoup plus cher que nous ne le pensions...

– Vous pouvez me faire une évaluation ? Sommaire, bien sûr, mais que je sache où l'on va.

En lui tendant le papier où il avait écrit les chiffres approximatifs de l'augmentation des dépenses, l'ingénieur pensa qu'Arnaut allait abandonner les recherches. Il le regarda lire attentivement les sommes, plier le papier, le mettre dans sa poche, et se diriger vers la porte d'un pas fatigué. Sur le seuil, Arnaut se retourna.

– Je vais me coucher, dit-il. Faites-en autant de votre côté. Demain, je serai à Genève, il me faut parler à mon banquier. Il va pousser des cris, me dire que ce n'est pas le moment de vendre mes Royal-Dutch. À l'écouter, ce n'est jamais le moment de vendre quoi que ce soit. Mais il faudra bien qu'il s'exécute ! Je suis enchanté, dit-il en bâillant, on va enfin passer aux choses sérieuses ! Bonne nuit, camarade !

Il se glissa dans les draps frais du *Grand Hôtel de Noailles*, sans se douter qu'il se trouvait dans la chambre que son arrière-grand-père Auguste avait souvent occupée avant la guerre de 14. Il s'endormit en se félicitant de ne pas avoir téléphoné à Azérac pour dire qu'il était à Marseille. Bonne-Maman Thérèse aurait été trop déçue de ne pas le voir.

Le lendemain, il s'envolait pour Genève où sa demande déclencha les cris attendus. Le banquier qui avait remplacé Élie Hébrard après son décès se sentait responsable de la fortune d'Arnaut. Il le trouvait excentrique, se méfiait de ses partenaires arabes, et regrettait le temps béni de l'oncle.

– Il va me falloir plusieurs jours pour réunir cette somme, dit-il avec tristesse. Elle est... considérable ! Il me faudra, au moins...

– Trois jours ! C'est tout ce que je vous donne !

Arnaut était de bonne humeur. Il loua une voiture, roula jusqu'à Bâle, traversa la frontière et s'en alla revoir Walheim où il n'était pas retourné depuis l'hiver 44-45. L'hiver où il avait eu la joie, l'honneur, de se trouver parmi les libérateurs de Colmar. Plus de dix ans, déjà ! Plus de dix ans qu'il était entré dans la cuisine de Walheim. Il y avait trouvé deux vieilles dames et des enfants apeurés. Il avait dit : « *ich ben's urenkelkend von de Thérèse Bader* * », puis, bêtement, il s'était mis à pleurer.

Les vieilles dames – de très lointaines cousines – l'avaient serré dans leurs bras. On avait ouvert du Clos-Walheim comme à Azérac, puis il était reparti. La guerre...

Arnaut arrêta sa voiture à la sortie de Bergheim, au milieu des vignes, et regarda la vieille maison alsacienne plantée sur son rocher.

Il pensait au capitaine Romain Cabreyrolle d'Azérac, au beau cavalier qui avait eu le droit de voir Walheim de ses yeux, mais qui n'avait pas eu le droit d'y entrer...

Comme Moïse devant la Terre promise.

Le raisin mûrissait déjà sur la pente raide. La forêt s'épanouissait au-dessus des vignes ; les ruines des vieux châteaux, gardiens de la mémoire, perdaient toujours leurs pierres roses sur les pitons verdoyants.

C'était l'Alsace. Une petite partie de lui. Un petit morceau de son cœur...

– Thérèse !

Il tressaillit en entendant ce nom.

Un homme joyeux venait d'apparaître sur la terrasse, cherchant quelqu'un du regard. Un garçon et une fille, à genoux parmi les ceps, se redressèrent. Peut-être les enfants qu'il avait vus en 45 ?

– Papa ? dit la fille.

– C'est ta mère, chérie ! Elle veut te voir ! Une histoire de confitures... question de sucre !

– Oh, c'est grave ! pouffa le garçon.

Les jeunes gens remontaient en riant vers la maison en se disputant un panier.

Une famille heureuse.

Tout à coup, il n'avait plus envie d'aller jusqu'à la maison, de pousser la porte, de dire encore une fois aux cousins : « Je suis l'arrière-petit-fils de... »

* « Je suis l'arrière-petit-fils de Thérèse Bader. »

Thérèse... la fille s'appelait Thérèse. Ils ne le lui avaient pas dit quand il était passé avec la Brigade. Il était resté si peu de temps ! Arnaut regarda une dernière fois le paysage où il n'avait pas grandi et s'en alla.

Il roula doucement à travers les vignes, s'arrêta devant le cimetière de l'église d'Hunawihr. Une église pour lui. Catholique. Protestante. Simultaneum. Qu'il plaise à Dieu !

En levant les yeux il vit un nid de cigognes sur le toit d'une maison. Il pensa que ces cigognes s'étaient peut-être arrêtées sur le pâturage au milieu des taureaux et des chevaux. Il murmura, pour elles :

– *Hinter de berge sin oft lit * !*

et décida de retourner à Genève harceler son banquier.

À chaque printemps a lieu la ferrade.

Guilhem a attendu aussi longtemps que possible l'arrivée des deux jeunes femmes. Puis il a dû commencer les explications pour un groupe de pharmaciens de Lyon venus passer la journée sur ses terres. Tout à l'heure ils déjeuneront sous les canisses, près du bouvau. Ils mangeront du taureau et du riz, ils boiront du vin des Costières, avant d'aller crier « Olé ! » aux vaches emboulées qu'on leur présentera pour le dessert.

– ... chaque manade a son fer. Celui des Cabreyrolle d'Azérac est inspiré par nos initiales...

Un gardian présente le fer aux pharmaciens groupés autour du grand feu de sarments, puis le replonge dans le brasier.

– Les bêtes se marquent sur la cuisse gauche. Ce sont des anoubles, taureaux d'un an...

Guilhem regarde son public, l'air farouche, furieux contre lui d'avoir cru à la promesse de Zanie. Décidément, ces Bourriech...

– Après les avoir marqués, nous entaillons nos anoubles à l'oreille, poursuit-il. Ça s'appelle l'escoussure.

– La quoi ? demande une femme.

– Escoussure ! répète-t-il très fort.

* – Derrière la montagne il y a aussi des gens.

Il a horreur de ces fausses blondes, maquillées carnaval, talons pointus, voix pointues. Si c'est pas malheureux de devoir supporter ça sur sa terre !

– Et maintenant, nous allons vous présenter la manade !

En montant à cheval il glisse à l'oreille de Rache :

– Elles ne sont pas venues !

– Elles ont dû se perdre !

Se perdre ! Il haussa les épaules et fonça, plein de rage, rejoindre ses gardians.

Les gens s'étaient perchés sur les carrioles et les charrettes mises en demi-cercle pour leur permettre de voir le spectacle à hauteur de cheval. Très vite ils se mirent à crier de joie et à applaudir, émerveillés.

Guilhem regretta que Zanie ne puisse pas voir ce qu'on était capable de faire à la manade d'Azérac. Il poussa son cheval sur un anouble, le crocheta, le rabattit vers les garçons à pied qui attrapèrent la queue à pleine main, renversèrent le taureau, et le traînèrent par les cornes vers le brasier et la marque.

Un beuglement de douleur monta avec une odeur de chair grillée. L'oreille fut entaillée, et le bête, libérée mais marquée à jamais, se remit sur ses sabots et s'enfuit rejoindre les siens.

Dix fois Guilhem fit le trajet, emporté par la même ardeur que les cavaliers qui l'entouraient. Gardians attachés à la manade, amateurs * venus donner la main, ils avaient tous oublié qu'ils offraient un spectacle payant à des gens qui ignoraient tout de leur vie. Ils ne pensaient qu'à la ferrade, à son sens profond, et refaisaient, dans un délire sacré, les gestes inventés par leurs ancêtres des siècles plus tôt.

Au dernier anouble Guilhem mit pied à terre et voulut marquer lui-même la bête folle de rage et de terreur que les hommes avaient du mal à maîtriser sur le sol.

Le fer grésilla sur le flanc...

– Superbe ! dit une voix.

Il tourna la tête. Zanie était là. Belle. Souriante.

– Superbe ! répéta-t-elle comme à regret.

Il trancha l'oreille du taureau d'un geste précis, garda le bout de l'escoussure, se releva.

* Les amateurs, en Camargue, sont des gardians volontaires que la bouvine passionne, qui s'attachent à une manade, et lui donnent tout leur temps libre.

– Ce taureau est à vous, dit-il à Zanie.

Elle reçut le triangle velu dans sa main. Un peu de sang gouttait de la chair tranchée. Elle regarda ce sang comme si elle voulait l'interroger...

Guilhem se pencha sur la main ouverte et but le sang. Longuement. Puis il s'essuya la bouche et dit en regardant Zanie dans les yeux :

– Le sang de la nouvelle alliance !

Zanie ne répondit pas, mais sourit.

Derrière elle, Élodie, horrifiée, avait détourné la tête.

– Ça va ? lui demanda Rache, amusé.

– Pas du tout ! dit-elle à mi-voix. Je déteste ! Ça va être comme ça toute la journée ?

Il éclata de rire, tandis que Guilhem faisait signe à Frédéri d'amener avec leurs chevaux les deux gentilles bêtes qu'on avait sellées à l'intention des cousines.

– À cheval, mesdames !

– Non ! La voix de Zanie était nette. J'ai dit que je ne monterai pas et vous savez pourquoi. C'est pour ça que je suis venue avec Modestine.

Elle désignait, derrière les charrettes, une Jeep cabossée qui avait visiblement un lourd passé.

– Un cadeau des Américains, dit-elle. Une vraie merveille, mon tas de ferraille ! Avec elle je peux vous suivre partout !

Guilhem était déçu. Il tenta d'expliquer que Pain Perdu et Florette étaient doux comme des saint-bernard, qu'ils avaient l'habitude des promenades...

– ... et des mauvais cavaliers... Merci ! dit Zanie en éclatant de rire. Bon, on y va ? Je crève de faim !

– On ne déjeune pas avec ces personnes ? demanda Élodie en désignant les pharmaciens qui se dirigeaient vers les canisses où le pastis et la carthagène les attendaient.

Guilhem haussa les épaules et sauta sur Calendau. Il avait tenu son rôle, maintenant il laissait ses gardians et leurs femmes s'occuper des touristes.

– Guilhem va vous montrer ce qu'on ne voit jamais, expliqua Rache en se mettant en selle à son tour.

– J'y compte bien ! dit Zanie.

Elles s'installèrent dans la Jeep, et roulèrent doucement derrière les cavaliers jusqu'à une barrière que l'un ouvrit et que l'autre ferma après leur passage.

– Vous êtes dans le sanctuaire, dit Guilhem.

Enchantement de la découverte de la sauvagerie.

Le paysage s'ouvre devant les visiteuses comme le tombeau d'un pharaon où l'on s'enfonce dans des chambres de plus en plus profondes, de plus en plus mystérieuses.

Et, à chaque degré de la magie, les cavaliers mettent pied à terre pour ouvrir une autre barrière, la refermer.... et Guilhem annonce dans quel domaine on se trouve. Celui des anoubles. Des castrés. Des vaches et de leurs veaux. Et, enfin, celui des étalons.

– L'or d'Azérac ! Les taureaux entiers.

Les *biòu* regardent passer Modestine, étrange bête, et la suivent de leurs yeux brillants.

– Je crève de peur ! dit Élodie. Des étalons !

– Sympa, dit Zanie.

– Tu ne risques rien, dit Rache à sa cousine. Il ne faut pas aller à pied, c'est tout. Les taureaux respectent les chevaux.

– Et les Jeeps ? demande Zanie.

Ça fait rire Guilhem, et ce rire fait frémir les étalons.

– Oh là là !... gémit Élodie, terrifiée.

Mais tout redevient paisible. Même les garde-bœufs que le rire du maître avait fait s'envoler, même ces jolis oiseaux blancs piqueurs de vermine, reviennent se poser sur le dos des taureaux et reprennent leur repas.

– Ils sont beaux, vos espagnols, dit Zanie.

– Mes espagnols ? Où avez-vous vu des espagnols ? Chez moi il y a que des camargues ! Cornes en lyre, ça se voit, non ? Des espagnols chez moi ! Manquerait plus que ça !...

Guilhem était soudain hors de lui.

– Alors je reprends, dit Zanie amusée. « Ils sont beaux vos camargues ! »... Ça vous va, comme ça, patron ?

– Excusez-moi, dit Guilhem, penaud. Je m'emporte toujours quand il est question de la race... Pardonnez-moi !... On va s'arrêter après la prochaine barrière.

– Dans une parcelle où il n'y a pas de *biòu* ! ajoute Rache pour rassurer sa cousine.

– Nous avons vu toutes vos bêtes ? demande Zanie.

– Vous plaisantez ! Ici, elles sont rangées par catégories. Prêtes à travailler. Mais les plus sauvages, les plus nombreuses, sont sur les terres autour d'Azérac et en bord de mer, seulement, là, on ne peut aller qu'à cheval ! Pas question de Jeep !

Elles les regardèrent mettre le couvert sous un bouquet de tamaris, tout près des deux chevaux qui se reposaient debout, les cils baissés.

Sur une grande nappe à carreaux ils sortirent un festin de leurs saquetons. Omelette froide à la tomate et à l'oignon doux des Cévennes, fougasses au lard, allumettes d'anchois, saucisse d'Anduze, fromage hérissé d'herbes, merveilles poudrées de sucre par Annette...

Guilhem posa ses étriers sur un feu de bois sec et, dessus, fit griller des côtelettes d'agneau. Pendant ce temps, Fernand versait le châteauneuf-du-pape dans des verres épais. Ils avaient oublié de prendre des couverts mais c'était bien meilleur de manger avec ses doigts.

– Un vrai safari ! disait Élodie que le châteauneuf avait rassurée.

Zanie se taisait. Elle était bien. Elle avait dévoré comme les autres, et vidé avec eux plusieurs verres de vin. Elle regardait autour d'elle, repassant dans sa mémoire toutes les étapes de la promenade.

Elle sortit une cigarette et Guilhem lui tendit une branchette incandescente pour l'allumer.

– C'est pas dangereux ? demanda-t-elle en désignant le feu.

– Ce serait dangereux si d'autres l'allumaient, dit Guilhem

– Mais quand c'est vous, non ?

– Voilà ! dit-il avec empressement.

Et Rache ne put réprimer un sourire.

Zanie fumait, de nouveau silencieuse. Puis elle écrasa sa cigarette soigneusement, croisa les mains sur ses genoux, et dit :

– Bon !...

Comme si elle attaquait le moment décisif d'une réunion de conseil d'administration.

– Les deux saint-bernard que vous nous destiniez... ils font des promenades avec les touristes ?

– Oui.

– Ça rapporte ?
– Peu.
– Et les courses, comme l'autre jour ?
– Pas guère...
– Les gens qui assistaient à la ferrade, ils paient ?
– Bien sûr !
– Mais pas beaucoup ?...
C'était un interrogatoire en règle.
– Mais, qu'est-ce qui rapporte, en Camargue ?
– Rien ! dirent les deux hommes d'une seule voix.
Zanie désigna tout ce qui les entourait.
– Pourquoi, alors ?...
– Comment « pourquoi »... ? dit Guilhem, interloqué.
– Pourquoi tant de mal, tant de peine, tant d'énergie ?
– Mais pour la Foi ! La Tradition ! La Race !... Il y a plus de mille ans que les miens servent la Camargue ! Vous ne voudriez pas qu'aujourd'hui on renonce !
Il était superbe, lancé.
– Et, vous voyez Zanie, quand c'est trop dur – parce que, parfois, c'est trop dur – il suffit alors...
– ... de boire du sang de taureau, dit-elle. J'ai compris.
Ils échangèrent un long regard. Personne n'osait plus ni boire ni manger. On aurait dit que la nature leur imposait de se taire, de ne pas faire de bruit. De l'écouter. Un petit vent frais se leva. Bruit d'un canard qui plonge dans une eau invisible comme lui... Un oiseau éclata de rire. Calendau éternua, et le brame furieux d'un étalon fit frémir Élodie.
– Quel imbécile... dit Zanie.
On la regarda.
– Je pense à ce pauvre Charles, expliqua-t-elle. S'il avait su plaire à... Faustine – c'était bien Faustine, le nom de votre tante ? –, on serait cousins, amis, et au lieu de me dire du mal des Azérac pendant toute mon enfance, on m'aurait appris tout ça quand j'étais petite...
– On peut apprendre à tout âge ! dit Guilhem.
– La preuve ! Je viens d'avoir une idée... mais, celle-là, elle est géniale ! Tu te souviens de mon parfum, Élodie ? Tu sais, celui pour lequel on cherche un nom... Je l'ai trouvé, le nom ! *Camargue* !... Donnez-moi à boire, Guilhem ! C'est vous le parrain ! Buvons à la santé de *Camargue* !
Un coup de tonnerre fracassant leur fit lever la tête vers le ciel bleu.

– Mon Dieu ! s'affola Élodie. Il va pleuvoir !

– Non, dit Guilhem. L'orage n'éclatera pas. Il ira se perdre sur les Cévennes.

– Sûr ? demanda Zanie.

– Sûr !

Un nouveau coup de tonnerre fit sourire les deux jeunes femmes.

– Si je me fie au ciel...

– Il ne pleuvra pas, trancha Guilhem.

– On parie ?

– Si vous aimez perdre...

– Sale caractère, dit-elle avec ravissement.

– Si vous voulez. Mais il ne pleuvra pas...

– C'est vous, Grand Chef, qui décidez de la pluie et du beau temps ?

– Ici, oui.

– Je l'adore ! dit-elle en éclatant de rire. Il est terrible.

Elle se leva, secoua les herbes et les miettes du repas sur ses vêtements. Elle était ravie.

– C'est vrai, je vous adore ! On ne va plus se quitter ! Au revoir, ajouta-t-elle en lui tendant la main.

– Au revoir ?... Vous n'allez pas partir si vite !

– Mais si ! Un : je n'ai pas entièrement confiance dans vos prédictions météorologiques. Deux : ma Jeep n'a plus de capote ! Trois : j'ai du travail qui m'attend. Et, quatre : je veux déposer *Camargue* le plus vite possible. Parce que j'ai envie d'être riche !

– Tu l'es déjà, riche, constata Élodie qui n'avait plus peur et serait bien restée.

– On n'est jamais assez riche. N'est-ce pas, baron ? dit Zanie en lui tendant la main.

– Je ne sais pas, répondit-il, déçu.

Il tenait dans la sienne la main de la jeune femme. Il la regardait, et elle soutenait ce regard. Il aurait voulu être seul avec elle... Mais c'était encore trop tôt... Bientôt...

– C'était... magnifique ! dit-elle gravement. Tout ! Et merci pour... – elle sortit le bout d'oreille qu'il lui avait donné de sa poche – merci pour mon *biòu* !

– On va encore passer au milieu des taureaux ? demanda Élodie en montant dans la Jeep.

– Non, dit Guilhem. On va vous ouvrir la barrière sur la draille. C'est tout droit jusqu'au bouvau où vous reprendrez la route.

Quand la Jeep eut franchi la barrière, Zanie s'arrêta et se pencha vers Guilhem.

– Je crois que vous aviez raison, dit-elle.

– Pour l'orage ?

– Non... pour le sang de la nouvelle alliance !...

Elle démarra brusquement et lança Modestine sur la draille à toute vitesse.

– Tu vas nous tuer ! dit Élodie en s'accrochant au pare-brise.

– Pourvu qu'il soit libre !

Élodie sourit. Elle connaissait sa cousine et ses brûlants emballements.

– Libre ?... Qui ça ? demanda-t-elle avec malice.

– Le nom ! Pour mon parfum ! *Camargue...*

– Alors, là, j'ai du mal à te suivre !

Élodie était dépassée.

– Je croyais que Guilhem te plaisait, et tu me parles de ton parfum !

– Mais bien sûr qu'il me plaît, Guilhem ! J'ai même beaucoup aimé sa langue dans ma main !

– Zanie !

– Quoi, Zanie ?... Tu me demandes s'il me plaît, et je te le dis ! J'ai beaucoup aimé sa...

– Arrête !

– Tu as peur de tout, chérie ! Des mots, des taureaux, des hommes ! Tu ne feras jamais fortune !

– Si je ne t'aimais pas, dit Élodie, furieuse, je te détesterais !

– Impossible ! dit Zanie.

Et elles éclatèrent de rire.

Les deux hommes avaient ramassé la nappe et les reliefs du repas.

Ils avaient l'habitude de ces bivouacs primitifs. Ils dispersaient toujours la nourriture que les bêtes pouvaient manger, brûlaient ce qui pouvait être brûlé, puis écrasaient les braises sous le talon de leurs bottes. Le reste disparaissait au fond des saquetons.

S'il n'y avait pas eu une trace noire à l'endroit où ils avaient allumé un feu, on n'aurait pas pu imaginer qu'on s'était arrêté là pour prendre un repas.

Ils n'avaient pas dit un seul mot depuis le départ des deux filles. Ils pouvaient rester des heures ensemble sans parler. Le silence ne cassait jamais le fil de leurs conversations. Et, au moins, en se taisant, ils ne se disputaient pas.

– Épouse-la, dit Rache.

– Oui... dit Guilhem encore dans ses pensées silencieuses.

Puis il réalisa ce qu'il venait d'entendre.

– Qu'est-ce que tu as dit ?

– Épouse-là... J'ai dit : Épouse-la. Et tu as dit : oui...

– J'ai dit oui parce que je n'avais pas compris. Tu es complètement fou ! Elle pourrait être ma fille !

– Elle pourrait te donner un fils !

Guilhem s'appuya contre Calendau et regarda vers la draille où avait disparu la Jeep. La poussière était retombée, le silence revenu. On aurait pu croire que toute la journée avait été rêvée.

– Un fils, tu disais.

Modestine avait retrouvé la route goudronnée. La vitesse et le vent rendaient la conversation difficile, mais, en traversant le Rhône, Zanie cria :

– J'attends avec impatience le deuxième acte !

– Le deuxième acte ? cria Élodie.

– L'invitation au château !

L'invitation vint très vite. Et, après avoir dit qu'il lui serait impossible de se libérer avant plusieurs semaines, Zanie fit semblant de s'apercevoir qu'elle pourrait venir le surlendemain, un rendez-vous ayant été annulé.

– Et bravo, dit-elle avant de raccrocher. Vous avez gagné.

– Gagné quoi ? s'étonna Guilhem.

– Il n'a pas plu, l'autre jour !

L'idée de la revoir si vite plongea Guilhem dans une folle excitation. Il expliqua à Annette qu'il allait recevoir deux dames pour le thé, et qu'il tenait à ce que ce thé soit une vraie merveille. Qu'on sorte ce qu'il y avait de plus beau, pour leur faire honneur ! Et ce qu'il y avait de meilleur !

– Peut-on savoir qui sont ces dames ? demanda Thérèse, intriguée.

– La cousine de Fernand, et la cousine de la cousine, dit-il brièvement.

– Celle avec la robe bleue, je ne veux pas la voir, déclara Virgile.

– Ça tombe bien, tu n'es pas invité.

– Guilhem ! gronda Thérèse. Tu as quel âge ?...

– Cinquante-quatre ans, si vous voulez tout savoir, Grand-Mère ! C'est-à-dire l'âge de faire ce que je veux !

– Mais qui t'en empêche, mon chéri ?

Elle n'avait pas l'intention de prendre le thé avec les visiteuses, subodorant quelque amourette sous roche, comme on disait dans son jeune temps. Ce serait bien pour Guilhem, de refaire sa vie... Mais elle plaignait déjà la malheureuse qui devrait le supporter.

Elle somnolait sur la terrasse quand Annette vint l'avertir que les invitées étaient arrivées.

– Il y a une dame Bourquin... et...

Annette semblait troublée. Elle baissa la voix pour dire :

– ... l'autre est une dame... Bourriech...

– Bourriech !

Thérèse s'était redressée, comme piquée par une guêpe.

– Oui ! disait Annette, aussi penaude que si c'était elle qui avait lancé les invitations.

Thérèse s'agrippa à elle.

– Alors tu mettras nos plus belles tasses... le service du dragon, les couverts en vermeil de mes noces, les flacons en cristal avec nos armoiries, pour la nappe et les serviettes, tu sortiras...

– ... le linge historique !

– Oui, ma fille ! Et nous leur montrerons que nous savons encore recevoir !

Avant que Guilhem ne fasse les présentations elle avait deviné laquelle des deux était une Bourriech. C'était facile : elle portait une robe bleue.

– Ces dames étaient curieuses de voir Azérac. Nous allons faire une petite visite de la maison avant de venir prendre le thé avec vous, Grand-Mère.

Elle l'arrêta d'un geste.

– Ne m'en veuillez pas, mesdames, de ne pas me joindre à vous, mais... je suis un peu fatiguée, et Annette va me raccompagner à ma chambre. Le grand air, le soleil, à mon âge... Le docteur le sait !... Je vous prie de m'excuser...

Elle se leva avec l'aide d'Annette et s'éloigna vers la maison appuyée sur son bras.

– Merveilleuse ! dit Élodie.

Zanie regardait la baronne sans dire un mot. Elle n'aimait pas rencontrer des forces égales à la sienne.

Rache frappa dans ses mains.

– Venez, mesdames ! Suivez le guide, la visite va commencer !

Zanie s'arrêta sur le seuil du premier salon devant le portrait d'une jeune femme souriante.

– Ma femme, Amélie, dit Guilhem.

– Comme elle est jeune...

– C'était peu de temps après notre mariage, expliqua-t-il.

Zanie hocha la tête sans quitter le portrait des yeux. On aurait dit qu'elle se mesurait à la jeune femme... Puis elle regarda le portrait de Guilhem qui lui faisait pendant, et parut réfléchir. On la sentait à la recherche d'une ressemblance, d'un souvenir...

– Sur ce portrait... vous ressemblez à quelqu'un...

– Ne lui dites pas ça, dit Rache gaiement. Guilhem ne veut ressembler à personne ! Venez plutôt voir la chapelle.

Mais Zanie avait du mal à se détacher du portrait de Guilhem et ne semblait pas décidée à suivre le docteur qui voulait les entraîner à sa suite.

– Et là ? demanda-t-elle en désignant une autre porte.

– Oh ! là, on n'y va plus, dit Guilhem. C'est, ou plutôt c'était, le grand salon. Il est fermé depuis des années...

– Barbe-Bleue ?

– Non. Décrépitude...

Tout le monde rit et, de nouveau, Rache essaya d'entraîner la troupe. En vain. Zanie ne bougeait pas de devant la porte et Guilhem se décida à l'ouvrir.

Un trou noir à l'haleine de tombeau.

– On ne voit rien, dit Zanie.

– Allume ! dit Rache.

Mais l'électricité était coupée dans cette aile depuis un petit court-circuit qui avait failli faire griller le château pendant l'occupation.

Guilhem et Fernand, sentant la curiosité des deux femmes, ouvrirent quelques portes-fenêtres donnant sur la terrasse. Et, pour la première fois depuis des années, la lumière du jour entra, curieuse, dans ce qui avait été le plus beau salon d'Azérac.

C'était vraiment la décrépitude annoncée.

La vaste pièce, avec ses six hautes fenêtres, sentait le moisi, l'abandonné. On devinait encore la beauté de la cheminée de marbre blanc, du plafond peint où des nymphes devisaient avec des amours et des colombes sur des nuages immobiles. Mais la splendeur était maintenant en haillons.

Élodie délirait.

– Quelle merveille ! Et cette tapisserie ! Une verdure !... Authentique, en plus ! J'adore les verdures... Et ce plafond peint ! Exquis ! Et ces rideaux de brocart rouge sang... tiens, il n'y en a qu'une paire...

– Nous avons mangé les autres, expliqua Guilhem.

Zanie sourit. Elle inspectait tout d'un œil critique et froid. Elle observait chaque détail, chaque beauté, chaque misère. Rien ne lui échappait. Elle était sérieuse et concentrée, comme un acheteur qui se demande s'il va signer.

Élodie poussa un cri : son talon était coincé entre deux lames de parquet pourri.

– C'est le parquet... Je suis désolé, Élodie... il aurait besoin d'être revu, mais, comme on ne vient jamais...

Guilhem avait hâte qu'on quitte ces lieux qui lui rappelaient la splendeur enfuie. Fernand aidait Élodie à récupérer sa chaussure, puis montrait une fois de plus le chemin.

– Guilhem nous précède pour allumer, à la chapelle. Parce que là-bas, il y a l'électricité !

Les deux femmes sortirent du salon et traînèrent un peu pour se trouver seules.

– Un petit budget déco géré par moi, et je te jure qu'Azérac devient Versailles ! chuchote Élodie à l'oreille de Zanie.

Rache revenait vers elles.

– Je vous ai crues perdues ! J'aurais dû vous encorder ! Bon, vous y êtes ? Avant de rejoindre Guilhem qui nous attend dans la chapelle, nous allons passer dans l'entrée...

– C'est pas dans l'entrée que cet imbécile de Charles s'est flingué ? demanda Zanie avec un intérêt subit.

– Zanie ! s'écria sa cousine, scandalisée.

– Quoi : « Zanie ! » ?... 1913 !... il y a prescription depuis belle lurette, non ? C'est bien là, docteur ?

– Oui, dit-il. C'est même mon père qui a constaté le décès. Jusqu'à son dernier jour il en gardait encore le souvenir, et...

– J'adore l'escalier ! dit Zanie. Il a une de ces gueules !

– Par ici, dit le docteur en prenant le couloir qui menait à la chapelle.

Élodie était éblouie. Avoir une chapelle chez soi, quel chic ! Elle le dit à voix basse et fut étonnée que Guilhem lui réponde à voix haute. La chapelle n'était plus consacrée.

– Elle sert très rarement, ajouta-t-il. Il faut vraiment que quelqu'un meure...

– Ou que quelqu'un naisse ! dit Rache. Vous n'imaginez pas comme c'est joli un baptême au château !

Elles regardaient les vitraux, le Bancal et Dame-Chevalier, l'autel, les statues, les Saintes de pierre dans leur barque, et le cri d'armes *Dau per Diéu* sur un bas-relief rongé de vieillesse. Elles se taisaient.

Les hommes attendirent qu'elles soient sorties pour éteindre la lumière.

– Je te vois bientôt baronne, dit Élodie à sa cousine.

– C'est dans la poche ! dit Rache à Guilhem, avant de les rejoindre.

Annette avait bien écouté la leçon de Thérèse.

La table dressée pour le thé, véritable féerie, semblait être sortie du sol par enchantement.

Une nappe de dentelle recouvrait une nappe de brocart dont les plis se cassaient dans le tapis vert de la pelouse. Des chaises délicates entouraient la table et, pour signer le travail des fées, la théière était un dragon.

Élodie s'installa en poussant des cris d'admiration. Zanie regardait toujours avec cet œil de propriétaire éventuel qui évalue ce qu'on lui présente. Elle s'assit de façon à garder le château dans son champ de vision.

Comme sur le pâturage, quand ils avaient mangé avec leurs doigts et bu dans des verres de paysan, elle se sentait bien.

– Cette tasse ! Quelle finesse de porcelaine ! bourdonnait Élodie.

Elle soulevait sa petite cuiller de vermeil avec un air compétent comme si elle allait en donner le prix. Elle retournait une soucoupe et s'extasiait tout haut.

Guilhem s'était assis en face de Zanie et la dévorait des yeux. Il servait le thé. Charmant.

– Crème ou citron, Zanie ?

– Nature, Guilhem.

– Alors ? demanda-t-il, sans préciser à quoi cet « alors ? » faisait allusion.

– Alors ? dit Zanie en souriant, je vais vous dire...

L'expression de Guilhem l'empêcha d'aller plus loin. Il ne l'écoutait plus et regardait quelqu'un qui venait d'arriver. Quelqu'un dont la vue le bouleversait puisqu'il poursuivait, d'une voix troublée :

– Tu ne nous as pas prévenus, Arnaut...

Zanie se retourna, agacée par la venue d'un gêneur, avant de pousser un cri :

– Mais c'est le Chevalier !

Guilhem, étonné, resta sans voix. Les autres aussi.

– Vous vous connaissez ? demanda-t-elle joyeusement en désignant Arnaut à Guilhem.

– Un peu... C'est mon fils.

– Votre fils ? Mais non, c'est Arnaut Cabreyrolle !

– Arnaut Cabreyrolle d'Azérac, dit Arnaut.

Et tous deux éclatèrent du même rire.

– C'est pour ça que, tout à l'heure, devant votre portrait, votre portrait mais en jeune, expliquait Zanie à Guilhem, je me suis dit : « Tu le connais ! » Eh bien voilà, je sais pourquoi : vous êtes le père !

Elle rit encore dans le silence qui s'était fait autour de la table, et dit qu'elle prendrait bien quelque chose de fort. Guilhem lui versa une rasade d'alcool dans un verre délicat. Elle regardait toujours Arnaut sans en croire ses yeux.

– Le Chevalier !... Ça, par exemple !... Quel plaisir ! Quelle surprise !

Puis elle se demanda si Arnaut l'avait reconnue et se présenta :

– Sous-officier Bourriech.

Arnaut claqua des talons avant de prendre la main que lui tendait Zanie.

– Soldat Cabreyrolle.

– Votre fils et moi nous nous sommes connus dans des circonstances particulièrement drôles. Nous étions ensemble à la guerre !

– Ah ?... dit Guilhem, hébété.

Arnaut avait salué Élodie et le docteur. Il précisa :

– À vrai dire, nous ne nous sommes pas vraiment connus !

– Nous avons failli nous connaître.

Ils éclatèrent de rire une fois de plus.

La consternation était générale, mais ils ne la remarquaient pas.

– Nous allons rattraper le temps perdu !

Elle lui désignait une chaise pour qu'il prenne place à ses côtés, mais Arnaut expliqua qu'il devait aller embrasser son arrière-grand-mère qu'il n'avait pas vue depuis des mois.

– Je reviens très vite, sous-officier Bourriech ! C'est tellement extraordinaire cette rencontre ! À tout de suite !

Il partit d'un pas rapide vers le château.

– Bravo ! dit Zanie à Guilhem.

Il leva vers elle un regard noir.

– Vous êtes fort pour faire des surprises, vous !

Élodie essaya de meubler le silence qui suivit.

– Zanie, tu ne m'avais pas dit que vous vous connaissiez...

– Mais je ne savais pas qu'on se connaissait ! D'ailleurs, on ne se connaît pas... Enfin... si ! C'est une histoire incroyable ! Ah, quelle charmante surprise ! dit-elle en tendant son verre à Guilhem pour qu'il le remplisse à nouveau.

Arnaut rencontra Annette dans l'escalier et souleva la vieille femme dans ses bras.

– Grand-Mère dort, mon petit chéri, ne me la réveille surtout pas ! Oh, pardon, Monsieur !

– « Monsieur » ?... Tu ne m'aimes plus, vilaine ?

– Oh ! que si, peuchère... Mais tu es tellement grand, tellement beau, que ça me rend timide ! Tu nous restes ?

– *Un pau, mai gaire * !*

– Va l'embrasser, mais laisse-la dormir. C'est parce qu'elle a un bon sommeil qu'elle nous reste fraîche et vive, ma damette.

* – Un peu, mais guère !

Elle ouvrit doucement la porte de la Chambre des Reines, Arnaut entra sans faire de bruit et alla se pencher sur le lit où dormait Thérèse.

Comme elle semblait petite au milieu de ses dentelles et de ses oreillers ! Elle l'avait tenu dans ses bras, sur ses genoux, contre son cœur... Elle lui avait appris à naviguer au milieu des abeilles sans se faire piquer. Elle avait veillé sur son sommeil d'enfant, elle s'était penchée sur son berceau comme il se penchait en ce moment sur elle...

– Je suis allé à Walheim, Grand-Mère ! murmura-t-il sans qu'aucun son ne sorte de sa bouche.

Elle bougea dans son sommeil. Il eut peur de l'avoir réveillée... Mais non, elle dormait paisiblement. Il se retira sur la pointe des pieds. Annette referma la porte aussi doucement qu'elle l'avait ouverte, et le suivit dans le couloir.

– Je vais dire qu'on fasse ta chambre, dit-elle en prenant le chemin de l'office.

Il redescendit par le grand escalier et, avant de rejoindre la table du thé, passa dans le petit salon et s'arrêta un moment devant le portrait de sa mère.

Puis il s'approcha de la porte-fenêtre et regarda dehors.

Zanie était partie dans un long discours...

Zanie Bourriech... quelle rencontre !

Il l'observa un moment et admira sa vitalité. Elle était déjà comme ça à la Brigade.

– ... les filles étaient toutes folles de lui ! Mais aucune n'osait lui parler. Impressionnant ! Ah, il ne passait pas inaperçu, votre fils !... Il s'était bien enfui de son collège en Suisse pour s'engager ?

Guilhem fit signe que oui, sinistre.

– Formidable ! poursuivait-elle. J'ai su ça pendant une contre-attaque allemande... La neige... les Vosges... On pelait de froid et de peur... Ça pétait de partout ! On m'a dit : « Tu vois le petit gars, là-bas, en première ligne ? Il a fait le mur pour venir se battre ! » Le Chevalier... C'était de Lattre qui l'avait appelé comme ça... Ah ! Nous parlions de vous, fit-elle en le voyant approcher. Venez près de moi ! Asseyez-vous... Vous savez que vous n'avez pas changé !

Arnaut sourit. Ça faisait quand même onze ans... Non ! Bientôt douze.

Elle lui versa du thé, le regarda boire sans s'occuper des autres.

– Vous vous souvenez de moi ? demanda-t-elle. Ou peut-être pas du tout ?...

Il posa sa tasse et regarda devant lui.

– La neige, les Vosges, des flocons qui tombent d'un ciel blanc... une ambulance montée au ras des lignes... une fille qui ramassait les blessés... On m'a dit : « C'est Zanie Bourriech. Elle n'a peur de rien ! » Ça m'a amusé... à cause du nom : Bourriech.

Personne ne rit, sauf eux.

– Vous n'avez pas changé, répète Zanie.

– Vous l'avez déjà dit, grommelle Guilhem.

– Mais c'est que c'est vrai !

Élodie se lance, gracieuse :

– Vous, le papa, vous devez être fier de lui !

– Très ! grince le papa.

Rache regarde sa montre et Guilhem le foudroie du regard. Élodie, mondaine, se tourne vers Arnaut.

– Et maintenant, que faites-vous dans la vie ?

– Je cherche. J'invente.

– Vous inventez quoi ?

– Des appareils pour le forage, la détection du pétrole...

– Et vous le détectez où, le pétrole ? fait-elle, impressionnée.

– Eh bien, malheureusement, jusqu'ici je ne le détecte pas, je le cherche !

– Où ça ?

– En Arabie.

– En Arabie !... Ça fait rêver... Les *Mille et Une Nuits* !

– Pas vraiment, dit-il en riant.

– Élodie, ma chérie !

Zanie a crié comme quand on se souvient d'une chose importante et oubliée. Élodie la regarde.

– Ton rendez-vous !

– Mon rendez-vous ?

– Enfin ! Élodie... Ton rendez-vous à Nîmes ! Mme Bélondrade ! Son salon Louis XV que tu dois expertiser ! Voyons !

– Ah oui !... s'exclame Élodie qui comprend enfin. Le salon... C'est vrai ! Mon Dieu, dit-elle à Guilhem en se levant, je suis là, chez vous, je suis bien, j'écoute, et cette pauvre Mme Bélondrade qui m'attend à Nîmes ! Oh là là !... Je me sauve !

Elle serre les mains à la hâte, s'arrête devant sa cousine :

– Mais comment vas-tu faire pour retourner au Mas des Roseaux ?

Zanie se tourne vers Arnaut.
– Je vais demander à mon compagnon d'armes...
– Je peux très bien... propose Guilhem.
Elle lui coupe la parole et pose doucement une main sur la sienne.
– Cher Guilhem, j'ai suffisamment abusé de vous ! Vous m'avez consacré un temps qui appartient à vos *biòu*, fait découvrir la manade, la ferrade... Aujourd'hui vous m'accueillez à Azérac... Je serais indiscrète si je vous accaparais davantage, aussi, si le Chevalier n'a rien de mieux à faire...
– Le Chevalier est à vos ordres, madame !
– Alors, allons-y !
« *Sian poulit* * », pensa le docteur, consterné.
Elle se lève, embrasse Guilhem sans paraître remarquer son peu d'enthousiasme, et le remercie chaleureusement.
– Pourquoi merci ? grogne-t-il.
– Mais pour tout ! Pour le thé, pour Azérac, pour la surprise !... Pour tout ! Au revoir, docteur ! Au revoir, Élodie ! Au revoir, baron ! Venez, Chevalier, nous parlerons de nos campagnes !
Élodie prend congé à son tour, mais Guilhem retient par le bras le docteur, pressé de s'éclipser.
– Fernand ! Tu aurais pu me le dire !
– Te dire quoi ?
– Qu'ils s'étaient connus à la Brigade !
– Si je l'avais su !... Allez, bonsoir.
Rache lui tourna le dos et s'en alla.
Guilhem resta seul auprès de la petite table-fée.

Après avoir traversé le Petit Rhône, Arnaut ralentit.
– Nous allons où ? demanda-t-il.
– Au Mas des Roseaux.
– Et où perche-t-il, ce Mas des Roseaux ?
– Comment, vous ne savez pas ? Votre père m'a dit que Les Roseaux faisaient partie du fief d'Azérac avant que nous ne vous les piquions !

* Littéralement, « Nous sommes jolis ! », « Nous sommes propres ! »

– Avant 14 ? Je vois ! dit Arnaut, de bonne humeur. Aidez-moi, je n'ai aucune idée de l'endroit où ça se trouve.

– Le Vaccarès... Gageron... après, je vous guiderai.

La voiture était décapotée et le vent du soir était délicieux à respirer.

Il coupa par une petite route si bien encadrée de roseaux qu'on n'imaginait pas qu'un paysage puisse se cacher derrière.

– Vous connaissez mon père depuis longtemps ? demanda Arnaut.

– Depuis neuf jours.

– Ah bon !... Je pensais que vous étiez de vieilles connaissances.

– Non. La vieille connaissance, c'est vous.

– C'est vrai.

– Mais Guilhem que j'ai rencontré il y a neuf jours, j'ai l'impression d'en savoir plus sur lui que sur vous, que j'ai rencontré il y a onze ans !

– Et que savez-vous ?

– Sur lui ? Courageux, odieux, séduisant, brutal, orgueilleux, distingué, rustre, touchant, coléreux... Un homme très seul...

C'était bien vu. Mais Arnaut n'avait aucune envie de gâcher sa rencontre avec celle qui était restée « l'ambulancière » dans son souvenir, en comparant leurs impressions sur son père. Il se tut.

– Quant à vous, dit Zanie.

– Moi ?

– Vous êtes à l'étude... Oh !

Dans un tournant, la petite route venait de déboucher sur le rivage du Vaccarès.

– Ne roulez pas trop vite... Comme c'est beau !... regardez le soleil ! Il est si rouge qu'on dirait qu'il ne va plus revenir...

Depuis combien de temps Arnaut n'avait-il pas vu un crépuscule sur la Camargue ?

– On peut s'arrêter un instant ? demanda Zanie.

– Bien sûr !

– Regardez !

Le bruit du moteur avait effrayé des flamants roses occupés à pêcher dans les basses eaux.

– Les fleurs volantes... C'est ainsi que les appelait le marquis.

– Quel marquis ?
– Ici, il n'y en a qu'un : le marquis de Baroncelli.
– Et c'est quoi, comme bêtes ?
– Des flamants roses.
– Et ceux-là ?
Elle désignait un autre groupe d'oiseaux.
– Ce sont des bernats rouges, friands d'anguilles...
– Vous êtes comme votre père ! Vous savez tout !...
Ils étaient descendus de voiture. Le monde était plat, vide, infini. Ils s'appuyèrent contre le capot et ne bougèrent plus.
– Quelle paix ! Cette eau tranquille, ce ciel calme... On a l'impression d'approcher de la Vérité... Tiens, Vénus !... Elle est en avance.
Les moustiques les avaient repérés, féroces, assoiffés de sang, mais ils ne les sentaient pas. Zanie poursuivait son monologue :
– J'ai bien fait d'écouter Élodie... C'est elle qui m'a entraînée. Je ne voulais pas venir. Je ne me souvenais pas que c'était si beau... Ça ne vous manque pas, à vous, dans votre désert d'Arabie ?
– Non.
– Vous n'aimez pas la Camargue ?
– Si.
Le soleil rouge poursuivait sa descente à l'horizon.
– Et vous, Zanie, vous l'aimez ?
– Je ne sais pas encore... Chaque fois que les miens se sont approchés de ce pays, ça a tourné au drame... Mais c'est si beau !
Il avait l'air ailleurs.
– À quoi pensez-vous ?
– À des flocons qui descendent sans bruit...
Elle fut bouleversée. Comme s'il venait de lui faire une déclaration.
Ils se regardèrent et eurent envie l'un de l'autre. Douloureusement.
« Dieu que c'est bon ! » pensa-t-elle, le cœur battant.
Ils ne se touchaient pas. Il ne fallait surtout pas se toucher. Tout viendrait à son heure...
– Pourquoi vous êtes-vous engagé ?
Sa voix n'était plus la même. Celle d'Arnaut non plus quand il lui répondit :
– Je vivais en Suisse, avec mon oncle. Un banquier

genevois, calviniste, sévère... merveilleux ! La nuit il y avait des lumières sur notre rivage et, de l'autre côté du lac... un trou noir. La France... Alors, un jour, je lui ai dit : « Oncle Élie, je vais faire le mur, et m'engager... à cause du trou noir ! »

– Et qu'est-ce qu'il a dit ?

– Il a dit : « J'attendais ça, mon garçon ! » Il est mort tout de suite après la victoire. Heureux.

Le soleil était parti. Vénus scintillait, proposant une autre lecture de l'immensité.

Zanie ne savait comment se défaire de l'émotion inconnue qui la bouleversait. Elle frissonna.

– Venez, dit Arnaut. C'est l'heure des buveurs de sang !

– Alors c'est ça le Mas des Roseaux ?

Il n'avait jamais connu cette maison quand elle appartenait à sa famille. Il n'éprouvait aucun regret en la regardant. C'était un vieux mas camarguais orné de symboles, de fers, de bucranes. Un cadran solaire avait encore gardé la marque des Azérac, et cela le fit sourire.

– C'est joli...

– Très joli. Enfin, ça *sera* très joli, car tout est à réinstaller ! On n'y a pas vécu depuis la mort de mon grand-père, il y a plus de vingt ans... Le coup de l'étrier ?

– Je pense bien !

Zanie sortait un trousseau d'énormes clefs, en essayait une, puis une autre, cherchait la bonne, pestait, et ouvrait enfin sur la grande salle qui sentait la pierre humide.

Elle alluma et Arnaut resta sur le seuil embrassant de l'œil ce qui avait été le cœur d'un mas plein de vie.

La barque des Saintes était restée sur la cheminée, des têtes de taureaux un peu mitées regardaient les visiteurs de leurs yeux de verre noir, un fusil de chasse était accroché au mur. Sur une grande table, où toute la maisonnée avait dû manger à l'aise, une poussière ancienne se mêlait au fouillis récent de Zanie.

Elle s'activait, allumait des lampes, bousculait des choses.

– Voilà ! Je campe. Rien n'est installé. Pour y voir clair il faudra nettoyer tout ça... Ma grand-mère disait : « Dans la vie, il y a deux choses importantes : la santé et les domestiques ! » Côté santé, je n'ai pas à me plaindre, côté domestique... espèce en voie de disparition ! Mais ça m'est égal, je sais tout faire ! Je sais même me défendre, dit-elle en désignant le fusil sur le mur. Il est toujours chargé, ajouta-t-elle comme elle aurait dit : « Il y a toujours du champagne au frais. »

Elle décrocha le fusil et le posa contre la cheminée.

– Racontez-moi, demanda-t-il.

– Quoi ?

– Vous !

– Ah, vous voulez le portrait de l'héritière ! dit-elle en froissant du papier journal. Je vais allumer le feu, on caille. J'ai fait du petit bois avec des cageots, je vais nous préparer quelques bûches...

Il la regarda se saisir d'une hache et s'approcher d'un tas de bois rangé auprès d'un billot dans la cheminée.

– Tout m'est tombé sur le dos, après la guerre, quand mes parents sont morts.

D'un coup elle fendit la plus grosse des bûches.

– Ce n'était plus aussi colossal qu'au temps de mon grand-oncle, le père de Charles... Vous voyez qui est Charles ?

– Hélas ! très bien. Histoire désolante...

– Pour lui, oui, parce que je n'oublie pas que c'est grâce à son suicide que mon grand-père d'abord, Papa ensuite, et moi enfin, sommes devenus Bourriech-Bourriech et Fils ! J'ai bien remonté l'affaire... parce que c'est moi le patron, maintenant. Avec deux tantes. Deux grands-tantes. Deux chipies !... Regardez donc sur la table pour voir si vous trouvez quelque chose de buvable.

De sa hache levée elle désigna cinq ou six bouteilles poussiéreuses.

– Je les ai trouvées à la cave, je les ai remontées, mais elles sont si sales que je n'ai même pas pu lire les étiquettes !

Il se mit à frotter les bouteilles, le papier se délitait sous ses doigts...

– Je vois 1920... mais le nom du Château... évanoui !

– On l'ouvre ? dit Zanie en se relevant.

Le feu flamboyait déjà sous les Saintes.

– Rapide ! dit-il avec admiration.

– Soif ! répondit-elle en lui apportant deux verres bien plus vieux que la bouteille qu'il venait de déboucher.

– Émouvant, dit-il en versant le vin.

Ils se regardèrent et trinquèrent sans se quitter des yeux.

À la première gorgée ils s'arrêtèrent.
– Il n'est pas... mauvais...
– ... mais il n'est pas bon ! acheva-t-elle en riant.
Il inspectait les autres bouteilles : un mouton-rothschild 1907...
– Ils s'embêtaient pas les ancêtres ! dit Zanie. Et là, un Cheval-Blanc 1913... Oh, chic ! L'année où on s'est fâchés !
– Alors si c'est l'année où on s'est fâchés, il faut la boire !
Ils vidèrent le Château 1920 qui restait au fond de leurs verres dans le feu qui eut l'air d'apprécier, lui, et pétilla.
Arnaut ouvrit le Cheval-Blanc, le versa, et retint Zanie d'un geste au moment où elle allait boire.
– Il faut porter un toast !
– À nous, dit-elle, soudain grave.
– À nous, répéta-t-il.
Le vin était magnifique.
Ils se regardaient en silence, les yeux brillants.
– J'espère que vous ne regrettez pas d'être entré aux Roseaux ? demanda-t-elle.
– Non, dit-il en posant son verre sur la table et en la débarrassant du sien. Et pas seulement à cause du vin...
– Vraiment ?
– Vraiment...
Le moment était venu. Ils le savaient.
– Monsieur le Chevalier..., dit-elle.
– Sous-officier Bourriech, répondit-il, mêlant son souffle au sien.
– Je vais vous faire à manger...
– Oui...
– Y a rien..., avoua-t-elle en osant un tout petit baiser sur ses lèvres.
– Tant mieux... Faisons... connaissance...
Elle ferma les yeux et se laissa aller dans ses bras.

Zanie s'étirait en travers du lit.
Arnaut venait de partir.
Le jour n'était pas encore levé mais déjà, à travers la fenêtre sans rideaux de la chambre, une lueur sourde et dorée annonçait que le soleil n'allait pas tarder à paraître.

Le corps nu de Zanie ondula au milieu des oreillers et des draps bouleversés par les folies de la nuit. Elle murmura le nom d'Arnaut comme s'il était toujours là. D'une légère caresse elle effleura sa peau encore moite de lui, descendit doucement du bout de ses seins jusqu'à son ventre, puis elle leva les yeux vers le plafond.

– Je l'aurai ! dit-elle comme si elle jurait sur la croix de reconquérir le tombeau de Notre Seigneur.

Le ton solennel de sa propre voix la fit frissonner. Elle s'assit, noua ses bras autour de ses genoux joints, tira un drap, s'entortilla dedans, et resta immobile, le regard fixe, bouleversée par la nouveauté du sentiment qu'elle découvrait.

L'amour.

Jusqu'ici elle avait été épargnée. Elle avait eu des aventures agréables auxquelles elle savait mettre fin dès que son désir faiblissait ou que sa tranquillité lui semblait menacée. Elle n'était ni facile, ni dévergondée. Elle aimait le plaisir, et l'idée que les choses permises aux hommes puissent lui être interdites parce qu'elle était une femme la révoltait.

Mais le Chevalier, c'était autre chose.

Elle le voulait. À jamais.

L'idée que Guilhem, le propre père d'Arnaut, venait de lui faire une cour à l'ancienne la fit rire. Ça prouvait qu'elle était destinée à Azérac !

Mais comment amener Arnaut à voir les choses comme elle ? À comprendre qu'ils étaient faits l'un pour l'autre ? Elle n'avait peur de rien, mais elle ne se voyait pas en train de le demander en mariage ! Elle se mit à réfléchir comme quand elle voulait emporter un marché, étudiant tous les cas de figure, toutes les simulations, tous les risques... Férocement.

Elle ne savait pas que la solution était déjà en marche, et que c'était Guilhem qui allait la lui offrir sur un plateau.

Il n'avait pas fermé l'œil de la nuit.

Il avait attendu son fils avec douleur, avec rage. Déjà les gardians se levaient ; on entendait hennir les chevaux, une odeur de café montait l'escalier. La journée se mettait en marche...

Il ouvrit la fenêtre et cria qu'on ne l'attende pas. Il avait à faire. Il les rejoindrait plus tard.

Ne le voyant pas venir à la cuisine, Annette lui monta un plateau.

– Monsieur n'est pas malade, au moins ? lui demanda-t-elle.

Il haussa les épaules.

Pourquoi serait-il malade ? Annette souriait et ce sourire heureux l'exaspéra.

– C'est vrai que ça tomberait mal, au moment où Arnaut nous visite ! dit-elle. C'est si rare !

– Il nous visite et il disparaît ! grogna Guilhem en repoussant la tasse qu'Annette venait de verser pour lui. Il aurait pu prévenir qu'il ne rentrait pas !

– Mais il l'a fait, dit Annette étonnée. Il a téléphoné...

– Quand ?

– Ça, je ne me souviens pas... dans la soirée... Mais...

– Et tu ne m'as rien dit ?

– Il m'a demandé de ne pas déranger Monsieur. Je croyais que vous étiez au courant ! C'était juste pour que je ne m'inquiète pas...

Guilhem était déjà dans l'escalier.

« C'était juste pour que je ne m'inquiète pas ! » Les autres, on les épargnait toujours, lui, jamais !

Au volant de la vieille camionnette il parlait seul. Le moment était venu où il allait tout régler, retrouver sa place, recommencer à vivre ! D'abord, bien mettre les choses au point... Zanie était pour lui ! Ça rimait à quoi cette escapade d'Arnaut avec elle ? Quand on avait besoin de lui, il n'était jamais là, et il avait fallu qu'il débarque au plus mauvais moment ! Mais ce n'était pas grave, Zanie avait la tête sur les épaules ! Il avait bien vu à quel point Azérac lui plaisait !

– Et pas seulement Azérac ! dit-il à voix haute en accélérant de toutes ses forces.

Zanie venait de se lever et de passer un peignoir. Elle souriait à l'image que lui renvoyait un vieux miroir piqué de taches, passait une main voluptueuse dans ses cheveux encore emmêlés et répétait la question qu'elle se posait depuis qu'Arnaut l'avait prise dans ses bras :

– Mais qu'est-ce qui t'arrive, Zanie Bourriech ?

Le bruit d'une voiture s'arrêtant au portail, puis celui d'un pas pressé traversant le jardin firent bondir son cœur.

Elle se précipita comme une folle dans le petit escalier qui menait de sa chambre à la grande salle. C'était lui ! Il revenait !

– Arnaut ! cria-t-elle, avant de découvrir Guilhem, hors d'haleine, arrêté sur le seuil, Guilhem qui disait d'une voix sourde :

– Je veux vous épouser !

Elle le regarda, sidérée, muette.

– Je veux que vous deveniez ma femme ! Je vous aime !

Elle se mordit les lèvres pour ne pas éclater de rire.

– Je vous aime ! répéta-t-il.

Et, comme elle ne réagissait pas, il avança vers elle, la main tendue :

– Ce qui a pu se passer ici cette nuit ne compte pas.

Cette fois elle réagit, furieuse :

– Mais de quoi je me mêle ?

– De ce qui me regarde ! Allez, c'est fini Arnaut !... Je pardonne et on l'oublie !...

– Vous « pardonnez » ?... Je rêve ! Allez, reprenez vos esprits et écoutez-moi : Arnaut et moi nous nous aimons !

– Impossible ! Vous ne vous connaissiez pas il y a vingt-quatre heures ! Allez, c'est fini !...

– Dehors ! dit-elle.

– Mais, Bon Dieu, je vous aime Zanie ! Et je vous demande votre main !

– Et moi je vous demande la main de votre fils... Papa !

Il la saisit brutalement par les épaules. Elle recula et se cogna dans la table.

– Ne te fous pas de moi ! Je te veux et je t'aurai !

– Vous n'espérez pas me violer ?

Elle avait posé sa question sur un ton gracieux et fut étonnée par la réaction de Guilhem. Il était devenu blême, l'avait lâchée comme si elle s'était transformée en serpent entre ses mains. Puis, brusquement, il se mit à crier :

– Pourquoi dis-tu ça ? Hein ?... Pourquoi ?... et, fou de colère, il la gifla.

Cette fois, c'était trop pour Zanie. Elle saisit son fusil et dit d'une voix sèche :

– Sortez d'ici avant que je ne vous tue ! Sortez de chez moi !

– De chez toi ? Mais ce n'est pas chez toi, ici ! C'est une maison et des terres que vous nous avez volées ! Bourriech !... Vermine !... Je vous ferai recracher tout ce que vous nous avez pris ! Et, moi vivant, tu n'épouseras pas Arnaut !

Elle avait armé le fusil et tira.

Elle tirait bien. Elle ne voulait pas le tuer. Elle voulait qu'il s'en aille.

Il s'en alla.

Elle resta seule et s'assit, tenant toujours le fusil. Des sanglots secs, sans larmes, soulevaient sa poitrine. Elle entendit la camionnette démarrer, s'éloigner... Il était parti.

Elle posa le fusil.

C'est alors que le téléphone sonna. Élodie venait aux nouvelles.

– ... parce que ça me paraît embrouillé, tout ça ! disait-elle. Moi qui te voyais déjà baronne !

– Je crois que tu as bien vu, ma belle : il suffit de changer le prénom du fiancé !... Hé ?... Ho ?... Tu es toujours là ?... Élodie ?... Tu as compris ce que je viens de te dire ?

– Pas du tout. Il faudra que tu m'expliques...

– C'est simple !

Zanie souriait. Aux Saintes, aux vieilles bouteilles, aux têtes de taureaux, au fusil...

– C'est l'amour, cousine, dit-elle.

Et elle raccrocha.

Depuis quelques années, Guilhem, quand il se sentait trop seul, avait pris l'habitude d'aller faire une visite à la maison discrète et convenable de Madame Henriette.

Femme distinguée, musicienne, d'une élégance qu'une honnête femme aurait trouvée un peu trop comme il faut, Madame Henriette devait sa réussite à deux vertus fort nécessaires dans sa profession : elle savait se taire, et respectait ceux qui lui faisaient confiance. On disait qu'elle comptait parmi ses fidèles les personnages les plus éminents de la ville et du département. Ces messieurs de la

Préfecture et de la Justice avaient leurs entrées chez elle ; on allait même jusqu'à murmurer qu'à l'évêché... autour de Monseigneur... Mais Madame Henriette s'était toujours arrangée pour que personne ne rencontre jamais personne. Magicienne de l'organisation, fée de l'emploi du temps, elle donnait à chacun l'impression qu'il était le seul privilégié admis dans son salon authentique et languedocien.

Seul Rache avait eu la chance d'être convié en même temps que d'autres visiteurs. La chance n'était peut-être pas le mot qui convenait le mieux, Madame Henriette ayant fait appel à lui quand le président du Tribunal avait eu cette petite attaque et, chose plus triste encore, quand le chanoine X... rendit son âme à Dieu, un jour où il avait présumé de ses forces.

Rache n'était pas client de cet établissement distingué. Il n'avait jamais eu de goût pour les amours payantes. Depuis que Fanette Fortuni, à force de vocalises et de brandades bien arrosées, avait pris trente kilos, il avait inscrit pas mal de Nîmoises à son répertoire, sans jamais vouloir se fixer. Il était volage avec constance. Madame Henriette, qui l'appréciait, lui avait dit un jour :

– Je mettrais bien votre revue sur mes tables, docteur, mais je craindrais de vous gêner et que l'on puisse croire que...

– Mettez ! mettez, chère amie ! La poésie vole au-dessus de la mêlée et se fiche du qu'en-dira-t-on ! Je serais heureux que l'attention de vos charmantes jeunes filles vienne se poser sur *La Branche des Oiseaux* !

Depuis ce jour la revue faisait partie du décor, comme les sévères fauteuils paillés, les pannetières sculptées, l'horloge de parquet au balancier de cuivre, le piano droit sur lequel une partition était toujours ouverte.

Elle avait mis beaucoup de temps à lui parler de Guilhem.

– Votre ami, M. d'Azérac... Je me permets de citer son nom, car il m'a dit que vous saviez qu'il venait ici...

– En effet, madame, et je dois vous avouer que cela m'inquiète. C'est le médecin qui vous parle !

D'un geste de la main elle avait écarté l'inquiétude du docteur. Elle semblait avoir besoin de parler de Guilhem à quelqu'un qui le connaissait bien.

– C'est un homme très gentil, très bon... avait-elle dit avec conviction.

Très gentil, très bon... Fernand avait entendu vanter la force, le courage, l'héroïsme, la vaillance de son ami, mais sa gentillesse, sa bonté ?... Ça jamais ! Et il s'était senti profondément ému par les paroles de Madame Henriette.

– Je crois que nous lui faisons du bien, conclut-elle gravement.

Il n'avait pu s'empêcher de sourire.

– Continuez, avait-il dit en lui tendant la main. Mais ne le tuez pas, j'y tiens !

– Nous aussi, docteur !

Il n'avait pas revu Guilhem depuis la scène du thé interrompu, quand Madame Henriette lui téléphona.

– Je suis inquiète, docteur, dit-elle.

Il prit aussitôt la route de Nîmes.

Que savait-elle au juste de Guilhem ? Rache n'avait jamais osé lui poser des questions qui, à elles seules, auraient pu être des indices.

La vieille Clémentine vint lui ouvrir la porte, prit son chapeau et alla prévenir qu'il était là.

– C'est à cause de son fils, dit Madame Henriette en entrant dans le salon.

« Lequel ? » faillit demander Rache. Mais il ignorait si Guilhem avait parlé de Pierre. Il se tut et attendit.

– Il est très affecté, poursuivit Madame Henriette. J'ai cru comprendre qu'il y avait eu un début... d'idylle, avec une jeune femme, et que celle-ci, par la suite, aurait préféré son fils...

– Pure supposition ! dit Rache. Nous n'en savons rien encore.

– Mais si ! Notre ami est allé la demander en mariage, et elle lui a annoncé qu'elle voulait épouser Monsieur Arnaut.

Rache ouvrait des yeux ronds.

– Vous en savez plus que moi, chère amie !

– Ici, il se confie, dit-elle, gravement. Nous arrivons même, parfois, à le faire rire. La charmante Passerose – vous la connaissez, docteur : vous l'avez guérie d'un vilain bobo l'hiver dernier, admirablement d'ailleurs ! –, la charmante Passerose l'amuse et le distrait, mais...

Elle s'arrêta et le regarda.

– ... mais, vous, vous êtes son ami.

Il se leva.

– Vous avez bien fait de m'appeler.

– C'est que vous, docteur, il vous écoute.

Rache éclata de rire.

– Jamais ! dit-il. Mais ce n'est pas une raison pour renoncer à tenter l'impossible !

En regagnant Saint-Gilles au volant de sa voiture, Rache pensait aux propos de Madame Henriette.

Elle était inquiète et l'avait appelé au secours. Elle avait dit : « Vous, il vous écoute... parce que vous êtes son ami... »

Une amitié née un demi-siècle plus tôt. Une amitié née au temps du Grand Batre, quand toutes les fées semblaient s'être penchées sur le berceau du petit cavalier. Une amitié qui avait failli se briser quand Fernand avait su ce qui s'était passé. Le viol d'Isabé était une chose affreuse, inexcusable, mais la suite avait été pire. Le jour où Guilhem lui avait demandé de débarrasser Isabé de l'enfant qu'il lui avait fait, Rache, révolté, avait décidé de ne plus jamais le revoir. Seulement, quand on est médecin, on n'est pas là pour juger, mais pour servir. Ne plus voir Guilhem c'était abandonner ceux qui avaient besoin de lui, à Azérac. Il était resté. Pour Amélie. Pour Thérèse. Pour Virgile.

Pour Guilhem aussi.

Parce que Guilhem ce n'était pas seulement l'homme qui avait violé une jeune fille innocente, menti à sa femme, et refusé de demander le pardon de ses offenses. Guilhem, c'était aussi l'enfant qui s'était voué à sa terre, consacré à la bouvine. Le petit qui avait gardé sous la pluie, à bâton planté. L'adolescent qui avait fermé ses livres de classe pour déchiffrer la vie, jour après jour, dans le grand livre sauvage de la Camargue.

Rache avait bien fait de rester... peu à peu, l'amitié était revenue.

Il allait falloir aider Guilhem une fois de plus. Qu'il le veuille ou non !... Et d'abord lui faire accepter que Zanie lui préfère Arnaut.

Pour le bien d'Azérac.

La paix avec les Bourriech laverait la baronnie du sang de Charles, et ce mariage – si mariage il y avait – ramènerait son fils auprès de lui et assurerait la descendance.

Il était tard quand le docteur arriva chez lui.

Trois personnes l'attendaient. Avant de commencer ses consultations, il passa dans le petit bureau attenant à la salle d'attente. Suzel y corrigeait les épreuves du prochain numéro de *La Branche des Oiseaux.*

– Parrain, dit-elle en levant les yeux, l'Inconnu a encore envoyé un poème !

Depuis près d'une année la revue recevait régulièrement des envois d'un poète qui signait seulement de ce nom : l'Inconnu, et n'avait jamais révélé son identité.

– Ce qu'il écrit est de plus en plus beau ! dit-elle. Quel dommage de ne pas savoir qui il est !

– Nous le saurons bien un jour, dit Rache en souriant de l'enthousiasme de la jeune fille. Des messages ?

– Mme Perdiguié : sa hernie se réveille... Ah ! il faudrait que vous passiez au Mas Recolin demain matin, le petit a sans doute la rougeole... Et puis M. Guilhem a téléphoné trois fois, la dernière juste avant votre arrivée. Il était furieux que vous ne soyez pas là parce qu'il doit vous voir de toute urgence. Il dit que c'est très important !

Elle se mit à rire : depuis l'enfance elle était habituée aux colères du baron, et il y avait longtemps qu'elle n'avait plus peur de lui.

– Appelle le château, et dis que je passerai après mes consultations.

– Bien docteur.

– Et préviens-le que je serai armé ! ajouta-t-il en ouvrant la porte.

Elle éclata de rire, reprit le poème de l'Inconnu et commença de le lire à voix basse.

« *Ni jour, ni niue, nimai semano*
Noun podon caneja lou tèms
Rajant sèns mesuranço umano
D'un printèms à l'autre printèms *... »

– Je t'adore ! dit-elle en caressant de la main la feuille tapée à la machine.

Et elle oublia de prévenir le baron.

Il n'y eut pas de drame.

Madame Henriette avait dû dire les mots capables de calmer Guilhem. Rache le trouva philosophe, prit sa tension qui était mauvaise, et lui conseilla de faire bonne figure à son fils. Il fut bien un peu surpris en apprenant que

* « Les jours, les nuits, ni les semaines / ne peuvent mesurer le temps / coulant sans mesures humaines / D'un printemps à l'autre printemps... »

Guilhem avait giflé Zanie, et qu'elle lui avait tiré dessus. Mais cela lui permit d'insister sur la nécessité d'être aimable et patient avec l'offensée, et d'attendre paisiblement la suite des événements.

De son côté, Zanie se surpassa.

Elle était reconnaissante à Guilhem de lui avoir fourni lui-même les armes dont elle allait se servir contre lui. Elle fut admirable de compréhension, de délicatesse, de grandeur d'âme.

– Mettons-nous à sa place ! disait-elle à Arnaut. Le pauvre ! Il a cru qu'il était toujours un jeune homme, et toi, tu arrives, tout beau, tout charmant, tu me séduis, je tombe dans tes bras...

– Mais quelle idée de se précipiter chez toi en pensant que j'y étais ! Qu'est-ce qu'il t'a dit, au juste ?

– Que mon aventure avec toi ne comptait pas...

– De quoi je me mêle !

– C'est exactement ce que je lui ai répondu. Alors il m'a dit qu'il voulait m'épouser.

Arnaut sembla troublé.

– Vous en aviez parlé ? demanda-t-il.

– Jamais ! cria Zanie.

Il fut rassuré par ce cri du cœur.

– Malheureusement, poursuivit Zanie, après, j'ai fait une gaffe.

– Quelle gaffe ?

– Eh bien... je lui ai demandé ta main.

Il éclata de rire.

– Tu n'es pas fâché ?

– Je devrais l'être ?

Elle se pelotonna contre lui.

– Je suis confuse, tu sais. C'est sorti de moi comme ça... Parce que j'étais... j'étais vraiment affolée ! Après, j'ai regretté !

– Pas moi, dit-il en la serrant très fort dans ses bras.

Le désir qu'ils avaient l'un de l'autre les éblouissait. Très vite Zanie avait eu une certitude : Arnaut était libre.

Il s'était toujours arrangé pour l'être, les malheurs conjugaux de ses parents lui ayant fait prendre en horreur l'idée du mariage. Mais, cette fois, adieu la liberté ! Chaque nuit nouvelle l'attachait davantage à ce corps superbe qui répondait si bien au sien. Et puis, elle le faisait rire.

Quelques jours avant le départ d'Arnaut pour l'Émirat,

Zanie pensa qu'il était prêt pour qu'on lui parle de la gifle et du coup de fusil. Elle ne lui avait encore rien dit, et préféra que ces détails lui fussent révélés par l'innocente Élodie.

Quand elle le vit furieux contre son père, Zanie se désola :

– Élodie n'aurait jamais dû te dire ça ! Moi qui ne voulais pas t'en parler !... Guilhem est ton père, Arnaut... On ne se fâche pas avec son père !

Il ne se fâcha pas mais s'arrangea pour partir sans le revoir.

Balthazar courait dans le Var, alors, profitant de l'absence de Guilhem qui l'accompagnait partout, comme une duègne suivant son infante, Arnaut alla embrasser sa famille. Il laissa entre les mains de Thérèse un chèque pour son père.

Un très gros chèque. Plus gros que d'habitude.

Mais il n'y joignit aucun mot d'affection.

– Tu pars pour longtemps ? demanda la vieille dame qui avait bien d'autres questions à poser.

– À mon retour, j'aurai beaucoup de choses à vous annoncer, Grand-Mère, dit-il en lui baisant la main.

– Mais tu attends de les connaître pour les dire ! expliqua Virgile, l'air renseigné.

– J'en connais déjà quelques-unes !

Arnaut souriait. Virgile hocha la tête.

– Nous saurons attendre, dit-il majestueusement en raccompagnant son neveu.

Sans négliger le moins du monde la présidence de Bourriech Bourriech et Fils, Zanie mit à profit l'absence d'Arnaut.

Elle fit rendre aux Roseaux leur aspect d'autrefois, confia la décoration du mas à Élodie, et mit au point les formalités légales pour la sortie de son parfum. Le nom *Camargue* étant déjà déposé, elle en trouva un autre. « Plus original ! » assurait-elle. Mais elle refusait de le révéler avant la campagne de lancement.

Elle quitta souvent Marseille pour le mas où elle préparait le repos du guerrier avec frénésie.

Dans la chambre qui avait abrité leur première nuit, tout était étudié pour l'amour, le plaisir, la volupté.

Elle avait suivi Élodie chez « Cosette, lingère, 36, rue

Paradis », et, là, elle s'était commandé des dessous capables de faire sauter dans le vide tous les moines du mont Athos.

Un nouveau projet était venu rejoindre tous ceux qu'elle avait déjà réalisés, entrepris, ou laissés en chemin.

Elle voulait constituer une manade.

Une manade qui l'emporterait sur celle du baron.

Histoire de donner une bonne leçon à celui qui avait osé porter la main sur elle. Et, pour que la leçon soit complète, elle choisirait des taureaux espagnols. Elle les installerait d'abord sur les terres des Roseaux, puis, quand elle serait devenue baronne, elle les introduirait à Azérac. Beau-Papa détesterait ! Tant mieux !

Pour cela il lui faudrait aller chercher des bêtes en Espagne, et elle se demanda qui, parmi ses relations, pourrait l'introduire dans le marché des taureaux de combat.

Le *Journal officiel* lui donna la réponse en lui apprenant que Jacques Brédier venait d'être nommé ambassadeur de France à Madrid.

Brédier avait été leur commandant à la Brigade Alsace-Lorraine. C'était même par lui qu'elle avait appris que de Lattre avait appelé Arnaut : le Chevalier.

En deux jours et quatre coups de téléphone, elle avait repris contact avec Brédier, et s'était fait proposer de les rejoindre, sa femme et lui, à Teruel, sur le trajet de la transhumance des taureaux sauvages. Des taureaux appartenant à la *ganaderia* de la Marquise.

– Quelle Marquise ?

– « La Marquise » !

Oh ! elle avait un nom, et même sept ou huit ! Mais on disait « La Marquise » et tout le monde comprenait, avait expliqué l'ambassadeur. Elle était la meilleure. L'unique ! L'invisible, aussi, car elle n'était pas sortie de son palais depuis des années et ne recevait jamais personne.

Au cinquième coup de fil on fixa la date de la rencontre, à Teruel.

– J'aurai une surprise pour vous ! dit Zanie.

– Quel genre de surprise ? demanda Brédier, curieux.

– Un fiancé !

– Bravo ! Je le connais ? Qui est-ce ?

– J'ai dit : « une surprise » !

Un éclat de rire au bout du fil.

– Ça vous fait rire que j'aie un fiancé ?

– Non, Zanie. Ce qui me fait rire, c'est que vous n'avez pas changé ! Toujours aussi...

– ... pète-sec, mon commandant ? demanda-t-elle gaiement.

Ils raccrochèrent ravis l'un de l'autre.

Il ne restait plus à Zanie qu'à décider Arnaut à la suivre en Espagne. Elle était sûre qu'il dirait oui. Pouvait-il lui refuser quelque chose ? Surtout après des semaines de solitude sur sa plate-forme ! Elle savait à quel point leurs corps se comprenaient et, dès la nuit de son retour, vit que la séparation, loin d'atténuer leur désir, l'avait exaspéré.

Mais, à sa grande surprise, il fut plus difficile de le convaincre de l'accompagner qu'elle ne l'avait imaginé.

– Impossible ! disait-il.

Il avait du travail à donner à Descamps, des pièces à vérifier, un saut à faire à Genève pour consulter son banquier...

– Si tu as besoin d'argent, dit-elle, je peux...

Il n'eut pas l'air d'entendre la proposition, et elle craignit de l'avoir blessé. Elle se blottit dans ses bras et ne parla plus de l'Espagne.

Ils se réveillèrent au milieu de la nuit, heureux, prêts à s'aimer encore.

– Je voulais te poser une question, dit-elle. Te souviens-tu d'une chose importante... une chose que j'ai faite...

Il s'était appuyé sur un coude et la regardait. Il se sentait bien.

– ... Enfin, ce n'est pas une chose que j'ai faite, mais une chose que j'ai demandée à ton père...

– ... ma main ? dit-il en souriant. Pourquoi ? Tu as changé d'avis ?

– Non ! cria-t-elle, rayonnante de joie.

Elle aussi se sentait bien. Comme elle ne l'avait jamais été.

– Nous deux, devait-elle dire à Élodie le lendemain, nous deux, c'est cinq sur cinq !

Ce fut Arnaut qui ramena le voyage à Teruel sur le tapis.

– Et pourquoi veux-tu aller en Espagne ?

– Je veux acheter des taureaux de combat et les ramener ici.

– Tu es folle, dit-il gravement. Ne fais pas ça, Zanie ! Ne

ramène pas des taureaux de combat en Camargue... Tu ne connais ni le métier, ni le pays... Tu t'y briserais...

– Moi ?...

Elle était révoltée.

– Eh bien je te prouverai que tu te trompes ! J'irai seule ! Et je ramènerai des monstres ! Et je t'épaterai ! Et tu regretteras d'avoir douté de moi !

Elle prit un temps avant d'ajouter :

– C'est Brédier qui va être déçu...

– Brédier ? demanda Arnaut. Le commandant ?...

– Je lui avais promis une surprise... et je pensais que, toi aussi, tu serais heureux de le retrouver.

– Qu'est-ce qu'il vient faire là-dedans ?

– Dis-donc, on ne lit pas souvent le journal chez tes Bédouins ! Il vient d'être nommé ambassadeur en Espagne !

– Brédier !

C'était gagné.

Arnaut viendrait. Et, non seulement il viendrait, mais il serait heureux de venir.

Ils partirent le lendemain du jour où Arnaut était allé à Azérac présenter Zanie, non plus comme la dernière descendante de la famille Bourriech, mais comme la future épouse du dernier descendant de la famille du Bancal.

La rencontre s'était bien passée.

Zanie, parce qu'elle voulait Arnaut, Azérac et sa couronne. Thérèse parce qu'elle voulait la paix. Guilhem, parce qu'il voulait qu'on oublie sa demande en mariage et sa gifle et qu'il voyait déjà, au-delà de celle qui allait devenir sa belle-fille, le remembrement de ce qui avait été l'empire des siens. N'était-ce pas l'essentiel ?

Avant de prendre congé, Zanie sortit de son sac un petit coffret de cuir rouge.

– Madame, dit-elle à Thérèse, je vous ai apporté un présent : le premier flacon d'un parfum que je vais lancer sur le marché. Il y a des années que les laboratoires Bourriech travaillent dessus... Il ne lui manquait qu'un nom... Et ce nom je l'ai trouvé ! Personne ne le connaît encore ! Même pas Arnaut... Ce nom, poursuivit-elle en ouvrant le coffret, c'est *Le Grand Batre*.

La famille resta pétrifiée devant le flacon surmonté d'un trident doré.

Le silence dura longtemps. Zanie ne comprenait pas... Elle avait pensé leur faire plaisir et voilà qu'ils restaient figés devant le flacon comme devant un spectre !

– J'ai pensé que ce... parfum... serait...

– ... un philtre ! dit Virgile qui n'avait pas encore prononcé un mot.

– C'est ça ! Un philtre ! Pour notre réconciliation !

– Vous allez gagner une fortune avec *Le Grand Batre*, poursuivit gravement Virgile.

– Tant mieux !

Elle avait retrouvé toute son énergie.

– C'est vrai ! Il paraît que vous savez prédire l'avenir ?

– Je ne prédis rien, corrigea Virgile. Je dis ce que je vois. C'est tout.

– Et que voyez-vous d'autre ? demanda-t-elle gaiement.

– Des taureaux blanc et roux que pousse un cavalier.

Tout le monde éclata de rire.

– Des taureaux... un cavalier !... Quand on s'en va en Espagne, il serait étonnant de ne pas en rencontrer !

– Oui, dit Virgile, mais, là-bas...

– Là-bas ?

Il regarda Zanie avec sympathie et murmura :

– Vous verrez bien...

– Tu sais que je suis un imbécile ? dit Arnaut avec satisfaction.

– Oui, répondit Zanie, mais donne-moi des détails, s'il te plaît.

Ils roulaient doucement le long de la Méditerranée sur la route de l'Espagne. Il faisait beau, Arnaut avait baissé la capote de la voiture, un vent léger jouait dans leurs cheveux.

– ... Des détails ! répéta Zanie.

– Eh bien, tout simplement, parce que j'ai failli ne pas venir !

Elle posa sa tête sur son épaule.

– Il faut toujours m'écouter ! dit-elle en fermant les yeux.

Ils s'étaient arrêtés à Barcelone et Zanie en profita pour

avoir une conversation avec la maison de cosmétiques qui allait distribuer son *Grand Batre* en Espagne.

Puis Arnaut décida de gagner Teruel par de petites routes.

La voiture roulait à travers des paysages tour à tour desséchés ou verdoyants.

Arnaut regarde sans parler, Zanie parle sans regarder.

Le visage de l'Espagne, son histoire lui importent peu. Ce n'est pas cela qu'elle est venue chercher.

Elle parle...

– ... Quand j'étais petite j'y suis allée une fois, moi, à Château-Candi...

Arnaut hoche la tête et désigne les rochers entassés par une main géante au fond de la vallée qu'ils traversent.

– C'est beau, murmure-t-il.

– Château-Candi ! répète-t-elle. Ça te dit quelque chose quand même ! La propriété qui aurait dû être le nid d'amour de ta tante et de mon oncle ! Tu y es ?... Ho ?... Arnaut... tu y es ?

– Oui, oui, dit-il. Ça faisait partie du désastre de 1913.

– Exact ! Eh bien, j'y suis allée avec mon grand-père. C'était sinistre ! On n'y avait pas mis les pieds depuis Mathusalem ! Un vrai tombeau, avec des rats, des toiles d'araignées... Un vieux gardien à jambe de bois veillait tout seul là-dessus. Brrr !... Je me suis tirée dans le parc. Plein de ronces, le parc ! Une horreur... Et après, quand on a « réhabilité », ça a été pire !

– Comment ça : « réhabilité » ?

– Une idée des tantes. Elles ont fait abattre le château pour construire à la place un immeuble locatif, « Les Résidences de Château-Candi »... Une grande cage à lapins qui n'a pas mis dix ans à prendre l'eau de partout. Un balcon s'est même effondré sur une femme ! Procès, chicanes et tout. Il était temps que j'arrive et que je mette fin aux conneries des deux vieilles !

– Tu t'exprimes en français moderne.

– Ça te gêne ?

– Non, ça me fait bander, dit-il avec distinction.

– Arrête-toi !

– Pardon ?

– Arrête-toi tout de suite ! Regarde !

Elle désigne un groupe de rochers. Magnifiques.

Il s'arrête, heureux qu'elle partage son émotion devant

une telle beauté. Il descend de voiture et marche vers le chaos de pierre.

– C'est beau, répète-t-il en se retournant vers elle. Mais elle ne répond pas. Elle lui tend les bras et sourit.

– Viens derrière ce rocher... Il est là pour nous...

Il pense qu'elle est folle. Qu'il est fou de lui obéir... Mais il n'en est pas encore au temps de l'analyse ; il se contente de rire pendant qu'elle défait sa ceinture.

Et il la suit derrière le rocher.

Zanie était radieuse.

Elle avait vraiment apprécié la vallée aux rochers, et gardait un très bon souvenir de la halte à l'abri du chaos.

Elle écouta distraitement ce qu'Arnaut lui racontait de l'art mudéjar et du royaume d'Aragon, en approchant de Teruel. Le parador, à l'écart de la ville historique, avec ses marbres, ses azulejos et son vaste jardin, lui plut.

Avant même que la voiture ne soit arrêtée, une nuée de domestiques bourdonnait au-devant d'eux, sortant du palais comme des abeilles d'une ruche.

Un homme en tenue andalouse s'approcha et se découvrit. Le majoral de la Marquise.

Il leur souhaita la bienvenue en français mais, Arnaut lui répondant en espagnol, il continua la conversation dans sa langue.

– Que dit-il ? demanda Zanie qui ne comprenait rien à l'échange rapide et animé entre les deux hommes, mais devinait que quelque chose de fâcheux était arrivé.

Arnaut attendit d'avoir tout entendu pour expliquer à Zanie que le rendez-vous du lendemain matin était fixé à six heures, qu'une voiture viendrait les prendre pour les mener sur le trajet de la transhumance, mais que, ce soir, malheureusement, les Espagnols avaient un problème. Ils avaient perdu les *cabestros* et les taureaux refusaient d'avancer.

– Les quoi ?

– Les *cabestros*. Les bœufs meneurs.

Ils allaient passer la nuit à les chercher à la lumière de la lune, comme des Indiens...

– Et Brédier ? demanda Zanie. On l'a perdu, aussi ?

– Brédier présente ses devoirs à la Marquise. Il nous rejoindra demain...

Tout d'un coup, pendant que Zanie surveillait le

débarquement des bagages, Arnaut décida d'aller avec le majoral et de se joindre à ses hommes pour les aider dans leurs recherches.

– Quoi ? cria Zanie quand elle eut compris.

– Tu n'as pas envie de nous accompagner ?

– Tu plaisantes, j'espère !

– Pas du tout ! C'est une expérience unique !... Mythologique !

– Mais tu rigoles !... Tu ne vas pas me planter toute seule dans ce sépulcre mudéjar, avec des gens dont je ne parle pas la langue ! Tu n'es pas bien !

– Qui c'est qui a voulu que je vienne ?... Hein ?

Il était charmant. Elle était furieuse. À l'idée de rester seule dans une chambre cathédrale, seule dans un lit que Charles Quint aurait certainement apprécié. Mais surtout elle était furieuse de sentir que rien ne ferait changer Arnaut d'avis.

Elle le regarda ouvrir une valise, mettre des bottes, prendre une veste de cuir...

– Une fois c'est ton prince Sélim, une fois c'est ton banquier, ce soir, c'est le majoral... Tu me préfères toujours des hommes !

– Ne crois pas ça, ma chérie... Ce sont les femmes que je préfère !

Elle prit le parti de rire, se laissa embrasser, souhaita à Arnaut de bien s'amuser, referma doucement la porte derrière lui, et décida de profiter de cette soirée solitaire pour revoir en détail le dossier parfumé du *Grand Batre.*

La voiture du majoral – une grosse machine qui tenait de la Jeep et du half-track – roulait doucement dans la nuit claire à travers un paysage endormi. À quoi voyait-on qu'il était endormi ? Au silence de la nature, au ralentissement de la vie, à l'absence de mouvement.

Arnaut ne découvrit l'immense troupeau que quand la voiture s'arrêta à quelques pas du premier mufle.

Près de cinq cents taureaux réunis dans une vaste prairie où l'herbe ne poussait plus. Ils l'avaient mangée et leurs sabots ne grattaient plus que la terre. Ils regardaient les hommes. Ils ne bougeaient pas. Rien ne les ferait bouger avant qu'on ait retrouvé les *cabestros.* Ils étaient prêts à mourir de soif, prêts à mourir de faim, mais ils ne bougeraient pas sans leurs meneurs. C'était écrit dans leurs gènes. C'était une loi de la nature, plus vieille encore que le chemin de la transhumance tracé par les Celtes deux mille ans plus tôt à travers l'Espagne.

Les fauves ne quittaient pas les hommes des yeux. Et les quatre juments de bât aux jambes entravées pour la nuit les regardaient aussi.

Deux *vaqueros* sortirent de l'ombre et vinrent vers Arnaut et le Majoral. Deux hommes qui gardaient seuls cette armée noire et rousse.

Ils saluèrent le Français d'un bref mouvement de tête, et dirent qu'il n'y avait rien de nouveau.

Un petit veau qui dormait sous la garde de sa mère, s'était réveillé et la têtait avec violence. Un poulain s'approcha de la voiture comme s'il voulait jouer. Les taureaux ne bougeaient toujours pas. Ni meuglement, ni hennissement, mais une sorte de bourdonnement, de ruminement biblique, emplissait le silence. Une rumeur fauve.

Soudain deux autres cavaliers sortirent de derrière un bouquet d'arbres. Hélas ! seuls et bredouilles.

Le majoral regardait les bêtes. Et les bêtes le regardaient. Il semblait découragé. Inquiet.

Arnaut demanda s'il pouvait avoir un cheval et proposa d'aller vers la forêt dont la masse sombre l'attirait. Le majoral lui fit amener un cheval sellé, en prit un à son tour, et rejoignit Arnaut qui se dirigeait vers les arbres. Mais c'était pure courtoisie, l'ombre était si épaisse sous les branches qu'ils avaient du mal à trouver leur chemin.

Un autre silence les engloutit, plein de froissements, de cris d'oiseaux de nuit, de battements d'ailes... puis ils émergèrent des ténèbres et se trouvèrent en terrain découvert. Un coup de vent avait dispersé les nuages, le ciel était plus clair. Soudain le majoral s'arrêta, faisant signe à Arnaut d'écouter...

Ce ne fut d'abord qu'une rumeur sourde et confuse, puis on perçut le tintement étouffé des clarines, et soudain apparurent les *cabestros*, les grands taureaux blanc et roux qu'un cavalier poussait devant lui, une lambrusque à la main.

Mince et fier, silhouette héraldique, vision féerique, le cavalier semblait sortir d'un roman épique de l'Espagne d'autrefois.

Arnaut fut frappé par la tenue à cheval de l'Inconnu. Il portait des bottes souples sur lesquelles se fendait un pantalon étroit à boutons d'argent ; une ceinture serrait sa taille sous le boléro gris de son costume andalou.

– Quel cavalier ! murmura-t-il, tandis que les *vaqueros* saluaient le sauveur du troupeau en levant leurs chapeaux en son honneur.

Le cavalier répondit à leur salut en se découvrant à son tour. Et ce geste délivra une longue chevelure soyeuse qui coula sur ses épaules.

Une femme.

Arnaut la regardait, sidéré.

Elle ne perdait pas les *cabestros* de l'œil et les ramena jusqu'au troupeau. Il y eut comme un mouvement de vague chez les taureaux. Une vague noire et apaisée. Tout rentrait dans l'ordre antique. Demain ils se remettraient en marche. La jeune femme semblait émerveillée.

– *¡ Es milagroso !*, dit-elle.

– *¡ Recibiannos una lección de una mujer * !*

Le majoral se mit à rire.

– *¡ Sí, pero ella es española !*

– *¡ Yo no, mi abuela !... Yo soy francesa ***.

Française ?... Arnaut ne put se retenir, il applaudit :

– Bravo, mademoiselle !

Interdite par l'arrivée inattendue d'un compatriote au milieu de la nuit, elle le remercia tout en réfléchissant. Puis elle s'écria :

– J'y suis ! Vous êtes le fiancé !

– Le fiancé ? répéta-t-il, interdit à son tour.

– Le fiancé de l'amie de mon beau-frère !

Elle lui tendit la main, souriante, et se présenta :

– Je suis Isaure de la Pierre. Ma sœur a épousé Jacques Brédier, et Jacques nous a dit qu'il devait rencontrer ici une jeune femme provençale... Zanie, je crois... et son fiancé.

Elle cherchait des yeux autour d'elle.

– Elle n'est pas là ?

« Mais de qui parle-t-elle ? » se demandait Arnaut.

– Votre fiancée ? Elle n'est pas là ?

– Ah !... Non.

Il expliqua que Zanie ne montait pas à cheval, que le

* – C'est miraculeux !
– Nous avons reçu une leçon d'une femme !
** – Oui, mais elle est espagnole !
– Pas moi, ma grand-mère !... Moi, je suis française.

voyage l'avait fatiguée, qu'elle avait préféré rester à l'hôtel.

La nuit devenant fraîche, le majoral les installa avec des couvertures, contre leurs selles accotées à un petit muret, à l'abri du vent, et les pria de l'excuser : il allait essayer de dormir un peu avant le départ tant attendu qui aurait lieu à l'aube.

Arnaut s'aperçut qu'il ne s'était même pas présenté.

– Arnaut d'Azérac.

– Arnaut d'Azérac ? répéta-t-elle comme si elle n'en croyait pas ses oreilles.

– Oui...

– Arnaut... Cabreyrolle d'Azérac ?

C'était lui, maintenant, qui se sentait dépassé.

– Mon père a fait la Grande Guerre sous les ordres d'un Cabreyrolle d'Azérac. Il s'appelait Romain.

Après un grand silence, Arnaut murmura :

– C'était mon grand-oncle. Il est mort...

– ... dans les Vosges. En héros.

Romain Cabreyrolle d'Azérac... Il avait fait partie du légendaire familial chez les de la Pierre. Romain. Quand elles étaient petites, sa sœur et elle, elles croyaient que leur père avait fait la guerre des Gaules avec Jules César. À cause de ce prénom : Romain...

Le feu que les *vaqueros* avaient allumé crépitait, témoin de leur émotion. De leur rencontre. Les hommes dormaient, roulés dans leur manteau. La sauvage respiration des bêtes, leur sourd piétinement faisaient sentir que la nature était présente dans sa grandeur et son éternité.

– Vous avez l'habitude de ce genre d'exploit ? demanda Arnaut en désignant les *cabestros*.

Elle éclata de rire. C'était la première fois qu'elle venait en Espagne.

– L'atavisme, peut-être ? dit-elle.

Puis elle lui demanda de lui parler de la Camargue et il se sentit incroyablement triste.

– ... La Camargue, dit-il au bout d'un long moment... Il y a d'abord la mer... d'où émergent les terres... les radeaux... On ne sait pas où commence le ciel... Tout se mêle comme au jour de la Création. Et Dieu créa le taureau, et Dieu créa le cheval... L'homme, parfois on se demande qui l'a créé...

Il se tut.

Elle le regardait gravement, devinant quelque chose de caché, de profond, qui lui faisait mal. Mais déjà il s'était repris. Il plaisantait :

– Je ne sais pas très bien où j'en suis avec la Camargue... mais ce n'est pas sa faute. Je vais épouser Zanie qui n'est pas camarguaise et qui voudrait y vivre... et moi, qui suis de ce pays depuis qu'il existe, je ne sais pas...

Il s'arrêta.

– J'ai du mal à parler de... ces choses. Cette terre... je l'ai dans le cœur... mais ce n'est pas facile...

Il la regarda et lui dit, presque violemment :

– J'aime les chevaux !

– Tant mieux ! s'écria-t-elle, radieuse. Je suis écuyer !

C'était son métier.

Écuyer.

Elle habitait dans le manège qui l'employait à Paris, dans le XVIe arrondissement. Elle dormait dans un petit studio situé juste au-dessus des chevaux.

– Au-dessus de Mélusine.

– Mélusine ?

Sa jument. Un pur-sang. Une merveille !

– J'ai toujours rêvé de monter un camargue, poursuivit-elle. Il paraît que vos chevaux ont le pied marin. C'est vrai ?

– Tout à fait vrai ! dit Arnaut, amusé. Mais qui vous a dit ça ?

– Le colonel de la Pierre, mon père. Officier de cavalerie... Il était magnifique à cheval !

– Comme sa fille !

– À cinq ans ma sœur et moi montions déjà, et père nous avait appris le nom des frisons, des arabes, des lipizans... Il nous disait que les camargues connaissaient des secrets et avaient un pacte avec les taureaux !

– Bien sûr !

– Azérac... Quelle rencontre ! Attendez..., dit-elle en fermant les yeux comme quand on cherche quelque chose. Puis elle se souvint et récita, tout doucement, cherchant les mots appris dans l'enfance, les laissant venir à elle :

Bancal suis
Dame souveraine
Vais dans la vie
Pauvre hère boîtant
Rêvant de vous

En des terres lointaines
Mon cœur blessé
Et par amour saignant...

Le colonel n'était pas seulement fou de chevaux, mais de poésie. Et particulièrement de poésie provençale.

– Il était du Midi ? demanda Arnaut.

– D'Arras !

Ils éclatèrent de rire ensemble.

– Je vous dis tout ? demanda Isaure.

– Je vous en prie !

– Eh bien, moi, je m'appelle Isaure... alors devinez comment s'appelle ma sœur aînée.

– Non ? dit Arnaut.

– Si ! dit Isaure.

– Clémence ?

– Oui ! Papa était si heureux de pouvoir crier : « Clémence ! Isaure ! À cheval ! »

– Magnifique ! Dire que certains osent prétendre qu'elle n'a jamais existé ! Clémence Isaure * !

– *... par le sang héritière de ces rois-troubadours...*

– *... de ces troubadours-rois !* Quelle nuit ! dit Arnaut.

Isaure désigna le majoral et leva les yeux vers le ciel.

– Il nous faudrait dormir nous aussi...

– Clémence Isaure... Il faut absolument que Virgile vous connaisse toutes les deux ! Virgile est mon oncle. Il est délicieux... Il lui est arrivé une chose extraordinaire à l'âge de sept ans : la manade lui est passée dessus... Comme ça !... En douceur, si on peut dire. Juste une marque sur la main, et depuis, il voit des choses...

Il se retourna vers Isaure. Elle s'était endormie, le dos droit, appuyée à sa selle. Un vrai sommeil de guerrier, sans abandon, comme si elle veillait encore derrière ses paupières closes.

– Dame-Chevalier..., murmura-t-il doucement.

Il regarda le ciel. Le Chemin de Saint-Jacques brillait comme une piste lumineuse.

* Clémence Isaure, dame toulousaine, fondatrice et protectrice de l'Académie des Jeux floraux.
Des personnes malintentionnées prétendent qu'elle n'est qu'une création de l'esprit.

À cinq heures du matin le téléphone sonna dans la chambre cathédrale, et une voix espagnole réveilla la *señorita* endormie en travers du lit de Charles Quint.

– Cinq heures du matin ! répéta-t-elle avec consternation. Mais qu'est-ce que je suis venue faire ici, moi ?... Je suis folle !

Puis, sa nature active reprenant le dessus, elle bondit du lit, joyeuse.

– Allez ! debout ma fille. Au boulot ! On se prépare... et on part retrouver Arnaut et les taureaux. Olé !

Au camp, Arnaut et les taureaux étaient réveillés depuis longtemps.

Isaure aussi. Fraîche comme si elle avait dormi dans un lit. Prête à se rendre utile. Proposant d'aller repérer le gué que le troupeau devait traverser à deux kilomètres de là.

– Je vous accompagne ! avait dit Arnaut.

Ils avaient sellé leurs chevaux pendant que les *vaqueros* organisaient le départ du troupeau.

Le majoral les avait remerciés de partir en éclaireurs. Cela lui permettrait de surveiller la remise en marche de l'immense cortège désorganisé par la disparition des *cabestros*.

– Regardez !

Isaure, déjà à cheval, désignait à Arnaut un tout petit veau que deux *vaqueros* installaient sur une jument de bât.

– Il est né il y a trois jours, expliqua-t-elle. On le rend à la mère la nuit et pendant le *Sestero* *, et, quand on repart, la mère laisse les hommes le reprendre. Le veau est trop faible pour suivre les taureaux ; dans quelques jours il aura la force de marcher. D'ici là, la mère sait que, seule, la jument peut aider son petit.

Elle sourit et, pour cacher son émotion, plaisanta :

– Dans ma famille, on pense qu'au commencement du monde, nous étions des chevaux !

– C'est une opinion que partagent les Azérac, dit-il, ému lui aussi.

Et il ajouta.

– Quelle régression !

Le veau tout neuf était maintenant à bord de sa jument. Ses pattes pendaient, toutes raides, de chaque côté du ballot sur lequel on l'avait arrimé. Il ne s'était pas débattu ; il

* *Sestero* : repos de la journée.

trouvait l'aventure naturelle. La jument, désentravée, hennit doucement, et le petit passager, confiant, posa sa tête de peluche contre l'encolure de sa monture.

– Bon cavalier ! apprécia-t-elle.
– Que dire de vous ?
– Oh, moi, aucun mérite.
Ils allaient d'un petit trot vif vers la rivière qu'on apercevait au loin.
– Qui vous a appris à monter ? demanda Isaure.
– Mon père.
– Bravo ! Rien de plus merveilleux que l'équitation héréditaire ! Galop !
– Galop !

La voiture qui amenait Zanie de Teruel et celle qui ramenait les Brédier du palais de la Marquise arrivèrent ensemble par deux routes différentes.
Les bêtes n'étaient pas encore reparties.
Tout de suite Zanie reconnut Brédier.
Radieuse, elle lui fit de loin des signes joyeux.
Il répondit de même et, à peine descendu de voiture, il alla vers elle.
Ils étaient heureux de se retrouver après tant d'années.
– Sous-officier Bourriech ! dit-il en lui prenant les mains.
– Commandant Brédier ! dit-elle.
Ils s'embrassèrent.
– Clémence, dit l'ambassadeur à sa femme, voici cette Zanie dont je vous ai si souvent parlé ! Cette fille qui n'avait peur de rien et dont le courage nous rendait tous jaloux...
– Oh ! On arrête... Vous allez me blesser avec tant de fleurs !
– ... et dont le caractère était, je tiens à le préciser...
– ... impossible ! dit Zanie en éclatant de rire.
Clémence lui tendait la main.
« Belle femme ! pensa Zanie. Il ne s'est pas trompé, le

commandant : elle doit faire une ambassadrice du tonnerre ! »

– Mais, poursuivit Clémence en regardant la robe de Zanie, mais... vous ne nous suivez pas à cheval ?

– En aucun cas !

La réponse était aussi sèche que nette.

Brédier sourit, amusé, et demanda où était caché le fiancé.

– Mais je ne sais pas, répondit Zanie. Je croyais le trouver ici... Attendez !

Elle alla vers les *vaqueros* pour se renseigner. L'un d'eux avait quelques notions de français et voulut obligeamment la renseigner :

– Monsieur parti avec *señorita*... dit-il.

– Quelle *señorita* ?

Zanie était déjà en alerte.

– *Señorita* cavalière ! expliqua le *vaquero* avec admiration.

– *Bonita !* ajouta un autre.

D'où sortait-elle, cette *bonita* ? Pourquoi ne lui avait-on pas dit qu'il y avait une fille avec les cavaliers ?

– Elle était là, cette nuit ?

– Si ! Ramené *cabestros* et dormir avec *señor* français.

Le *vaquero* était vraiment serviable.

Clémence et Brédier les rejoignaient, éblouis par le spectacle de cette mer noire et beuglante qui n'attendait plus que le signal des éclaireurs pour se mettre en marche. Les voix autour d'elle, les appels des *vaqueros*, la sourde respiration des taureaux, leur piétinement, tout exaspérait Zanie.

– Les voilà ! cria le majoral en désignant deux cavaliers qui arrivaient sur eux à bride avalée.

Ils étaient loin encore, mais le spectacle n'en était pas moins magnifique.

Zanie a presque arraché des mains du majoral les jumelles qu'il lui tendait.

Elle regarde la *señorita bonita* qui galope avec Arnaut. Elle n'entend pas les exclamations de ceux qui l'entourent.

Elle regarde la cavalière qui est botte à botte avec le Chevalier.

Elle ne peut pas entendre les mots mais elle devine qu'ils parlent ensemble. Ils ont l'air heureux. La *señorita* désigne quelque chose à Arnaut, et il rit, partageant avec elle un instant de bonheur d'où Zanie se sent exclue.

Zanie la hait. Tout de suite. Définitivement.

– Ma sœur ! dit Clémence. C'est vrai qu'elle monte bien !

– Mais...

Brédier, lui aussi, a pris des jumelles.

– ... Mais, le garçon qui l'accompagne, et qui monte très bien, lui aussi... je ne me trompe pas... c'est le Chevalier ! Oh, Zanie ! Quelle merveilleuse surprise ! Vous avez bien fait de venir !

Elle se le demandait en serrant la main ferme qu'Isaure lui tendait, quelques instants plus tard, du haut de sa monture.

L'heure n'était ni aux bavardages ni aux mondanités ; la route était repérée, il fallait partir tout de suite. Tout le monde était déjà à cheval.

Avant de donner le signal, le majoral se pencha vers Zanie en se découvrant.

– Je suis désolé, mademoiselle, mais nous allons devoir vous abandonner : la voiture ne peut pas suivre la piste... et surtout pas franchir le gué. Nous nous retrouverons au *Sestero* pour le repas, vers deux heures... Miguel, votre chauffeur, vous fera voir les curiosités du paysage...

Il leva le bras, jeta un ordre bref. Le plus vieux des *cabestros*, un grand bœuf roux et blanc, se mit en marche lentement. Le son de sa clarine tinta dans le silence soudain. Les autres meneurs suivirent, sonnant à leur tour le départ.

Le départ de toute l'armée cornue qui s'en allait, docile, vers les monts Universels où les attendait l'herbe haute et fleurie de l'altitude.

Arnaut poussa son cheval jusqu'à Zanie.

– Merci, dit-il en lui tendant la main.

Elle saisit cette main et la retint dans les siennes.

– Merci pour quoi ?

– Mais pour tout ça ! dit-il en désignant le troupeau en marche. C'est à toi que je dois tout ça !

Il retira sa main, donna un coup d'éperon, et partit au galop vers le nuage de poussière que soulevaient les bêtes, et qui volait dans la lumière du matin.

Elle pensa rentrer directement au parador.

Pour bien montrer à Arnaut qu'elle était furieuse.

Puis elle réfléchit.

– C'est idiot !...

D'abord, il fallait qu'elle voie Brédier. Elle avait besoin de lui. Pour son parfum, mais aussi pour les affaires d'Arnaut... Arnaut qui n'avait probablement rien fait avec cette fille...

Elle décida d'être charmante pendant le *Sestero*, et le fut.

Elle parla des taureaux qu'elle avait l'intention d'acheter avec le majoral.

– Vous m'en mettrez six, et des beaux ! dit-elle comme si elle achetait des rougets sur le Vieux-Port. Inutile de me les montrer, je vous fais confiance !...

En même temps elle gardait un œil sur la cavalière et la détestait de plus en plus.

Elle aurait voulu parler du *Grand Batre*, des forages et des recherches d'Arnaut, mais elle sentait Brédier fasciné par les bêtes. Ce n'était pas le bon moment.

Les *vaqueros* et le majoral traitaient Isaure avec autant de respect que si elle avait été Infante de toutes les Espagnes.

Ils étaient assis autour d'elle, comme une cour, guettant ses moindres désirs, écoutant attentivement ses moindres paroles. Tout le monde s'était mis à parler espagnol et personne ne paraissait se soucier de Zanie qui ne comprenait rien.

– Pardonnez-nous ! dit quand même le majoral au bout d'un moment, les cavaliers que nous sommes veulent que Doña Isaure nous explique son secret !

– Isaure n'a pas de secret. Don et travail, c'est tout ! dit Clémence en riant. Du jour où elle est montée à cheval pour la première fois notre père l'a appelée : « Mademoiselle en avant, calme et droit ! »

– Ça lui va très bien ! dit Arnaut, comme s'il la connaissait depuis l'enfance.

– N'est-ce pas ?... Il faut la voir, au manège, sur Mélusine !

Isaure se leva en riant.

– *¡ Por favor, no hablamos más de mí * !*

Les *vaqueros* s'étaient levés en même temps qu'elle. L'un d'eux l'escorta pour aller chercher le veau qui tétait

* S'il vous plaît ! Ne parlons plus de moi !

sa mère. Elle revint en portant la petite bête dans ses bras et aida à l'installer sur la jument.

– C'est beau, hein ? dit Arnaut prenant Zanie à témoin.

– Très beau ! répondit-elle avec empressement.

Elle regardait la sihouette élancée de la jeune femme, ses longs cheveux blonds qu'elle glissait sous son chapeau andalou.

Une silhouette irréelle.

Elle aurait payé pour ne pas la trouver belle. Mais Isaure était belle.

Indubitablement.

– Je rentre à Teruel avec vous ! dit Brédier quand il fut question de repartir.

Zanie se sentit moins seule.

Dans la voiture elle sortit les dossiers qu'elle avait pris la précaution d'emporter avec elle et chaussa de ravissantes lunettes.

– J'ai traité avec Barcelone pour la distribution de mon parfum, mais *Le Grand Batre* est une symphonie sensuelle qui devrait plaire à toute l'Espagne !

– Vous ne perdez jamais le nord ! dit Brédier, plein d'admiration.

– Jamais ! dit-elle.

Et elle poursuivit son exposé.

Si elle avait pu lire dans les lignes de sa propre main, Zanie aurait découvert qu'elle allait le perdre, ce nord, et que sa vie en serait bouleversée. Elle aurait compris que la femme qui menaçait son bonheur n'était pas cette Isaure qu'elle aurait voulu voir morte, mais une autre femme, bien plus dangereuse : Zanie Bourriech.

Quand Arnaut rentra, fourbu, couvert de poussière, elle se montra si délicieuse, si câline, qu'ils arrivèrent les derniers au dîner commandé pour eux par le majoral, dans une galerie mi-gothique, mi-mauresque, du Parador.

– C'est très mal élevé d'arriver si tard, avait dit Arnaut, contrarié, en regardant sa montre.

Elle avait répondu :

– On pardonne tout à ceux qui s'aiment, mon chéri ! et lui avait pris la main pour faire son entrée.

– Alors, les amoureux ? s'était exclamé Brédier, qui semblait très gai. On a failli dîner sans vous ! Oh, ce n'est pas un reproche, mais don Miguel nous a fait faire la connaissance d'un Puerto de Santa Maria que vous allez devoir boire sans attendre, pour partager et comprendre notre allégresse !

– Monsieur l'Ambassadeur nous racontait sa visite à Madame, dit le majoral en faisant signe au sommelier de servir le vin.

– Alors ? demanda Arnaut. Comment est-elle ?

– Fantastique ! dit Brédier.

– Il paraît qu'elle reçoit très rarement ?...

La question d'Arnaut fit rire le majoral.

– Rarement ?... Jamais, Monsieur ! Madame a fermé sa porte le jour de la mort du Marquis. Des princes, des milliardaires, des *caballeros*... des rois sont venus au château. Aucun ne l'a vue...

Il se tourna vers Clémence.

– J'espère, madame, que vous n'avez pas été blessée de ne pas être conviée...

– Pas du tout ! répondit-elle. J'ai très bien compris qu'il s'agissait d'une audience officielle.

– Exactement. Madame m'a dit : « Don Miguel, on ne peut pas condamner sa porte à un ambassadeur de France. »

– Serait-elle française ? demanda Isaure.

Arnaut la regarda. Zanie le regarda la regarder, et détesta le sourire qu'ils échangeaient.

– Française ? dit Brédier. Je ne sais pas... Mais vous, don Miguel, vous devez connaître la réponse ?

Le majoral hocha la tête.

– On ne sait rien de Madame.

– Incroyable ! dit Arnaut qui regardait toujours Isaure.

Zanie se mit à espérer quelque événement imprévu qui viendrait interrompre le dîner : un début d'incendie dans les cuisines, un coup de téléphone catastrophique du Quai d'Orsay, la guerre, par exemple...

– On ne connaît ni son âge, ni sa naissance... Le Marquis, Grand d'Espagne, l'a ramenée un jour du Mexique en disant : « J'ai épousé la seule femme au monde qui sache tout du cheval et du taureau ! » Et c'était vrai ! Elle était très belle...

– Elle est très belle ! dit Brédier.

– Elle le sera toujours ! Ce que je veux dire, c'est qu'il y aura dix ans bientôt, à la mort du Marquis – il avait cent trois ans –, Madame, encore jeune, a renoncé à la vie...

mais pas à ses bêtes ! Elle dirige tout depuis son fauteuil. Elle a même monté une école d'équitation ; elle dote de jeunes toreros...

– Mais eux, elle les voit ? demanda Arnaut.

– Jamais.

Zanie vida son troisième verre de Puerto de Santa Maria espérant qu'on avait enfin fait le tour de la Marquise et qu'on allait pouvoir parler de choses sérieuses, c'est-à-dire de son parfum.

On servait. La conversation tomba pendant que les convives découvraient le contenu de leurs assiettes et s'extasiaient dès la première bouchée.

– Je dois avouer, dit Arnaut, que je ne me suis toujours pas remis de la surprise qu'Isaure m'a faite hier soir, en disant les vers du Bancal !

Bancal suis.
Dame souveraine !

Les deux sœurs avaient parlé d'une seule voix et éclatèrent de rire ensemble.

– Vous venez de constater les séquelles de l'éducation du colonel de la Pierre, dit Brédier. Le cheval, la poésie et la rigueur furent inculqués de façon irréversible à deux petites filles de bonne volonté, qui ont bien du mal à s'en remettre !

– J'espère qu'elles ne s'en remettront jamais ! s'écria Arnaut avec chaleur.

Zanie vida son quatrième verre et repoussa son assiette.

– Vous n'aimez pas ? demanda le majoral, désolé.

– Plus faim, dit-elle en allumant une cigarette.

Arnaut n'avait rien remarqué.

Il récitait du Mistral avec les sœurs.

– Elles sont merveilleuses ! dit-il en entrant dans leur chambre-cathédrale et, pour que Zanie comprenne bien de qui il parlait, il précisa : Les deux sœurs...

En ôtant sa montre, il s'aperçut qu'il lui restait à peine cinq heures avant la sonnerie du réveil.

– Non, dit Zanie. Demain tu dors.

Il ne comprit pas tout de suite et elle répéta :

– Tu dors. Tu dors avec moi et, quand on sera réveillés, vers midi, on ira les rejoindre.

Arnaut avait hérité de la gentillesse de sa mère, mais,

comme tous les Azérac, il avait un sens très fort de la liberté. Il dit calmement :

– Demain, je pars avec les cavaliers.

– Dis plutôt : avec la cavalière !

– Tu peux répéter, s'il te plaît ?

– Oui ! cria-t-elle. Avec la cavalière ! Si tu crois que je suis aveugle ! Tu passes la nuit avec elle, et tu voudrais me faire croire que vous n'avez pas... Je te connais, Arnaut ! Je sais de quoi tu es capable... Je suis bien placée pour savoir comment tu pratiques !

Il la regardait sans réagir, l'air absent, calme. Et cette absence de réaction mettait Zanie hors d'elle, plus que s'il l'avait insultée ou frappée.

– Je te connais ! répéta-t-elle.

– Crois-tu ? dit-il poliment.

Puis il décrocha le téléphone, demanda qu'on le réveille à cinq heures, remercia, raccrocha, cueillit un oreiller sur le lit, et passa dans le salon attenant à la chambre en disant : « Bonsoir, Zanie », avant de refermer la porte sur lui.

Elle resta un instant bras ballants, au milieu de la chambre, pétrifiée par sa réaction.

Ça ne pouvait pas finir comme ça !...

Elle prit une profonde respiration et ferma les yeux. Puis elle se mit à sourire à l'idée qui lui venait.

Sans faire de bruit elle quitta la chambre et s'engagea dans le couloir.

Le lendemain, Arnaut rentra beaucoup plus tôt à Teruel.

– Ça s'est bien passé ? demanda Zanie, toute dorée, gracieuse et douce.

– Très bien, dit-il sans donner de détails.

Elle le suivit dans la salle de bains, et le regarda entrer dans la cabine pour prendre sa douche.

– Arnaut... commença-t-elle, je suis désolée...

– Je n'entends pas ! cria-t-il.

Elle resta assise sur le bord de la baignoire, attendant patiemment qu'il soit sorti pour dire d'une voix humble :

– Je suis désolée, mon amour... pour hier... Je crois que j'avais un peu trop bu de Santa Maria ! Je te demande d'oublier ce que j'ai dit sur... Isaure.

– Elle est partie, dit Arnaut. Te voilà rassurée ?

Partie ?... Elle l'aurait embrassée !

– Arnaut, dit-elle, tu m'en veux encore !... Je disais des bêtises... Je n'ai pas pensé une seconde que vous...
– Et tu as eu raison, dit-il.
– Et... pourquoi est-elle partie ?
– Mélusine.
– Qui c'est ça ?
– Sa jument. Elle l'adore. On lui a téléphoné cette nuit du manège. La jument s'est blessée en tombant...
– Oh, la pauvre !... Et alors elle est partie ?
– Tout de suite, paraît-il. D'ailleurs, les Brédier rentrent ce soir à Madrid, et, si ça ne te contrarie pas, j'aimerais partir aussi.
– Comme ça ?... Maintenant ?...
– Tu as vu Brédier, tu as commandé tes taureaux, on a vu la transhumance... qu'est-ce que tu veux qu'on fasse ici, maintenant ? Plus rien ne nous retient...
– Plus rien, dit-elle en se mordant les lèvres.
– Alors, si tu le veux bien, on dit au revoir, on fait les valises, et on part. On roulera une partie de la nuit et, dès demain, je me remettrai au travail.
– C'est comme si c'était fait !
Elle se haussa sur la pointe des pieds et déposa un baiser rapide sur les lèvres d'Arnaut. Assez rapide pour qu'il ne soit pas obligé de le lui rendre.
Patience !... Il était encore fâché, mais ça ne durerait pas. On roulerait toute la nuit, mais, une fois arrivés en Camargue, il faudrait bien qu'il se repose avant de se mettre au travail, et, là, adieu la cavalière, bonjour Zanie !

En passant devant les rochers qui les avaient vus s'arrêter à l'aller, elle eut un petit rire.
Ce petit rire, Arnaut fit semblant de ne pas l'entendre, marquant par là qu'il n'avait aucune envie de se souvenir. Zanie en fut affectée et enfonça ses ongles dans la paume de ses mains. Furieuse.
– Alors, comme ça, ces rochers, ça ne te rappelle rien ?
– Si, dit-il sans quitter la route des yeux.
– Et c'est tout l'effet que ça te fait ?
– Je conduis...
Elle éclata :
– Mais qu'est-ce qu'elle t'a fait, cette fille ? Tu n'es plus le même !... Arnaut, qu'est-ce qu'elle t'a fait ?
– Tu ne vas pas recommencer !

– Je veux savoir ce qui s'est passé !
– Je te l'ai dit : rien.
– Et tu voudrais que je te croie !
Il ralentit et se rangea au bord de la route.
– Pourquoi tu t'arrêtes ?
– J'attends que tu te calmes.
– Ne me parle pas sur ce ton !
– Sur quel ton me parles-tu, toi ?... Tu me prends pour qui ? Je ne suis pas aux ordres ! Je ne suis pas à ton service ! Et, à propos, un bon conseil, mademoiselle Bourriech : l'amour ça demande de la confiance, de la courtoisie, de la compréhension !... Ça ne se préside pas à la schlague, comme tes conseils d'administration !
– C'est fini ?
– J'en ai bien peur, dit-il en remettant le contact.
– Eh bien, moi, j'ai encore des choses à te dire !... Des choses que tu ne peux pas nier ! C'est parce qu'elle n'était plus là que tu as voulu partir !
– Exact ! dit-il. J'avais beaucoup de plaisir à parler avec elle !
Zanie éclata de rire.
– Et elle à parler avec moi, ajouta-t-il.
– Ça ne l'a pas empêchée de partir !
Il haussa les épaules. Elle s'énervait.
– Parce que l'histoire de la jument, c'est du bidon !
– Qu'est-ce que tu racontes ?
Il n'avait pas l'air de la croire, et ça, elle ne pouvait pas le supporter.
– C'est moi, Arnaut, qui lui ai demandé de partir... Parce que, moi, je t'aime ! Et toi aussi tu m'aimes ! Et, crois-moi, elle ne s'est pas fait prier ! Je lui ai dit : « Allez-vous-en, il est à moi ! »
– Quand ?
– Quand tu étais en train de dormir dans le salon. Je suis allée la trouver...
– Tu as fait ça ?
– C'était plus fort que moi !
– Je vois...
Il n'avait plus l'air fâché, mais pensif. Il démarra et n'ouvrit pas la bouche avant la frontière. Zanie se taisait aussi. La nuit était tombée. Une belle nuit pleine d'étoiles, comme la nuit des *cabestros*...
– Bonne route, les amoureux ! leur dit un douanier jovial.

– Merci ! répondit Arnaut.

Et Zanie se rapprocha timidement de lui.

– Tu devrais essayer de dormir, dit-il si gentiment qu'elle se sentit rassurée.

Elle posa sa tête sur l'épaule d'Arnaut, et ne se réveilla que quand la voiture s'arrêta devant les Roseaux.

– Déjà ? dit-elle en regardant l'aube incertaine qui annonçait un beau jour.

Arnaut sourit sans répondre.

Il descendit, ouvrit le coffre, sortit les bagages de Zanie, les porta dans la grande salle.

Zanie le suivait en bâillant, déjà caressante.

– Dodo..., dit-elle en s'approchant de lui.

– Adieu, Zanie.

Il lui tendait la main. Il s'en allait.

Sans voix elle le vit traverser le jardin, monter dans sa voiture. Démarrer.

Elle s'assit sur une valise, haussa les épaules. Elle était bien tranquille.

Il reviendrait...

– Monsieur Arnaut revient !... Il revient avec une dame !
Annette semblait égarée. Elle se tenait sur le seuil de la salle à manger et soufflait comme si elle avait couru.
– ... Et la voiture a des nœuds de tulle blanc !
– Ils se sont mariés sans nous le dire ! J'en étais sûr ! dit Guilhem en se levant. C'est de l'Arnaut tout craché, Grand-Mère ! C'est pour ça qu'on n'avait pas de nouvelles de Zanie !
– Mais... ce n'est pas Zanie qui est avec lui...
La voix d'Annette était à peine perceptible. Un grand silence se fit autour de la table. Guilhem et Thérèse se regardèrent, sidérés.
– Je l'avais vu !
Virgile battait des mains.
– J'avais vu un cavalier qui poussait des taureaux blanc et roux !
– Mais tais-toi donc ! cria Guilhem. Il est bien question de tes bêtises !... Il est question de...
Il s'arrêta.
Arnaut entrait. Il tenait une jolie fille blonde et mince par les épaules.
Elle semblait intimidée.
– Je vous présente Isaure d'Azérac, ma femme.

Isaure

Il la tient serrée contre lui. Il rayonne. Elle sourit timidement, se demandant comment une famille peut réagir à une arrivée aussi romanesque.

« Je vous présente Isaure d'Azérac, ma femme », a dit Arnaut, et cette phrase les a pétrifiés, y compris la dame qui leur a ouvert la porte.

Arnaut a prévenu Isaure.

Qu'elle ne s'attende pas à faire la connaissance d'un beau-père affable et gracieux ; le baron Guilhem est ce qu'on peut appeler un caractère, et même un sale caractère, a-t-il ajouté en riant.

Au premier coup d'œil, ça semble vrai.

Guilhem la regarde d'un air furieux.

Bel homme farouche qui peut faire peur... mais pas à Isaure. Isaure qui devine une grande douleur cachée sous la cuirasse hérissée de pointes.

– Je vais vous aimer, Isaure.

Elle tourne la tête vers un enfant quinquagénaire et bouclé qui lui tend les bras.

– Oncle Virgile, devine-t-elle, brusquement réchauffée.

– Moi aussi, je vais vous aimer ! dit la belle vieille dame en lui faisant signe de s'asseoir près d'elle.

Isaure prend place et Thérèse lui confie à l'oreille :

– Et c'est déjà commencé !

– Et encore vous ne savez pas tout, Grand-Mère...

Arnaut est radieux.

– Quand vous saurez le nom de la sœur d'Isaure et qui était son père ! Sa sœur se nomme...

Guilhem l'interrompt.

– Je vous demande pardon, mademoiselle... euh... madame, mais votre arrivée m'a coupé le souffle. Si Arnaut nous avait mis au courant de ses projets... il faut dire qu'Arnaut et les manières... Il ricane : Vous vous connaissez depuis longtemps ?

– Non ! répondent-ils d'une seule voix.

– Depuis l'Espagne, explique Virgile à son frère qui hausse les épaules.

– Exactement ! dit Arnaut.

– Et qu'est-ce que vous faisiez là-bas ?

– Nous nous sommes rencontrés pendant la transhumance, je suis écuyer.

– Écuyer ?

Guilhem n'en revient pas.

– Isaure est maître de manège, un très grand cavalier, père, vous comprendrez pourquoi depuis l'enfance on l'appelle « Mademoiselle en avant calme et droit » quand vous la verrez sur Mélusine.

– Mélusine ?

– C'est ma jument. Elle doit arriver dans quelques jours...

– Alors si Mélusine vient, dit Thérèse heureuse, c'est que vous allez rester avec nous !

– En ce qui me concerne, Grand-Mère, je partirai à la fin de la semaine, mais, si vous n'y voyez pas d'inconvénient, Isaure vivra à Azérac pendant mon absence...

– Tu es chez toi, dit Guilhem, bourru.

– Je vous remercie, répond Arnaut si sèchement qu'Isaure le regarde, surprise par tant d'agressivité.

– Tu peux partir longtemps, beau-neveu. Virgile ne quitte pas la jeune femme des yeux. Et tu peux partir tranquille, à ton retour elle saura tout sur les Grands Orages, les abeilles de Walheim, les *biòu*, les *chivau*, le Rhône, les asphodèles, la poésie...

– Elle sait déjà Mistral par cœur ! assure Arnaut, et pas seulement Mistral !

– Auriez-vous par miracle entendu parler de l'Inconnu ? demande Virgile.

– Le poète de *La Branche des Oiseaux* !

Virgile, radieux, se tourne vers son frère.

– Tu te rends compte, ma nièce a lu *La Branche des Oiseaux* ! C'est Fernand qui va être content !

– Votre Mélusine, dit Guilhem, c'est quoi comme cheval ?

– Un très beau pur-sang anglo-arabe...

– Eh ben, elle va souffrir ici !

Cette perspective a l'air d'enchanter Guilhem.

– Souffrir ? Pourquoi ?

– Robe de soie, peau fine de demoiselle, jambes fragiles ! Les pur-sang, en Camargue, c'est rare que ça tienne le coup !

– Mélusine tiendra le coup, monsieur.

Le ton d'Isaure est courtois mais si ferme que Guilhem est surpris.

– Ce n'est pas un cheval d'ornement, c'est une bête courageuse. C'est toute ma fortune ! ajoute-t-elle en riant.

L'information consterne Guilhem.

« Ah bon ? En plus elle n'a pas un sou ! »

Thérèse s'agite :

– Si on les laissait un peu tranquilles nos amoureux ? Annette, fais préparer la chambre...

– La chambre est prête, Madame. J'ai donné des ordres à l'office quand j'ai vu le tulle blanc, dit Annette en rougissant.

Arnaut éclate de rire et prend la vieille femme dans ses bras.

– Âme d'Azérac, fée marraine, ange tutélaire, gardienne de la flamme et du clavier, sois bénie entre toutes les femmes !

– Vous vous êtes mariés quand ? demande Guilhem que ce lyrisme agace.

– Avant-hier !

Il baisse la tête comme s'il recevait la confirmation d'une catastrophe. Thérèse s'agite encore :

– Avant-hier ? Mais qu'est-ce que vous faites là avec nous ? Je ne veux pas vous voir jusqu'au dîner ! Avant-hier ! Je me demande à quoi tu penses, Arnaut !

Il ne pensait qu'à ça.

Depuis le mariage célébré au manège d'Isaure, au milieu des chevaux et des petits cavaliers à qui elle avait enseigné les rudiments de l'art équestre, il lui semblait vivre une féerie.

En quittant Zanie pour toujours, deux mois plus tôt, il avait roulé jusqu'à Paris. Il avait besoin de revoir Isaure, de vérifier son émotion. Il n'avait encore rien arrêté de définitif dans sa tête mais, quand il la vit sur Mélusine, la chambrière à la main, sérieuse, toute à son travail, ne se sachant pas observée par lui, il sut ce qu'il était venu faire. Et quand elle le découvrit enfin, que son visage changea, qu'elle oublia de lancer des ordres et resta immobile sur sa jument, les yeux soudain remplis de larmes, tout fut clair et heureux.

Il repartit le soir même pour Ras el' Mourat mais tout était décidé. Ils se marieraient dès son retour.

En secret. Dans la plus sévère intimité. Il savait Zanie capable de tout et ne voulait pas risquer qu'elle s'en prenne à Isaure pendant son absence.

Sélim fut son unique confident. Clémence fut la seule de ses proches à qui Isaure révéla la date de leur mariage.

De ce mariage, il rêva en survolant le désert, il rêva en traversant Ras el' Mourat. Il en rêva sur le rig.

Au moment de repartir pour la France il dut retarder son départ. Le géologue croyait avoir décelé des traces de pétrole. Il n'en était pas sûr... le lendemain il ne voyait plus rien. Arnaut resta encore un jour, espérant mettre la bonne nouvelle dans la corbeille de la mariée, mais les traces avaient disparu.

Il manqua un avion, en attrapa un autre de justesse, arriva en courant à la mairie, et découvrit Isaure qui l'attendait, aussi blanche que sa robe, épouvantée à l'idée qu'il ait eu un accident. Pas un instant l'idée qu'il soit revenu sur sa parole ne l'avait effleurée.

Puis il y avait eu cette bénédiction au manège comme chez les gens du voyage et ils étaient partis.

Ils s'étaient arrêtés sur les bords de la Loire dans un château transformé en hôtel. Il était ému comme une jeune fille. Il ne connaissait d'Isaure que ce que les autres connaissaient. Et la tendresse de ses baisers. Il découvrit la beauté de ses formes avec ravissement. Il l'avait vue à cheval, il l'avait tenue dans ses bras et il savait déjà à quel point l'équitation lui avait donné un corps ferme et vif. Mais quand il fit tomber sa robe et posa ses mains sur ses épaules nues, il fut bouleversé par la douceur de sa peau. Il promena ses lèvres sur elle comme pour saluer chaque pouce de sa chair. Elle ne bougeait pas, silencieuse, étonnée par la dévotion de ses caresses.

– Tu n'as pas l'air vraie, murmura-t-il.

Quand il la prit, il se demanda si elle avait connu d'autres hommes. Elle était si timide, si réservée qu'il n'osa pas le lui demander et pensa qu'il était le premier.

Pendant des siècles on avait obligé les filles à monter en amazone pour éviter de leur faire ouvrir les jambes et perdre leur virginité dans le galop d'un cheval. Ce serait merveilleux d'amener sa cavalière de l'innocence au plaisir. Elle était faite pour l'amour et ne le savait pas encore, il le lui apprendrait. Il lui apprendrait tout. Il cria de joie, sombra dans le sommeil, se réveilla à l'aube contre le satin de la peau d'Isaure. Elle le regardait avec adoration.

– Tu es déjà réveillée ?

– L'habitude des chevaux, expliqua-t-elle en posant ses lèvres sur le front d'Arnaut.

Maintenant ils étaient à Azérac et ils se retrouvaient, seuls, dans la chambre qu'Annette avait fait préparer et fleurir à leur intention. Isaure s'extasiait devant le lit aux colonnes sculptées, les fauteuils recouverts d'une tapisserie au point de Hongrie, l'armoire rustique, les hauts miroirs sur la cheminée.

– Tu regarderas tout ça quand je serai parti, plaisanta Arnaut. Regarde plutôt ton mari !

– C'était la chambre de tes parents, m'a dit Annette.

– Oui. Viens !

– Ton père...

– Quoi, mon père !

– Qu'est-ce qu'il y a entre vous ?

– Rien, il est odieux, c'est tout.

Il essayait de l'entraîner vers le lit, de la renverser sur le bouti de soie rose, elle résistait.

– Arnaut, je t'en prie ! Si quelqu'un entrait ?

– Personne n'entrera !

– Mais il fait jour !

– Et alors ?

– Qu'est-ce qu'on penserait ?

– Viens sur le lit !

– Mais, Arnaut...

– Par terre, si tu préfères !

Elle éclata de rire et il en profita pour la jeter entre les colonnes sculptées.

– On va être très heureux, dit-il en attaquant le premier bouton de sa robe.

Isaure a tout pour plaire à Guilhem. La beauté, le courage, l'amour des chevaux... et ce père cavalier qui a combattu sous les ordres de Romain !

Elle a tout pour plaire à Guilhem. Et cependant, dès le premier regard il l'a détestée.

Pire encore, il l'a refusée.

Il y a trois jours qu'elle est là, et chaque jour il lui en veut un peu plus d'exister.

Sa présence à Azérac lui rappelle qu'il aurait pu épouser Zanie, retrouver le Grand Batre, reconstituer la baronnie telle qu'elle était au temps de la splendeur. C'est cette perspective qui lui avait permis d'accepter qu'Arnaut l'emporte sur lui. Il avait même fait une foule de projets pendant que son fils était en Espagne avec Zanie. Tout près des Roseaux, il y avait le domaine des Hautes-Herbes, autrefois possession de la famille. Les Bourriech n'en avaient jamais rien tiré et pourtant c'était une propriété magnifique, on aurait pu y installer la plus importante manade de Camargue. Et voilà que tout était par terre à cause de cette fille !

Et puis, le quatrième jour, Guilhem entend Arnaut dire à sa jeune femme :

– Demain nous t'emmènerons faire le tour du domaine, Papa et moi.

Papa. Quel mot béni !

Si elle lui a ramené son fils, il l'aimera.

Malheureusement, le soir, quand Guilhem est rentré du pâturage, Arnaut n'était plus là.

Un appel de Sélim et il était parti sans demander son reste.

– Sans un mot pour moi, Fernand ! Il aurait quand même pu...

– Mais ce n'est pas sa faute ! disait Rache essayant de le calmer. Il paraît que c'était très important !

– Toi, tu prends toujours le parti des autres !

Le médecin haussa les épaules, Guilhem s'énerva :

– Il aurait pu me dire au revoir, non ? Je suis quand même son père !

– Tu étais au bout du pâturage, et il avait un avion à prendre !

– Des avions, il y en a plein le ciel ! Un père on n'en a qu'un !

– Encore une chance quand il s'agit d'un père comme toi ! Allez, ne fais pas cette tête-là ! Il est parti mais cette fois il va revenir, sa femme est là ! Et, tu veux que je te dise ? Sa femme, tu en seras gaga quand elle t'aura donné un petit-fils...

– Si elle en est capable ! grogne Guilhem. Hé ! où vas-tu ?... demande-t-il en voyant que Fernand s'en va.

– Où je vais ? Voir ta grand-mère, ta belle-fille, ton frère, Annette, ton baile, le facteur, peu importe mais quelqu'un d'aimable si tu vois ce que je veux dire !

Guilhem le regarde s'éloigner, raide et furieux, sa trousse de médecin à la main. Ce n'était pas la première fois qu'ils se chamaillaient ces amis de toujours, et certainement pas la dernière, mais ce soir Guilhem a besoin qu'on le comprenne. Qu'on le plaigne...

Avant de monter dans sa chambre d'homme seul et de sortir son costume bleu de la penderie, il s'arrête devant le téléphone de l'entrée et compose le numéro de Madame Henriette.

« J'y vais ou j'y vais pas ? » se demandait Élodie.

D'un côté elle sentait qu'il était nécessaire de prévenir Zanie qu'Arnaut s'était marié, d'un autre elle redoutait que sa cousine ne lui inflige le châtiment qu'on réservait jadis aux porteurs de mauvaises nouvelles...

« Elle va me tuer ! »

Depuis son retour d'Espagne Zanie lui avait joué la comédie. Magistralement. Arnaut avait dû repartir en Orient, il allait revenir mais on ne savait pas quand, ses affaires marchaient bien, mais, chut ! on n'en parlait pas, on attendait son retour et là, ma chérie, fortune, bonheur, mariage et tout et tout !

Ce qui marchait vraiment bien c'était *Le Grand Batre*. À peine lancé le parfum avait connu un véritable triomphe. Même les tantes étaient épatées par l'argent qui rentrait. C'était tout dire. Et Zanie continuait à installer les Roseaux, à les embellir, dirigeant plus souvent la Bourriech depuis les bords du Vaccarès que depuis ses bureaux de Marseille.

Quand Élodie arriva devant le mas, elle se signa avant d'entrer.

– Te voilà bien pieuse ! dit une voix dans son dos.

Zanie se lavait les cheveux, penchée sur l'abreuvoir. Elle se releva, et, superbe, secoua sa chevelure en envoyant un brouillard de gouttelettes scintillantes dans le soleil.

– Ma pauvre Zanie, murmura Élodie avant de se lancer dans le vide... Arnaut est marié.

Mélusine venait d'arriver.

Guilhem la regarda descendre à reculons du van arrêté dans la cour, la trouva splendide et se jura de n'en rien laisser voir.

Isaure sauta à cru sur sa jument et, la menant à la bride, la laissa se dégourdir un peu devant le château.

Guilhem avait été prévenu mais il n'avait jamais imaginé que sa belle-fille était un cavalier de ce niveau. Il faillit lui dire qu'elle montait mieux que lui mais n'en eut pas le temps, une Jeep s'arrêtait dans un hurlement de freins et une furie aux cheveux mouillés en jaillissait, l'invective à la bouche.

– Arnaut ! Où es-tu ? Tu te caches ? Descends si tu n'as pas peur !

– Inutile de crier, mon mari est parti, dit Isaure très droite sur son cheval.

– Déjà ? ricana Zanie. Il vous a laissée en plan ? Bravo ! Vous allez me payer tout ça ! Parce qu'il a beau vous avoir épousée, Jeanne d'Arc, c'est moi qu'il a dans la peau, espèce de garce !

– Cessez d'insulter ma bru ! fit la voix formidable de Guilhem. Et, d'abord, vous allez vous taire ! Et partir ! Parce que vous êtes belle et riche, Zanie Bourriech, vous croyez que tout doit plier devant vous. Eh bien, pas les Azérac ! et Isaure est une Azérac !

– Jolie famille !

– Foutez le camp !

– Je reviendrai !

– N'oubliez pas votre fusil !

– Vous pouvez rire, je vous briserai ! Vous m'entendez ? Un jour je ferai raser Azérac ! Je vous écraserai ! Tous ! Il ne restera rien de vous ! Rien !

– Il restera la Mémoire ! dit Guilhem, magnifique. Vous pouvez brûler Azérac, faire s'écrouler nos murs, la Camargue se souviendra de nous ! Des miens qui, depuis mille ans, ont toujours défendu la bouvine et la Tradition ! Mais ça, vous ne pouvez pas comprendre... Allez-vous-en compter vos sous, caissière, vous n'avez rien à faire ici !

– Je prierai pour votre ruine ! cria Zanie en remontant dans sa Jeep.

Elle démarra, passa près de Mélusine qui fit un écart, puis elle éclata de rire :

– Pour vous, la voleuse, j'attends la suite !

Isaure la suivit des yeux, sauta à terre et s'approcha de Guilhem, visiblement émue.

– Je vous remercie, mon père.

– Pas à me remercier, bougonna-t-il. Vous faites partie de la famille, un point c'est tout.

– Ce que vous avez dit sur la Mémoire, la bouvine, la Tradition, c'était très beau, mon père.

– C'est ce que je pense... mais cessez de m'appeler « mon père » ! Je m'appelle Guilhem !

Il allait déjà vers la maison. Elle courut lui barrer la route.

– Ma présence ne vous enchante pas, dit-elle.

Il haussa les épaules.

– C'est pas ça... c'est mon fils... Qu'est-ce qui lui a pris ?... Je veux dire : il part pour l'Espagne avec une fiancée, il revient avec une autre...

– Qui n'a pas de fortune !

Il la regarda, il était mal à l'aise. Il expliqua :

– C'est pas l'argent qui m'intéresse... ce sont les terres que j'ai connues enfant, nos terres que les Bourriech nous ont volées ! Alors avec Zanie, évidemment, on pouvait...

– Les récupérer.

– Voilà !

– Je vois.

– Manadier, dit-il, c'est un métier de seigneur, mais une vie de chien.

– Je vous aiderai !

– À quoi ?

– Sur le pâturage. J'aimerais que vous m'appreniez à trier.

Il éclata de rire.

– Faites-nous un enfant, c'est tout ce qu'on vous

demande ! Et ne vous mêlez pas de trier, surtout pas avec votre prix de beauté ! Au milieu des taureaux elle ne ferait pas de vieux os ! Et vous non plus !

Isaure lui tourna brusquement le dos et alla vers le van prendre la selle de Mélusine. Guilhem n'avait plus envie de rentrer dans la maison. Il la regarda seller sa bête avec des gestes précis, nets, parfaits. Isaure ne faisait pas attention à lui. Elle parlait à Mélusine.

Quand elle fut en selle, il eut peur et lui cria :

– Restez sur les drailles et les chemins ! N'allez pas sur le pâturage !

– Merci, Guilhem ! dit-elle en enlevant son cheval.

Elle était déjà loin et il ne bougeait toujours pas.

– C'est qu'elle monte bien, murmura-t-il entre ses dents.

Les cheveux de Zanie étaient à peine secs quand elle arriva aux Roseaux.

Stoïquement, pensant qu'elle pouvait avoir besoin d'elle, Élodie était restée. Elle la vit entrer comme une furie, prendre le fusil et, du canon, balayer tous les objets délicats et ravissants qu'elles avaient réunis avec amour pour faire du mas un endroit de rêve.

Elle criait si fort dans sa rage qu'elles faillirent ne pas entendre le garde, le vieux Béluguette, qui frappait au carreau.

– Quoi encore ? hurla Zanie.

– Les taureaux sont arrivés, dit Béluguette avec un bon sourire.

– Quels taureaux ?

– Ceux que vous avez achetés en Espagne !

Un silence de mort avait remplacé le tumulte.

– Ils sont beaux !

Les deux filles se regardèrent, consternées.

– Je les ai fait mettre dans le vieux bouvau, mais on pourra pas les y laisser longtemps, parce que, ceux-là, dit-il l'air extasié, ceux-là ils sont vraiment méchants !

Ils l'étaient.

Au milieu du vieux bouvau, six bêtes de l'Apocalypse, immobiles, énervées par le voyage et le dépaysement, regardaient les deux filles et Béluguette avec une haine profonde.

Zanie prit sa tête entre ses mains.

– Qu'est-ce qu'on fait, demoiselle ?
– On appelle le boucher.
– Le carnage ? cria Béluguette, scandalisé.
– Le carnage ? demanda Élodie qui se sentait mal.
– Quand le boucher vient et que le sang coule, ça s'appelle le carnage.

On le sentait révolté. Il regardait les monstres avec tendresse.

– Peuchère ! Être partis d'Espagne pour venir ici rencontrer le couteau ! Ça fait peine... et vergogne ! ajouta-t-il avec noblesse.

Élodie, ravagée, se tourna vers Zanie.

– On pourrait peut-être...
– Tu en prends un chez toi comme animal de compagnie ?... Non. Eh bien, alors, cesse de t'attendrir sur eux ! Et vous, Béluguette, si vous les voulez, je vous les donne !
– À moi ? dit-il, saisi.
– À qui veut les prendre !
– Moi je suis trop vieux, mais j'ai votre affaire, demoiselle. Seulement il voudra les payer et comme il pourra pas les payer il voudra pas...
– Je m'en fous ! Je paierai, moi, pour qu'on m'en débarrasse ! Parce que la Camargue, je vais vous le dire, Béluguette, la Camargue, j'en ai par-dessus la tête ! Élodie, viens m'aider à faire les valises, et si tu veux les Roseaux, tu les prends. Et si ça te chante, tu y fous le feu ! Moi, je pars ! La Camargue, c'est fini !
– Pour les taureaux, dit Béluguette, celui à qui je pense il s'appelle Pierre Carles !
– Adjugé ! cria Zanie.

Thérèse s'est fait apporter par Annette le coffret de malachite et l'a ouvert devant Isaure.

– Ces bijoux sont à toi, Isaure... Tu permets que je te dise « tu » ?
– Ma mère ! dit la jeune femme en lui embrassant la main.
– Quand je pense que ton Papa a connu mon fils... Tu as vu la photo de Romain ? Tu as vu comme notre Arnaut lui ressemble ?

Isaure approuve et se tourne vers le laraire où la famille semble se demander en la regardant, elle, la nouvelle, si elle est digne d'être acceptée.

Thérèse a sorti la Broche d'Amour et la pose, à plat, sur sa main.

– J'aimerais te voir porter ces merveilles... les faire vivre, ma chérie. Il y a plus de trente ans que personne ne les a portées...

– La maman d'Arnaut ?

Thérèse ne répond pas. Elle ferme le coffret et se tait, les yeux dans le vague. Elle se fatigue vite, elle s'endort souvent, elle descend de moins en moins pour le dîner, Annette lui porte un bouillon, une compote, dans la Chambre des Reines.

Isaure se lève sans bruit et se dirige vers la porte pour la laisser reposer...

– *Schatzle !*

Thérèse tend la main vers elle et lui fait signe de revenir s'asseoir près de la duchesse brisée où elle passe maintenant une partie de sa vie.

– Tu sais, le plus dur... c'est de ne pas être morte avant eux...

Elle se penche vers la jeune femme :

– Virgile t'a montré le portrait de Faustine ?

Isaure fait signe que oui. Elle est une habituée de la Tour des Grands Orages ; il lui a tout raconté : José Luis, Charles, la ruine... tout ce qui concernait un temps déjà lointain. La Grande Guerre, l'Homme Noir, la grippe espagnole... Mais il n'a pas répondu quand elle lui a demandé pourquoi Guilhem et Arnaut s'entendaient si mal. Elle devine que la rupture du mariage avec Zanie n'est pas la cause profonde de leur agressivité permanente. Elle veut savoir. Et elle ose, « Mademoiselle en avant calme et droit », elle ose poser la question à l'aïeule qui lui sourit tendrement.

– Ma mère, je voudrais savoir... qu'y a-t-il entre Arnaut et son père ?

Thérèse sourit toujours. Mais elle ne répond pas et, à cause de ce silence, Isaure sent qu'il s'agit de quelque chose de grave et insiste :

– Je dois le savoir, ma mère !

Thérèse lui caresse les cheveux et répond enfin :

– Arnaut a été élevé par un grand-oncle... protestant !

Tu sais, les questions de religion, dans les familles, étaient des sujets de discorde autrefois.

Autrefois ! Arnaut n'est quand même pas né au temps des dragonnades !

– Et puis ils ont des caractères... difficiles ! Tu as dû t'en apercevoir ! Mais tu es là, Arnaut va revenir, tout ira bien ! Et le jour où tu déposeras un petit-fils dans les bras de Guilhem... – j'espère bien être encore de ce monde pour le voir ! – crois-moi, ce sera la fête à Azérac !

Elle a fermé les yeux. Elle s'endort. Ou fait semblant.

Une fois de plus elle n'a pas répondu.

Alors commença pour Isaure une période difficile où elle dut faire appel à toute la force d'âme que le colonel de la Pierre avait laissée en héritage à ses filles.

Guilhem était ce qu'il était. N'attendant rien de lui, elle s'en accommodait. C'était avec les autres, si gentils avec elle, que, paradoxalement, elle souffrait.

Elle les sentait soudés les uns aux autres par un secret auquel elle n'avait pas accès. Virgile s'évadait des conversations et s'envolait sur des nuages dès qu'il n'avait plus envie de rester dans la réalité. Thérèse, elle, s'endormait. Léo, qu'Isaure allait souvent visiter à la cabane, se retranchait derrière sa longue absence, sa vie à New York, et le fait qu'elle n'avait pas connu Amélie.

– Mais mon frère, lui, je le connais ! disait-elle en riant. Et je peux te certifier que c'est le pire emmerdeur que j'aie jamais rencontré !

Isaure était sûre qu'elle savait pourquoi le père et le fils avaient du mal à se supporter. Rache le savait aussi. Mais lui non plus ne dirait rien. Pourquoi ? Elle était devenue une Azérac, elle avait le droit de savoir qui étaient les siens !

Sillonnant les chemins de Camargue avec Mélusine, elle réfléchissait. Ce qu'elle voulait, c'était que tout le monde soit heureux à Azérac, que tout le monde s'aime. Et qu'on la laisse travailler ! Il faudrait bien que son beau-père se décide à l'emmener trier avec lui ! Qu'il fasse d'elle un vrai gardian. Arnaut lui avait dit qu'il ne serait jamais manadier. Eh bien, le manadier, ce serait elle ! Dès qu'elle serait enceinte elle poserait ses conditions à Guilhem...

Malheureusement elle ne fut pas enceinte, et l'absence d'Arnaut lui parut plus lourde que quand elle croyait porter en elle une partie de lui.

Des employés du téléphone vinrent à Azérac installer un poste dans sa chambre. C'était plus intime que celui de l'entrée, mais les communications restaient aussi mauvaises avec l'Émirat. Arnaut lui téléphonait souvent et la faisait rougir en lui parlant de sa peau et de l'envie qu'il avait d'elle. Elle imaginait que des milliers d'oreilles les écoutaient à travers l'espace, elle disait « chut ! » et, soudain, n'entendait plus rien. Coupure. Pendant des jours l'Émirat restait muet, et elle était triste. Puis, au milieu de la nuit, un appel. Elle espérait toujours qu'il allait lui dire : « Je reviens ! » mais il ne le disait pas. Elle ne lui posait pas de questions sur ses affaires, elle savait que, quand il le pourrait, il reviendrait. Mais il ne revenait pas.

Alors elle se levait à l'aube, sellait Mélusine, et partait avec elle à la découverte du pays dont son beau-père ne voulait pas lui ouvrir la porte.

Elle aimait de plus en plus la Camargue. Elle aimait ses charmes mais elle aimait aussi ses rigueurs.

Elle était prudente et ne s'aventurait jamais sur des terrains qui auraient pu être dangereux pour sa bête.

Elle parcourut toutes les drailles qui délimitaient Azérac, puis le bord de mer pour éviter de rencontrer des taureaux en allant à la cabane de Léo. Enfin elle voulut faire la connaissance du Vaccarès.

Cet immense miroir piqueté de flamants roses l'enchanta. En longeant un pâturage elle aperçut des taureaux espagnols derrière un fossé et une clôture. Ils étaient absolument terrifiants et elle fut d'autant plus surprise de voir, au milieu d'eux, tranquille, un homme à cheval qui écrivait sur un cahier d'écolier.

Elle pensa que c'était un drôle d'endroit pour faire ses comptes, et admira le sang-froid du gardian que la proximité des fauves ne semblait pas troubler.

« Il faut avoir une vision franciscaine de la Création disait le colonel à ses filles, mon frère le loup, ma sœur la source, nos frères les chevaux... Ne jamais avoir peur d'une créature du Seigneur, là est la vérité ! »

Le gardian l'avait vue. Et il avait vu sa monture. Il ferma son cahier, le glissa dans ses fontes, et vint vers la clôture à l'entrepas, sans s'occuper des taureaux qui lui laissèrent le passage fort courtoisement.

Il souleva son chapeau, et Isaure souleva le sien.

– J'admire vos espagnols ! dit-elle.

– À quoi voyez-vous que ce ne sont pas des camargues ?

– Les cornes... la masse, peut-être... l'œil, aussi...

Elle éclata de rire et demanda :

– Je passe un examen ?

À son tour, le cavalier se mit à rire, et s'excusa.

– Pardonnez-moi ! Nous avons tendance à croire que les étrangers ignorent tout de ce qui fait notre vie. À plus forte raison les étrangères...

– J'ai l'air d'une étrangère ?

– Oui, dit-il, et, désignant Mélusine, il ajouta : À commencer par votre pur-sang... elle est magnifique ! Mais ce n'est pas un cheval pour ici, trop belle demoiselle pour nos pâturages.

– On m'a déjà dit ça.

– Faites attention à elle. Voyez-vous les nôtres ont appris ce pays pendant des milliers d'années... ils ne s'aventurent jamais là où le sol risque de se dérober, et puis... ils ont un pacte avec les taureaux. Ne quittez jamais les drailles et les chemins.

– Ça aussi, on me l'a déjà dit !

– On a eu raison.

Il suivit le regard d'Isaure vers les espagnols qui semblaient s'intéresser à leur conversation, et sourit.

– Ces taureaux sont miens sans l'être vraiment... On allait les sacrifier, on me les a donnés, je les ai pris... Je ne crois pas au hasard.

– Moi non plus. Vous êtes seul pour les garder ?

– En ce moment, oui. Mon frère fait son service... en Algérie. Mais des amis viennent me donner la main. On a toujours fonctionné comme ça, en Camargue !

– J'aimerais bien venir vous donner la main moi aussi !

– Pas avec elle ! dit-il gentiment en désignant Mélusine.

– Vous me prêteriez un camargue ? demanda-t-elle.

– Belvezet sera honoré de vous servir ! dit-il en s'inclinant. C'est mon préféré.

– Vous me faites confiance ?

– Je vous vois à cheval !

– Et ça ne vous gêne pas que je sois une femme ?

Il éclata de rire.

– Je veux dire : une femme sur le pâturage ?

– La Damiselle et Fanfonne Guilherme ont prouvé qu'on pouvait être à la fois femme et cavalier.

– Merci ! dit-elle.

De nouveau elle souleva son chapeau, salua, et enleva Mélusine d'une main légère et ferme.

En la regardant s'éloigner, il se tourna vers les espagnols.

– Vous avez vu?

Puis il reprit le cahier d'écolier dans ses fontes, sourit et se mit à écrire :

Es pas' cabado nosto voio!
*Lusis l'estello dit set rai *!*

Quand elle rentra à Azérac, elle les trouva tous à table, Guilhem avait demandé qu'on serve, il avait des choses à faire après le dîner. Il était surtout hors de lui.

– Vous pourrez féliciter votre mari! aboya-t-il à Isaure en la voyant entrer dans la salle à manger.

– À quel sujet?

– Les Hautes-Herbes! Un terrain que les Bourriech nous ont volé en 14, et que je voulais leur reprendre, eh bien, ça y est! Il est vendu!

– Guilhem! gronda Thérèse. Isaure n'a rien à voir avec...

– Et pas seulement vendu! On y construit un mas!

– Et alors! demanda Isaure.

– Et alors on ne le récupérera jamais! Il faut voir les bulldozers, les excavatrices, les engins! Et ça travaille là-bas jour et nuit! Pas pu savoir qui avait acheté, poursuivit-il en se versant un verre de vin. Les uns disent que c'est le sultan du Maroc, d'autres un consortium américain! On parle même d'un Japonais! En tout cas, ça pue l'argent!

– As-tu passé une bonne après-midi, ma chérie? demanda Thérèse à Isaure pour changer de conversation.

Mais Guilhem était reparti.

– Et ce n'est pas tout! Il y a l'histoire de Frédéri!

– Qu'est-ce qui lui arrive? demanda Thérèse, inquiète.

– Il devait faire son service près d'ici... c'était arrangé, j'avais pris langue avec Méjanel. C'était fait, réglé! Il était affecté à Nîmes! Je m'étais donné assez de mal! Et voilà que, patatras, son père me dit : « Pas de passe-droit, Monsieur le Baron. On n'a jamais mangé de ce pain-là chez les Kléber! » Total : il part en Algérie la semaine prochaine! Résultat : il va me manquer un gardian!

* « Il n'est pas au bout mon courage! / Brille l'étoile aux sept rayons. »

– Je suis là, dit Isaure calmement.

Guilhem, exaspéré, tapa du poing sur la table.

– J'ai dit : pas de femme sur le pâturage ! Point final !

– Vous avez besoin de moi ! Et moi j'ai besoin d'être utile !

– Pas de femme !

Alors elle se leva et, debout, les bras appuyés à la table, elle se pencha vers lui.

– Qu'est-ce que ça veut dire : « pas de femme » ? Qu'est-ce que c'est une femme, pour vous ? Moi, monsieur, je me tiens à cheval depuis l'âge de quatre ans ! Je n'ai peur de rien ! Ni de personne ! Et si c'est là votre inquiétude, je peux vous dire que j'ai appris à rester des heures en selle sans pisser, mon père !

Elle est sortie.

Virgile applaudit, Thérèse aussi, puis elle s'arrête, Guilhem a l'air si malheureux...

– Donne-lui un cheval et prends-la avec toi, mon chéri, dit-elle.

– Jamais !

Le lendemain Isaure retourna vers l'enclos des espagnols et fut déçue de ne pas voir le gardian.

Elle le trouva un peu plus loin, auprès d'un abreuvoir où se désaltéraient des chevaux. Derrière une clôture on voyait des taureaux.

– Ceux-là sont vraiment à moi, lui dit-il après l'avoir saluée. Et ce sont de purs camargues.

Il ouvrit la barrière et la fit entrer. Elle ne risquait rien. Mélusine non plus, il n'y avait pas d'étalon parmi les chevaux. Ils regardaient, étonnés, la belle demoiselle soyeuse qui venait boire avec eux.

– Je m'appelle Pierre Carles, dit le gardian qui avait lu le nom de la cavalière gravé sur le bord de la selle.

« Isaure de la Pierre. »

Elle lui tendit la main.

Le calme de Pierre lui faisait du bien. Elle se sentait en sécurité en sa compagnie. Ça la reposait de l'atmosphère tumultueuse que générait le caractère de Guilhem.

Elle regarda les bêtes blanches, puis les bêtes noires, et prit une grande respiration.

– Voilà... Mon mari est absent, peut-être pour quelques semaines... peut-être pour plus longtemps, je voudrais lui faire une surprise. Pourriez-vous me vendre quelques taureaux ?

– Pourquoi pas ? dit-il après un temps.

– Vrai ? Bien sûr il faudra me les garder jusqu'au retour de mon mari... parce que, pour tout vous avouer, je voudrais créer une manade !

– Ça...

Tout d'un coup, il avait l'air de douter de ses capacités. Il poursuivit.

– C'est un métier terrible, manadier, et quand on n'est pas né ici... Je ne voudrais pas vous blesser, mais...

Soudain il s'interrompt et la laisse en plan. Un cheval vient de se coucher. Un vieux cheval. Isaure n'a pas besoin de regarder ses dents pour le savoir. Elle va rejoindre Pierre qui s'est agenouillé auprès de lui.

– Pauvre Raïol, ça fait quelques jours qu'il se traîne, explique-t-il. Il n'est pas tout jeune, mais, quand même...

Elle ne dit rien, elle observe le cheval.

– Quand mon père voyait un cheval se coucher, poursuit Pierre, il disait : « La pauvre bête veut périr. Il va falloir l'aider... » Mais je n'ai jamais été bien fort pour aller chercher le fusil...

– Je peux lui parler ?

– Au cheval ?

– Oui. Je sais guérir.

Le silence de Pierre lui fait penser qu'il la prend pour une folle. Mais non, il la regarde avec sympathie.

– Vous « guérissez du secret » ? C'est comme ça qu'on dit, ici. On dit aussi que ceux qui savent ont un pacte avec le diable... mais, moi, je crois que c'est plutôt avec le bon Dieu ! Je vous laisse ?

– S'il vous plaît !

Il s'en va. Pour rien au monde il ne regarderait ce qu'elle fait avec le Raïol. Les mystères, ça se respecte, il le sait depuis toujours.

Et il n'est pas tellement étonné, une petite heure plus tard, quand un hennissement le fait se retourner et qu'il voit le Raïol qui s'approche de lui tout joyeux.

– Qu'est-ce que vous lui avez fait ?

– Je lui ai parlé.

Le Raïol encense et frotte sa tête contre Pierre. Pierre qui se tourne vers Isaure et lui dit :

– La prochaine fois, madame, je vous emmène trier.

Arnaut revint au bout de quatre mois, plus bronzé que Sélim et, surtout, plus riche que Crésus.

Le pétrole venait enfin de jaillir du fond de la mer.

– Eh ben, c'est trop tard ! bougonna Guilhem. Tu as laissé filer les Hautes-Herbes ! À quoi ça sert d'avoir des sous si ce n'est pas pour avoir des terres ?

– Vous avez raison, Papa.

À la surprise générale Arnaut avait répondu d'une voix douce, puis il avait proposé à sa femme d'aller faire un tour en voiture.

Il la serrait contre lui en conduisant ; il caressait sa peau de satin qui lui parut encore plus douce que dans ses rêves.

Il s'arrêta sur les bords du Vaccarès, là où s'agitait une armée de maçons, de couvreurs, de carreleurs, de menuisiers.

Isaure ne comprenait pas pourquoi il s'intéressait à ce chantier qui énervait tant son père. Elle essaya même de le retenir quand il entra carrément dans le chemin...

– Arnaut ! C'est une propriété privée !

– Et comment ! approuva Arnaut.

Puis il sortit un trousseau de clefs de sa poche, le déposa dans la main de sa femme, et dit :

– Nous sommes chez Isaure d'Azérac... 687 hectares de Hautes-Herbes, mon amour, ça te suffira ?

Isaure a plongé dans la piscine.

Il fait très chaud. Les bêtes doivent souffrir. Heureusement on les a changées de pâturage et elles peuvent s'abriter du soleil. Tout à l'heure elle ira faire un tour du côté des cocardiers pour voir si tout se passe bien.

Elle fait trois longueurs puis sort de l'eau et va s'asseoir près de Suzel qui dore son dos, allongée sur un drap de bain, *La Branche des Oiseaux* ouverte près d'elle, à la page du dernier poème de l'Inconnu.

– Ce soir, on se coiffe, dit Isaure.

La petite se retourne.

– Vous mettrez quelle robe ?

– La robe de Faustine. On reçoit la septième fortune du monde.

– Wouah !... Suzel éclate de rire : Homme ou femme, la septième fortune ?

– Homme, et alcoolique. *Noboby is perfect !*

– Je vais mettre mon taffetas rose et mon ruban virginenco de Mémé, dit Suzel.

Elle se lève, mince, bronzée, *La Branche des Oiseaux* à la main.

– Vous avez lu, madame ? *« Lusis l'estello di sèt rai * ! »*

– Je vais finir par croire que tu es amoureuse !

– Mais je suis amoureuse ! crie la jeune fille en se sauvant sous la douche.

Isaure la regarde avec tendresse.

* « Brille l'étoile aux sept rayons ! »

Que ferait-elle sans la petite-fille d'Annette ?C'est Suzel qui lui a appris à se coiffer et à porter le costume arlésien ; c'est Suzel qui vient lui tenir compagnie, le soir, quand Arnaut est absent. C'est-à-dire la plupart du temps. C'est Suzel qui lui a envoyé Élodie pour décorer le Mas. Élodie qui avait peur de se faire rabrouer, parce qu'elle est la cousine de Zanie ! Avec qui la paix est faite, ce qui est mieux pour tout le monde. Pauvre Zanie ! Quand elle l'a rencontrée par hasard chez Cosette, la lingère, Zanie était confuse. Elle s'était excusée si spontanément qu'Isaure avait insisté pour qu'Arnaut accepte de la revoir. Il s'était fait prier puis avait cédé. Aussi, maintenant, elle vient souvent aux dîners du Mas avec Élodie.

Elle a bien travaillé Élodie... pas étonnant que Sélim lui ait demandé de décorer la maison française qu'il a fait construire dans le désert, enfin dans ce qui était le désert, de ...قّ.

Oui, elle a bien travaillé, Élodie.

Presque trop bien... Mais elle n'a fait qu'exécuter les ordres d'Arnaut qui lui a simplement dit : la splendeur.

Le Mas est splendide. Les jardins sont splendides. La piscine est splendide.

Le monde entier le sait, et le monde entier envie Isaure et Arnaut d'Azérac en regardant dans les magazines les images glacées de cette splendeur : « Le Mas de vos rêves », « Un palais en Camargue », « Le royaume d'Isaure »... Quand elle lit ces légendes, Isaure sourit. Mais il y en a une qui lui fait mal :

« La Maison du Bonheur. »

Il y a eu un an le mois dernier qu'ils se sont mariés. Ils n'ont pas pu fêter leur anniversaire, Arnaut était à New York. Mais il lui a envoyé mille roses pour fleurir le Mas. Il y en avait partout, c'était effrayant...

Depuis qu'elle a constitué sa manade – ce qu'il prend comme une offense personnelle –, Guilhem est de plus en plus agressif. Il fait tout ce qu'il peut pour que le pays la rejette. Une femme ! Pas d'ici ! Avec un pur-sang dans son écurie en plus ! Non mais, qu'est-ce qu'elle croit ?

Elle sait qu'elle n'est pas encore acceptée. On l'observe. On attend qu'elle fasse ses preuves.

Elle les fera.

Pierre Carles la conseille. Discrètement. Il ne veut pas

avoir l'air de faire les choses à sa place. Mais leurs pâturages sont voisins, ils peuvent parler sans qu'on se doute qu'ils travaillent ensemble.

Elle admire sa modestie, sa réserve. Elle ne peut pas deviner qu'il a failli partir au galop le jour où elle lui a dit son nom.

– Isaure d'Azérac...

Et qu'il a compris que celui qu'il avait lu sur sa selle était son nom de jeune fille.

Il était bien près de tout lui dire, ce jour-là. Il voyait bien qu'elle ne savait rien. Il voyait aussi qu'elle avait confiance en lui, la pauvre. Son mari était loin, absorbé par ses affaires ; son beau-père la détestait... si Pierre refusait de l'aider, elle n'arriverait pas à monter sa manade. Ce serait dommage : il l'avait vue à l'œuvre et la savait capable de réussir. Alors il lui trouva des gardians, lui fit acheter de bonnes bêtes, et la regarda travailler.

– Mieux qu'un homme ! lui décréta très vite Esprit Pierredon, un pas tout jeune qui faisait fonction de baile chez elle.

Pierre avait souri. Si elle était capable d'épater un vieux sceptique comme Esprit, elle épaterait toute la Camargue.

Vers quatre heures elle alla voir les cocardiers.

La chaleur était un peu tombée, mais la mangeance * était toujours au travail.

Elle montait Pélardon, un entier qui faisait peur à tout le monde mais qu'elle avait bien en main. Jamais elle ne prenait Mélusine sur le pâturage, mais elle la montait tous les matins dans la vaste plaine qui avait valu son nom aux Hautes-Herbes.

– Té ! Madame qui vient nous voir ! dit Esprit à un petit à qui il apprenait le métier.

– Regarde-la bien, gardianou, et prends-en de la graine, parce que, Madame, c'est un Monsieur !

Le petit hocha la tête, estabousi.

– Ça va, Esprit ?

– Impeccable, Madame.

– La chaleur ?

– Ils sont bien, ils se sont tous mis à l'ombre : les bêtes, c'est pas bête. Bientôt on pourra les faire courir !

– Quand ils seront prêts, dit-elle. Pas avant !

* Tous les insectes de Camargue.

Elle rentra vers sept heures au Mas.

On dînerait tard. Elle avait le temps de se coiffer. Suzel était déjà arrivée, presque prête, dans la pièce où elles se préparaient quand elles portaient le costume.

Cette longue cérémonie de la coiffure, ce retour en arrière dans le temps, cette pause dans son activité avaient quelque chose de reposant pour Isaure.

Quand Arnaut lui avait demandé de s'habiller en Arlésienne, elle avait dit non. Elle ne s'en sentait pas le droit.

– Comment ? Pas le droit ? La baronne Isaure Cabreyrolle d'Azérac n'aurait pas le droit de porter le ruban !On va en parler à Grand-Mère et tu vas voir sa réaction !

Aussitôt Thérèse avait fait sortir des armoires les jupons de taffetas, les dentelles, les ganses et les merveilleuses soieries de Lyon que le *segne-grand* aurait tant voulu voir sur ses filles le jour de ses nonante. C'était si beau qu'Isaure n'avait pas résisté.

– J'aimerais que tu portes la robe de ma Faustine, lui avait demandé Thérèse, et que tu te décides enfin à mettre les bijoux de la cassette !

Annette et Suzel l'avaient habillée, coiffée, couverte de diamants...

Citant l'Inconnu, Virgile s'était écrié :

– *« Miras, fraire, es uno arlatenco ! »*

Thérèse avait pleuré.

Dans l'escalier Isaure avait croisé Guilhem. Il ne l'avait pas reconnue, et s'était découvert, charmant, frappé par la beauté de cette femme qui venait à lui... mais quand il vit qu'il s'agissait de sa belle-fille, son visage se ferma.

– Qu'est-ce que c'est que ce déguisement ? grogna-t-il.

Elle avait ri et avait continué son chemin. Mais la réflexion lui avait fait de la peine.

Une peine qui n'était rien à côté de celle qu'elle avait ressentie le jour de la Fête des Gardians, quand il lui avait jeté en pleine figure devant tout le monde : « Toujours pas d'héritier en vue ? »...

Suzel se penche vers Isaure.

– Vous avez l'air toute triste...

– Non, non ! Un peu fatiguée, c'est tout !

– Vous vous êtes encore levée à cinq heures ?

– C'est le plus beau moment de la journée !

Suzel hoche la tête en séparant les cheveux d'Isaure pour les rouler en coques et les préparer à recevoir le ruban. Elles se taisent, se regardent, changent une épingle de place, refont un pli, ajoutent un bijou, piquent la cigale à la place du cœur...

Elles sont prêtes.

Dehors on entend des voitures qui arrivent, s'arrêtent. C'est Arnaut avec ses invités.

Isaure, suivie de Suzel, se dirige vers la terrasse au-dessus de la piscine ; la terrasse illuminée de photophores où la table est dressée en l'honneur de la septième fortune du monde, et de quelques heureux élus.

Et les applaudissements éclatent, et les milliardaires s'exclament et se réjouissent, comme chaque fois que, pour les séduire, Arnaut lâche sur eux ses Arlésiennes.

Il la regarde dormir.

Elle dort profondément. Comme un enfant qui a trop joué.

Quand il est venu la rejoindre après un dernier verre avec Teddy, elle dormait déjà. Il n'a pas osé la réveiller. Elle ouvrira les yeux à l'aube, comme tous les jours, et se lèvera sans bruit pour aller courir avec Mélusine.

Et toute la journée elle cavalera derrière ses taureaux ! Elle a des gardians pour s'en occuper, bon sang ! Qu'elle ait une manade, d'accord ! Ça épate les Américains qu'elle emmène à cheval ou en Jeep voir ses bêtes, d'accord, ça plaît. Mais de là à se tuer au travail...

Il la regarde, et elle est si belle dans son sommeil qu'il a envie d'elle, tout de suite, là, maintenant, et tant pis si elle est fatiguée ! C'est sa femme !

Il pose une main sur elle, sur sa peau si douce, et il la prend, brutalement. Et elle pousse un petit cri, et il espère qu'elle va crier... crier encore... crier enfin !... Mais ce n'est qu'un petit cri de surprise. Elle ne criera pas. Elle ne crie jamais.

– Mon chéri, murmure-t-elle avec tendresse.

Elle n'arrive pas à se réveiller, elle a trop sommeil... Elle rêve qu'Arnaut lui fait un enfant... un bel enfant joyeux qu'elle tient contre son cœur... « Donnez-le-moi ! » dit la voix tremblante de Guilhem, et elle le pose entre ses bras.

Le premier *bioù* qu'Isaure lâcha dans l'arène fut acclamé. Le second eut droit à *Carmen*.

Ce fut le début d'une suite de triomphes qui ouvrirent toutes grandes les portes de la bouvine à la fille du colonel.

Bientôt, dans les mas de Petite et de Grande Camargue, on cita Isaure d'Azérac en exemple. On la comparait même à Dame-Chevalier !...

Guilhem en fut malade.

Malgré sa mauvaise volonté, il était obligé de reconnaître la supériorité de la manade de sa belle-fille sur la sienne.

Qui l'avait conseillée ?

Quelqu'un du pays, certainement.

Maintenant elle était de toutes les fêtes, de toutes les cérémonies, de toutes les célébrations ! Elle était partout ! Sur la tombe d'un taureau vénéré elle récitait du d'Arbaud, elle présidait des repas de tradition, elle chantait la *Coupo*, elle défilait le fer au poing. Au milieu des hommes ! On se bousculait à ses ferrades pour la voir marquer ses bêtes d'une main ferme. Et quand elle revêtait le costume, le costume sacré qu'elle n'aurait jamais porté si on lui avait demandé son avis, à lui, Guilhem, quand elle s'avançait dans les soies et les dentelles des aïeules, il avait toujours peur de voir les gens tomber à genoux.

Comme ce pauvre Fernand qui s'en était entiché et l'avait saluée un jour, devant Saint-Trophime, avec les vers d'Aubanel :

Ô blanche Vénus d'Arles
Ô fée de jeunesse...

Il ferait mieux de la soigner pour qu'elle fasse un petit !

Guilhem ne se doute pas que Fernand n'a cessé de s'occuper d'Isaure depuis le soir où, après un grand dîner donné en l'honneur du prince Sélim, elle est venue s'asseoir près de lui et a murmuré à son oreille :

– Je suis stérile, n'est-ce pas, docteur ?

Il l'avait regardée, splendide, rayonnante de beauté et de diamants, souriante avec des larmes qui brillaient dans ses yeux.

Ce diagnostic il n'osait pas lui dire qu'il l'avait établi depuis longtemps en la regardant vivre. Il l'aimait trop pour lui asséner une vérité qui, Dieu voulant, ne serait peut-être pas toujours la vérité. Il pensa que l'oncle Élie aurait dit : « Y a-t-il rien qui soit étonnant de la part de l'Éternel ? », et se contenta de recommander la jeune femme à une sommité de la Faculté de Montpellier en qui il avait confiance.

Isaure en était maintenant à la cinquième sommité, et aucun des médecins qu'elle avait vus ne lui avait laissé beaucoup d'espoir.

Elle n'ose pas en parler à Arnaut. Elle a peur qu'il ne veuille plus d'elle. Tous les mois elle a honte, comme si un châtiment infamant lui était infligé. Des enfants naissent autour d'elle, Esprit va être grand-père, elle est la marraine du premier fils d'un de ses gardians, elle a tenu le petit corps chaud du bébé dans ses bras, c'était magnifique...

Alors, pour oublier, elle travaille.

Et elle attend Arnaut qui navigue dans le ciel entre l'Émirat, Londres, Paris, Genève, et les États-Unis. Et quand il arrive et qu'il la prend dans ses bras, elle espère toujours que l'enfant va venir, et se prête gravement à l'amour comme elle se prête aux examens et aux traitements que lui infligent les sommités de la Faculté.

Mais parfois elle se sent mélancolique. Parmi tous leurs illustres invités, elle n'a d'amitié que pour Sélim. Elle lui a même offert de monter Mélusine. Arnaut n'en revenait pas.

– À moi elle ne l'a jamais proposé ! disait-il à Sélim,

confus d'un tel privilège. Et pourquoi lui et pas moi, s'il te plaît ?

– Parce que Mélusine est d'accord ! Je l'ai vu dans son œil, dit-elle en riant. Et puis parce que le Prophète a dit : « Le paradis est sur le dos d'un bon cheval ! »

Elle prenait la Jeep et suivait de l'œil le prince galopant sur la plage le long de la mer, ou dans la grande prairie. Sélim était un splendide cavalier. Elle décida d'inviter Pierre à dîner, sûre qu'ils allaient se plaire. Il était temps qu'Arnaut fasse sa connaissance, il n'avait pas encore eu l'occasion de le rencontrer.

Gentiment, Pierre déclina l'invitation.

– Je ne vais jamais dans le monde, madame, je ne suis à l'aise que sur le pâturage.

Elle n'insista pas. Elle reviendrait à la charge un peu plus tard. Ce n'était que partie remise.

Mais elle était déçue.

Elle avait envie qu'ils se rencontrent. Ils avaient tout pour s'entendre. Et elle avait l'intention de proposer à Pierre une véritable collaboration. La manade Isaure d'Azérac était maintenant reconnue ; elle devenait de plus en plus lourde à gérer. Elle espérait que Pierre la déchargerait d'une partie de ses responsabilités en devenant son associé.

Elle avait l'intention d'en parler le soir même à son mari, mais, quand elle revint au Mas, Sélim et lui s'apprêtaient à partir. Un rendez-vous à Londres avec un homme d'affaires qu'ils traquaient depuis des mois.

Elle se retrouva seule et se coucha de bonne heure. Mais elle ne pouvait pas dormir. Elle se tournait et retournait dans leur lit, soupirait, fermait les yeux, les rouvrait. À la fin elle alluma pour voir l'heure et son regard tomba sur la photo d'Amélie qu'Arnaut avait placée à leur chevet.

Une adorable jeune femme.

Quel dommage qu'elle soit morte si tôt... Derrière elle, au bout d'une allée de mûriers de Chine, on devinait la longue terrasse de ce qu'on appelait autrefois une maison de maître. Beau-Désert. Le nom l'avait frappée. Beau-Désert ! Deux vieilles tantes d'Arnaut y vivaient encore.

– Comment sont-elles ? lui avait-elle demandé.

Il n'en savait rien. Il ne les connaissait pas. Il ne les avait vues de sa vie. L'oncle Élie les appelait « les sauterelles de Beau-Désert », c'est tout dire. Elles s'étaient fâchées avec leur nièce quand elle avait épousé un catholique. Des Cévenoles très protestantes.

Beau-Désert...

– Demain, dit Isaure avant de s'endormir, demain j'irai voir les sauterelles !

Elle partit en début d'après-midi, ravie de s'offrir une petite escapade.

Elle aurait voulu téléphoner aux demoiselles pour les prévenir de sa visite, mais, si le lieu-dit Beau-Désert figurait bien sur les cartes, elle chercha vainement des abonnés du nom d'Aldebert sur l'annuaire du téléphone de Fabret et du Mas Reboul, seules agglomérations dont aurait pu dépendre la maison.

En approchant de la montagne, elle se perdit à l'entrée d'un hameau qui s'appelait La Fageolle, voulut demander son chemin, mais les trois seules maisons de La Fageolle étaient inhabitées. Depuis longtemps, sans doute...

Un peu plus loin, elle trouva un embranchement. Sans indication. Elle opta pour la route qui montait et quittait le fond de la vallée.

Les châtaigniers avaient remplacé les arbustes méditerranéens qui l'avaient accompagnée depuis la sortie de Nîmes. Le long de la route et dans un champ en contrebas, des mûriers de Chine à l'abandon étaient noyés dans un tumulte d'herbes folles et de ronces.

La route était étroite et grimpait sec. Au loin on devinait, géant bleu, l'Aigoual...

– Que c'est beau ! dit-elle, et elle s'adressait à Arnaut.

Arnaut qui n'avait jamais fait ce parcours, Arnaut qui pourtant sortait de cette terre autant que de la terre de Camargue. Elle aurait voulu qu'il soit assis auprès d'elle pour découvrir les lieux où sa mère avait grandi.

Des écharpes de nuages étaient jetées à mi-pente... et soudain elle ne vit plus rien, alluma ses phares, et navigua prudemment dans une ouate opaque... dont elle sortit brusquement, tirée par un rayon de soleil comme si le jour se levait.

Elle dépassa le Mas Reboul, qui comptait au moins dix

feux et un temple énorme ; elle ne devait pas être loin. La route goudronnée avait fait place à un chemin où l'herbe poussait entre les silex... et, au milieu d'un tournant, à sa droite, au bout d'une allée de mûriers bien alignés, elle vit Beau-Désert.

Elle ralentit. Puis s'arrêta complètement pour admirer le spectacle.

C'était une maison magnifique !

Mais, quand elle roula au milieu des arbres, elle découvrit que beaucoup d'entre eux étaient morts, debout, avec parfois une petite touffe verte sur leurs troncs ridés, que le jardin n'était plus entretenu, et quand elle se rangea devant la façade, au pied de la longue terrasse qui l'avait fait si souvent rêver en regardant la photo d'Amélie, elle vit toutes les blessures que le temps et la misère avaient infligées à la belle maison.

Elle coupa le moteur, sortit de la voiture, et respira un air si délicieux qu'elle crut respirer l'haleine des fées.

Un immense pré s'étendait au nord de la maison. Vert, frais, un pré miraculeux... Elle monta prudemment les marches disjointes qui menaient jusqu'au seuil de granit. Et là, en avant, calme et droit, elle prit la main de cuivre de la porte d'entrée et frappa un coup sec.

Rien ne se produisit. Elle attendit. Il y eut comme un ballet de souris éperdues dans la maison, des chuchotements... Isaure était confuse, elle aurait dû écrire... Ici on vivait encore dans une autre époque, les pauvres demoiselles devaient être affolées.

Le silence était revenu.

Isaure allait partir quand la porte s'entrouvrit. Elle devina dans l'ombre une silhouette menue qui s'enfuyait tandis qu'une voix demandait craintivement :

– Qui est là ?

– Votre nièce, Isaure d'Azérac.

La porte s'ouvrit en grand.

Une petite vieille la regardait.

– Isaure d'Azérac ? répéta-t-elle, incrédule, en regardant la visiteuse.

– Oui, ma tante.

Le visage de la petite vieille s'éclaira, elle se tourna et cria :

– Viens vite, Dadine ! Notre nièce est là !

L'orage éclata dans la soirée, au moment où Isaure se levait pour partir.

Mais Tante Dadine et Tante Chaton n'entendaient pas laisser échapper la nièce miraculeuse que le Seigneur, dans sa grande bonté, venait de leur envoyer.

– Vous ne connaissez pas la montagne, mon enfant ! disait Dadine.

– Nos orages sont terribles ! ajoutait Chaton.

– Nous allons souper et vous préparer une chambre !

– Belton va tordre le cou d'un poulet...

– Non ! Non ! supplia Isaure. Je mange très peu le soir ! Pas de viande, je vous assure !

Depuis qu'elle est entrée dans la maison, elle sent la misère. La misère de château, la misère qu'on cache à force de maintien, d'éducation..

L'électricité saute et les plonge dans les ténèbres.

– Je vous l'avais dit ! triomphe une voix invisible.

– Vous ne pouvez pas partir !

Du fond du salon qui sent le moisi vient une lumière sourde.

– Belton nous apporte une lampe...

– Belton est notre berger...

– Vous avez des moutons, ma tante ?

Silence. Puis Chaton dit :

– Nous en avions.

Et change de conversation.

– Vous êtes sûre que notre menu vous suffira ?

– Sûre ! promet Isaure.

– Soupe de blanchettes *. Salade de romaine. Pélardon...

– J'ai un cheval qui s'appelle Pélardon !

– Pélardon ? Un cheval ?

Elles n'ont pas ri comme ça depuis longtemps. Elles rient encore en mettant le couvert dans l'immense salle à manger aux sévères panetières huguenotes.

– Belton !

– *Damisello ?*

Il ne parle que patois mais comprend le français. Il a fait la guerre.

– Va nous quérir une bouteille du vin de Papa dans la cave fermée à clef.

Le vin est merveilleux.

Le pain aussi.

* Châtaignes séchées cuites dans du lait.

« Communion ! » pense Isaure qui joint les mains.
– Alors, comme ça, vous êtes cavalière ?
– Il faut me tutoyer, dit Isaure.
Elles n'osent pas, elles font des mines, elles y viendront.
– Oui, je suis cavalier...
– Comme Romain d'Azérac, dit Dadine. Quel bel officier c'était !
– Arnaut lui ressemble, leur révèle Isaure et elles sont émerveillées.
Dadine se lève pour aller chercher de la confiture de châtaignes. Chaton en profite pour confier à Isaure :
– Ma sœur devait épouser un jeune homme très bien, en 16, il allait être pasteur quand il tomba à Verdun... M. Brousson.
– La pauvre...
– Oui, mais parfois je l'envie : moi je n'ai personne à pleurer...
L'orage redouble. Terrifiant.
– Si vous avez peur qu'on s'inquiète de vous, Belton ira téléphoner.
– Par ce temps ?
– Il prendra le souterrain qui mène au temple derrière les châtaigniers et il sonnera chez M. le Pasteur, qui passera la communication.
Elles rient de voir la tête d'Isaure qui confie son numéro au berger et le regarde disparaître dans le mur.
Elles lui expliquent que le passage date du temps des dragonnades ; elles lui montrent la cachette pour la Bible derrière un miroir ; elles sortent d'un tiroir une minuscule Bible de chignon...
– Et quand nous serons mortes, on nous enterrera dans le jardin ! dit joyeusement Dadine. On nous doit bien ça depuis la Révocation !
Un coup de tonnerre terrible semble approuver ce privilège funèbre.
– Nous allons lui donner une chemise de nuit...
– Ce sera une antiquité ! s'écrie Chaton.
– Tant mieux, dit Isaure.
Elle les suit avec la lampe jusqu'à une grande armoire, sur le palier obscur du premier étage.
Des piles de draps, de nappes, de serviettes... Et deux trousseaux... Les trousseaux de deux sœurs à qui la guerre a volé leur avenir.

– Je ferai mon lit, proteste Isaure en les voyant prendre des draps et des taies.

Mais elles ne la laissent pas faire, elles veulent la gâter.

Alors Isaure s'assied dans la chambre pavée de grès. Les boiseries doivent dater du XVIIIe, une grande glace un peu piquée, encadrée de bois doré rechampi de vert, reflète toute la pièce. Les fauteuils paillés avec leurs coussins de bourre de soie, la croix huguenote sur la cheminée de granit, le lit bateau et sa couverture géométrique au crochet blanc.

– Ça y est ! Ça goutte ! se désole Chaton.

Elle désigne une vilaine tache au plafond où l'eau commence à sourdre.

– C'est l'orage explique Dadine. Quand Belton sera de retour, il ira mettre une bassine dans la magnaneraie...

– Avant, là-haut, nous éduquions des vers à soie...

– Nous faisions même les gants du pape !

– Et puis tout a changé... les maladies, la rayonne, et maintenant le nylon...

« Mais comment vivent-elles ? se demande Isaure. Plus de brebis, plus de vers à soie... »

D'un air indifférent elle pose une question :

– Le grand pré, derrière la maison... qu'en faites-vous ?

Les deux sœurs se regardent.

Rien. Elles n'en font rien.

– Alors vous pouvez peut-être me rendre un très grand service.

Elles la regardent. Elles sont prêtes à se jeter au feu pour elle, mais, si fières, que si elles soupçonnent qu'Isaure veut les aider, cela fera tout rater.

– Je cherche partout un endroit pour mettre mes vieux chevaux. En Camargue, quand ils ne peuvent plus travailler, ils sont malheureux...

Un éclair aveuglant. Puis la foudre tombe avec fracas. Tout près.

– L'orage se rapproche, dit Dadine.

Isaure poursuit :

– Ils aiment la fraîcheur des montagnes et, avec nos grosses chaleurs...

– Pauvres bêtes, dit Dadine.

– Vous nous enverrez Pélardon ? demande Chaton.

Isaure rit.

– Pas tout de suite ! Il est jeune ! Ficelle, Troubadour et

Le Raïol, qui sont bien fatigués, risquent d'être vos premiers pensionnaires...

– Si ça peut vous rendre service, dit Dadine, ce sera avec plaisir.

Isaure les embrasse. Non, elle n'a besoin de rien. Tout est parfait ! Oh ! Amélie !...

Elle reconnaît le sourire de sa belle-mère. Dadine approche la lampe de la photo accrochée au mur.

Mais Amélie n'est pas seule sur la photo. Une jeune fille la tient par la taille. Qui est-ce ?

Les tantes se taisent, baissent la tête, se regardent...

– Qui est-ce ? répète Isaure.

– Vous ne le savez pas ? C'est Isabé.

– Isabé ?

– La malheureuse petite qui s'est noyée...

– Noyée ?

– Arnaut ne vous a rien dit ?

Isaure secoue la tête. Le visage d'Isabé ne lui est pas inconnu... Où l'a-t-elle vu ?... Elle se souvient : dans la Tour des Grands Orages, chez Virgile.

Isabé.

– Elles s'aimaient comme des sœurs...

– Et Guilhem a abusé de son innocence... alors, voyant qu'elle allait être mère...

– ... elle s'est jetée dans le Rhône...

– C'est pour ça qu'Amélie a quitté son mari...

– ... et qu'elle est morte de chagrin.

Isaure frissonne.

– Vous avez froid ?

– Sommeil, peut-être ? Nous allons vous laisser...

Un éclair. Dadine compte les secondes avant la foudre et dit :

– L'orage s'éloigne.

Elles posent la lampe sur la commode ; elles embrassent Isaure une fois de plus, et s'en vont une bougie à la main.

– Je me demande si, maintenant...

Dadine s'arrête sur le palier et regarde sa sœur.

– ... si, maintenant, il porte des gants en nylon...

– Qui ça ?

– Le pape.

– Oh, ça alors ! Chaton hausse les épaules. C'est bien le cadet de mes soucis ! Pensons plutôt à ces chevaux qui seraient si bien dans notre pré.

– Si ça peut rendre service à notre nièce...
– ... on ne peut pas refuser.

Isaure regarde le ciel en furie.

Pourquoi Arnaut ne lui a-t-il rien dit ? Y aurait-il autre chose qu'il lui cache ?

La montagne ruisselle. C'est beau.

Elle pense qu'elle reviendra avec Virgile pour lui offrir un bel orage. Elle pense qu'elle reviendra avec Arnaut pour offrir un beau neveu à Dadine et Chaton. Des sauterelles ! Pauvres chéries ! Elle les adore ces deux vieilles ! Elle leur amènera les chevaux à la retraite, et elle veillera sur elles et sur Beau-Désert...

Elle se déshabille et prend la chemise de nuit neuve que les tantes ont posée sur le lit.

Sur le cœur, brodées avec soin des initiales enlacées : un « A » et un « B ». Les initiales de Dadine et du jeune homme très bien qui n'est pas revenu de Verdun...

Levée à l'aube comme chaque jour, Isaure avait fait le tour du pré avant le réveil des demoiselles. Tout au bout, là où commençait la montagne, à l'orée d'un bois de châtaigniers, une grange au portail effrondré dans l'herbe pourrait être transformée en écurie pour l'hiver.

L'orage avait ravivé les couleurs de la nature. Il faisait beau, il faisait bon. L'Aigoual était toujours là, mais, ce matin, il était rose comme les bruyères qui ourlaient les abords de l'Observatoire.

Sylvas nubes ventos...

– Voyez la matinale !

Dadine et Chaton la saluaient depuis une fenêtre. Elles étaient déjà habillées. On leur avait appris qu'une demoiselle bien élevée ne se laisse pas voir en négligé...

On se retrouva à la cuisine. Belton soufflait des braises dans l'âtre. À la lumière du jour il avait l'air très vieux.

Trois bols étaient posés sur la table. Dadine, Chaton, Amélie. Isaure prit doucement entre ses mains le bol dans lequel la mère de son mari avait bu quand elle était petite.

– Souhaitez-vous un peu de chicorée dans votre lait ?

– Nous avons du bon miel que nous porte un cousin de Belton...

– ... et de la gelée de framboises cueillies au Jardin de Dieu, sous l'Aigoual...

– ... et de la confiture de châtaignes que vous avez aimée, hier soir...

Elles la regardaient manger et boire. Elles lui coupaient une tartine de plus, lui versaient du lait...

– Il faut prendre des forces ! À votre âge, on a faim !

Isaure posa son bol et leva les yeux vers la vieille horloge de parquet.

Berthézène, Anduze – 1847, disait le balancier.

– Ne vous y fiez pas, elle avance !

– Vous n'allez pas partir si vite !

Non. Elle ne partirait pas avant d'avoir parlé du pré... Comme si elle avait entendu ses pensées, Chaton dit :

– Nous n'avons pas parlé du pré !

– Bien entendu, vous avez notre accord ! dit Dadine.

– D'ailleurs Beau-Désert est une propriété indivis !

– Et, à notre mort, tout reviendra à Arnaut !

– Et à toi !

– Et à tes enfants !

Elles riaient d'avoir osé la tutoyer.

C'était gagné ! Mais Isaure voulait rester prudente. Ne pas les brusquer. Elle parut hésiter, se demander si les travaux, le dérangement, la présence des bêtes et d'un ou deux gardians, n'allaient pas troubler la vie des demoiselles...

– Du moment que Beau-Désert sert à la famille ! trancha Dadine.

– Peu importe le tracas ! ajouta Chaton.

Elles ne voulurent pas la laisser partir sans lui avoir fait visiter toute la maison.

– Dis à ton mari de venir ! Il est chez lui ici ! C'est son oncle de Genève qui l'a monté contre nous. M. Hébrard ne nous aimait pas !

– Il a même cherché à nous humilier pendant la dernière guerre en nous faisant passer une grosse somme d'argent !... Nous l'avons renvoyée sitôt reçue, tu penses !

– Tiens, là, c'était la chambre des petites...

La pièce était fermée à clef. Les volets étaient tirés, une seule ampoule éclairait le décor où deux jeunes filles avaient grandi. Les lits jumeaux recouverts de toile de Jouy, les pupitres d'écolières, les commodes à dessus de marbre semblaient attendre les grandes vacances qui permettraient enfin à Amélie et Isabé de revenir courir dans leur montagne.

Une seule photo, sur la cheminée. Une photo prise pendant la Grande Guerre. Un officier, un sous-officier qui riaient.

– M. Boisset était notre régisseur. Il était très attaché à Pierre, notre pauvre frère, qui l'aimait beaucoup aussi. Pierre a été blessé, et M. Boisset a voulu le ramener... Il est mort avec lui. Un seul obus !

– Aussi nous n'avons jamais pardonné à ton beau-père ce qui s'est passé avec Isabé.

– Nous n'avons pas toujours été charitables, nous étions jeunes, nous avions la langue leste... Dis à ton mari que nous regrettons de tout notre cœur les paroles qui ont pu blesser sa chère maman.

– Et même M. Hébrard, ajouta gracieusement sa sœur.

Isaure partit comme midi allait sonner à *Berthézène, Anduze – 1847.*

Les tantes avaient fait mettre dans son coffre des confitures, des salades du jardin et « une bouteille du vin de Papa pour Arnaut ».

Depuis la terrasse elles agitèrent le bras tant que la voiture roula entre les mûriers.

Après un dernier regard sur Beau-Désert, Isaure retrouva le chemin d'herbes et de silex et le temple énorme du Mas Reboul. Elle leva les yeux sur l'Aigoual qui, maintenant, était doré sous le soleil.

– Envoie-nous un enfant, lui dit-elle. Nous en avons tous besoin !

– Alors tu es allée voir les sauterelles ?

Arnaut était rentré de Londres de très bonne humeur. La Sélimazérac allait signer un nouveau contrat. Il fut d'accord avec toutes les propositions de sa femme.

– D'abord, pour ta manade, tu as carte blanche. Je voudrais seulement que tu sois un peu moins avec tes taureaux, et un peu plus avec ton mari !

– Justement j'ai l'intention de me faire aider et de prendre un associé...

– Très bonne idée ! Je pense à une chose (il regardait la photo de sa mère devant Beau-Désert), Élodie pourrait nous retaper la maison des tantes, on organiserait des week-ends là-haut... Tu as vu à quel point les dîners du Mas impressionnent les invités ! Avec la plaine et la montagne, on ferait coup double !

Coup double ! Elle imaginait les demoiselles voyant la septième fortune du monde cuver son vin entre les panetières.

Coup double ! L'expression la choquait comme l'avait choquée la formule dont Arnaut s'était servi pour définir ce que le Mas représentait pour lui : une arme.

Leur vie n'était-elle destinée qu'à être photographiée ? Qu'à épater des milliardaires et faciliter l'ouverture de marchés ?

– Quand tu les connaîtras, tu comprendras à quel point Dadine et Chaton sont fragiles. Elles sont très pauvres... Il faut les aider sans en avoir l'air. Elles sont fières.

– Je t'adore, dit-il.

– Elles n'ont que nous.

La voix d'Isaure s'était brisée soudain. Elle avait les yeux pleins de larmes. Il le vit et la prit dans ses bras.

– Chérie...Qu'y a-t-il ?

Elle se serra contre lui.

– Elles m'ont tout dit, murmura-t-elle.

– Tout... quoi ?

Il était soudain glacé.

– Ton père et... la jeune fille à qui il a... Isabé. Je sais tout.

Il ne bougeait pas. Elle leva la tête vers lui.

– Je sais qu'elle s'est noyée...

Il attendit la suite. Mais la suite ne venait pas, et il comprit que les tantes n'avaient jamais eu connaissance de ce qui s'était vraiment passé au bord du Rhône, et que, par conséquent, Isaure ignorait qu'Isabé n'était pas morte et qu'elle avait mis un enfant au monde.

Pourvu qu'elle n'en sache jamais davantage !

– Tu aurais dû me le dire ! Je n'arrivais pas à comprendre pourquoi tu en voulais tellement à ton père...

– Pardonne-moi, mais j'ai du mal à parler de ce qui a brisé la vie de ma mère...

– Je t'aime, dit Isaure. C'est fini ! On n'en parlera plus !

Cette nuit-là ils s'endormirent dans les bras l'un de l'autre, réunis par une double méprise ; elle pensait qu'il ne lui cachait rien ; il pensait l'avoir enfin rendue heureuse.

– Quelle joie de t'emmener sur le pâturage !

Ils trottaient ensemble sur le chemin qui menait à la terre où étaient rassemblés les *quatren* *. Il faisait beau et frais. Des oiseaux se levaient sur leur passage, et Arnaut s'émerveillait en entendant Isaure les saluer de leurs noms.

Guignettes, chevaliers, pluviers argentés, avocettes.

– C'est toi la Camargue, lui dit-il avec respect.

– Non, la Camargue ce n'est pas une personne, c'est tout un peuple. Esprit, mes gardians... – elle éclata de rire – ta brute de père ! Et le garçon avec qui j'ai l'intention de m'associer ! Surtout lui !

– Que soit bénie cette association si elle me permet d'avoir plus souvent ma femme à mes côtés !

– Tiens ! on va essayer d'aller le voir ce matin, il devrait être près de...

* Taureaux de quatre ans.

Elle ne finit pas sa phrase, un cavalier les rejoignait à toute allure.

Il fallait rentrer d'urgence au Mas et rappeler Sélim à Londres.

Ils rebroussèrent chemin, inquiets.

Mais ce n'était pas une mauvaise nouvelle qui les attendait. Au contraire. Un nouveau contrat, plus avantageux que le premier, venait de leur être proposé, et Arnaut allait devoir prendre le premier avion pour rejoindre Sélim.

– Viens avec moi ! Jette deux robes dans une valise, et partons ensemble ! Ça me fait plaisir !

– Je ne peux pas, j'enterre un taureau demain, c'est moi qui prononce l'éloge...

– Fais-toi remplacer par ce garçon si bien, là, avec qui tu veux t'associer ! On va lui téléphoner tout de suite... C'est quoi son numéro ? Il s'appelle comment, au fait ?

– Pierre Carles.

Arnaut devint très pâle, et reposa le combiné qu'il avait déjà en main.

– Pierre Carles ? répéta-t-il. C'est avec lui que tu travailles ?

– Heureusement ! Sans lui, je ne serais pas là où j'en suis !

– Tu ne m'en as jamais parlé.

– Ça alors !... Vingt fois j'ai essayé de t'entraîner voir mes bêtes, et jamais...

– Il a accepté de travailler avec toi ?

Le ton sec d'Arnaut la troubla. Il ne lui avait jamais parlé aussi durement.

– Pourquoi n'aurait-il pas accepté ?

Il ne répondit pas, lui tourna le dos, et alla fermer son *attaché-case* posé sur la table.

– Chéri...

– Entrez ! cria Arnaut en entendant frapper.

C'était la femme de chambre qui venait dire que la voiture était prête.

– Bien, dit Arnaut.

Il embrassa Isaure, et se dirigea vers la porte.

– Je t'accompagne à Londres !

– Trop tard. Il faut que je parte.

– Mais pas comme ça ! Attends !

Elle courait derrière lui, lui prenait la main.

– Tu es fâché à cause de Pierre Carles ?

Il eut un rire amer.

– Qu'est-ce que tu vas imaginer !

Il monta en voiture, fit signe au chauffeur qu'il pouvait démarrer, ouvrit son *attaché-case*, et se plongea dans la lecture d'un document sans accorder un seul regard à Isaure, pétrifiée.

Elle était partie avec Mélusine, vers la mer, vers les grands espaces.

Elle avait besoin de s'évader des Hautes-Herbes. Elle avait besoin de savoir...

Les yeux pleins de larmes elle galopait à la limite des vagues qui léchaient le sable. Elle allait droit devant elle et ne s'arrêta que quand elle vit Léo qui peignait, au bord des dunes, debout devant un chevalet.

Elle alla sur elle, sans descendre de cheval, et attaqua :

– Il faut que je sache !

– Que tu saches quoi ? demanda Léo, interloquée.

– Ce qui s'est passé entre Arnaut et Pierre Carles. Quelque chose de grave ?

– Oui, dit Léo, quelque chose de grave... dont ils sont innocents tous les deux. Pierre est le bâtard de Guilhem.

Isaure avait une âme claire et, comme elle l'avait dit le jour de sa rencontre avec Pierre, elle ne croyait pas au hasard mais à la force du destin.

En apprenant la vérité, elle se réjouit. Parce qu'Isabé, la petite Isabé de Beau-Désert n'était pas morte. Parce qu'Arnaut avait un frère, et que ce frère elle le connaissait suffisamment pour savoir qu'il était digne d'Arnaut, comme Arnaut était digne de lui.

Sa joie épouvanta Léo qui la supplia de ne pas tenter de rapprocher les membres d'une famille qui n'avaient aucune envie d'exhumer de pénibles souvenirs vieux de plus de trente ans.

Mais Isaure, en avant, calme et droit, voulait faire triompher la justice et la vérité. Elle s'en ouvrit à Guilhem qui la pria de se mêler de ce qui la regardait, et de leur faire la seule chose qu'on attendait d'elle : un enfant. Arnaut, à son retour, refusa d'aborder le sujet.

– Tu peux continuer à travailler avec... ce garçon – il ne pouvait pas prononcer le nom de Pierre. Je suis d'accord...

à une condition : je ne veux ni le voir, ni lui parler, ni en parler avec toi.

– Mais, Arnaut, c'est ton...

– Chut ! C'est fini !

Comme il l'aimait et ne supportait pas de la voir triste, il monta avec elle chez les tantes et fit commencer les travaux à Beau-Désert. Il embrassa Dadine, il embrassa Chaton, les mit dans sa poche, et assura leur avenir à leur insu.

Isaure, reconnaissante, pensa que son mari était bon. Les frères se retrouveraient bien un jour... Il fallait laisser faire le temps. La réaction de Guilhem ne l'avait pas étonnée. Celle d'Arnaut l'avait un peu déçue. Mais celle qui l'avait le plus blessée c'était celle de Pierre.

Elle lui avait dit :

– Je sais qui est votre frère.

Il avait répondu vivement :

– Oui. Roland... Il fait son service en Algérie.

– Non. Pas lui, avait-elle insisté. Votre autre frère... mon...

Il lui avait coupé la parole.

– Je n'ai qu'un frère, madame, Roland Carles !

Il l'avait saluée poliment, et elle ne l'avait pas vu de plusieurs jours.

Elle attendrait.

Au Mas les dîners se succédaient, de plus en plus brillants. La manade remportait trophée sur trophée. Le pétrole continuait à jaillir du fond de la mer. Et Thérèse allait avoir cent ans.

Arnaut, pour le centenaire de son arrière-grand-mère, avait décidé de donner une fête où il réunirait félibres, gardians, et Arlésiennes à la jet-set habituée des réceptions d'Isaure.

– Je n'irai pas ! déclara Guilhem.

Tout l'irritait dans la préparation de cette fête.

D'abord, elle aurait dû avoir lieu à Azérac, comme le Grand Batre de 1913 !

– Seulement, moi, je n'ai pas les moyens de parader ! Je n'irai pas !

Il y alla.

Pour Thérèse à qui il ne voulait pas faire de peine, bien sûr. Il y alla aussi pour voir comment ça se passait chez son fils.

À peine fut-il descendu de la voiture de Rache qu'il était déjà furieux. Des Rolls plein la cour !

Que venaient faire tous ces gens qui ne parlaient même pas français ? Et encore moins provençal ! Qu'est-ce qu'ils pouvaient comprendre à la Camargue ? D'abord, est-ce que c'était la Camargue ce mas de milliardaires avec sa piscine, ses fleurs, ses pelouses, ses domestiques, son tennis, ses écuries ?

Une carte postale pour touristes, voilà ce que c'était le Mas d'Isaure ! Un affront au pays !

– Les cent ans de Grand-Mère auraient dû être célébrés à Azérac ! répétait-il. Tradition, respect, Arlésiennes !

– Mais regarde-les ! lui dit Rache. Regarde-les, les Arlésiennes ! J'en ai compté trente-deux ! Toute la Camargue est venue ! Moi je trouve la fête formidable !

Elle l'était.

Les gens avaient l'air heureux.

Thérèse, dans un grand fauteuil de reine, rayonnait au milieu des hommages.

– *Guter geburtsdaa, Mamme *!*

Sélim lui avait donné une photo d'Arnaut devant Walheim en 1945.

Le cadre était tellement enrichi de diamants que la centenaire avait dit :

– Si j'avais eu un an de moins, je crois que je n'aurais pas osé accepter !

* Bon anniversaire, Maman !

On avait ri. On avait bu. On avait dansé. On avait chanté. On avait même plongé dans la piscine.

Vivian. La fille de cet homme chancelant qui était, disait-on, la septième fortune du monde.

Vivian, une splendide créature, étonnante dans son maillot confetti au milieu des chapelles, des rubans et des traînes de soie.

– Châteauneuf of Pape ! disait son père, une bouteille à la main. Châteauneuf of Pape ! Vive la France !

Un félibre irlandais avait dit la *Cansoun di ferre*, un félibre allemand avait dit : *Salut empire du soleil !*, un félibre catalan avait récité :

– « *Bancal suis... Dame souveraine...* »

– Mon Dieu ! mais c'est Antoni de Gavalda ! s'était écriée Thérèse qui le prenait pour son grand-père et le trouvait vraiment bien conservé.

Mais l'émotion avait été à son comble quand était arrivé le Japonais.

– *Coume vai, lou biais *?* avait-il demandé au félibre irlandais qui lui avait répondu :

– *Sieu proun urous d'èstre aqui ** !*

Ikosaï Kasaba avait eu lui aussi, un grand-père. Celui qui était venu à Azérac en 1913, mené par un fil de soie, *Mirèio* sous le bras avec la signature du Maître.

Rache exultait. Aujourd'hui, tous les Oiseaux se posaient sur la Branche qu'il leur avait tendue.

Suzel regardait le Japonais avec admiration.

– C'était vous, l'abonné de Tōkyō ?

Et le Japonais regardait Suzel avec admiration.

– C'était vous, la secrétaire de la Revue ? Vous êtes une petite cachotteuse !

– Moi ?

– Vous n'avez jamais dit dans *La Branche des Oiseaux* que vous étiez si belle ! *Miras fraire es uno Arlatenco !*

On applaudit. Le Japonais monta sur une table et demanda :

– Si l'Inconnu est parmi nous, qu'il lève la main !

Mais on eut beau appeler : « L'Inconnu !... L'Inconnu !... », personne ne leva la main.

* – Comment ça va ?
** – Je suis bien heureux d'être ici !

Zanie avait entrepris la septième fortune du monde.

– Que voulez-vous, disait-elle, j'attire l'argent ! J'ai toujours été riche, et je le suis de plus en plus ! Je n'y peux rien, c'est comme ça... *Le Grand Batre* – c'est mon parfum – me couvre d'or. Sentez...

Il faillit tomber en se penchant sur elle.

– Complètement pété, dit Zanie entre ses dents. *Out of order* jusqu'à nouvel ordre. Tiens, Cosette ! Qu'est-ce que vous faites là, vous ?

La lingère se tenait discrètement derrière un laurier-rose. Éblouie par le spectacle.

– Bonjour, mademoiselle Bourriech, dit-elle. J'ai livré son jupon à Mme d'Azérac, et elle m'a dit que je pouvais rester... C'est magnifique ! On se croirait dans un conte de fées !

– Ne vous y fiez pas, dit Zanie avant de foncer sur Élodie pour qu'elle la présente au prince.

Esprit était venu parler à Isaure qui portait la robe de Faustine et les diamants d'Azérac.

Il lui avait parlé à l'oreille et elle avait disparu avec lui, l'air contrarié.

Deux gardians s'étaient embugnés dans un platane ; un accident sans gravité mais ils ne pourraient pas participer à la présentation de la manade aux invités. Alors Esprit avait pris sur lui de demander à Pierre Carles de venir donner la main.

– Et qu'a-t-il dit ?

– Oui, bien sûr, Madame ! Ça ne se refuse jamais de venir aider ! dit le vieux que la question avait scandalisé.

Isaure croyait de moins en moins au hasard.

– Prévenez mon mari, dit-elle à Esprit. Je vais vite me changer et vous rejoindre !

Mais Esprit n'osa pas déranger M. d'Azérac qui était en grande conversation avec une demoiselle un peu nue qui sortait de la piscine, toute mouillée et l'air hardi.

Il accepta une coupe de champagne que lui offrait un maître d'hôtel en veste blanche, se sentit un peu perdu au milieu de tous ces étrangers, et fut bien content de tomber sur le docteur Rache.

– Ça va, Esprit ?

– Ça va mieux, docteur, mais on a failli manquer de cavaliers pour tout à l'heure ! Heureusement, Pierre Carles va venir aider Mme Isaure.

Il prit un autre verre que lui présentait une jolie soubrette sur un plateau d'argent. Bouh ! c'était fort... mais c'était bon !

Il se sentait tellement bien, Esprit, qu'il ne remarqua pas, quand il put enfin l'aborder, la tête que fit Arnaut en apprenant qui venait donner la main.

Rache retenait Guilhem qui voulait partir.

– Tu as entendu, Fernand ? Bon sang, tu sais qui va présenter la manade de ma belle-fille ?

– Oui, je le sais.

– Et tu trouves ça normal ?

– Alors, là, mon vieux, plus que normal ! Et si le hasard...

– Le hasard ?... Combine ! Machination !... Je pars !

Mais il vit Zanie qui faisait du charme au prince, et resta.

– La garce ! Regarde-moi ça... elle est de plus en plus belle ! Quel gâchis !

Déjà la foule quittait les jardins et les terrasses pour aller derrière le Mas, en bordure des Hautes-Herbes, là où la manade allait être présentée par la belle manadière et ses gardians.

Les chevaux blancs en ligne avaient l'air de comprendre ce qu'on attendait d'eux.

Tout de suite ce fut l'enthousiasme.

Les Arlésiennes trépignaient de joie en voyant les cavaliers rabattre les taureaux vers la foule et les reconduire au loin au dernier moment. Ça faisait peur ! Hou !...

– *Estrambord !* criait l'Irlandais.

– *Alègre ! Alègre !* criait l'Allemand.

Et les blasés, les sceptiques, les indifférents se mirent à crier eux aussi :

– *Alègre ! Alègre !*

Esprit avait la larme ; comme un monsieur très chic qui, lui, pleurait franchement, une bouteille de Château-des-Oliviers à la main.

– Vous ne montez pas, Guilhem ?

La belle Arlésienne qui l'interpellait gentiment n'imaginait pas la douleur qu'elle lui causait par cette question innocente.

Monter ? Avec sa bru ? Et avec... On voulait rire !

Il haussa les épaules, l'air farouche, et tourna le dos à la jeune femme étonnée par tant de brutalité.

Ils étaient tous là à baver, à s'extasier ! Le prince arabe qui regrettait de ne pas avoir participé à la présentation... le Japonais qui battait des mains comme un enfant à Guignol... Suzel, qui lui expliquait tout en provençal – et il ouvrait toutes grandes ses oreilles jaunes – comme s'il comprenait ! Et Arnaut qui tournait le dos aux cavaliers, souriant, aimable avec ses richards, faisait semblant de ne pas voir qui se faisait applaudir sur sa terre ! Vergogne !...

Guilhem aperçut soudain Zanie qui regardait la mascarade, comme lui, l'air sérieux... Au moins une qui ne partageait pas l'enthousiasme collectif !...

Il alla droit vers elle, sans réfléchir – plus le temps, aux actes !...

– Épousez-moi ! dit-il comme il aurait dit : « Foutez le camp ! »

– Pardon ?...

Elle était quand même sidérée. Il en fallait beaucoup pour surprendre Zanie, mais là...

– Épousez-moi ! répéta-t-il.

Cette fois elle comprit vraiment ce qu'il voulait dire. Ce qu'il voulait faire. Elle regarda les cavaliers qui repartaient au galop, les invités qui applaudissaient Isaure puis se dispersaient et revenaient, joyeux, vers le Mas... Elle le regarda, lui, Guilhem, farouche, furieux...

– On n'a pas une revanche à prendre tous les deux ?... Hein, Zanie ?

Elle se mit à sourire et il sut que c'était gagné.

– Je veux vous faire un enfant, dit-il en s'approchant d'elle.

Elle crut qu'il allait la renverser sur l'herbe foulée, là, tout de suite, sans attendre, et le lui faire, cet enfant, sans craindre le regard des retardataires. Sans se gêner... Cette furia lui plut.

Une revanche...

– Épousez-moi, répéta-t-il encore.

– Le plus tôt possible ! dit-elle en lui tendant la main.

Une revanche, c'était bien ça.

– Tu vas voir, disait Zanie à Élodie, dépassée, tu vas

voir ce que c'est que le Grand Batre! C'était gentillet la fête pour les cent ans de la mémé, mais tu verras les nôtres! Moi, je suis vraiment riche! Depuis quatre générations! C'est pas comme la fortune d'Arnaut, et de son prince! Du vent venu du désert, et prêt à y repartir!... Et puis, moi, je sais me servir de l'argent! Tiens, je t'embrasse!... Parce que toi, ma belle, tu vas encore gagner des sous!

– Moi?

– Tu vas me refaire Azérac! Guilhem est d'accord!

Guilhem était d'accord. D'accord pour ravaler, repeindre, redorer, planter, décorer, embellir! « Une piscine, disait Zanie – Pourquoi pas! », répondit Guilhem. Pourvu qu'on s'occupe de la manade, qu'on l'augmente, qu'on engage des hommes, qu'on achète des chevaux, des taureaux... et pourquoi ne pas construire des arènes derrière le château? « Oui, pourquoi pas! » répondait Zanie.

La nouvelle de leur mariage a sidéré la moitié de la Camargue, et fait rire l'autre moitié. Certains s'étonnent que le souvenir de Charles Bourriech ne fasse pas peur au baron.

– Peuchère, il est si pauvre, le baron, qu'il vendrait les cornes d'un timbre!

– À propos de cornes, il n'a pas l'air de se rendre compte qu'elle pourrait être sa fille!

– Ni qu'elle a failli épouser son fils!

Le fils, en apprenant que son père se remariait et avec qui, avait éclaté de rire. Mais Isaure, elle, n'avait pas ri.

– Je sais pourquoi ton père se marie, avait-elle dit à Arnaut. Il veut avoir avec Zanie l'enfant que je suis incapable de te donner.

Arnaut l'avait prise dans ses bras, lui avait dit qu'elle était folle. Qu'ils l'auraient, un jour, cet enfant! Et qu'il s'en fichait! Parce qu'il l'aimait, qu'il aimait sa peau, qu'il était fou d'elle, et...

Elle l'avait repoussé de sa main de cavalier. Arnaut avait saisi cette main et l'avait serrée jusqu'à ce qu'Isaure crie.

– Bravo! Au moins, quand je te fais mal j'arrive à te faire crier! Mais qu'est-ce que tu as, Isaure?... Chaque fois que je m'approche de toi, tu te dérobes... Tu n'aimes pas ça?... Bien sûr que tu n'aimes pas ça! Ou alors, c'est peut-être plus simple encore : c'est moi que tu n'aimes pas !

Elle était affolée par sa violence. Et désespérée. Quelques jours plus tôt, elle était allée à Montpellier revoir le professeur Galzin. Et le professeur s'était montré plus pessimiste que la première fois.

– Tu m'écoutes. Isaure ?... Tu m'entends ?

Elle pleurait sans dire un mot.

Il était malheureux. Il ne comprenait pas. Il l'aimait. Que leur arrivait-il ?

– Peut-être en préfères-tu un autre ?, dit-il méchamment.

Et il sortit en faisant claquer la porte.

– Mon petit Fernand, dis-moi que c'est ma tête de vieille qui déraille !

– Mais non, chère baronne : Guilhem et Zanie vont se marier.

– Et alors ?

– Et alors, quoi ?

– Qu'en penses-tu ?

– Je ne pense pas, je soigne ! Et, parfois, je guéris ! acheva-t-il en riant.

– Je ne descendrai plus jamais à la salle à manger, dit-elle, l'air boudeur.

Elle était allongée sur sa chère duchesse brisée, comme à son habitude, mais elle semblait avoir rétréci. « Légère comme une feuille sèche, pensa le médecin, elle est dans sa cent et unième année... »

Elle baissa les paupières, sembla s'endormir, puis demanda :

– Nous ne sommes pas devant une histoire d'amour, n'est-ce pas ?

Il secoua la tête sans répondre et elle ouvrit les yeux.

– Fernand !

Il alla s'asseoir près d'elle, et elle prit sa main entre ses mains, autrefois si belles et maintenant noueuses et tavelées.

– Tu regardes mes fleurs de cimetière ?

Elle avait surpris son regard sur les taches brunes. Il voulut se défendre mais elle avait d'autres préoccupations.

– Ne l'abandonne pas ! dit-elle. N'abandonne pas Guilhem !

– L'abandonner ? Moi ! Mais, madame d'Azérac, je suis le pire emmerdeur que Guilhem ait rencontré depuis sa naissance ! Je l'observe, je le guette, je l'espionne, je le harcèle ! Je passe mon temps à lui interdire des excès qu'il continue à faire ! À lui donner des conseils qu'il ne suit jamais ! Mais sans me décourager, vous pouvez en être sûre !

La baronne ne semblait pas satisfaite. Elle tira vers son menton l'aérienne couverture de mohair comme si elle avait froid.

– Tu ne m'as pas répondu, dit-elle tristement.

Puis elle ferma à nouveau les yeux et s'endormit brusquement.

C'était vrai, il ne lui avait pas répondu.

Il n'avait aucune envie de lui répondre et de lui faire partager ses craintes. Guilhem l'inquiétait.

Depuis l'annonce de ses fiançailles... – Dieu, que ce mot qui évoquait des fleurs roses et blanches, une jeune fille en robe d'organdi, deux familles pleines de projets d'avenir, Dieu que ce mot allait mal à Guilhem ! Et encore plus mal peut-être à Zanie ! –, depuis l'annonce de ses fiançailles, Guilhem était dans un état d'excitation alarmant.

– Je vais vivre, Fernand ! Vivre ! répétait-il avec fièvre.

Rache était venu à Azérac pour voir Annette qui n'allait pas bien. On était sans nouvelles de Frédéri, elle n'en dormait plus, et l'annonce soudaine des projets de mariage de Suzel et d'Ikosaï Kasaba l'avait bouleversée. Un petit-fils en Algérie, une petite-fille au Japon ! Qu'est-ce qu'il aurait pensé de tout ça, son pauvre Joseph ?

Guilhem avait entraîné Fernand dans le salon, avait débouché une bouteille de carthagène, rempli les verres et, depuis, excité, agité, nerveux, il parlait.

– Regarde bien autour de toi ! Tout ça va changer ! Tu ne reconnaîtras plus Azérac !

Fernand ouvrit la bouche pour dire que ce serait dommage, mais Guilhem ne lui laissa pas le temps de parler.

– J'aurai un fils ! disait-il. Un fils ! Et si le malheur voulait que j'aie d'abord une fille, eh bien on recommencerait jusqu'à ce que j'aie un fils !

– Zanie est d'accord pour ce programme de... repeuplement de la Camargue ?

– Elle sera d'accord ! Du moment que ça emmerde Arnaut !

– Vous ne vous mariez quand même pas uniquement pour emmerder Arnaut ?

Guilhem se mit à rire.

– Rassure-toi. Pas uniquement ! Et je vais même te faire une confidence : je ne vais pas m'embêter !

Il prit un temps, remplit à nouveau son verre, cligna de l'œil et ajouta :

– Zanie, quel tempérament !

– Ah bon ! dit poliment Fernand.

– Non !... Rien encore ! Enfin, rien de sérieux, tu vois ce que je veux dire ? Mais je ne perds rien, pour attendre ! Je devine !... Quand je pense qu'on pourrait être mariés depuis des années ! Mais je vais rattraper le temps perdu ! Et puis, elle est marrante ! Tu sais ce qu'elle m'a dit, l'autre jour ? Oui... je la serrais d'un peu près, alors elle m'a sorti une de ses expressions à la Zanie, elle m'a dit : « Le chemin de ma chambre passe par... par... »

– ... la chapelle.

– C'est ça ! Mais comment as-tu deviné ?

Fernand, accablé, eut un geste évasif, mais Guilhem qui avait déjà vidé son verre, était reparti.

– Ce qui me fait rire, c'est qu'à mon âge – c'est-à-dire presque le tien ! Pas jeune, quand même ! –, eh bien c'est moi qui vais assurer la survie de notre sang ! Alors, ça, tu ne peux pas savoir à quel point ça m'émoustille ! Madame Henriette...

– Oh, Guilhem ! Ne me dis pas que...

– Je l'ai juste croisée dans Nîmes, le jour où j'ai choisi la bague de fiançailles...

– Elle t'a conseillé ? ne put s'empêcher de demander le médecin.

– Tu plaisantes ! À propos de la bague, j'ai dû vendre trois bêtes pour payer Fauvillon !... Mais elle est belle ! Et c'est de l'argent bien placé !

Sa main se tendit une fois de plus vers la carthagène.

– Tu as assez bu, Guilhem !

– Tu m'emmerdes, Fernand !

– Je sais, je suis payé pour ça. Madame Henriette, tu disais...

– Elle m'a dit qu'elle avait une petite jeune... arrivée la semaine dernière... J'ai l'intention d'aller y faire un tour, juste pour voir si on tient encore la forme ! Mademoiselle Lucie, elle s'appelle.

Rache se leva. Il était en retard dans ses visites, il devait partir.

– Guilhem... dit-il.

– Oui, je sais ! Ne bois pas, ne fume pas, ne baise pas !... Tu me l'as déjà dit !

– Je te le dirai encore ! Parce que je ne suis pas seulement ton médecin, je suis aussi ton ami.

– Mais tu ne comprends pas ! Tu connais ma vie pourtant ! Tu sais tout de moi ! Tu sais depuis combien de temps j'ai cessé d'être heureux ? Tu le sais, Fernand ! Alors ?...

Il le tenait par les épaules. Il le serrait de toutes ses forces. Fernand, remué, eut peur de s'attendrir et plaisanta :

– Je reviens t'emmerder demain matin, d'accord ?

– D'accord ! dit Guilhem en le regardant partir.

« L'abandonner ? Jamais ! pensait Fernand en quittant le château. Mais comment le protéger de lui-même ? »

Guilhem monta dans sa chambre et ouvrit sa penderie. Il allait mettre son costume bleu. Son costume de ville. Il avait besoin de s'aérer, de bouger. Il avait besoin d'aller à Nîmes. Il voulait parler à Madame Henriette. Il aimait parler avec cette femme... Il allait lui téléphoner, lui demander si Mademoiselle Lucie...

On frappa à la porte et, sans attendre de réponse, Virgile entra.

– Qu'est-ce que tu fais là ?

Le ton bourru ne sembla pas affecter Virgile.

– J'ai quelque chose à te demander...

Impatienté, pressé de téléphoner à Nîmes, Guilhem le regardait sans répondre.

– Viens avec moi dans la Tour des Grands Orages !

– J'ai à faire !

– Mais c'est important !

Virgile baissa la voix.

– ... Je crois bien que j'ai vu le Bancal cette nuit...

– Bon ! Ben, la prochaine fois que tu le vois, tu lui annonces mon mariage ! dit Guilhem en le poussant vers la porte.

– Guilhem !

Il avait crié si fort que Guilhem cessa de le pousser et s'arrêta, mal à l'aise.

– Je t'aime, dit Virgile, les yeux pleins de larmes.

– Oui... Moi aussi... Pas la peine d'en parler ! On est des hommes...

– Ne va pas à Nîmes !

– Mais comment sais-tu que je vais à Nîmes ? personne ne...

– Je sais, dit Virgile.

Les deux hommes se regardèrent en silence. Virgile s'approcha de son frère.

– Reste avec moi, Guilhem. Je te montrerai le *Registre*. On parlera... On ne parle jamais.

– On parlera ce soir. Promis ! Allez, va !

Virgile sortit de la chambre sans le quitter des yeux. Guilhem, resté seul, retourna à la penderie, sortit le costume bleu et, avant de se changer, alla faire le numéro de Madame Henriette.

Il se vit dans une vitrine et se plut.

Ce bel homme, un peu sanguin, ce bel homme tiré à quatre épingles, parfumé, beau comme un sou neuf, qui allait d'un pas... eh bien, disons-le : d'un pas de jeune homme, dans cette rue de Nîmes, l'air avantageux, le chapeau posé crânement sur ses tempes grises, c'était lui ! Le futur époux de la belle, de la riche, de l'inimitable Zanie Bourriech ! Il la tient sa revanche ! Rira bien qui rira le dernier ! Il va leur régler leur compte à tous !

Et, tout d'un coup, venant de l'autre bout de la rue, il aperçut une silhouette menue qui se hâtait dans sa direction, courant au milieu des passants sans voir personne.

Guilhem s'arrêta, foudroyé.

Il ne l'a pas vue depuis plus de trente ans, mais il la reconnaît tout de suite cette femme au visage angoissé qui vient presque buter contre lui et s'excuse :

– Pardon, monsieur.

Isabé.

Ils se regardent. Temps arrêté. Cœurs arrêtés. On marche, on va, on vient autour d'eux. On les bouscule, mais ils restent là, rivés l'un à l'autre par le regard, changés en statues...

Guilhem se découvre d'une main tremblante.

– Où courez-vous comme ça ?

– À l'hôpital, dit-elle. Mon fils a été blessé...

Guilhem a crié :

– Pierre !

Il a crié ce nom, ce nom de Pierre, comme s'il venait de recevoir une flèche en plein cœur, et Isabé qui ne le quitte pas des yeux lui explique qu'il s'agit de son autre fils, celui qui fait son service en Algérie, Roland... L'Algérie, la guerre...

Il hoche la tête ; il a l'air perdu et prend la main d'Isabé comme si elle pouvait le guider hors des ténèbres dans lesquelles il se débat. Il regarde cette main et, doucement, respectueusement, y pose ses lèvres.

Il garde toujours la main d'Isabé dans la sienne. Il semble y chercher quelque chose, quelque chose d'important... Il faut qu'il trouve le mot, le mot... Et il le trouve. Et le dit :

– Pardon...

Ils sont figés. Muets.

Isabé sent qu'il se passe en lui quelque chose de solennel. D'inévitable. Et qu'elle ne peut rien. Que personne ne peut plus rien pour lui. Qu'il faut laisser s'accomplir ce qui doit être accompli.

Il répète, comme une leçon bien apprise :

– Votre fils... c'est Roland. Moi, mon fils... c'est Pierre.

« Mon Dieu ! prie-t-elle au fond de son cœur. Ayez pitié de lui ! »

– Il faut que je vous laisse, dit-il soudain.

Et il ajoute, sur le ton de la confidence :

– On m'attend !

Il s'est incliné et est parti, son chapeau à la main comme s'il passait à travers un fantôme.

Elle l'a regardé, les yeux pleins de larmes, s'en aller au milieu des gens, d'une démarche mécanique... « On m'attend ! » Elle frissonna. Puis elle pensa à Roland qui attendait, lui aussi, et reprit sa course vers l'hôpital.

La vieille Clémentine vint ouvrir la porte en trottinant.

– Bonjour, Monsieur le baron.

Comme les autres fois elle le débarrassa de son chapeau, et alla prévenir Madame Henriette.

Il regarda autour de lui et ne reconnut pas le salon austère et languedocien où il était venu tant de fois. Ou plutôt il le reconnut, mais il ne savait plus où il était. Ces fauteuils jansénistes, paillés comme sur une toile de Philippe de Champaigne, ce piano droit avec une partition ouverte, *La Jeune Fille et la Mort...*, ces plans de Nîmes et de la Fontaine tracés par Jacques Philippe Mareschal, cette décoration austère, il connaissait tout ça...

– Cher baron !

La voix de Madame Henriette le fit tressaillir. Qui était cette femme ?

– Clémentine vient de me prévenir. Nous n'avions pas entendu sonner ! Mademoiselle Lucie vient tout de suite. Comment allez-vous ?

Blême et tremblant, il la regardait sans bouger, sans parler. Madame Henriette s'aperçut de son trouble et s'en inquiéta. Il n'avait pas l'air bien du tout.

– Asseyez-vous, je vous en prie !

Elle l'aida à s'asseoir, lui proposa quelque chose à boire. Il la regardait toujours. Perdu.

Soudain, son visage s'éclaira. Une jeune fille venait d'entrer. Raphaël eût aimé peindre la Vierge sous ses traits. Son visage était d'une pureté absolue. Ses yeux d'un bleu céleste, sa mise d'une délicieuse modestie... Guilhem sourit, heureux.

Il n'entendit pas Madame Henriette qui disait :

– Voici Mademoiselle Lucie, baron...

Il n'avait pas besoin qu'on lui présente celle qui venait à lui, il savait qui elle était.

– Amélie... ma chérie, dit-il, tu vas être contente ! J'ai demandé pardon à Isabé !

– Mon Dieu ! dit Madame Henriette, que lui arrive-t-il ? Je vous le confie, mon enfant, pendant que j'appelle le docteur Rache.

Mademoiselle Lucie fit signe qu'elle avait compris et s'agenouilla lentement, doucement, tout contre lui.

Il avait du mal à parler et s'agrippait à elle comme s'il étouffait.

– Tu vas voir, maintenant !... Le bonheur !... La vieille cabane... Tu m'entends, Amélie ?

– Oui, j'entends..., dit-elle dans un souffle.

Il s'agitait, douloureux. Il répéta :

– Pardon ! Pardon ! en portant une main à son col.

Elle le dégrafa d'un geste précis, très pur. Un geste de secouriste.

– Je t'aimais, dit-il. Et Arnaut...

Il se mit à pleurer et suffoqua :

– Mais toi ?... Toi... peux-tu me pardonner ?

Madame Henriette était revenue vers eux, affolée à l'idée que la jeune fille se refuse à continuer cette triste comédie.

Mais Mademoiselle Lucie n'avait pas besoin d'être encouragée. Elle sentait que cet homme était en train de disparaître de la vie, de s'enfoncer dans le néant comme un homme qui se noie s'enfonce dans l'eau. Elle sentait que ce qui le tirait vers le fond était une grande douleur.

– Amélie... répéta-t-il, le pardon ?

Elle se pencha vers lui, et quelque chose de lumineux éclaira les traits si beaux de la nouvelle pensionnaire de Madame Henriette.

– Tu es pardonné, dit-elle.

Un sourire de bonheur effaça la douleur sur le masque crispé de Guilhem. Il murmura : « Merci... », puis rassembla ses forces pour dire adieu au monde. Et cet adieu était un nom :

– Pierre...

Il partit avec le sourire et un nom sur les lèvres. Le nom de son fils. Puis il ne bougea plus.

– Le docteur ?... demanda Mademoiselle Lucie.

Toujours à genoux contre lui elle n'avait pas lâché sa main.

– Trop tard, dit Madame Henriette qui éprouvait un terrible chagrin. Quel ami je perds !

Mademoiselle Lucie se releva sans quitter Guilhem des

yeux. Les deux femmes se signèrent et restèrent silencieuses un instant, puis Mademoiselle Lucie demanda :

– De quoi voulait-il être pardonné ?

– Peu importe, dit Madame Henriette, il l'a été...

Elle ferma les yeux de Guilhem, faillit éclater en sanglots mais, se maîtrisant, elle redevint elle-même, prit la jeune fille par les épaules et lui dit maternellement :

– Ne restez pas là, mon petit. Rien n'est arrivé... personne ne doit savoir ce qui s'est passé chez nous. Pour tout le monde, le baron sera mort à Azérac. Parmi les siens !

Thérèse le suivit de près.

On aurait dit qu'elle n'attendait que ce signe pour partir.

Au moment où la mort s'approchait d'elle, elle demanda qu'on ouvre la fenêtre.

Elle voulait voir les Vosges...

Son âme profita d'un sourire pour s'échapper de ses lèvres.

Dans les hautes couches de l'éther, elle rejoignit un vol de cigognes qui regagnaient l'Alsace.

Inter de berge sin oft lit.

Derrière la montagne il y a aussi des gens...

Virgile alla annoncer la nouvelle aux abeilles et mit un crêpe noir sur les ruches.

En quittant le mausolée après les obsèques de Thérèse, Fernand n'eut pas le courage d'assister au repas de funérailles.

Il demanda à la famille de bien vouloir l'excuser, prit sa voiture, roula jusqu'au Rhône et s'arrêta à la Costière, là où la digue avait, une fois de plus, grand besoin d'être consolidée.

Il regardait le fleuve, les montilles, le tombeau de Tonnerre, les nuages que le vent balayait vers la mer, les chevaux qui paissaient en chassant les mouches à grands coups de queue, et il se demandait comment ces images familières pouvaient continuer à exister maintenant que Guilhem était mort.

Il resta longtemps immobile. La sauvagine, que sa présence avait d'abord troublée, se rassura et reprit ses occupations habituelles.

Il regardait le petit bois où les taureaux aimaient venir s'abriter... Plus jamais on ne verrait en sortir la haute silhouette du cavalier devant qui les *biòu* s'écartaient.

Des Guilhem de tout âge, de toute taille, menaient la farandole dans la mémoire de Fernand. Il reconnut au passage un petit garçon qui se précipitait pour sauver son frère, un adolescent qui gardait sous la neige, un jeune mari amoureux, et puis la malédiction, la naissance dramatique des jumeaux...

Fernand démarra brusquement en faisant s'envoler des aigrettes et refit le trajet vers Azérac.

Il venait de prendre une décision.

Mais il ne s'arrêta pas au château, il roula plus loin.

Jusqu'au Mas d'Isaure.

Isaure et Arnaut venaient à peine de rentrer.

Le cœur de Fernand se serra en les voyant, de noir vêtus, dans le décor du Mas qui était conçu pour une fête permanente.

– Voilà, dit-il à Arnaut, ton père est mort, je suis venu te parler.

Il raconta tout. Tout ce que lui avait dit Madame Henriette, tout ce que lui avait dit Isabé. Le pardon demandé, le pardon reçu, le nom de Pierre enfin prononcé, enfin accepté... Tout.

Isaure avait les yeux pleins de larmes et, en même temps, le cœur empli d'espérance.

Arnaut écoutait en silence, grave, la tête penchée. Indéchiffrable.

– Alors j'ai pensé – la voix de Rache tremblait un peu – j'ai pensé que le temps était venu pour toi de tendre la main à ton frère, et que...

– Je n'ai pas de frère !

Le ton cinglant d'Arnaut les fit sursauter.

– Mais, Arnaut !... s'écria Isaure.

– Tais-toi ! Il s'agit de moi, il me semble ! N'essaie pas de jouer les anges réconciliateurs et ne me refais plus le coup du hasard, comme le jour des cent ans !

– Le hasard !...

Elle était indignée.

– Le hasard ? Il est venu pour aider !

– C'est ce que tu voudrais me faire croire !

– Mais c'est vrai !

Rache se dirigeait déjà vers la porte.

– Vous partez, Fernand ?

Arnaut s'était levé, mal à l'aise.

– Tu sais tout, je n'ai rien à ajouter. Il s'agit de toi, comme tu viens de le dire. Toi seul peux prendre une décision... selon ton cœur, dit Rache avec un petit rire triste. Ne me raccompagnez pas ! fit-il en voyant que tous deux venaient avec lui.

Ils secouèrent la tête et le suivirent jusqu'à sa voiture, sans dire un mot.

« Bon sang, qu'est-ce que je les aime ! rageait Fernand,

furieux d'être ému à ce point. Je ne vais quand même pas pleurer devant eux ! »

Il ne pleura pas mais, au moment de démarrer, se tourna vers Arnaut :

– Ton père, c'était quelqu'un !

– Je sais !

Mais Rache était déjà parti.

Zanie avait très mal pris la mort de Guilhem. Elle n'avait aucun chagrin, mais elle était furieuse.

Lui faire ça à la veille de l'épouser ! Il n'aurait pas pu attendre quelques semaines de plus, non ? Le temps qu'elle soit dans la place, qu'elle soit baronne, maîtresse d'Azérac !

Heureusement, les travaux n'étaient encore qu'à l'état de projets ! Sinon, par-dessus le marché, elle aurait dû payer !

Aller mourir chez cette femme de Nîmes... Madame... Madeleine ?... Non. Madame... Madame Henriette, c'est ça !

Ça aide l'argent, quand on veut tout savoir. Et elle en sait des choses ! Elle sait que la Sélimazérac croule sous l'or noir et roule sur l'or. Ne pas se fâcher avec eux ! Surtout pas !... Elle sait aussi que la fille de l'alcoolo, l'Américain, la septième fortune du monde, a parié qu'elle aurait Arnaut. D'ailleurs ça se voyait comme le nez au milieu du visage, le jour des cent ans, qu'elle avait envie de lui ! Et je te plonge dans la piscine, et je t'en sors, et je te fais des manières, et je te cours après ! Est-ce qu'il a déjà couché avec elle ?

Zanie gémit à cette idée.

Depuis qu'Arnaut l'a quittée pour sa mademoiselle en avant calme et droit, bon chic bon genre, personne ne l'a touchée. Arnaut !... Elle vendrait la Cannebière pour se retrouver une heure avec lui ! Leurs nuits étaient grandioses... leurs jours aussi ! Elle pense à la vallée des rochers en Espagne... les échos de la montagne doivent encore s'en souvenir !...

La Vivian effrontée, au fond, ce n'est pas grave... Enfin,

pas grave pour elle, Zanie. Mais ça peut être grave pour Isaure. Il suffit de la voir cinq minutes auprès d'Arnaut pour comprendre que rien ne se passe entre eux – en tout cas rien de délirant –, et qu'Isaure n'a aucune idée de ce qu'aime Arnaut.

– Moi, je sais ! dit Zanie qui prépare sa rentrée.

Et si elle allait voir Isabé ?

Depuis qu'elle avait appris que la jeune fille de Beau-Désert n'était pas morte, Isaure brûlait du désir de la rencontrer.

Mais elle savait que cette démarche déplairait à son mari, et elle n'était pas sûre qu'elle plairait à Pierre. Quand elle l'avait remercié d'être venu les aider le jour où elle avait présenté sa manade, il avait tout de suite changé de conversation. Il ne fit aucune allusion à son deuil au moment de la mort de Guilhem. Elle non plus. Mais elle se mit en colère quand, après les obsèques de Thérèse, il lui dit en se découvrant :

– Je vous présente mes sincères condoléances pour le décès de votre arrière-grand-mère...

– ... de *votre* arrière-grand-mère ! cria-t-elle.

Il ne l'avait jamais vue fâchée, et la regarda avec étonnement.

– Je suis fatiguée, lui dit-elle plus doucement. Fatiguée d'être seule à vouloir rejoindre la Vérité... Que vous faut-il de plus que la mort de Guilhem ? Que le pardon demandé à votre mère ? Que votre nom sur les lèvres d'un mourant ?...

Il ne répondit rien et, de nouveau, elle s'emporta.

– Vous êtes bien comme votre frère ! Entêté ! Buté ! Tête de lard ! Mauvaise foi ! Sale caractère ! Ah, vous êtes bien un Azérac !

À sa grande surprise il éclata de rire ; elle se mit à rire aussi.

Ce jour-là elle n'insista pas, mais elle se promit de revenir à la charge, sûre de gagner.

Le lendemain, elle l'aperçut de très loin. Il gardait derrière le grand abreuvoir. Elle laissa son trident du côté des

Hautes-Herbes, franchit la barrière, et galopa vers lui. Il ne la sentit pas venir. De nouveau il était penché sur un cahier. Absorbé, il écrivait... Elle s'arrêta, écouta... Il disait des vers.

Elle fit avancer son cheval sans bruit sur l'herbe rase. Pierre ne leva la tête que quand elle fut tout près de lui, et tressaillit, pris au piège. Elle souriait.

– L'Inconnu, c'est vous, dit-elle et, comme son père le colonel le lui avait appris, elle fonça sur lui, lui arracha le cahier, partit au galop, fit un large cercle autour de l'abreuvoir et revint lui rendre son bien.

– Quand je pense, disait-elle, que ma petite Suzel est partie se marier au Japon parce que Ikosaï lui récitait des vers de vous ! Pourquoi n'avoir jamais signé vos poèmes ? Parce que vous n'osez pas avouer que vous descendez d'un troubadour ? C'est ça, n'est-ce pas ?

Il ne disait rien. Il avait toujours su qu'un jour quelqu'un découvrirait qui se cachait derrière l'Inconnu. Il était heureux que ce soit Isaure.

– Vous êtes un grand poète, dit-elle avec émotion.

Et elle ajouta : « Je suis fière de vous, mon frère ! » avant de se sauver à toute bride.

– Je sais qui est l'Inconnu ! dit-elle en entrant dans le bureau où Arnaut travaillait.

– Vraiment ?

– Vraiment !

– Invite-le à dîner, dit-il.

– Avec plaisir !

– Qui est-ce ?

– C'est ton frère !

Dans le silence qui suivit, elle imagina que, si elle avait été Dieu, à ce moment précis, son mari se serait levé, serait venu à elle et lui aurait pris les mains en disant :

– Allons vite le chercher !

Au lieu de ça, il retourna à son travail et dit :

– Tu n'es pas drôle.

Elle lui tourna le dos pour quitter la pièce.

– Isaure !

Elle l'interrogea du regard.

– Teddy vient passer quelque jours...

– Teddy ?

– Oui, mon Américain... la septième...

– ... fortune du monde. Oui.

– Il arrive ce soir. Avec Vivian.

– Ah ? Je vais faire préparer les chambres.

– Parfait, dit-il.

– D'autres invités ?

– Nous serons seuls.

Il ne s'occupait plus d'elle.

– Arnaut ?

Il leva la tête.

– Est-ce que ce ne serait pas gentil d'inviter Zanie ?

– Je ne pense pas que ce soit une bonne idée, dit-il. Elle ne lui plairait pas du tout.

– À qui ?

– À Vivian.

et il replongea dans ses papiers.

Isaure regardait Vivian traverser la piscine sur le dos. Elle l'admirait. Elle la trouvait drôle, gaie, amusante. Vivian nageait à la perfection, montait bien ; elle était toujours de bonne humeur et s'occupait avec délicatesse de son débris de père, lui laissant croire que c'était encore lui qui dirigeait les affaires.

Pendant qu'il cuvait son vin et qu'Isaure était sur le pâturage, Arnaut faisait découvrir la Camargue à la jeune Américaine qui semblait s'attacher de plus en plus au pays.

Isaure n'était ni mesquine, ni jalouse. Ils se retrouvaient tous les soirs pour dîner sur la terrasse, et c'étaient de grands éclats de rire sous les étoiles. Elle aimait voir rire Arnaut, et elle riait elle aussi, jusqu'au moment où elle allait se coucher. Avant tout le monde, bien sûr, puisqu'elle était toujours debout à l'aurore. Quant Arnaut venait la rejoindre plus tard dans la nuit, du fond de son sommeil, elle sentait qu'il la serrait contre lui.

Une nuit, il ne vint pas et elle s'éveilla, étonnée d'être seule dans le lit. Elle regarda sa pendulette. Il était quatre heures du matin. Où était-il ? Elle passa un peignoir et, pieds nus, sortit de la chambre et s'en alla à sa recherche dans l'herbe fraîche du jardin nocturne.

Elle les vit, Arnaut et Vivian, assis sur des fauteuils au milieu de la pelouse. Ils parlaient. Elle n'entendait pas ce qu'ils disaient. Ils ne se touchaient pas. Mais ils se regardaient. La veste d'Arnaut était posée sur les épaules de la jeune femme... Soudain ils se turent. Ils se souriaient.

Isaure s'approcha.
Ils ne la virent pas.
– On s'est dit beaucoup de choses cette nuit, Arnaut.
Vivian s'étirait comme un chat. Il lui prit la main.
– Beaucoup de choses, mais peut-être pas tout...
Vivian ne souriait plus. Elle avait l'air troublée.
– Vous venez quand à New York ? demanda-t-elle.
– Dans trois semaines.
– C'est loin.
– Merci...
– Pourquoi « merci » ?
– Pour... l'impatience.
Il se pencha vers ses lèvres...
– Attendez, dit Vivian. Il y a quelqu'un...
Il se retourna.
Il n'y avait personne.

Quand Vivian et son père furent repartis pour les États-Unis, Isaure fit un saut à Marseille.
Elle alla trouver Cosette dans sa boutique de la rue Paradis, et lui commanda une chemise de nuit noire.
– Pour qui ? demanda la lingère.
– Pour moi, répondit Isaure.
Cosette avait l'air étonnée. La lingerie noire n'était pas tellement le genre de sa clientèle... puis elle se souvint que la dame d'un officier de marine lui avait commandé une chemise de nuit, noire justement, l'an passé.
– Finalement elle ne l'a pas prise, avoua-t-elle honnêtement, parce qu'elle l'a trouvée trop sexy.
– Sexy, répéta Isaure. C'est exactement ce que je veux.
– Ah bon ! dit Cosette. Attendez, je pense savoir où je l'ai rangée. Bien sûr, il faudra la retoucher, la dame était plus enveloppée que vous, mais c'était très joli. Je vous laisse aller dans la cabine, madame d'Azérac, je vais la chercher.
Quand elle revint avec le carton où reposait le modèle invendu, Isaure avait déjà quitté sa robe. Cosette pensa en la voyant que c'était vraiment une très belle femme, et l'aida à passer la chemise par la tête. En la glissant sur les épaules d'Isaure sa main toucha sa peau et elle en resta saisie.
– Votre peau...
– Oui ?

– Elle est douce... du vrai satin !

– Il paraît, dit Isaure avec indifférence.

Elle se regardait dans la glace à trois faces avec autant de sérieux que quand elle regardait ses petits élèves au manège.

– Ça ira très bien, dit-elle, vous pouvez la mettre à ma taille.

– Je vais peut-être ôter le cygne, madame, ça fait un peu...

– Non, non. Justement, c'est parfait.

Cosette l'aida à enlever la chemise et fut à nouveau bouleversée au contact de sa peau. De la peau d'ange... Comme si elle n'était pas vraie.

– Quand elle sera à vos mesures, bien retouchée, bien finie, vous serez splendide dedans !

Elle en était si sûre que, dès le lendemain, elle installa la chemise sur le mannequin d'osier où elle présentait ses créations les plus réussies.

Elle fut très affectée quand Mlle Bourriech s'écria, en entrant dans le magasin :

– Cosette, je rêve ? Vous fournissez les bordels, maintenant ?

Et qu'elle éclata de rire en apprenant que c'était une commande de la baronne d'Azérac.

Elle aurait été encore plus affectée si elle avait entendu l'éclat de rire d'Arnaut quand il vit sa femme allongée sur leur lit avec la chemise, et qu'il s'écria : « Mais où as-tu trouvé cette horreur ? Enlève tout de suite cette tenue de carnaval, elle me rend malade ! »

Et, surtout, si elle avait vu Isaure, le visage glacé, arracher sa chemise et la jeter comme une loque dans le fond d'une armoire.

Le temps était si beau le lendemain matin que tout le sel de la terre faisait scintiller la Camargue sous le soleil.

Un vent aimable effilochait des nuages légers dans un ciel d'un bleu parfait.

Mais Isaure ne se leva pas à son heure habituelle. Elle n'avait pas dormi de la nuit.

Elle entendait encore le rire d'Arnaut et ce rire lui faisait mal.

Après s'être débarrassée de la malheureuse chemise, elle était revenue vers le lit, absolument nue, offerte.

– Eh bien voilà ! avait-il dit. Là, au moins, je te reconnais.

Il l'avait embrassée sur le front, avait pris un livre et lui avait tourné le dos. Elle avait osé une timide caresse... Mais il était si absorbé par sa lecture qu'il ne réagit pas.

Quand elle se leva, il était déjà tard et, pour la première fois de sa vie, elle ne savait que faire de sa journée.

Un peu plus tard, elle alla seller Mélusine et, en passant devant le jardin, vit Arnaut qui s'installait au soleil pour prendre son petit déjeuner.

– Une tasse de thé avec moi ? dit-il de loin.

Elle attacha Mélusine à une barrière puis s'approcha, le cœur battant, et vint s'asseoir près de lui.

– Viens galoper avec moi, demanda-t-elle.

Il lui tendait sa propre tasse :

– Bois, tu connaîtras mes pensées...

Elle aurait bien voulu les connaître, ses pensées !

Elle trempa ses lèvres dans le thé puis répéta :

– Viens galoper avec moi, Arnaut !

– Ce serait avec plaisir, dit-il, mais je ne peux pas. J'attends un coup de fil important...

– De New York ?

– Pourquoi dis-tu ça ?

Elle haussa les épaules.

– Qu'est-ce que tu as, Isaure ?

– Je ne vais pas très bien, avoua-t-elle.

– Qu'est-ce qui ne va pas ?

– C'est peut-être à toi qu'il faut le demander...

– Ça veut dire quoi, ça ?

Mais, brusquement, elle se leva et se dirigea vers la maison, comme si elle voulait échapper à quelque chose. Ou à quelqu'un...

– Isaure ! cria-t-il en courant derrière elle.

– Je fais fuir ta femme, on dirait !

En entendant la voix de Zanie, il se retourna comme si une guêpe venait de le piquer.

– Qu'est-ce que tu viens faire chez moi ?

– Gracieux, comme accueil ! Distingué ! Aristocratique !

Comme la mort de ton père chez les putes ! Eh oui, poursuivit-elle en le voyant réagir, je sais tout ! Je sais aussi que tu as un frère ! Pierre Carles, le beau bâtard, qui travaille avec ta femme ! Attends, ce n'est pas fini... J'ai vu la chemise de nuit noire ! (Elle éclata de rire) Pauvre Isaure, elle se bat pour te garder... parce que je sais aussi avec qui tu as rendez-vous à New York !

– Tire-toi de ma vie une fois pour toutes, Zanie !

– Non ! cria-t-elle. Je ne peux pas ! Je t'aime ! Et toi aussi, tu m'aimes ! Tu m'as dans la peau ! Tu me reviendras ! Tu t'es trompé en me lâchant pour Isaure, Arnaut... Ce n'est pas sa faute si elle est à la fois stérile et frigide, la pauvre chérie !

Arnaut ne vit pas Isaure qui passait comme une flèche dans son dos, mais quand il entendit le galop du cheval, il poussa un hurlement et se précipita.

Il bouscula Zanie et courut vers les écuries, mais il savait déjà qu'aucun cheval ne rattraperait Mélusine.

Les paroles de Zanie étaient tombées sur Isaure comme des gouttes d'acide sur une chair tendre, libérant la secrète, l'intime douleur qu'elle cachait au fond de son être.

D'un geste sec elle a détaché Mélusine, elle a sauté en selle et elle est partie, droit devant elle, les yeux obscurcis de larmes, déchirée de chagrin et de honte.

Stérile ! Frigide ! Coupable !

Et cette haine et cette douleur lui font oublier les règles essentielles de la Camargue, oublier les règles de la prudence qui sauve. Elle va comme le vent, pour échapper à l'horreur.

D'abord heureuse comme chaque fois que le poids d'Isaure la rend à elle-même, Mélusine a frémi, cinglée par un brutal coup de cravache. Et maintenant elle a peur. Ce sont toujours les mêmes jambes d'acier qui la serrent, mais la main a perdu sa douceur amie. Une sueur d'effroi mouille la robe de soie du pur-sang qui s'emballe comme une machine dont le contrôle échappe aux humains. Mélusine ne reconnaît pas le paysage ; elle n'est jamais venue sur cette terre inégale et traîtresse. Ce n'est plus Isaure qui la mène, mais le destin qui mène Isaure. Le cheval le sait avant même de s'abattre, la jambe prise dans un infime terrier de renard tandis qu'Isaure est projetée contre le tronc dénudé d'un tamaris centenaire, sec et immobile mais qui l'attendait, là, depuis toujours.

Isaure est tombée face au ciel.

Perfection de la blessure invisible qui respecte la beauté, non la vie.

Elle a gardé les yeux ouverts pour voir la mort l'emporter très vite, très loin de son corps immobile.

Mélusine s'est relevée de sa chute. Tête basse, frissonnante, elle est revenue vers Isaure. Elle hennit doucement et souffle sur sa dame endormie. Mais la dame ne bouge pas, la dame ne bougera plus jamais, et le cheval comprend. Alors, une dernière fois, les naseaux de velours caressent la bien-aimée.

Et Mélusine reste auprès du corps sans vie qu'elle veillera, fidèle comme un cheval veillant son chevalier mort, jusqu'à l'arrivée d'Arnaut. Et jusqu'au grand cri d'horreur qui fait s'envoler les oiseaux vers le ciel.

La Camargue en deuil pleure Isaure d'Azérac.

Au milieu de la foule désolée le cercueil avance lentement vers le porche de l'église de la Major, porté à l'épaule par les garçons qui avaient trié quelques jours plus tôt avec elle sans savoir que ce triage serait le dernier.

Mélusine suit, étriers à l'envers, selle voilée de crêpe.

De tous les pâturages de Grande et Petite Camargue, ils sont venus les gens de la bouvine. De la ville, des villages, des mas, elles sont venues les Arlésiennes. De noir vêtues, du ruban jusqu'au pied, portant sur la tête la longue mousseline blanche qui dit que quelqu'un est mort, elles ont l'air de fées cathares réunies pour conjurer le sort. Le sort qui n'a cessé de s'acharner sur les descendants du Bancal depuis que le sang de Charles a coulé sur les dalles d'Azérac.

Virgile, hébété, soutenu par Léo et Fernand, regardait le cercueil couvert de fleurs et tremblait en oubliant d'essuyer ses larmes.

Arnaut, lui, avait l'air absent. Il ne savait plus pour quoi il était là.

Au milieu de la foule, la tête entre les mains, un homme prie. Pierre Carles. Près de lui, deux petites vieilles sanglotent. C'est la première fois qu'elles entrent dans une église, Dadine et Chaton. C'est M. le Pasteur qui les a conduites à la Major depuis Beau-Désert.

Le curé parle... Arnaut, obéissant, se lève, s'assied, se lève encore...

Des voix de femmes se mettent soudain à chanter et, brusquement, Arnaut se souvient. Et la douleur fut si violente qu'il poussa un gémissement. Léo le regarda, inquiète, et tendit la main vers lui. Mais il était déjà parti. Il traversait l'église. Calmement. Sans bruit. Sur la pointe des pieds. Pour ne pas déranger.

Les gens le regardaient le cœur navré. Et personne n'osa le retenir.

Dehors il fut ébloui par la lumière. Un soleil terrible. Il alla vers sa voiture et le chauffeur se précipita. Mais Arnaut l'écarta de la main, vit que les clefs étaient restées sur le tableau de bord, ouvrit la portière, et s'installant au volant, démarra en trombe.

Il roulait comme un fou, doublant toutes les voitures qui se trouvaient devant lui. Il roulait, l'œil fixé sur la route sans regarder le paysage qu'il traversait. Parfois même il fermait les yeux sans dévier de sa folle trajectoire.

Il laissa sur sa droite la route du Mas d'Isaure, dépassa le domaine des Roseaux, roula le long du Vaccarès, et s'arrêta dans un grand hurlement de pneus devant le mas des Carles.

Arnaut n'avait jamais vu Isabé.

Pas même de loin. Pas même en la croisant dans la rue ou au hasard d'une ferrade... Jamais.

Mais quand il vit cette femme en deuil arlésien avec le *velet* blanc que tout le pays portait en ce jour à la mémoire d'Isaure, il lui sembla qu'il la connaissait depuis toujours. Qu'elle avait fait partie de sa vie depuis bien avant sa naissance, et qu'elle l'attendait.

L'arrivée du fils d'Amélie en ce moment tragique où l'on enterrait Isaure ne surprit pas Isabé.

Elle n'avait pas osé se rendre à l'église. Mais elle était

restée devant la cheminée, les yeux levés vers la barque des Saintes.

Arrêté sur le seuil, Arnaut la regardait.

– Monsieur... dit-elle.

Elle voulut se lever, mais il fut plus rapide et vint s'écrouler contre elle, la tête sur ses genoux, pleurant comme un enfant.

– Mon petit...

Elle aussi sentait ses larmes couler en caressant la tête de cet homme si riche, si beau, si accompli, et dont la vie venait de se briser. Et elle mettait dans cette caresse toute la tendresse, tout l'amour qu'elle n'avait pu donner à l'enfant d'Amélie. Cet enfant qu'elle aurait tenu dans ses bras, pris sur ses genoux, bercé, si le destin n'avait pas été aussi cruel.

Ils restèrent longtemps enlacés dans la même douleur, puis Arnaut leva les yeux et découvrit le visage de sa mère qui le regardait en souriant.

Belle-Sœur et Jeune Fille, dans leur bonheur innocent, se tenaient par la taille au milieu d'un jardin plein de fleurs, fanées depuis bien longtemps... La vieille photo était à l'honneur, au milieu de toutes celles qui avaient fixé les événements majeurs de la vie des Carles.

La porte s'ouvrit et Arnaut, toujours à genoux, se retourna pour voir qui venait d'entrer.

Pierre. Pierre qui restait immobile sur le seuil, calme en apparence mais le cœur chaviré.

Arnaut se lève lentement.

Pierre sourit au milieu de sa douleur.

Les deux frères se regardent.

Ils sont debout, face à face... Ils vont l'un vers l'autre... Et ils s'étreignent pour la première fois.

Isaure, par sa mort, les a donnés l'un à l'autre.

Isabé regarde les cavaliers s'éloigner au galop.

Pierre, Roland et Arnaut.

Ses garçons.

Depuis la mort d'Isaure, depuis qu'il s'est réfugié au mas des Carles, Arnaut vit avec eux.

Il y aura bientôt un an qu'il a renoncé à l'existence qui fut la sienne quand sa femme régnait sur le domaine des Hautes-Herbes.

Le Mas qui a fait rêver le monde entier est désormais fermé comme un tombeau.

Arnaut n'a pas voulu y retourner. C'est Pierre qu'il a chargé de faire rouler les tapis, couvrir les meubles de draps blancs, couper l'eau, l'électricité, le téléphone... Pierre n'est entré chez Isaure que pour arrêter les battements du cœur de la maison, comme on débranche un malade quand il a franchi le point de non retour.

Ça lui a fait mal... mais il l'a fait pour éviter à son frère d'avoir à s'en charger. Ils ont eu si peur pour lui au début. Fernand venait tous les jours. C'est même à cause d'Arnaut que le docteur a renoncé à prendre sa retraite comme il en avait eu l'intention.

Il avait fallu dire la vérité à Roland. Pour lui non plus la chose n'avait pas été facile. La nouvelle le révolta. Mais il fut touché par le spectacle d'Arnaut effondré de chagrin, prostré, pitoyable, perdu. Roland était bien le fils d'Isabé et de Paul, lui aussi avait un cœur. Arnaut y trouva une place.

Pauvre Arnaut ! Isabé le revoit, les premiers temps, assis devant la table, muet, immobile. Il s'était mis dans la tête que sa femme était morte à cause de lui ! Parfois il demandait pardon à Pierre. À cause de la gifle qu'il lui avait donnée quand ils avaient douze ans ! Puis il retombait dans le silence pendant des heures. Il ne sortait pas, ne lisait pas ; il regardait devant lui... il levait les yeux sur Isabé, lui prenait la main et disait :

– Parlez-moi de Maman !

Cette torpeur avait duré jusqu'à l'arrivée de Sélim.

Sélim avait séjourné au mas des Carles toute une semaine, partageant les tâches et les devoirs des gardians avec autant d'assiduité qu'un malheureux qui cherche du travail.

Isabé savait que le prince, comme Arnaut, était un homme très riche ; elle savait aussi que s'il vivait chez elle comme un journalier, mangeant sa soupe, se levant à l'aube, marquant les bêtes, entravant les juments, c'était parce qu'il voulait remettre son camarade de Morgarten sur le chemin de la vie.

– S'il travaille, il est sauvé, avait-il dit à Pierre. Et vous seul, Pierre, pouvez le ramener à lui-même.

Avant son départ, Arnaut lui demanda d'emmener Mélusine à Ras el' Mourat. N'était-il pas le seul cavalier à qui Isaure avait confié son pur-sang ?

Sélim accepta. Parce que la vue du cheval était trop douloureuse pour Arnaut et parce qu'il savait accomplir ainsi la volonté d'Isaure.

Il n'emmenait pas que Mélusine.

Il emmenait les poèmes de l'Inconnu. Les poèmes de Pierre puisque, maintenant, tout le monde savait qui s'était caché si longtemps derrière cette signature.

Au moment où il allait partir, Arnaut lui dit :

– Je crois que je vais continuer le travail qu'Isaure faisait avec Pierre... Il regarda son frère et ajouta : S'il veut bien m'apprendre le métier !

Pierre lui apprit tout ce que Guilhem avait commencé à apprendre à son fils quand il était enfant.

Et Pierre rendit à Arnaut cette Camargue qu'il avait cru haïr, lui qui se demandait maintenant comment il avait pu se passer de la bouvine et de la plaine salée pendant tant d'années.

Déjà, trois chevaux étaient montés à Beau-Désert et « la maison de retraite », comme l'appelait Esprit, avait tellement plu au vieux gardien qu'il allait s'installer chez les tantes pour veiller sur les bêtes.

Arnaut n'était pas plus gai, mais plus actif.

Parfois Léo et Virgile, accompagnés d'Annette, venaient faire une visite chez les Carles. Isabé servait la carthagène et les croquants Villaret. On parlait d'Amélie, de Thérèse, de l'oncle Élie.

Virgile vivait toujours dans sa Tour des Grands Orages; Léo vivait toujours dans sa cabane du bord de mer.

Arnaut, lui, n'avait pas envie de retourner à Azérac. Il était bien chez Isabé. Il était bien avec Pierre et Roland. Ils travaillaient tant, avec leurs trois manades, que, parfois, Arnaut oubliait de penser à autre chose qu'à la ferrade du lendemain, à la vaccination des bêtes, ou à la course du dimanche suivant.

Pierre et Roland l'emmenaient boire un verre chez Boisset, aux Saintes, ou sur les Lices, en Arles. Les gens disaient :

– Tiens ! voilà les frères.

Et les filles leur souriaient parce qu'elles les trouvaient beaux, et qu'elles savaient qu'ils avaient eu du malheur.

Pierre et Roland répondaient à leurs sourires et, parfois, à leurs avances, mais Arnaut semblait ne pas les voir, et les filles rageaient en pensant que c'était dommage.

Et, le soir, quand ils rentraient au mas, Isabé se réjouissait en regardant ses garçons.

Mais ce soir ils ne rentreront pas de bonne heure. Berlingot court à Lunel, ils dîneront là-bas. Isabé en profite pour préparer la daube de dimanche. En taillant les morceaux de ventrèche et de paleron qu'elle roule ensuite dans la farine, en versant le vin sur la viande, en ajoutant le petit trait d'huile d'olive et le zeste d'orange qui donnent si bon goût, elle pense à tout ce qu'elle a traversé jusqu'à ce soir tranquille, heureux, où elle est là, dans sa cuisine, à doser sa marinade.

Elle pose la bouteille d'huile vierge, essuie la table blanche de farine, et s'assied.

« Dieu n'abandonne jamais des deux mains », lui avait dit le vieux curé des Saintes.

Elle ferme les yeux et revoit le jour où elle a voulu mourir. Elle avait couru vers le Rhône... mais ce jour terrible, le plus terrible de sa vie, en était aussi le plus beau puisque'était ce jour-là qu'elle avait eu le bonheur de rencontrer Paul.

Comme ils s'étaient aimés !

Elle sourit en pensant à ce que Pierre lui a dit ce matin. Oh ! il ne lui a pas donné beaucoup de détails, mais, quand même, cette jeune femme qui vient déjeuner dimanche, ce serait sérieux que ça ne l'étonnerait pas...

– On n'a pas encore parlé, a dit Pierre avec cet air grave qu'il prend quand il est ému. Elle est lingère... et, tu verras, Maman, elle est gentille ! Elle élève toute seule une petite fille qui n'a jamais eu de papa... Elle est... courageuse.

– Pauvrette ! a dit Isabé.

Et puis la jeune femme a un joli nom.

Cosette.

– Mais où me menez-vous, monsieur Pierre ? demande Cosette, étonnée de le voir prendre un chemin interdit.

Et, brusquement, elle reconnaît l'endroit et s'écrie :

– Mon Dieu ! C'est le Mas de la pauvre dame ?

– Oui. Il y a eu de fortes bourrasques la nuit dernière, je veux juste jeter un coup d'œil. J'en ai pour une minute.

Elle le regarde faire le tour de la maison. Comme tout a changé depuis la fête où elle avait livré le jupon ! Quelle tristesse ! Mourir comme ça, quand on est si belle, si riche ! Et son mari qui est seul, maintenant...

– Ça va, dit Pierre qui revient, il y avait juste un volet qui battait ; je l'ai bien attaché.

Il reprend le volant.

– Ne parlez surtout pas de cette visite devant son mari, tout à l'heure.

– Tout à l'heure ? M. d'Azérac sera chez vous ?

– Oui.

– C'est vrai que vous vous occupiez de sa manade.

– M. d'Azérac est mon frère, explique Pierre qui s'arrête pour tendre une chaîne à l'entrée du chemin.

– Ça alors, c'est pas banal..., dit Cosette, profondément troublée.

Il l'a à peine remarquée.

Elle n'a vu que lui.

Un si bel homme ! Comme il a l'air triste...
Elle le revoit le jour de la fête. Il avait un costume clair, très chic ; il riait ! Elle a même découpé dans *L'Europe des Princesses* une photo de lui au milieu de ses invités. Une photo où elle est... Enfin, on ne voit qu'un bout de ses cheveux et un volant de sa jupe, mais elle y est quand même, juste derrière un laurier-rose...

– Cosette...

Pierre la regarde en souriant, et elle se souvient qu'elle n'a pas donné à sa mère la boîte de fruits confits qu'elle a achetée pour elle chez *Bergamote*, le confiseur.

Pendant qu'Isabé la remerciait, Arnaut s'était approché de Pierre.

– Il faudrait jeter un coup d'œil au Mas... la tempête de cette nuit a peut-être...

Pierre l'a rassuré et lui a dit qu'il y était passé, que tout allait bien.

– Ça c'est vrai ! a dit Cosette.

Pierre lui avait dit de ne pas parler de la visite, d'accord, mais puisque M. d'Azérac posait la question, autant lui dire de ne pas s'inquiéter !

– Mais ça m'a fait mal de voir la maison fermée ! a-t-elle ajouté. Quand on l'a connue pleine de monde, de vie, de...

Arnaut, pour la première fois depuis qu'elle était entrée chez les Carles, la regarda vraiment. Et son regard était si lourd de questions que Cosette a expliqué :

– Mme d'Azérac m'avait permis de rester, le jour de la fête... Cosette, lingère, 36, rue Paradis à Marseille...

Il la regardait toujours.

– Cette visite, tout à l'heure, ça m'a... retournée ! Mme d'Azérac, c'était ma cliente préférée... Oh, j'en ai eu des dames ! Mais Mme d'Azérac...

Ils avaient oublié les autres. On aurait dit qu'ils étaient seuls dans la pièce où plus personne n'osait bouger.

– Tout son linge, c'était moi ! C'était un plaisir de travailler pour elle !... Sa peau : du satin... et je m'y connais en satin !

Soudain elle comprit l'indécence de ses propos. Elle eut honte, devint toute rouge.

– Je vous demande pardon, monsieur...

– Pardon ?... Vous me demandez pardon ? Mais moi je vous remercie ! s'écria Arnaut.

Il semblait libéré de quelque chose ; il souriait ; il ne la quittait pas des yeux.

– Cosette ?...

– Cosette, dit-elle. Oui, monsieur.

– Arnaut, s'il vous plaît.

– Arnaut... répéta-t-elle avec ravissement.

– Si nous passions à table ? proposa Isabé. Je vous ai fait un menu gardian : la marguerite d'anchois, la daube de taureau au riz de Camargue... Vous aimez la daube ?

– J'aime tout, dit Cosette en regardant Arnaut.

Et, de cet instant, Pierre sut qu'il l'avait perdue.

Il ne leur en voulut pas.

Il avait de la peine, c'est tout.

Et puis, comme il l'avait dit à sa mère, ils n'avaient pas encore parlé.

Si la jeune femme s'était détournée de lui en faisant la connaissance d'Arnaut, c'est qu'elle ne lui était pas vraiment attachée. Il valait mieux le savoir tout de suite, avant de s'engager et de souffrir.

– C'est juste une amie, tu sais ! dit-il à son frère pour qu'il ne se sente pas gêné.

– Tu es sûr ? demanda Arnaut.

Et Pierre éclata de rire.

Cosette ne cherchait pas à être provocante.

Mais sa sensualité était indépendante de sa volonté. Elle la diffusait comme une lampe diffuse la lumière et, sous cette lumière, Arnaut revenait à la vie.

Le diable mettait tout en place pour les livrer l'un à l'autre. Le diable se faisait leur complice pour qu'ils se rencontrent partout. D'abord en public dans les courses, les fêtes, les jeux.

Puis, seuls... et, un jour, Arnaut sella Serpolet qui était doux comme un agneau et emmena Cosette dans une solitude où, au milieu des fleurs, il s'aperçut qu'il n'avait rien oublié des gestes de l'amour.

Et qu'il ne pouvait plus se passer du corps de Cosette.

Qui donc aurait osé lui reprocher de revenir parmi les

vivants ? Il avait tant souffert de la mort de sa femme ! Et il en souffrait encore puisqu'il avait demandé à Cosette de ne plus lui en parler, le pauvre...

Ce qui secoua la Camargue, ce fut d'apprendre qu'il avait décidé d'épouser la lingère.

Cosette elle-même n'en revenait pas. Elle éclata en sanglots, éperdue.

– Mais pourquoi ? dit-elle en suffoquant.

– Parce que j'ai besoin de toi, avait-il répondu.

– Mais pour quoi ? répétait-elle.

– Pour vivre.

Elle lui parla de sa fille, gravement.

– Je l'aime, tu sais.

Il se mit à rire.

– J'espère bien ! Il ne manquerait plus que tu sois une mère dénaturée !

– Elle n'a pas de papa... Je l'ai eue très jeune...

Elle semblait honteuse de l'avoir eue, et fière de l'avoir gardée. Il l'embrassa :

– Je ne te demande pas une confession, Cosette ! Tu as une fille, elle vivra avec nous...

– Pour les vacances seulement ! Je l'ai mise en Angleterre au collège, et je suis très stricte pour les études ! Il faut qu'elle sache tout ce que, moi, je ne sais pas. Elle fait sa dernière année avant les grands examens... Tu veux voir son portrait ?

Elle ouvrit le médaillon qu'elle portait toujours au bout d'une chaîne. Il se pencha sur la photo et découvrit une petite fille qui restait mignonne malgré ses frisettes, ses boucles d'oreille et les chichis d'une tenue de chien savant.

– Mais elle est toute petite, dit Arnaut déconcerté par l'âge et le déguisement de l'enfant.

– Oh non, ça c'est quand elle avait cinq ans. Ma Marylène... Mon bout de chou... ma t'ite puce !

Elle embrassa le portrait, referma le médaillon, et dit :

– Je veux qu'elle soit quelqu'un plus tard.

Puis elle demanda timidement :

– On n'habitera pas chez les Carles après le mariage ?

– Non.

Arnaut souriait.

– Tu veux me faire la surprise ?

– Oui.

Elle était heureuse.

– Tu es très gentil !

– Encore plus que tu ne te l'imagines ! dit-il en l'embrassant.

Zanie apprit la nouvelle plus tard, en ouvrant le journal.

Elle resta immobile, les yeux fixés sur l'annonce discrète du mariage, puis, pour la première fois de sa vie, elle perdit connaissance.

Les noces de Cosette

Bien sûr, elle aurait préféré un grand mariage. Un lunch. À la terrasse de L'Estaque par exemple. On aurait pu inviter des personnalités...

Mais elle épousait un veuf, il fallait le comprendre. Et puis, de son côté, elle avait une grande fille. Situation délicate. Elle approuvait la discrétion de son mari, le pauvre qui avait eu tant de problèmes avec sa famille.

Prudence, sa vieille brodeuse, fut son témoin, et celui d'Arnaut un ingénieur qui avait travaillé pour la Sélimazérac depuis le début des recherches. Un M. Descamps. Un homme très aimable.

Après la mairie ils allèrent tous ensemble manger de la langouste sur la Corniche, burent du champagne rosé, puis les mariés prirent congé de leurs invités pour s'envoler vers Venise.

– Venise ! Vous en avez de la chance, Madame Cosette ! disait Prudence, un peu pompette. C'est quel nom déjà le palais où vous passerez votre lune de miel ?

Cosette interrogea son mari du regard.

– *Gritti*, dit-il en souriant.

– Vous allez en voir de belles choses, Madame Cosette !

Elle vit surtout le ciel d'un lit dont elle assura le ravage pendant toute la durée de leur séjour.

Le chariot des femmes de chambres stationnait jusqu'au soir devant leur porte. À l'heure du dîner, Arnaut sortait Cosette du lit et la traînait, maquillée en hâte, à peine coiffée, encore chaude de caresses et furieusement belle, jusqu'au *Harry's Bar* ou sous une tonnelle plongeant sur le Grand Canal.

Un soir, comme elle s'extasiait devant des colliers de verroterie qu'un marchand ambulant vendait place Saint-Marc, il fit rouvrir une bijouterie qui fermait et lui acheta le même collier, mais en perles soufflées au XVIIIe siècle à Murano. Elle eut un choc en apercevant le prix sur l'étiquette.

– C'est trop cher, dit-elle à voix basse pendant que le marchand prenait un chiffon pour polir le fermoir.

Arnaut avait souri sans répondre.

Elle était sortie du magasin, le collier au cou. Fallait-il qu'il l'aime pour dépenser autant d'argent pour elle !

Il s'était rendu compte très vite que la visite des musées et des églises la faisait bâiller. Elle s'ennuyait hors de ses bras. Il ne s'ennuyait pas encore dans les siens. La découverte du corps de Cosette avait déchaîné chez lui une frénésie qui le surprenait et le ravissait.

– On dirait que tu n'as pas fait l'amour depuis cent ans !

C'était un peu ça. Allongé dans le grand lit vénitien, près du corps brûlant de Cosette, il se demandait pourquoi il n'avait jamais pu entraîner Isaure vers un tel délire.

– Tu es triste ? dit Cosette en se coulant plus près de lui.

Il fit signe que non, mais elle n'était pas dupe.

– Arnaut ?

Le ton grave, craintif, de Cosette le surprit.

– Je voulais te demander... pourquoi m'as-tu épousée ?

– Parce que tu me fais rire ! dit-il en éclatant justement de rire, ce qui était la seule chose à faire. D'ailleurs, tu me l'as déjà demandé !

– Mais... tu m'aimes ?

– Et toi ?

– Follement ! dit-elle, les larmes aux yeux.

Puis elle ajouta :

– Je serais bien restée dans ce lit, toujours, avec toi !

– Tu me tuerais si je te laissais faire !

Il prit la main de Cosette et embrassa doucement le bout de ses doigts.

– J'ai hâte de te ramener à la maison...

– La surprise ! dit-elle, ravie. C'est...

Il ferma sa bouche d'un baiser.

– Chut ! Ne dis rien ! Attends, tu verras, c'est une nouvelle vie qui va commencer !

Une nouvelle vie... Elle s'y voyait déjà !...

Quand ils descendirent de l'avion à Marignane, Cosette était radieuse.

Elle s'aperçut dans un miroir de l'aéroport...

C'était elle, cette femme si élégante, avec une trousse de crocodile à la main, une fourrure sur le bras...

Elle souhaita de tout son cœur être vue par quelqu'un de sa connaissance. Une ancienne cliente, par exemple, qui dirait à tout Marseille : « J'ai vu la baronne d'Azérac qui rentrait de son voyage de noces à Venise ! Quelle distinction ! »

Un chauffeur les attendait. La classe !

Arnaut le lui présenta et elle lui rendit son salut en veillant à ne pas se montrer trop familière.

– Madame la baronne... dit-il respectueusement en lui ouvrant la portière.

Parfait.

– Mon frère va bien, Langlois ? demandait Arnaut.

– Je comprends, Monsieur ! Nous avons couru à Marsillargues dimanche dernier et gardé tous nos attributs ! Berlingot tient la grande forme ! Ils lui ont joué *Carmen* !

Arnaut applaudit, puis s'apercevant que Cosette avait du mal à suivre, lui expliqua que Berlingot était leur meilleur taureau, la preuve, c'est qu'on lui avait joué *Carmen* pour le féliciter.

– Et tu sais ce que tu vas faire, maintenant ? Tu vas fermer les yeux ! Et tu ne les ouvriras qu'à mon commandement. Compris ?

Elle promit, ferma les yeux, et se pelotonna contre lui. Heureuse.

La surprise !

Elle savait vers quel rêve il la conduisait. Il faisait beau ; à travers ses paupières closes elle sentait un soleil radieux. La saison était encore un peu fraîche, mais rien ne l'empêcherait de s'allonger au bord de la piscine, de tremperle bout de ses orteils vernis dans l'eau bleue... certainement chauffée ! « Madame est servie », dirait le maître d'hôtel. « Madame a besoin de moi ? », demanderait la femme de chambre.

Un brusque cahot lui fit ouvrir les yeux, mais elle les couvrit de sa main : elle ne voulait rien voir du paysage avant d'être arrivée.

– C'est bien, dit Arnaut à son oreille, tu ne triches pas !

Et ils se mirent à rire.

Soudain la voiture ralentit. On approche...

– Tu auras bientôt la permission de regarder, dit-il. Attends... Voilà ! Ça y est...

Elle ouvrit les yeux, confiante, souriante, pour découvrir la façade hautaine d'un château qui s'élevait devant elle comme un mur infranchissable.

– Qu'est-ce que c'est que ça ? demanda-t-elle d'une voix blanche.

– « Ça » ?...

Arnaut éclata de rire.

– « Ça », reprit-il gaiement, c'est Azérac. Notre maison. Ta maison. C'était ça, la surprise !

– C'est là que nous allons vivre ?

– Oui !

– Nous n'allons pas vivre au Mas d'Isaure ?

Arnaut ne riait plus. Sa voix était glacée.

– Tu plaisantes ?

– Non, dit-elle avec désespoir. Je croyais qu'on habiterait au Mas d'Isaure et...

Il la coupa, violent.

– Non ! Nous vivrons à Azérac.

– Mais, moi, je croyais que la surprise...

Il prit brutalement la main de Cosette et la serra si fort qu'elle sentit des larmes monter à ses yeux.

– Ne me parle plus jamais du Mas d'Isaure ! Tu m'entends !... Jamais ! Allez, viens, que je te présente. On nous attend !

Le temps si beau s'était brusquement gâté. La lumière était descendue ; un orage devait se préparer sur l'Aigoual, annoncé par des craquements sourds dans le ciel.

Annette, qui n'avait pas quitté le deuil depuis la mort de sa maîtresse, les accueillit dans l'entrée avec une femme de chambre, un valet, et le baile.

Arnaut embrassa Annette, serra la main du baile et, au lieu de présenter à Cosette les personnes qui allaient être à son service, la présenta, elle.

– Madame d'Azérac.

La vieille Annette s'approcha, très émue. Cette jeune femme qui arrivait, c'était à elle, Annette, de l'accueillir sur le seuil de la maison; c'était à elle de lui faire comprendre à quel point elle était la bienvenue, à quel point on se réjouissait qu'elle partage désormais la vie du Maître.

Mais Cosette ne prit pas la main tendue, et Annette, que Thérèse avait habituée à partager avec elle tout ce qui touchait à Azérac, se sentit blessée et humiliée comme si on l'avait chassée.

Arnaut ne remarqua rien, il parlait avec le baile.

– Le temps m'a semblé long, sans les chevaux! Allons les voir, il me tarde de me remettre au travail!

Sur le pas de la porte, il se retourna vers sa femme :

– Annette va s'occuper de toi. Elle connaît le château comme si elle l'avait fait! À ce soir!

Le valet et la femme de chambre étaient déjà dans l'escalier avec les bagages. Cosette portait toujours sa fourrure et son *vanity-case*, et regardait avec consternation le nez cassé du buste d'Antonin.

– Madame me suit? dit Annette en l'invitant à monter.

Cosette la suivit dans l'escalier monumental, passa sous le regard sans indulgence des ancêtres, parvint au palier. Là, Annette ouvrit la porte du long couloir et, trottinant devant elle, la conduisit jusqu'à la chambre qui avait été celle d'Isaure et d'Arnaut au début de leur mariage.

– C'est la chambre du maître, dit-elle. Beaucoup de nos dames sont mortes dans ce lit, ajouta-t-elle en désignant le sévère monument aux colonnes de bois sculpté de scènes mythologiques.

Cosette, horrifiée, alla à la fenêtre, regarda dehors, et demanda d'une toute petite voix :

– Il n'y a pas de piscine?

– ... de quoi?...

À voir la tête d'Annette, on aurait pu croire que Cosette venait de parler turc.

– De piscine.

– Nous sommes dans un château, Madame. Ici, tout est historique.

Cosette hocha la tête et jeta son manteau sur un fauteuil au point de Hongrie.

La femme de chambre se saisit du vison, et le suspendit dans une armoire aussi sculptée que les colonnes du lit.

Cosette posa son *vanity-case* et resta immobile, regardant autour d'elle, avec la ferme intention de jeter à la poubelle toutes ces vieilleries. Elle remplacerait tout ça par un beau lit, bien large, laqué blanc, des poufs de satin assortis, un tapis en fourrure... Ça, au moins, ça aurait de l'allure !

– Madame a encore besoin de moi, ou de Florette ?

Annette désignait la femme de chambre.

– Non, non... ça va, dit Cosette qui ne savait pas quoi leur demander.

Avant de sortir, Annette se retourna.

– Madame veut le clavier ?

– Le clavier ?...

– Les clefs de la maison, Madame.

Annette désignait le pesant trousseau qu'elle portait à la ceinture.

– Non. Merci.... gardez-le ! Enfin, pour le moment.

– Bien, Madame.

Les deux femmes se retirèrent et Cosette s'assit sur le lit. Un terrible coup de tonnerre la fit tressaillir et, au même moment, illuminée par un éclair, la pluie se mit à tomber. La fenêtre ouverte se mit à claquer dans le vent. Cosette se précipita et, quand elle l'eut fermée après beaucoup d'efforts, se trouva mouillée des pieds à la tête.

La surprise...

Elle retourna s'asseoir sur le lit, s'appuya à l'une des colonnes sculptées, le nez contre une femme désolée qui tendait les bras vers le ciel, et se mit elle aussi à pleurer.

Comme Niobé.

Elle refusait le château de tout son être, et, de son côté, le château la refusait de toutes ses forces.

Elle mit trois jours avant de pouvoir se diriger sans aide dans le sombre couloir où se trouvait sa chambre, se tourna la cheville dans la chapelle, et tomba dans l'escalier en perdant l'équilibre sur ses talons hauts. Le grand salon pourpre, avec son unique paire de doubles rideaux surchargés de passementerie, lui faisait peur, et les repas pris dans la salle à manger tapissée de cuir de Cordoue lui coupaient l'appétit.

Le soir de son arrivée, avant le dîner, ne trouvant pas les boutons électriques, elle s'était perdue dans le long couloir et avait poussé une porte en croyant qu'elle donnait sur le palier. À travers des vitraux une lumière sourde éclairait chichement une immense bibliothèque. Des livres vert foncé couvraient des rayons entiers. Il y en avait même de plus vieux encore, avec du cuir marron tout mangé et des dorures à moitié effacées. Rien de neuf. Elle allait sortir quand une forme accroupie derrière de grands cartons à dessin s'était dressée.

– Ma nièce ?

Il était venu à elle, la main tendue.

– Je suis l'oncle Virgile !

Il était bouclé comme un enfant. Mais des cheveux blancs se mêlaient à ses cheveux, blonds et roux comme ses sourcils.

Il lui montra une vieillerie qu'il tenait dans sa main – un vrai débris... –, et elle vit la marque.

– J'ai trouvé le cartulaire, que je cherchais depuis des mois là où il n'était pas !

Elle ne pouvait quitter la marque des yeux. Mme Bourquin et Mlle Bourriech en avaient parlé un jour devant elle. Un accident quand il était petit, paraît-il.

– Je vous fais les honneurs de la Tour des Grands Orages ? demanda-t-il galamment en lui offrant son bras. Nous en avons eu un beau pour saluer votre arrivée !

– Une autre fois ! avait dit la voix d'Arnaut qui venait de rentrer. Cosette ne peut pas tout voir le premier jour ! Alors ?...

Il la prenait dans ses bras, embrassait ses cheveux.

– Alors, quoi ? demanda-t-elle.

– Comment trouves-tu Azérac ?

– Oh... c'est grand !

– Ça, tu en as pour des jours et des jours avant de t'y reconnaître. Allez, viens. Pierre dîne avec nous, et Fernand aussi.

– Fernand ?

– Le docteur Rache ! Médecin de famille depuis cent cinquante ans !... Je plaisante, Cosette, je veux simplement dire que tu le verras souvent à ta table !

Elle put constater par la suite qu'il disait vrai. Le docteur Rache faisait partie d'Azérac. Comme Arnaut, comme Virgile, comme Annette qui veillait à ce qu'on prépare des grillades de Saint-Gilles pour Arnaut, des merveilles pour Virgile, de la brandade pour Fernand, selon un cérémonial immuable, et faisait monter du vin de la cave en respectant un rituel dont le sens échappait à Cosette.

– Madame est servie, dit le maître d'hôtel.

Et ce fut pour Cosette le seul bon moment du dîner où l'on lut des poèmes interminables dans la revue du docteur. *L'arbre ?...* non... : *La Branche aux Oiseaux*. Qu'est-ce que ça voulait dire ?

Ils n'en finissaient pas de se raconter les exploits de Berlingot, de dire ce qu'avait fait telle ou telle vache pendant qu'Arnaut était absent ! Dès qu'elle entendit le docteur s'écrier : « Vous savez quelle heure il est ? » en regardant sa montre, elle fut debout.

Elle avait attendu leur départ tout au long de la soirée et, la porte de leur chambre à peine refermée, se jeta dans les bras d'Arnaut.

Il la souleva sans quitter ses lèvres, la porta jusqu'au lit, et la déposa entre les colonnes sculptées.

– La chambre te plaît ? demanda-t-il en commençant à la déshabiller.

– C'est toi qui me plais, dit-elle dans un souffle.

Puis elle oublia les colonnes où des dames pleuraient, les fauteuils raides et l'armoire lugubre, pour plonger dans un plaisir dont la violence l'émerveillait toujours.

Comme elle s'endormait, elle entendit Arnaut bouger. Que faisait-il ?

– Je mets le réveil à six heures moins le quart, dit-il. Les vacances sont terminées !

– Et cette porte ?

– Là, Madame, dit Annette, c'est la Chambre des Reines.

– On peut entrer ?
– Non, Madame. Seul Monsieur en a la clef.
Cosette regarde la porte défendue et se détourne, maussade.
Ce château, elle le hait chaque jour davantage. S'il n'y avait pas les nuits, elle tomberait malade.
Mais il y a les nuits. Elle devenait alors la reine d'un univers de caresses, de plaisirs et de cris. Et elle voudrait que le jour ne se lève jamais pour garder Arnaut prisonnier de son corps, ne jamais lui rendre la liberté de la quitter.
– Est-ce que tu sais que je travaille ? Est-ce que tu as une idée du nombre de bêtes qu'on a, avec les trois manades réunies, Pierre et moi ?
Encore Pierre ! Toujours Pierre !... À chaque aube le réveil sonne, et Arnaut court le rejoindre à bride abattue ! À croire que les jeunes mariés, c'est eux !
– Je m'ennuie, dit-elle un soir où ils se préparent pour le dîner.
– Mais, si tu t'ennuies, viens avec moi ! dit Arnaut. Viens sur le pâturage !
– Au milieu des taureaux !
– En une semaine je t'apprends tout ce que tu dois savoir... Je connais un gentil petit cheval, Kélélé, qui brûle d'envie de te rencontrer !
– J'ai peur des chevaux !
– Tu n'en avais pas peur, il me semble, quand nous allions tous les deux faire l'amour sous les romarins !
– J'avais horriblement peur... mais j'avais plus encore envie de toi ! dit-elle en se coulant contre lui.
– Et maintenant, tu n'as plus envie de moi ? demande-t-il hypocritement.
– Si ! Mais on n'a plus besoin d'aller se cacher dans les bois ! Tu vois, là, on peut...
Mais la cloche annonçant le dîner détache Arnaut de sa femme.
– Allez, à table ! dit-il gaiement.
Et elle le suit, furieuse.
Virgile est déjà à sa place, plongé dans sa revue *Les Oiseaux*... Encore un poème de Pierre ; il le sait déjà par cœur !
Jamais Arnaut et elle ne prennent un repas en tête à tête. Eh bien, puisque c'est comme ça, elle demandera à ce

qu'on les serve dans leur chambre, comme à Venise, le dernier soir...

– Je pense à une chose, Cosette, dit Arnaut, et je te demande pardon de ne pas y avoir pensé plus tôt. Je vais t'acheter une jolie petite voiture pour que tu puisses aller et venir, faire des courses à Nîmes, à Arles, à Marseille... N'oublie pas que, maintenant, c'est toi la cliente ! Et que tu es riche !

– C'est vrai ?

– Tu peux t'offrir ce que tu veux !

Elle le prit au mot et se mit à dépenser de l'argent. Beaucoup d'argent. Ça semblait faire plaisir à Arnaut.

Elle s'occupa d'elle, de son corps, de ses cheveux, de ses ongles, avec passion. Elle passait son temps à se faire poncer le dos, épiler les jambes, masser, vernir, foncer, éclaircir, dorer, parfumer... Elle se commanda des robes, les rapporta à Azérac dans de grands cartons tapissés de papier de soie... et continua à s'emmerder prodigieusement.

Quelle chance il avait, Arnaut, qui travaillait toute la journée ! Elle passa un jour, à Marseille, devant son ancien magasin devenu *L'Aiguille fée*.

Elle tourna la tête.

Elle n'aurait jamais dû vendre ! C'était sa vie les dessous de femmes ! Comme elle travaillait bien avec ses ouvrières ! Comme elle s'entendait bien avec ses clientes ! Mademoiselle Bourriech ! Madame d'Azérac... Madame d'Azérac ! Ça la fit rire : Madame d'Azérac, maintenant, c'était elle... Arnaut ne parlait plus jamais de sa femme... enfin, d'Isaure... sa femme, maintenant, c'était elle ! La douceur de la peau d'Isaure... Elle se mit à y penser tout le temps. Une idée fixe qu'elle gardait au bout de ses doigts qui se souvenaient de ce contact.

Comment en parler à Arnaut ? Et, surtout, comment lui dire à quel point elle regrettait de ne pas vivre au Mas ?

Elle se jeta à l'eau un soir où Virgile, enrhumé, gardait la chambre.

– Arnaut... dit-elle.

Elle s'arrêta, le cœur battant. Il la regardait en souriant, s'attendant à ce qu'elle lui demande un bijou, une fourrure, prêt à dire oui quel que soit le nouveau caprice.

– Je voudrais qu'on s'installe au Mas, dit-elle.

– Au mas ?... demanda-t-il. Quel mas ?

– Au Mas d'Isaure.

Il la regarda avec stupeur.

– C'est très bien, ici... mais je ne m'y fais pas!

Il attendit que le domestique ait quitté la salle à manger. Il ne la regardait pas. Il était devenu très pâle. Il dit :

– Le jour où nous sommes arrivés ici, tu as parlé du Mas... d'Isaure...

Sa voix trembla en prononçant le nom bien-aimé.

– ... et je t'ai demandé de ne plus jamais le faire. Le Mas... c'est une partie de ma vie qui appartient à mon passé avec... C'est sacré ! C'est un sanctuaire ! Tu l'oublies ! Une fois pour toutes !... Je ne te le redirai pas!

Puis il regarda sa montre, se leva, et dit qu'il devait se rendre à une réunion de la Nacioun Gardiano, qu'il rentrerait tard, qu'elle ne l'attende pas...

Il sortit sans l'embrasser, et elle resta seule devant son assiette vide, incapable de bouger. Un sanctuaire... Un territoire enchanté dont elle était exclue à jamais...

« Tu l'oublies ! »

Tu oublies la petite clef d'or, tu n'ouvres pas la porte du royaume interdit, tu n'as pas le droit d'y poser le pied, tu n'as pas le droit de porter les yeux sur ce qu'il renferme...

La Barbe-Bleue était le seul conte de fées que Cosette connaissait. On ne le lui avait pas raconté quand elle était petite, c'était sa fille, quand elle avait six ans – elle savait déjà tant de choses ! –, qui lui avait dit : « Il était une fois, maman, un homme qui avait de belles maisons à la Ville et à la Campagne, de la vaisselle d'or et d'argent, mais, par malheur, cet homme... »

Il ne voulait pas qu'on ouvre la porte; il avait dit que sa colère serait terrible !

Elle n'eut plus qu'une idée : violer le sanctuaire.

Elle passa plusieurs fois devant l'entrée du domaine sans s'y arrêter.

La chaîne cadenassée interdisait toujours l'accès de la longue allée bordée de tamaris qui menait au Mas.

Elle réfléchit. Le mieux serait d'aller plus loin, le long du Vaccarès, jusqu'à ce bouquet d'arbres derrière une ruine.

Là elle pourrait laisser sa voiture sans qu'on risque de la remarquer de la route.

Ensuite il lui faudrait revenir vers l'entrée sans être vue de personne. C'était le moment le plus délicat. Quelqu'un pouvait passer, s'étonner, parler... Le cœur battant, elle se mit à courir. Maladroite sur ses hauts talons, elle arriva à la chaîne, l'enjamba et, le cœur battant, entendant un bruit de moteur, s'aplatit dans le fossé qui bordait l'allée... Elle attendit que la camionnette délabrée ait disparu en brinquebalant pour sortir de sa cachette et se remettre à courir, comme si des chiens étaient lancés à ses trousses. Jamais elle n'aurait cru que l'allée fût si longue ! Elle ne s'arrêta, essoufflée, que devant le Mas.

Le jour où elle était passée avec Pierre, avant le déjeuner où elle devait rencontrer Arnaut, déjà elle s'était sentie triste devant le silence et l'abandon de ce qui avait été éclatant de vie, de luxe, et de splendeur. Mais, ce jour-là, le jardin gardait encore ses tracés et ses fleurs. Maintenant les herbes folles, les chardons et les orties avaient tout envahi, marée verte partie vers la maison comme pour l'étouffer.

Un oiseau malveillant, perché sur le plus haut des arbres, poussa un cri qui lui fit peur. Ce cri lui disait de partir, l'avertissait qu'elle n'était pas la bienvenue.

Ce cri lui disait de fuir.

Elle resta.

Sans bouger. Terrifiée. Mais décidée à ne pas céder à l'épouvante.

Immobile, elle regardait autour d'elle. Elle venait de passer la frontière entre le réel et l'invisible.

Elle attendait... mais quoi ?

Un bruit la fit tressaillir. Quelqu'un l'observait, quelqu'un était là... Elle avait entendu une porte s'ouvrir ou se fermer.

Quelqu'un se cachait...

Et soudain elle entendit le même bruit. Ce n'était pas une porte, ce n'était pas quelqu'un, c'était le vent qui faisait battre un volet démis.

Alors elle courut vers le bruit, contourna le mas, et s'arrêta devant une fenêtre qui donnait sur la petite rivière, derrière la maison. Elle ramassa une pierre par terre, cassa un carreau, passa sa main, tourna la poignée, ouvrit.

Après, elle se hissa par la fenêtre et disparut à l'intérieur, comme si elle plongeait dans une autre dimension.

D'abord elle ne vit rien.

Elle chercha un interrupteur mais l'électricité était coupée depuis qu'Arnaut avait fait fermer la maison. À tâtons elle promena ses mains sur une commode, trouva des allumettes qui voulurent bien s'enflammer, découvrit un chandelier... La lumière des trois bougies lui permit de voir qu'elle était dans une chambre. Elle alla vers la porte, l'ouvrit...

Elle tremblait en avançant dans le couloir. Elle s'arrêta devant la tenture baissée qui fermait l'accès du salon, cette grande pièce qu'elle avait tant admirée le jour du centenaire.

Elle faillit laisser tomber le chandelier en rencontrant le regard d'Isaure posé sur elle.

Son portrait.

Rien que son portrait !

Était-elle bête d'avoir eu si peur !

Elle continua son exploration, reprit le couloir, ouvrit une autre porte, et se trouva dans la chambre d'Isaure. La belle chambre où elle avait livré le jupon. Elle posa le chandelier à côté d'un autre qu'elle alluma et se mit à regarder autour d'elle comme quelqu'un qui prend possession d'un territoire et va s'y installer.

Un grand drap blanc recouvrait le lit.

Un drap fantôme...

Cosette l'arracha et le jeta par terre.

Couvert de coussins brodés et d'oreillers volantés, le lit semblait prêt à s'ouvrir pour recevoir Arnaut et Isaure.

Isaure. Sa peau si douce...

Fébrile, Cosette se jette sur les tiroirs, les placards, les armoires. Elle sort de la commode des petits slips fragiles, des soies délicates, des dentelles miraculeuses... Elle les froisse, les caresse, les pétrit de ses mains sensuelles, les respire...

Elle se débarrasse de ses chaussures à hauts talons et s'allonge sur le lit. Elle prend un coussin en forme de cœur, elle le reconnaît, elle le serre contre elle, pense avec fierté : « C'était joli, ce que je faisais ! » et lit à voix haute le prénom qu'elle a fait broder sur le linon par ses ouvrières.

Elle se réveilla au milieu de la nuit en gémissant. Qu'avait-elle fait ? Elle était folle ! Dieu sait ce que dirait Arnaut s'il apprenait qu'elle était allée au Mas ! Il était capable de...

– Ça ne va pas, Cosette ?

Il avait entendu sa plainte, bougeait dans le noir et l'entourait de ses bras.

– Ça ne va pas ? répéta-t-il.

– Un cauchemar, dit-elle en frissonnant.

Il la serra contre lui.

– Tout va bien, assura-t-il en lui caressant les cheveux. Tu sais, je crois que ta fille te manque ! C'est ça, hein ? Mais les vacances approchent, elle sera là bientôt ! Ça te fera une compagnie !

– Ma petite puce ! dit-elle. Tu verras comme elle est mignonne !

– Aussi mignonne que sa maman ?

Le poids qui pesait sur le cœur de Cosette devenait de plus en plus léger. Elle s'endormit tout doucement.

Quand elle se réveilla il était parti depuis longtemps. Il faisait beau.

Elle s'étira en pensant à sa Marylène. Il fallait lui préparer une chambre. Une jolie chambre de jeune fille pour la petite puce qui travaillait si bien ! Elle l'emmènerait faire des courses avec elle, lui achèterait tout ce qu'elle voudrait ! Ce n'est pas Arnaut qui s'en plaindrait !

Pour la première fois depuis son arrivée, elle descendit à la cuisine.

– Bonjour tout le monde ! dit-elle en entrant. Oh ! ça sent bon... On peut voir ce que vous préparez ?

– Un fond, dit la cuisinière, intimidée.

– Un fond ?

– Un fond de sauce.
– Et ça ?
Cosette désignait une terrine plongée dans un bain-marie sur le feu.
– Ça, Madame, c'est mon flan aux olives.
– Ah ! Vous le faites comment ?
– Eh bé...
– Donnez-moi la recette !
– C'est que... c'est que j'allais juste laver par terre...
La vieille cuisinière, la gamine mal peignée qui pelait les pommes, et le valet qui frottait les bottes avaient l'air mal à l'aise comme si sa visite les contrariait.
« Allez donc essayer de faire plaisir à ces gens-là ! », pensa-t-elle.
– Annette n'est pas là ?
– Madame Annette est montée aux étages, dit la cuisinière comme s'il s'agissait d'une contrée proche de l'empyrée.
– Très bien, dit Cosette qui n'osa pas demander si on se servait encore des casseroles de cuivre, ou si elles étaient seulement là pour faire joli sur les murs.
Une cuisine plus grande que sa boutique ! Une cuisine d'autrefois... Une vraie cuisine de château ! Mais elle avait quand même aperçu des appareils modernes. Des robots, on disait.
Elle aurait aimé s'asseoir à cette table, s'installer devant l'immense cuisinière, boire un café en faisant les menus de la semaine, donner des ordres !
Mais non ! On allait juste laver par terre, on n'avait pas le temps de lui donner la recette !... On lui faisait comprendre qu'on ne voulait pas l'avoir dans les jambes.
C'était sa cuisine, quand même !
Elle sortit sans dire un mot et partit à la recherche d'Annette.
Elle la trouva dans le couloir obscur, ouvrant la porte d'une chambre, une taie d'oreiller et des draps sur les bras.
– Ah, Annette, vous voilà ! Il faut que nous préparions la chambre de ma fille.
– Justement, Madame, dit Annette, Monsieur m'a dit de l'installer dans la chambre de Mademoiselle Faustine.
– Faustine ?
– La tante de Monsieur Guilhem, qui nous a quittés en 1913. Monsieur a dû en parler à Madame.

Cosette haussa les épaules. Arnaut ne lui avait raconté ni les amours de sa grand-tante, ni la malédiction d'Azérac. En fait, il ne lui avait rien raconté du tout !

– C'est la première fois qu'on l'ouvre depuis que Mademoiselle Faustine n'est plus là. Madame veut entrer ?

– Évidemment ! dit Cosette en poussant la porte de la chambre.

Un ciel de lit avec des rideaux de mousseline brodée. Des papillons et des roses. Blanc sur blanc. Un bon petit bureau d'écolière. Elle ouvrit un coffret posé sur la commode et regarda les modestes bijoux de jeune fille que Faustine avait abandonnés un demi-siècle plus tôt, pour rejoindre José Luis.

– Elle est morte ? demanda-t-elle.

– Dieu garde ! dit Annette en se signant. On n'a pas de nouvelles.

– Depuis quand ?

– Depuis cinquante ans.

Cosette eut un petit rire.

La chambre n'était pas mal. Avec un joli poste de radio, quelques peluches et une ou deux poupées, sa petite puce se sentirait chez elle.

– C'est du point d'Argentan, dit-elle en se penchant sur le linge que portait Annette.

Elle avait pris la taie d'oreiller entre ses mains.

– C'est fini maintenant les aiguilles de fées qu'elles avaient pour faire ça...

– Madame aimerait voir le linge historique ?

– Le quoi ?

– Le linge historique. Des pièces du temps des rois ! C'est juste à l'étage au-dessus.

Cosette l'avait suivie dans la lingerie, lieu de paix où les blanches piles de lin, de fil, de percale et de mousseline semblaient avoir oublié la scène qui bouleversa la vie du château et y ramena le malheur.

Annette ouvrit tous les placards, fière de montrer les trousseaux plus que centenaires.

– Ça, avec le fil brillant, c'est de la malines aux fuseaux !

– Madame s'y connaît !

– On ne me fera jamais prendre du mécanique pour une duchesse, vous pouvez en être sûre !... Oh ! une frivolité... la bouclette picotée... Je savais les faire à la perfection. Et ça, ce cheval avec une couronne, c'est quoi ?

– Vos armoiries, Madame.
– Bien sûr!
Cosette promena un œil souverain sur les trésors qui étaient désormais les siens.
– Qui s'occupe du linge, ici?
– Moi, Madame, avec les petites. Mais si Madame veut surveiller l'entretien...
Cosette l'interrompit.
– J'ai trop à faire Fanette!
– Annette, dit doucement la vieille femme.
– Annette!... Si vous saviez tout ce que Monsieur me demande pour tenir son rang! Il m'a donné une voiture pour faire mes courses, heureusement! Sinon, je ne m'en sortirais pas! Surtout avec ma petite puce qui arrive demain!
Elle alla vivement vers la porte et se retourna avant de sortir :
– Si je n'étais pas débordée comme je le suis, je laverais le linge moi-même, à la main, comme autrefois!
– Pauvre femme! dit Annette quand la porte se fut refermée.

La petite puce arriva d'Angleterre dans l'après-midi, les parents d'une camarade de pension qui se rendaient sur la Côte l'ayant déposée la veille de la date prévue.
Arnaut était sur le pâturage, Cosette faisait des courses à Nîmes. Ce fut Annette qui prit la jeune fille en charge et l'accueillit à Azérac.
Ce fut Annette qui, la première, découvrit sa fragilité, son sourire, sa blondeur. Blondeur d'autant plus étonnante quand on pensait à la chevelure de sa mère. Et pourtant elles se ressemblaient comme deux allégories jumelles destinées à représenter le Jour et la Nuit.
Le sac de voyage de la collégienne posé sur le bureau de Faustine n'était pas encore ouvert que, déjà, elle savait tout de celle qui avait occupé cette chambre avant de s'enfuir.
– C'est surtout Monsieur Virgile qui vous en racontera, disait Annette, mais, là, on peut pas le déranger, il rédige!

– Il rédige ?

– *Le Registre des Grands Orages depuis François Ier* ! C'est l'œuvre de sa vie ! C'est un savant ! Mais si Mademoiselle veut voir le château en attendant sa maman, je la guiderai. Mademoiselle... Marylène, je crois ?

– Marie.

– Marie. Mademoiselle Marie.

– Marie tout court, madame, s'il vous plaît !

– Si Mademoiselle le veut !

Marie éclata de rire et embrassa Annette.

– Un gage ! dit-elle.

Et, dès cet instant, Annette l'aima sans espoir de retour.

Le clavier en main, le récit aux lèvres, se hâtant sur ses vieilles jambes, elle lui ouvrit les portes invisibles derrière lesquelles se cachait Azérac.

Et le château qui avait refusé la mère se livra tout entier à la fille.

Marie découvrait, de la chapelle à la galerie des ancêtres, des salons à la bibliothèque, les origines, les racines et les branches de la famille qui était devenue celle de sa mère.

Tout se mêlait dans le passé des Azérac. Monde mythologique de Mithra, barque chrétienne des Saintes, brasiers du Languedoc, guerres, guerres, guerres ! Tout se tenait : longue tradition d'honneur respectée au cours des siècles depuis Pierre d'Aragon tombé devant Muret sous les coups des barons du Nord, jusqu'à Romain d'Azérac mort pour la France dans la forêt alsacienne.

– Mon Dieu ! l'heure tourne et je n'ai pas dit à la cuisinière que vous étiez arrivée ! s'affola soudain Annette. Ça ferait vergogne que pour votre premier soir vous soyez privée de dessert !...

– ... et privée de nom ! Je suis qui ?

– Marie !

– Bravo ! dit la jeune fille.

Annette la laissa dans l'entrée et s'en alla, toute gaie, en lui recommandant la vitrine romaine, sous l'escalier.

C'est là qu'Arnaut, rentrant de garder, la découvrit alors qu'il posait son trident à côté du buste d'Antonin.

Elle était à genoux devant les minuscules autels domestiques, les fragiles flacons en verre irisé, et les statuettes de bronze non identifiées trouvées dans le sable, au siècle dernier.

– Bonsoir, monsieur, dit-elle en se relevant.

Il n'imagina pas une seconde que la jeune fille en bleu marine qui posait sur lui ses yeux limpides pouvait avoir été le petit singe savant dont Cosette lui avait montré la photo.

– Nous nous connaissons ? demanda-t-il poliment.

– Non, monsieur, mais vous avez épousé ma mère le mois dernier.

– Marylène ! Vous êtes Marylène ! s'exclama-t-il.

– Je préfère qu'on m'appelle Marie, monsieur.

– Ah ! Moi aussi !

Il la regardait avec sympathie, mais sans rien dire. Il fallait que la surprise se résorbe... Une bonne surprise...

– J'aurais dû vous prévenir que j'arriverais plus tôt que prévu, expliquait Marie, intimidée par son silence, mais j'ai eu l'occasion de... par les parents d'une camarade... et puis j'avais tellement envie de voir Maman !

– Elle va être folle de joie ! Elle s'ennuie terriblement de vous !

– C'était long !

– Annette vous a installée dans la chambre de Faustine ?

– Oui, monsieur. Et elle a eu la gentillesse de me montrer le château. C'est magique !... J'avais l'impression d'avancer dans un roman de chevalerie !

Il lui tendait la main et lui disait : « Bienvenue à Azérac, Marie », quand Cosette arriva, des paquets et des sacs plein les bras.

La vision de sa fille et de son mari se serrant la main et se souriant comme s'ils se connaissaient depuis toujours la déconcerta.

– Marylène !... Qu'est-ce que tu fais là ?

Marie avait bondi sur sa mère et la couvrait de baisers heureux. Cosette avait laissé tomber ses paquets.

– On t'attendait seulement demain ! Tu aurais au moins pu nous prévenir ! Mon Dieu ! cria-t-elle en la palpant comme si elle était destinée à être mangée dans la semaine, mon Dieu que tu es maigre, Marylène !

– Marie, dit Marie.

– Quoi, Marie ?

– Eh bien, Maman...

Arnaut vint au secours de la jeune fille.

– Nous préférons, elle et moi, qu'elle s'appelle Marie.

– S'il te plaît, Maman !

– Si vous y tenez, dit Cosette, maussade.

Puis elle regarda à nouveau sa fille et lui demanda :

– Mais qu'est-ce qu'ils t'ont donné à manger en Angleterre ? Tu es vraiment maigre !

– Moi je la trouve très bien comme ça, dit Arnaut.

Et une voix, venant des escaliers, ajouta :

– Moi aussi ! À un gramme près !

C'était Virgile qui descendait de sa Tour pour le dîner. Avant qu'Arnaut ne l'ait présenté, il avait pris les mains de la jeune fille et lui avait demandé :

– *Are you honest ? Are you fair * ?*

Et elle avait répondu :

– *What means your lordship ** ?*

Cosette se demanda pourquoi les deux hommes éclataient de rire, se regardaient, regardaient la petite.

– *Hamlet,* acte III ! dit Virgile.

– Scène 2 ! dit Marie.

Et Cosette ne comprit pas pourquoi Virgile s'écriait :

– Les rires et les jeux sont enfin de retour !

Ni pourquoi Marie enchaînait :

– Vite ! Trouvons les pieds rimant avec amour !

Ni pourquoi tout le monde trouvait ça si drôle...

– Bon ! dit-elle. Je vais me changer pour le dîner. Et tu ferais bien d'en faire autant, ma chérie...

– Elle est très bien comme ça, répéta Virgile.

Cosette haussa les épaules et commença à monter les escaliers.

Personne ne s'aperçut qu'elle n'était plus là.

Si les Azérac avaient mal accueilli sa fille, Cosette se serait férocement battue pour la leur faire accepter.

Elle s'y était préparée.

Elle la défendait contre le monde extérieur depuis sa naissance. Elle avait toujours voulu, par un excès d'amour et d'attentions, lui faire oublier qu'elle n'avait pas de père.

Elle voulait qu'on l'aime, sa Marylène !

Mais, même dans ses rêves les plus fous, elle n'avait jamais imaginé qu'on lui réserverait une telle réception.

Elle ne comprenait rien aux codes secrets qui ouvraient

* – Êtes-vous honnête ? Êtes-vous pure ?
** – Que veut dire votre Seigneurie ?

magiquement à Marie les portes qui restaient fermées devant elle.

Première trahison : sa petite puce refusait de s'appeler Marylène... C'était joli, pourtant !

Mais il y avait plus grave, et c'était la deuxième trahison : dès le premier jour, Marie l'avait abandonnée pour suivre Arnaut et les gardians sur le pâturage. C'était comme ça qu'elle remerciait sa mère de lui avoir fait donner des leçons d'équitation en Angleterre !

L'Angleterre !... Vous envoyez vos enfants dans un collège hors de prix et, quand ils vous reviennent, on dirait qu'ils ont honte de parler votre langue !

Marie passait des heures avec Virgile dans son antre ou dans la bibliothèque à remuer de vieux papiers, par contre elle n'avait jamais de temps pour accompagner sa mère quand celle-ci allait faire des courses à Nîmes ou à Arles. Habillée comme un garçon, refusant le coiffeur, se couchant tôt, se levant à l'aube, elle disait :

– Viens galoper avec nous, Maman ! Je suis sûre que ça te plaira !

Ou bien elle insistait pour que Cosette monte chez Virgile écouter un poème.

On lui faisait des crêpes, des gâteaux, des merveilles... Bref, on l'aimait de la cave au grenier.

Au bout de quelques semaines, Cosette décida de retourner au Mas d'Isaure.

Elle refit le trajet depuis la chaîne cadenassée jusqu'à la maison fermée.

Le jardin était devenu une jungle.

Elle eut peur, n'osa pas entrer, et se sauva en courant.

Ce soir-là, plusieurs manadiers vinrent dîner au château pour parler affaires. Naturellement, elle n'était pas prévenue ! Tout était prêt, mais quand même...

Ils parlaient d'une digue qu'Arnaut faisait construire en bordure de mer, d'une autre en bordure de Rhône dont il avait le projet.

Ils disaient tous que Marie était une fameuse cavalière, qu'elle était un vrai gardianou. Comme cette Faustine qui était partie avec un torero, il y avait bien longtemps... Virgile leur avait proposé d'aller voir le portrait de Faustine chez lui, et ils étaient tous montés dans sa Tour, le verre de carthagène à la main, très gais, faisant résonner leurs bottes dans les escaliers.

– Tu ne viens pas voir le portrait ? s'était étonné Arnaut qui fermait la marche.

– Déjà vu ! dit-elle brièvement.

– Tu sais que c'est rare de les voir réagir comme ça ! Arnaut semblait ravi.

– Réagir à quoi ? demanda-t-elle.

– À une fille qui monte à cheval. Ici, les hommes sont sévères avec les cavalières. Mais la petite les a tous mis dans sa poche !

Puis il était allé les rejoindre chez Virgile.

Quand les invités furent partis, il la trouva déjà couchée. Elle faisait semblant de dormir. Mais quand elle le sentit tout près d'elle, elle ne put résister au désir de se couler dans ses bras. Il la serra contre lui et, une fois de plus, Cosette se sentit la plus heureuse des femmes.

– Elle est adorable, dit Arnaut à son oreille.

– Qui ça ?

– Ta fille, bien sûr !

– Bien sûr, répéta-t-elle en se demandant pourquoi elle avait envie de pleurer.

Le lendemain matin, Marie n'alla pas sur le pâturage.

– Je peux venir faire des courses avec toi, Maman ?

Cosette en eut chaud au cœur.

Malheureusement les achats de Marie se limitèrent à des chemises et des pantalons gardians, un chapeau, et une grosse ceinture de cuir. Et il fallut rentrer avant le déjeuner car le vétérinaire venait vacciner les vaches, et Marie avait promis de l'assister.

Cosette la déposa à Azérac avec ses paquets. Elle ne descendit pas de voiture, prit la route du Vaccarès, roula jusqu'au bouquet d'arbres derrière lequel elle cacha sa voiture, et courut vers le Mas...

Mais, cette fois, elle entra.

Virgile et Marie cherchaient le poème de Richard Cœur de Lion.

– Il y a des années que je suis à sa poursuite, disait Virgile. Je sais qu'il est là, tout près, visible !... Qu'il nous nargue !

– Vous ne l'auriez pas glissé dans le *Registre des Grands Orages*, monsieur ?

Virgile prit le *Registre* et vint le poser devant Marie.

– Un œil neuf voit ce que masque l'habitude, dit-il. Vous aurez peut-être plus de chance que moi.

Marie commença à tourner les pages. Elle allait lentement car elle ne pouvait s'empêcher de lire la description des orages... Le Clos-Lucé... Saint-Germain-l'Auxerrois... Versailles, les arbres du parc, le Roi...

Soudain elle poussa un cri. Virgile, qui cherchait de son côté dans *le Trésor* * demanda :

– Richard ?

– Non... courrier ! dit-elle gaiement.

Elle tenait entre ses mains une enveloppe ornée d'un superbe timbre mexicain. L'adresse était écrite à l'encre mauve.

– C'est exprès que cette lettre n'est pas ouverte ? 1921 !...

– Mon Dieu ! s'exclama Virgile, j'avais décidé de l'ouvrir, et puis ça m'est sorti de l'esprit... Nous allons le faire ! Tenez, avec ce coupe-papier qui porte une tête de licorne...

Il fendit l'enveloppe, sortit un feuillet couvert de la même écriture mauve, et expliqua :

– C'était une lettre adressée à mon papa, alors, par discrétion, j'ai attendu.

Il déplia la lettre et lut :

Mon cher Antonin, pardonne-moi de venir t'appeler à mon secours. Si je le fais, frère bien-aimé, c'est que je suis dans la plus profonde détresse...

Virgile s'arrête, bouleversé, incapable de poursuivre sa lecture, et tend la lettre à Marie. C'est elle, maintenant, qui lit :

José Luis est mort d'une affreuse blessure dans les arènes de Mexico. Nous n'étions pas mariés... Insouciance, désordre, légèreté de la jeunesse... Je n'ose implorer le pardon de Maman. Prie-la pour moi. Dis-lui que je l'aime ! Cher Antonin, j'ai besoin de toi ; j'ai vendu tous les bijoux que m'avait donnés José Luis. Il me reste un peu d'argent, mais si le pardon d'Azérac et des miens ne vient pas vite, ce sera la misère...

Marie se tut et leva les yeux sur le portrait blessé de Faustine.

– C'est elle ?

* *Le Trésor du Félibrige.* Dictionnaire provençal-français, établi par Frédéric Mistral.

– Oui, dit Virgile.
– Mon Dieu !... Que faire ?
Il souriait, tranquille.
– Attendre, dit-il. C'est comme pour le poème du roi Richard... Ce sont les choses qui décident, Marie, parce que les choses sont aux mains des dieux... Un jour, ils cessent de nous les cacher, et tout devient lumineux.

Arnaut fit faire des recherches.
En vain. Près d'un demi-siècle avait passé depuis l'envoi de la lettre. L'adresse ne correspondait plus à rien ; les gens étaient morts, disparus ; personne ne se souvenait de la jeune femme...
– Attendre... répétait Virgile qui semblait indifférent.
– Bon ! Ben, c'est clair ! Elle est morte ! avait tranché Cosette en haussant les épaules.
Ils en faisaient des manières avec leurs recherches ! Il était bien temps ! Si Virgile avait ouvert la lettre quand elle était arrivée au lieu de rêver, on aurait retrouvé la malheureuse depuis longtemps. Mais, maintenant, adieu !
– Et surtout ne te rends pas malade pour ça ! dit-elle à sa fille qu'elle voyait affectée par la découverte de la lettre. C'est vieux ! Et puis, ni toi ni moi ne l'avons connue !
Elle ne savait pas à quel point Marie se sentait proche de la disparue en vivant dans la chambre qui avait été celle du gardianou.
Marie regardait les Saintes et aurait voulu qu'elles lui parlent. Qu'elles lui révèlent le destin de Faustine.
Elle regardait la croix de Jeannette, la bague d'aïe, et le bracelet de corail qui n'avaient pas bougé du coffret depuis la moitié d'un siècle.
Le soir, en se couchant, le matin, en ouvrant les yeux, elle voyait le décor qu'avait vu Faustine jusqu'à son départ avec le torero... *mort d'une affreuse blessure dans les arènes de Mexico...*
Et elle s'endormait sous la barque des Belles Marinières, qui avaient si mal veillé sur le gardianou.

Un soir, Cosette revint au château de fort bonne humeur. Elle avait un cadeau pour Arnaut.
Un lampadaire.
Elle l'avait fait monter dans leur chambre encore tout emballé. Elle tenait à ce qu'il le découvre lui-même en

arrachant le papier qui le protégeait. Il verrait à quel point elle pensait à lui, à quel point elle s'intéressait à ce qu'il aimait...

Le pas d'Arnaut dans le couloir la fit tressaillir d'émotion.

– Il paraît que tu as quelque chose à me montrer ? dit-il en entrant.

Il aperçut le paquet-cadeau et sourit. Un poulain était né, et lui aussi était de bonne humeur.

– C'est pour moi ?

Elle fit oui de la tête, heureuse, et le regarda défaire le papier d'emballage.

Trois taureaux qui louchaient sur fond de coucher de soleil apparurent, sans ménagement pour l'œil. Le spectacle était d'une telle laideur qu'Arnaut fit un pas en arrière avant d'éclater de rire.

– Ah non ! Par pitié, pas ça !... Quelle horreur !

– C'est pour toi... C'est des taureaux !... cria Cosette, désespérée.

– Ils me font peur, tes taureaux ! Je ne me vois pas dormant avec eux ! Je ferais des cauchemars !

Il n'en pouvait plus de rire et ne la voyait pas pâlir. Il ne se rendait pas compte qu'il était en train de la tuer.

– Retourne rendre cette monstruosité au marchand... On devrait le fusiller pour oser vendre de telles abominations !

Il riait encore quand le bruit du papier déchiré le réveilla brusquement. Cosette massacrait l'abat-jour.

– Qu'est-ce qui te prend, Cosette ?

Il avait saisi son bras, mais elle se dégagea, hors d'elle, en larmes.

– Ce qui me prend ? J'en ai marre !... Je me déteste ici ! Je ne fais jamais rien de bien !... Tu me méprises ! Je veux te faire plaisir, je t'offre des taureaux, et tu m'insultes !... Rien de ce que je fais n'est assez chic pour Azérac... Mais je ne peux pas le voir, ton Azérac ! Je ne voulais pas y vivre, à ton Azérac ! Je voulais vivre au Mas d'Isaure !...

Il serra sa main si fort qu'elle gémit de douleur.

– Je te l'ai dit... Tu ne me parles plus jamais du Mas... C'est compris ?

– Tu me fais mal, dit-elle avant d'éclater en sanglots.

Il était désolé. Son regard allait des taureaux gisant sur le sol en petits morceaux, à sa femme en larmes.

– Il ne faut plus m'en parler..., répéta-t-il, mais, cette fois, doucement.

Il la prit dans ses bras.

– Allez... allez, ne pleure pas, Cosette... Et pardonne-moi, je ne voulais pas te faire de peine...

Elle se calmait peu à peu. Il embrassa ses cheveux et, soudain, eut une idée :

– Tiens ! Demain, viens avec Pierre et moi pour la bénédiction des chevaux devant Saint-Trophime. Tu y verras ta fille monter un beau camargue que j'ai l'intention de lui donner, et tu seras fière d'elle !

Il la sentit se durcir.

– Je ne viendrai pas, dit-elle.

– Mais si il faut que tu viennes, parce que, après, nous irons tous chez...

– Je ne viendrai pas !

Il haussa les épaules.

– Comme tu voudras, soupira-t-il.

Elle ne vint pas à la bénédiction, et rentra tard après avoir passé la journée au Mas à réfléchir et somnoler dans l'ombre.

Elle dîna seule dans la grande salle à manger. Les cavaliers étaient allés voir Léopoldine à la vieille cabane. Rache avait même emmené Virgile là-bas, dans la carriole.

Pendant que Cosette se morfondait devant sa baudroie au fenouil et son rince-doigts armorié, ils devaient tous faire griller des saucisses devant la mer et boire du châteauneuf en riant de leurs poèmes.

– Le docteur a attendu Madame autant qu'il a pu, disait Annette, mais Monsieur Virgile avait hâte de partir pour voir le coucher de soleil ! Il voulait même faire des photos !

Ça lui était bien égal qu'ils soient partis ! Elle ne s'amusait pas avec eux. Elle ne comprenait rien à leurs plaisanteries !

Elle se coucha tout de suite après avoir dîné, s'endormit et ne se réveilla pas quand Arnaut vint la rejoindre, ni quand il se leva pour aller garder.

Elle entendit le départ des chevaux, regarda sa pendulette. Il était sept heures. Encore une interminable journée devant elle... mais qu'allait-elle faire jusqu'au soir ? Et demain... et demain... et demain... ?

Elle se rendormit, se réveilla, fit couler un bain, prit son petit déjeuner dans sa chambre, choisit une robe qu'elle n'avait encore jamais mise, la passa, se maquilla et se coiffa avec soin...

Midi n'avait pas encore sonné.

Et si elle montait à la lingerie ?

Elle avait envie de revoir les merveilles aperçues l'autre jour avec Annette. Et même de faire quelques points... Mais était-ce convenable que la maîtresse de maison s'occupe du linge ?

Elle décida de changer le vernis à ongles de ses orteils, sortit le dissolvant, choisit un beau rouge nacré, disposa une serviette sur un tabouret... Mais une autre idée lui venait. Beaucoup plus intéressante.

– Des bougies ! dit-elle à haute voix. Et même des cierges ! C'est trop noir !

Elle se mit à rire comme quelqu'un qui va faire une bonne farce, plia la serviette, rangea les flacons, et s'en alla, au volant de sa voiture, avant que ne sonne la cloche du déjeuner.

Arnaut regardait Marie qui sellait son camargue.

Elle s'y prenait bien.

Elle n'était pas seulement une bonne cavalière, elle savait soigner les chevaux.

– Qui t'a appris tout ça ?

– Doña Margherita, une Espagnole. Elle était maître de manège dans mon collège. C'est même elle qui a donné mon nom et qui m'a proposée pour une année de stage en Espagne ! Mais c'est très difficile d'être accepté là-bas.

– Tu as trouvé un nom pour ton cheval ?

– Oui, dit-elle en rougissant. Je voudrais l'appeler Capitaine... comme le cheval qui n'est jamais revenu de la guerre...

– Tu aimes les chevaux, n'est-ce pas ?

– Comme des frères !

– Alors saute sur Capitaine et suis-moi. Il y a une surprise !...

Ils galopèrent jusqu'à l'îlet qu'affectionnaient les juments. Deux poulains de plus étaient nés dans la nuit.

Il la regardait, bien droite sur sa selle... Doña Margherita était un bon professeur, quelle tenue !

– Marie...

Elle retint Capitaine et tourna vers Arnaut son visage clair.

Il était soudain intimidé. Tant d'innocence, de sérieux...

– Est-ce que... Voilà : est-ce que tu accepterais de devenir ma fille ? Marie Cabreyrolle d'Azérac, c'est joli... Enfin... est-ce que tu voudrais bien que je t'adopte ? Je n'ai pas voulu en parler à ta Maman avant de savoir si tu acceptais...

Elle avait arrêté son cheval et ne disait rien. Elle semblait au bord des larmes.

– Marie ?...

– Je pourrais vous appeler « Papa » ?

C'était maintenant à Arnaut d'être bouleversé.

– Papa ! répéta-t-elle. Je n'ai jamais dit « Papa » à personne ! Jamais !...

Arnaut regardait Marie et il savait que c'était son avenir, sa certitude d'éternité, qu'il regardait. Et si elle disait non ?...

Mais elle cria : « C'est oui, Papa ! C'est oui ! », avant de piquer des deux et d'enlever son cheval dans un galop fou.

Quand il vit son allure, il eut peur. Elle allait trop vite, sur un terrain inégal, un sol traître. La joie la rendait imprudente. Mais comme elle montait bien ! Quelle maîtrise ! Il respira mieux, sourit, et il allait la rejoindre quand un sanglier déboula des genévriers juste sous le galop de Marie.

Affolé, le cheval fit un écart, se cabra, et Marie fut projetée sur le sol. Elle aurait pu tomber sur du gazon ou sur de la terre meuble, mais elle était tombée sur des silex, et ne bougea plus. Tête basse, Capitaine revenait, malheureux, et soufflait doucement.

Arnaut galopa vers le corps immobile. Il tremblait et se souvenait... Isaure, morte, que veillait son cheval...

– Non, non ! murmurait-il en mettant pied à terre et en s'agenouillant auprès de Marie.

Il n'osait pas la toucher. Il n'osait pas tendre la main pour aller au-devant de la vérité.

Toutes les douleurs passées, lourdes, noires, amères, se pressaient autour de lui et de cette douleur nouvelle : perdre un enfant.

Un peu de sang rougissait les silex. Marie ne bougeait toujours pas. Il regarda autour de lui, cherchant des yeux un cavalier qui irait demander du secours... Personne... Il était seul...

– Papa... dit une toute petite voix, n'ayez pas peur, ce n'est rien...

Elle avait une joue déchirée, ensanglantée, mais elle était vivante et le jour était beau comme une naissance.

Quand Cosette vit la voiture du docteur dans la cour d'Azérac, elle crut qu'une fois de plus il était invité à dîner.

Mais quand elle sut qu'on avait appelé le médecin pour Marie qui venait de faire une chute de cheval, elle se mit à hurler comme une folle.

– C'est de ta faute ! disait-elle à Arnaut. Tu me l'as massacrée ! Je les déteste vos bêtes sauvages !... Qu'est-ce qui t'a pris de lui donner ce cheval ? Tu me l'as défigurée, ma petite Marylène si jolie !

Rache, exaspéré, essayait de la calmer. Marie était blessée à une joue, oui, mais ce n'était pas grave. Il avait fait quelques points de suture, et, plus tard, après une opération...

– Jamais !...

Ils s'étaient tous approchés du lit où Marie venait de bouger.

– Jamais on ne touchera à ma blessure. Maintenant, je porte la marque de la manade, et, bien que je ne sois pas de votre sang, disait-elle à Arnaut, je peux vraiment vous dire « Papa » !

Cosette pensa qu'elle délirait.

– Ma pauvre poupée... elle a de la fièvre. « Papa ! »... Elle ne sait plus ce qu'elle dit !

Arnaut avait dit que pas du tout, que c'était lui qui avait décidé de l'adopter.

– Sans rien me demander ?

Cosette était scandalisée.

– La moindre des corrections, il me semble, aurait voulu... Je suis quand même sa mère !

Il n'avait pas réagi. Elle n'existait pas ! Il s'était assis au chevet de Marie qui disait que cette marque, elle la garderait toujours. Que ce serait comme la marque sur la main d'oncle Virgile...

Oncle Virgile !

Et Cosette n'arrivait pas à savoir ce qui lui faisait le plus de mal : la blessure de sa fille, ou bien la décision d'Arnaut qui allait faire d'elle une Azérac ?...

Ce que Cosette ne serait jamais.

Il avait dit que c'était un sanctuaire.

Eh bien, c'était ce qu'elle en avait fait !

Les bougies et les cierges, c'était une idée merveilleuse ! Ça changeait tout ! Ça illuminait ses visites aux Mas, toutes ces flammes chaudes et vacillantes qu'elle allumait en arrivant et soufflait au moment de partir, laissant derrière elle une odeur d'église. On se serait cru dans la crypte des Saintes !

Depuis l'accident de Marie, elle venait tous les jours. Qui se souciait de la façon dont elle occupait ses journées ?

Mais elle faisait attention. Il ne fallait pas qu'on sache qu'elle venait ici. Arnaut se serait fâché, comme la Barbe-Bleue quand il avait vu du sang sur la petite clef.

Elle avait enlevé les housses des fauteuils, avait déroulé les épais tapis sur le sol, et tout préparé pour la célébration du culte.

Ce culte qu'elle dédiait à la mémoire d'Isaure et qui, au fur et à mesure qu'elle s'identifiait à son idole, devenait culte d'elle-même.

Au début, elle avait fouillé frénétiquement dans les affaires de la morte, pétrissant sa lingerie comme un chat voluptueux pétrit le linge de sa maîtresse. Toutes ces merveilles sorties de ses mains et qui avaient touché la peau dont elle n'avait pas oublié la douceur.

Elle poussa un cri le jour où, ouvrant une porte derrière la chambre d'Arnaut et d'Isaure, elle se trouva face à une Arlésienne, debout, en grande tenue. Elle portait la fameuse robe dont la photo avait fait le tour du monde sur papier glacé. Le mannequin avait encore le ruban et les dentelles qu'elle avait admirés le jour du centenaire. Et, derrière l'Arlésienne de brocart bleu changeant, des robes du soir pendaient d'une tringle, manches ballantes, comme les corps des femmes de la Barbe-Bleue. Les merveilleuses robes des grandes soirées au Mas.

Cosette les avait installées sur des fauteuils devant la cheminée comme des invitées somptueuses. En prenant l'Arlésienne dans ses bras pour la transporter auprès d'elles, elle se piqua le doigt à une épingle de la chapelle plissée. Une goutte de sang tomba sur la dentelle blanche... Impossible de la faire partir, elle n'avait pas ce qu'il fallait sous la main... Tant pis ! On la voyait à peine. Elle planta le mannequin au milieu des robes...

Bien...

Mais Cosette n'était pas contente de sa tenue à elle... et, quand elle trouva, roulée en chiffon au fond d'une armoire, la chemise de nuit noire qu'Isaure lui avait commandée... – Mon Dieu ! sa dernière commande !... –, elle décida qu'à l'avenir elle la porterait chaque fois qu'elle viendrait au Mas.

– Ça, c'était du travail ! dit-elle en se voyant dans la psyché qui avait tant de fois reflété l'image d'Isaure.

La triple épaisseur du voile obscur semblait jouer à livrer, à dérober, et livrer encore, les formes de son corps.

– Je suis belle..., dit-elle, comme si elle le découvrait.

En dehors de toute considération emblématique, Marie avait eu raison de ne pas vouloir qu'on fasse disparaître la marque qu'elle avait sur la joue.

Loin de l'enlaidir, la cicatrice la signait, la rendait encore plus unique, plus belle.

Le jour où Rache lui enleva son pansement, Virgile invita la jeune fille à prendre le thé dans la Tour des Grands Orages.

Il regarda attentivement le tracé brun de la marque encore hérissée de fils couleur de sang séché.

– Scarification sacrificielle, dit-il en levant la main que les *biòu* avaient foulée en 1913. Je t'attendais depuis si longtemps ! Et, ajouta-t-il en désignant une bouilloire qui soulevait son couvercle avec de gros soupirs, *Le goût des gentlemen* t'attendait aussi. La dernière tasse de ce breuvage fut bue en compagnie de ta grand-mère Amélie. En

1937... Je gardais les ultimes pincées pour une autre grande occasion. La voici, chère petite-nièce ! Bientôt, tu t'appelleras Marie d'Azérac... Les dieux t'ont choisie, eux qui t'ont frappée de leur sceau. Arnaut t'a choisie, lui qui te transmet son nom.

Il versait le thé dans deux tasses exquises et dépareillées. Il regardait le breuvage qui, bientôt, ne serait plus qu'un souvenir.

Marie semblait songeuse. Presque triste.

Il lui tendit une tasse fumante.

– Tu sais que c'est très mythologique de ne pas savoir quel père vous a envoyé sur la terre ! Tu viens de ces sphères inaccessibles aux mortels où se préparent les dynasties, où se décide la survie d'une civilisation. Tu es l'envoyée du Dieu qui avance voilé..., tu es l'Inespérée !

Elle souriait maintenant.

Le thé était délicieux.

– Chère Miss Vertue, dit-il avec émotion. Vous vous seriez adorées !

Le regard de Marie allait du portrait de Faustine au paravent cosmique, sautait de l'observatoire du Mont-Aigoual – *« Sylvas nubes ventos inter fulgura impavide student »* – au *Grand Registre*, puis aux étagères portant la collection complète de *La Branche des Oiseaux*...

– Ce furent de bien pénibles années, disait Virgile en posant sa tasse vide. Mais c'est fini, maintenant ! La page est tournée. La page blanche attend les mots qui la feront nôtre. Et c'est toi qui vas l'écrire ! Ah... une dernière précision... très importante, celle-là : ne nous laissons pas abuser par les apparences. Ne nous trompons pas : ce n'est pas nous qui t'adoptons, c'est toi qui nous recueilles, Marie, car nous sommes tous des enfants perdus.

Cosette charriait un nouveau stock de bougies quand elle rencontra Zanie au beau milieu de la place de la République.

Aussitôt, Zanie vint vers elle avec une expression de joie cannibale que la malheureuse Cosette interpréta comme un témoignage de chaleur amicale.

– Cosette ! Que devenez-vous ?... Ça fait des siècles que je n'ai pas de nouvelles !

– Ça me fait plaisir de vous voir, mademoiselle Bourriech !

– Appelez-moi Zanie !

Par cette marque de considération, par cette reconnaissance avouée du nouveau statut social de sa lingère, Zanie venait de s'attacher le cœur de Cosette mieux encore que si elle avait répandu son sang pour elle.

Elle l'emmena boire un verre sur les Lices, et la fit parler. Ce ne fut pas difficile : Cosette n'en pouvait plus de se taire.

– Vous n'imaginez pas le bien que ça me fait de discuter avec vous ! Je suis si seule !

– Seule ? Entre votre mari, et votre fille ? À propos, il paraît qu'Arnaut a décidé de l'adopter ?... C'est bien, ça !

– Vous pensez ? Moi, je me demande qu'est-ce qu'elle va se croire, ma petite puce, au milieu de tous ces nobles...

Zanie faillit éclater de rire.

– Au fait, dit-elle légèrement, vous l'avez connu comment, Arnaut ?

– Par Pierre.

– Par Pierre ?...

– Oui. On avait sympathisé, mais... sans...

– Je vois. Je vois...

– Je crois bien que Pierre... et même j'en suis sûre... Pierre était amoureux de moi.

– Le contraire eût été étonnant, ma chère !

– Vous êtes gentille, dit Cosette, ravie.

– Et, si je comprends bien, Arnaut vous a volée à son frère ?

– Voilà !

– Pauvre Pierre... Vous devez savoir, Cosette, que nous devions nous marier Arnaut et moi ?

– Pas possible !

Cosette était stupéfaite.

– Il ne vous l'a pas dit ?

– Il ne me dit jamais rien !

– Et puis il m'a préféré Isaure... J'ai adoré Isaure...

– Oh oui ! Moi aussi !

– Mais, Isaure... la pauvre Isaure...

– Qu'est-ce qu'elle avait ?

– Demandez plutôt ce qu'elle n'avait pas...

Zanie prit un temps, regarda autour d'elles comme pour être sûre que personne n'allait entendre la révélation qu'elle glissa à l'oreille de Cosette.

– Frigide ! cria Cosette... Avec Arnaut !...

Elle n'en revenait pas.
– Il faut le faire, hein ?
– Pauvre Isaure...
Cosette était triste.
– Les gens ont tout, dit-elle. On les croit heureux, et puis... C'est comme moi. Voyez : j'aurais voulu vivre au Mas... au Mas d'Isaure... c'était si joli... eh bien il ne veut pas ! Il n'est pas facile, vous savez !
– Je sais, dit Zanie.
– Mais j'y vais ! J'y vais tous les jours !
– Où ?
– Au Mas d'Isaure !
Zanie ouvrait de grands yeux.
– En cachette, bien sûr... Il ne faut pas qu'il le sache, il me l'a défendu...
Soudain une idée lui vint.
– Zanie, accompagnez-moi ! Il faut que je dépose des bougies là-bas, l'électricité est coupée, j'y vais de ce pas. Venez avec moi !
– Une autre fois, dit Zanie, horrifiée.
Cosette se levait, se penchait vers elle :
– Je peux vous embrasser ?
– J'allais vous le demander !
– Vous sentez bon !
– *Le Grand Batre...*
– Bien sûr ! Oh ! quel bon moment j'ai passé avec vous, Zanie. On se reverra ?
– Le plus vite possible, Cosette.
Elle la regarda s'éloigner, portant ses lourds paquets de bougies, et sourit en pensant que le match n'était peut-être pas encore terminé.

Cosette déposa ses bougies, les sortit de leurs boîtes, et en garnit les chandeliers.
Elle n'en alluma qu'une qui était déjà à moitié consumée.
– J'ai rencontré Zanie, annonça-t-elle à l'Arlésienne et aux robes-invitées. Nous avons parlé comme deux amies... et j'en ai appris des choses !
Elle ne voulut pas leur donner de détails, par discrétion. Et par délicatesse vis-à-vis d'Isaure. Elle ne faisait d'ailleurs que passer, il était tard... Elle reviendrait le lendemain, et, le lendemain, elle resterait avec elles toute la journée.

La bougie grésilla, s'éteignit. Tout était noir.
– À demain, dit-elle.

Elle s'arrêta dans l'entrée d'Azérac, surprise par le brouhaha joyeux qui venait de la pièce voisine, et la mémoire lui revint : ce soir on fêtait l'anniversaire de Rache ! Ça lui était complètement sorti de la tête. Ils étaient tous là, très gais, ils avaient dû boire pas mal en l'attendant.

– À ta santé, Maman ! dit Marie en lui offrant une coupe de champagne et en levant la sienne.

Puis elle se tourna vers Arnaut :

– À ta santé, Papa !

– Tu tutoies Arnaut, maintenant !

Cosette était scandalisée.

– C'est moi qui le lui ai demandé, expliqua Arnaut.

Cosette vida sa coupe d'un trait et lui tourna le dos. Heureusement Élodie s'approchait. Elle semblait confuse.

– Cosette, j'ai honte ! Je suis passée chez Fernand pour me faire vacciner contre... je ne sais pas bien quoi... un truc oriental que je risque d'attraper en allant chez Sélim... Vous savez que je dois décorer sa maison, dans le désert ?...

... et Fernand, après l'avoir vaccinée, et lui avoir dit de ne pas boire d'alcool pendant vingt-quatre heures, Fernand l'avait embarquée pour fêter son anniversaire à Azérac.

– ... et c'est lui qui me sert à boire ! C'est drôle, non ? Mais je suis vraiment mal élevée d'être venue sans que vous m'ayez invitée !

– Oh non ! dit Cosette. Oh non !... Vous me rappelez le bon temps !

– Le bon temps ?

– Quand j'avais mon magasin.

Elle faillit lui dire qu'elle avait vu sa cousine, mais le maître d'hôtel annonça que Madame était servie, et ils passèrent tous à la salle à manger.

Cosette n'avait pas fait le menu, mais elle aurait pu le réciter : il y aurait de la brandade, de la daube de taureau, des pélardons, et cette fameuse tarte aux figues qu'aimait tant le docteur !

– Merci, Cosette, de m'avoir gâté ! disait-il, alors qu'il savait bien qu'elle ne mettait pas les pieds à la cuisine.

Au dessert, Virgile demanda le silence. Il avait une importante communication à faire.

– Nous l'avons retrouvée ! dit-il avec émotion.

Cosette pensa qu'il s'agissait de cette vieille tante qui avait disparu avec un toréador... Mais non ! Il parlait d'une poésie. Encore !

– Marie et moi avons enfin mis la main sur la feuille où mon Papa avait recopié le poème de Richard Cœur de Lion ! Vous voyez qui c'est ? demanda-t-il à Élodie qui était à sa gauche.

– Rafraîchissez-moi... dit-elle.

– Il était le fils d'Aliénor d'Aquitaine et, par là même, le petit-fils de Guilhem de Poitiers, d'où le fameux vers de Mistral :... *Par le sang héritière de ces rois...*

– *...troubadours, de ces troubadours rois* * ! enchaîna Marie avant de s'écrier :

– Vive Clémence Isaure !

Cosette jeta sa serviette sur la table et se leva en renversant sa chaise.

Dans un silence consterné, elle traversa la salle à manger et sortit en claquant la porte.

– Je vous demande pardon, dit Arnaut d'une voix blanche. Et il la suivit.

Marie avait les yeux pleins de larmes. Elle eut un petit sourire quand la main de Pierre et la main du docteur se posèrent en même temps sur les siennes.

Virgile mit ses lunettes.

– Je vais vous lire le poème, dit-il.

– Mais qu'est-ce qui t'a pris ? Pourquoi es-tu partie ? demandait Arnaut à Cosette, étouffée de larmes.

– On m'a insultée !

– Mais qui t'a insultée ?

– Ma fille ! Chez moi ! Parce que c'est quand même chez moi, ici !

– Ta fille t'a insultée ?

Arnaut semblait perdu.

– Parce que tu trouves normal que ma propre fille vienne parler d'Isaure et de sa sœur sous mon toit ? « Vive Clémence et Isaure ! »...

Maintenant il était accablé. Il la prit dans ses bras et lui dit qu'il ne s'agissait pas des sœurs de la Pierre, mais d'une

* *À Madame Clémence Isaure*, Frédéric Mistral, 1879.

Clémence Isaure qui n'avait peut-être jamais existé, mais que vénéraient les poètes.

– Tu vois, dit-elle quand ses sanglots se furent un peu calmés, tu vois, je ne sais rien. Je n'ai pas été à l'école, moi... c'est pas comme Marie... Tu lui demandes de te tutoyer... tu es fier d'elle... et tu as honte de moi !

– Je n'aurai jamais honte de toi, Cosette. Le jour où tu es venue au mas, chez Isabé, je faisais semblant de vivre, mais j'avais commencé à mourir... c'est toi qui m'as ramené à la vie. Comment veux-tu que je l'oublie, et que j'aie honte de toi ?

Elle sentit ses lèvres sur les siennes, ferma les yeux, et respira avidement le souffle d'Arnaut. Elle aussi avait besoin qu'on la ramène à la vie. Lui seul pouvait le faire. Il l'aimait. Il avait envie d'elle. Elle était belle...

L'image qu'elle avait vue dans la psyché dansa derrière ses paupières closes, et elle désira qu'il voit, lui aussi, cette image. Elle se sentait bien. Comme une fleur qui s'épanouit... Elle ne redescendrait pas retrouver les autres. Lui non plus. Tant pis s'ils se posaient des questions, tant mieux s'ils devinaient la réponse. Rien n'était plus fort que ces moments où Arnaut et elle oubliaient tout ce qui n'était pas eux.

Elle pensa à ces femmes magnifiques à qui il avait fait l'amour... Zanie, Isaure... Et toutes celles dont elle ne saurait jamais le nom. Et, maintenant, il était à elle, Cosette. Elle se sentit si forte, si heureuse, qu'elle oublia toute prudence.

– La chemise de nuit noire...

Il ne réagit pas tout de suite. Les mots ne l'atteignirent que quand elle les répéta :

– La chemise de nuit noire...

Il ne savait pas encore ce qu'elle allait dire, mais il se crispa imperceptiblement.

– ... celle que j'avais vendue à Isaure !

– Tais-toi !

Inutile, elle était lancée.

– Pourquoi ? Tu ne l'aimais pas, cette chemise de nuit ? C'est ce que j'ai fait de plus beau ! Tu crois qu'elle ne m'irait pas ? Je voudrais que tu me voies dedans...

– Je t'en prie, tais-toi !...

– Mais je ne veux pas me taire ! Parce que je sais pourquoi elle ne t'a pas plu... Elle ne lui allait pas ! Pas assez sexy ! Mais, moi, je ne suis pas frigide... Ça doit te changer d'Isaure, hein ?... Parce qu'elle, elle l'était !

Horrifié, Arnaut se détacha d'elle avec violence.

– Qui t'a dit ça ? cria-t-il.

– Mais tout le monde, chéri ! Tout le monde savait qu'Isaure était...

Avant qu'elle ne finisse sa phrase, Arnaut la frappa violemment au visage. Elle poussa un cri de douleur et de peur, porta la main à sa bouche et regarda, terrifiée, ses doigts rouges de sang.

Il ne redescendit pas. Il entendit Pierre, Rache, et Élodie repartir tout de suite après le café.

C'était bien.

Il ne voulait voir personne. Pas même Virgile ou Marie.

Il avait besoin d'être seul.

Il alla jusqu'à la Chambre des Reines.

Elle était fermée. Mais il avait la clef. Il la gardait toujours sur lui, accrochée à son trousseau.

Il entra dans la chambre où flottait encore le léger parfum de Grand-Mère. *Œillet fané.*

Il s'assit sur un fauteuil, près du lit. Le fauteuil où il s'asseyait quand il venait de lui faire une visite.

« Raconte-moi tout ! » disait-elle.

Mais elle n'était plus là pour le consoler.

Il se leva, alla fermer la porte à double tour, et revint s'allonger sur le lit.

Tout ça était de sa faute.

Il avait été bien léger en épousant Cosette. Mais c'était fait. Il ne l'abandonnerait jamais. Il avait pitié d'elle. Il n'oublierait pas ses devoirs. Il la protégerait.

Mais il ne la prendrait plus jamais dans ses bras. Il ne dormirait plus jamais avec elle. Il ne lui ferait plus jamais l'amour.

Au milieu des ancêtres du laraire, un petit garçon monté sur un cheval blanc lui souriait.

– Papa, dit-il au petit garçon, Papa, pourquoi les rendons-nous si malheureuses ? Est-ce si difficile d'aimer ?

Le petit garçon souriait toujours.

Arnaut lui confia :

– Vous savez, nous travaillons bien, Pierre et moi ! Vous pouvez être fier de la manade ! Et puis, devinez comment Marie – Marie, c'est votre petite-fille –, devinez comment

Marie a appelé son cheval... Elle l'a appelé Capitaine ! Vous voyez, Papa, tout continue.

Cosette n'avait pas dormi de la nuit. Elle avait entendu sonner toutes les heures, espérant jusqu'au matin qu'il reviendrait se glisser contre son corps, et faire la paix.

Mais il ne revint pas et, quand elle entendit le bruit des chevaux qui partaient, elle n'eut plus qu'une idée : aller raconter tout ça à celles qu'elle appelait ses amies.

Sa lèvre ne saignait plus mais restait gonflée et violette. Elle dirait qu'elle avait glissé dans la baignoire...

Elle s'habilla en hâte et partit très tôt pour le Mas.

D'abord, entrer sans être vue... Allumer les bougies et les cierges... Puis revêtir enfin le vêtement sacerdotal : la chemise de nuit noire...

Elle retourna devant la psyché et se regarda. Pourquoi refusait-il de la voir ainsi ? À peine voilé, son corps se laissait deviner, magnifique... Sexy !...

Elle posa ses mains sur ses seins, les pressa méchamment et cria :

– Il m'a frappée ! J'ai saigné ! Et puis...

Elle baissa la tête et se mit à pleurer.

– ... et puis il est parti ! Il m'a laissée seule dans notre chambre ! Toute la nuit...

Elle sanglotait maintenant, au milieu des robes-invitées, comme si elle attendait d'elles un mouvement de sympathie. Mais, quand elle releva la tête, elle vit que rien n'avait bougé dans le cercle chatoyant. Çà et là une paillette, une perle sertie de broderie semblaient s'animer, mais c'était le reflet des cierges qui dansait sur elles. Un volant de mousseline frémissait, mais c'était le vent qui passait sous la tenture...

Alors elle leur dit qu'un jour Arnaut franchirait la porte du sanctuaire. Un jour, il la prendrait dans ses bras et la renverserait, là, par terre, sur les roses du tapis de Perse !... Et les dames verraient à quel point il aimait sa femme !

En attendant, elle était seule, et elle avait le cœur gros. Elle avisa une cave à liqueurs qui était restée sur une table basse, devant le divan où avaient pris place Paillette, Brodette et Nymphette. Elle avait baptisé ainsi ses trois préférées parmi les robes-invitées.

Cosette buvait peu. Parfois un verre de champagne, avec ses ouvrières, pour fêter le dernier point d'un trousseau de mariage... Que devenaient-elles, ses ouvrières, maintenant que le magasin était vendu ? Et Prudence, qui n'était plus toute jeune ?...

– C'est pour ma petite puce que j'ai vendu, explique-t-elle à l'Arlésienne. C'est pour qu'elle ait un pécule plus tard. On ne sait jamais ce qui peut arriver dans la vie d'une femme seule...

Elle flaira une liqueur épaisse à l'odeur sucrée... ce devait être doux ?...

Pas tellement ! Elle se mit à tousser. Bouh !... c'était fort... mais pas mauvais ! Elle se versa un autre verre, un peu plus rempli que le premier... mais c'était bon ! C'était quoi, au juste ?... Un nom anglais.

– À coucher dehors ! dit-elle en éclatant de rire.

Puis elle s'endormit, la tête sur les genoux de Brodette. Une larme de cire chaude tombant sur sa main la réveilla. Il était tard. Elle avait mal au cœur. Elle n'aurait pas dû boire ! Surtout, qu'Arnaut ne se doute de rien !...

L'eau, comme le téléphone, comme l'électricité, tout était coupé. Elle trouva une bouteille d'eau minérale dans la cuisine et se rinça longuement la bouche.

– Je ne boirai plus, dit-elle.

Elle était sincère.

Mais elle n'avait pas imaginé qu'Arnaut ne reviendrait plus jamais dans leur chambre.

Personne n'en parla, mais chacun essaya d'aider Cosette à supporter la vie à Azérac.

Depuis des mois Arnaut devait se rendre à …ق où Sélim avait besoin de lui. Il partit quelques jours après la scène de l'anniversaire, pensant que Cosette et sa fille se retrouveraient mieux en son absence.

Marie essaya de consacrer plus de temps à sa mère, de l'entourer. En vain. Cosette se dérobait, refusait les avances de la petite, prétendait avoir des obligations, des amies qui la réclamaient, des rendez-vous qui ne pouvaient pas attendre.

– Je suis prise tous les après-midi, disait-elle.

Rache n'osait pas poser les questions qui lui brûlaient les lèvres. Il se demandait si Cosette n'était pas au bord de la démence, et attendait avec impatience le retour d'Arnaut pour en parler avec lui.

Cosette supportait mal l'absence de son mari. Elle rêvait d'une réconciliation délirante où il lui pardonnerait tout. Il la suivrait dans le sanctuaire, et les dames verraient qu'elle était la plus forte.

Elle avait besoin d'un homme, mais elle avait aussi besoin de romanesque. L'homme était absent, le romanesque elle le sécrétait chaque jour en se donnant en spectacle à elle-même, au milieu des flammes des bougies et des cierges.

Elle était retournée interroger la cave à liqueurs, et s'était mise à boire régulièrement.

– Ça réconforte ! disait-elle en levant son verre.

Par malheur, les réserves d'alcool du Mas pouvaient faire face à de profonds désespoirs.

Tout y passa. Alcools blancs, vins cuits, liqueurs d'herbes parfumées, crèmes de fruits rouges à l'hypocrite douceur, ces philtres firent désormais partie de la cérémonie où elle s'identifiait chaque jour un peu plus à Isaure.

Elle avait pris l'habitude de parler à voix haute, de dialoguer avec les robes-invitées comme si des réponses lui parvenaient. Elle leur proposait toujours de boire avec elle. Le silence lui répondait.

– Je n'insiste pas ! disait-elle en se versant des rasades de plus en plus généreuses.

À force de rasades, elle vint à bout des bouteilles entamées et dut se mettre, pour s'attaquer à un porto hors d'âge, à la recherche d'un tire-bouchon. Ne le trouvant pas, elle renversa sur le tapis de Perse le contenu d'un tiroir, et crut mourir de frayeur en voyant un revolver tomber avec le tire-bouchon.

Un joli revolver d'ordonnance.

Un revolver. Une arme !...

Elle avait eu très peur et le saisit avec précaution. Sur la crosse, elle lut : « Au colonel de la Pierre, ses amis reconnaissants. 10 mars 1946. »

En voulant le poser sur la table elle appuya maladroitement sur la détente, le coup partit et, affolée, elle découvrir le trou que la balle avait fait dans Paillette et le coussin sur lequel la robe-invitée était appuyée.

– Oh là là !... Quelle horreur ! J'y touche plus ! Non mais... vous vous rendez compte !

Elle commençait à souffler les bougies, puis elle se ravisa, cueillit le tire-bouchon qui était toujours par terre, déboucha le porto et s'en versa un verre.

– À votre santé, mes amies ! dit-elle.

Arnaut revint au moment où Marie se préparait à partir pour l'Espagne.

La proposition de Doña Margherita avait été acceptée. Marie passerait d'abord par un collège de Barcelone pour se perfectionner avec la langue. Ensuite elle irait poursuivre ses études dans la *ganaderia* où l'oncle de Doña Margherita était majoral. Chez une femme extraordinaire et invisible qu'on appelait : la Marquise.

– La Marquise ? avait demandé Arnaut, le cœur serré par les souvenirs.

– Tu la connais, Papa ?

– Tout le monde la connaît, avait répondu Arnaut qui ne se sentait pas la force d'en parler.

Il valait mieux penser à l'avenir qui s'annonçait prodigieux à ...ق, où l'or noir continuait à jaillir des sables, ainsi que l'avait prédit la Princesse Heureuse.

Ce qu'elle n'avait pas prévu, c'était que la population, qui avait supporté héroïquement le temps de la misère, commençait, avec l'enivrement de l'abondance, à être agitée de troubles et d'émeutes. Par bonheur, la Sélimazérac allait signer un contrat avec une major américaine qui garantissait des années d'opulence – sinon de tranquillité – au petit royaume.

Arnaut ferait prochainement un saut à New York pour y régler les dernières formalités.

Sélim n'avait pas attendu la signature de cet accord pour lancer un programme de travaux qui allait changer la vie de son pays. On bâtissait des écoles, des hôpitaux ; on traçait des routes...

Mais la première chose qui avait été accomplie était une réponse au serment de deux garçons de quinze devant des vaches suisses. Les ânes et les chèvres de ...ق ne mangeaient plus de poisson séché mais de la luzerne.

Virgile joignit les mains et dit : « Mon frère l'âne, ma sœur la chèvre... » et Cosette faillit éclater de rire. Qu'il était bête, ce pauvre Virgile !

Arnaut leur donnait les dernières nouvelles de ...ق avant de passer à table. Pierre, Virgile, Fernand ainsi que Léo et Isabé, tout le monde était là pour fêter son retour.

Marie avait voulu composer le menu.

– « Retour de Croisade », annonça-t-elle.

Elle déroula un parchemin qui sentait la complicité de Virgile, et lut :

Tellines du Chevalier en leur armure d'ail,
Agneau de Beau-Désert, Riz du jardin
Fromages de la Chèvre d'Or
Kougelhof de la Cigogne de Dame Thérèse.
Vin des Félibres.

Ils avaient tous applaudi.

Cosette plus fort que les autres.

Elle était grise. Grise de ce qu'elle avait bu. Et surtout de revoir Arnaut et de sentir à quel point elle avait besoin de lui. Elle brûlait en pensant au moment où ils se retrouveraient seuls dans leur chambre. Elle n'avait qu'une idée : voir partir tout le monde et se réconcilier avec Arnaut.

Mais personne ne semblait pressé d'aller au lit, après le Kougelhof.

Arnaut avait sorti un papier de sa poche.

– Je voudrais vous lire un poème...

– Encore ! dit Cosette.

– ... un poème en arabe...

– Tu parles arabe, Papa ?

– Il a bien fallu ! J'ai passé des années dans le désert, tu sais !

Le silence s'était fait.

Arnaut sourit, regarda son frère, puis commença :

*صنوبرٌ، عشبٌ يانع
عارٍ تحت سماءٍ صيفيّة
كلّ ما كان من مشيئة الله
يشدّ عضد الحياة
أين هي أنوار
أيام الوحدة
فالجبال هي جدران
الأبديّة.

Personne n'avait compris, sauf Pierre qui, lui, avait reconnu son poème.

– Toi aussi tu parles arabe, oncle Pierre ?

– Pas du tout mais c'était facile : j'ai entendu *Allah* et j'ai deviné le reste.

Enfin ils s'en allèrent. Arnaut les raccompagna jusqu'à

* *Pin, herbe fleurie / Nue au ciel d'été, / Ce qui vient de Dieu / Rend forte la vie. / Où sont les clartés / Des jours solitaires... / Les monts sont les murs / De l'éternité.*

leurs voitures et parla longtemps dans la nuit avec le docteur de Mélusine qui venait de pouliner. Il était allé la voir avec son petit à l'écurie et elle l'avait reconnu. Sélim avait appelé le poulain Azérac. Puis Arnaut parla de son prochain voyage à New York... Rache lui confia qu'il se faisait du souci pour Léo qui n'allait pas bien, et qui refusait de quitter sa cabane pour le confort du château...

– Et puis...

Le docteur se tut. Plus tard, quand Marie serait en Espagne, il lui parlerait de Cosette.

Cosette qui attendait, palpitante, serrant entre ses bras la Niobé de la colonne sculptée... Cosette qui frémit quand elle entendit le pas d'Arnaut dans le couloir.

Mais il ne s'arrêta pas à sa porte. Il continua son chemin, alla jusqu'à la Chambre des Reines, y entra...

Et Cosette sut qu'il n'y aurait pas de réconciliation.

En voyant arriver du collège de Barcelone la petite Française que lui avait recommandée sa nièce Margherita, le majoral se demanda si cette frêle créature pourrait tenir tête aux rigueurs de la transhumance d'hiver.

Il faisait froid mais beau. Les bêtes avaient commencé leur descente vers l'Andalousie depuis plusieurs jours; il décida de mettre Marie à l'épreuve sur place afin de voir tout de suite ce qu'elle valait.

Un van les déposa avec deux chevaux dans la montagne. Ils rejoignirent les taureaux à travers la forêt. Il faisait de plus en plus froid. Le ciel blanchissait en même temps que la nuit tombait et, brusquement, la neige fut là. Les bêtes, affolées, se bousculaient sur le chemin devenu invisible, se pressaient derrière les *cabestros*, enfonçaient dans les congères en meuglant de peur, et leur angoisse gagnait les chevaux.

Il chercha des yeux la jeune fille, se demandant s'il avait bien fait de la prendre avec lui. Elle était si jeune... D'abord il ne la vit pas, et se sentit inquiet... puis il l'entendit, avant de la voir revenir, bien droite sur le cheval qu'il lui avait donné pour la course : Almanzor, une bête pas facile qui semblait douce entre ses mains.

Marie ramenait deux vaches et un jeune mâle, égarés. Elle leur parlait, et les bêtes écoutaient. Obéissaient, se rassuraient... Et lui aussi, en la regardant, se sentait tranquille. En sécurité.

Ils marchèrent trois jours avant de retrouver un temps plus clément. Le palais de la Marquise n'était plus qu'à quelques heures de cheval, il décida de s'y arrêter afin de voir ce que Marie était capable de faire avec les pur-sang du haras, et laissa les *vaqueros* continuer seuls vers l'Andalousie et le soleil.

À peine arrivé, tandis que la jeune fille brossait et pansait Almanzor, il se rendit auprès de la Marquise pour lui faire son rapport.

Ce qu'elle avait vu du palais enchantait Marie.

Les fées auraient aimé loger dans les écuries et, si don Quichotte avait traversé la cour, elle l'aurait salué avec respect mais sans étonnement.

Elle se demandait comment était cette Marquise qui ne se montrait à personne.

Elle ne se doutait pas qu'au moment même où elle brossait la crinière d'Almanzor, il était question d'elle dans la salle monumentale où le majoral rendait compte des dernières journées de marche du troupeau.

– Le plus dur, Madame, ce fut la neige. Je n'avais pas vu ça depuis vingt ans ! Les bêtes enfonçaient jusqu'au ventre, s'affolaient !... Là, j'ai été étonné par l'endurance de la petite que Margherita m'a envoyée pour le stage... une jeune Française.

– Française... dit une voix qui semblait sortir de l'ombre.

Une voix qui s'exprimait en français, avec un léger accent espagnol.

– Française, répéta le majoral.

– Depuis combien de temps n'avons-nous pas reçu de Français, don Miguel ?

– Nous n'avons pas reçu plus d'Espagnols que de Français depuis des années, Madame ! répondit-il en souriant.

– Le dernier visiteur était ambassadeur... ambassadeur de France... Mon Dieu ! Il doit y avoir plus de dix ans !

Il attendit en silence qu'elle le congédie pour se retirer. Mais la Marquise semblait songeuse.

– Française, avez-vous dit... Et elle s'appelle comment, la petite cavalière ?

– Marie, Madame.

– Allez me la chercher, don Miguel.

Il restait pétrifié devant elle, croyant avoir mal entendu. Jamais la Marquise n'avait manifesté le désir de rencontrer les cavaliers qui s'étaient succédé à la *ganaderia*.

– Deviendriez-vous sourd, avec l'âge, don Miguel ? fit-elle en souriant.

Il s'inclina, sidéré, et se dirigea vers la porte.

– Don Miguel ! Amenez-la-moi telle qu'elle est ! précisa la Marquise. Elle se coiffera après...

– Mais je suis sale, et je sens le cheval ! avait dit Marie, honteuse de se présenter devant la Marquise avec ses ongles cassés et pleins de terre, ses cheveux retenus par un lacet, ses bottes cuites de boue et de neige.

– Tant mieux, avait dit don Miguel. Les ordres sont les ordres !

Et elle l'avait suivi sans discuter.

Elle pense que Virgile aurait adoré ce palais qui semblait né de l'imagination de Victor Hugo. À ce valet noble et fier qui sortait *de ce réduit obscur que don Philippe III fit creuser dans le mur*, elle aurait voulu dire : *« Couvrez-vous, don César, vous êtes Grand d'Espagne ! »* et elle tremblait d'entendre sonner le cor qui condamnerait Hernani...

– Nous y sommes, dit le majoral en s'arrêtant devant une porte monumentale.

Elle était magnifique.

Toute de noir vêtue, avec autant de bijoux sur ses dentelles que sur la châsse d'une sainte.

À sa droite s'était placé le majoral, à sa gauche se tenait une très vieille femme de chambre. Et tous trois regardaient Marie comme un tribunal qui va rendre sa sentence.

– Approche ! dit la Marquise.

La jeune fille fit un pas en avant.

La Marquise lui fit signe de venir plus près. Elle ne pouvait détacher ses yeux de la marque que Marie portait à une joue.

– Chute de cheval ? demanda-t-elle.

– *Sí, Señora.*

– Parle français, mon enfant.

– Oui, Madame.

– Ta blessure te va bien. C'est une blessure de *caballero* ! Assieds-toi !

Marie s'assit à ses pieds sur un tabouret.

– Le majoral m'a dit grand bien de toi.

– Don Miguel est trop indulgent, Madame. J'aime les bêtes... et j'ai le bonheur qu'elles m'aiment aussi.

– D'où viens-tu, cavalière ?

– De Camargue, Madame.

La vie avait appris à la Marquise à dominer ses émotions. Elle crispa seulement sa main sur l'éventail posé sur ses genoux, et demanda :

– Et... d'où, en Camargue ?

– J'appartiens à la manade d'Azérac, Madame.

Le silence tomba sur les cadres surmontés de couronnes, les coffres cloutés, les armes et les armures qui ornaient la vaste pièce sombre que les serviteurs nommaient la salle du trône.

– Tu es une Azérac ?

– Non, Madame. Je suis une enfant adoptée.

Puis elle ajouta, fièrement :

– Mais je porte la marque, et c'est une façon d'être de leur sang... Mon Dieu !...

La Marquise venait de s'affaisser dans ses dentelles. Le majoral et la femme de chambre se précipitèrent, affolés... mais déjà elle ouvrait les yeux, souriait, et tendait la main à la jeune fille.

– Ce n'est rien, Marie. Ce sont les faiblesses de l'âge... Et puis, tu dois le savoir, je ne vois plus personne depuis... si longtemps, dit-elle en regardant le portrait du marquis qui semblait avoir été peint sous le règne d'Isabelle la Catholique. Toi, tu vas me faire changer mes habitudes ! Va, maintenant, petite, je dois me reposer. Mais demain, à la même heure, reviens me raconter la Camargue ! *Tempo necesidad de estar sola* *...

Marie s'inclina et suivit le majoral tandis que la vieille femme de chambre semblait disparaître à travers un mur. Quand ils furent sortis, la Marquise poussa un profond soupir, baissa la tête, et ne retint plus ses larmes.

La nuit qui suivit la visite de Marie elle n'avait pu trouver le sommeil.

Elle avait revu sa vie depuis la nuit où elle était partie, sa main dans la main de José Luis, le dernier hennissement de Cathare, la fuite au Mexique, l'amour, le bonheur, l'argent facile...

Puis la blessure sur le sable ensanglanté. La mort atroce. La misère. Encore plus dure quand une fille est belle comme elle l'était.

Elle se souvenait de l'hacienda où elle fut la plus misé-

* J'ai besoin d'être seule...

rable des servantes. Elle se souvenait du cheval qui l'avait sauvée. Un bel alezan. Il s'était blessé, on allait l'abattre... elle avait dit non ! Elle l'avait soigné. Elle avait dormi dans la paille, près de lui... on riait d'elle, mais l'alezan avait guéri. Le maître du cheval était venu la remercier à l'écurie.

Marquis de Algobante de la Medina y los Attoyos Castibianco.

Grand d'Espagne.

Il l'avait regardée dans les yeux, avait pris sa main, et ne l'avait plus quittée de sa vie.

Il ne lui avait pas posé de questions sur son passé et l'avait emmenée en Espagne avec lui.

Il avait plus de quatre-vingt-cinq ans quand il avait épousé celle qu'il nommait respectueusement : la servante des chevaux. Il lui disait :

– Mon cœur, je ne saurai tout de vous que le jour où les cigales d'or se mettront à parler !

As lou mourre de Mirèio...

Quand Marie lui avait dit : « J'appartiens à la manade d'Azérac », elle avait failli crier : « Je suis Faustine ! »

Mais quelque chose l'avait retenue.

Quelque chose d'amer qui avait un goût de représailles. Elle avait appelé au secours, et les siens l'avaient abandonnée... Le jour où elle l'avait compris, elle avait rayé Azérac de la carte.

Elle se fit tout raconter, mais ne raconta rien.

Marie revint tous les jours à la même heure. La Marquise écoutait la jeune fille lui décrire les couchers de soleil sur le Vaccarès, le bruit lourd du Rhône en crue, les chevauchées le long de la mer... Mais elle se taisait. Elle avait peur de se trahir en posant des questions. Elle se contentait d'écouter. Avidement.

Un jour, Marie lui dit :

– Je n'ai pas connu mon grand-père Guilhem, mais je le vénère. Il a sauvé Azérac alors qu'il était encore enfant... au moment de la guerre de 14-18... Toute la Camargue parle encore de son courage ! Et c'est lui, lui tout seul, qui a dû faire face à la malédiction.

– Quelle malédiction ?

– Le grand malheur qui arriva en 1913, au moment du départ de Faustine.

La Marquise ne bougeait pas plus qu'une statue de pierre.

– Une jeune fille merveilleuse, expliquait Marie. Et très belle ! Nous avons un portrait d'elle à Azérac : un pastel dont la vitre a éclaté sans blesser son visage... Oui, son père l'a brisée quand elle est partie avec un torero. À cause d'elle, un jeune homme s'est suicidé, et les malheurs ont commencé...

– Continue... Pourquoi t'arrêtes-tu, Marie ?

– Elle a appelé au secours... En 1921, Madame... et nous avons seulement ouvert sa lettre, oncle Virgile et moi, l'été dernier.

Devant l'air absent, indifférent de la Marquise, Marie expliqua :

– Je me sens très proche d'elle, Madame. Je dors dans sa chambre, à Azérac, chaque soir je prie les Belles Marinières – c'est ainsi que nous nommons les Saintes Maries – et je leur demande de nous ramener notre gardianou.

Il aurait été simple de détacher la cigale et de la glisser dans la main de la jeune fille... Trop simple, après tant de douleurs ! La Marquise avait besoin de réfléchir.

Elle regarda Marie et constata avec effroi qu'elle aimait cette enfant comme elle n'avait pas aimé depuis des années. Elle eut peur d'être faible, et d'oublier le serment qu'elle s'était fait de ne jamais pardonner à Azérac.

Dès le lendemain, elle fit envoyer à l'autre bout de ses terres celle qui était devenue pour elle « la servante des chevaux ».

Cosette grelottait de froid dans sa chemise de nuit noire. L'hiver était glacial et les flammes des bougies n'arrivaient pas à réchauffer la grande salle du Mas.

Arnaut était reparti à New York ; il en était revenu très content. Elle avait passé une nuit à pleurer, assise par terre devant la porte de la Chambre des Reines. Il ne lui avait pas ouvert et elle avait juste eu le temps de rentrer chez elle avant l'arrivée de domestiques. Et maintenant, il était reparti pour Ras el' Mourat rejoindre Sélim et inaugurer un hippodrome. Il en faisait plus pour les chevaux que pour sa femme !

Elle frissonna.

Il avait même emmené Élodie qui allait décorer la maison du prince. Mais sa femme, pas question de l'emmener nulle part. Il avait honte d'elle. Zanie avait raison, c'était Pierre qui l'aimait ! Pierre qu'elle aurait dû épouser ! Il ne l'aurait pas méprisée, comme son baron de frère ! Elle en aurait pleuré !

Elle frissonna encore.

Elle regardait les bûches, le petit bois, le papier, les pommes de pin, dans la cheminée. Le feu y avait été préparé bien avant la mort d'Isaure. Tout ça devait être si sec qu'il suffirait de gratter une allumette...

– Vous avez froid, vous aussi, mesdames ? demanda-t-elle aux robes-invitées.

Bien sûr, elles avaient froid ! Quelle question !

Bon ! La décision était prise : on allait faire du feu !

Oh, un petit feu. Histoire de dégourdir l'atmosphère...

Elle avait vu juste : une seule allumette et ça flambait gaiement.

Elle battit des mains et se servit un verre de bourbon.

– Pour être réchauffée de partout ! dit-elle en éclatant de rire.

Près du mas Carles, Pierre profitait des dernières clartés du jour pour donner du fourrage aux taureaux.

Le froid l'inquiétait. L'hiver, il avait toujours peur que ses bêtes manquent de nourriture.

En ramenant une vache vers les bottes de foin il vit de loin une fumée qui montait dans le ciel. Il ne rêvait pas !... C'était juste au-dessus du Mas d'Isaure !

La rage le saisit. Il sauta sur Belvezet et galopa à toute allure vers la fumée. Il était furieux.

– Tu vas voir comment je vais les virer ! dit-il à son cheval.

Ce devait être des jeunes qui s'amusaient à squatter le Mas inoccupé. Il allait te les mettre à la porte sans cérémonie, ces voyous qui se permettaient de violer la mémoire d'Isaure...

Il mit pied à terre et approcha sans faire de bruit. Tout de suite il vit qu'un volet était ouvert derrière, sur la roubine et, toujours sans bruit, se glissa par la fenêtre et sauta à l'intérieur.

Tout était noir.

Bien silencieux pour un groupe de jeunes !... Mais il sentait une présence.

Il avance à tâtons... à pas de velours... Il sait que quelqu'un est là... Il soulève la tenture qui donne sur la grande salle et voit, au milieu d'une multitude de bougies et de cierges aux flammes tremblotantes, une femme en voiles noirs qui parle seule devant le feu... Qui parle à une Arlésienne et à des fantômes en robes de bal... et cette femme, Dieu du ciel ! c'est Isaure !

Il reconnut Cosette quand elle vint près de lui, les bras tendus, titubante. Il fut à la fois rassuré et épouvanté. Et affreusement gêné, car elle était nue sous sa chemise noire et transparente.

Et ivre.

– Tu sais que je t'attends ici depuis des jours et des jours ?

Elle prit à témoin les robes-invitées.

– Elles peuvent te le dire ! Elles attendaient avec moi... Elles savaient que tu viendrais !

– Cosette ! supplia-t-il.

– Cosette ? Tu ne sais pas ? Elle est morte, Cosette ! C'est Isaure qui est là maintenant !

Elle se collait à lui, cherchait ses lèvres, se frottait contre son ventre. Pierre, horrifié, essayait de la repousser sans être brutal, mais elle ne le lâchait pas. L'odeur de la cire chaude et des parfums que Cosette avait répandus lui tournait la tête. Il avait envie de pleurer devant la fatalité. Il se débattit, tenta de dénouer les bras qui le retenaient prisonnier... Elle s'accrochait. Elle tomba sur le tapis de Perse et l'entraîna avec elle au milieu des coussins épars.

Le feu flamboyait, souverain. Pierre sentait la chaleur de ce corps pressé contre le sien. Ce corps qu'il avait désiré et qu'il n'avait pas eu...

Cosette pose ses lèvres sur les lèvres de Pierre.

Et Pierre est perdu.

Le feu était presque éteint.

Pierre, ramassé sur lui-même, semble foudroyé par ce qui vient de se passer. Il regarde avec horreur Cosette qui rampe vers lui, échevelée, caressante...

– Tu es fâché ? Parce que c'est ton frère que j'ai épousé ? Mais c'est toi que j'aime, tu sais !

Elle passe sa langue sur ses lèvres.

– Tu veux qu'on recommence ?

Il se lève, mais elle s'accroche à ses jambes et crie :

– T'en va pas !
– Écoute-moi...
– Je veux que tu reviennes demain... que tu reviennes tous les jours !
– Je ne reviendrai pas, Cosette. Je t'en prie, couvre-toi... Et rentre à Azérac...
– Non ! Si tu reviens pas, je dirai à Arnaut ce que tu viens de faire, ici, avec moi.
– Si tu veux, dit-il soudain très las.
– Il ne te le pardonnera pas !
– Il aura raison.
– Si tu ne reviens pas, je me vengerai !...
Pierre la regarda avec pitié, et s'en alla.
Cosette resta seule devant la cheminée et sourit, heureuse, aux dames-invitées :
– Vous avez vu ? demanda-t-elle. J'en ai quand même eu un !
Puis elle dit gravement :
– S'il ne revient pas, je tuerai leurs bêtes.

En approchant de chez lui, il vit sa mère et Roland sortir du mas.
Éclairés par la lanterne de l'auvent, ils scrutaient la nuit comme s'ils guettaient quelqu'un.
Il eut le pressentiment d'un malheur.
– Sélim... dit Isabé, les yeux pleins de larmes.
Sélim avait été assassiné la veille.
Pierre faillit tomber en descendant de cheval. Il voulut prononcer le nom d'Arnaut, mais aucun son ne sortit de ses lèvres. Isabé posa son bras sur le sien.
– Arnaut est vivant, dit-elle. Élodie aussi. Ils reviennent. Ils seront là demain.
Ils n'avaient pu entrer à ··· ق, la frontière était bloquée par les milices qui venaient de prendre le pouvoir. Le rêve de la Princesse Heureuse était terminé. La Sélimazérac n'existait plus.
– Il est vivant... remets-toi, Pierre ! disait Roland en soutenant son frère.
Ils l'aidèrent à s'asseoir devant la table du mas et restèrent près de lui, silencieux, immobiles, pendant qu'il pleurait, la tête entre les mains, sans pouvoir s'arrêter.
Il pleurait sur Sélim qui était mort. Il pleurait sur Arnaut. Il pleurait sur les souffrances passées de sa mère.

Il pleurait sur ce qu'il venait de faire. Et ses larmes coulaient sur cette table où ils avaient pris un repas tous ensemble, au temps où il pensait que Cosette serait pour lui.

Quand Arnaut fut là, ils se rendirent tous au mausolée, comme pour les obsèques d'un membre de la famille.

Arnaut récita à nouveau le poème de Pierre que Sélim avait traduit en arabe. Puis il ouvrit le Coran au hasard, et lut une sourate en pensant à la sourate mystérieuse que son ami avait portée sur son cœur depuis sa naissance. Le Puissant, le Miséricordieux, venait d'en révéler le sens à Sélim. Et Arnaut savait que cette sourate, comme celle qu'il lisait en ce moment devant le mausolée du Bancal, cette sourate, quelle qu'elle soit, était la plus belle.

– Ça sent la faillite, tout ça !

Zanie était venue aux nouvelles chez sa cousine.

– Je te parie que, bientôt, Arnaut n'aura plus un sou ! Je te l'avais dit : le vent du désert a apporté l'argent et, maintenant, il le remporte !

– Ça te fait rire ?

– Je vais me gêner !

– J'aimais beaucoup Sélim, dit Élodie.

– C'est vrai que tu perds un gros marché !

– On peut voir les choses comme ça...

– Et Cosette ? Elle était à la cérémonie arabe ?

– Non. Fernand m'a dit qu'elle n'était pas bien.

Zanie se lécha les babines.

– Il paraît que Léopoldine file un mauvais coton, elle aussi, qu'elle ne va pas à New York cette année, et que la petite est partie en Espagne parce que sa mère ne la supporte plus !

– Comment le sais-tu ?

– J'ai mes sources... dit Zanie joyeusement. Il n'y a plus longtemps à attendre, ça fout le camp par tous les bouts. Bravo !... Ben... qu'est-ce que tu fais ? demanda-t-elle en voyant Élodie se lever et traverser la pièce.

– Je te mets à la porte.

– Ça va pas ? Qu'est-ce qui te prend ?

– Tu es trop méchante, Zanie. Je ne veux pas me fâcher avec toi, mais je ne veux plus t'entendre dire du mal de ceux que j'aime.

– Tu sais que, si je m'en vais, tu ne me reverras plus ?
– Je prends le risque.
– Tu sembles oublier que tu es une Bourriech !
– Je ne demande que ça !

Zanie éclata de rire, et s'en alla. Sa cousine était bien la fille de son père ! Incapable de mener sa barque ce pauvre Bourquin avait mangé la dot de sa femme et les espérances de sa fille. Toujours empêtré dans des histoires de parole donnée, programmé pour la ruine, l'échec et la faillite, il les avait laissées sans un sou.

« Élodie ne sera pas fâchée longtemps, elle a trop besoin de moi ! » pensait Zanie en allant vers sa voiture. Elle souriait, tranquille. Elle avait bien fait de ne pas lui raconter tout ce qu'elle savait depuis la veille. Des informations encore secrètes, mais réjouissantes.

Bientôt Arnaut serait à sa merci.

Beaucoup de chevaux avaient été ramenés sur le pâturage des Carles, pour y passer une partie de l'hiver. Là, ils trouvaient abri et nourriture autour du grand abreuvoir près duquel ils aimaient se réunir.

Les gardians qui les avaient conduits dans leurs nouveaux quartiers s'étaient inquiétés de l'abondance des ragondins. Infatigables petits sapeurs, ils pullulaient en bordure des roubines, attaquaient les berges, et faisaient s'effondrer les terres dans les eaux. Ils ne pouvaient plus rien contre la digue empierrée et bétonnée qu'Arnaut avait fait élever entre le Vaccarès et les pâturages en bordure de mer, mais ils se régalaient dans les herbages.

Une fois de plus les travaux avaient repris à la Costière, au sud d'Azérac, à l'endroit même qui avait causé tant de soucis à chaque débordement du Rhône. Mais ils étaient loin d'être finis. L'investissement était énorme, mais tout le pays en profiterait et, par cet ouvrage, Arnaut tenait à accomplir le vœu exprimé par le *segne-grand* en 1913.

Pierre, à l'heure où le soleil rougissait une dernière fois avant de disparaître, décida de faire un tour du côté de l'abreuvoir. Ce n'était pas seulement parce qu'il voulait constater l'étendue des dégâts faits par les ragondins, mais parce qu'il voulait être seul et réfléchir à tout ce qui s'était passé en quelques jours.

La mort de Sélim avait bouleversé Arnaut et toute la famille. On savait maintenant que le prince avait été égorgé avec les siens. Et avec ses chevaux... Adieu, Mélusine, adieu petit Azérac... Et, à cette douleur, il allait devoir, lui, Pierre, ajouter une autre douleur, celle de l'aveu qu'il était décidé à faire à Arnaut. Celui de sa trahison.

Comment Arnaut allait-il réagir ?

Pierre était à une centaine de mètres de l'abreuvoir quand il vit venir vers lui un cavalier à toute bride.

C'était Arnaut, sur Capitaine. Et quand son frère fut près de lui, Pierre, le voyant grave et sévère, pensa qu'il savait tout.

– Il faut que je te parle, dit Arnaut en arrivant à sa hauteur.

Le moment était venu...

– ... Tu te souviens de la facture de Claparède pour le char ?

Pierre hocha la tête, décontenancé.

– Et tu te souviens de notre étonnement quand il nous l'a renvoyée ? Maintenant je sais pourquoi.

Ils allaient au pas, l'un près de l'autre, et Pierre se taisait toujours, le cœur battant.

– L'argent n'arrive plus de Ras el' Mourat. Je n'ai plus rien.

– Tout était là-bas ?

– Presque tout. J'ai encore mon compte à Genève, Dieu merci !... Mais il va falloir faire attention... surtout avec les travaux sur la digue.

Il soupira, puis dit à voix contenue :

– S'il n'y avait que ça !... Il y a autre chose... quelque chose de grave... Il s'agit de Cosette.

Pierre retenait sa respiration.

– Rache est passé me voir hier soir, poursuivit Arnaut. Il est inquiet. Il voudrait la faire voir au professeur Ribes. Tu sais, le psychiatre... Elle ne va pas bien, Pierre... et elle boit de plus en plus...

Il parlait en regardant droit devant lui.

– Je ne suis pas très fier de moi, tu sais. Tu as dû te rendre compte que ça n'allait pas fort entre nous...

Pierre se lança :

– À propos de Cosette, Arnaut, je dois te dire...

Capitaine fit un écart en hennissant et Arnaut cria :

– Regarde !

De la main il désignait trois camargues couchés dans

l'herbe, devant l'abreuvoir. Horrifiés, les deux frères sautèrent de cheval et coururent s'agenouiller auprès des bêtes immobiles. Mortes.

Pierre s'effondra sur Belvezet, et sentit la main de son frère serrer son épaule. Une idée horrible lui venait... Il se releva, fit le tour de l'abreuvoir, et revint avec un bidon de *limacide*. Vide.

– On les a empoisonnés ! dit Arnaut.

– Il faut empêcher les autres d'aller boire ! Vite !

Ils n'échangèrent pas un mot. On n'entendait que les ordres brefs qu'ils donnaient aux chevaux pour les chasser derrière la barrière, là où ils seraient en sécurité.

– Je sais qui a fait ça, dit Pierre en se remettant en selle. Viens !

Arnaut le suivit au galop, devinant une nouvelle misère. Son cœur cogna quand il vit que Pierre prenait la direction du Mas d'Isaure, et qu'il découvrit la fumée au-dessus du toit.

Ils allaient trop vite pour parler, mais quand Pierre eut arrêté son cheval devant le Mas et qu'il se dirigea vers la fenêtre ouverte sur la roubine, Arnaut le saisit par le bras et cria :

– Qu'est-ce que ça veut dire ?

Pierre se retourna, le regarda dans les yeux, et dit :

– Pardonne-moi Arnaut, mais il faut que tu saches.

Arnaut le vit pénétrer par la vitre ouverte et s'enfoncer dans l'ombre de la maison morte.

Arnaut tremblait. Il savait que quelque chose de terrible l'attendait. Il plongea dans le gouffre noir et retrouva l'odeur des années enfuies.

Il suivit son frère qui le guidait à travers l'obscurité... Pierre, enfin, arriva à la tenture, la souleva, et Arnaut resta pétrifié.

Cosette, nue dans la chemise de nuit noire d'Isaure, Cosette, entourée des robes d'Isaure comme d'une cour, parlait à une Arlésienne à la lueur du feu, des bougies et des cierges.

Cosette. Folle... qui éclate d'un rire joyeux en les voyant et dit à sa cour :

– Je vous l'avais dit, mesdames, qu'ils viendraient tous les deux !

Pierre s'était jeté sur elle avec violence et lui avait saisi le poignet :

– C'est toi qui as tué les chevaux !

– Ah ! ça a marché, le poison ? dit Cosette, ravie. Ils sont morts les chevaux des deux frères ?... Combien ?

– Comment as-tu osé ? disait Pierre.

Il la secouait, hors de lui. Et elle semblait heureuse d'être secouée ; on s'occupait d'elle, enfin !

À nouveau elle éclata de rire.

– J'ai pensé que c'était le seul moyen d'avoir auprès de moi les deux hommes de ma vie !

Arnaut n'avait pas bougé, muet d'épouvante.

Elle alla vers lui.

– Tu sais que Pierre vient me voir ici tous les jours ? Il t'a dit qu'on faisait l'amour devant le feu ? Devant les dames ?... Devant Isaure...

– Tais-toi ! cria Arnaut. Je t'interdis de parler d'Isaure !

– Tu m'interdis ?... Tu vas voir si tu peux m'interdire quoi que ce soit !

Elle avait pris le revolver du colonel de la Pierre sur la table basse. Elle vivait un grand moment romanesque... Elle riait, sûre d'elle, et visait Arnaut.

Pierre se jeta devant son frère et, quand le coup partit, ce fut lui qui s'écroula.

Arnaut le reçut dans ses bras, découvrant avec épouvante une tache rouge qui s'élargissait sur sa poitrine.

– Pierre ! cria-t-il en voyant qu'il perdait connaissance.

Le cauchemar est complet. Le temps presse. La lutte contre la mort exige qu'on agisse sans réfléchir. Il n'y a plus de téléphone. Il faut partir dans la nuit chercher du secours. Il faut sauver Pierre ! Il faut que Pierre vive !... Son frère, son frère bien-aimé...

Il le confie à Cosette, dégrisée, qui pleure en claquant des dents et murmure :

– ... Pardon !... Pardon !... J'ai menti...

Mais qu'est-ce qu'il s'en fout ! Qu'est-ce qu'il s'en fout de ce qu'il a pu faire ou ne pas faire !... C'est son frère, il faut qu'il vive !... Il faut qu'on le sauve !

– Ne le bouge pas ! Couvre-le, pousse le feu, ne lui donne pas à boire...

– Pardon ! Pardon ! répète-t-elle en se jetant aux pieds d'Arnaut. Pardon !... Pardon !...

Il l'écarte brutalement et part en courant.

– Empêche-le de mourir, ou je te tue ! crie-t-il.

Et la tenture retombe sur le salon illuminé où Pierre est étendu, immobile.

Arnaut a quitté l'ombre du Mas pour les ombres de la nuit. Il retrouve Capitaine ; il se confie à lui... Le salut de Pierre dépend du cheval et, comme s'il l'avait compris, Capitaine hennit avant de s'élancer, formidable, à travers les ténèbres hostiles.

Cosette a rampé vers Pierre, ruisselante de larmes.

– Tu vas pas mourir ?...

Elle claque des dents.

– ... Je voulais qu'on m'aime... Je voulais être heureuse...

Elle touche timidement le visage de Pierre. Il ne bouge pas... Ce sang, sur sa poitrine... Mon Dieu ! il va mourir !... Elle crie : « Non ! » et regarde autour d'elle, cherchant une issue pour échapper à la réalité... Soudain elle la voit, l'issue... Elle la trouve, et l'issue, c'est le revolver du colonel de la Pierre. Elle sourit en le prenant dans sa main ; elle prie le ciel pour que le chargeur ne soit pas vide... et le ciel l'exauce, miséricordieux, envoyant en plein cœur la dernière balle.

Pierre n'a pas bougé au bruit de la détonation.

Cosette est tombée loin de lui, devant le feu.

En entrant dans la mort son visage fut soudain paisible et beau.

Elle ressembla à Marie.

Dans sa chute elle avait bousculé un chandelier. Une bougie s'en échappa qui roula sur Brodette. Un volant de dentelle de sa jupe s'enflamma avec un joli mouvement. Il y eut un serpent de feu qui ondula, gracieux, s'enroula autour des trois préférées, et les dévora l'une après l'autre, avant de s'attaquer à l'Arlésienne qui, elle, flamba comme une torche.

Le feu joyeux était le maître du Mas.

Les Dieux

Rache et Léo ont fui le grand salon d'où l'on a enlevé les meubles en prévision de la vente aux enchères qui doit avoir lieu cet après-midi.

Ils sont allés s'asseoir dans l'entrée sur les marches de l'escalier.

Là où ils s'asseyaient quand ils étaient petits et qu'ils se poursuivaient en se chamaillant, Guilhem et eux, avec des rires et des cris joyeux.

Ils portent tous deux des vêtements sombres. Des vêtements de cérémonie. De cérémonie funèbre. Ce soir Azérac sera vendu.

Depuis la veille, le silence est tombé sur la maison.

Virgile s'est enfermé dans la Tour des Grands Orages et refuse d'en sortir.

À l'aube, Arnaut, Pierre et Marie sont partis rassembler toutes les bêtes au bord du Rhône, près de la Costière.

Pour la dernière fois.

Il fait beau. Il fait chaud. Le ciel est d'un bleu sans nuages. Une belle journée.

Les gardians sont en route pour Le Vigan avec le char. Tout est loué, il paraît même qu'on va devoir refuser du monde... Où qu'il aille, Berlingot continue à remplir les arènes. C'est une vraie merveille, ce taureau !

Mais, ce soir, la manade elle aussi sera vendue. C'est la dernière fois que le *bioù* va défendre les couleurs d'Azérac.

Rache a les yeux fixés sur les dalles de pierre, là où

Charles a cessé de vivre... où Arnaut est venu au monde une nuit d'épouvante... et il frissonne.

– Ça va, docteur ? demande Léo.

– Et toi, ma belle ?

– Je crois que je ne me rends pas bien compte, avoue-t-elle.

Elle n'a plus un sou... Depuis la mort de Cosette et l'incendie du Mas, Léopoldine a donné tout ce qu'elle avait pour venir au secours de ses neveux. Elle a vidé son compte en banque, emprunté chez le fils Didisheim... Mais ça, elle s'en moque bien ! Ce qu'elle n'accepte pas, c'est que le marteau du commissaire-priseur qui va s'abattre tout à l'heure puisse faire voler en éclats le témoignage apporté par les siens au cours de siècles de courage, de labeur et de foi.

– Hier, j'ai reçu la lettre des tantes d'Arnaut, dit-elle.

Elle sort la lettre de sa poche et lit :

– *Au milieu de vos épreuves, n'oubliez jamais que Beau-Désert vous attend, les vieux chevaux s'ennuient de vous, et nous d'Isabé. La maison est grande, venez tous, chère famille...*

Elle cesse de lire, étouffée par les larmes.

– Il ne faut pas pleurer, dit Rache. On a eu de la chance, Léo ! Pierre et Arnaut sont vivants !

La nuit du drame, quand Arnaut revint avec les secours, on l'entendit hurler quand il vit les flammes au loin.

C'est lui qui sortit son frère du brasier ; c'est lui qui ramena Cosette, sans savoir qu'il portait dans ses bras un corps sans vie.

Comme il passait le seuil, sa femme dans les bras, une poutre ardente s'était détachée et l'avait frappé au front. Il était tombé sans lâcher Cosette et on l'avait cru mort comme elle.

Pierre avait repris connaissance mais Arnaut était toujours inconscient quand Marie revint d'Espagne. Alerté par Léo, don Miguel avait voulu la prévenir lui-même. Il était allé la rejoindre au milieu des bêtes pour lui annoncer que sa mère était au plus mal, et, tout de suite, elle avait senti qu'il n'osait pas lui dire la vérité. Vérité qu'elle lut le lendemain sur le visage de Rache qui l'attendait en gare de Nîmes.

– Maman est morte ?

Il fit oui de la tête, lui prit le bras car elle chancelait, et ils ne parlèrent plus jusqu'à la voiture.

En roulant, Rache raconta à Marie ce qui s'était passé. Ou plutôt la version qu'il venait de mettre au point avec Pierre. Version que son crédit réussit non seulement à faire accepter, mais encore à faire croire.

Cosette, son mari et son beau-frère étaient allés tous les trois au Mas d'Isaure pour jeter un coup d'œil sur l'état de la maison. En faisant des rangements, Cosette avait trouvé un revolver qui traînait dans un tiroir. Elle l'avait manipulé maladroitement, le coup était parti, blessant Pierre. Un accident. Malheureusement, pendant qu'Arnaut allait chercher du secours, Cosette, sous le choc, avait cru que Pierre était mort et, n'ayant pu supporter cette idée, avait mis fin à ses jours. Dans sa chute elle avait fait tomber une des bougies qu'ils avaient allumées pour s'éclairer car l'électricité était coupée... le feu avait pris. Un autre accident.

Pierre n'avait rien caché à Rache de ce qui s'était vraiment passé, mais ils décidèrent d'épargner la jeune fille et de ne pas lui révéler ce qui pouvait ternir l'image de sa mère.

– Surtout, avait dit Pierre, qu'elle ne sache jamais que c'est elle qui a tué les chevaux !

Ils ignoraient que deux gardians avaient vu Cosette prendre le bidon de *limacide*, la veille du drame, et qu'en apprenant la mort de Belvézet, du Pavoun et de Lentisque, ils avaient tout de suite fait le rapprochement.

Marie pleurait sa mère comme on pleure un enfant qu'on n'a pas su protéger. Elle s'en voulait d'avoir été si heureuse à Azérac sans avoir pu faire partager ce bonheur à Cosette. Elle se sentait coupable...

– Je voudrais voir Maman, dit-elle.

Mais le cercueil était fermé, et elle le regardait avec stupeur, refusant de croire que celle qui l'avait mise au monde était là, immobile à jamais, dans cet étui de bois précieux aux poignées d'argent.

Pierre voulut assister aux obsèques de Cosette. La balle lui avait traversé l'épaule, la blessure était encore douloureuse et Rache, craignant des complications, aurait préféré qu'il garde la chambre. Mais il insista pour accompagner Marie au mausolée, puisque son père était dans l'impossibilité de le faire. Commotionné, souffrant de multiples brûlures, Arnaut ouvrait parfois les yeux. Mais il les refermait aussitôt, comme s'il refusait de voir la réalité.

– Il est sorti du coma, disait Rache. Maintenant il dort. Nous sommes sauvés.

Sauvés ? Marie se le demandait.

Pierre ne pourrait pas monter à cheval avant longtemps. Quant à Arnaut, Dieu seul savait s'il se rétablirait.

Et comment réagirait-il à son réveil, en apprenant que tout ce qu'il possédait dans les banques de l'ancien Émirat était devenu propriété de l'État, et surtout que les dirigeants du nouveau gouvernement refusaient d'honorer les contrats signés avant leur venue au pouvoir ? À la suite de cette décision, la major américaine, avec qui Sélim et Arnaut s'étaient engagés, risquait de se retourner contre la Sélimazérac.

La jeune fille fut sauvée du désespoir par l'urgence. La nécessité d'agir lui commanda de sécher ses larmes. Elle savait que nul en dehors d'elle ne pouvait prendre les rênes d'Azérac.

Elle écrivit à la Marquise pour lui demander pardon d'être partie sans avoir eu le temps de la saluer et, surtout, lui demander pardon de ne pas revenir. Elle n'envisageait pas d'abandonner sa famille au moment où la manade avait besoin d'elle.

– C'est fini les études, dit-elle à Léo et à Rache, en leur montrant la lettre qu'elle allait envoyer. C'est fini ! Je reste.

Guilhem avait dit la même chose après la mort de Romain, en 1916...

– Pourquoi souriez-vous ? demanda Marie en les voyant échanger un regard.

– Parce que tu es bien la petite-fille de ton grand-père, dit Léo en l'embrassant.

Ils n'avaient plus que trois gardians, mais tout le monde venait leur donner la main, et Marie ne se sentit jamais abandonnée.

– Tu vois, petite, lui dit un jour Pagnolet, dans les courses, les arènes, dans les jeux, nous sommes adversaires... pour gagner ! Mais, dans le malheur, nous sommes toujours unis. Tant que tu seras dans la peine et que tes bêtes risqueront de pâtir de l'absence de ton père et de ton oncle, nous serons là ! Ne dis pas merci, Marie, tu nous le revaudras un jour !

– Il manque trois chevaux, remarque-t-elle, soucieuse. Ils ont dû se sauver du côté des juments. Il faut vite les rattraper ! Oncle Pierre, dès qu'il pourra monter, va vouloir qu'on lui amène son Belvézet !

Quand elle sut qu'ils étaient morts tous les trois, empoisonnés, elle resta silencieuse un long moment.

Elle était devenue très pâle, si pâle que les cavaliers qui l'entouraient eurent peur de la voir tomber de cheval.

– Ça va, Marie ?

– Oui, oui... dit-elle en se mordant les lèvres.

– Tu ne veux pas te reposer à l'ombre ? Boire un peu d'eau ?

– Non, dit-elle. Ça va même très bien, depuis que j'ai fait une prière !

– Une prière ?

– Que celui qui a tué nos chevaux aille brûler en enfer !

Les travaux sur la digue avaient été brusquement interrompus au moment du drame.

Ça faisait mal au cœur de voir les empreintes de pneus des engins, la cabane abandonnée où les ouvriers avaient abrité leurs outils, les traces noires des feux qu'ils avaient allumés quand ils faisaient chauffer leurs gamelles ou griller une lièvre prise au piège.

– Heureusement, le Rhône est calme, et les eaux sont basses. Les bêtes se plaisent là-bas. Elles y sont bien.

Tous les soirs, Marie faisait son rapport à Pierre, assise au chevet d'Arnaut, ne le quittant pas des yeux ; espérant toujours qu'il allait se réveiller, lui sourire, elle parlait à voix basse...

– Je voulais te dire, oncle Pierre, j'ai trois juments qui sont pleines. Quand elles poulineront, au début du printemps, j'aimerais qu'on appelle les petits Lentisque, le Pavoun et Belvézet... si ça ne te fait pas trop de peine !

La voix douce parvenait à Arnaut comme si elle avait

traversé l'espace. Et pourtant il sentait que celle qui parlait était tout près de lui.

Lentisque, le Pavoun, Belvézet... oncle Pierre...

Pierre... Elle avait dit Pierre ! Pierre était vivant !

Et la mémoire revint comme une lame de fond, balayant la nuit, réveillant les souvenirs.

Elle est terrible, la mémoire. Aveuglante, implacable, nette.

Mais elle est la vie.

Arnaut ouvre les yeux, voit Marie penchée sur lui, puis voit Pierre... Mais Marie est en deuil, et Arnaut comprend que Cosette est morte.

Au moment où naquirent Lentisque, le Pavoun et Belvézet, les deux frères purent de nouveau monter à cheval. Ce fut pour eux une nouvelle naissance, une résurrection après l'incendie qui avait failli leur coûter la vie.

Pendant tout le temps de leur convalescence, on n'eut pas de nouvelles de la major américaine.

Puis, un jour, arriva une assignation.

La major réclamait dix millions de dollars à titre de dédommagement.

Arnaut se rendit à New York avec ses avocats, et rencontra ceux de la Compagnie. Il espérait arriver à dégager sa responsabilité.

On lui proposa un arrangement.

Il ne devait plus que trois millions de dollars.

Où les prendrait-il ? Il n'avait plus rien.

Dans l'entrée, Léo tressaille.

– Tu as entendu ?

Rache tend l'oreille. Oui... un bruit sourd ébranle le château.

Des coups de marteau...

On cloue l'estrade dans le salon, et ça résonne entre les vieux murs comme si on clouait un échafaud.

On avait dû ouvrir les portes-fenêtres et mettre des chaises sur la terrasse.

Le salon était plein de monde.

Si certains étaient venus à la vente en curieux, bien peu d'entre eux se réjouissaient à l'idée de voir sombrer la famille qui avait mené Grand Batre pendant des générations.

Les Arlésiennes s'étaient coiffées, ce jour-là, pour honorer les cavaliers d'Azérac, elles avaient sorti pour l'occasion leurs plus beaux rubans, leurs dentelles les plus précieuses, fragiles et silencieuses, elles s'étaient groupées dans un coin du salon aux côtés d'une délégation de manadiers. Ils étaient venus en tenue : veste noire, chemise blanche, cravate de Nîmes, et s'étaient assis, le chapeau sur les genoux, l'air grave.

Tous regardaient les chaises vides où allaient s'asseoir les enchérisseurs, et les chaises vides réservées à la famille.

L'issue ne faisait aucun doute.

Si le château, les terres et les bêtes trouvaient un acheteur, l'argent irait dédommager la major américaine.

Si aucun acheteur ne faisait une offre valable, la major deviendrait propriétaire de l'ensemble des biens.

De toute façon, Azérac était perdu.

Quand le moment fut venu, Arnaut rassembla les siens dans l'entrée.

– Quoi qu'il arrive, leur dit-il, on continuera. Tant que les chevaux et les taureaux de Camargue auront besoin des hommes, nous serons là. Nous n'aurons plus de manade, mais nous servirons comme gardians dans celles des autres. Le travail sera fait. Allez ! dit-il, je vous rejoins.

Il voulait rester seul un instant, se concentrer, reprendre des forces pour affronter l'épreuve...

– Salut, Arnaut !

Zanie était devant lui. Resplendissante. Radieuse.

– Tu n'as rien à faire ici ! dit-il. Va-t'en !

Elle se mit à rire.

– M'en aller ? Mais c'est que je ne peux pas ! Voyons... tu ne devines pas ? Non ?... Je viens acheter Azérac. Tu ne le savais pas ? Pauvre Arnaut, dans quelques minutes tu auras tout perdu... mais ça n'a aucune importance puisque, dans quelques minutes, Azérac sera à moi !

Elle alla vers lui, la main tendue, et il recula devant son

sourire et son parfum avec une telle expression d'horreur qu'elle en resta interdite.

– Tu n'as pas compris ? Elle n'arrivait pas à maîtriser son émotion : Tu n'as pas compris que je n'achète Azérac que pour te l'offrir ?

Elle ajouta, très doucement :

– Avec moi en prime, bien sûr !

– Jamais ! dit-il avec violence.

– À tout à l'heure, mon amour !

Elle s'était reprise. Elle était sûre d'elle. Prête à triompher.

Arnaut prit une profonde respiration et, à son tour, alla vers le salon.

Le commissaire-priseur s'était installé à la table qu'on avait posée sur l'estrade, face à l'assistance. La salle était maintenant pleine.

Au premier rang, les représentants des Américains avaient pris place à côté de Zanie Bourriech. Il restait deux chaises vides pour des acheteurs éventuels ; un manadier se leva et vint en occuper une.

Le commissaire-priseur s'éclaircit la voix et attaqua :

– Mesdames, messieurs, nous allons procéder à la vente du château, des terres et de la manade, appartenant à monsieur Arnaut Cabreyrolle d'Azérac. Je vais vous lire le détail...

Tous les regards se portèrent sur la famille, immobile, silencieuse.

Virgile avait quitté sa Tour et se tenait très droit, très pâle, la main de Marie dans la sienne. Comme elle, comme les autres, il croyait vivre une de ces hallucinations que donne la drogue, un de ces cauchemars dont la conscience tente vainement de s'évader, dont les efforts de la raison ne peuvent vous délivrer.

La mise à prix commença en douceur.

– Dix millions de francs !

– *Under-valued*, dit un des Américains à l'oreille de son voisin. *I take *!*

– Onze millions ! dit le manadier assis au premier rang.

L'enchère de Jacques Bourély surprit la salle. Il était connu pour son honnêteté, pour la bonne tenue de sa

* – Sous-évalué. J'achète !

manade, mais on savait aussi qu'il n'était pas riche. Il s'expliqua :

– Je représente une association de manadiers, d'éleveurs et de mainteneurs de la race camargue. Arnaut d'Azérac a construit une digue qui a déjà permis, à plusieurs reprises, de sauver nos bêtes de la noyade. Sa terre a toujours été un exemple pour la Nacioun, et l'Antico Confrérie des Gardians. Nous voulons qu'elle le reste !

– Bravo ! cria une voix, et des applaudissements éclatèrent.

– Onze millions, dit le commissaire-priseur. Une fois... Deux fois...

– Douze millions ! lança la voix joyeuse de Zanie.

Elle regardait Arnaut en souriant, radieuse.

– Douze millions... Une fois...

– Treize millions !

La voix venait de la terrasse. Les têtes se tournèrent vers un gros homme qui traversait la salle sans se presser pour gagner le premier rang.

– D'où il sort, celui-là ?

Zanie avait parlé à haute voix.

– Treize millions, répéta le gros homme en s'asseyant pesamment.

– *Who is this guy* * *?* demanda l'Américain en se penchant vers le manadier qui ne put lui répondre.

– *A speculator*, dit l'autre Américain. *Things are getting funny* ** :

– Quatorze millions !

Zanie regardait le gros homme dans les yeux. Il se mit à rire, tranquille.

– Nous disons donc...

– Excusez-moi, monsieur, dit Jacques Bourély en se levant à nouveau.

– N'interrompez pas les enchères ! dit le commissaire-priseur.

– Excusez-moi, reprit le manadier, sa voix tremblant d'émotion, nous ne pouvons pas suivre, bien sûr, mais nous voudrions racheter les bêtes... surtout les chevaux. Pour un cavalier, perdre son compagnon, c'est terrible !...

Le commissaire-priseur s'excusa, désolé. Il ne pouvait vendre Azérac qu'en un seul lot.

* – Qui est ce type ?
** – Un spéculateur. Ça devient drôle !

La famille restait impassible, muette, tandis que l'assistance grondait, révoltée, sous les yeux étonnés des Américains.

– J'ai dit quatorze millions !

La voix de Zanie dominait le tumulte.

– Je dis quinze ! cria plus fort encore le gros homme.

– Dix-sept millions ! dit une voix avec l'accent de Genève.

Arnaut tressaillit. Il reconnaissait le fondé de pouvoir de la banque qui avait été celle de l'oncle Élie, et ne put s'empêcher de sourire.

Personne ne remarque un homme qui vient déposer un billet plié entre les mains de Marie et se retire discrètement. L'assistance tout entière est hypnotisée par le combat entre Zanie, le gros homme et le banquier.

Marie a déplié le papier, elle a lu... Elle semble frappée de stupeur.

– Dix-sept millions cinq ! a crié Zanie.

Marie se lève.

– Vingt millions ! dit-elle d'une voix défaillante.

C'est la stupéfaction autour de la jeune fille. Zanie éclate de rire. Le gros homme rit encore plus fort.

– *Alice in Wonderland !* disent les Américains, hilares.

Pierre et Arnaut échangent un regard désolé.

Le public s'agite. Pauvre petite... la mort de sa mère, les malheurs de la famille... et voilà qu'elle perd la tête...

Le commissaire-priseur se pencha vers elle avec une bienveillance attristée.

– C'est une somme considérable, mademoiselle... Je doute que vous la possédiez ! Et puis vous êtes trop jeune pour pouvoir...

– Je ne parle pas en mon nom, monsieur.

La salle retient son souffle.

Le commissaire-priseur regarde les chèques certifiés qui sont déposés devant lui ; il semble troublé.

– Vous représentez quelqu'un ?

– Oui, monsieur.

– Qui ?

– Moi, dit une voix grave et profonde.

Une voix au léger accent espagnol.

Toutes les têtes se tournent vers une grande femme vêtue de noir, debout sur le seuil, comme une apparition.

– Marquise de Algobanto de la Medina y los Attoyos Castibianco...

Virgile se leva. Il avait vu la cigale, il savait que toutes les fées n'étaient pas mortes avant même d'entendre, de la bouche de la Marquise :

– Je suis Faustine Cabreyrolle d'Azérac.

Elle est face aux siens.

Elle les regarde ces Azérac qu'elle croyait avoir chassés de son cœur, et qu'une petite cavalière a ramenés dans sa vie.

– *Que Diu rende la terra als seus fidels amants...*

Faustine a prononcé les mots des ancêtres.

Que Dieu rende la terre à ses fidèles amants...

C'est pour ça qu'elle a rompu silence, serment, solitude.

C'est pour ça qu'elle est revenue.

Pour rendre la terre que les Azérac ont failli perdre jadis à cause d'elle et qu'aujourd'hui elle dépose dans leurs mains de paysans.

Eux aussi la regardent.

Ils n'osent pas bouger, de crainte de la voir disparaître cette Faustine, cette Marquise, cette femme qui vient de sauver leur avenir.

Les gens se sont levés, ils ont applaudi, certains ont essuyé une larme, les yeux fixés sur cette famille qui se retrouvait après une séparation de plus d'un demi-siècle... puis ils se sont sentis indiscrets, et se sont retirés sans bruit.

Voyant que les manadiers s'en allaient, Rache est allé les remercier.

– *Sian qu'uno pougnado*, lui dit un très vieux, appuyé sur le bras de son petit-fils.

– *Mai sauven la terra et l'us naciounau *!* ajouta Bourély dont la voix tremblait.

Rache leur serra la main à tous, et les raccompagna jusqu'à la porte.

– Émouvant, le dialogue avec les croulants du groupe folklo !

Il se retourna et vit Zanie.

* – Nous ne sommes qu'une poignée. Mais nous sauvons la terre et la coutume nationale ! (Joseph d'Arbaud, *La Cansoun gardiano.*)

Elle était très pâle, avec des plaques rouges sur son décolleté. Ses yeux brillaient de fièvre.

– Très émouvantes aussi les retrouvailles avec l'effrontée d'avant 14 ! Moral, tout ça ! Édifiant ! J'ai failli pleurer !

– Un jour, la haine vous empoisonnera le sang, Zanie, dit-il doucement.

– Merci, docteur, pour la consultation gratuite ! En échange, je vous fais cadeau d'un avertissement destiné à la famille : la partie n'est pas finie ! J'ai encore des cartes à abattre !

– Voyez surtout un cardiologue, dit-il sans plaisanter.

– Un cardiologue ? Moi ?... Je croyais que je n'avais pas de cœur !

Elle s'en alla en riant.

Quel rire amer...

– Fernand ! viens voir... criait Virgile.

Ils étaient tous penchés sur le billet qu'avait reçu Marie pendant les enchères.

Annonce 20 millions.
Aie confiance !
Faustine.

– Tu n'as pas eu peur ? demandait la Marquise.

– Terriblement ! avouait Marie. Mais, en lisant la signature, j'ai compris ce que j'aurais dû comprendre la première fois que je vous ai vue...

Elle s'arrêta, interdite.

Faustine venait de détacher la cigale de son corsage, et la lui tendait.

– Elle est à toi ! Tu la mérites, petite servante des chevaux ! Ne la refuse pas ! dit-elle en voyant que Marie n'osait pas la prendre. C'est elle qui a décidé de se poser sur toi ! Et ne pleure pas, c'est un jour de bonheur !

– Oui, dit Virgile, mais toi aussi tu pleures, Faustine !

Ils rient maintenant, tous, et elle rit avec eux, délivrée, rendue à elle-même.

Oui, elle veut bien boire un verre de vin d'Alsace, surtout présenté par Annette ! Oui, elle veut bien monter voir son portrait dans la Tour des Grands Orages ! Mais elle veut surtout faire connaissance...

– Je vous rejoindrai là-haut tout à l'heure, dit Marie en l'embrassant. Il faut que j'aille montrer ma cigale !

– À qui ?

– À Capitaine, répond-elle gravement.

C'est encore une enfant.

Sous sa vaillance se cache une petite fille prête à partager ses joies avec toute la Création.

Et surtout avec son cheval.

– On a gagné, Capitaine ! On ne se quittera plus jamais ! Regarde...

Marie tient la cigale d'or au creux de sa main qu'elle ouvre pour que son cheval la voie bien.

– Tu n'imagines pas ce qui s'est passé ! Cette cigale, c'est Frédéric Mistral qui l'a donnée à Faustine, autrefois, et aujourd'hui c'est à moi qu'elle la donne ! Parce que Faustine est revenue ! La Marquise c'était elle ! Et Azérac est sauvé ! C'est un grand jour !

– Un grand jour... Tu as raison ! dit une voix attendrie pendant qu'elle embrasse son cheval.

Zanie l'observe. Souriante. Elle répète : « Un grand jour... », hoche la tête, et poursuit, mélancolique : « Pas pour moi... Mais, tu vois, je suis belle perdante. Aussi je te souhaite beaucoup de bonheur dans cette maison qui n'a jamais voulu être la mienne... et qui t'a élue, toi, Marie d'Azérac ! Superbe promotion pour la fille d'une criminelle !... Remarque, tuer par amour, je pourrais certainement... mais tuer des chevaux, comme ta mère, ça, jamais !

Marie se serrait contre Capitaine comme s'il pouvait la protéger.

– Que dites-vous ?... demanda-t-elle d'une voix tremblante.

– Mon Dieu !... Tu ne savais pas ?... On avait oublié de te le dire ? Les trois chevaux empoisonnés, c'est ta mère, chérie... ta maman !

Elle eut un petit rire et désigna Capitaine :

– Je n'aurais peut-être pas dû en parler devant lui... Il va t'en vouloir... oh, je suis désolée !...

– Allez-vous-en !

– Tu ne me crois pas ? Demande !... Demande à n'importe qui... tout le monde le sait !

– Allez-vous-en !

Zanie alla vers la porte de l'écurie, se retourna avant de sortir, et dit gracieusement :

– Embrasse pour moi la Marquise, le baron, et le bâtard d'Azérac... Et veille bien sur vos bêtes, petite, les gens sont si méchants !...

Elle était sortie. Marie était seule.

Elle n'osait plus toucher son cheval et se mit à pleurer.

– Pardon..., dit-elle.

Et ce pardon qu'elle demandait s'adressait aux chevaux que sa mère avait tués, mais s'adressait aussi à Cosette qu'elle avait maudite.

– Maman...

Elle se sentit si misérable qu'elle décida de mourir. Cette décision lui fit du bien et lui rendit des forces. Elle prit sa selle, la posa sur le dos de Capitaine, refit mécaniquement les gestes sus par cœur, le sentit heureux et se remit à pleurer.

Elle aurait voulu lui dire à quel point elle l'aimait, à quel point elle les aimait tous... mais les mots restaient dans sa gorge.

– Maman...

Elle posa sa tête contre la longue tête blanche, sentit sa chaleur...

Il était prêt. Il hennissait de joie.

Il ne savait pas qu'ils allaient partir pour une promenade qui serait la dernière.

Marie savait où elle abandonnerait le cheval. Près des juments qu'il irait courtiser en attendant le retour de sa maîtresse.

Mais sa maîtresse ne reviendrait pas. Elle serait entrée dans le fleuve, elle aurait nagé jusqu'à ce tourbillon qu'évitaient les mariniers, et là les courants mystérieux du Rhône l'entraîneraient vers les fonds glauques avant de la livrer à la mer qui ne la rendrait jamais.

Elle n'aurait pas existé !

Tout serait effacé. Les crimes... la malédiction... les souffrances. Quelle paix !...

Ils étaient sortis de l'écurie. Les sabots sonnèrent sur les pavés de la cour, puis crissèrent sur le gravier avant d'attaquer l'herbe d'un pas de velours.

– Galop ! cria Marie.

Et Capitaine s'élança.

– Alors, vous êtes des jumeaux ?
– Oui !
– Avec une maman chacun ?
– Oui !
– Et la maman de Pierre, c'est Isabé ?
– Oui !
– Et Roland est aussi son fils ?
– Oui !
– Et toi, Léo, tu n'as pas eu d'enfant ?
– Non !
– Et Fernand non plus ?
– Pas eu le temps ! J'ai rêvé de vous toute ma vie, dit-il en lui baisant la main.
– Pour être francs, dit Virgile avec gravité, aucun de nous, ici, n'a eu d'enfant. Mais nous avons tous Marie !
– Ah, Marie ! Quelle merveille ! Mais où est-elle ? demanda la Marquise.

Ils se regardèrent, pas encore inquiets, mais perplexes.
– Il y a près d'une heure qu'elle est allée montrer la cigale à son cheval, dit Léo. Elle devait nous rejoindre ici très vite... C'est étrange qu'elle ne soit pas là...

L'idée de mourir grisait la jeune fille. Quelle belle mort elle allait avoir !

Elle avait seulement oublié l'existence des dieux.

Et leur toute-puissance.

Elle ignorait qu'ils l'avaient choisie, elle, pour être leur messagère. Pour être celle qui dénoue, délivre, et tranche les liens qui retiennent dans la douleur.

L'Inespérée, avaient-ils soufflé à l'oreille de Virgile. Et Virgile l'avait annoncée. Il avait dit : « La prédestination n'est pas réservée au sang, mais à l'amour. » Il avait dit aussi : « C'est à la terre de décider. »

Et les dieux qui avaient envoyé un beau jeune homme pour séduire Faustine, une guêpe pour que nul ne retienne

Guilhem de saccager son amour, les dieux qui avaient sacrifié Charles, Isaure, Cosette, les dieux qui avaient eu la cruauté de priver un père de l'amour de ses deux fils, les dieux décidèrent que le temps de la malédiction devait prendre fin.

Et ils dépêchèrent le Rhône à la rencontre de la jeune fille. Et, pour qu'elle comprenne bien de quel danger était menacée la manade des Cabreyrolle d'Azérac, ils firent retentir le tocsin.

Du fond de sa douleur, elle ne l'entendit pas tout de suite. Mais quand elle perçut la voix saccadée des cloches qui sonnaient l'alarme, elle s'affola pour les *biòu* qui paissaient depuis le matin en contrebas du fleuve et comprit qu'ils allaient être emportés par les eaux.

La seule façon de les sauver était de monter sur la digue, et de les prendre à revers. S'il n'était pas déjà trop tard !...

– Il faut les ramener tous ! cria-t-elle à son cheval. Va !

Capitaine s'envola au-dessus de creux fangeux, franchit des dunes de sable, bondit au-dessus de troncs abattus, galopa sur des sols éclatés et des marais saumâtres.

C'était la dernière épreuve.

Et elle n'était pas envoyée à Marie pour la confondre. Mais pour la révéler. Et les Saintes Marinières bénissaient cette épreuve depuis leur barque, elles qui savaient que le salut n'est accordé qu'après la traversée de la mer.

– *Chivau ! Chivau !* criait Marie.

Elle collait à lui. Ils n'étaient plus qu'un même souffle brûlant, qu'un même cœur prêt à éclater...

Au moment où elle désespérait, elle vit enfin ses *biòu* ! Ils semblaient terrifiés et ne bougeaient pas, face à la vague qui roulait vers eux en grondant.

Capitaine escalada la digue qui disparaissait sous les flots, l'eau giclait sous ses sabots, le fleuve gagnait du terrain... Il était temps de faire fuir les bêtes...

Marie n'avait pas de trident.

Elle leva ses mains nues vers le ciel, cria de toutes ses forces : « *Dau per Diéu !* » et lança son cheval sur la manade.

Arnaut et Pierre avaient quitté la Tour des Grands Orages dès que le tocsin avait retenti.

De la fenêtre, Faustine les vit s'éloigner du château à toute allure. Mais elle se souvenait trop bien d'Azérac pour pouvoir espérer qu'ils arriveraient à temps.

Quand le Rhône venait, il était toujours le plus rapide.

Elle regarda l'immense prairie où elle avait galopé avec José Luis, le jour du Grand Batre.

Ce jour-là, toutes les bêtes avaient été sauvées. Mais, ce jour-là, toute la Camargue était avec eux.

Ils allaient comme le vent, mais ils savaient tous les deux qu'ils arriveraient trop tard.

Jamais le pâturage ne leur avait semblé aussi vaste, aussi désert, aussi hostile. Leurs chevaux, à bout de forces, soufflaient, frémissaient, bronchaient. Mais ils continuaient, les braves compagnons.

Et, brusquement, du sommet d'une montille, Arnaut et Pierre découvrirent la manade qui venait à eux. Ou plutôt, ils la devinèrent. Masse mythologique, armée bramante, qui émergeait peu à peu, noire, cornue, vivante, d'un flamboiement de poussière dorée.

Éblouis, ils retinrent leurs chevaux et s'arrêtèrent.

– Un cavalier les ramène ! Regarde !

Pierre désignait une mince silhouette à cheval.

– Marie ! dit Arnaut.

Le tocsin s'était tu.

Personne ne parlait dans la Tour.

Faustine avait fermé les yeux. Elle se sentait très lasse.

– Écoutez..., dit Virgile.

Un piétinement immense, un souffle profond, un ébranlement fondamental montaient jusqu'à eux.

Comme si la terre elle-même s'était mise en marche.

Pierre et Arnaut étaient allés rejoindre Marie pour l'aider à contenir les flancs du troupeau et l'empêcher de se disperser.

En arrivant sur la prairie qui menait à Azérac, les bêtes, rassurées, calmées, se mirent à brouter comme si rien n'était arrivé.

– Je crois qu'il n'en manque aucune... dit Marie. Capitaine a bien travaillé !

Elle se pencha sur son cheval et embrassa l'encolure brûlante de sueur et de fièvre.

– Ma fille, dit Arnaut.

Elle le regarda, surprise par le ton de sa voix. Un ton solennel.

– Ma fille, répéta-t-il avec émotion.

Puis il leva son trident, cria : « À toi, Azérac ! » et lui jeta le fer.

Il la regarda l'attraper au vol d'une main ferme, et lui demanda :

– Marie... pourquoi as-tu pleuré ?

Alors elle se souvint qu'elle avait voulu mourir et elle rendit grâce aux Dieux de l'avoir épargnée.

– Pourquoi as-tu pleuré ? répéta Arnaut.

– Je ne sais plus, Papa, dit-elle. La vie est si belle !

Le Rhône a retrouvé son lit.
Il roule vers la mer originelle, majestueux, souverain.

Le soleil a disparu derrière l'horizon...

Alors un cheval sauvage sort du bois de mourvens et s'aventure sur les terres émergées.
Vierge de nom. Nu. Libre.
Naseaux élargis, il hume le vent salé.
Peu à peu les ténèbres l'engloutissent.
On ne distingue plus sa robe blanche.
C'est la nuit.
Mais le cheval attend, tranquille.

Il attend la lumière.

Il sait que demain, une fois de plus, Dieu va créer le monde comme aux commencements des temps.

Maison Cabreyrolle d'Azérac

Antonin le Pieux
empereur romain
86 - 161

près de mille ans vont passer...

Pierre Cabreyrolle, baron d'Azérac
dit le Bancal
1120 - 1162
Croisé et troubadour

Adélaïs de Florac
Dame-Chevalier
1125 - 1167

Puis la marche des siècles...

XIIe XIIIe XIVe XVe

XVIe XVIIe XVIIIe

arrive le XIXe

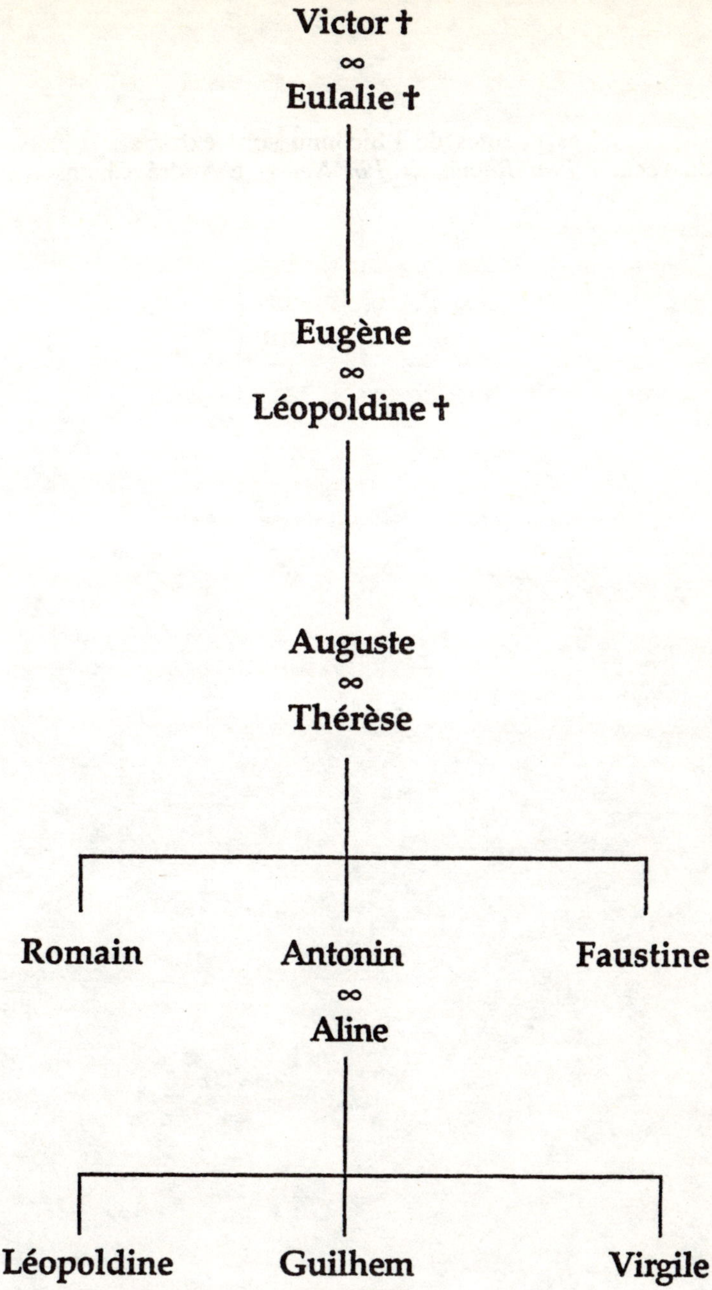

Etat de la famille en 1913

Les poèmes de l'Inconnu sont extraits
du recueil *Lou Ramas de Pin Negre*, d'André Chamson.

normandie roto impression s.a.

61250 Lonrai

Reproduit et achevé d'imprimer en mars 2002
N° d'édition 02029 / N° d'impression 020108
Dépôt légal avril 2002
Imprimé en France

ISBN 2-7382-1599-8